2010 年 10 月，拍摄于云南瑞丽《生死归途》剧组

2011 年 7 月，拍摄于北京《追逃》剧组

2011 年 8 月，拍摄于北京影棚

2011 年 8 月，拍摄于北京影棚

2011 年 8 月，拍摄于北京影棚

2014 年 3 月，拍摄于崇礼作家采风的活动

2014 年 9 月 11 日，拍摄于南京《大陆小岛》发布会

2015 年 5 月 4 日，拍摄于北京采访活动

2015 年 5 月 4 日，拍摄于北京采访活动

石钟山自选集

石钟山◎著

天地出版社 | TIANDI PRESS

图书在版编目（CIP）数据

石钟山自选集 / 石钟山著 . —成都：天地出版社，2017.9（2021.9重印）

（路标石丛书）

ISBN 978-7-5455-2852-7

Ⅰ. ①石… Ⅱ. ①石… Ⅲ. ①中国文学—当代文学—作品综合集 Ⅳ. ① I217.2

中国版本图书馆 CIP 数据核字（2017）第 119697 号

石钟山自选集

出品人　杨　政
著　者　石钟山
责任编辑　陈文龙　欧阳秀娟
封面设计　今亮后声
电脑制作　九章文化
责任印制　葛红梅

出版发行　天地出版社
（成都市槐树街 2 号　邮政编码：610014）
网　址　http://www.tiandiph.com
http://www.天地出版社.com
电子邮箱　tiandicbs@vip.163.com
经　销　新华文轩出版传媒股份有限公司

印　刷　廊坊市印艺阁数字科技有限公司
版　次　2017 年 9 月第 1 版
印　次　2021 年 9 月第 2 次印刷
成品尺寸　160mm×238mm　1/16
印　张　39
字　数　639千
定　价　98.00 元
书　号　ISBN 978-7-5455-2852-7

咨询电话：（028）87734639（总编室）
购书热线：（010）67693207（市场部）

序言

王蒙

新华文轩集团在做一套当代作家的自选集，第一批将出版陈忠实、史铁生、张炜、韩少功、王蒙的自选作品，目前签约的则还有熊召政、王安忆、赵玫、方方、池莉、苏童等同行文友，今后还将考虑出版港澳台及海外华语作家的自选作品。好事，盛事！

现在的文学创作并没有太大的声势，人们的注意力正在被更实惠、更便捷、更快餐、更市场、更消费也更不需要智商的东西所吸引。老龄化也不利于文学作品的阅读与推广，因为老人们坚信他们二十岁前读过的作品才是最好的，坚信他们在无书可读的时期碰到的书才是最好的，就与相信他们第一次委身的情人才是最美丽的一样。新媒体则常常以趣味与海量抹平受众大脑的皱折，培养人云亦云的自以为聪明的白痴，他们的特点是对一切文学经典吐槽，他们喜欢接受的是低俗擦边段子。

孟子早就指出来了，“耳目之官不思，而蔽于物。物交物，则引之而已矣。心之官则思，思则得之，不思则不得也。”他强调的是心（现在说应该是“脑”）的思维与辨析能力，而认为仅仅靠视听感官，会丧失人的主体性，丧失精神的获得。因为一切的精神辨析与收获，离不开人的思考。

当然，耳目也会激发驱动思维，但是思维离不开语言的符号，而文学是语言的艺术，是思维的艺术，是头脑与心灵而不仅仅是感觉的艺术。文艺文艺，不论视听艺术能赢得多多少百倍更多的受众，文学仍然是地基又是高峰，是根本又是渊薮。文学的重要性是永远不会过时与淡化的。

当代文学云云，还有一个问题，“时文”难获定论，时文受“时”的影响太大。学问家做学问的时候也是希罕古、外、远、历史文物加绝门暗器，不喜欢顺手可触、汗牛充栋的时文。

但读者毕竟读得最多最动心动情最受影响的是时文。时文而晒一晒，静一静，冷一冷，筛一筛，莫佳于出版自选集。此次编选，除王蒙一人而外都是文革后“新时期”涌现的作家，基本上是知青作家。知青作家也都有了三十年上下的创作历程与近千万字的创作成果。几十年后反观，上千万字中挑选，已经甩掉了不少暂时的泡沫，已经经受了飞速变化与不无纷纭的潮汐的考验，能选出未被淘汰的东西来，是对出版更是对读者的一个贡献。以第一批作者为例，陈忠实的作品扎根家乡土地，直面历史现实，古朴淳厚，力透纸背。史铁生身体的不幸造就了他的悲天悯人，深邃追问，碧落黄泉，振撼通透，沉潜静谧。张炜对于长篇小说的投入与追求，难与伦比，乡土风俗，哲思掂量，人性解剖，一以贯之，未曾稍懈。韩少功更是富有思辨能力的好手，亦叙亦思，有描绘有分解，他的精神空间与文学空间纵横古今天地，耐得咀嚼，值得回味。我的自选也忝列各位老弟之间，偷闲学学少年，云淡风清，傍花随柳，作犹未衰老状，其乐何如？

我从六十余年前提笔开写时就陶醉于普希金的诗：

> 我为自己建立了一座非人工的纪念碑，
> ……所以永远能和人民亲近，
> 我曾用诗歌，唤起人们善良的感情，
> 在残酷的时代歌颂过自由，
> 为倒下去的人们，祈求宽恕同情。
> ……不畏惧侮辱，也不希求桂冠，
> 赞美和诽谤，都心平静气地容忍。

看到文友们的自选集的时候，我想起了普希金的诗篇《纪念碑》。每一个虔诚的写者，都是怀着神圣的庄严，拿起自己的笔的。都是寄希望于为时代为人民修建一尊尊值得回望的纪念碑来的。当然，还不敢妄称这批自选集就已经是普希金式的纪念碑，那么，叫路标石就好。几十年光阴荏苒，总算有那么几块石头戳在那里，记录着时光和里程，记忆着希冀和奋斗，还有无限的对于生活、对于文学的爱惜与珍重。它们延长了记忆，扩展了心胸，深沉了关切与祝福，也提供给所有的朋友与非朋友，唤起各自的人生百味。

目录

附　　录

中篇小说

中篇小说

激情燃烧的岁月

父亲进城

一九五〇年八月，父亲骑着一匹高头大马、满怀激情地走进了沈阳城，身后是警卫员小伍子，以及源源不断的队伍。此时，父亲走在沈阳城著名的中街上，他的眼前是数百人组成的欢迎解放军进城的秧歌队。背景音乐是数人用数只唢呐吹奏出的《解放区的天》，曲调欢快而又明亮。扭秧歌的人们，个个喜气洋洋。

父亲本想打马扬鞭在欢迎的人群中穿过，当他举起马鞭正准备策马疾驰时，目光偶然落在了琴的脸上。那一年，琴风华正茂，刚满二十岁。一条鲜红的绸巾被她舞弄得上下翻飞，一条又粗又长的大辫子，在她的身后欢蹦乱跳。青春的红晕挂满了她的眼角眉梢，她正在和姐妹们真心实意、欢天喜地地迎接解放军的又一次进城。三年前，辽沈战役之后，国民党溃退了，那时的解放军就进城了，很快又南下了。这次解放军又回来了。和以往不同，他们要在这里长久地住下去，守卫着新中国的北大门。于是，沈阳城里的百姓，真心实意地走出家门，来欢迎亲人解放军。

琴怎么也不会想到，这一天对她来说是人生的一个转折点。可她一点预感也没有，她在欢迎的人群里，用青春年少的身体尽情地扭摆着欢乐的激情。

父亲望见琴的那一刻，他强健的心脏暂时停止了跳动，扬起马鞭的右手僵在半空，他张大嘴巴定格在那里。此时，用目瞪口呆形容父亲一点也不过分。年轻貌美的琴出现在父亲的视线里，父亲不能不目瞪口呆。那一年，父亲已经三十有六了。三十六岁的父亲以前一直忙于打仗，他甚至都没有和年轻漂亮的女人说过话。这么多年，是生生死死的战争伴随着他。好半晌，父亲才醒悟过来。他顿时感到口干舌燥，一时间，神情恍惚，举着马鞭的手不知道落下还是就这么举着。琴这时也看见了父亲，她甚至冲父亲嫣然地笑了一下，展露了一次自己的唇红齿白。父亲完了，他的眼前闪过一条亮光，耳畔响起一片雷鸣。在以后的日子里，他无论如何也忘不下琴了，他被爱情击中了。

父亲参军前的老家一直在东北的大兴安岭脚下。爷爷奶奶在早年闯关东时便把家扎在了大兴安岭脚下的一个窝棚里。父亲是在冰天雪地里出生的，他睁开眼睛，看到这个世界的第一眼就是冰天厚雪、深山老林。于是胡天胡地的关东便成了父亲一生中难以割舍的情结，走遍天涯海角他也无法忘记关东的冰天雪地。经历了十几年的风风雨雨打打杀杀之后，父亲又回到了关东。走进沈阳城，骑在马上的父亲流下了两行激动的泪水。琴的身影在父亲的泪眼里挥之不去。父亲挥手抽了一下马屁股，在心里咬牙切齿地说：老子这辈子娶定你了！

父亲三十有六，身边仍没个女人，这在战争岁月中纯属正常。父亲十三岁那一年参加了抗联的队伍。十三岁的父亲，其实已经走投无路了。父亲的父母不远万里闯关东来到东北大兴安岭脚下的靠山屯，生活并没有得到实际意义上的改变。靠山屯大都是猎户，打猎为生。父亲的父母一来到靠山屯就想学会打猎这种谋生手段，可惜的是，一直到他们冻死在古老的林子里，也没能完全学会在胡天胡地里生存下去的手段。父亲的父母在一个大雪漫天的清晨走进了深山老林，结果他们迷路了，林深雪厚，他们无法找到回家的路了。三天之后，靠山屯的人们才发现了他们的尸体，他们的尸体已经如石头般坚硬了。那一年，父亲八岁。八岁的父亲在靠山屯举目无亲，是靠山屯的人们养大了父亲，父亲是吃百家饭长大的。父亲从八岁到十三岁这段时间里，吃遍了靠山屯所有猎户。在凄风苦雨中，父亲慢慢长大了。十三岁那一年，父亲参加了抗联。抗联的队伍里有这样一批娃娃兵，他们连枪都拖不动，手里只是拄了根棍子，那是他们行军时的帮手。

那一年，在冬季又一次来临，日本人尚没封山之前，抗联总部作出决定，为了保存抗联的后备力量，决定将这批娃娃兵送到延安去学习。

父亲永远也无法忘记陕北的日子。那里的天空是那么的蓝，生活是那么的火热，父亲在陕北第一次听见那首著名的歌曲——《解放区的天》。父亲和那批娃娃兵一起进了陕北的少年干训队。陕北的红军在陕北闹了两年大生产之后，终于走出了陕北。一部分被改编成了八路军，另一部分直抵东北，插入到了敌后，走进了抗日的最前沿。

父亲那一年已年满十八岁了，他在一纵当排长。当他又一次踏上东北的土地之后，心里多了许多说不清的滋味。他又想起了在抗联时的岁月，还有在靠山屯吃百家饭的日子。现在的抗联，仍艰苦卓绝地和日本人在老林子里周旋着，他们拖住了一部分日本人的力量，支援着八路军、新四军的抗日。

又是几年之后，日本人终于投降了。父亲本以为不会打仗了，他第二次回到东北后，一直无法忘记靠山屯的父老乡亲。那里是生他养他的地方，他日夜都在思念着靠山屯，可他却一直也没有机会回去过。日本人投降了，不打仗了，这时父亲已是一纵的一名连长了。他不仅学会了打仗，而且枪法也练得百发百中了，他回到靠山屯完全可以靠打猎为生了。他要当一个好猎人，为不能自食其力的父母挽回面子，同时也报答靠山屯父老乡亲的养育之恩。父亲的理想没有得到实现，日本人投降不久，国民党为了争夺胜利果实再一次掀起了内战。他们在东北投入了大量兵力，和东北纵队展开了新的一轮较量。中国伟人毛泽东远见卓识，早就派出了中共传奇将领林彪深入到东北指挥作战。争争夺夺拼拼杀杀之后，解放军滚雪球似的壮大了起来。在中国伟人们的调度下，东北打响了著名的辽沈战役。那一年，父亲已经是一名很年轻的营长了。年轻的父亲明白了一条真理，要想安心踏实地回到靠山屯过猎人的日子，首先要把眼前的国民党部队彻底消灭，否则猎人将无宁日。于是，父亲热情高涨地投入辽沈战役。在这样你死我活的敌我较量中，父亲无论如何想不到女人，他也没有工夫去想。虽然父亲那时年轻气盛，血气方刚，但他早已把过剩的精力转化到了战争中。老年的父亲曾这样形容战争：战争打的是精血。老年的父亲对战争的形容精辟而又深刻。辽沈战役以解放军大获全胜而告终，国民党队伍节节败退，固守北平和天津，企图扼守住通往中原的这条要道。这是有着许多精血的解放军们不能答应的，他们雄赳赳地走过山海关又打响了平津战役。这之后，父亲随着百万大军一直南下，追着国民党的队伍一直往南。国民党的队伍没有喘息的时间，追赶的父亲也没有喘息的机会。在这种追着赶着中，一年年过去了，父亲的年龄也一年大似一年了。年轻力壮的父亲，无数次地想过女人，但却一直和女人无缘。父亲的队伍一直把国民党追到了海南岛，最后又把国民党赶往台湾才暂时罢休。这时共和国已经一岁了，全国形势一片大好，只是边远地区仍有国民党在负隅顽抗，但已是秋后蚂蚱，没有几天蹦跳了。于是，父亲的部队又挥师北上，进驻东北沈阳城，建立更加巩固的大后方。

父亲在进驻沈阳的路上，一眼就看见了琴。琴的身影仿佛是一粒炙热的火星儿溅在父亲堆满干柴的心间，父亲心中的大火便不可遏止地熊熊燃烧起来。

沈阳的第一夜，父亲无法入睡，他睁眼闭眼都是琴的身影，这就注定了父亲和琴之间将会发生的故事。

沈阳军区的前身叫东北军区，父亲那时在东北军区沈阳城内当师长。大军入城不久，马上掀起了搞对象的热潮。这些出生入死的泥腿子们，在战火纷飞的年月里苦熬着岁月，他们的年龄都大了。错过青春年少的不只父亲一人，而是一批人。东北军区的领导考虑到这一实际问题，采取了相应的紧急措施。于是一个表面上看纯属正常，其实充满了阴谋和陷阱的联欢活动诞生了。

大军刚刚入城，全国上下前所未有地国泰民安，组织一些军民联欢的庆祝活动是得民心合军意的。联欢活动在原国民党驻沈阳总部的一间大会议室里举行。这间会议室足能装下一百对男女在这里谋面，谈情说爱。参加联欢的人是有条件的，那就是团职以上的军官；女人的条件则既单一又苛刻，那就是必须年轻漂亮。胜利了，解放了，泥腿子们有千条万条的理由把自己的婚姻放在头等重要的地位。

经过一番精心准备，联欢活动如期进行。急如火煎的大龄军官们和一群年轻漂亮的女人被集中在偌大的会议室里。当时的景象极为有趣，男女两大阵营是极为分明的，男左女右，他们分左右坐成两排，中间一片空荡。年轻貌美的女人们尚未见过这样的阵势，她们一律不好意思地低垂下头，脸早就红了。她们不时地捏弄着自己的辫梢或衣角，心脏如鼓地撞击着美丽丰满的胸膛。男人们挺胸而坐，他们的眼里灼灼地放光，热辣辣地在她们的脸上搜寻。父亲也坐在人群中，他的心里有一股说不清的滋味正在泛滥。自从入城那天见到琴，他无论如何也忘不下她了。眼前这样的阵势，并没有让他有多么激动。此时此刻，面对着眼前这么多年轻貌美的女人他并没有动心，他的眼前仍不时地浮现出琴的身影。琴已融入他的血液中了。

组织这次联欢活动的是东北军区政治部一位首长。这位首长曾去过苏联，在苏联喝过洋墨水，而且还娶了一位苏联姑娘做老婆。这位苏联老婆此时已同首长来到了沈阳城里。见多识广的首长觉得这样干坐下去，就是坐到天亮也不会有什么结果，于是命人打开了留声机。留声机是从国民党总部缴获来的。留声机里响起一支舞曲，政治部首长就站在男女的空地中央大着声音说：跳吧，跳吧。大家都跳起来吧！他这么说过了，人们都一脸惘然地望着他，不知道留声机里传出来的声音，和搞对象有什么关系。人们一脸迷惘、困惑之色。这位首长终于醒悟过来，命人用最快的速度把自己的苏联老婆找到联欢的现场，两人在乐曲的伴奏下当场示范起来。首长的一只手握着苏联女人的手，另一只手搂着女人的腰，两人不知是走还是跳。总之，在这群从没开过洋荤的男人眼里这就足够了。他们的身体热了起来，手心里也有汗水渗出。政治部首长一边示范一边鼓动道：跳吧，跳吧！大家都像我这样。他的话音还没落地早就有人按捺不住了，红头涨脸地冲将过去，顺手拉起对面的一个姑娘，学着政治部首长的样子踉踉跄跄地向中间的空地上走去。一时间，所有的军官们，一哄而起，争先恐后地向女人们扑过去。他们此时的样子，似乎不是邀女人跳舞，而是去堵敌人的枪眼。男人们起来了，女人们也被拉了起来。男人们早就忘了手放在何处，总之拉起来再说。拉起来之后，双手死死地把女人的腰搂定了，似乎一不小心女人会在他们的眼前飞走。舞是不会跳的，搂定女人再说。意识清醒的，仍不失风度地学着政治部首长的样子走上一走，趔趔趄趄，踉踉跄跄。女人这时仍是被动着，她们认定自己无疑是被抢了。虽然甘愿被抢，但天生羞涩使她们仍装出几分不情愿。于是别别扭扭的，半推半就地让男人搂了。几十对男女在这样一种氛围中，艰难踉跄地踏出了他们爱情之旅的第一步。

男人们蜂拥着扑向女人时，父亲没有动，他仍坐在原处，他仍在想着琴。他觉得眼前的女人没法和琴相比，他要在沈阳城里找到琴。从见到琴那一刻起，父亲已作出非琴不娶的决定了。当男人们各自搂定女人，女人们同时也被搂定时，父亲发现在对面的角落里仍坐着一位姑娘。她谁也不看，垂着头，似乎在想什么心事，仿佛眼前的一切都与自己无关。正因为这位姑娘的独特，她吸引了父亲。父亲看她一眼，又看了一眼。这一眼让父亲张大了嘴巴，瞪圆了眼睛。眼前的姑娘分明是琴无疑！他揉了一次自己的眼睛。又狠掐了一次自己的大腿，才相信眼前不是梦，机会再一次光临了父亲。他猛地站起身，大步流星地向琴走去。他站在琴的面前，一时口干舌燥，他不知说什么是好。琴发现了眼前站着的人，她抬了一次头，发现了眼前的父亲，她很快地认出了父亲，那天进城时，她曾认真地看过父亲。琴一时不知如何是好，她本能地站了起来，紧张惶惑地望着父亲。父亲觉得眼前这一切是天赐良机，他不能再失去琴了。他一把捉住琴的小手，琴的小手在他的粗糙大手中挣扎了一下。琴说：啊，不！声音以及周围的男人、女人统统的都不存在了，这个世界只剩下了他和琴。他捉住琴的一只小手后，另一只手很快地把琴的腰搂住了。他和那些大龄军官一样，笨拙但有力地把眼前的女人搂住了。接下来发生的事，连父亲也不记得了，直到琴在他怀里发出一声又一声惊叫，他才醒悟过来，原来他踩了琴的脚。早在这之前，不少女人都惊叫过了。他们这些大龄军官，今天一律穿了皮鞋，这是他们的战利品。坚硬的皮鞋不时地踩在年轻貌美的姑娘们娇小柔软的小脚上，她们此起彼伏地不时发出一声声惊叫：眼前的场面似乎不是在联欢，而是变成了屠宰厂。

缓过神来的父亲，呼吸开始变得急促。眼神迷离蒙眬，琴在他的怀里变得实实在在。他做梦也没有想到，此时此刻会搂着琴在梦样的情境中度着这美好的时光。这是天赐的机会，他要把握住这样的机会。清醒后的父亲，用发抖的声音问：

你叫啥？

琴不答，低着头，提防着父亲的双脚。

家在哪旮旯住？

你今年多大了？

琴无言相对。但这并没有影响父亲的积极性，琴回不回答这都无所谓，反正他此刻已紧紧地把琴搂定了。自己搂定的女人，难道还会跑了？

琴不说，父亲仍说：

我叫石光荣，三十二师的师长。

父亲望着怀里的琴。琴的头一直低垂着，她的身子一直很别扭地在父亲的面前斜侧着，力量不是投向父亲的怀中，而是自始至终一直向外挣扎着。这让父亲很不舒服，也很累，他的手臂一直在和琴的身子较着劲。但父亲不计较这些，琴越向外用劲，他越感到琴的身体的实实在在。他觉得有义务把自己向琴介绍得更详细些，便又说：

我老家在靠山屯，爹娘都冻死在老林子里了。

父亲说到这里，琴抬了一次头，很快地望了父亲一眼，又把头低下了。

父亲闻见了从琴头发里散发出的桂花油味，这气味让父亲心里甜滋滋的。

父亲还说：我受了十八次伤。

父亲说完这话，感到琴的身子颤抖了一下。父亲没有多想，琴的一言不发让他有些着急，于是他又说：我都三十六岁了！

说完之后，琴仍没有什么反应，她的头更低了，身体仍向外撑着，头垂在父亲胸前，那样子似在和父亲顶架。

父亲说：我都三十六了！这些年一直打仗，打完小日本，又打老蒋！

父亲还说：现在不打仗了，我都三十六了！

那天晚上，成双的男女，撕撕扯扯地半推半就地在留声机的伴奏下联欢了两个多小时。在这两个多小时中，他们不时地相互踩在对方的脚上，留下了一片女人的叫声。从一开始，他们把女人搂定，再也没有放开过一会儿，他们就那么艰难地、很累地不时地迈动着自己的双腿，仿佛是在行军。最后他们个个都大汗淋漓，胳膊发麻，腿发酸。在深夜到来之前，终于结束了累人的联欢。

父亲这时显得很有心计，在政治部首长宣布今天的联欢到此结束时，他已经没有理由再搂着琴不放了。他一放开琴，琴便像一只出了笼的小鸟很快从父亲的身边逃脱了。父亲毫不犹豫地追了出去，那时父亲已经想好了，琴就是走到天涯海角他也要把她的行踪搞清楚。令父亲大感意外的是，琴并没有离开军区大院，三转两转走进了一幢楼里便消失了。父亲觉得已经没有必要再跟踪下去了。

父亲很快就弄清楚了，那幢楼是军区文工团的驻地，而琴就是军区的一名文工团员。父亲真是心花怒放了。他觉得日后娶琴那是板上钉钉一样的容易。父亲万没料到，求爱之路是那么的艰辛和坎坷。

那天晚上联欢会之后，父亲已经死心塌地地爱上了琴。在以后的日子里，他只要一有时间，便直奔文工团那幢楼而去。他去文工团时，不是一个人，而是带着警卫员小伍子。小伍子二十岁不到，显得很机灵，已经随父亲出生入死好几个年头了。

父亲来到文工团后，他总是很容易地见到琴。那时琴有许多演出任务。共和国刚成立不久，古老的沈阳城内百废待兴，各种团体、机关如雨后春笋纷纷诞生，于是就有许多要庆祝的事。庆祝时自然少不了演出，身为文工团员的琴在白天的时候，就要不断地排练新节目。父亲见到琴时，大都是在琴排练的时间里。那天晚上的事情之后，琴似乎已经不认识父亲了。父亲每次出现在文工团的训练场里，琴连眼皮都不抬，仿佛从来没有见过父亲。父亲对这些并不计较，他站在那里，很痴情很专心地看着琴在唱歌或跳舞。警卫员小伍子已经看出父亲和琴之间的一些苗头了，他殷勤地为父亲搬来一把椅子，他希望父亲能更舒服地看琴。他的愿望没能得到父亲的理解，父亲不坐椅子，而是抬起一只脚踩在椅子上，手里摇晃着马鞭。父亲进城后很长一段时间里仍然骑马。

琴不理父亲那一套，仍专注地唱歌或者跳舞。琴的歌声异常悦耳动听，琴排练时的歌声，是父亲一生中听过的最美妙的声音。琴跳舞时，在父亲的眼前展示出了美好的身段，女人的曲线暴露无遗。土包子似的父亲，以前哪见过这些？他痴了，他呆了，他走火入魔了。他恨不能马上张灯结彩把琴娶过来。

中午开饭的时间到了，排练暂时停了下来。琴和那些文工团员收拾道具，准备吃饭了。父亲觉得时机到了，他转过身冲身后的小伍子说：去，把那丫头请到咱们师去吃饭！

聪明的小伍子早就知道那丫头指的是谁了。得令之后，很快来到琴的面前。小伍子冲琴说：哎，我们师长要请你去吃饭！

琴看了眼小伍子，理都没理，背过身去把自己的辫子散开，让一头浓黑的秀发披散下来。小伍子又凑上去说：哎，说你哪！听见没有？我们师长说了，中午他要请你吃饭！

琴仍是不理，她在快速地重新把辫子梳起来，冲几个女伴说：等等我，马上就来！

小伍子受到了挫折，他跑过来冲父亲说：师长，这丫头不理我，就像没听见我说话一样。

父亲不满地叱了句小伍子：笨蛋，你就不会别的招儿了！

小伍子一拍脑门，冲父亲说：瞧好吧，师长！说完转身冲琴追去。琴正在随同伴往外走。小伍子几步就追上了，他大声道：站住！他这一声喊，不只让琴站住了，同时也让琴的同伴站住了。她们吃惊的是，这个小兵敢在这里撒野。

小伍子不理那些，他单刀直入地冲琴大声命令道：走，跟我走！说完就拉住琴的一只胳膊。琴愤怒了，也大着声音说：滚开！我不认识你。

其实琴的同伴早就看见父亲和小伍子了。起初她们以为父亲和小伍子只是单纯地看她们排练，后来她们发现父亲盯着琴的眼神已经不对了，她们以为又遇到了一个单相思。没想到这个单相思还要动手抢人，她们这下不干了，七嘴八舌地冲小伍子嚷开了：干啥，干啥？想抢人咋的？抢人也不看看这是啥地方！她们把话说给小伍子，却瞥着父亲。她们知道，抢人的主意是父亲出的。

小伍子也不甘示弱，他还从没办砸过父亲交给他的任务。把琴抢到手是他的任务，完不成任务就对不起师长。于是小伍子和她们对吼了起来：抢人咋的？就抢了！说完拉着琴就走了。琴不干了，挥手打了小伍子一个耳光。那耳光被琴扇出一声脆响。小伍子没料到琴会来这一手，他望了眼父亲。父亲也恼怒了，他挥着马鞭的手在颤抖。小伍子理解父亲，师长要发火了。果然父亲很响地甩了一下马鞭，大喝一声：把她给我拖回去！

父亲说完转身就走了。小伍子不顾脸上热辣辣的疼，一躬身子便把琴背了起来。他不顾琴劈头打来的巴掌，更不管那些丫头们的乱叫乱喊，他背着琴一阵风似的跑出了文工团，一直跑回三十二师。路人不明白发生了什么事，都驻足观望小伍子背着琴飞奔的身影。琴已经没有力气再打小伍子了，她闭上眼睛，任凭小伍子狂奔。

父亲骑着马已先小伍子一步回到了师里，他命令炊事班加菜上酒。小伍子赶到时，父亲已在自己的宿舍里等候多时了。菜已经上来了，是大块红烧肉，还有韭菜炒鸡蛋。酒是东北的高粱烧。来到三十二师的琴一言不发，她站在父亲的对面仇恨地盯着父亲。

父亲的气还没有消，他喝了几口酒，吃了块肉，嚼巴嚼巴咕噜一声就咽下去了。他仍用一只脚踩在椅子上，指着琴身旁的一把椅子说：你坐！

琴不坐，仍仇恨地望着父亲。父亲大怒，高声断喝：让你坐你就坐！

许是父亲的狂暴一时震住了琴，琴一屁股坐在椅子上。第一回合父亲胜利了，他的怒气消了一些。父亲又说：你吃！

琴不吃，低着头，目光恨恨地盯着别处。父亲不理琴了，他大口地喝酒，大块地吃肉。他吃了一气，喝了一气，酒就有些上头了。于是父亲就前不着村后不着店地乱说一气：没见过你这样的丫头，还打人！我都三十六了，你能咋的？日本鬼子都让老子干回东洋了，老蒋不也是让我们弄到台湾去了？！我都三十六了，你这丫头能咋的？

父亲又喝下一碗酒，然后就醉了。在醉前，父亲又喊来了小伍子，他冲小伍子说：让她吃，吃完把她送回去。看这丫头能咋的！说完一头栽在床上，呼呼地睡去了。

那天，琴临离开父亲房间时扔下一句冷冰冰的话：胡子！

小伍子听完琴这句话，没有生气，反而笑了。小伍子笑着说：小心我们师长一枪崩了你。

有了这一次之后，父亲以为离娶琴的日子不远了。他没有料到事情发生了意外。

军区的参谋长胡麻子也看上了琴。胡麻子是外号，因为脸上生满了麻子而被人称为胡麻子。胡麻子在长征时就已经是团长了，那时胡麻子就已经结婚了。长征开始时，老婆就已经怀孕了，走到草地时，老婆早产了。他把老婆背到一个避风的柳丛后，准备亲自为老婆接生。不幸的是，早产的孩子无论如何也不能顺利地生产，疼得他老婆爹一声娘一声地叫。他背着老婆行军时，已经掉队了，走在茫茫草原连个人影也看不见。他冲老婆喊：使劲，你快使劲！老婆哪里还有什么劲，一路上的行军，吃没吃喝没喝，万里征程早就耗去了她的力气。胡麻子急得团团转，正在这时，他又发现了敌人的追兵。敌人呈扇形向他们包围过来，子弹在他的头顶飞过。胡麻子知道，再这样下去被敌人俘虏是在所难免了。如果背着老婆一起走，也无法跑出敌人的包围。这时，老婆也清醒过来，她冲胡麻子说：你快跑——等革命胜利了，你再找一个女人……胡麻子给老婆跪下了，他不能眼睁睁地看着老婆落入敌人之手，他掏出了枪，撕心裂肺地喊了一声：等革命胜利了，我来给你收尸！他的枪响了，老婆躺在一片血泊之中。胡麻子满眼泪花地跳起来，一边向敌人射击，一边向自己的队伍追去……

胡麻子一直牢记着老婆的话：等革命胜利了再找一个女人。在风雨飘摇的战争岁月中，他一直没有勇气再找个女人。现在革命胜利了，胡麻子也已经四十出头了，也就是说，这辈子的好时光都快过完了。胡麻子有千万条理由找一个称心如意的女人，享受一次生活。他在文工团演出时，看上了琴。他觉得只有琴才能陪他走完后半生。

于是，他乘坐的那辆美式吉普车，经常停在文工团的楼下。父亲那匹高头大马也时常拴在文工团楼下的树上。这就引发了一场不可避免的冲突。

父亲和胡麻子两人同时出现在文工团的排练厅里，惊动了文工团所有的人，包括年过半百的文工团长。这是位在延安时期参加革命的老文艺工作者。

他命人给胡麻子和父亲端茶倒水，一边意义不明地说：欢迎领导来检查工作。

胡麻子就挥手说：去吧，我们就是看看，忙你的去吧！

老文工团长也就退下了。

不用说，胡麻子知道父亲的心思，父亲也知道胡麻子的心思。但两个人却不知道他们是一对情敌，父亲以为胡麻子看上了别的丫头，胡麻子也这么认为。两人嘻嘻哈哈地坐在一起喝茶看女人时，胡麻子冲父亲打了一拳说：你这小石头，还年轻嘛，急啥子嘛！父亲说：×，我都三十六了！兴你急就不许我急了？两个人一边说笑一边打着哈哈。父亲在胡麻子眼里是年轻的，也是最受器重的一名师长。胡麻子在父亲的眼里是位能征惯战的首长，两人趣味相投，感情非同一般。

当两个人发现自己都喜欢琴时，胡麻子的脸色不好看了，父亲的脸也沉了下来。胡麻子先站了起来，他冲父亲说：石光荣同志，你出来一下，我有话对你说！

父亲也站了起来正色道：参谋长同志，我也有话对你说！两个人一本正经地来到外面走廊上。胡麻子一拍父亲的肩膀说：我说小石头，你算了吧。看上谁你说，我给你做媒！

父亲觉得事情麻烦了，但他无论如何也不能把琴拱手让给别人。是他先发现的琴，他已经抢占了这块高地，要是有人胆敢来夺，那只能是一场殊死决战了。父亲见胡麻子这么说，也不甘退步地说：参谋长，这人是我先看中的，你再换一个吧。到了你结婚时，我给你当伴郎！

少扯，还是你换一个！胡麻子说。

你少扯，你换一个！父亲说。

小石头，老子算瞎眼了，让你当师长。胡麻子激怒了。

父亲也当仁不让，他见胡麻子不肯退步，也急了道：我看你不配找那丫头，你这是老牛吃嫩草！

王八蛋，老子毙了你个小石头！说到这儿，胡麻子掏出了枪。父亲的话大大地刺伤了胡麻子的自尊心。

父亲见胡麻子真的急了，也冲不远处的小伍子喊：抄家伙！父亲的枪一直在小伍子身上背着。小伍子听见父亲让他抄家伙，几步就蹿了过来。他掏出枪“哗啦”一声顶上了子弹，虎视眈眈地冲着胡麻子。在他的眼里首长只有一个，那就是父亲，他才不管什么参谋长不参谋长呢。

胡麻子被眼前的情景气坏了，脸上的肌肉颤动着，握枪的手也在抖着。他语不成声地说：好你个小石头！好小子，他妈的你好小子，看老子毙不毙你！

说完“哗啦”一声，也把子弹上了膛，一场血腥的战斗即将爆发了。早就在暗中观察动静的老文工团长冲了出来。其实文工团长早就明白了两个人的来意，他知道两个人同时看上了琴，他没料到的是，两个人会为琴舞刀弄枪动真家伙。他在心里惊呼一声，要出人命了！于是奋不顾身地冲出来，用身体挡在父亲和胡参谋长之间。文工团长先劝父亲，他说：这位首长，息怒哇！有话好说，好好说嘛！

父亲用鼻子哼了一声道：胡麻子你休想老牛吃嫩草！那丫头是老子的，你别想动一根手指头！

胡麻子也说：你也不是他妈的牛犊子！比我小不了几岁！那丫头是老子的，你休想动她一指头！

文工团长又劝胡参谋长道：首长，别生那么大的气嘛！咱文工团的姑娘多的是，要是你们愿意我给你们做媒，保证你们未来的夫人个个漂亮。

父亲和胡麻子真刀真枪地在文工团的走廊上较量时，周围聚满了看热闹的人，有文工团的演员，也有来文工团办事的人。他们都不明白，两位首长为什么要拔枪相对。胡参谋长首先考虑到了自己的身份，他哼了一声，收起枪，冲父亲道：小石头，你小子他妈的！父亲也不甘示弱道：胡麻子，谁怕谁呀！

胡参谋长走了！父亲也走了！出了文工团的楼，胡参谋长坐进了那辆美式吉普，父亲骑上了他那匹高头大马。父亲冲着吉普车的后屁股说：老牛，呸！

父亲和胡参谋长为争一个女人而吵架的事，很快得到了军区领导的重视。他们首先批评了胡麻子，批评他不该为一个女人而失去了参谋长的身份，同时指出要找老婆可以通过组织嘛。

于是军区首长一个电话打到了文工团，让文工团长带上所有未婚女文工团员让胡参谋长选。文工团长留了个心眼，他没敢让琴去，他怕琴万一被参谋长留下，真的会惹出人命来。胡参谋长也怕事情不好收场，他了解父亲是个说得出，也做得出的主。他便没再提琴，而是又看上了一位叫柳的姑娘。柳姑娘不太情愿，只有军区首长亲自出面做柳姑娘的工作了。

父亲经过这一场风波之后，他和琴的关系不想再拖下去了，他要快刀斩乱麻了。

警卫员小伍子很快便从文工团长那里打听到了琴父母的住址，父亲的意思是要拜上一拜未来的岳父岳母的。父亲在自己的婚姻大事上显得老谋深算，他从琴的眼睛中已经看出她并不喜欢自己，要想赢得琴的爱情还有漫漫的长路在等着他。父亲三十六岁了，他不能再等下去了。于是，在沈阳初秋的一天，父亲骑着高头大马，在小伍子的引领下，找到了琴的家。琴的家位于沈阳城内著名的中街上。琴的父母已有六十开外了，老两口老年得子生下了琴。琴的一家，是世代开金店的，生意最火爆时，还要数琴的爷爷。那时，世道还算太平，在国泰民安的环境中生意也最好做，琴的一家在爷爷那一辈把生意做到了高峰，沈阳城内金店就开了好几家。待爷爷望着越聚越多的金山银山不愿意离开这个世界而又不得不离开时，琴的父亲当上了金店的掌柜。起初的买卖仍顺风顺水，接下来就不行了，先是日本人侵占了东北。一时间，东北大地狼烟四起，逃荒要饭的百姓不计其数。琴的父亲是极聪明的人，他们似乎看到了将来的日子并不好过，能平安地活命是比眼前什么都要紧的事情，于是狠下心来，卖掉了金店。即使不卖金店生意也不好做了，人们连饭都吃不上，还有谁买金货呢？这是琴的父母的非常明智之举。琴的一家，在沈阳城内是很有名气的，汉奸、日本人经常不断地来找琴一家的麻烦。琴的父母只能花钱买平安了，于是把不少黄灿灿的金货源源不断地送给日本人和汉奸。他们在日本人的眼里，是大大的良民，琴的父母花钱买来了平安的日子。日本人投降，国民党占据了沈阳城，琴的父母又用同样的办法买通了国民党。后来国民党溃败到关内，解放军进驻沈阳城，这时琴父母的家族已没有什么了。但在大军南下时，父母仍搜罗出最后一点积蓄送给了解放军，沈阳市政府仍记着笔账。

现在琴的父母已经是一贫如洗了。琴的父亲在家门口开了一个小门脸，靠加工金、银首饰度日。当父亲来到琴家时，琴的父亲戴着老花镜，正在加工一只银手镯。父亲的马蹄声使琴的父亲抬起了头，他看见了父亲，心里莫名其妙地紧了一下。在刚刚太平的日子里，百姓对军人仍心有余悸。虽说解放军不同于日本人，也不同于国民党，但在百姓们的心里仍重重地留下了一道阴影。

父亲从马上跳了下来，他手里提着马鞭，表情是舒展的，他要给未来的

地开到琴的家门前。父亲那匹高头大马披红挂绿，它还是第一次经历这样的事情，显得很兴奋，站在琴家门前引颈长嘶，小伍子就喊：请新娘子上马喽！一连战士也齐声呐喊：请新娘子上马喽！喊声惊天动地。

琴的父母连拉带扯地把琴从屋里拖了出来。琴仍然在哭，一边哭一边喊：不呀，不呀——琴一交到一连人马手里，那就由不得琴了。不管她是哭是喊，往马背上一掼，打马便跑。整齐的脚步声，伴着琴无力的哭泣声，终于远去了。

父亲结婚那天，三十二师像过年一样的热闹，猪杀了，羊宰了，全师放假一天。在一个操场上，摆出了上百桌酒席，黑压压的一片。父亲的战友、首长都前来庆祝，那些日子部队几乎天天过年，因为天天有人结婚。琴一被接到三十二师，全师上下沸腾了，全师上下齐声呐喊：新娘子，新娘子！——喊声如滚过的一片雷鸣。

进了新房的琴仍在哭闹，父亲不管她闹不闹。心想：你都是我的人了，哭有啥用，闹有啥用！看老子喝足了酒，怎么收拾你！

父亲命令小伍子看好新娘子，自己便来到操场上喝酒了。酒是大碗装的，肉是大盆盛的。父亲就亮起嗓门说：今天我结婚了，是三十二师大喜的日子。来，干！父亲带头干了。

干！几千人一起呐喊。

正吃着、喊着、喝着，胡麻子来了。他不是一个人来的，还带来了新夫人。新夫人果然年轻漂亮，喜滋滋地随在胡麻子身后。他一下车就大着嗓门喊：小石头，老子来喝你喜酒来了！

父亲已有些酒意了，他没想到胡麻子会来。父亲高兴了，举着酒碗就冲胡参谋长走去，一边走一边说：你这条老公牛，先干了这一碗！参谋长就干了。喝光了酒，他没看见琴，就问父亲：新娘子呢？

父亲不好意思地说：奶奶的，在屋里哭哪。胡参谋长也就哈哈大笑，笑过了，把嘴凑到父亲的耳边说：我刚结婚时也这样，女人就得收拾！收拾完了，她就不哭了。

说完就看身旁的新夫人，新夫人正满面潮红地望着他。他就又笑了。

参谋长临走时，拍着父亲的肩膀大声地说：你这个小牛犊子，好好干吧！

说完大笑着走了，他还要到别的师去庆贺。那些日子，他们有庆祝不完的婚礼。

父亲又端起酒碗向将士们走去，他要让全师官兵喝好，吃好，然后他才能去收拾琴。

很晚了，酒宴才结束。

父亲东摇西晃地向新房走去。那天晚上，他用三十六年积攒起来的力气，收拾了琴。琴已经没有力气再哭泣了。

父亲婚后的第二天，文工团出了一件事。一名男文工团员，企图用上吊的方式结束自己年轻的生命。幸亏人们发现得及时，七手八脚地把他从绳子上解了下来，才幸免了一场灾难的发生。那名男文工团员叫枫，后来父亲有幸见到了枫。枫长得很白，并有一双忧郁的目光，的确很年轻，也就是二十刚出头的样子，唇上的茸毛刚刚冒芽。父亲在看完枫之后，在心里说：哼，一个小毛孩子！父亲没有把枫放在眼里。

在起初的日子里，婚后的父亲并没有享受到家庭带给他的乐趣。琴从进到父亲这个门，一直没有和父亲说过一句话。琴在婚后的第三天，便又回到了文工团。文工团有许多演出在等待着琴，琴上班时吃在食堂。琴上班的第一天晚上，又如婚前一样准备睡到自己曾住过的宿舍里，被老文工团长发现了。他怕琴不回家，半夜三更父亲来找，那会使文工团乱七八糟的。所以，文工团长死活不依，并亲自把琴送了回来。父亲看着回来的琴，一声不吭，只是笑，琴不理父亲，穿着衣服就躺下了。父亲也不在乎，这些天，都是父亲为琴脱衣服。父亲为琴脱衣服时，心里充满了激情和快感。父亲一边为琴脱衣服，一边在心里恶狠狠地说：看老子今夜怎么收拾你！

琴无法在文工团住下去，演出之后，她便径直回到住在中街的父母家中。琴在夜深人静时刻突然出现在家中，这可惊坏了父母。他们在女儿婚后才知道父亲是一位师长，师长对他们老两口来说，已经是个了不得的大官了。老实本分的百姓，别说是官，就是兵他们也会吓得腿肚子发抖。他们在女儿婚后，曾暗自庆幸老天有眼，让他们的女儿攀上了高枝。那几日激动得老两口整夜无法入睡，不仅女儿日后有享受不完的清福，他们也会跟着沾光的。女儿的突然而至，老两口的心境可想而知了，新婚没几天，女儿就跑回来，这成了啥事！老两口从炕上爬起来，穿戴整齐，不由分说，齐心协力地把琴又送到了父亲的门下。父亲仍不说话，其实他的心里乐开了花，心想：看这个丫头能整出多大动静，还不得乖乖地回到老子的怀里！这一夜，自然是父亲又一次为琴脱衣服，琴不推不拒，闭着眼睛，死了似的任凭父亲摆布。

从那以后，琴没处可去了。每当演出完她只能回到父亲身边。琴一日三餐吃食堂，父亲也吃食堂，只有晚上，父亲才和琴双双躺在床上，干一些一家人才能干的事情。父亲对这一切满不在乎，他已经习惯了吃食堂的日子，他觉得这没什么不好。让父亲不满的是，琴从结婚到现在还没有和他说过一句话，甚至连正眼都没有看过他一次，这使父亲很烦恼。在烦恼中，父亲想起了小白脸枫，琴不理父亲也就是说琴仍没忘记枫。枫仍在文工团里，琴天天去文工团和枫在一起，他们之间会不会发生点别的事情？父亲一想到这，更警觉起来，他胡思乱想了一夜。

第二天一早，他把警卫员小伍子叫到了自己的办公室，如此这般地交代给小伍子一个任务，小伍子得令而去。

从那以后，在文工团的院子里，经常可以看见小伍子活动的身影：有时他趴在门缝里看琴和一帮青年男女练功；有时他趴在食堂的窗子上看琴吃饭；就连演出，小伍子也不放过，前台后台地转悠。总之，凡是琴的身影在哪里出现，哪里就有小伍子活动的足迹。直到演出结束，琴走在前面，小伍子随在后面，一直等琴走进父亲的房间，小伍子才肯离去。

第二天一早，小伍子向父亲报告道：

报告师长，一切正常！

父亲指示：继续侦察！

小伍子又开始了新的一天的工作。

有时父亲也会出其不意地出现在文工团院里，他一边和熟人打着哈哈，一边向排练厅走去，直到他看见琴好端端地在那儿跳舞或者唱歌，他才放心地离开。几次之后，老文工团长也于心不忍了，他打着哈哈冲父亲说：师长呀，忙你的吧，这里有我哪！

父亲搓搓手，笑笑道：那是，那是。然后骑马离去。

父亲和琴这种不即不离的关系一直持续到琴怀上了林。起初琴不知道自己怀孕了，有一天她又呕又吐，才知道自己怀孕了。

一天夜晚，父亲又想再一次收拾琴，琴一把推开父亲道：别碰我，我怀孕了！这是琴第一次和父亲说话。当父亲得知琴怀孕的那一刻，他乐疯了，一直从床上滚到地下，在地下又滚了三次之后，躺在那儿手舞足蹈地大喊大叫：我小石头有儿子了，有儿子了！

父亲悬着的一颗心也就落下了，他高兴的是不仅自己有孩子了，更让他高兴的是，这个孩子是他和琴共同拥有的，也就是说，他和琴之间的关系被一颗钉子钉死了，琴想跑也跑不了。

从那以后，他撤回了小伍子。但在琴演出之后，他会让小伍子去接琴，他怕天黑路远，琴有什么闪失。那时父亲不再骑马了，那匹高头大马换成了美式吉普车。

晚上，父亲一听到吉普车响，便开始张罗着为琴加夜餐，锅碗瓢盆结婚那天父亲就预备好了，可惜一直没有派上用场。这下用上了。父亲忙碌着这些，心甘情愿，他觉得这不是在为琴一个人劳碌，还有他尚未出世的儿子。从琴怀孕那天开始，他就坚信，一定是个儿子。后来的事实应验了他的预感。

琴进门后的第一件事，就是要坐在床上喘息一阵子，琴的肚子已经很明显了，她走起路来也有几分吃力了。但她仍然要去文工团上班，演出是无法进行了，她只能帮助其他演员进行排练。琴坐在床上，父亲便嬉皮笑脸地走过来，用极温柔的声音说：丫头，想吃酸的还是辣的？自从结婚后，他一直称琴为丫头。丫头琴的口味没谱，今天想吃酸的，也许明天就想吃辣的，弄得父亲一直很惶惑。有一阵，他也吃不准琴到底怀的是男孩，还是女孩。

辣的！辣的！琴不耐烦地说，同时舞动双脚，把鞋踢飞出去，顺势躺在床上。

父亲这时一点脾气也没有，他搓着手走到灶台旁，冲小伍子说：生火，生火！

小伍子很快把火生了起来，父亲笨手笨脚地开始下面了。小伍子看着父亲的样子于心不忍地说：师长，我来吧！

父亲说：我来，我来！还是我来！

吃完面的琴，便开始脱衣服睡觉了。自从怀孕之后，琴再也没让父亲脱过衣服，但她仍然不理父亲。睡觉的时候，她时常把后背冲着父亲。父亲不计较这些，他在心里笑一笑，心想：一切都会好起来的。从琴自己不主动脱衣服到主动脱衣服，从不说话到说话，琴已经有了显著的变化。父亲相信，这种变化还会继续下去的，一直到他们完全融合在一起。父亲错误地估计了琴，虽然在以后的生活中，琴接纳了父亲，但直到父亲生命结束，也没能和琴融合在一起。

琴的确在慢慢地承认着眼前发生的事实，但她的心里仍无法接受父亲。她仍在缅怀她夭折的爱情，那才是她真正的爱情。琴一生都在刻骨铭心地怀念着她的爱情，是父亲毁了她的爱情，这是她无法和父亲融为一体的关键所在。

父亲对琴没有太多的挑剔和不满，他已经感到很知足了。一个吃百家饭长大的野孩子，不仅进了城，又讨了一位如花似玉的姑娘，马上又要有儿子，他能不满足高兴么？就是梦中他也是笑着的。

琴的父母虽然胆小怕事，但在琴的身上所做的努力，可谓远见卓识。琴的家庭虽不是书香门第，但文化的基础源远流长。早几辈他们就意识到了文化与生意的关系，他们一边做生意，一边对子女的教育进行大量的投资。琴是个受益者。琴在七八岁的年纪，家里便为她请来了先生，教她识文认字。那时，金店的生意已经开始败落了，但琴的父母仍然坚信，金、银都是身外之物，唯有文化才属于自己。文化是打开聪明之门的钥匙，人要是聪明起来，还愁日子过不富裕？琴在十五岁那一年，以优异的成绩考取了沈阳城内唯一一家私立女子师范学校。琴在这所学校里，不仅学了许多知识，同时还学会了唱歌跳舞。琴是个很聪明的人，家族中优秀的血液遗传给了她，她没有理由不聪明、漂亮。琴在唱歌跳舞方面又极具天赋。沈阳城一解放，东北军区的留守处去学校招文艺兵时，很快便挑中了琴。于是琴顺理成章地成了一名解放军的文工团员。

琴来到文工团不久，她就认识了枫。枫是从上海千里迢迢投奔延安的知识青年。枫没去延安之前，在一所艺术学校里学习作曲。枫经过延安的洗礼，很快就成为了一名合格的共产主义文艺战士，后来他又随大军开赴到了东北。于是他就在东北扎根了。枫是文工团的创始人之一，老文工团长是他的恩师。枫和所有搞艺术的人一样，情感丰富又多愁善感，也脆弱也坚强，这是所有搞艺术的人无法摆脱的情结。

按理说，枫这样的性格，不太会讨女孩子的喜欢，但他很快赢得了琴的爱情。因为枫的性情已经赢得了琴的理解和沟通，况且，枫又是那么的才华横溢。枫创作的歌曲广泛地在部队里流传。是一首又一首广为流传的歌曲，以及枫骨子里固有的气质赢得了琴的欢心。琴在演唱枫的歌曲时，可以说是全身心地投入，这时她身体里的每一个细胞都是含欢带笑的，唱到高潮处，琴会流下激动幸福的眼泪。

琴的一往情深也很快打动了枫，枫在那些美好难忘的日子里坚定不移地认为，琴就是他理想中的佳人。两颗青年男女的心在艺术的氛围中，终于紧紧贴在了一起。练功房里、宿舍中留下了他们美好而又感人的一幕又一幕。

如果没有父亲的胡搅蛮缠，琴和枫在以后的岁月中，肯定会成为一对模范恩爱的革命伴侣。他们料想不到的是，这时，父亲出现了。

其实在父亲出现后，他们仍然是有机会的。如果这时枫再果决一些，三下五除二地和琴结婚，父亲也会一点脾气也没有。正是枫的优柔寡断，葬送了他们的爱情。

琴也曾提出快刀斩乱麻地结婚算了，枫一时显得犹豫不决，搞艺术的人的劣根性在此时暴露无遗。枫彷徨无助地说：革命刚刚胜利，有许多大事还没有干，咱们都年纪轻轻，这时结婚怕不好吧。

琴在枫的优柔面前一点脾气也没有了。

就在琴被父亲强行抢到三十二师去吃饭那一次，琴已经清楚地看见自己的末日就要来到了。那天晚上演出之后，她找到了枫。枫一筹莫展，他在琴的面前流下了软弱的泪水。琴在绝望中颤抖着身体说：那你就一枪把那个混蛋师长崩了。说完从枫的腰中掏出手枪塞在枫的手里。那时，男文工团员都配有武器。枫握住了枪，他握枪的手似被蛇咬了一下地那么一哆嗦。枫自从参加革命后，还从来没有杀过人。他不知如何杀人，更不知道如何才能杀死同在一个战壕里战斗着的一位战功卓著的师长。枫害怕了，他抖颤着身子，用颤抖的声音说：让我想一想，让我想一想吧！

琴绝望地搂抱住枫，枫在琴的拥抱中“当啷”一声把枪扔在了地上。琴这时，是又爱枫又恨枫。那时她就想，要是枫的身上有一点点父亲的豪气，她就是死也不会让父亲得逞。琴哭了，她一边哭，一边紧紧地拥抱着枫，枫是她的梦。枫在琴热烈温暖的拥抱中，终于回过神来，他小声地说：那我就杀了他！

在以后的日子里，琴多想听到那一声清脆的枪声啊，结果什么也没有。琴彻底绝望了，在她的面前，是一副更加苍白的脸，还有一双无助迷离的眼睛，那是枫痛苦无奈的形象。

就在这时，父亲先下手为强了，他几乎是把琴抢进了洞房，在新婚之夜，狠狠地收拾了琴。

软弱无助的枫终于失去了琴，失去了他的初恋。他绝望了，迷惘了，最后他只能选择死亡了，却没有死成。活转过来的枫，觉得活着还是件挺有意思的事，他不再寻死觅活了，只是他显得更加苍白，更加少言寡语了。

琴虽然生活在父亲身边，又怀上了孩子，但她仍然在怀念着自己的初恋。

琴在用沉默和不情愿与父亲对抗着。她生下了林。在以后的生活中她理所当然地成了林、晶、海的母亲。

正如父亲预感的那样，林果然是个儿子。林一落地，便嘹亮地大哭，乐得父亲大着嗓门，冲所有的人高喊：我有儿子了！我石光荣也有儿子了！嗬嗬，他妈的——

伴随着林落地时的号哭，著名的抗美援朝战争爆发了。

在没有战争的岁月里，父亲就像没有地种的农民那样无着无落。在父亲进城后，这短暂的和平岁月里，如果没有母亲琴的出现，他将会憋疯的。好在生理的饥渴和生活的愿望暂时填补了父亲生活的空白。现在，他老婆也有了，儿子也有了，他现在啥都不怕了。于是，在一个月黑风高的夜晚，他率领三十二师雄壮有力地跨过了鸭绿江。

母亲生了林，在文工团里请了长假，她只能一心一意地坐她的月子了。

父亲的部队出师大捷，杀得美国鬼子抱头鼠窜。第一战役结束后，双方都在调兵遣将，准备迎接下一轮的拼杀。在这间隙中，父亲想起了母亲和刚刚出生的林。此时此刻，他无比地思念远在沈阳城内的琴和林。这是他以前从没有过的，从那以后，父亲有了对家的无限牵挂。有了牵挂便觉得有许多话要对琴和儿子说，于是他唤来了小伍子。

他冲小伍子说：我要写信！

父亲说他要写信，并不是他要亲自写信，而是让小伍子替他写。在延安学习时，父亲是学过一些文化的。在学文化方面，父亲天生有些愚笨，往往是这耳朵听，那耳朵出了。他承认自己天生是打仗的料，对学文化并没有什么兴趣。好在，在那个年代，对一位将军文化方面没有什么苛刻的要求。

小伍子很快找来了纸笔。以前父亲有什么事要对上级汇报，都是父亲口述，小伍子执笔。父亲就说：老婆、儿子你们好！

小伍子抬头看着父亲，建议道：师长，这么称呼不好吧？

父亲不满地道：我说啥你就写啥，别啰唆！

于是小伍子就写。

父亲又说：离别两个多月了，真想死你们了！第一战打赢了，我一根毛都没少，就是想你们哪！

小伍子边写边笑，又不敢大笑，就那么难受地忍着。

父亲不管小伍子笑不笑，仍一本正经地说：老婆你要把儿子给我带好喽，要是儿子有半点差错，我不饶你！

父亲说到这儿就吸烟，红晕慢慢地在父亲粗糙的脸颊上扩散。他又想起了和母亲的新婚岁月，此刻，他真的思念母亲了。

小伍子这时提醒道：师长，写完了么？

父亲挥了一下手，仍红着脸说：老婆，我真想你呀！等打败了美国鬼子，看我回去怎么收拾你！

小伍子一脸不解地问：师长，“收拾”是什么意思？你是要打她么？

少废话，让你写你就写！父亲红头涨脸地叱小伍子一句。小伍子就听话地把他不理解的“收拾”二字也写进了信中。

就在父亲在遥远的朝鲜战场上，牵肠挂肚地思念母亲和儿子时，家里发生了一件事。这件事和枫有关。

枫所在的文工团，并没有随第一批入朝的将士开赴朝鲜，仍在沈阳城内待命，他们在忙着排练一批新节目。他们知道，这些节目迟早会派上用场的。

满月之后的母亲，在家里待得实在是没什么意思了，她就抱着林来到了文工团。文工团是她战斗过的地方，这里不仅有她的初恋，同时还有她的青春和欢乐，她无法忘却这里。她抱着林一出现在文工团，她便看到了枫，枫正用一双忧郁的目光望着她。

母亲一见到枫，心里便说不清是什么滋味，她期期艾艾地冲枫说：你为什么不去看我？

枫垂下了头，脚尖搓着地板，低低地说：我，我，我——他一时不知说什么好。

母亲的到来，很快引起了战友们的注意。他们将母亲团团围住了，七嘴八舌地问母亲这呀那的，他们还轮流着把林抱在怀里，他们异口同声地夸奖着林。唯有枫站在远处，一往情深地望着母亲。枫的目光，让母亲的心在流血。

母亲很快又回到了自己家中。枫的目光，已使她无法承受了。回家后的母亲流下了伤感的泪水。

就在那天晚上，枫轻声地敲开了母亲的房门。此时三十二师营院，人去屋空，只有少数一些和母亲一样的女人留在家中。这样一个宁静的夜晚，使昔日的恋人有了一个美好的约会氛围。这时，林已经睡着了。母亲和枫相对而坐，他们彼此望着对方的眼睛，说着昔日早已说过的情话。说着说着双方都动了感情，母亲再一次把自己的身体投入到枫的怀中，枫似被烫了似的哆嗦着。母亲在没有嫁给父亲之前，她对枫的爱情朦胧而又迷惘。在和父亲生活了一段时间后，她对男女之间的事情有了清醒而又深刻的认识。以前，她和枫只是相互拥抱而已，并没有实质性的接触。再一次和枫缠绵在一起，她的欲火被点燃了。在这寂静美好的夜晚，她的目光直接而又明确，那就是，她要把身体献给自己所爱的人，哪怕就一次，她也知足了。母亲一边亲吻着枫，一边脱掉了自己的衣服。她躺在床上，目光迷离地望着枫，喃喃道：枫，你来吧。今天我是你的了！

母亲没有料到的是，枫突然蹲下，双手抱住自己的头。他哭了，一边哭一边说：不哇，我怕！我不能呀！

母亲在等待着枫，她在等待着与自己所爱过的人相互占有，结果却等来了枫的哭声。母亲的身体冷却下来，心也冷了。她开始默默地穿衣服，穿好衣服后的母亲说：枫，你走吧！

枫已经停止了哭泣，慢慢站了起来，泪眼蒙眬地望着母亲。枫可怜巴巴地说：那我就走了？母亲点点头，枫真的就走了。

从此，枫在母亲心中死了。活在母亲心中的只是梦中的枫，母亲仍一往情深地爱着梦中的枫。

父亲不知道这些。

不久，枫入朝了。在一次去前线演出时，被一颗流弹击中，枫便再也没有回来了。

其实母亲也很想随文工团入朝的。没结婚前她是文工团的台柱子，她年轻的梦想和激情已经和舞台连在了一起。当她面对台下的观众时，她喜欢那一双双真诚热烈的目光，还有那一阵又一阵经久不息的掌声。这一切构筑了她青春的梦想。

母亲在一天天盼着林长大一点，再长大一点，那时她就可以把林寄养在父母家里，然后她就可以一身轻松地入朝去寻找属于她的舞台了。是父亲没能使母亲的梦想成真。在这期间，父亲回国休整了一段时间。在这一段时间里，母亲再一次怀孕了。不久，晶出世了。晶是个女孩，但她的哭声一点也不亚于林。晶呱呱落地时，父亲在朝鲜正艰苦卓绝地打着第四战役，他没能听见晶的哭声。

在这期间，父亲的职务也有所变动，他由师长晋升为军长。他的部队在三八线附近和美国鬼子展开了一场旷日持久的拉锯战。

母亲在晶出生之后，入朝的梦想终于破灭了。她用年轻的生命，哺育着林和晶。那时林已经会走了，晶还在吃奶。母亲年轻的生命，在哺育孩子的过程中，一点点地消损着。母亲的父母在这段时间里，也忠实地成了母亲的帮手，他们差不多每天都要过来，帮助母亲照料林和晶。随着林和晶一天天地长大，母亲因爱情夭折而失落的心，又重新找到了寄托。她可以不爱父亲，但她不能不爱自己的孩子，况且林和晶在她的眼里是那么的可爱，招人欢喜招人疼。母亲原本愁眉不展的额头，终于舒展了。

朝鲜战争进入到第五次战役之后，双方便僵持住了。又过了不久，双方签订了停战协议，战争结束了。这件事，父亲一直耿耿于怀，他是个主战派，但他又不能不服从毛主席的指示，最后他还是班师回到了国内。在那些日子里，他逢人就说：妈的！仗要是再打下去，老子两个月肯定把美国鬼子赶回老家！

父亲回国不久，他的职务再次荣升。胡麻子参谋长当上了副司令，在胡麻子的力荐下，父亲接替了他的职务。

随着朝鲜战争的结束，全国人民的所有精力都转移到大建社会主义上来了，部队也随之稳定下来。在这样的大背景下，父亲的小家也安稳了起来。

在晶蹒跚学步时，母亲又生下了海。海是个男孩，海出生时的哭声一点也不响亮。等在产房外的父亲听到海有气无力的哭声时说：×，这小子一点也不像我。

母亲一口气生了林、晶、海三个孩子，家里一下子就热闹了起来。那一年母亲二十六岁。二十六岁的母亲只能一心一意地照顾三个孩子了。

父亲当上参谋长之后，有许多事情需要他忙。现在虽说不打仗了，但身为军区参谋长的父亲却每天都在为打仗做着准备。他和下属们商量作战计划，一遍又一遍地琢磨着假想敌，跟真事似的在沙盘和地图上圈圈点点。总之，父亲满脑子都是战争。

回到家以后，他仍不能从虚幻的战争中走出来。这时林、晶、海不停息地哭闹，从这个房间跑到另外一个房间，他们发动一场战争似的，把家里的一切都搞得天翻地覆。母亲天天守着孩子，对这一切都已经习惯了，况且她也照顾不过来。她有许多事要做，洗洗涮涮、缝缝补补，还要一日三餐，为孩子为父亲做饭。父亲对这一切是不习惯的，林和晶出生时，他正在朝鲜打仗，孩子的哭闹离他很遥远，可现在不行了，他只能面对这些哭闹的场面了。

一会儿林把晶推倒了，晶就扯开喉咙没命地哭闹，等晶不哭了，海和林又一起哭了起来。原因是林打了海的屁股，晶又把林的耳朵咬了，一时间鸡犬不宁。父亲生气了，他站起来，来到三个孩子面前，大吼一声：都给我住嘴！再哭，老子把你们统统都毙了！父亲真的拿出了自己的枪，枪洞乌黑地冲着三个孩子。果然，他们不再敢哭了，他们迷惘、惶惑地望着父亲及黑黑的枪口。

父亲的敲山震虎，换来了片刻的安宁。待父亲离开他们，只一会儿工夫又和从前一样了。这时，父亲真的被激怒了，他不分青红皂白地每人都打了屁股。刚开始，他们在挨打之后哭得愈发响亮了，他们越哭父亲打得越起劲。父亲是真打，而不是恫吓，有几次打得他们的小屁股无法坐下了。后来，他们真的害怕了，在父亲叱喝一声之后，他们果然大气也不敢出了。

父亲打孩子时，起初母亲在冷眼观看。这八年中，母亲仍很少和父亲说话。母亲用无言抗拒着父亲。父亲不在乎这些，他有老婆了，有孩子了，他就啥也不怕了。父亲狠命打孩子时，母亲心疼了。这些孩子都是她身上掉下的肉，平时，她舍不得动他们一根指头。她会出现在孩子和父亲中间，指着父亲的鼻子说：你算什么父亲，你给哪个孩子擦过一回屎把过一回尿？你没权利打孩子！母亲说得千真万确，这三个孩子他的确没有尽过心。但父亲毕竟是父亲，他冲母亲嚷：你懂个屁！棍棒出孝子，不打不成才！再不打，他们都反了！

母亲仍然不躲，冷着脸看着父亲。母亲站出来为三个孩子撑腰，三个孩子就理直气壮呜哩哇啦地又乱叫起来。父亲眼见着自己的计划要前功尽弃，也急了，他冲母亲吼：你给我滚开！孩子是我的，打死了我愿意，你管不着！惹急了，老子连你一块揍！说完把母亲搡到一旁，他不管三七二十一揪住一个就打。

母亲有理说不清，躲在一旁痛哭流涕，她暗自想：这都是命啊！怎么嫁给了这么一个粗暴野蛮的家伙？

三个孩子终于在父亲的淫威下屈服了。在以后的日子里，他们只要一听见父亲回家时的脚步声，不管当时玩得有多开心，也会马上扔掉手里的玩具，龟缩在一个房间里，大气都不敢出。他们之间的交流，也换成了挤眉弄眼，还有一些意义不明的手势。

在父亲又一次离开家门后，三个孩子集体找到母亲说：妈妈，以后不要让这个人回来了！自从父亲残暴地打过他们之后，他们便不再称父亲爸爸了，而是改成了“这个人”。

母亲叹口气说：他是你们的爸爸呀！

三个孩子异口同声地说：我们不要爸爸！

父亲对孩子虽然残暴得不近情理，但对母亲的父母，也就是他的岳父岳母却孝顺异常。父亲很小就失去了父母，他没有尝到父爱和母爱。于是，他把对父母所有的感情都集中在了对岳父岳母的厚爱上。

每到星期日，他会派出自己的司机（那时父亲已有了一辆华沙牌轿车了），去接岳父岳母来到自己家中。同时让炊事班长过来掌勺，做一顿可口的饭菜。那时，虽说不上富裕，但身为军区参谋长的父亲，养活一家老小还是绰绰有余的。每个星期天，是一家人最和美最幸福的时光。饭桌上，年迈的岳父岳母仍不时地夸奖着父亲，夸父亲的战功卓著和前程似锦，同时也夸母亲的眼力和眼前这美好的生活。岳父岳母说这些时，母亲一声不吭，她不停地为父母夹菜，劝吃劝喝，就是不搭理父母的话茬。

父亲此时的心里洋溢着无比的温暖和幸福，就是三个孩子放肆一些，他在这时也不会管教的，任他们放肆和疯狂。父亲对眼前的生活无疑是满意的，能有今天的父亲，他把这一切都记在了岳父岳母的账上。要是没有当初岳父岳母对自己的婚姻的支持，哪里会有他美好的今天？父亲的心里，真心实意地感激着岳父岳母。

时间过得很快，一转眼，林开始上学了，晶和海也分别上了幼儿园的大班中班。母亲在孩子身上终于熬出了头，她又重新回到了文工团，但她再也无法唱歌跳舞了。文工团经过朝鲜战争的洗礼以及和平年代的成长壮大，演员的队伍有了质的飞跃。况且由于母亲连续地生养孩子，她的身体比起以前有了显著的变化，清脆甜美的嗓子也大不如从前。母亲重新回到了文工团以后，她只能管一管服装和道具了，在遇到有大型演出需要大合唱的时候，她才会再一次走到前台，站在合唱的人群中，充一回数。母亲过早地结束了艺术生涯，她把怨和恨都记在了父亲的账上，是父亲让她失去了这一切。那时母亲仍然很年轻，刚刚二十九岁，母亲仍然有许多理想和对生活的追求。

父亲仍然很忙，他除了激动地研究那些假想敌外，工作上他还要有许多应酬，父亲回家吃饭的次数便明显地减少了。父亲每次回来，都是一嘴的酒气。父亲是有酒量的，在外面应酬喝这点儿小酒不在话下。父亲回来时，母亲早就安顿好了三个孩子上床睡觉，她躺在床上，借着台灯的光亮正在研读

《红楼梦》。母亲早已被《红楼梦》的氛围感染得一塌糊涂，她正在为宝玉和黛玉的爱情伤心不已。在母亲这样一种心情下，父亲满嘴酒气地回来了。回来后的父亲，坐在床沿，很有内容地望了眼母亲。这时，他仍然不急于上床，他要让这个美好的过程延长，他要吸支烟。父亲吸的不是纸烟，而是喇叭筒。父亲吸不惯纸烟，他吸自己卷的喇叭筒才过瘾。父亲的喇叭筒冲劲十足，很快房间里便乌烟瘴气了。这是母亲无法忍受的。不管是冬夏，也不管是什么时间，母亲无论如何都要爬起来，乒乒乓乓地把门窗打开。父亲不理解母亲这一系列举动，他仍满眼内容地瞅着母亲。虽然母亲一口气为他生了三个孩子，体态已有所改变，但母亲的形象在父亲的心中仍是完美的。父亲终于吸完了他的喇叭筒，这时他站起身开始宽衣解带了。父亲一边动作，一边满怀内容地微笑，迫不及待地钻进了母亲的被窝。母亲是要反抗的，父亲这时就可怜巴巴地央求母亲道：丫头，整一招吧！我都两天没整了！母亲道：你这头猪，滚一边去！父亲这才想起，自己还没有洗脚、刷牙。随着生活的稳定，母亲对父亲的要求也苛刻起来，父亲不洗脚不刷牙是无法和母亲亲近的。但父亲无论如何也养不成洗脚、刷牙的习惯，这是父亲的前半生养成的无法改变的陋习。在战争岁月中，别说洗脚刷牙，就是脸也有一连十几天不洗的纪录，行军、打仗哪有那么多讲究。

父亲在万般无奈的情况下，只好不情愿地爬起来，把脚伸到水龙头下冲一冲，拿着牙膏胡乱地漱一漱口，然后火烧火燎地跑回来，关掉台灯，死乞白赖地往母亲身旁凑。母亲无法抗拒父亲的要求，忙乱一阵之后，父亲倒头就睡，并不时地伴以响亮的鼾声。父亲睡觉的毛病很多，不仅打鼾，而且还伴以咬牙放屁吧唧嘴。

母亲无法入睡，她在这臭气熏天、鼾声嘹亮的环境中怎么能睡着呢？她隐忍着父亲的恶行，一遍又一遍地想象着《红楼梦》里的情景，落红、残雪、吟诗作赋，那才叫生活。母亲对《红楼梦》里讲述的生活一往情深，男男女女极有情致的爱情生活，真是太美妙了。然而，现实又使母亲的幻想变得支离破碎了。她怎么能不痛苦不失眠呢。

由身边的父亲，她又想到了枫，梦想中的枫。要是和枫结合在一起，眼前的日子会是这样一番景象么？不，绝不会！母亲毫不犹豫地断定，枫决不会像父亲这个样子。枫是多么缠绵和有情致的人啊！她和他躺在床上，一起读《红楼梦》，谈枫创作的歌曲。枫的脚自然是认真洗过的，牙也是刷过的，他的嘴里会飘出一阵又一阵中华牙膏的气味。他们在床上、台灯下说说笑笑，相亲相爱，那将是一番什么样的景象呀！母亲在无法入眠的夜晚再一次想起了她梦中的枫。对母亲来说，无法得到的，才是最美好的。

母亲除了看《红楼梦》，还看别的书，古今中外的名著，以及其他的书，拿到什么就看什么。母亲爱好看书，父亲一直不以为然。

母亲还无法忍受父亲的吃相。父亲每次吃饭，食欲都极好。吃饭时，父亲异常专注，大碗盛饭，大块吃肉自不必说。父亲吃饭时，总是要节奏有力地吧唧嘴，父亲吧唧嘴的声音一点也不亚于快板打起来的声音。父亲在吞咽食物时，也总是咕噜有声，喉头上下那么一滑动，一口食物就咽下去了。每次吃饭时，母亲总不忍心看父亲这种饿死鬼的样子，她每次都在碗里夹一些菜，躲到别处去吃饭。父亲一直没弄明白，母亲在吃饭时为什么总是躲着他。有几次，孩子们也想躲开他，他及时发现了，用仍在咀嚼食物的嘴大喝一声：站住！

孩子们就站住了，他们也常常被父亲的吃相惊呆了，而忘记了自己吃饭，呆呆地望着父亲。父亲发现了，不明白发生了什么，叱一声：看啥看？你们的老子也不认识了？孩子们马上埋下头，真真假假地吃，等父亲一离饭桌，他们终于忍不住，“轰”的一声笑了，他们交头接耳，小声地说：饿死鬼，饿死鬼！

孩子们的话是母亲冲他们说的，母亲说：瞧你们的爸爸，那饿死鬼的样儿！孩子们记住了，他们小声说“饿死鬼”时，心里面充满了快感。

许多年之后，大起来的孩子们，斥责父亲的吃相时，父亲听了，久久没有言语，他的神情有些黯然。许久父亲才说：你们没挨过饿，知道个屁！父亲说到这儿，便再也不说话了。他的目光，透过窗子望着极远处的天边。这时，他又回想起了吃百家饭时的童年，那是怎样的一段岁月呀！在这家吃了上顿，还不知何时在另外一家吃到下顿呢。父亲一想起童年，心酸无比。

三个孩子中，父亲最喜欢的还要数晶。晶虽说是女孩子，但胆子比林和海都大。星期天，父亲没有什么大事，总要带上三个孩子去打靶。他一个星期不听枪声，浑身上下就不舒服。每次打靶，林和海都躲得远远的，还用双手捂住耳朵。唯有晶不捂耳朵，她随在父亲身后，睁圆了眼睛，看着父亲手里的枪，一张小脸激动得通红。父亲先是让林来打，林不敢。在父亲的强迫下，他双手握住了枪，闭着眼睛，扣动了扳机。随着枪响，他把枪扔了转身就跑。

父亲大骂：没用的东西！

海更是胆小如鼠，他还没摸到枪，就尿了裤子，气得父亲一脚把他踢出老远。轮到晶时，她不慌不忙，拿起来就射，她一边射击一边呀呀地喊着什么。

从此以后，父亲再去打靶，便只带晶一个人了。晶的枪法在父亲的调教下，差不多每次都能射在靶子上。父亲对林和海失望的同时，对晶燃起了希望之火。

一转眼，父亲就五十岁了。

五十岁的父亲想起了老家靠山屯。在这之前，父亲曾无数次地想起过老家，但只是匆匆而过的一个念想而已。五十岁的父亲心情却不一样了，靠山屯一旦从他的脑海里冒出来，便再也挥之不去了。

于是父亲决定回一趟老家。父亲回老家时，是坐着自己的专车走的。父亲原来那辆华沙牌轿车，已经换成了上海牌。父亲带着警卫员还有秘书便匆匆上路了。父亲先到了家乡所在地的省军区，省军区早就接到了父亲要来的通知。他们热情地接待了父亲，并一再要求父亲要有所指示。父亲心不在焉地在省军区的院里走了走看了看，胡乱地指示了两条，便归心似箭了。以前，父亲回老家的心情从没有这么迫切过，马上就要到家门口了，父亲实在无法忍受思乡的煎熬了。当天父亲就奔靠山屯而去。省军区为了使父亲高兴，同时也为了使父亲这次返乡之旅愉快，他们做了周密的安排。除派出一个警卫排外，另外又派出了两辆卡车，车上装满了大米，还有猪肉粉条子。省军区的领导也亲自陪同，于是，一个车队，浩浩荡荡地开到了靠山屯。

靠山屯的父老乡亲做梦也没想到，当年的小石头还活着，他们以为，父亲早就被冻死在了深山老林里。因为当年，那些抗联战士，没有几个活着走出深山的，他们不是被日本人打死就是冻死饿死在山沟里了。父亲却奇迹般地回来了，而且还这么大的排场。全屯老少都拥出家门，一睹父亲的风采。当年的老人大都不在了，父亲的同龄人大都健在，他们站在父亲的面前不敢认了，父亲也认不出他们了。于是，他们相互启发着回忆着，终于想起来了，然后他们的手握在一起，眼泪横流。父亲又一次想起当年掏鸟蛋、骑牛背的种种细节，唏嘘不止。在父亲的眼里，靠山屯还是靠山屯，只不过现在的靠山屯人更加兴旺了。此时的靠山屯比过年还热闹，孩娃们呼爹喊娘地走出家门，围在父亲的身旁，看车队，看亲人解放军。

父亲为了酬谢靠山屯所有的父老乡亲，他命人在屯中心搭了两个大灶，焖了一锅又一锅白米饭，烧了一锅又一锅猪肉炖粉条。父亲少年的梦想就是有朝一日能吃上猪肉炖粉条。这不仅是他的梦想，同时也是所有靠山屯人的梦想。父亲今天就要向人们还这个愿了。

父亲的壮举一连持续了三天。这三天中，不仅惊动了公社领导，就连县里的领导也来了，他们都想亲眼见识一下从家乡走出的大人物。他们一律称父亲为首长，一时间，小小的靠山屯热闹异常。

三天以后，父亲恋恋不舍地告别了他的父老乡亲，告别了他的家乡靠山屯，又回到了沈阳城。在这几天中，父亲的心情波澜难平，他一家家坐过了。每到一家，他都会想起一串童年的往事，李家曾给过他一个饼子，张家曾送过他一碗高粱米饭……这一切的一切，使父亲既伤心又亲切。回到家中许多天，父亲仍然处在亢奋中。

父亲回老家不久，乡亲们便带着老家的特产成群结队地开始回访父亲了。他们没想到父亲会当这么大的官，在他们的眼里，军区的参谋长和军委主席已经没有多大的区别了。乡亲们的心是热的，情是真的。

乡亲们坐满了家里的大小房间，他们一边和父亲抽着家乡烟，一边谈天说地，叙说着靠山屯这些年的变化，询问着部队及城里的大事小事。此时的父亲是高兴的，他盘着腿坐在屋地中央，乡亲们也这么坐了，他们坐不惯城里人的沙发和桌椅、板凳，他们盘腿坐在地上，就像坐在自家炕头上那么从容不迫，顺理成章。一时间家里乌烟瘴气，臭气熏天。

母亲早就无法忍受这一切了，白天的时候，她还能躲到单位里眼不见心不烦，可下班之后，她没处躲藏，只能回到家中。平时，父亲一个人她都无法忍受，一下子来了这么多人，把她都快逼疯了。家里每个房间里都混乱一团，她更无法忍受的是乡亲们的粗鄙。见到母亲那一刻，乡人们都惊呆了，他们万万没有想到的是，母亲会这么年轻，又这么漂亮。他们亲切地称母亲为嫂子，虽然，母亲比他们还要小。在父亲的家乡，凡是被称为嫂子的女人，是可以打闹取乐的。虽然他们在母亲面前不能放肆，但他们对母亲却真诚地热情着，他们掏出大把大把的核桃往母亲手里塞。有人卷好一根纸烟让母亲吸，父亲家乡的女人是有吸烟这一习惯的，他们以为母亲也会吸烟。母亲终于无法忍受了，她躲到厕所里，此时家中唯有厕所是最后一片净土了，因为乡亲们用不惯抽水马桶。每天有乡亲们上厕所时，父亲都让公务员小李子引领着他们去院内的公共厕所。母亲躲在厕所里，她第一次感受到，厕所里是这么安宁，这么洁静。香皂散发出淡淡的幽香笼罩着母亲，笼罩着厕所。母亲的眼泪也随之流了出来。

父亲叫来了炊事班长，让炊事班长做了一大锅猪肉炖粉条，然后父亲就陪着这些童年的伙伴，大碗地喝酒了。父亲一边大口地喝酒一边大声地让酒让菜，父亲说：二哥，整酒！父亲还说：三弟，整酒！

于是，众人就整，整来整去就都整高了，乡亲们说话也不那么规矩了，每句话都带着粗话了。整来整去的，就想起了母亲。他们大呼小叫地向父亲提议，让母亲来敬酒。父亲这时也有些喝高了，他大着嗓门喊母亲：丫头，来来来，敬酒，敬酒哇！

母亲听到了，她不动。父亲喊了一气见母亲没动静，然后起来敲厕所的门，一边敲一边喊：敬酒，敬酒！这些都是我光腚眼的朋友。母亲不能不出来了，她出现在乡亲们面前，这时已有人为母亲倒上了酒，然后碰杯，然后干杯。母亲不喝，她从来没喝过酒，别说让她喝酒，眼前狼藉的场面早就让她作呕了。趁着酒劲的乡亲们，七手八脚地把一碗酒倒进母亲的嘴里，母亲一头撞开厕所的门，她翻江倒海地呕吐起来。

父亲还在说：大哥整酒！小弟整肉！

从那以后，只要农闲时节，乡亲们总要前呼后拥地来到家里。他们来看望父亲，顺便走一走，到靠山屯外的世界开开眼。每次来人，都是父亲车接车送的，他们平生还是第一次坐上轿车，仅凭这一点，就够他们在家乡人面前说上半年的了。

母亲再也无法忍受了，她警告父亲说：不要再让那些人来了，要是再来，我就和你离婚！“离婚”这个词对父亲来说又新鲜又陌生，他以为母亲只是说说而已。在又一次老家来人时，母亲真的搬到文工团去住了。后来乡亲们走后，父亲亲自跑到文工团好说歹说，母亲才回来。

以后，再有乡亲们来找父亲，父亲就不往家领了，而是把他们安排在招待所里。在那几年中，只要在军区大院里看到手提蘑菇、肩扛核桃，在招待所食堂里大碗喝酒大块整肉的乡下人，十有八九是父亲的家乡人。

乡亲们来过一阵之后，便明显地稀疏下去了。相反的，老家再来人，就换成了公社和县一级的干部。他们不再单纯地来看父亲，而是有求于父亲。在计划经济下，什么都紧张，例如农机、化肥、种子、布匹……都是农村基层紧缺的。他们来求父亲，想购买这些紧俏商品。父亲对家乡是有求必应。

父亲虽身在部队，不管地方上的事，但父亲有许多老战友、老下级，不少人都已转业到了地方，在各条战线上战斗着。这些对父亲来说并不是什么大事，只一个电话一张条子，家乡人无法解决的问题，在父亲这儿迎刃而解了。这些东西到手后，父亲并没有完成任务，他还要想办法帮助乡亲们把这些东西运回去。有时父亲要到铁路局为他们申请车皮；铁路紧张的时候，父亲就直接命令部队的军车为他们送回老家。

那些年，父亲为老家办了许多大事。

父亲在陪县委书记喝酒时说：老家以后有求我老石的就说，没有老家那些乡亲，我老石早就饿死了。我老石死后也要埋在家乡。父亲说的是实话，他万没有想到的是，正是他的实话，给他埋下了一个祸根。后来父亲犯错误了，正是他这一席话引起的。

父亲十三岁来到了部队。从他参军那天起，便把自己的一生交给了部队。几十年的戎马生涯，父亲的生命已完全和部队这个大家庭融在了一起。父亲认为军人这个职业，是世界上最光荣的职业。

父亲这一看法，体现在他对三个孩子的安排上。林首先高中毕业，他毫不犹豫地把林送到了部队。父亲对待子女体现出了他的大公无私，他没有把林留在身边，而是送到了边远的哨卡。那里是冰天雪国。父亲的人生观是：温室里的花草成不了什么气候，只有在大风大浪里才能百炼成钢。他十三岁参加抗联，这么多年不就是这么摸爬滚打过来的么？

一年以后，林就无法适应边防哨卡单调艰苦的生活了。于是他一封封言辞委婉地给父亲写信，希望父亲看在他们父子的情面上，拉他一把，把他调到条件稍好一点的环境下为祖国守好北大门。父亲接到林的信并不为所动，他一根火柴把林的求救都化为了灰烬。

林对父亲失望了，他又求助于母亲。母亲早就对父亲的做法存有异议，当初让林去边防哨卡，母亲就曾和父亲争论过，最后还是父亲大手一挥道：孩子是我的，就这么定了！父亲一直把三个孩子看成是自己的，甚至连母亲都没有份儿。在感情上，他把三个孩子已经据为己有了。

母亲毕竟是母亲，母亲无法忍受林的受苦受难。她通过熟人的关系，为林开好了调令。那时母亲已经是文工团的团长了，母亲还是有一些号召力的。那件事被父亲发现了，他生气了。当即打电话撤销了林的调令，使母亲和林的希望落空了。

这件事之后，林曾给父亲来过一封信。林在信中说：我没你这个父亲，你也没我这个儿子！父亲接到信后，好长一段时间情绪都不稳定，在家里他无端地大骂晶和海。晶和海都在读高中，已经算是个大人了。他们无端地受到了父亲的辱骂，只能向母亲哭诉。母亲就说：忍一忍吧，等你们毕业了就离开这个家！你们走了，我也离开他，让他自己冲自己骂去！

林从那以后，再也没有给父亲来过信，这是父亲无法理解的。1979 年，南线那场战事，身为营长的林也参加了那场局部战争。结果林再也没有回来。他永远地留在了南方的丛林里。在林的遗物中有一封写给父亲的信，后来那封信辗转地送到了父亲的手里。林在信中说：爸爸，你见到这封信时，我已经牺牲了。以前我恨你，但现在不恨了，因为你是我的父亲……

父亲读着林的信，老泪纵横。他小心地把这封信珍藏起来，隔一段时间，就要拿出来看一看。每看林的信，他都泪眼模糊。

三个孩子中，晶的性格最像父亲。她从小就天不怕地不怕的，而且脾气暴躁。父亲不在场时，她生起气来，会摔东西会骂人。气得母亲就骂她：看你那德行，跟你父亲一样！所以父亲异常喜欢晶。

在晶高中毕业以后，关于晶未来的前程父亲征求了晶的意见，晶不假思索地说：我要当骑兵！谁也说不清晶为什么会有这样的想法，在她的意识里，骑马驰骋，也许是最高的人生境界吧。

她的这一想法，却使父亲为难了。军区不是没有骑兵，而是骑兵部队中没有女兵。但这事难不住父亲，晶还是很快地被送到了内蒙古草原上一支骑兵部队中。

于是从那以后，骑兵部队里多了一个晶，多了一名唯一的女骑兵。当时，这在部队里成了新闻。

晶不像林那样叫苦叫累，她在给父母的每封来信中都是满足的幸福的，她在一封信中还提到，她要征服那匹脾气暴烈叫黑子的马，那匹马已经摔残了两名骑手了。

一天夜里，晶偷偷地把那匹黑马牵了出来，结果不幸就发生了。晶从马背上重重地掉了下来，小腿骨折了。为这，晶住了一个多月的医院。这一切，父亲并不知道，她自己没有告诉父亲，同时也不让她的领导告诉父亲。她在住院的三十多天里因行动不便而吃尽了苦头，因此，她恨死了那匹黑马。当她出院以后再次接近那匹黑马时，它似乎对她有了深仇大恨，冲她龇牙咧嘴，并不时地伴以蹦跳啸叫。这下就惹急了晶。在又一个夜里，晶气愤地用刺刀把黑马捅残了，从此黑马从军马的序列里消失了。

晶受到了记过处分。她不服，为这事还和领导大吵大闹了两年，她摔碎了团长的杯子，同时也把团长家窗子上的玻璃砸了。晶在骑兵部队里，像那匹黑马一样难以驯服。后来，这样的事又发生了几起，骑兵部队没有办法，在征求了父亲的意见后，把晶送了回来。就此，晶结束了她短暂的骑兵生涯。

退伍回来的晶，又一次向父亲提出了要求。骑兵当不成了，她要去开火车，当一名女火车司机。不知道为什么，父亲对晶的要求会百依百顺，他真的成全了晶的梦想。那时，父亲以前的警卫员小伍子正在铁路上当着一名不大不小的领导。晶很快成为了铁路局中唯一的一名女火车司机。这件事，又一次成了新闻。晶驾驶着火车，飞驰在祖国的大江南北，那份感受一点也不亚于在草原上骑马奔驰。晶对自己能成为一名火车司机感到心满意足。

不知为什么，晶都二十八九了，还没有找到男朋友。这可急坏了母亲，她开始求熟人托朋友广泛地为晶张罗对象。不是男方看不上晶，就是晶看不上男方。最后终于在公安局为晶找到了一位民警，两人结婚还不到一年，又离婚了。原因是两人刚结婚就吵架。有一次，晶把民警的枪缴获过来，还把民警绑在了床上，然后就拿着民警的枪把玩，还扬言要把这支枪带到火车上去，说这枪戴在民警的身上简直就是个装饰……民警无论如何没法和晶再生活下去了，于是提出了离婚。离就离，谁怕谁呀！晶干净利落地办完了离婚手续，完事之后，她又潇洒地开上火车，大江南北地飞奔了。从那以后，晶再也没有提结婚的事。一直到现在，她仍一个人快乐地生活着。

海是最令父亲头疼的一个孩子。他生性怯懦，多愁善感，为一片落叶、一点残红也会伤心不已。他时常泪水涟涟，抑郁寡欢。海喜欢读书，经常可以看见海躲在自己的房间里，读一些中外爱情故事。他时常一边读书一边抹眼泪。气得父亲不止一次地骂他：没出息的货！就连母亲也为海这种样子，不停地叹气。她知道海的性格很像自己，如果海是个女孩也没什么不好，可他偏偏是个男人。母亲明白这其中的道理。因此，母亲为海的性格长吁短叹。

海高中毕业，当父亲提出要送海去当一名海军时，母亲没有提出异议，她也以为把海送出去锻炼锻炼对改变海的性格会有好处。父亲认为让海去当海军，那才是真正意义上的到大风大浪里去磨炼。于是，海别无选择地当上了一名海军。海当的是潜艇兵，训练时潜艇在海底一待就是一个月，有时甚至几个月，真正的是海底世界。一艘艇上干部战士也就是十几个人，在狭窄的空间里大部分时间是在洞穴一样的空间里生存，别说是海，就是有二十几年兵龄的潜艇长也吃不消。海又生性孤独，无法排遣。于是，不满一年，海的精神就出现了问题。后来，海被送到了精神病医院。从那以后，只要有人当着海的面提起海军和大海，海便会浑身发抖目光呆滞。从此以后，家里没人再说有关海军的事了。海出院以后，被母亲调到了自己的身边，在文工团里当上了一名文艺兵。

父亲对不争气的海也死了心了，他不相信海以后还会有什么出息。他曾对母亲说：就当我没这个儿子吧！他对母亲如何安置海也听之任之了。

海来到文工团以后，却如鱼得水，他先是写歌词，后来就学会了作曲。时间到了二十世纪八十年代，海创作的爱情歌曲曾风靡全国，倾倒了许许多多的少男少女。一时间海红了起来，报纸上、电视里都称海是天才作曲家。于是，海频频地在电视上抛头露面。向海求爱的年轻漂亮女孩子多得不计其数。认识的不认识的，海每天都能收到几封求爱信，可海却一个也没看上。一晃，海都三十岁了，海仍没找到合适的女朋友。

后来母亲急迫地问海：你到底想找个啥样的？

海的回答让母亲吃惊，海说：我要找像姐那样的女朋友！海这么说，不能不让母亲吃惊。母亲曾挖心掏肺地开导海：你姐晶那样的女孩有什么好？没心没肺的，还不会过日子。

海这回坚定地说：找不到晶那样的女孩，我就不找了！

父亲叹气，母亲也摇头。他们又想起海是得过病的，对一个得过精神病的人，他们还能说什么呢？

晶隔三岔五地总要在家住上一阵子，然后又出车了。晶每次回来，都是海最愉快的日子，他总要找理由待在晶的房间里，和姐说说笑笑。晶一走，海就没了笑声，他把晶用过的东西，老鼠搬家似的运到自己的房间里，然后关上房门创作他的爱情歌曲。

父亲在五十六岁那一年，被一纸命令宣布提前离休了。像父亲这一级别的军人，正常情况下是可以干到六十岁的，并且还有荣升的可能。但父亲却在军区参谋长的职位上提前离休了。

父亲被宣布提前离休，有两件大事和他有关系，也就是说这两件事构成了父亲一生中最大的错误。一件是，他把部队装备的军车卖给了老家的县里。

父亲卖军车不是一辆二辆，而是一批！在这之前，老家的县里领导几次三番地找到父亲，让父亲帮助买一些能够运输的卡车。父亲的老家很偏僻，一直没有能够通上火车，交通的任务，只能由汽车来完成。由于交通的不发达，直接影响了父亲老家所在县的落后。这是件大事，父亲也在为老家的落后贫穷而着急。当时的经济情形是，一切都在计划经济下运作。一汽生产的解放牌汽车，由国家统一分配，别说父亲老家所在的县，就是省里一年也得不到几台这样的汽车。

老家的人为交通着急，父亲更急。终于有了机会，军委为父亲所在的部队配备了一批军车。文件落在了父亲手里，父亲眼睛一亮，他想都没想，便大笔一挥，在文件上批示这批军车支援给地方。地方当然就是父亲老家所在的县。在老家县内的每条公路上，都可以看到染着草绿色的军车，在忙碌地奔驰。

父亲没想到的是，这会是个错误。他了解部队的装备，此时部队的装备比几十年前有了翻天覆地的变化，这令父亲感到很满意。他盼望着新的一轮战争打响，可他等了十几年也不见有什么战争，于是父亲失望了。没有战争的部队，要那么好的装备干什么？简直是浪费！还不如让这批装备去支援地方建设。父亲理由充分地把这批军车卖给了老家。这是父亲的想法。

一波未平，一波又起。父亲老家所在的县，为了感谢父亲多年来的厚爱和关怀，在父亲老家选了一块风水宝地，为父亲建了一座宽大豪华的墓地。父亲对这块墓地却一无所知，这是县里领导背着父亲做的。原因是，父亲曾不止一次地说过，将来死后要安葬在老家，而不去什么火葬场。这又是父亲思想的一种局限。那块墓地一切都准备就绪，就等着父亲“叶落归根”了。按照县领导的想法这也没啥，家乡出了一位将军，这是几百年没遇到的大事。将军死后回到家乡，这也是人之常情。况且，将军又为家乡谋了那么多的好处，为将军修块墓地又算得了啥？

纸里包不住火，两件事加起来，事情就闹大了。先是军区领导知道了，军区领导觉得这件事情非同一般，又上报了军委。军委在派出工作组调查了两件事之后，在铁证如山的情况下，一个命令将父亲召到了北京，由总部领导亲自找父亲谈了话。在事实面前，父亲哑口无言，但父亲不明白的是，这怎么能算是错误？！在父亲从北京回来不久，便被宣布离休了。

离休后的父亲一下子就苍老了。他闲在家里一时竟无所事事，他不知该干些什么才好。更年期综合征降临到父亲身上，他开始不停地发脾气，冲母亲，冲孩子。

那时，林和晶都已参军，家里只剩下了海一人在读书。那一年，母亲四十刚出头，她已春风得意地当着文工团的团长。孩子们都大了，家里也没有什么需要她操心的了，她就满怀热情地把自己的生命投入到事业之中，她要把年轻时耽误的时光补回来。

父亲在家里经常一个人发脾气，他先是摔碎了自己正喝水的杯子，然后又揪扯自己过早花白了的头发，他的火气因没有对象而不得不偃旗息鼓。然后他就从这个房间流窜到那个房间，嘴里不停地骂骂咧咧，并一遍遍地说：等你们回来，看老子不收拾你们！他看什么都不顺眼了，包括母亲收拾好的房间。结果是，他谁也收拾不动了，他真的老了，关键是他的心老了。

他只能不停地抽他的喇叭筒烟，喝高粱烧。他的酒量也大不如以前了。他看着酒，力不从心了。喝了几口酒就醉了的父亲，流下了英雄泪。然后，天还不黑，倒头就睡，屁照放，牙照咬，脚不洗，牙不刷。母亲对父亲这一切，已经受够了，她无法再忍受了。于是，母亲提出了和父亲分居的想法。令母亲大感意外的是，她这一想法，得到了父亲热烈的响应。其实，他也早就受够了母亲的管束，这么多年他也被管够了。他要翻身求解放，他要畅快地呼吸自由的空气。很快，父亲便和母亲正式分居了。那时，家里的房子多的是，随便找一间，父亲便逃离了母亲。

父亲在职时，最愉快的工作是站在沙盘前或者作战地图前，研究假想敌。他把假想敌已经研究得烂熟于心了，包括我军的部署。可一直没有派上用场，但这并没有影响他这一爱好。他想，现在用不上，迟早有一天会用上的。说不定到那时，军委领导会再次请他出山，让他指挥千军万马和真正的敌人大干一场。他一想起这些，便热血沸腾。

于是，父亲把所有的时间和精力，都用来制作沙盘和绘制作战地图上来了。他对沙盘和地图早已了如指掌，做这些对父亲来说轻车熟路。很快父亲的房间便被一个又一个沙盘和一张又一张作战地图占据了，父亲在拥挤中得到了安慰。父亲在他的假想中独自激动着。他长时间地沉浸在自己的亢奋中，只有吃饭的时候他才走出自己的房间。母亲对父亲所做的一切一直采取不闻不问的态度，这正合父亲的心意。那一阵子，父亲和母亲一直和睦相处。

后来，军区文工团精简整编，母亲也过早地退休了。母亲一时也闲在了家中。父亲和母亲同时闲在家中，大部分时间里，他们各自干着自己的事情。母亲仍然爱读书。不读书的时候．母亲就望着春夏秋冬的窗外发呆。她一次又一次想起了她梦想中的枫，这时母亲的内心感慨万分。她时常会看到窗外的路上，一对又一对老年夫妇相扶相携地在黄昏中走过。这时她多么希望枫在身旁，陪伴着她在黄昏中走一走哇。

有一天，父亲又喝得醉醺醺地回来。看见母亲坐在窗前发呆垂泪，父亲的酒一下子醒了，很惊讶地问：丫头，你怎么哭了？母亲没理他，突然问：你闹革命为的什么？父亲很奇怪，随口答道：要解放，要过上好日子呗。母亲凄然地一笑：讨一个好老婆，生孩子传宗接代，对不对？父亲怒不可遏，他想起了枫，你还不是为了他！母亲眼里泛起了泪光，默默地低下了头……

不知道是这一次的谈话对父亲的刺激呢，还是父亲自己领悟到了什么，他一下子苍老了，不仅头发全白了，动作也开始变得迟缓了。他有许多事情需要求助于母亲了。他有求于母亲时，就尴尬地，讪讪地喊道：丫头，过来帮帮我……

母亲听到父亲的喊声，总要擦净自己的泪水才走过去，帮助父亲这样或那样。不管母亲的态度好或不好，父亲一点脾气也没有了。因为他知道，自己离不开母亲的帮助了。

晚年的母亲，不再和父亲有什么摩擦了，她彻底地认命了。

这就是命运，这就是历史呀！

幸福像花儿一样

人物

二十世纪七十年代末，我们军区大院出了两个人物。

一个是参加对越自卫反击战，荣立二等功的林斌。林斌参战那会儿是名副连长，在老山战斗中，带领侦察排直捣敌人的腹地，一举捣毁了敌人的团部。为部队大举反攻老山立下了汗马功劳。战斗结束后侦察排荣立集体一等功，虽然那会儿，一个排只剩下了十几个人，但这并没有影响侦察排的荣誉。

林斌是军区原林副司令的儿子。林副司令早年间是在枪林弹雨里滚出来的，虽然退休了，但身子骨还算硬朗，经常拄一根拐棍，噔噔地在院子里散步。

儿子林斌成为英雄的消息早就传回到了军区，认识的人见到林副司令时，便夸奖道：林老，真是虎父无犬子呀。祝贺祝贺。

林老却一脸漠然，不屑地回一句：这小仗小功算个啥？然后再不多语，拄着拐棍又噔噔地走了，只留下个苍老的背影。

林老有三个儿子，他一口气把三个儿子都送到了队伍上。老大在珍宝岛自卫反击战中牺牲了，老二牺牲在了七十年代初的中印反击战上。林斌排行老三，在家里最小。所幸的是，林斌没有牺牲，成了对越自卫反击战的功臣。林老就很平静，噔噔地在院内散步，抬头望浮云飘来荡去，样子淡定得很。

我们院另外一个人物就是白杨了。白杨的父亲是军区的宣传部长，正师级。参加过解放战争和抗美援朝，资历和林副司令没法比，但他生下白杨这个儿子，也算著名。

白杨的著名是因为他太讨女孩喜欢了。从上高一时，他的魅力就得以彰显。白杨比我们高两届，我们上初二时，他就上高一了。那时的白杨骑一辆二八式凤凰自行车，车把上一年三百六十五天永远插一面小型国旗，国旗的颜色是鲜红的，衬得他一张脸也白里透红。他的头发经常耷拉到额前，差不多要盖上眼睛了，他就经常一甩一甩的。回力牌白球鞋，一条洗得发白的绿军裤，上衣是白色的确良衬衣，这是白杨标准打扮。黄军挎作为书包，斜背在身上，书包里经常装的不是数理化课本，而是一本普希金或者莱蒙托夫的诗集。

高一的白杨，在我们初中生眼里，简直就是一个男人的神话。他从来不正眼瞧我们，潇洒地骑着自行车在我们身边一闪而过。惹得一帮初中女生，脸红心热地呼喊白杨的名字。面对初中小女生，白杨连头都不回，甩一下头发，一躬身，自行车箭一样地射出去。他竟然双手撒把，两只手有节有律地打着榧子。

白杨潇洒的背影，弄得初中小女生心旌摇曳。她们喉咙里经常发出对白杨的赞叹：哦，咔，哦咔……

白杨不仅对初中小女生不感兴趣，他对高一女生也不屑一顾。他的同班有两个女生，一个叫王坤，另一个叫白莉。王坤在班级里坐在白杨前面，白莉坐在白杨的后面。两人都暗恋白杨许久了，上课时，王坤不时地回头和白杨搭讪，一会借一把三角尺，一会又借一把圆规。总之，王坤是在没事找事，就是为了能够回头多看一眼白杨。

这使得白莉很不高兴。一次放学，白莉主动找到王坤谈了一次话。这种谈话，肯定是话不投机，两人竟在放学路上撕扯起来。一个人抓住对方衣领，另一个抓住对方的头发，两个高一女生，像两只发情的小母猫一样，一边撕扯着对方一边吵。一个说：不要脸，不许你看白杨。另一个说：你算老几，白杨是我的。

两人没命地抓挠着对方，后衣襟被扯了上去，露出两截白白的腰肢。我们这些初中生，就围在一旁观战，拍手叫好助威。小三子就喊：下腿，抱腰，摞倒她。另一个同学朱革子磕磕巴巴地喊：掏……掏她裆……

众人就哄笑。

两人为白杨仍不肯罢手，一副你死我活的样子。

不知谁喊了一声：白杨来了……

两人似乎听到了一声命令，同时住手，向远处张望。那里根本没有白杨，连个影子也没有。

我们站在一旁又一阵哄笑。

王坤和白莉各自扯扯自己的衣襟，把自己的腰腹盖上。王坤哼了一声：白杨不是你的，告诉你白莉，你别做梦了。

白莉跺下脚，手指着王坤的鼻子：你个小贱人，以后不许勾引白杨。

两人恨恨地走了。

看热闹的我们，也就随之散去。

白杨到了高一下学期，我们发现他和高二一个叫刘圆圆的女生好上了。

放学的路上，我们经常看到白杨的二八自行车后面坐着高二女生刘圆圆。刘圆圆长得和她名字一样，到处都是圆乎乎的。她还有着一头长发。她坐在车上，长发在她脑后飘舞。她双手搂着白杨的腰，白杨把车骑得飞快，刘圆圆嘴里发出“喔喔”的叫声，像一只鸟在我们身边划过。

我们终于明白了，白杨喜欢成熟的女生。刘圆圆长得就很成熟，圆鼓鼓的身子，差不多都快把衣服涨破了。

从那以后，我们经常看到白杨和刘圆圆成双入对，他们一起手拉手去电影院看电影，在旱冰场又一起滑旱冰。

刘圆圆高中毕业那一年，没能考上大学，只考取了本市的一所卫生学校，学历仅属于中专。

这一年白杨已经上高二了。

他和刘圆圆的恋爱已经达到了无人之境。有一次我们看到白杨和刘圆圆两人在夕阳西下的小树林里竟然接吻了，两张湿漉漉的嘴唇，发出啵啵的声音。看得我们这些初中生，心里跟着一漾一漾的。我们都巴不得早日长大。

没有不透风的墙，白杨早恋这事被他爸白部长知道了。有一天我们放学回家，看到白部长提着个木棍，满世界在追赶白杨，一边追一边骂：小兔崽子，让你不学好，嗯，让你不学好。

白杨在前面跑，他跨开长腿，没几步就把白部长甩在了身后。五十多岁的白部长，体力明显不支，他停下来，呼哧带喘地：你个小兔崽子，不学好，看老子怎么收拾你。

白杨已经一溜烟地跑出大院了。

白部长提着棍子像一个败兵一样往回走。

白部长一怒之下，还没等白杨高中毕业便把他送到了部队。白杨参军的部队在北部边陲，据说离我们这座城市有上千公里，且那里荒无人烟，只有漫长的边境线。

从此以后，我们眼前的白杨和刘圆圆的爱情暂告一个段落。

我们上高二那一年，白杨竟奇迹般地从边防调到了军区文工团，当上了一名干事。原来，白杨在边防团短短两年时间里，不仅入了党，还提了干。

据说这次把白杨调回来，是白杨妈四处求人的结果。白杨再不听话，毕竟也是自己身上掉下的肉，母亲不心疼谁心疼。白杨爸不管白杨的事，白杨妈就四处找人。终于白杨调回了军区，还一下子就调到军区文工团。

我们预感到，白杨这下子就是虎落羊群了。

军区文工团有许多漂亮女孩子，唱歌的，跳舞的，拉琴的，这些女孩子一个比一个漂亮。漂亮是搞文艺的基本条件。

我们再见到白杨时，他似乎比以前长高了一些，也成熟了许多。绿色军裤，白色衬衣，一双钉了掌的三节头皮鞋穿在脚上，走起路来咔咔作响。他的头发还是那么一甩一甩的。他看到我们，头向上扬了扬，斜着眼睛冲我们说：你们还没混出来呢？他把我们上学称为混，我们心里不高兴，但嘴上不说什么，冲他笑笑。他冲我们打个指榧，咔咔地挺着腰身走了。

我们听说，白杨调到军区文工团不久，他就又被舞蹈队一个叫大梅的女孩看中了。大梅疯狂地喜欢上了白杨。

事件

大梅本名叫王大梅。她们这批学员刚刚提干。大梅虽说是跳舞的，但长得并不纤细，有点类似于刘圆圆那种类型，像水蜜桃似的，二十岁左右的大梅水汪汪地喜欢上了白杨。

其实白杨对大梅没感觉，他喜欢的是同在舞蹈队的杜鹃。杜鹃和大梅是一批提干的，长得小巧玲珑，一双眼睛又细又弯，笑起来像一对月牙，扎着马尾辫。白杨一见到杜鹃就喜欢上了。

情种白杨，在调到文工团之后，他的爱情春天降临了。

林斌凯旋回到了军区，庆功受奖大会在军区礼堂举行。

大院的两个人物，林斌和白杨的重逢是在军区礼堂的后台。

林斌穿着崭新的军装，和一些同样立功受奖的人员站在后台，准备上台领奖。白杨也来到后台，他要和几年未见的林斌打个招呼。两人各自先后参军，几年时间里，两人几乎没有交往。

在后台两人认出对方后，他们拥抱在一起，捣了前胸，拍了后背之后，相互冷静地打量着对方。林斌望着白杨就说：没想到你小子也会提干。在林斌眼里，白杨就是一个公子哥。

白杨歪着头，露出一口白牙，灿烂地冲林斌笑。他捣了一拳在林斌的胸前：你小子命挺大的，有空请你喝酒。

两人正说话，雄壮的解放军进行曲响了起来，主持人用激昂的声音宣布：请立功受奖人员，上台领奖。

林斌和其他受奖人员一起，列着队走上台去。

白杨一直歪着头，在侧幕里望着上台受奖的林斌。

受奖的最后一个节目，是文工团舞蹈队的女队员上台为英雄佩戴大红花。正巧，杜鹃为林斌佩戴红花。她有些紧张。在台下时，她听了这些战斗英雄的光辉事迹，这些事迹已经感动得她流了几回泪了，对英雄的景仰让她紧张。她在林斌胸前别了几次都没能成功，她抬了下脸，愧疚地冲林斌说：对不起。

林斌微笑着望着她一张因紧张而汗湿的脸，小声地说：你叫什么名字？

杜鹃就说：我是舞蹈队的杜鹃。

杜鹃说完这话时，已经把红花别在了林斌胸前，杜鹃举起右手，给英雄林斌敬礼。林斌微笑着还礼。

这段波澜不惊的小插曲，白杨根本没放在眼里，他的眼里只有灵动的杜鹃。舞蹈队回到后台，白杨拉过杜鹃还问：那个林斌冲你说什么了？

杜鹃笑，笑弯了腰，半晌直起腰来冲白杨说：我差点扎了他的肉，老是别不上。

白杨也笑了。

站在一旁的王大梅不笑，丢下一句：这有什么可笑的。然后她挺胸抬头，噔噔地走了。

白杨见四周没人，从兜里掏出一张电影票，塞到杜鹃的衣兜里，附在杜鹃耳边小声地说：明天请你看电影。

白杨说完，手插在裤兜里，吹着口哨离开了后台。

杜鹃脸红心跳地从兜里拿出电影票，是明晚七点整的电影，地点就在市文化宫电影院，影片的名字是《于无声处》。这是杜鹃自从来到舞蹈队之后，第一次有男人约她外出看电影。她们这些舞蹈队的队员，都是特招的文艺兵，十三四岁就被招到了军区文工团，和那些真正的舞蹈演员一起，摸爬滚打地训练，当满五六年学员之后，有机会提干，才真正地留在部队，成为一名舞蹈演员。以前还小，又是学员，自然不会有风花雪月的机会。

杜鹃把一张小小的电影票揣进兜里，在那一刻，她一下子觉得自己长大了。她挺胸抬头地走去，一直到宿舍，她在兜里捏着电影票的手已经汗湿了。

第二天中午，吃过午饭。大梅回来了，把一封信递给杜鹃，不冷不热地说：杜鹃，你的信。

大梅和杜鹃在同一个宿舍，在白杨没出现前，两人是无话不说的好朋友。自从白杨调到文工团之后，大梅水汪汪地喜欢上了白杨，她却发现白杨对杜鹃有意思，她和杜鹃的关系一下子微妙起来。这种微妙，只有当事的女孩才能细微地察觉到。

杜鹃想都没想大大咧咧地撕开了信，一张电影票翩然地落在了地上。

大梅弯腰捡起电影票，冲杜鹃道：谁要请你看电影呀？

杜鹃正在读信，那信只有一张纸，纸上只有一行字：这是今天晚上的电影票，不见不散，林斌。

杜鹃读着林斌的信有些惊愕，她没想到林斌会约她去看电影，他们只有在立功受奖的台上有那么一面之交。她拿着信，半晌没有转过神来。

大梅一把抽走了她手里的信，看了一眼，大梅就惊呼道：林斌约你看电影？！

大梅和杜鹃两人四目相视，大梅一把抱住杜鹃道：杜鹃，祝贺你，有人向你求爱了。大梅甚至兴奋地抱起杜鹃在地上转了一圈。她的兴奋是有道理的，林斌对杜鹃下手了，那白杨就是她的了。

午休的时候，大梅很快躺在床上睡着了，甚至还打起了小鼾。

杜鹃却睡不着了，她此时左兜揣着白杨的电影票，右兜揣着林斌的电影票，杜鹃已经不知如何是好了。

大梅是在下午偏晚些找到白杨的。白杨在文工团办公室里，正在给自己擦皮鞋，他把脚搭在椅背上，拿着一块擦鞋布，左一下右一下地擦着那双三节头皮鞋。鞋已经很亮了，都差不多能照出人影了。白杨满意地哼起了歌。就在这时，大梅在门口喊了一声报告。还没等白杨反应过来，大梅一头闯了进来。大梅把一张电影票拍在桌子上，盯着白杨道：白干事，晚上我请你看电影。

白杨的职务是文工团的文化干事。

白杨还没反应过来，大梅一阵风似的走了。白杨这才反应过来，忙追过去，拉开门，大梅的脚步声已在楼梯上响了起来。白杨追过去，站在楼梯口，冲着大梅的脚步声说：王大梅，我晚上没时间。

大梅没再回头，也没有回话。

白杨甩了下头发，向办公室走去。他顺手把大梅的电影票撕了，随手扔到门口的垃圾桶里。他吹着口哨，满脑子都是即将约杜鹃赴约会的场景。

傍晚时分，身穿草绿色军裤、白衬衣的白杨，潇洒地出现在文化宫电影院门口的台阶上。他双手插在裤兜内，吹着口哨，不时地把搭在额前的头发甩上去。他在台阶上自信满满地踱来踱去，目光瞟着汇集到文化宫门前观看电影的人流中。不经意间，他看到了林斌。林斌仍穿着上台受勋时那身新军装，新军装衬托得林斌一丝不苟。林斌一步步走上台阶，走到白杨面前。

白杨上前打着哈哈：林大英雄，这是要看电影？

林斌笑一笑，转过头在人群里寻找着什么。

白杨斜了身子，踮着脚，调侃着：大英雄这是在等人呢，和谁约会呢？

林斌又笑一笑，他专心致志地在人群中寻找着杜鹃的身影。在林斌眼里，白杨就是个小破孩，从上中学那会儿，他就没把白杨当成个人物看过。

看电影的人渐渐地都进场了，门口稀疏下来。白杨和林斌都没等来他们各自要等的人。白杨有些焦灼了，不时抬腕看表，电影院里传来电影公映前的预备铃声。

其实，杜鹃早就到了，她就躲在电影院门口一根电线杆后面，她面对着两个男人，不知是进是退，她犹豫不决。正在这时，风风火火的大梅跑了过来，她先看到了犹犹豫豫的杜鹃，先是一怔，随后拉过杜鹃：你也来看电影？

杜鹃望着大梅：你一个人？

大梅大大咧咧地：那啥，我约了白干事了，看，他已经等在那儿了。

杜鹃又一次看见了白杨和林斌，两个人往不同方向，分别焦灼地望着，等待着。心急的大梅已经拉着杜鹃走了过来。

白杨和林斌一起看到了走过来的两个人，他们的心态却并不相同。林斌认为杜鹃赴约是冲自己来的，白杨也认为杜鹃在赴自己的约，却多了个碍事的大梅。

四个人在电影院门口聚齐了，他们各怀心事地走进了电影院。

电影已经开演了，他们还没适应眼前的黑暗。最纠结的是杜鹃，白杨给她的电影票在八排，林斌给她的电影票在十排，眼前的情景让她坐在哪里都不合适。她灵机一动，看到后排正好有四个空位子，停下脚道：别找了，这有空位，就坐这儿吧。

说完她率先坐了下去，大梅见杜鹃坐下了，马上也挨着杜鹃坐了下去，顺手把白杨拉到自己身边的空位上去。这样一来，林斌只能顺理成章地坐在了杜鹃的另外一侧。

电影正在演着，四个人的心思都不在电影上。

白杨意识到，林斌在等杜鹃，而自己也在等杜鹃，那么杜鹃今晚是在赴谁的约会？

林斌和大梅并不知道白杨约了杜鹃，在他们看来，四个人坐在一起，纯属巧合。

只有白杨和杜鹃对今天的约会心知肚明，两人的关系就微妙起来。白杨隔着大梅不时地瞥着杜鹃，杜鹃感受到了来自白杨的关注，半边身子变得异常敏感。身边另一侧的林斌，中规中矩地望着前方的银幕，他的心思是否在电影上，只有天知道了。

坦然的大梅此时全心全意地充盈在自己的幸福里，她的心思全部放在了身边的白杨身上。胳膊碰到白杨的肘部，她的身子像触电似的激灵了一下。她期待着白杨会有进一步动作，但白杨却迟迟没有发出信号。她瞟眼身旁正襟危坐的杜鹃。她靠近白杨另一侧的手默默顺着身体向白杨移过去。通过体温她已经感受到白杨放在身旁的手近在咫尺了。她抬起小指，一下子钩住了白杨的中指，这是她向他发出的信号。她期待白杨一把抓住她的手，并死死攥住。不料白杨被烫了似的把手快速地移开了。大梅的心一下子冷了下来，她下意识地瞟了眼白杨。白杨的目光正越过自己去瞟另一侧的杜鹃。大梅烦躁地在座位上动了动身子。杜鹃趁机抓住了大梅的手，从那以后，两个女孩开始交头接耳地议论电影的人物和情节。活跃起来的两个女孩，把这种僵硬的氛围打破了。

电影散场时，四个人从电影院里前后脚出来。杜鹃和大梅两人形影不离地挎在一起，似乎两人已结成了同盟。

林斌冲白杨点了下头，最后把目光定在杜鹃脸上，微笑着道：再见！

杜鹃没有应声，倒是大梅替杜鹃回答了，还挥起手冲林斌招了招手。林斌跨下台阶，迈着军人的步伐消失在人流里。

白杨把手插在裤兜里，吹了声口哨，冲两人：回家……

然后一蹦一跳地向前走去，洁净的三节头皮鞋在路灯下发出幽幽的光，伴随着铁掌敲击水泥地面发出的咔咔声，白杨潇洒地向前走去。

大梅和杜鹃挎在一起，表面上有说有笑，却各怀心事的向文工团宿舍走去。

挑战

白杨认为，林斌喜欢杜鹃就是对自己的挑战。

此时立功的林斌，已被军区一纸命令调到了军区作战部任正连职参谋了。

文工团驻地就在军区眼皮子底下，林斌就在军区机关上班，女孩杜鹃就像一只迷途的羔羊。白杨感受到了来自林斌的威胁。白杨要有所行动了。

那个星期天的上午，白杨出现在军区家属院的小白楼前，这是林斌的家。林斌的父亲是军区原副司令员，资格老，级别高。退休前就住在这里，退休后仍然住在这里。白杨对这里很熟悉，他站在小白楼前，叉开双腿，两只手插在裤袋里，他抬起头在喊林斌。林斌在二楼一扇窗前闪了下身子，他看见了白杨，不一会就出现在白杨面前。

白杨不说话，梗着脖子瞥着林斌。他们在上中学那会，每次约架，大都是这个样子。林斌比白杨高两个年级，平时压根没把白杨这些小破孩当对手。他们之间从来没约过架，大院的孩子一致对外，但大院里的孩子，对约架的形式一点就通。此时，他们已经是成人了。

白杨见林斌走了出来，转头就走。林斌犹豫一下，还是跟在了后面。白杨不用回头，就知道林斌跟在了后面，他有些兴奋也有些激动。仿佛，他们又回到了约架的少年时光。那会儿大院里的孩子遇到矛盾和误解，都是通过约架解决。如果被约的拒绝约架，就意味着认输装怂，后面的所有条件就好谈了。

白杨径直把林斌领到体工队的拳击训练馆，星期天，这里一个人也没有。拳台落寞地等在场地中央，台下的架子上，挂着各种颜色的拳击手套。

白杨走过去，抓过一副拳击手套。见林斌没动，他抓过另外一副，扔给林斌，然后转头翻身上了拳台。

林斌站在台下，提着拳击手套，望着白杨：白杨，咱们都不是孩子了，有什么话你就说。

白杨把两只戴手套的拳头相互撞了一下，淡淡地：一会说。

这也是约架的规矩，不分胜负前，并不说事，说了也白说。

林斌见白杨这副架势，只好把拳击手套戴上，翻身上了拳台。他对视着白杨，不耐烦地：是你先动手，还是我来。

他话刚一出口，白杨已经出手了，一拳击在林斌的面门。先发制人是白杨的逻辑，小时候和人约架，他从来都是第一个出手。

林斌摇了两摇晃了两晃，开始反击了。

两个男人，在拳台上你来我往，白杨的鼻子流血了，林斌的嘴角也破了。最后两人扭摔在台上，一会你上，一会他下。两人似乎耗尽了气力，各自躺在台上呼呼哧哧地喘着粗气。

林斌望着天棚，咬着牙道：白杨，你到底要干什么？

白杨翻身坐起来：这轮咱们算是平手。

他踉跄着站起来，把拳击手套摘下来，扔到拳台上。他盯着林斌：有本事跟我走。

白杨说完，跳下拳台。

林斌也把手套扔到拳台上，跟上白杨就走。

这次白杨把林斌约到了自己的办公室。白杨从角落里拿出一副围棋，放到桌子上，盯着林斌：刚才是武的，现在敢不敢来文的？！

说完他拈起一枚棋子，啪的一声放到棋盘上。

林斌只能应战了。

黑白棋子慢慢地差不多把整个棋盘占满了。

林斌把一枚棋子放到一个空格处：说吧。

白杨打劫成功，收复了一块失地，他把林斌的棋子从棋盘上捡出去，扔到棋子篓里。他并不抬头道：以后你离杜鹃远点。

林斌也打了白杨的劫，把白杨的棋子也吃掉一块，他一边往棋盘外捡棋子一边说：为什么？

白杨：因为我喜欢她。

林斌盯了一眼白杨，白杨不甘示弱地望着林斌。林斌一怔，又一笑：世上没这个道理，许你喜欢，就不许我喜欢？

白杨把手里几颗棋子扔到棋盘上，无赖地盯着林斌：我白杨就是这个规矩。

林斌也把棋子放下，拍拍手：杜鹃答应你了？

白杨站了起来，林斌也站了起来。两人像两只公鸡似的盯着对方。

白杨突然笑了，有些莫名其妙。

林斌：你笑什么？

白杨收了笑：林斌，我会让杜鹃答应的。

林斌：那好，咱们谁追到算谁的，这样公平吧？

白杨梗着脖子，从办公桌后走过来，他上下地把林斌看了，又抬起头盯着林斌的眼睛：林斌，这话可是你说的？

林斌别过头去望着窗外：当然。

白杨伸出了手，林斌没和白杨握手，转身走出白杨办公室。

白杨看着自己伸出去的手，笑了。他对追求女孩子充满了自信。从初中开始，他就被人称为情种，他有这样的自信。

杜鹃和大梅

在军区文工团舞蹈队，杜鹃和大梅应该说是最好的朋友，她们是一批被招到军区文工团的，那会儿她们才十二三岁，同吃、同住、同训练。从当学员那会儿起，两人就同一宿舍，少年的友谊陪伴她们一起成长。相濡以沫的友谊，让她们成为了闺蜜，她们以前是无话不说的朋友。

因为白杨的出现，让两个人的关系一下子变得微妙起来。

那晚看电影回来，她们彼此明白了对方的心思。

大梅知道白杨在喜欢杜鹃，杜鹃知道大梅喜欢上了白杨。

星期天的早晨，是舞蹈队演员难得的清闲时刻，不用练功，不用出操。虽然生物钟让她们准时醒来，但她们谁也没有起床的意思，偶尔赖会儿床也是幸福的。

大梅从被子下探出半个身子，瞟眼另张床上的杜鹃。杜鹃倚在床上正望着窗帘透过的光线想着心事。

大梅就说：林斌挺不错的，这么年轻就是正连职参谋了。又立过功，以后肯定大有前途。

杜鹃笑了笑。

大梅见杜鹃没有搭茬，这在以往的聊天记录中很少见，大梅这天就不好往下聊了。大梅努力地想了想，还是硬着头皮说：白杨其实……大梅字斟句酌地找着关于白杨的话题。

杜鹃突然坐起来，把被子拥在胸前笑着对大梅说：大梅，你不用说了，我知道你喜欢白干事。

杜鹃一句话，让大梅暴露在光天化日之下，大梅望着杜鹃一时竟不知说什么好。

杜鹃突然又躺下了，望着天棚：大梅，喜欢白杨你就去追。

大梅欠起身子，盯着杜鹃嗫嚅地：那，那，你呢？

杜鹃突然哈哈大笑起来，笑得床一抖一抖的。

大梅干脆坐起来：杜鹃你笑什么？你喜欢那个林参谋？

杜鹃收了笑，天真地：我干吗非得要喜欢男人？告诉你大梅，我谁也不喜欢，我只喜欢跳舞。

杜鹃说的是实话，她考文工团之初，父母是不太赞成杜鹃学跳舞的。杜鹃的父母都是教师，当初把杜鹃送到文化宫的舞蹈班，是为了培养孩子毅力。让父母没有料到的是，杜鹃第一次穿上红舞鞋便欲罢不能了。她从小在心底里就有一个梦想，她要做一只白天鹅，只有在舞蹈中才会让她梦想成真。一直到现在，只要她一穿上红舞鞋，就觉得自己成为了一只高贵优美的天鹅。

杜鹃被军区文工团选中，父母并不支持。杜鹃以死相逼，父母只能妥协，以为孩子是心血来潮，吃苦受累一阵子，自己会改变主意。没想到，杜鹃坚持了下来。在她们那批学员中，她的业务数一数二。她全身心地爱上了舞蹈，爱上了她梦中的白天鹅。

大梅的想法和杜鹃的想法不在同一个道上。大梅很现实，她知道，作为一个舞蹈演员是暂时的，说白了就是吃青春饭。总有一天跳不动了，最好的结果就是在团里当一名编舞，留下一身伤痛，告别舞台，为人妻为人母，过平常人的日子。大部分舞蹈演员，只能改行，转业到地方。没有文化，也没有一技之长，只能到各种级别的文化宫当一名辅导老师，教一帮孩子跳舞。过往的青春靓丽早就不存在了，她们很快成为普通人。

大梅一进入舞蹈队就想到了这些，就连父母亲戚朋友都劝她，趁年轻漂亮，找一个好人家嫁了。以后的日子才会顺风顺水，吃穿不愁。

白杨调到文工团后，大梅看中了白杨。白杨一表人才，年轻有为。他不是演员，事业上没有制约，且白杨的父亲是军区的宣传部长，正师级干部。宣传部又管着文工团，白杨的事业一定会顺风顺水。

大梅把自己的人生当成了一盘棋，她要走一步看三步。她看中了白杨，这是她迈向成年的第一步。

杜鹃和大梅的人生选择大相径庭。一个活在理想的梦里，另一个是清醒的现实世界。

那个星期天的早晨，杜鹃大度地冲大梅说：大梅，你喜欢白杨你就去追。我现在不谈恋爱，更不会结婚，我要跳舞。

大梅对杜鹃的舞蹈梦是有所了解的，见杜鹃这么说，大梅悬着的心便放了下来。在她的心里，杜鹃不是她的情敌，还是她的好朋友，好闺蜜。

之所以那天杜鹃去赴两个男人的约会，完全是因为一个是文工团机关的领导，而林斌虽不是她的领导，却是英雄。杜鹃那天从电影院回来，每次想起来，自己都笑得不行。同时赴两个男人的约会，显得好笑和不靠谱。

攻势

白杨并没把林斌的挑战当回事。他对自己在女孩面前的魅力充满了自信。他是文工团的干事，天天和女孩子们打交道，他自信自己有近水楼台的优势。

从那天开始，人们经常可以看到白杨身穿红色运动衣裤，脚踏回力牌白球鞋，运动衣上印有“中国”二字。他像一名运动员一样，绕着文工团的操场跑步，此时文工团员们，已经早起练功了，拉琴的，练声的，踢腿下腰的，一副活色生香的景象。舞蹈队的练功厅的玻璃窗就面对着操场，练早功的女孩子们，只要抬头就能看到白杨健美的身影在操场上健步如飞。红色的衣裤，让白杨像一团火，青春朝气。

几圈之后，白杨已满头大汗了。他脱下运动上衣，斜搭在肩上。他把身体倚在运动器械上，面朝着舞蹈队练功房的方向，他开始朗读莱蒙托夫的爱情诗篇：

> 南方的明眸，乌黑的眼睛。
> 我从目光中阅读爱情，
> 自从我们相遇的那一刻，
> 你是我白天黑夜不落的星。

白杨背诵一首，又更激昂地换成了另外一首：

一只船孤独地航行在大海上，
它既不寻求幸福，
也不逃避幸福，
它只向前航行，
底下是沉静碧蓝的大海，
而头顶是金色的太阳。
……

从上初中开始，白杨对爱情诗篇就已烂熟于心。上高中时，他那么讨女生喜欢，就是因为他读诗的样子。他总能找好情境，选出一首适合情境的诗，情景交融的朗读总能带来意想不到的效果。这一点，白杨总能恰到好处。白杨朗读诗的样子也是全情投入的，他就像一名演员，松弛或紧张，完全看诗的意境，当年他的情诗能迷倒所有乳臭未干的小女生。

白杨在操场的朗诵果然招来了许多女演员，当然也包括男演员打开窗子向外张望。

舞蹈队练功厅里，大梅走到窗前，她推开窗子把头探出去，她向白杨挥手，大声喊着：白干事，再来一首。

白杨看到了大梅，他冲练功厅方向打了个响指，甩一下头发，汗淋淋地站在操场上，声情并茂地又开始朗诵普希金的诗了。

大梅把杜鹃拉到窗前，白杨看到了杜鹃，他就像打了鸡血似的更大声地朗诵：

假如生活欺骗了你，
不要悲伤，不要心急，
忧郁的日子里，
需要镇静；
相信吧，快乐的日子，
将会来临。
心，永远向往着未来
……

杜鹃的确也被白杨的样子在一瞬间迷住了，她在窗前多停留了一会儿，一直等到白杨把这首诗朗诵完。她和大梅的身前身后，挤满了一脸艳羡的女孩子。

叫郑小西的女孩子，迷离着眼睛说：白干事的样子，真潇洒。

不仅郑小西，许多女孩子都被操场上的白杨迷住了。

白杨懂得欲擒故纵，他把上衣重新搭在肩上，冲一张张从窗前探出的女孩子的脸，打了个榧子，吹着口哨，青春洋溢地离去。

青春朝气的白杨，在二十出头的女孩子们的心海，荡起了一波又一波思春的涟漪。年轻的身体，充斥着旺盛的荷尔蒙，她们需要被打开。

杜鹃虽嘴上说，她不想恋爱，更不想结婚，她要为舞蹈去做梦，但她也是个凡人，面对着潇洒倜傥的白杨，她的心悸动了。她和其他女孩子一样，希望白杨出现，看到他青春的身影。有一段时间，她们在练功房里排练舞蹈。走廊一响起脚步声，都不由自主地去侧目，盼望着白杨的身影出现。

白杨果然时不时地会出现在她们的练功厅里。白杨每次出现，军装穿得很整齐，手里拿着一个日记本，本里夹着一支钢笔。他是文工团的干事，他出现在文工团的各个角落，都是名正言顺的。

白杨每次出现在排练厅，舞蹈队长就过来报告道：白干事，舞蹈队正在排练，请指示。

白杨并不指示什么，只是微笑着，从记事本里抽出钢笔，就像拿了支指挥棍，冲女孩子们那么一划，嘴里轻说一句：继续！

舞蹈队就继续了。

二十出头的女孩子，又是跳舞的女孩子，身体在练功服里显得说不出来的美好，凹凸紧凑。白杨自然看得心潮彭拜，他的目光一直在追随着杜鹃。有几次，他的目光和杜鹃的目光相遇了，总是杜鹃的目光先行离开。除了杜鹃的目光，还有许多其他女孩子投过来的热烈大胆的目光，当然，也包括大梅的。

白杨一出现在练功厅，女孩子们就活跃起来，单调的练功也变得兴趣盎然，她们的动作一下子就做到位了，浑身充满了能量，这也是舞蹈队长最省心的时刻。她冲排练的队员说：好，非常好。郑小西你这个转体很漂亮，要保持……

白杨微笑着看着青春向上的身体在他眼前舞蹈，有时在小本上记几笔，有时什么也不记。停了一会儿，又停了一会儿，他的目光用力地在杜鹃身影上停留一下，再停留一下，然后就走了。

随着门外白杨的脚步声远去，女孩子们的动作就不那么到位了。舞蹈队长就大声喊：大梅，你怎么回事，这个动作都做八百回了，怎么又不对。

队长还喊：郑小西，刚才那个转体明明很漂亮，怎么又拖泥带水了……

那天下午，杜鹃从练功厅里出来去洗手间，在走廊里碰上了迎面走来的白杨。她下意识地躲开身体，贴着墙壁向前走。白杨过来，似乎并没有看她。两人交错时，白杨突然小声说：晚饭后我在操场边的小树林等你。

白杨说完径直向前走去。

杜鹃怔在那里，她突然感到浑身无力，白杨的话让她疑似幻觉，可白杨的身影分明就在她眼前。

从午后到傍晚这段时间里，她一直恍惚着，白杨的话一直在她耳边响起。排练时，她几次走神，害得队长一次次纠正她的动作要领。

吃过晚饭，她和大梅一起回到宿舍。晚饭后到上晚课还有一个多小时的时间，这是队员们休息放松的时间。有人写信，也会有人串宿舍聊天。

杜鹃心里有事，回到宿舍，她在桌上拿起昨天写好的一封家信放在口袋里往外就走。

大梅喊她：干吗去?

杜鹃头也不回地：我去寄封信。

说完她快步走去，生怕大梅会跟上来。

大梅疑惑地望着杜鹃走去，杜鹃有些异常，在平时外出寄信或办事，一定是两个人同出同进，今天的杜鹃生怕大梅跟上来，这不能不引起大梅的疑惑。

杜鹃出现在小树林时，白杨已经到了。此时正是夕阳西下的时候，夕阳斑驳地斜洒进林间，明明暗暗的。白杨倚在一棵树上，他手捧一本诗集。

杜鹃回头看了一眼，并没有人跟着她，才向白杨走过来。

白杨收起诗集，歪着头打量着走来的杜鹃。

杜鹃站在白杨面前，一张脸汗津津的。

杜鹃扬起头，心跳加快，她吁吁地：白干事，我来了。

白杨把诗集合上，背在身后，领导似的说：杜鹃，你的档案，我看了，父母都是教师。

杜鹃低下头“嗯”了一声。

白杨说：教师很好。

杜鹃又“嗯”了一声。

白杨又说：杜鹃，你现在已经是军官了，以后有什么打算？

杜鹃立正，挺起胸汇报道：我努力训练，争取做一个合格的文工团员。

白杨望着认真又天真的杜鹃笑了。

杜鹃看着白杨一副不知如何是好的样子。

白杨甩了下头发：今天我找你来，不是听你汇报思想的。

杜鹃咬着嘴唇，无邪地望着白杨。

白杨说：咱们散散步吧。

白杨说完向林地里走去，杜鹃跟上。

白杨望着树林：知道我为什么叫白杨么？

杜鹃摇摇头。

白杨一笑：我出生时，正是杨树飘絮的时候，我妈就给我起了这个名字。

杜鹃听了，笑了一下。

白杨又说：喜欢听我朗诵的诗么？

杜鹃没说话，却点点头。

白杨把手里的诗集递给杜鹃。

杜鹃不解地望着白杨。

白杨把诗集塞给杜鹃，杜鹃只好接过来。白杨补充道：送给你的。

杜鹃打开诗集的扉页，上面白杨写了一行字：杜鹃共勉。白杨。

她脸红心热地合上书，望着白杨。

白杨又是一笑：希望你以后也会朗诵诗。

杜鹃听到了自己的心跳。

那天傍晚，杜鹃脸红心跳地陪白杨在树林里说了会儿话。后来她就往回走了，诗集捧在胸前。她回到文工团门口时，看见大梅正站在门口等她。她把诗集藏在身后向大梅走去。

林斌

林斌找杜鹃的电话，打到了舞蹈队。

舞蹈队宿舍走廊里有一部公用电话，电话是大梅接的，一个男人礼貌地说：请帮我找下杜鹃。

大梅怔了一下，听声音有些熟，她下意识地问了一句：请问你是哪位？对方答：作战部林参谋。

大梅一下子就想到了林斌。

杜鹃出去接电话时，大梅意味深长地冲杜鹃笑了笑。

这是周六的晚上，走廊里的人进进出出，杜鹃接完电话很快就回来了。

大梅故意问杜鹃：是林参谋的电话吧？

杜鹃点了点头。

大梅又进一步地：他要和你约会吧？

杜鹃平静地：我不想去，排练的舞蹈还有一组动作还不太熟，明天我想再抠抠细节。

大梅放下手里的书：有男人约会干吗不去。

杜鹃笑笑。

接电话前，杜鹃正伏在桌前给父母写信。此时，她重新坐在桌子前，提笔写信。

大梅在杜鹃身后说：听说林斌的父亲是刚退休的林副司令呢。

杜鹃停下笔，轻轻地说：我听说过。

大梅：林斌立过功，父亲又是老首长，他根红苗正，将来一定大有前途。

杜鹃扭过身子：他明天上午九点约我去南湖公园。

大梅：你答应了？

杜鹃：走廊人太多，我没好意思拒绝。

大梅吐了下舌头：那不还是答应了么？

杜鹃：我明天一早要去练功，那就麻烦你去一下，帮我回了吧，就说我没时间。

大梅又重新拿起书，遮住脸：开玩笑，人家约的是你，又不是我。

此后，两人无语。

大梅虽然做出看书的样子，心思却不在书上。她有些嫉妒杜鹃，白杨和林斌都喜欢杜鹃。在女孩子眼里，这两个男人不论条件还是长相，都是优中选优，只有他们选择女孩子的份儿，女孩子是不会拒绝的。俗话说，过这个村就没这个店了。

半晌，大梅幽幽地问：你拒绝林斌，那你答应白杨了？

杜鹃信写完了，正在往信封里装写好的家信，见大梅这么问便答：怎么可能，咱们刚提干，还这么年轻，这几年不抓紧跳舞，以后想跳也没机会了。

大梅冲杜鹃的背影又意味深长地笑了一次。

第二天大梅一早醒来，杜鹃已经不在宿舍了。她的床头柜上留有一张杜鹃的纸条：我去练功了，大梅你辛苦一趟，告诉林斌，别让人家等。求你了。

大梅看过杜鹃留下的纸条，无奈又不解地摇了摇头。她不理解，杜鹃为什么把跳舞看得这么重要。当初大梅来舞蹈队当学员，她最大的理想就是通过跳舞留在部队提干，不仅是大梅这么想，大部分人都是这么想的。就连她们的父母都对她们说：跳舞吃的是青春饭，不能干一辈子，要给自己留后路。

她们提干了，已经是军官了。后路已经留好了，舞跳成什么样已经不重要了。

大梅在九点懒散地出现在南湖公园门口，林斌在那里已经把自己站成一棵树了。

林斌没能等来杜鹃，却看到了大梅。

大梅把杜鹃留给她的纸条递给林斌。林斌看后一脸的失望。他又把纸条还给大梅：辛苦你了，让你跑一趟。

林斌说完转身就要往回走。

大梅看到三三两两的青年男女走进公园门口，又抬头望望天道：林参谋，天这么好，都出来了，要不你陪我进去转一转。

走了两步的林斌立住脚，停了一下，径直奔售票处走去。

周日的公园人很多，有遛弯锻炼的老人，也有一家老小出游的，见得最多的还是青年恋人。男的牵了女的手幸福地走在阳光很好的公园里。

林斌和大梅都穿着军装，青年男女军官走在一起，很般配的样子，一路引来许多人的目光。大梅用目光去偷瞟走在身旁的林斌。林斌一副不苟言笑的样子。

大梅：林参谋，你不想和我说点什么？

林斌见大梅开口了便问：杜鹃要练功，你怎么没去？

大梅笑了：我和杜鹃可不一样，她把跳舞当成了事业，我只把跳舞当成个跳板。谁也不能跳一辈子舞。

林斌沉默了，郁郁地走在大梅身边。

大梅说：你和白杨都在追求杜鹃，我告诉你没戏。

林斌立住脚认真地望着大梅。

大梅：杜鹃说了，她现在不想谈恋爱，更不想结婚。她要跳舞，和舞蹈结婚。

大梅说完响亮地笑了起来。

林斌：这是她说的？

大梅挑下眉毛：当然了，如果她想谈恋爱，今天能不出来么？

大梅说到这儿，意识到把自己绕进去了，红了脸。

两人暂时无话。

他们漫无目的地走到了湖边码头旁，那里排了许多青年男女等待划船。售票口就在眼前，售票口玻璃窗上写着：军人优先几个字。

大梅跑过去，拿出钱买了两张票，冲林斌说：反正都出来了，陪我划船吧，军人优先呢。

说完拉起林斌不由分说，向队前挤过去。

湖面上，林斌在一桨一桨地划着船，大梅在冲林斌说着家史：我吧，从小就喜欢军人，梦想着当兵。在我们老家没权没路子的，根本当不上兵，更别说女兵了。我哥就想当兵，报了两年名，体检也合格了，到发录取通知书时却没我哥的份儿，后来我哥接了我妈的班，去工厂当工人了。我要不是因为跳舞被选中，做梦都别想跨进部队这个门槛。

林斌望着被船桨搅动起的湖水发呆。

大梅仍喋喋不休地说着：我们可不能和你们比，从小就生在部队，父亲又是高干，就是自己不努力，将来也不会差。

林斌扭过头：我从当兵，提干，立功，可没让我爸帮忙。

大梅：那是你林参谋，白干事要是没有父母帮忙，他能从边防部队调到我们文工团？

林斌望着湖面：我不评价白杨。

大梅又咯咯地笑了起来，她的笑声在湖面扩散着，引来其他船上的男女的目光。林斌加快速度向前划去。

太阳偏西了，林斌和大梅从公园大门走了出来。

大梅立住脚，半仰起头望着林斌道：谢谢你陪我玩了大半天。说完伸出手去。

林斌犹豫一下，握住了大梅的手，软软的肉肉的女孩子的手，让林斌的心动了一下。两只手分开的一刹那，大梅故意弯了指头，在林斌的手心里划了一下。大梅冲林斌眨了下眼睛，说了句：谢了林参谋。

大梅说完转过身，噔噔地向前走去。虽然大梅不如杜鹃纤细，但毕竟是跳舞的女孩子，身材匀称，一双挺拔饱满的腿，走在人群中，是那么的卓尔不群。大梅的手指在林斌掌心划过的感觉，久久不散。

这是林斌第一次这么近距离地接触女孩子。别样的感觉，让林斌的每颗细胞都苏醒过来。

大梅回到文工团宿舍时，杜鹃正倚在床上读白杨送给她的那本诗集。

大梅一进门就疲惫又兴奋地躺到床上，把皮鞋甩在地上，惊天动地地说：妈呀，累死我了。

杜鹃把诗集放在胸口上：你怎么这么晚才回来？

大梅：我去逛公园了。

杜鹃：你一个人逛有什么意思？

大梅冲杜鹃灿烂地笑了，她没再回答杜鹃的话。

大梅

在大梅的眼里，白杨和林斌都是可以托付的两个人。

白杨青春洋溢，热情潇洒，幽默风趣，在他眼里没有需要在乎的事情。况且父亲作为宣传部长，正如日中天。任何一个女孩子，都会把白杨作为首选的追求对象。

林斌稳重大方，成熟干练，还不到三十岁，就已经立功受奖，以正连职参谋的身份留在了军区机关工作，未来的前途将不可限量。父亲虽然退休了，但毕竟任过军区副司令，瘦死的骆驼比马大，深厚的家庭背景让林斌的未来充满了期待。

大梅作为普通工人家庭长大的孩子，天生对高干子弟充满了敬畏，也多少有些嫉妒的成分。因为舞蹈让她参军，又顺利提干，成为军区文工团的舞蹈演员。大梅自认为自己虽然生得不是国色天香，但一个舞蹈演员的气质，让一个青春女孩子很容易脱颖而出。自从来到军区文工团，从当学员开始，到一天天长大，她从那些男兵和男军官望着她们这群女孩子的眼神中，充分地感受到了自己的价值。

大梅需要这样的价值。她出生于普通人家，父母都是工人，哥哥姐姐既没能保送上大学，也没门没路子当兵。命运的安排，让他们只能成为平凡的普通人。自己如果不是因为从小在少年宫里练舞蹈，斗大的幸运雨点也不会落在自己的身上。她庆幸自己，命运发生了改变。在她家里，还有家乡那座小城，她的奇遇，已成为神话被认识不认识的人传颂着。

大梅已经二十出头了，到了恋爱的年龄，她要走好人生的第二步，选择好自己的婚姻。大梅无论如何不会把跳舞当成事业，跳舞的女孩吃的是青春饭，总有一天会告别青春靓丽的舞台，过平常人的日子。大梅珍惜青春，珍惜尚有资本的身体，她要在自己最靓丽的年华里嫁个衣食无忧有前途有背景的男人。对她来说，这才是人生的一件永恒大事。

她和文工团许多女孩子一样，都暗恋着白杨。从白杨调到文工团那天开始，她们这些情窦初开的女孩子们，眼前都为之一亮。文工团不缺少帅哥，那些大男孩和她们同样是各种演员。这些男孩对大梅并没有吸引力，因为他们和自己一样，是吃青春饭的，离开舞台，他们将一无是处。文工团在白杨没来之前，大都是年龄偏大的军官。他们早已有了家室，一天到晚板着军官的脸，日子过得死气沉沉的。

白杨的到来，让文工团的女孩子炸开了锅。她们在一段时间里，都在传颂着白杨的各种小道消息：白杨的个人经历，还有他的家庭背景。大梅就是在这些小道消息中，了解到白杨各种信息的。

白杨：二十五岁，生于五月二十三号。在边防连队当过战士，后入党、提干。

父亲：宣传部的白部长。坊间流传，白部长马上晋升，即将调到军里担任副政委。

母亲：军区机关门诊部的吴主任。以前做过军医，据说医术高明。现在经常带着医疗小组去各首长家做医疗保健，深得军区首长的喜欢。

种种消息，让白杨在女孩子心目中炙手可热，这么优秀的一个男人，女孩子如果还挑三拣四，一定是脑子有毛病。

在大梅眼里，杜鹃就是脑子有毛病的人。

白杨对杜鹃情有独钟，最愚钝的女孩也能看出端倪，可杜鹃却不为所动，就像没事人似的，睁着一双无辜的眼睛打量着白杨和这个世界。

因为杜鹃，白杨现在每天正课时间，都会拿着日记本，夹着钢笔，在舞蹈队的练功房里待上一阵子。

女孩子们在练功，他坐在一旁的小木凳上，那是队长经常坐的位置。白杨代表的是文工团机关领导，他一来，队长只好站起来，不断大声地纠正着她们训练的动作。队长严厉认真，她们这些女孩子因有白杨在场，动作也做得标准卖力，有一双异性的目光在她们身体上扫来扫去，她们感到舒畅亢奋。

有时一堂课，不知不觉就过来了。休息的时候，女孩子们有的擦汗，有的在喝水，她们做所有的一切都不再那么随意和大大咧咧，而是努力依旧摆出跳舞的优美姿势，或倚或靠。总之，她们此时在白杨眼里，一个个都变成了淑女。

队长走到白杨面前，一脸感激地：白干事，以后还要经常来指导工作呀。

白杨淡淡地笑一笑，他的目光越过队长的肩头去望杜鹃。杜鹃背对着白杨，亭亭地立在窗前，她的目光望向空荡荡的操场。

白杨收回目光望着队长道：张队长，麻烦你让杜鹃到我办公室来一趟。

张队长意识到了，微笑着：好的，你要多鼓励她跳舞，她可是个好苗子。

白杨微笑着冲队长点点头离去了。

白杨是小声和队长交代的。队长走到杜鹃身旁公事公办地：杜鹃，白干事找你有事要谈，他在办公室等你。

许多休息的女孩子都听到了，当然也包括大梅。

杜鹃转过身，冲队长：是！

她把擦汗的毛巾搭在肩上，穿着练功服向门口走去。杜鹃在羡慕又嫉妒的目光包围中，走出练功房。

郑小西冲大梅说：打着公事的幌子又去谈恋爱，谁不知道哇。

众人也小声地议论着，队长转过身大声地：不要瞎议论，杜鹃不可能谈恋爱。排练了。

女孩子们又齐齐地站在队长面前。

杜鹃在白杨办公室门口喊了一声报告便进来了，湿湿地站在白杨面前。白杨灿烂地冲杜鹃：请坐。

他还起身为杜鹃倒了杯白水，放到杜鹃面前。

杜鹃一脸无辜地望着白杨：白干事，是我练得不够好，你要批评我么？

白杨痞痞地看了眼杜鹃，坐在桌对面的椅子上：杜鹃，写过入党申请书么？

杜鹃立起来汇报道：报告白干事，写过几次，都交给我们的张队长了。

白杨摆摆手，杜鹃又坐下了。

白杨就又说：杜鹃你要进步，光提干不行，还要入党，政治不积极，思想有问题。

杜鹃又立了起来，立正道：是，白干事。

白杨也正经起来：这样吧，晚饭后，我在军区院门口等你，我要找你谈一谈。

杜鹃犹豫了一下，白杨直视着杜鹃。杜鹃小声地：知道了，白干事。

白杨：你要积极向组织靠拢。

杜鹃又说了声：是！

杜鹃走了，白杨想起杜鹃的样子，捂着肚子笑得蹲在了地上。

杜鹃回到练功房，大梅还是明知故问地问了杜鹃。

杜鹃一脸天真地：白干事找我谈入党的事。

大梅当然明白，白杨这是以工作名义在变相地追求杜鹃。

以组织的名义

在军区大院门口，白杨扶着自行车，歪着头在等款款走出来的杜鹃。

杜鹃身穿军装，走到白杨面前不解地问：白干事，咱们这是要去哪儿呀？

白杨一甩头，跨上自行车，双脚拖在地面上，用不容置疑的口气道：上车。

杜鹃犹豫一下，一蹦还是坐到车架上。白杨一用力，自行车箭一样地向前蹿去。

白杨快速地在马路上的车流人流里穿行。杜鹃吓得下意识地抱住了白杨的腰，嘴里发出尖叫。杜鹃的叫声，让白杨车速更快。他不时地打着车铃，在人群和车流里左冲右突。杜鹃死死地抱住白杨的腰，她甚至闭上眼睛，把脸贴在白杨的后背上。她无法回避地嗅到了白杨身体的气味。这是一个青春男人的味道。她还是第一次如此近距离地靠近男人。雄性的味道让她在一瞬间有些迷离。在迷离中，白杨突然刹住了车，她清醒过来，从车上跳了下来。

这是一家露天旱冰场，许多青年男女欢叫着在玩着旱冰，旱冰鞋的轮子与地面摩擦发出隆隆的巨响。

溜旱冰在当年是时尚男女最喜欢的一种运动，刺激又富有激情。男女的叫喊声和旱冰轮的摩擦声，发出巨大的轰鸣，营造出了一种魔幻的氛围。

杜鹃当学员那会儿，出于好奇，和大梅等人曾到这里来过，虽然没有学会溜旱冰，但也算多少有所了解。

白杨已经在售票处租来了两双旱冰鞋，把其中一双扔到杜鹃眼前，自己则蹲在一旁开始穿鞋。

杜鹃小声又胆怯地：白干事，咱们这是干什么？

白杨蹲在地上一边穿鞋一边说：这是党课活动，与民同乐。

说完，白杨已经换好了鞋。

杜鹃还缩手缩脚地站在原地。

白杨把杜鹃的旱冰鞋提在手上，牵着杜鹃的手坐到一个水泥台上，一边帮杜鹃穿鞋，一边说：你不是写入党申请书了么，下面就该上党课了。

杜鹃：党课怎么上到这儿来了？

白杨已经站了起来：娱乐也是党课之一。

他把手伸给杜鹃，目光是不容置疑的。杜鹃犹豫着还是把一只手递给了白杨，由白杨带着滑向了旱冰场。尖叫的轰鸣声立刻把他们淹没了。

晚上的旱冰场，灯光齐亮，霓虹灯闪烁着。旱冰场外，两只音箱放着节奏强劲的音乐。置身在这种气氛中，任何人都身不由己了。

对于溜旱冰，杜鹃只能说是个初学者。她跌跌撞撞地被白杨牵着手，随着节奏和音乐，绕着场地滑行着。渐渐地，白杨的带行速度在加快，杜鹃也不由得加快速度。她的样子似乎要飞了起来，叫声轰鸣声音乐声在她耳畔掠过。恐惧和刺激让她惊叫连连，她体会到了一种从未有过的快感。这种快感让她忘记一切，只想随着白杨飞翔。她闭上了眼睛，白杨就是眼睛，她任由白杨带着。她从来没有想到过，溜旱冰还能让她有了一种如此美妙的感觉。霓虹灯五彩斑斓的颜色透过眼帘不停地变换着，让她在一瞬间，有如置身在仙境，一时不知身在何处。

不知何时，杜鹃已经停了下来。她仍闭着眼睛，体会着如梦如仙的境界，突然一张湿湿的嘴吻了她。她突然睁开眼睛，看见白杨正把她抵在旱冰场的护栏上，托起她的脸，正深情地吻她。

她惊叫一声，一把推开白杨，下意识地去摸自己的嘴。她的头发已经被汗水浸湿了，一绺一缕地搭在她的额前。她的心脏骤然狂跳着，白杨湿湿的唇印，仿佛依旧在嘴边。她脸红心跳地望着白杨。

白杨在她不远处一脸坏坏地冲她笑着。转瞬，白杨又过来，试图去牵她的手。她几乎要哭出来，冲白杨：你怎么这样？她的声音很小，被音乐和人声淹没了。白杨大声地：你说什么？

她突然流出了眼泪，她自己也不知道为何在这时会哭出来。手已经不由分说被白杨又一次牵在手里，她的身体只能任人流裹挟着向前飞去。在剩下的时间里，她觉得自己身体软软的，任由白杨摆布。白杨没再和她说话，她一句话也没说。

回来的路上，白杨依旧把自行车骑得飞快。街上的车流人流比来时少了许多。她依旧害怕，这次她并没有去搂白杨的腰，而是伸出拇指和食指紧紧捏住白杨的后衣襟，死死地捏着，仿佛抓住了救命稻草。

白杨把车停在文工团宿舍楼下时，熄灯号还没有吹响，各宿舍房间里透出灯光。她跳下自行车，头也没回地向宿舍楼里跑去。

白杨在她身后喊了一声：杜鹃再见！

她没和他道再见，头也不回地一个劲儿向前跑。上楼，再上楼，她一头闯进宿舍。

大梅已经洗漱完毕，正坐在桌前对着镜子往脸上贴着黄瓜片。切好的黄瓜片放在桌子上，大梅正左一片右一片地往脸上贴着。

杜鹃闯进宿舍，一下子躺在床上，衣服都没有脱。她觉得一点力气也没有了，就像一条被捕到岸上的鱼。

大梅一脸黄瓜片地盯着她。

杜鹃到现在脑子里还是空的，嘴上那种湿湿的感觉还在，让她到现在还有喘不上气来的感觉。

大梅一片片地把黄瓜从脸上拿下来，攥在手里，她的目光一直没有离开杜鹃的脸。她一字一顿地问：杜鹃，告诉我，白杨怎么你了？

杜鹃似乎没有听见大梅的话，木木地望着天棚。

大梅上前摇晃着杜鹃：杜鹃，你没事吧，你怎么了？

杜鹃在大梅的摇晃中，渐渐回过神来，她冷不丁坐起来说了句：我该去洗漱了。

她说完弯腰从床下拿起脸盆，快速地走出去。洗漱完回来的杜鹃已经冷静下来，不知为什么，她还哼起了歌。

大梅一直审视地望着她。

悠长的熄灯号响了起来。所有房间的灯，次第熄了。

杜鹃脱衣上床。大梅已经钻到了被子里，她坐在床上，在黑暗中仍然审视研究着反常的杜鹃。

杜鹃放松地躺在床上，莫名的兴奋仍没从她身上消退。她仍沉浸在那种飞翔的感觉中。

大梅冲着黑暗朦胧中的杜鹃说：要是白杨欺负你，咱们找团长、政委去告他。

杜鹃软软地说：白杨今晚带我去搞组织活动了。

大梅探过头：什么组织活动要大晚上出去搞。

杜鹃在黑暗中哑然笑了一下。这是她的秘密，她不会告诉大梅。这在以前从没有过。以前，她们之间没有秘密，她们是无话不说的好闺蜜。此时却不同了。

大梅见杜鹃没了下文，咚的一声躺到了床上。

那晚，杜鹃许久也没能睡着，她失眠了。这是有生以来，她的第一次失眠。她回味着今天晚上和白杨在一起时的每一个细节，最后定格在那湿湿的一吻中。她迷离地回味着那深深的一吻。她把手指放在唇上。那种感觉犹在。

杜鹃也说不清，自己这一切到底是怎么了。

大梅的第一封情书

大梅第一次写情书。

她的情书分别写给两个人。一个是白杨，另一个是林斌。

大梅要抓住属于自己的爱情，青春短暂。属于每个人的大好青春也就那么几年好时光。白杨和林斌在她眼里都是优秀男人，两个人不论嫁给谁，未来的日子都会夫贵妻荣。大梅不想再回到入伍前那座小县城了。参军是为了改变自己的命运，她要用自己的爱情去赌明天。

两封情书是通过邮局寄出去的。在等待情书分别到达白杨和林斌手上那两天时间里，大梅兴奋又焦虑。她一遍遍向杜鹃询问着白杨。她坚信，白杨和杜鹃几次交往过程中，一定会有细节。她希望通过这些细节判断杜鹃的态度。杜鹃对白杨的态度决定着她和白杨的可能性。

不知是什么原因，大梅在杜鹃嘴里并没有听到任何细节。大梅每次问话时，杜鹃总是躲开大梅的目光，轻轻淡淡地说：白杨带我去过党日了。

大梅当然不相信杜鹃的话，她发现自从那晚杜鹃回来后，人和以前不一样了：似乎多了些心事，没事就坐在桌前或躺在床上发呆，一脸暧昧恍惚。大梅从杜鹃那里没问出什么，她开始专心等待两封情书的反应。

虽然是两封情书，但意思却是一个，那就是大胆表白自己的爱意。在信的结尾，大梅还摘录了徐志摩的两句爱情诗：

> 你爱，或者不爱我，爱就在那里，不增不减。
>
> 你跟，或者不跟我，我的手就在你手里，不舍不弃。

她觉得徐志摩的诗，恰到好处地反映了她此时的心情。

那几天，她一面留意着白杨的变化，一面又紧张地谛听着宿舍走廊里的电话铃声。只要一有电话，她第一个冲出去，抓起电话，压低声音，努力让自己的声音变甜：你好，这里是舞蹈队宿舍……

结果一次又一次，她并没有等来林斌或者白杨的电话。

她现在每天依旧能见到白杨几次。白杨手拿日记本，迈着潇洒的步伐，行走在各个排练场里。不知为什么，这几天，白杨很少到舞蹈队训练场来了。有时路过，他站在门口向里面瞥一眼，目光一定落在杜鹃身上。还没等她们反应过来，白杨潇洒的身影已走进另外一个排练场了。

有一次，大梅在走廊里迎面碰见白杨，她的心咚咚地跳着，但还是直视着白杨走出去，颤声和白杨打招呼：你好……

白杨点了一下头，用手捋了一下搭在额前的头发，似乎冲她笑了一下，又似乎没笑，就那么匆匆走过去了。

她立住脚，望着白杨消失在楼道某个房间的背影，心一下子冷了。依据信寄出去的时间，白杨早就该收到她的信了。是白杨没读她的信，或者看了压根没把她当回事。无论是何种原因，事实只有一个，那就是白杨压根没把她的情书当回事。

大梅的心彻底冷了。她现在唯一的希望就是等待林斌的召唤了。只要一回到宿舍，她的一根神经都会紧张起来，谛听着走廊里的电话铃声。或者楼道里人喊：大梅，电话。

时间一天天过去了，让她失望的是，她并没有等来林斌的电话。一天中午，她在宿舍午休，迷迷糊糊刚要睡去，走廊里突然传来电话铃声，她起床，一个箭步冲出去。她拿起电话，还没开口，一个男人的声音传过来：你好，麻烦找下杜鹃接电话。

她失望地把电话放到桌子上，走回宿舍，冲迷糊着的杜鹃道：你的电话。

杜鹃不紧不慢地出门去接电话，刚躺在床上的大梅反应过来，刚才电话里那个男人就是林斌。她曾接过林斌的电话，没错，就是林斌打来的。

杜鹃已经回来了，她像什么事也没发生似的，又重新躺回到床上。大梅瞪大眼睛问杜鹃：是林斌吧？

杜鹃点点头。

大梅的目光变成了疑问在杜鹃脸上扫来扫去。

杜鹃把被子蒙在头上，嘀咕一句：烦死了。

大梅冷了一半的心彻底凉了下来，她无力地躺在床上，两个男人都在喜欢着杜鹃，自己的求爱信如同泥牛入海。她望了眼蒙上头的杜鹃，她有些恨她了。

林斌家的晚宴

林斌给杜鹃打电话，是约她晚上去家里吃饭。

当下杜鹃回绝了，回绝的理由是：她晚上还有排练。

林斌又说：我已经帮你向张队长请假了。

杜鹃举着电话，一时无语。

林斌最后又补充一句：晚上张队长也来我家。

杜鹃彻底无话可说了。

请杜鹃来家里晚宴，是林斌的母亲一手策划的。

三十岁的林斌，立功受奖，又被调到了军区。以前林斌在基层带兵，做母亲的觉得儿子还小。现在林斌调回到军区工作，每天吃住在家里，母亲突然觉得儿子一下子就大了。大哥二哥都在战场上牺牲了，林斌是家里唯一的儿子了。她把所有对儿子的希望都寄托在了林斌的身上。包括恋爱，她要让唯一的儿子幸福。

林斌的母亲没退休前，在军区文工团当过政委。年轻那会儿，虽不是搞文艺的，但在文工团也受过吹拉弹唱的熏陶。心态也是年轻的。

她不断地催促林斌谈女朋友的事，并希望早日生下林家的香火。林斌就委婉地告诉母亲，自己喜欢上了文工团舞蹈队的杜鹃。

老政委一个电话打到文工团新政委那里，刨根问底地把杜鹃了解了个遍，当即拍板道：我了解了，杜鹃家庭不错，父母都是老师，个人事业上也努力，她还是舞蹈队的标兵呢。

母亲逼着林斌给杜鹃打电话，约请她来家里吃饭。为了避免第一次杜鹃尴尬，母亲又给舞蹈队的队长打了个电话，约队长一同来。

傍晚时分，张队长带着杜鹃出现在军区副司令的小白楼前。门口有哨兵站岗，小白楼前的院子里种了几株葡萄。枝蔓正茂盛地在架上爬着，院子的边角还种了许多通俗的花草，也姹紫嫣红地开着。

张队长就扯了扯杜鹃的衣襟道：这就是林副司令的家，你不用怕，马阿姨当过咱们的老政委，人可好了。

马政委就是林斌的母亲。

杜鹃走进林副司令家时，炊事员已经把饭菜做好了，热闹地摆在餐厅的桌子上。

马政委上下打量着进门的杜鹃，林斌站在母亲身后。见杜鹃有些紧张和局促，马政委热情地笑了，拉过杜鹃的手，一直把她拉到餐桌前，坐下，同时也招呼张队长坐在她的身边。张队长在马政委当政委时，才只是个学员，级别和资历和马政委相比，差距十万八千里。此时，在老政委面前只有毕恭毕敬的份儿。她一面劝着杜鹃：别紧张，老政委人可好了。她自己的声音已经打战了。

马政委一家之主似的冲林斌说：小斌，叫你爸下楼吃饭。

林副司令已经出现在楼梯上，声音洪亮地说：来客人了，欢迎。

林副司令是个高大的男人，虽说退休了，身体依旧硬朗。他几步走到餐桌前，拉过椅子坐下，冲杜鹃和张队长点了下头道：你们好，别客气，吃吧。

行伍出身的林副司令，一辈子都改不了军人的风格了，人坐下便开吃，没有一句废话。

林斌坐在杜鹃的对面，杜鹃一直低着头，一副不自在的样子。

马政委一边不停地给杜鹃和张队长夹菜，一边热情地劝着：吃菜呀，来，孩子，多吃点。

一张饭桌上，只有马政委一人热情地张罗，她还不停地询问一下最近文工团的演出和排练。张队长一一答了。

马政委就张口闭口地说，我在文工团当政委那会儿这样或那样。

张队长把笑刻在脸上，不停地应和着，介绍杜鹃如何专研舞蹈艺术，把跳舞当成了生命。

马政委却轻描淡写地听着，最后说：女孩子跳舞又不当饭吃，谁也跳不了一辈子。

张队长和杜鹃听了这话，热情就减了下来。

一顿饭总算是吃完了。林副司令，抹了嘴巴，大手一挥道：你们说话，我出去散步了。说完向外走去。

警卫员早就等在门口了，见首长出来，寸步不离地跟上。

张队长也含蓄着告辞了。

客厅里只剩下林斌、杜鹃和马政委三个人了。

马政委牵着杜鹃的手坐在沙发上，一边看着杜鹃，一边点头道：不错，懂礼貌，一看就有家教。

杜鹃一直低着头。

马政委看一眼坐在对面的林斌，林斌不看母亲，只望杜鹃。

马政委又一次热络地把杜鹃揽在怀里道：闺女，请你到家里来，我们都认识了，觉得我们家咋样？

杜鹃抬了下头，瞟了眼林斌，又捎带着扫了一下这小楼里的客厅，低低说了句：好。

马政委又道：林斌，你也认识了。你要是同意就和我们家小斌处一处。放心，只要你过门，我们不会亏待你。在生活上，还有工作上有什么想法你就提出来。我保证安排得让你满意。

马政委把话说到这个份儿上，杜鹃无论如何也坐不下去了。她站起来，冲马政委道：首长，我还年轻，不想那么早结婚，我还要跳舞呢。

马政委就说：这跳舞和结婚也不矛盾，没说结婚不让你跳舞。

杜鹃红头涨脸地说：老政委，我该去排练了。

马政委也站起来道：那好，有空常来家里坐，小斌送送杜鹃。

杜鹃慌张地冲马政委敬个礼，一直走出小白楼的大门，才放松下来。林斌走在她的身边，见杜鹃不说话，林斌就说：我妈就这样，你别在意呀。

杜鹃笑一笑，也小声地说：首长挺好的。

不一会，两人来到文工团楼下。杜鹃立住脚，望着林斌：林参谋，谢谢你的邀请，再见！

杜鹃说完向楼门走去。

林斌招下手道：常来家里玩呀。

一直到杜鹃的身影消失在楼道里，林斌才转身往回走。

杜鹃从林斌家回来那晚，张队长把杜鹃叫到自己办公室，担心地问杜鹃：你真的要和林斌谈恋爱？

杜鹃低下头，又抬起来摇了摇道：队长，我想跳舞，不想结婚。我要像你一样，做一个真正的舞者。

张队长望着杜鹃放松下来：杜鹃，你是跳舞的好苗子，这辈子结婚也应该和舞蹈结婚。

杜鹃望着张队长重重地点了点头。

在杜鹃的心中，张队长是她的偶像。张队长三十大几了，一直未婚。她是全军舞蹈标兵，各种奖状贴满了宿舍。张队长把自己的生命献给了舞蹈。她也这么要求她的队员。

杜鹃和大梅

杜鹃去林副司令家做客的消息还是不胫而走了。

许多女孩子都在私下议论，林家看上了杜鹃，要娶杜鹃做儿媳妇了。

从林家回来那天晚上，杜鹃就把去林斌家的经过对大梅说了。事后她自己也吃惊，她去林家的事她自己压根没有当成一种隐私。相反，白杨以组织活动的名义亲了她，却成了她心底里最大的秘密。

杜鹃把去林斌家当成了一堂训练课那样轻松地对大梅说了。大梅饶有兴趣的样子，打问了林斌的父母，又问了家里的摆设，甚至连林斌家的炊事员和警卫员都问到了，生怕漏掉一个细节。

杜鹃却说不出更多细节，甚至当晚吃了什么，喝了什么，她也记不住了。大梅就数落杜鹃道：你是真傻呀，还是装傻呀。

杜鹃睁着一双无辜的眼睛道：本来么，人家一直低头来着，要不你去问张队长吧。她可一直陪着说话来着。

大梅突然对林斌家的一切充满了强烈的好奇心。

军区家属院后侧有一排模样相同的小白楼，住着军区首长。那里有警卫，平时还有流动哨。外人很少往那里走动，一是因为有卫兵盘查，二是外人很少有理由去首长住处。文工团做义务劳动时，在家属区打扫过卫生，她们也只是远远地往首长住处的小白楼方向看了看，也就是看看而已。那里幽深空静，很少有人出入。

大梅对林斌的家事感兴趣，完全出于本能。她给林斌的信，石沉大海，白杨也跟没事人似的，似乎从没收到过她的信。这种冷落，让大梅深受打击。那天夜里，大梅失眠了。论长相论业务能力，她自认为不比杜鹃差多少，杜鹃一下子有两个男人喜欢，而自己投怀送抱，两个男人却对自己置若罔闻。大梅越想心里越过不去这个坎，她在床上辗转反侧，久久不能入睡。她听着杜鹃已经熟睡，还打起了轻鼾，索性披衣坐了起来，朦胧中看着对面床上的杜鹃。她下床，坐在杜鹃床旁，拧开台灯，伸手把杜鹃摇醒。

杜鹃蒙眬着睁开眼睛见是大梅，嘀咕一句：大梅你要干什么，都几点了，还不睡。

大梅：我睡不着，你陪我说会儿话。

杜鹃不情愿地倚在床头，眯着眼：大梅，你这是怎么了？

大梅就单刀直入地问：杜鹃，你说实话，你对林斌到底是怎么想的？

杜鹃打个哈欠：就这事呀，烦死了。

说到这儿她又躺下了，大梅再次把她拖起来。

杜鹃不耐烦地说：我跟你说一百遍了，我要跳舞，对恋爱没兴趣。你要对林斌有兴趣，我帮你介绍。

大梅立刻瞪大眼睛：真的？

杜鹃：我保证。

大梅：杜鹃你说话要算数。

杜鹃伸出手和大梅拉了勾。大梅心满意足地回到自己的床上躺了下来。杜鹃随手关了台灯。

大梅躺在床上意犹未尽地说：杜鹃，为什么那么多男人喜欢你，你教教我。

杜鹃在床上含混地说：大梅，你别胡说，我不会恋爱的。

大梅盯着天棚：林斌喜欢你，白杨也喜欢你，你是怎么做到的？

大梅一说到白杨，杜鹃心里“咯噔”一下，湿湿的感觉又一次包裹了她。她下意识地伸手去摸自己的嘴唇，自己也不知怎么了，闲下来总是会想起白杨，以及懵懵懂懂的那个初吻。这段日子白杨到她们练功厅次数少了。每当训练时，她都下意识地去望那扇门，似乎在盼望白杨推门进来，笑嘻嘻地坐在那把椅子上。可白杨却迟迟没来，她心里有些失落也有些遗憾。

在文工团走廊里，她还是看见过白杨几次身影。一见到他的身影，她的心就乱跳个不停，然后就是浑身乏力，似乎力气被抽空了。直到好久，她才能平复下来。白杨说过的话，做过的一切，都成了她心里的秘密，一闲下来，便在心里玩味。那一刻，她是幸福的。

大梅已经睡着了。

杜鹃却失眠了，她想起了白杨，以及他对她的每个细节。白杨在她心里具体而又生动。

约会

周六的晚上，林斌又一次来电话：约杜鹃在周日上午九点南湖公园门口见。

杜鹃拿着电话听着林斌的话，自己一直没说话，她在想着大梅。

林斌在电话那端说：杜鹃，你听见了么？

杜鹃恍怔过来冲电话：嗯？啊！说完放下了电话。

星期天上午，杜鹃和大梅来到了南湖公园。大梅一大早就起来了，冲着镜子把自己精心打扮了。她一边打扮一边看表，一遍遍催促着杜鹃：快点，别晚了。

两人终于出门，坐上通往南湖的公交车。大梅还冲着车窗玻璃打量自己，一遍遍问身边的杜鹃：你看我今天漂亮么？

杜鹃不耐烦地说：漂亮，都说一百遍了。

两人下了公交车，向南湖公园门口走去。

林斌已经到了，穿着军裤、衬衣，皮鞋和头发一样光亮。

林斌远远地看见了两个人，怔了一下。他看一眼杜鹃，又望一眼大梅。

杜鹃走近停下来，把大梅往前拉了一步道：这是我们舞蹈队的王大梅，我们同宿舍的。林参谋，我今天要加班排练，让大梅陪你吧。

杜鹃低着头，望着自己的脚尖一口气把话说完，转身就走。杜鹃走了两步，想起了什么，又回过身冲怔怔的林斌敬了个礼。再次转身，她飞跑起来。一辆公共汽车开过来，门一打开，还没等下人，她一步挤了进去。公交车开动了，林斌才把目光收回来。

大梅伸出手：林参谋，我们又见面了。

林斌僵硬地把手伸过来，大梅握住了林斌的手，并没有马上放下。她仰起头，大胆火热地说：林参谋，我给你写过信，为什么没回信？

林斌：噢，噢……

大梅又一笑：我们不能在这儿傻站着吧，我去买票。

她放开林斌的手，向售票口跑去。

林斌望着大梅的背影，想起了大梅抄给他的徐志摩的那两句诗。

杜鹃从外面回来，一身轻松地朝文工团走去。白杨骑着自行车从里面出来。看见杜鹃，他叉开双腿让车停住，头也不回地道：上车。

杜鹃立在那儿，并没有回头：我还要去训练！

白杨又重复了一句：上车！

杜鹃回过头，看着白杨的背影。风吹着白杨的衬衣，像帆似的鼓了起来。她犹豫了一下，还是一蹦坐到了车后座上。白杨双脚离地，车向前蹿了出去。

杜鹃也说不清楚，为什么会对白杨的要求无法抗拒。虽然犹豫，但还是坐上了白杨的车，她甚至都没问他要把她带到哪里去。

白杨径直把车骑到了军区小靶场。

军区机关一共有两个靶场。大靶场是专供部队用的，那里可以射击轻重机枪，甚至可以打炮。小靶场是为首长而建的。这里摆放着轻型武器，比如冲锋枪、半自动步枪、手枪。

靶场里有个参谋早在那里等候白杨了，参谋姓李，是白杨的发小。李参谋勾肩搭背地把白杨领到靶位上，用手一指摆放好的长枪、短枪道：每个枪里都装满了子弹，有本事你就打到天黑。

李参谋说完打个哈欠，回宿舍去睡觉了。李参谋路过杜鹃身边时，还叫了声：嫂子，你玩好。李参谋痞痞地笑笑，不紧不慢地走去。

白杨把一支手枪递给杜鹃。杜鹃当学员那会儿，搞过军训，也打过靶。以前用的是半自动步枪，还没射击，她们这些女孩子就开始尖叫，闭着眼睛，堵着耳朵。打靶是她们的任务，当时杜鹃却不知自己是如何把子弹射出去的。

杜鹃见白杨把枪递给自己，恐惧地向后退去。白杨似乎对枪情有独钟，他冲杜鹃道：看着我。

白杨举枪向前方的靶位射击，枪声嘹亮。白杨不像在射击，而是在玩枪。枪在他手里变成了玩具。枪声刺激了白杨，他兴奋地脸颊潮红。

杜鹃捂着耳朵，躲在一旁，闭着眼睛。

白杨又换了一把枪，拉过杜鹃。杜鹃抗拒地往外推着枪。白杨把杜鹃揽在胸前，抓过杜鹃的手，把枪放到杜鹃手里。白杨和杜鹃一起握着枪。杜鹃软着身子，低声地说：我害怕。

白杨在杜鹃耳边道：我八岁就在这里打过枪，打完这次，你就再也不怕了。

他不由分说，抓过杜鹃的手，便开始射击。枪声响了起来，干脆利落，回音不绝。打了几枪之后，杜鹃果然不再那么害怕了。她睁开了眼睛，眼前是枪，还有两双握在一起的手，白杨的手紧紧包裹着自己的手。她还感受到了白杨温热又坚实的胸膛。她整个人都被裹在白杨的身体里，她被雄性的味道笼罩了。她有一丝晕眩，就是那天白杨湿吻她时的那种感觉，她迷离了。枪声还在手里响着，一枪又一枪。此时的枪声已经远离了她，只有白杨，他的气味、温度和硬度，她也说不清自己为什么会对这一切如此敏感。

一个弹夹的子弹射完了，白杨从靶位上又拿过一个弹夹，轻轻一磕又装上了子弹。还是那个姿势，温热的弹壳从枪里退出来，在杜鹃面前跳跃着，它们像一群精灵。此时的杜鹃依偎在白杨有温度又有硬度的怀里，她已经不再惧怕枪声了。相反，枪声刺激着她，她体会着从来没有过的欢愉感。她嘴里发出啊啊的声音，魂魄似乎从身体里飘出来，随着枪声在半空中舞蹈。

不知何时，枪声戛然而止。

白杨把枪从她手里拿下来，放到靶位上。她的魂魄似乎还没有收回来，她迷离着目光望着前方，太阳很好，破碎地照耀在眼前。她呼吸急促，两颊潮红。突然，她的身体被白杨扳了过来，面对面地朝向白杨。白杨望着她，她只能虚弱地望着白杨，她微喘着。白杨一把抱住她，脸快速地贴了过来。突然而至的动作，让他们的牙齿碰在了一起，发出细碎的声音。很快，她就被湿湿地覆盖了。这是一个深情又冗长的吻，白杨的舌头横冲直撞地直抵她的口膛，他的舌头勾住了她的舌头。起初的一瞬，她用舌头抗拒着他的舌头，只有两个回合，她缴械了，任由他的舌头像鱼一样地在她身体里游。

时间仿佛凝固了，一分钟，也许两分钟，白杨的嘴离开她。他气喘着道：杜鹃，我爱你。我一定要娶你。

她也气喘着，绵软无力地望着他。他又一次用嘴覆盖了她。这一次，她感受到了白杨有力的臂膀死死地把她勒向他的身体，骨关节发出细碎的声响，她“呃”地发出声音。她想反抗却无力反抗，她想挣扎，却不愿意挣扎。她的胸被白杨挤压着，一种疼痛的快感，让她嘴里发出“呃呃”的声音。她只能闭上眼睛，把自己的一切都交由白杨。

杜鹃幸福着也快乐着。

此时的林斌和大梅还在南湖公园的林荫路上走着。两人的脚步噔噔有声。走到一棵柳树下，大梅侧过身，伸手抓住了一枝柳枝，回过身，优美地望着林斌。林斌也望着大梅。

大梅歪着头，顽皮地说：林大参谋，为什么不给我回信？

林斌躲开大梅的目光，望着别处。

大梅放弃了柳枝，蹦到林斌的眼前：是不是觉得我不如杜鹃优秀？

林斌望着大梅的眼睛，一张青春生动的脸在他眼前荡漾着。

大梅不依不饶地说：说话呀，是不是？

在大梅的逼视下，林斌躲开大梅如火如炬的目光，小声地说：不是！

大梅兴奋起来，顺手揽过林斌的手臂：那是什么？

大梅没再放开林斌的手臂。像许多恋人一样，大梅挽起了林斌的臂膀。在最初的一瞬间，林斌的动作有些僵硬，甚至不自然。大梅把五指插在林斌的五指间，两只手紧紧扣在一起。女孩软软细细的手在林斌的手里，细滑温润，这种感觉很快传遍了林斌的全身，他紧绷的神经顿时松懈下来。

大梅倚着林斌，她找到了依托。她开始向林斌述说文工团的事，说刚当学员时的第一次紧急集合，慌慌张张地跑到别人的队伍里；还说到第一次夜行军，她和郑小西躲到树林里去睡觉，一直到队伍回到原地，她们又偷偷溜回到队伍中来……大梅的话题轻松而又愉悦。

林斌也说自己，说小时候在大院里抓特务的游戏；说到两个牺牲的哥哥，自小就想成为一名英雄，果然就立功了；还说到了自己的父母……

大梅对林斌的经历充满了好奇，尤其对林斌的家庭。首长的小白楼让大梅充满了神秘和幻想。

后来两个人又一次走到湖边的码头，他们又一同划了一次鸭子船。这一次，林斌买来了小食品还有饮料，给自己还买了两听啤酒。林斌不紧不慢地蹬着船，湖水在他们身边荡漾。大梅望着眼前的林斌幸福不已。她觉得自己已经走进林斌的心里，林斌已经接纳了她。这时大部分时间都是林斌在说，大梅说的最多一句话就是：那后来呢……

后来他们在夕阳西下时走出了南湖公园。和进来时完全不同，他们五指紧紧地相扣在一起，俨然成了一对热恋的情侣。一直到他们坐上公交车，下了车，两手都一直没有分开过。

他们一直回到军区大院门前，两只手才不情愿地分开。

林斌深情地望着大梅道：过两天，我带你去我家……

大梅用力地点点头，她呼吸急促地冲林斌道了一声：再见……

她像一只小鹿一样奔跑着离开林斌的视线。在林斌眼里，大梅此时是个可爱的女孩。

幸福的大梅

星期天的傍晚，大梅兴高采烈地随林斌走进了小白楼。

小白楼里的一切，大梅都新鲜，就连门口的警卫，她也多看了两眼。首先接待大梅的自然是林斌的母亲，已经退休在家的文工团政委。平时闲在家里，没人陪马政委说话，家里来了人，她有太多的话要说。她说起以前的文工团，议论起现在文工团还在的老人，细数着历史，叙说着自己的辉煌过往。

大梅已经把小白楼当成自己的家了，她觉得自己应该就是这里的主人。她不断地为林斌母亲倒茶，甚至反客为主地剥了个香蕉递到林母的手上。她不停地微笑，不时地插上句话，却是林母下一个话题的转折和铺垫。林母许久没有这么痛快地长篇大论了，最后她看着大梅，大梅一张笑脸迎着她。她就说：不错，这孩子懂事。说完还抓住了大梅的手。

此时，炊事员已做出一桌丰盛的饭菜，提醒林母道：首长，可以开饭了。

林母扭头冲楼上喊：老林，吃饭了。

楼上响起脚步声，传说中的林副司令从楼上下来，大梅忙过去，跑上两个台阶去扶林父。

林母笑了，冲林斌说：看见没有，这个大梅比那个杜鹃强。说完向桌边走去。

饭桌上，林斌又一次向父亲介绍了大梅。

林父慈祥地把大梅看了，嘴里不停地说：好，好，不错，吃饭吧。

席间，林母详细地问了大梅的身世，大梅小声地回答了。

林父听了，并不插言，只不停地说一个字：好。他就像在听下级向他汇报，为了表示自己听明白了。这个“好”字很中性，既不赞同也没否定。类似于皇帝的批折：知道了。

一顿饭很快吃完了，林父又上楼了。林父的脚步在楼梯上消失后，林母又拉着大梅的手坐在沙发上。一顿饭下来，林母似乎又对大梅亲近了几分，俨然把她当成了未来的儿媳。说这个家，说了林斌的两个哥哥，最后又说了林斌的优缺点。林斌坐在一旁有一搭无一搭地看着电视。

大梅是个聪明人，林母滔滔不绝地说话，她从来不多嘴，一直微笑着倾听，不停地点头，不停地说着：是。就像一个下级在聆听着领导讲话。林母要的就是这种感觉和氛围，时间一分一秒地过去了。

林斌一直在看表，最后忍不住了才打断母亲道：妈，时间差不多了，一会儿文工团该熄灯了。

林母这才打住滔滔不绝的话题，破例把大梅送出家门口，冲大梅一遍遍地说：大梅，以后想来就来，这里就是你的家。

大梅听了，心里涌动起温暖，她幸福地冲林母招手再见道：阿姨，快回去吧，我一定会常来。

林斌送大梅往回走，离开小白楼，路灯暗了。她抓住林斌的手，两只手就握在一起。大梅幸福地说：你妈这人真好。

林斌握着大梅的手用了些力气。两人恋恋不舍地在文工团宿舍楼下分手。

那一晚，大梅兴奋得睡不着，她躺在床上不停地叙说在小白楼林家见到的一切：从林父又到林母，又到林副司令家的警卫员和炊事员，甚至林家的摆设。这一切在大梅的描述中，都是那么的新鲜和美好。

这就是恋爱中的大梅，幸福中的大梅。

杜鹃在对面床上睡着了，大梅才停止了叙说。可她的兴奋儿劲还没过去，她把双手放在脑后，两眼放光地望着暗处的天棚，想象着嫁给林斌之后在小白楼里生活的日子。

大梅恋爱的新闻很快在文工团里传开了。

恋爱后的大梅似乎变了一个人，亢奋而又喜悦，她哼着歌，走起路来一蹦一跳。从那以后，她只要一有时间，就去小白楼里坐一坐，每次回来，都要把所见所闻，绘声绘色地描述给杜鹃听。

杜鹃安静地听着大梅叙述着自己的幸福。

杜鹃自己也沉浸到自己的幸福中了。

杜鹃频繁地和白杨约会。之前，每次白杨约杜鹃，杜鹃是被动的，甚至内心里还有一丝不情愿；现在她盼着白杨约她，有时一天见不到白杨的身影，她心里会空空落落的。她喜欢每次和白杨约会的新鲜和刺激，还有白杨身体的温度和硬度。这一切都让她沉醉和迷恋。白杨作为男人，敲醒了沉睡在她心底的荷尔蒙。

杜鹃身不由己地陷入到了对一个男人的爱恋中。可她又割舍不下自己的舞蹈梦。队长是她人生的样板，队长为了舞蹈三十多了至今未婚。从当学员时，队长就以身说法地教育过她们这批学员。杜鹃一面不想恋爱，要学习队长做一个纯正的舞者；另一面，她又无法抗拒白杨的诱惑。杜鹃在一半是海水一半是火焰中纠结着。

又一个星期天，白杨不知从哪儿借来了一辆三轮摩托车，停在文工团宿舍楼下。白杨一边轰响油门，一边大声地喊着杜鹃。许多宿舍窗前露出一张张脸，注视着白杨。杜鹃匆匆地从楼上下来，白杨拧了下油门，大声地说：上车。杜鹃坐在车头里，摩托车轰响着开了出去。

身后窗子里是一溜新奇羡慕的目光。

杜鹃并不问白杨要把车开到何方，任由风吹起她的头发，她喜欢和白杨每次约会的出其不意。街道、树木、人流在他们身边快速掠过。杜鹃感到自己在飞翔。

白杨开着摩托车出了城，直奔海边，海的臂弯呈现在眼前。车转了几个弯，最后停在一片沙滩旁。这是一块尚未被开发的海滩，无人光顾。海边有两艘渔民的船，被丢弃在沙滩上，任由海水风雨冲洗着。几只海鸥在海面上飞翔，水天一色的景象令杜鹃兴奋难耐。她的手被白杨牵引着，两人甩了鞋，光着脚向沙滩跑去。

海浪拍打着沙滩，两人赤着脚，牵着手站在海水里。白杨望着海面，目光追寻着海鸥，他突然有了作诗的冲动。他牵了杜鹃的手，让杜鹃站在旧船上，张开双臂冲杜鹃道：我给你朗诵首诗吧。

杜鹃闭上眼睛，双手合十，做出听诗状。

白杨朗诵道：

蔚蓝的海面雾霭茫茫，
孤独的帆闪着白光，
它到遥远的异地寻找什么？

它把什么抛弃在了故乡，
呼啸的海风翻卷着海浪，
桅杆弓着腰在嘎吱作响……
唉，它不是在寻找幸福，
也不是逃离幸福的乐疆。
下面涌着清澈的碧流，
上头洒着金色的阳光，
不安分的帆儿却祈求风暴，
仿佛风暴里才有宁静之邦。

白杨激情洋溢地把莱蒙托夫的一首《帆》一口气朗读完毕。他跪在沙滩上，跪在杜鹃的面前，张开双臂，望着站在旧船上的杜鹃，用诗朗诵的声音表白着：杜鹃，嫁给白杨吧。让大海、白云、海鸥，还有风，让所有的一切做证。杜鹃，我爱你……

他一口气说完，张开双臂定格在那里。起初的一刹那，杜鹃惊怔在那里。她以为白杨又是一个玩笑或者恶作剧。

她望着沙滩上的白杨。她甚至看到了白杨因激动而眼睛潮湿，有两滴晶亮的眼泪溢出白杨的眼眶。她的心瞬间融化了。她跳下船，一下子扑到白杨的怀里。白杨顺势把她抱了起来，让她身体离开沙滩，疯狂地旋转着，一边转一边喊：杜鹃是白杨的老婆了……

他们双双跌滚在沙滩上。白杨把杜鹃压在身子下，深情又疯狂地去吻杜鹃。杜鹃软了，化了，和沙滩融在一起。白杨就像海水，一浪又一浪地冲刷着她。

在迷离中，心底里的梦缥缈地呈现在她的眼前，那是一个穿着红舞鞋的杜鹃在追光灯影中疯狂地舞蹈。

各自的幸福

夏天很快过去了，秋天在收获着爱情。

不知是巧合还是老天的安排，杜鹃和大梅的婚礼都安排在了同一天。那年的十月一日。国庆日，吉祥的日子。不仅杜鹃和大梅的婚礼安排在了这一天，全国许多青年男女都把这个日子作为了自己的婚礼日。

杜鹃结婚前夕，张队长把杜鹃叫到了自己的办公室。她幽怨地望着杜鹃。杜鹃低下头，愧疚地道：队长，对不起。但我保证结婚后也会好好跳舞。

张队长叹口气，望着杜鹃说：杜鹃你记住，要想跳舞，千万别要孩子。

杜鹃抬起头，认真地冲张队长点了点头。

张队长又叹口气道：杜鹃，你在我心里是一个真正的舞者。

杜鹃冲着队长失望的目光道：队长，对不起。

结婚的前一天，是大梅和杜鹃共处一室的最后日子。两个闺蜜因为相同的幸福，她们久久不能入睡。两个人干脆挤在一张床上，叙说她们的心事。

大梅说：杜鹃，当初白杨和林斌追你时，你不是说谁也不嫁么？

杜鹃无奈地道：可我爱上了白杨，我没有办法了。

大梅一笑，刮了一下杜鹃的鼻子：真是爱情让人身不由己呀。

杜鹃也笑了。

大梅：林斌妈说了，我结婚后，就给我换个工作。

杜鹃吃惊地问：你不跳舞了？

大梅很有远见地说：跳舞有什么好，又不能跳一辈子，早晚得改行；林斌妈说了，早改早适应社会。

现在大梅张口林斌妈，闭口林斌妈，仿佛她已经成为了林斌母亲的新闻发言人。

杜鹃望着大梅：咱们十几岁就开始跳舞，怎么能说不跳就不跳了呢。

这回轮到大梅吃惊了，她望着杜鹃：别傻了杜鹃，趁白杨的父亲还没退休，让他托人给你换个工作吧；再过几年，跳不动了，到那会儿可没好工作选了。

杜鹃依旧无奈地望着大梅：为什么要换工作，我要跳一辈子。

大梅笑了：别天真了杜鹃，以后你得生孩子，照顾老人；跳什么一辈子，你做梦呢吧。

杜鹃想起了队长，坚定地说：不，我不生孩子，我要永远做一名舞者。

大梅躺在杜鹃身旁，揽过杜鹃道：不说那些了，今天咱们是最后住在一起了，不知以后还有没有同宿舍的机会了。

两人都不说话了，望着熟悉的宿舍，这是她们共同居住过几年的宿舍。身下的床，书桌，台灯，一切一切，她们都是那么的熟悉。这里熟悉的一切，陪伴她们长大。突然离开熟悉的环境，她们还有些留恋和不舍。

告别过去，意味着重生。大梅一直这么认为。

第二天，杜鹃和大梅如约被白杨和林斌接走了。

白杨依旧骑着那辆三轮摩托，摩托车把上系了两朵大红花。白杨换了一身新军装，他骑在摩托上，轰着油门，扬起头，冲楼上喊：杜鹃，我来了……

杜鹃也穿着军装，背着挎包，手里提了一个帆布提包，这是她当兵几年的全部家当了。白杨走下摩托车，提过杜鹃手里的提包放到车斗里，转身骑上摩托，杜鹃骑在白杨的身后，双手搂紧了白杨的腰。

白杨大叫一声：出发……

摩托车轰鸣着蹿了出去。他们的样子，就像出门做一次旅行。

大梅是被林斌父亲的上海牌轿车接走的。车一直开到文工团宿舍楼下，车的宽脸上系着红花，机器盖子上，还贴着大红的喜字。林斌从车上下来，大梅提着提包早就等在楼道里了，车一来，她就迫不及待地跑了出来。

司机过来，接过提包放到后备厢里，林斌拉开后座车门，大梅走到车前，回望了一眼，楼上楼下站满了文工团看热闹的人，众人都在羡慕地望着她。大梅微笑着冲众人招着手，然后不紧不慢地上车。林斌也坐上去，关上车门，车就一溜烟地走了。身后是一片众姐妹的再见声。

杜鹃和大梅双双地结婚了。

杜鹃住进部长家四室一厅的房子里。大梅如愿地住进了小白楼。

她们不再住集体宿舍，但每天晨练和日常的排练，依旧一如既往。日子依旧，似乎所有的一切也不曾改变。

不久，军区的一纸调令下到了文工团。大梅被调走了。她仍然在军区工作，新的岗位是后勤部的一名助理员。

大梅告别了文工团舞蹈队，她对自己的调动早就有心理准备。离开文工团那天，她喜气洋洋，依次和姐妹们拥抱，不停地重复一句话：有空去后勤部找我玩。

她最后和杜鹃告别时，附在杜鹃耳边说：杜鹃别傻跳舞了，能有什么出息。

杜鹃微笑着把大梅推开，招手道：大梅，常回来玩。

大梅招了一圈手，转身走了。她离开文工团，离开了练功房，告别了作为舞蹈演员的生活。

郑小西搬进了杜鹃和大梅住过的宿舍，她抚摸着她们用过的物件，开始幻想以后未来的生活了。二十出头的女孩子，不可能不操心自己未来的生活。杜鹃和大梅成为了舞蹈队女孩子的标杆。

生活在别处

杜鹃婚后和白杨的父母住在一起，这是一套四室一厅的师职房。白杨的哥姐，已经结婚另过日子了。家里只剩下杜鹃、白杨和父母。

二十世纪八十年代，能拥有一套四居室的房子，已经很奢侈了。许多工人家庭，一家四五口还挤在几十平方米的小平房里。

白杨家虽比不上林斌家的小白楼那么宽敞体面，居住也足够了。

白杨的父亲作为军区的宣传部长，整日里工作很忙，经常下部队主抓宣传典型，要么就是机关没日没夜的开会。即便回家，也就是睡觉休息一下。主持这个家的是白杨的母亲，军区机关门诊部的吴主任。吴主任已经五十出头了，年轻时是学医的。先是在军野战医院当医生，后来随白部长调到军区就一直在军区门诊部工作。

门诊部工作不忙，日常工作就是为首长提供保健，为机关的干部战士开一些头痛脑热的药。平日里就显得很清闲，按点上班，按点下班。

作为医生出身的吴主任，职业习惯总是关心杜鹃的身体。作为舞蹈队员，尤其是女孩子，总是要控制饭量，只有这样才能控制体重。几斤多余的肉长在一般人身上并不觉得有什么，但对舞蹈演员来说却是致命的。在舞蹈队经常形容舞蹈演员是猫的饭量，驴的劳累。为了艺术，舞蹈演员只能牺牲口腹之欲了。杜鹃的饭量在吴主任眼里是不可思议的，她每天做完饭，都要把杜鹃的饭盛了满碗，还不停地往她的菜碟里夹肉夹菜，看着满满一碗饭，杜鹃就傻了。她叫了一声：妈，我可吃不了这么多。说完端起碗把饭就往白杨碗里拨。

吴主任就拉下脸，用筷子敲着桌子道：杜鹃，你看看你，都瘦成啥样了，你身体这样，怎么能生孩子。

杜鹃和白杨结婚，吴主任就给两人下了命令：你们要早点生孩子，趁我还年轻，有体力帮你们带孩子。

当时杜鹃并没有把婆婆的话当真，以为就是句玩笑话。

吴主任当了一辈子军医，并不会开玩笑，她说的话，就是她的心声。在日常生活中，吴主任把杜鹃当成了会生会养的女人。杜鹃因为跳舞，身体出奇地瘦，这在医生眼里并不是好兆头，甚至认为这样下去，会影响生育。为了杜鹃早日生养，吴主任要把杜鹃的身体喂胖了，早日达到生育标准。

每次杜鹃把饭拨到白杨的碗里，她都会遭到吴主任脸不是脸、鼻子不是鼻子的数落。白杨并不站在她的立场上，在母亲数落杜鹃的工夫，自己几口吃完了饭，夹起围棋盒子，冲吴主任道：妈，我下棋去了。

杜鹃自从结婚后，才知道，白杨是个围棋迷，在家里没事就研究棋谱。嘴里念叨的不是这种流就是那种流。只要有合适机会，就约那些单身男军官去下棋，有时半夜才推开家门。

恋爱中的白杨已经不见了，热情和浪漫随着婚姻生活步入正轨而消散。恰恰杜鹃是被白杨的浪漫和热情所俘获，现在这一切已经消失。

白杨白天上班，下班回家吃饭，吃完饭就去下棋，有时也去体工队的拳击馆和人学拳击。白部长和吴主任对儿子的所有一切，早已习以为常了，并不做过多干涉。

有一天，白杨凌晨才回到家里，简单洗漱后躺回到了杜鹃的身旁。杜鹃醒了就说：你以后能不能回来早点儿。

白杨就笑嘻嘻地搂过杜鹃道：怎么，你想我了？

杜鹃把白杨推开，压低声音道：你回来这么晚，影响我休息，人家明天早晨还要练早功呢。

白杨就大大咧咧地道：今天作战部的老刘，非拉我多下几盘，走不开；下次注意，一定早回。说完转了个身，已经打起了鼾声。

杜鹃却迟迟睡不着，她开始后悔结婚了。早知道婚后这样，她一定不会结婚的。婆婆逼她吃饭，她不吃，婆婆就拉长脸不高兴，她只能硬着头皮吃，吃完躲进洗手间，把手指头捅进嗓子眼，再把吃的东西吐出来。常年节食让舞蹈演员的胃已经变小了，多吃一口都难受。况且，杜鹃不会让身体长胖的，她要舞蹈，舞蹈才是她的梦想。

一个周末，白部长没下部队也在家，吴主任张罗着要包饺子，杜鹃的任务是剁饺子馅。吴主任交代完杜鹃就去客厅嗑瓜子聊天去了。

杜鹃一边剁饺子馅，一边把一只腿放到灶台上，她在压腿，手里并没停止剁饺子馅。不知什么时候，吴主任出现在她身后，大喝一声：杜鹃，有你这么干活的么？

杜鹃忙把脚收回来，笑着道：妈，我没耽误干活。

吴主任把杜鹃挤开，手握菜刀一边剁馅一边数落着：你们这些跳舞的，从小离开父母，就是缺少家教，干什么都没个样儿。

杜鹃站在婆婆身后，任凭婆婆数落着。

吴主任又说：这个破舞有什么好跳的。你看人家王大梅，说不跳就不跳了，到后勤当了助理，一天八小时上班，家里的事什么都不耽误。你可倒好，今天演出，明天汇演的，你说你到底什么时候才能生孩子？

杜鹃眼泪下来了，她忍不住，跑回自己的房间，一头扎在床上，趴在床上轻声地哭了起来。

不知过了多久，婆婆又站到了她的门前，推开门：杜鹃，你也老大不小了，我像你这么大，老大都生出来了。说你几句还委屈了，真是的！起来，包饺子。

婆婆鼻子不是鼻子、脸不是脸地又回厨房去了，杜鹃只能用枕巾擦了泪，爬起来，一百个不情愿地走进厨房。

这会儿，她多么希望白杨能在自己的身旁呀，即便不站在自己这边，哪怕安慰自己几句，她心里也会好受，可白杨这会儿正跟人下棋呢。

杜鹃更不明白，恋爱中的白杨怎么和婚后的白杨像变了一个人似的。说话的语气、腔调，以及对她的关心，完全就是两个人。杜鹃有时会突发奇想，以前的白杨是不是被人调包了，而现实中的这个白杨究竟是哪个白杨。

杜鹃打心里开始厌恶婚姻，后悔自己轻信了白杨的甜言蜜语。

更糟糕的是，不久，杜鹃发现自己怀孕了，大清早，她开始呕吐，却吐不出什么东西来。

婆婆吴主任却高兴得要死要活，她拉着杜鹃来到门诊部，亲自为杜鹃做了一次孕检。结果得到了验证。

吴主任当即又写了一张假条：怀孕八周，建议休息。

她把假条递给杜鹃并吩咐道：把假条交给你们文工团领导，你马上回家休息。想吃什么跟妈说。

杜鹃从没见婆婆如此的热情亲切。

杜鹃一离开门诊部，就把假条撕碎，扔到垃圾桶里。文工团马上要参加全军汇演，她的一个独舞已经被军区选中，她正全力以赴地准备汇演，怎么能因为怀孕而放弃这次汇演呢。她们汇演是在北京的总政礼堂，这是全军最高规格的汇报演出。各军区都在全力以赴准备自己拿手的节目。

杜鹃不想要这个孩子，她不能因为怀孕而错过这次汇演。

检查结果出来的第二天，她自己偷偷去了一趟军区总院，把孩子做掉了。回到家里，她在床上躺了三天。被蒙在鼓里的婆婆，以为杜鹃在保胎，极尽温柔热情地为杜鹃煲汤做菜地忙碌了三天。就连整日不着家的白杨，在那几天，都很早就回来了，望着躺在床上的杜鹃问：老婆，我帮你削个苹果吧。

白杨不仅为她削了苹果，还为她朗诵了一回诗。那三天，杜鹃是幸福的。

第四天，她又回到了训练场。为了让自己能够顺利演出，她瞒着婆婆，可却无法瞒过白杨。

当文工团确定汇演篇目时，杜鹃的节目赫然在列。当即，白杨向文工团长和政委反映：杜鹃不能参加汇演，她怀孕了。

白杨的话，让团长和政委也感到吃惊，当即找来杜鹃。杜鹃知道戏演不下去了。她只能实话实说：我的孩子已经做掉了，我要参加汇演。

文工团的领导感动于杜鹃的执着。可这对白杨一家来说，不亚于发生了一场不大不小的地震。

婆婆吴主任不再和杜鹃说话，一张脸拉得恨不能去砸脚面。杜鹃怀孕时，悉心照料、嘘寒问暖的婆婆早已不见了踪影。

白杨更是早出晚归，即便回到家里，躺在床上也只留给她一个后背。一家人用无声的力量表达着对杜鹃的不满。

杜鹃只能在这压抑的气氛中沉默着。

一天晚饭，一家人都聚齐了，婆婆吴主任突然说：杜鹃，你要是还想要这个家，汇演完就把工作换了吧。趁你爸和我还没退休，求求领导还有这个面子。

杜鹃低着头，她不知自己如何表态，但心里的念头是坚定的，自己无论如何也要把舞蹈跳下去，舞蹈是她的梦，也是她的命。

白杨夹了菜放到杜鹃碟子里道：吃饭吧，我赞成妈的意见，跳舞又不能跳一辈子。

那天晚上，她冲白杨说：我要住到团里去。

白杨吃惊地望着杜鹃。

杜鹃：还有一个多月就要进京汇演了，我要加班训练，你告诉妈一声。

白杨没有说话，伸手关了灯，自己一个人躺在床上。杜鹃在暗处默立了一会儿，也悄无声息地躺在了床上。

第二天早晨，杜鹃简单收拾了东西，就去了团里。她又住回了以前的宿舍，和郑小西同住在一起。她不用再每天回白杨的家了，吃住在团里，她又恢复了单身生活的状态。除了练功厅就是宿舍，那一阵子，杜鹃的生活充实而又美好。

大梅怀孕了，每天她腆着隆起的肚子，上班下班。她脸色红润精神饱满，冲认识的人打招呼，冲不认识的人点头微笑。

每天下班，林斌总会站在机关大楼门前的台阶上，等着大梅。大梅从电梯上下来，用手托着腰，夸张地挺着肚子一步步挪到林斌面前。林斌拉过她的手，两人向家属区小白楼方向走去。

大梅去门诊部做孕检，见到了杜鹃的婆婆吴主任。吴主任羡慕地望着大梅的肚子就感叹：王大梅，还是你聪明，知道自己要干什么！

大梅把幸福挂在脸上，杜鹃怀孕又做掉的事她听说了，也知道杜鹃因为汇演又住进了单身宿舍。大梅见吴主任这么说，忙替杜鹃打圆场：吴主任，我和杜鹃不一样，她的专业比我好，我是跳不出来了，生孩子这是没出息。

吴主任拉过大梅的手：你不是没出息，是知道女人该做什么。

大梅笑一笑。

吴主任就感叹：当初要是我们家白杨不娶杜鹃，娶你该多好。

大梅从吴主任手里抽回自己的手，满足地笑着说：吴主任，你快别这么说，我可没法和杜鹃比。

杜鹃终于参加了全军汇演，她的独舞获得了舞蹈比赛的一等奖，受到了总政治部领导的接见。

杜鹃回到团里，白杨骑着跨斗摩托把杜鹃接回到了家里。她已经阔别这个家有一段时间了。

吴主任做了一桌子很丰盛的菜，热气腾腾地摆放在杜鹃的面前。吴主任还破例为白部长和白杨各自倒了一杯酒。

吴主任满面笑容地冲杜鹃道：今天全家都高兴！

杜鹃以为婆婆说这话是要庆祝自己获了奖。

吴主任却话锋一转道：祝贺杜鹃调离文工团，到文化部上班。

杜鹃愣住了，她没想到，自己去北京汇演这段时间里，公公和婆婆竟运作自己工作的调动。她吃惊地瞪大眼睛。

婆婆又说：以后杜鹃就到军区机关工作了，也不算改行，干的还是文化工作。你爸为了你的工作可没少求人。杜鹃，今天，你要敬你爸一杯酒。

白杨把自己眼前的酒端到杜鹃面前。

杜鹃眼里突然有了泪，她小声地说：我不想换工作。

杜鹃说完，全家人都惊愕地望着杜鹃。

杜鹃小声但坚定地又补充了一句：我要跳舞。说完她站起身，跑回到自己的房间。

饭桌上的气氛凝固了。

像花也像草

杜鹃和白杨离婚了。

杜鹃还做舞蹈演员，并没有去文化部。白杨从文工团调到了军区文化部当了一名干事。

杜鹃离婚之后，大梅抱着满月的孩子回到文工团看望了一次杜鹃。

杜鹃正把腿放到窗台上压着，手里看着一本关于舞蹈理论的书。大梅抱着孩子走了进来，杜鹃惊呼一声奔过去，把大梅的孩子接过来，抱在自己的怀里，冲孩子：叫阿姨。

大梅说：还不会说话呢。

大梅小心翼翼地把孩子从杜鹃怀里接过来，望着杜鹃道：杜鹃，你干吗这么犯傻。

杜鹃平静地微笑着：大梅，我真的挺好的。现在我很快乐。

大梅坐在床旁，怀里抱着孩子：做女人就得结婚生孩子，你还能跳几年舞？白杨家里条件那么好，在军区打着灯笼也难找。

杜鹃笑着，像个小女孩似的：大梅，我结过婚才知道，其实我还是喜欢单身生活，想干什么干什么，没人管。我现在可以一门心思跳舞了。

大梅不再说什么了，打量着自己和杜鹃曾经住过的宿舍，一切都还是老样子。只不过自己睡过的床被郑小西住上了。窗台上，多了两盆杜鹃养的花，此时，花正滋润地盛开着。

大梅的目光从花上移开，又落到杜鹃的脸上：女人就像这花一样，早晚有一天会开败的。

杜鹃依旧笑着，她的面庞就像盛开的花儿，她淡淡地说：花败了我就做草好了。冬天枯了，来年春天又绿了。

说完她咯咯地笑了起来。

楼下传来汽车的喇叭声。

大梅站起来：林斌催我回去了，他担心孩子受凉，这么近的路，还把他父亲的车派出来了。

大梅说完抱着孩子走了。

杜鹃站在窗前，目送大梅离去。林斌为大梅和孩子打开车门，大梅坐进去。林斌坐到副驾驶的位置上。车便离去，一直驶出文工团院子。

杜鹃目送着渐远的车影，她想：大梅也是幸福的。

她收回目光，看到窗台上摆放的两盆花，想起了刚才对大梅说过的话：花败了，我就去做草……

她的话像一首诗。杜鹃心想：自己还会作诗呢。想到这儿，她呵呵地笑了起来。

快枪手

一

著名的快枪手马林，在腊月二十一那一天回到了靠山屯。

马林回来了，他要在腊月二十三那天，大张旗鼓地做两件事。第一件事他要先休了秋菊，接下来要名正言顺地再娶一回杨梅。

秋菊走进马家的门槛已有些年头了，那一年秋菊才十二岁，马林十岁。马林和秋菊圆房那一年，马林十六岁，秋菊十八岁。也就是在那一年，十六岁的马林离家，投奔了张作霖的队伍，当上了一名快枪手。

马林回到故乡靠山屯匆匆忙忙扯旗放炮地要休了秋菊是有原因的。那是因为秋菊被胡子鲁大奸了，奸了也就奸了，最让马林无法忍受的是秋菊还生了胡子鲁大的孩子，且那孩子已经三岁了，叫细草。著名的快枪手马林无法忍受这些，他要在腊月二十三过小年那一天，张张扬扬地把秋菊休了，然后明媒正娶地再和杨梅在乡人面前风光一回。

杨梅是马林从奉天城里带回的一名学生，今年芳龄十七。其实早在奉天城里时，马林已娶过一回杨梅了，两人在奉天已同居了半年有余，这次马林重返故里，杨梅自然跟随一同前来了。杨梅不仅一个人来了，确切地说，她还带来了他们的孩子。杨梅已怀孕五个月了。有了身孕的杨梅依旧漂亮，齐耳短发，很前卫也很新潮的样子。最让马林骄傲的是杨梅那双又黑又亮的眼睛，只有城里的女学生才有这样一双眼睛，在靠山屯一带绝难找到这样一双女人的眼睛。

马林这次回到靠山屯不打算再走了，原因是奉天城里来了日本人。不仅来了日本人，他们还偷偷地把大帅张作霖炸死了。少帅出山了，快枪手马林以为东北军会和日本人拼上一家伙，为大帅报仇雪恨，没想到的是，东北军一夜之间撤离了奉天。快枪手马林的心冷了，他决定离开队伍，回故乡靠山屯过平安宁静的日子。

马林在没回靠山屯以前，是不知道故乡的变故的。

腊月二十一那一天，满天里飘着大雪。沿途之上，马林已看到了村村屯屯到了年关的景象，四处赶集的人们，脸上露着喜气之色，他们的脸上洋溢着故乡的温暖。马林只有在故乡的土地上才能看到这些，在奉天城里他永远见不到。他带着杨梅一踏上故乡的土地，便在心里热热地喊出一声：他奶奶的，千好万好不如老家好哇，我马林不走了。

在一面坡城里，马林租了辆雪橇。雪橇是三只狗拉的，狗快风疾，狗拉雪橇箭似的射到了靠山屯。

马林这次回乡先是惊动了父亲马占山。在马林的记忆中，父亲马占山的气管不论冬夏没有好的时候，随着呼吸，父亲的气管会发出风箱一样的声音，于是父亲在这种伴奏声中艰难地说话。

父亲马占山见到马林那一刻，愣愣怔怔足有十几分钟。

在马林的耳畔，父亲的气管之声，有如山呼海啸。

马林就说：爹，爹，你这是咋了？

马占山就说：毁了，毁了，这个家毁了。

马林的心脏就慌慌乱乱地狂跳了几下，他的脸就白了一些，他预感到了什么。

上次回靠山屯，他做了一件大事，那就是和胡子鲁大开了一仗。那一次，他是想全歼鲁大这绺胡子的，没想到的是，却让鲁大和一个小胡子跑脱了。那一次算鲁大命大，他一枪射中了鲁大的左眼，眼见着鲁大一头从马上栽了下去，他想补第二枪时，那些个亡命又仗义的小胡子们前仆后继地向鲁大扑去。他们知道自己的对手是快枪手马林，他们知道快枪手一枪又一枪地会要了他们的命。快枪手马林的枪仍在响着，射中的不再是鲁大，而是那些小胡子们，在匆忙之中，一个小胡子背起鲁大慌慌乱乱地跑掉了。

马林那时曾想，也许这一次鲁大伤了元气，再也不敢来靠山屯了。同时他也担心，胡子鲁大会来报复，但他没想到鲁大会来得这么快。

马林不用问父亲什么，他已从父亲的脸上看到鲁大来过了。

父亲一边山呼海啸地呼吸，一边说：这时候你不该回来呀，你回来干啥呀？鲁大正四处打探你呐，老天爷呀，这下可咋好哇……

快枪手马林的预感得到了应验，此时，他的心里反倒安静了，他甚至冲父亲笑了笑，笑得那么轻描淡写，仿佛父亲的惊乍和担心不值一提。快枪手马林对自己充满了信心，他知道自己是个神枪手，百步之内百发百中，虽说他人已不在东北军了，可他这次回来，却不是空着手的，跟随了他这么多年的那两把二十响快枪就在他腰里插着。快枪手有了枪还怕什么呐，他马林是什么也不怕的。他怕的只是在自己没回来以前，鲁大向父亲下毒手，当他看到完好的父亲在自己的眼前愁眉苦脸时，他的心踏实了。父亲与几年前相比，基本上没什么变化。马林在父亲的身上还有一条奇妙的发现：人要是老到一定程度，再老也老不到哪里去了。

其实马占山的年龄并不大，六十刚出头，但他的精力似乎已经耗尽了，都耗在了那片土地上。马占山几十年如一日，牛马似的在自家那片土地上挥霍着生命和力气，刚过六十岁，终于油干水尽了。马占山在感到力不可支之时，儿子马林回来了。

马林的到来，并没有给马占山带来一丝一点的快慰。相反，他觉得马林的末日到了，昔日还算平静的马家，还会平静下去么？

二

马林在没有见到秋菊以前，在他的脑海里并没有产生休了秋菊的计划，他下定决心休了秋菊，那是见了秋菊以后的事。

在马林的记忆里，秋菊就是秋菊。

秋菊初来马家那一年，是一个又瘦又黄的小丫头。秋菊是马占山拾回家的。秋菊是随父母闯关东来到靠山屯的。一路上的奔波劳顿，让秋菊的父母染上了伤寒，他们一家三口走到靠山屯时便再也走不动了。秋菊的父母躺在街心的十字路口上，望着头顶那方陌生的天空，他们知道自己逃荒之路已走到了尽头，他们逃离了饥荒之地，却没有逃脱死亡，可恶的伤寒和饥饿劳累已使他们的生命到了尽头。令他们欣慰的是他们终于逃离了饥荒连年的故乡，他们不放心的是年仅十二岁的秋菊，他们有千万条理由死不瞑目，他们不能把孤苦无依的秋菊独自一人抛在陌生的异乡。

秋菊坐在他们的身旁干干瘦瘦地哭着，无力苍白的啼哭之声是秋菊父母死不瞑目的缘由。秋菊的啼哭之声，同时引来了靠山屯的男女老少。他们对眼前这一幕已不感到陌生了，那年月，逃荒逃难的人们，潮水似的从关里涌到了关外。

秋菊父亲看到了围拥过来的靠山屯男女，仿佛为女儿秋菊抓到了一根救命稻草，他使尽浑身的力气说：老……老乡……求求你们了……把这丫头领回去吧，给她一口吃的……当牛当马……随你们了……

母亲也说：求求好心人啦，给……俺闺女一口吃的……别让她饿死就行……求求了……

那年月，靠山屯的父老乡亲也是有那个心没那个力。唯有马占山有那个心也有那个力，他觉得眼前降临的是一个天大的便宜。那一年马林十岁了，再过几年就该给儿子张罗媳妇了，早张罗晚张罗，那是迟早要张罗的，今天一分钱不花白白拾一个丫头回家，且不说日后给自己当儿媳，就是给她口吃的，把她当牛当马地用上几年也不亏什么。精明的马占山就把哭喊着的秋菊的手握了，冲已迈向死亡线的秋菊父母点点头说：你们的孩子我收下了，日后有我马占山一口吃的，就有这丫头吃的。

秋菊的父母没有理由不闭上自己的双眼了，终于父母就牵肠挂肚地去了。那一次，马占山在后山挖了个深坑把秋菊的父母埋了，也算是对白拾了丫头的回报。

在马林的印象中，秋菊是一个高高壮壮的女人。谁也没想到，瘦小枯黄的秋菊在来到马占山家不到半年的时间，就变得今非昔比了。十三岁的女孩到了发育的年龄。不管吃好吃坏，秋菊总算能吃饱肚子了。在秋菊的眼里，自从来到马家是天天过年，在她幼小的记忆里，还从来没有过上这般日月。于是秋菊竟神奇般地胖了起来，先是胖了脸，接着就是全身，该鼓胀的地方都长开了，个头也长了几分。

秋菊比马林年长两岁，女孩子发育成熟得又早，在马林的目光中，秋菊已经是个大人了。秋菊来到马家之后，里里外外一把手，不仅做饭还要喂鸡喂狗，几年的时间里，秋菊俨然成了马家的主妇。

秋菊能出落得这般模样，令马占山暗自高兴。没花一分钱，白白拾来个劳动力，今天的劳动力，未来的儿媳妇，这是马占山灰暗生活中灿烂的一笔。在那些日子里，马占山一看到秋菊，便顺心顺气，暗自得意。

马林的母亲是个多病的女人，在马林五岁那一年，突发心绞痛就已经去了。身为壮年的马占山再也未娶。在马占山的观念里，赌、毒、色是男人的三大天敌，男人要成气候，离这三样越远越好。当初娶马林娘时，他考虑更多的是传宗接代，既然儿子已经有了，还娶女人做什么？况且半路里家里多了一个外姓女人，他活得不踏实也不放心。于是，马占山把所有的心思都花在了侍弄那片土地上。土地就是他的命，他的事业，人要想过日月没有土地是万万不行的。这就是马占山的人生信条。

在马林童年的记忆里，秋菊带给他更多的是温暖和安全感。那些日子，秋菊不仅给他做饭，晚上还要给他铺被子，就是夜里用过的尿壶，也是秋菊早晨给倒掉了。在马林的眼里，秋菊是高大的，像母亲，又像姐姐。在马林缺少女性关怀的童年里，秋菊是马林寒冬里的一盆炭火。秋菊在马林童年的记忆里，不仅是温暖的，同时也是美好的。

在马林年满十六岁那一年，马占山提出让他和秋菊圆房他也没提出过异议。在马林的印象里秋菊和自己多早就是一家人，圆不圆房其实都是一样的。

在马林十六岁那一年，靠山屯一带闹起了胡子，一时间鸡犬不宁，乡人们的日子过得提心吊胆。也就是在这种环境中马林的命运发生了变化。

主宰马林命运的仍然是马占山。土财主马占山已充分地认识到，在这鸡犬不宁、兵荒马乱的日子里，仅有土地是不行的，要想使生活过得美满踏实，家里没有一个拿枪的，那是万万不行的。于是马占山求遍了三亲四邻，终于在东北军里巴结上了一位团长，花了他五十两白银为马林买了一个排长的头衔。

马林在十六岁那一年，也就是在他和秋菊圆房不久的一个日子里，他当上了东北军里的一名排长。

这是马林一生中的大事，也是马占山一生中的一次壮举。这一次出走，彻底地改变了马林的命运。

如果说当初是马占山为马林买了一个排长头衔的话，那么以后的一切变故都是马林自己努力取得的。

马林到了东北军不久，很快又被张作霖的警卫营选中了。在军阀混战的年月里，东北军大帅张作霖自然把个人的安危看得举足轻重。在张作霖的警卫营里做一名警卫，马林学会了很多，不仅学会了双手打枪，同时马林也由于见多识广，明白了在靠山屯一辈子也无法明白的道理。

许多东北军将士都知道快枪手马林的名字，他的名字差不多和大帅张作霖一样的著名。

著名起来的马林果然给马占山带来了许多好处。不少盘踞在靠山屯一带的胡子，不管是大绺的还是小绺的，很少有人胆敢骚扰马占山。胡子们都知道，马占山的儿子马林在给东北军大帅张作霖当着贴身侍卫，且是一名百发百中的快枪手。那些日子，小财主马占山曾为自己这一大手笔而暗暗得意。他觉得那五十两白银没有白花，要是没有昔日的破费，哪来今日的安宁。

三

再后来的变故都缘自鲁大。

那一次，快枪手马林没有杀死鲁大。鲁大很快就开始报复了，不仅奸了秋菊，还让秋菊怀上了孩子。在鲁大百般要挟下，秋菊痛不欲生地生下了鲁大的孩子。是个男孩，秋菊给这个孩子取名叫细草。

马占山无法正视马林的突然归来，马林却出其不意地回来了，仿佛从天而降。马占山觉得并不平静的日子已经到了末日，于是他的气管愈加的山呼海啸了。

他一边哭着一边说：毁了，马家的日子毁了。

马林见到秋菊的时候，秋菊正搂着细草在下房的炕上抖成一团。马林坐着狗拉雪橇驶进院子时，她就看到了马林和杨梅。那一刻她就觉得眼前的天塌了，地陷了，表面上的宁静生活也该有个结果了。她知道，马林无法宽恕她，那时，她想的不是自己，而是怀里的细草。孩子是她和鲁大的，如果说当初她恨鲁大恨怀里的孩子的话，那么现在，她只剩下恨鲁大一人了，她已经离不开细草了。细草是自己的骨血，他喊她妈，她呼他儿。细草没有错，错就错在她当时死不起也活不起。

秋菊见到马林那一刻，她不再发抖了，反而冷静了下来，她更紧地把怀里的细草抱了，声音平静地说：是俺对不住你，你杀了俺吧，求你别碰孩子。

细草躲在母亲的怀里被闯进来的马林先是吓了一跳，想哭，咧咧嘴又止住了，于是他愣愣地瞅着马林说：你瞅我妈干啥，你还不走，不走我去扇你呀！

说完，他挥起小手在母亲怀里空舞了一下。

马林怔怔地立在那儿，似乎什么都明白了，又似乎什么都不明白，于是他问：这孩子是谁的？！

你杀了俺吧！秋菊说完就在炕上给马林跪下了。

马林又问：是鲁大的？

你杀了俺吧，俺对不住你哩。说完秋菊伏在炕上号啕大哭起来。

细草看看这个，望望那个，嘴一撇也哭了起来。

马林的头就大了，他的疑虑终于得到了证实。他坐了下来，就坐在冰冷的门槛上，他点了支烟。那一瞬，他想到了杀人，先杀了秋菊再杀了细草，然后再杀了鲁大。这回，他绝不让鲁大从自己的手心里逃脱了。杀人对马林来说并不是难事，腰里那两把二十响的快枪还在，只要他伸出手掏出来，瞄都不用瞄，几秒钟都不用，动动指头，就把炕上那娘儿俩杀了。后来，马林又想：杀个女人杀个孩子有什么意思呐，要杀还是杀鲁大吧，一切都是鲁大造成的。于是他在心里发誓地说：×你妈鲁大，老子绝饶不了你！

这口气马林是不能忍的，要忍的话他也就不是快枪手马林了。他知道这是鲁大的一计，他在为那些小胡子报仇，为自己挨的那一枪报仇。如果鲁大趁他不在，杀了父亲，杀了秋菊那是易如反掌的事，然而鲁大没有那么做，他没有杀他们，却让自己的女人怀上了他的孩子。让他马林看了难受，要让马林自己杀了自己的女人。

马林在吸完第三支烟时，想到了这些。马林决定，不杀秋菊，也不杀细草，他要休了秋菊，也就是说他要让秋菊和自己一点关系也没有。他不生气，心平气和地和鲁大算账，他要拿鲁大的命和自己算账，这个账算不明白，自己就不是快枪手了。

想到这儿，他掐灭了手里的烟说：秋菊你听好，我马林不杀你。

号啕的秋菊听了这话止了哭，泪水仍在脸上滚动着，憋了半晌，哽咽地说：马林，是俺对不住你，你就杀了俺吧。

马林平静地说：我杀你干啥，但我要休了你。以后你和我马林就啥关系都没有了。

秋菊抱紧细草，茫然不解地望着马林。

细草不识好歹地在一旁说：你是谁，你走哇，你咋还不走。

秋菊醒悟过来，打了细草一巴掌，细草不解，不明白母亲为什么打他，于是趴在炕上唔唔呀呀伤心透顶地哭了起来。

马林看了细草一眼，又看了细草一眼，然后转身走了。

四

秋菊最担心的事情发生了。她不明白，当初鲁大不杀她，今天的马林也不杀她。如果有一个男人杀了她，所有的牵肠挂肚、恩恩怨怨都一了百了了。没人杀她，她现在却是欲生不能欲死不得。

马林在东北军著名起来，沾光的不仅是马占山，整个靠山屯都沾了马林的光。那时大小股土匪多如牛毛，他们都知道靠山屯有个马林，在奉天城里给张作霖大帅当贴身侍卫，会使双枪且百发百中。大、小股胡子也怕招惹麻烦，他们不轻易到靠山屯惹是生非。

唯有胡子鲁大却不信这个邪，他曾当众放出口风，别说马林远在奉天城里，就是在靠山屯他也不怕，马林会使双枪能咋，他手里的家伙也不是吃素的。那些日子，鲁大带着十几个小胡子三天两头到靠山屯打秋风，鲁大自然先拿马占山开刀。

鲁大起初不时地派一两个小胡子到马占山门前讨要，马占山自恃马林在东北军，自然不把鲁大这几个小胡子放在眼里，别说给猪给粮，他还要冲小胡子骂上几句。几次下来之后，鲁大没能得逞。后来鲁大改变了策略，他们不再讨要了，而是从老林子里钻出来，住进了马占山家，一住就是几日，不给就抢，把猪杀了，鸡杀了，当着马占山的面大吃大嚼。直到这时，马占山才意识到问题的严重性。

他一面差人去奉天城里给马林送信，一面坐在院子里号哭。一时马占山拿胡子鲁大一点办法也没有，把家里积攒下的银元深埋了，他日夜思念着马林带枪带人回到故里，为他马家报仇雪耻。鲁大在马占山身上开了刀，自然更不会把靠山屯其他人家放在眼里了。先是抢走了小财主耿老八家的一头牛，又要走了猎户狐狸于的十张狐狸皮，那是猎户狐狸于一冬的收获，一年的柴米油盐就指望这十张狐狸皮呢。一时间，靠山屯大哭小叫，鸡犬不宁，他们都把希望寄托在马林身上，他们指望马林保佑他们一方水土的安宁。

他们盼星星盼月亮，终于盼回了马林。

马林手提两把快枪出现在靠山屯。那个季节正是冬季，山山岭岭也是这么白茫茫的一片。靠山屯男女老少都拥出家门过年似的凑热闹，他们要亲眼看着马林的双枪把鲁大一伙小胡子打得灰飞烟灭。那时的耿老八和狐狸于紧紧团结在马林周围。他们原以为马林会带一彪人马，没想到却只回来马林一个人。虽说如此，但也足以令靠山屯男女老少把心放在肚子里了。

耿老八就说：大侄子咋就回你一个人？

马林眯着眼冷冷地望着茫茫一片的田野说：一个人足够了。

狐狸于就说：大侄子，鲁大那伙王八蛋足有好几十呢。

马林就冷冷地笑了，村头那棵老杨树上落了只不知好歹的乌鸦，“呀呀”地叫着。耿老八和狐狸于等众人都没看清马林的枪是怎么掏出来的，又是怎么射击的，总之那只不知好歹的乌鸦一个跟头便从老杨树上跌了下来。耿老八等人就吐舌就惊叹，他们有千条万条的理由相信，马林一枪就能击碎鲁大的头。

耿老八热血撞头，显得很不冷静地说：大侄子我这就去给鲁大送帖子去。

耿老八头戴一顶狗皮帽子，身裹老羊皮袄，他踩着没膝的雪吱吱嘎嘎地向深山老林里走去。

狐狸于等众乡亲也没有闲着。靠山屯一带山多林密，乡亲们一边种地一边狩猎，家家户户差不多都有火枪，他们在马林的感召下，在火枪里装满了火药和铁砂，他们要和他们的天敌鲁大决一死战。

他们拥有了快枪手马林，就啥也不怕了。

鲁大带着一伙人来到靠山屯向马林挑战的时间是第二天中午。鲁大一伙人马足有二三十个，有的骑着马，有的拽着马尾巴一路跑来。那时的靠山屯鸡犬不惊，他们心里有底数哩。乡邻们把自家的火枪从墙上探了出去，随时准备呼应马林的枪声。

马林蹲在自家的房顶上，自家的房顶是用谷草苫做成的，蹲在上面双脚感到很温暖也很踏实，马林眯着眼依旧冷冷地望着愈来愈近的鲁大那一彪人马。

马林点了支烟，然后咳了一声，咳了之后便冲屋里的秋菊说：秋菊你烙饼吧。

马林答应过众乡亲，打死鲁大到自家来吃烙饼。

秋菊应声答了，接下来她就引燃了灶膛里的火，烟囱冒出了一缕很温暖的青烟。那天无风，阳光也很好，那缕温暖的灶烟就笔直地往上升。

马林又看了眼自家院中的地窖口，自己的爹马占山一大早就钻进地窖中去了。那里有马占山一生积蓄下来的白银，也有马林从奉天城里带回来的散碎银两。马林知道爹这一辈子爱的就是这个，他要圆爹这个梦。

鲁大一伙人马愈来愈近了。鲁大端坐在马上，手里端着枪，后面跟着二十几个七七八八的小胡子。这是靠山屯一带新兴起的一支小胡子队伍，在那些多如牛毛的胡子队伍中不值一提，所以没有他们的立足之地，于是鲁大就整日带领小胡子们蜷缩在老虎嘴的山洞里。鲁大本也不想招惹马林，马林不仅是快枪手，主要是马林手里有队伍，他知道马林是不好惹的。然而鲁大要在胡子中生存，他就要做出一件惊天动地的大事来，那时各绺的胡子们才能正眼看他，他鲁大在这一带才能有立足之地。于是他选择了在靠山屯地面上动土，他就是在马林的头上动土，他要让各绺的胡子们看一看，鲁大也是个人物。

鲁大骑在马上带着小胡子们一步步向靠山屯逼近。其实鲁大心里很虚，但嘴上却不软，他说：马林，我鲁大来了，你能把我咋样，别看你使双枪，老子手里的家伙也不是吃素的！

听着鲁大的嚣叫，马林在心里又笑了笑，他冲房下的屋里喊：秋菊饼烙得咋样了？

秋菊磕着牙答：好，好，快好了。

马林冲着那缕笔直的炊烟站了起来，接着枪就响了。只一枪，鲁大便一头从马上栽了下去。鲁大一中枪，小胡们就乱了。

耿老八在自家院子里兴奋得嗷叫一声，他指挥着手下的伙计说：打呀，快打呀！

伙计们手里的家伙开火了。

狐狸于分明看见有几个小胡子穿着狐狸皮缝制的大衣，那些狐狸皮就是鲁大从他家抢走的，狐狸于手里的火枪也响了。他是射杀狐狸的高手，此时眼前的小胡子成了枪下的狐狸。只几分钟的时间，小胡子们甚至没来得及还击，鲁大一伙便烟消云散了。唯有一个小胡子，抢走了生死不明的鲁大骑着马跑了。

马林吹了吹冒着青烟的枪口站在房顶冲众人喊了声：叔呀，哥呀，吃烙饼呀——

五

靠山屯的众乡亲，谁也没有料到，鲁大竟死灰复燃得这么快。

那一年刚开春不久，鲁大又带一伙人马杀回了靠山屯。

鲁大是来报复马林的，是来报复靠山屯的。没有了马林的靠山屯不堪一击，鲁大一伙把所有靠山屯的男女老少捆了，推推搡搡地带到了村街心那棵老杨树下，几只乌鸦绕着老杨树冠“呀呀”地叫着。

鲁大只剩下一只眼了，另一只眼被马林射瞎了，子弹从眼窝子进去，又从后脑勺出来，这一枪竟没有要了鲁大的命。因为鲁大九死一生和马林开仗，所以鲁大在众绺胡子面前身价陡增，今天的鲁大已不是昔日的鲁大了。

鲁大并没有要了靠山屯众乡人的命，他要杀人是轻而易举的事情。鲁大知道杀这些人没什么意思，不仅无法抬高自己的地位，反而有损自己的名声。他知道自己真正的仇人和对手是马林，这口恶气他一定要出。

那一次他让小胡子拽光了马占山胸前的胡子。他又在众人中认出了曾给他送过帖子的耿老八。那一年耿老八的闺女十五岁，鲁大让嗷嗷叫的小胡子们当众轮奸了耿老八的闺女耿莲。从那以后，十五岁的耿莲就疯了。疯了的耿莲会出其不意地脱光了自己，冲她看到的男人嬉笑着说：来呀，你们都来呀……耿莲说这话时似在唱一首动听的情歌。

也就是在那一次，秋菊被鲁大一伙带到了老虎嘴的山洞里。

秋菊一路大骂不止，又哭又闹。她说：鲁大，俺×你妈，你敢动老娘一根汗毛，看马林回来不剥了你的皮。

鲁大要的就是这种效果，他要报复靠山屯，报复马林。临走的时候，鲁大命小胡子一把火烧了耿老八和狐狸于众乡亲的房子。鲁大做这一切时并不解气，马林那一枪让他瞎了一只眼。眼也瞎了，罪也受了，大难不死他又活了过来，可那些死去的弟兄们却再也不能复生了，他把这笔账都记在了马林身上。

鲁大把秋菊抢上山，这是他报复马林的第一步，他觉得当众奸了秋菊杀了秋菊都不解恨，他要用钝刀一下下割马林的肉。他不能让秋菊去死，要用活着的秋菊报复马林。

那些日子，鲁大在老虎嘴的山洞里一次次强暴秋菊。秋菊是想到死的，可她却没有死的机会，不管日里夜里，总有小胡子看着她。后来秋菊就发现自己怀孕了，然而鲁大并没有放走她的意思，而是把她送到了鲁大相好的王寡妇家，不仅有小胡子看着她，王寡妇更是每日不离她的左右。那些日子里，秋菊死不起，也活不起，在痛不欲生的日子里，秋菊生下了细草。她知道，这是鲁大的孩子，她怎么能心甘情愿生养鲁大的孩子呐。

起初，她想掐死细草，再掐死自己，然而小胡子和王寡妇却没有给她这样的机会。王寡妇又不失时机地做秋菊的思想工作，喋喋不休地向秋菊宣扬一日夫妻百日恩、嫁鸡随鸡嫁狗随狗等做女人的准绳。

如果说当初秋菊万念俱灰，千方百计寻死觅活的话，那么随着细草慢慢长大，从牙牙学语，到后来喊秋菊娘时，秋菊的思想发生了翻天覆地的变化。细草不管是谁的种，但千真万确的是自己的儿子，十月怀胎到细草喊第一声娘，秋菊流泪了，秋菊困惑了。

她不能杀了细草，更不能让自己一死了之，她要为细草活下去，她是细草的娘，细草是她的儿。她不能失去细草，细草也不能没有她，细草的一声声呼唤让秋菊的心碎了。这就是秋菊，这就是女人。

鲁大的阴谋得逞了，鲁大胜利了。鲁大想得到的就是这样的效果。

在一个风和日丽的秋天，鲁大很隆重地把秋菊和细草送回了靠山屯，送回了马占山家。

那时马占山的身体已江河日下了。那一次鲁大不死重返江湖杀回靠山屯时，马占山原以为鲁大会杀了他，没想到的是鲁大只命人拔光了他的胡子，却没有杀了他，但那场惊吓也让胆小怕事的马占山大病了一场。秋菊被鲁大抢走了，马占山的气管病愈来愈重了，他只剩下拼命地喘息了。

马占山曾想把这一消息告诉奉天城里的马林，但是现在却没有人再为马占山跑腿了。鲁大在这期间并没有放过靠山屯，他不时地来到靠山屯敲山震虎，扬言谁为马家卖力就杀了谁。

耿老八女儿被奸，房子被烧，已大伤了元气，他恨自己当初头脑发热去给鲁大下帖子，要是没有当初，哪会有今日呢？

狐狸于无法再有仇恨了，他也不敢仇恨鲁大了。一家老小要吃饭、穿衣，他在老林子里转悠，会出其不意地碰上鲁大的人马。鲁大曾用枪点着他的头警告过他，不让他再帮助马家办任何事，要不然就要用火枪炸碎他的头。狐狸于真的害怕了。他明白了一条真理，胡子就是胡子。

老实善良的靠山屯众乡亲被鲁大吓破了胆。他们知道马林在奉天城里威风八面，可奉天城离他们太遥远了，胡子鲁大又离他们太近了，他们在事实面前又能怎样呢，又敢怎样呢？

马占山直到秋菊被鲁大送回才打消了送信给马林的念头。

秋菊被胡子鲁大日了，日了还不算，又生下了胡子鲁大的孩子。马占山在靠山屯一带也是有头有脸的人物，家里出了这事，让马占山的老脸往哪儿搁，让马林怎么在奉天城里做人。马占山思前想后，矛盾重重，他不知如何把这一消息告诉马林。

他恨胡子鲁大，恨胡子鲁大当初咋没把秋菊日死，要是秋菊死了，就只剩下仇恨了。那些日子，马占山度日如年，他希望儿子马林回来，又不希望马林回来。小财主马占山的日子灰暗无比。

马林做梦也没想到家里会发生这样的变故。那几年里，马林在奉天城里一心一意地和学生杨梅恋爱。后来又来了日本人，大帅张作霖被日本人炸死，那些日子，快枪手马林的日子也不轻松，他忽略了和老家的联系，同时也延缓了一场悲剧的诞生。

六

腊月二十二一大早，也就是马林回到靠山屯的第一个早晨，一张帖子贴在了马林家的门上，那帖子是一张大红纸，稀疏地写着几个拳头样大小的字：

马林：

腊月二十三的正午来取你的人头！

鲁大

最先发现帖子的是马占山。马占山昨天一夜也没有合眼。日子早就进入了腊月，腊月里是北方最寒冷的季节，马占山的哮喘病在这最寒冷的季节里也达到了登峰造极的地步。一夜里，他不住地咳着，不停地喘着。马林回来了，是福是祸都已无法躲过了，就是鲁大不找马林的麻烦，马林也会找鲁大算账的。昨天晚上他已经从儿子马林的眼睛里看出苗头来了。这么多年了，马林变得早已不是十六岁前的马林了，十几年后的马林让马占山感到陌生。这十几年的时间里，马林回过几次靠山屯，每次都是匆匆忙忙的。有时马林在奉天城里会托人捎回一些银两。

马林偶尔回来的时候，并没有更多的话和他说，总是他没话找话地和马林唠叨。

他说：你春天托人捎回的钱收到了。

马林说：噢。

他又说：今秋我又买了二亩地。

马林说：噢。

他还说：地是好地，抗旱抗涝，地肥得抓一把都流油。

马林说：要那么多地干啥？

他说：不置地咋行，地可是个宝哩。

马林说：……

从那时起，马占山就觉得儿子马林陌生了，陌生得他摸不着边际。他觉得有许多话要对儿子说，说那些地，说马家现在置办下的产业，还不都是为了你马林，自已这一把年纪了，说死也就死了，留下的产业不都是你马林的？他就马林这么一个儿子，甚至没有三亲四故，自已为了啥，还不是为了马家世世代代永远兴盛下去？

马占山知道，在外闯荡的马林，和自己的想法不一样了。不管一样不一样，马林迟早会叶落归根的。他坚信着。

他的预言终于实现了，马林终于回到了靠山屯，一切都在向着他预想的发展。

秋菊被胡子奸出了孩子，好端端的一个家就要破败了。

马占山在危难前夕如坐针毡，他无法入睡，也不可能入睡，下房里细草梦呓之声不时地传入他的耳鼓，仿佛是一把把刀枪戳在他的心窝上。他闭着眼冲着黑暗绝望地想：老天爷呀，快让我死吧，死了就一了百了了。马占山在痛苦中迎来了腊月二十二这个早晨。他像每天一样，吱吱呀呀地推开了院门，结果他就看到了鲁大差人送来的帖子。马占山看过了帖子眼前就一黑，他一屁股坐在了雪地上。马占山最担心的事情终于发生了，他没想到事情会来得这么快。昨天马林刚到家，炕还没有睡热，鲁大的帖子就到了。马占山觉得已到了世界末日，他喊了一声：天哪——便跌坐在雪地上。

马林看到帖子时，一句话也没说。他先是绕着自家的院落走了两圈，然后点燃了一支烟，随着烟雾吐出，他甚至吹了一声动听的口哨。接下来他朝马占山走去。马占山刚才的一惊一吓将一口痰涌到喉咙口，憋得他要死要活。于是他就那么要死要活地坐在雪地上瞅着马林一步步向自己走近。

马林就平淡地说：爹呀，大冷的天，坐在外面干啥，回屋去吧。

马占山憋了好半天才喘过一口气来：儿呀，这个家毁了，毁了。

马林似乎没听到父亲的唠叨，他在玩手里的那两把快枪。那两把枪被马林玩出许多花样，令马占山眼花缭乱。也就是在这时，马占山对十几年前的决定开始后悔了。如果当初不让马林去投奔东北军，说不定就没有眼下这么多麻烦。日子虽说平淡，可却是安稳的，胡子找麻烦那是没有办法的事情，小门小户的百姓日子只求安稳太平。谁能料到十多年后，马占山眼前的天说塌就塌了呢。想到这儿，马占山那张青灰的脸上滚下两行冰冷的清泪。

杨梅看到门上那张大红帖子时，脸上的表情是轻描淡写的。她歪着头，左看看右瞅瞅，似在欣赏一幅年画。她的脸是红的，似腊月里盛开的梅花。她穿了一件肥大的棉袍，五个多月的腰身已经很是显山露水了，一双又黑又亮的眼睛满是笑意，世界在她的眼里是无限的美好。最后她伸出一双纤纤玉手把那张大红纸揭了，又高举过头顶，似举起一面旗帜。她把这面旗帜冲马林招展着，同时把一脸无限美好的笑意朝马林尽情挥洒着。

马林冲杨梅打了声呼哨。

杨梅三两把把那张帖子撕了，又扬扬洒洒地把纸屑扬得到处都是，仿佛是天女散花。

马占山把这一切都看在了眼里，他到死也不明白，眼见着大祸临头了，眼前这对男女为什么要这样。

如果马林把一张纸当成一回事，他就不是快枪手马林了。要是杨梅愁眉不展，甚至又哭又叫，那杨梅也就不是杨梅了。

杨梅是奉天城里的女学生，有知识有文化且又见多识广，别说区区几个小胡子的把戏，就是平时出入东北军的兵营她也如入无人之境。她崇拜马林就像崇拜自己的父亲一样。她的父亲是东北军中一位著名的师长。可以说杨梅的童年和少年是在军阀混战中度过的，打打杀杀，出生入死，她杨梅什么没见过。她崇拜自己的父亲，父亲是一路杀出来才当上师长的，父亲不仅是师长而且是大帅张作霖的高参。父亲带着她经常出入奉天城里的大帅府。她就是在大帅府里认识的马林。大帅的侍卫个个都是好样的，不仅会使双枪也不仅百发百中，而且个个英武帅气。

那一次，父亲带着她在大帅府里正和大帅聊天。有两个刺客企图谋杀大帅，被机警的马林发现，马林连枪都没用，几步蹿上楼顶，把两个刺客摔成了肉饼。也就是从那一次起，她才真正爱上了马林。

杨梅和马林在奉天城里举行了一个很气派的婚礼，主婚人就是大帅。她和马林同居后，她知道马林的老家有一个叫秋菊的女人，可她从来没把秋菊当回事，父亲的身边就有许多女人，可父亲喜欢的却是身边最小的女人。她相信自己在马林身边永远是被喜欢的对象。靠山屯在她的想象里和秋菊一样遥远。

她没有料到的是，顺风顺水的生活会发生始料不及的变化。先是大帅被日本人炸死在皇姑屯的两孔桥上，接下来日本兵在北大营向东北军开枪，揭开了“九·一八”事变的第一页。随着事态的变化，奉天城里乱了起来。在东北军被调到关内时，她随着马林回到了靠山屯。杨梅觉得这一切都是暂时的，待风平浪静之后她还要和马林回奉天过以前的日子。

靠山屯马家的事情离她很遥远，区区几个小胡子，不用一支烟的工夫马林就会把他们解决了，杨梅不把这一切放在心上。

七

鲁大差人贴在村街口那棵老杨树上的帖子是被耿老八发现的。

耿老八一家吃完早饭时，耿莲的疯病又犯了。犯了病的耿莲，几把就把自己的穿戴脱去了，然后赤身裸体跑进了腊月二十二早晨凛冽的风中。她一边跑一边唱歌似的喊：来呀，你们都来干我呀，你们咋还不干我哪——

耿老八喊了一声，便也钻进了凛冽的风中。当耿老八跑到街心的时候，就看到了那张大红的帖子。耿老八在那帖子面前立了一会儿，又立了一会儿，待他明白过来，便被狗咬了似的惊呼一声：天哪——杀人了——便疯了似的朝家中奔去。

一时间，街心那棵老杨树下聚了许多乡人。

老杨树上那张大红纸说是帖子并不确切，准确地说，应该算是一张告示，那告示是这么写的：

靠山屯男女老幼：

得知马林已从奉天城里回乡，一场血战不可避免。时间定在腊月二十三正午。众屯人，有亲投亲，有友靠友，莫让马林的狗血染脏了身。我鲁大与众乡人无仇无怨，你们莫狗仗人势，不要和马林一道对付我，要是谁敢冲我放一枪投一石，我定会血洗家门，鸡犬不剩。

众乡人等远远地散去吧！

腊月二十二

鲁大

众屯人站在告示前看了一遍，又看了一遍，待明白这不是白日做梦后，他们在心里齐齐地发了一声喊：天哪——便惶惶地散去了，他们紧闭窗门，鸡不啼狗不吠，小小的靠山屯恍若到了世界的末日。

在腊月二十二这天早晨，靠山屯众人的天塌了，地陷了。只有女疯子耿莲在风中一声声喊：来呀，快来干我呀——

快枪手马林站在屯中的街心，显得孤单而又冷清。老杨树上那张狗屁告示，他看都没正眼看一眼，不用看他也知道那上面写的是什么内容。

马林走出家门站在街心，他不是来看告示的，他要和乡邻们打一声招呼，告诉乡人们：马林回来了。马林站在街心半晌，也没碰到一个人。他向四下里望着，他望见了家家户户闭紧的院门，凛冽的晨风刮得那棵老杨树一片呜咽作响。一只狗慌张地跑了过来，它停在马林的脚边嗅了嗅，陌生地盯了马林两眼，又夹起尾巴慌慌张张地跑了。

女疯子耿莲赤身裸体地跑了过来，她的身上已是一片青紫了，她趿着一双鞋，“吧嗒吧嗒”地在雪地上跑过。她看见了马林，冲马林试探着喃喃地说：你干我？胡子？你干我？

马林用劲地咽了口唾液，他拔出了腰间的枪，看也没看冲天空放了两枪，两枚黄色的弹壳弹落在雪地上。马林咽了口唾液。这时不知谁家的狗在枪响之后叫了两三声。马林又望一眼清冷得仿佛要死去的靠山屯，然后踩着积雪“吱吱嘎嘎”地朝自家走去。

八

马林看见细草蹲在后院茅厕旁的雪地上屙屎，风卷起地上的浮雪迅疾地在院子里跑荡。细草哆嗦了一下，然后用稚气的声音喊：旋风旋风你是鬼，三把镰刀砍你腿……

马林恍惚记得自己小的时候，也曾冲着风这么喊过。他立在那里，看了细草一眼，又看了细草一眼，马林想，一切都该结束了。这么想完，他推开了下屋的门。

秋菊在屋内梳头，她面前摆了一个铜盆，盆里面盛着清水，一把缺齿的梳子握在秋菊的手里。以前马林无数次地看过秋菊梳头，那时的秋菊是两条又粗又长的辫子。自从马林十六岁那一年和秋菊圆房之后，秋菊的两条辫子便剪了。秋菊的头发短了，但仍又浓又黑，秋菊的头发里有一股很好闻的气味。

此时，马林站在秋菊面前，他深吸了一口气，那股幽幽的淡淡的发香再一次飘进他的肺腑，他的身体里很深的什么地方动了一下，又动了一下，一时间他觉得自己口干舌燥。刚进门的时候，秋菊看了他一眼，看了他一眼之后便把头埋下了，目光落在少了齿的梳子上。他干干地说：秋菊，我要休了你。

俺知道。秋菊摆弄着手里的梳子。

马林其实不想这么说话的，可不知为什么话一出口就变了味道。

他又说：我要杀了鲁大。

她说：俺知道。

他还说：我不杀了鲁大，我就不是个男人。

她说：这俺也知道。

他还想说什么，张了张嘴却没有说出来。他立在那里，竟一时不知如何是好。

不知为什么，他从内心里从没把秋菊当成老婆看过。他和秋菊房是圆了，男女之间的事也做过不知多少次了，可他仍没找到过她是他老婆的感觉。秋菊人不漂亮，可心眼善良，又会疼人，这一点他心里清楚。他在奉天城里爱上杨梅以后，那时他曾在心里发誓，这一生一世要好好待两个女人，一个是秋菊，另一个是就杨梅。他和杨梅还不曾结婚，就已经把杨梅当成自己的女人了。也许这是天意。

他记得小的时候，大冬天里爬到街心的老杨树上去掏乌鸦窝，乌鸦窝是掏下来了，却把他的一双小手冻得通红，回到屋里猫咬狗啃似的疼，秋菊就把他的双手捉了，握在自己的手里，用她嘴里的热气吹着他冻僵的小手，还是疼，热热的，麻麻的。再后来，秋菊就解开自己的棉袄把他一双小手揣进了自己的胸前，果然他就不疼了，只剩下了热，那热一直通过他的双手传到了他的全身。

秋菊就说：还疼不？

他摇头。

秋菊又说：以后还淘气么？

他不语，就笑。

秋菊似嗔似怒地扬起手在他的脑门上拍了一下。

还有一次，吃饭时马林不小心摔破了一只碗。

马占山心疼那个花边大瓷碗，马占山不仅心疼这些，他心疼家里的每一棵草，每一寸地。眼见着那个花边大瓷碗被马林摔得四分五裂，马占山暴怒了，心疼了。那时的马占山哮喘病还不怎么严重，于是人就显得很有力气。很有力气的马占山一把便把马林从炕上拽到了地上，嘴里骂着：你这个小败家子呀，打死你呀。

于是马占山的巴掌一下下冲马林的头脸打来。

马林就叫：爹呀，我不是故意的呀。

马占山不管儿子是不是故意的，他要让马林长记性，家里的每一片瓦每一棵草都是来之不易的。他扬起很有力气的巴掌，劈头盖脸地向马林打来。

秋菊站在一旁先是吓呆了，以前马占山曾无数次地这样打过秋菊，哪怕秋菊做饭时不小心浪费了一粒米，也要遭到马占山的一顿暴打。秋菊呆了片刻，便清醒过来了，她"呜哇——"一声便扑在马林的身上，泪眼汪汪地说：爹呀，要打你就打俺吧，俺比他大呀。

那一次在马林的记忆里印象深刻。

在童年和少年的记忆里，秋菊在马林的心里是一个高高大大的女人，温暖的女人。

北方的冬天奇冷，夜晚更是冷。

童年的马林和秋菊住在下屋，一个住南，一个住北。马占山为了节约柴火和几个长工挤在上屋的一铺炕上。马占山从不让秋菊在灶坑里多加一把柴火，于是屋里就很冷。马林每到入夜躺在冰凉的炕上冻得直打哆嗦，越冷越睡不着。他上牙磕着下牙在冰冷的被窝里哆嗦着，嘴里不停地吸着气。

秋菊在另一间屋里，中间隔着一道门，有门框却没有门。马林的吸气声显然是被秋菊听到了，她就问：弟呀，你冷么？在没圆房以前，秋菊一直唤马林为弟。

冷，冷哩。马林哆嗦着答。

秋菊便从自己的被窝里爬了起来，很快地走过来，又很快地钻进了马林的被窝。她用自己的手臂紧紧地拥了马林。

马林觉得秋菊的身体又热又软，马林在秋菊的体温中渐渐伸张开了身体，又很快进入了梦乡。

第二天一早，马林睁开眼睛的时候，秋菊已经起来了。她有很多活儿要做，做饭、洗衣，还要喂猪喂鸡。但她的温暖仍在马林的被窝里残留着，那股淡淡的发香不时地在马林的身旁飘绕。从那时起，马林就很愿意闻秋菊的头发。

从那以后，只要马林一钻进被窝，他便冲秋菊那屋喊：秋菊，我冷哩。

来啦。秋菊每次都这么答。

不一会儿，秋菊就过来了，轻车熟路地钻进他的被窝，用自己的身体为马林取暖。马林便在温暖的梦乡中迎来了又一个黎明。

后来，他们就都长大了，马林不好再叫秋菊为自己暖被窝了，秋菊也不过来了，最后一直到他们圆房。那一年他十六，她十八。

青春年少的两个身体再碰到一起时，当然那是另一番滋味和情调了。然而幸福的时光却是那么短暂。

在奉天城里，马林娶杨梅时，并没有想过要休了秋菊。秋菊是他的第一个女人，杨梅是第二个。在他和杨梅结婚前，这一点他已经和杨梅讲清楚了。杨梅不在乎，他也不在乎，一个在靠山屯，一个在奉天，也许这两个女人今生今世都不会相见的。没想到的是，世界变得这么快。她们在靠山屯相见了，又是在这种情况下相见的。

马林望着眼前既熟悉又陌生的秋菊，觉得有许多话要对秋菊说，可又不知说什么。

当他得知秋菊被鲁大抢到老虎嘴山洞，直到生完孩子才被送回时，那一晚马林是狂怒的，他恨不能拔出腰间的快枪，先一枪打死秋菊，再一枪结果了那个小野种。后来他就冷静了下来，要是几年前那一枪结果了鲁大，就不会有以后这些事了，要恨只能恨自己，是自己一时手软，留下了今天的祸根。但他也恨秋菊，心里曾千遍万遍地想过：秋菊呀，鲁大奸了你，你当时咋就不死呀——你要是死了，我就只剩下对鲁大的仇了，我要杀上他千次万次，为你报仇，为你雪恨。我还要在你的坟头，烧上一刀纸，为你哭，为你歌——可眼下却不一样了。

马林觉得，眼下他做的只能是休了秋菊了，从今以后和秋菊没有关系了，然后杀了鲁大，鲁大在腊月二十三的正午不是要送上门来吗？然后一了百了了。

马林这么想着，门“吱嘎”一响，细草走进屋内，他的一张小脸冻得通红。

细草对马林已不再感到陌生了，他瞪着一双黑眼睛仰着头盯着马林，稚声稚气地问：你是谁，以前我咋没有见过你。

马林下意识地拔出了腰间的枪，乌黑的枪口冲着细草，他咬着牙说：小野种，我一枪崩了你！

秋菊“呀——”地叫了一声，“咣啷”把手里那把缺齿的梳子扔到了地上，她扑过来，弯下腰死死地抱住细草，一双眼睛惊惧地望着马林。

细草在秋菊的怀里挣扎两下，不谙世事地冲马林说：我娘说了，我不是野种。

秋菊站起身，紧紧抱着细草，哽了声音说：马林，你对俺咋的都行，你不要伤害孩子。

细草声音很亮地说：娘不怕，怕他干啥。

秋菊低了声音又说：咋的，他也是俺的骨肉，要是没有细草，俺早就死过千回万回了，你马林也不会在今天看到俺了。秋菊说完放声大哭起来。

马林一时不知如何是好，他怔怔地站在那儿，愣愣地看着手里的枪。马林就想：秋菊我要休了你，休了你就一了百了了。

九

马林走进了村里教私塾的钱先生家，钱先生的家门是紧闭着的，马林没有叫门，他推了两次才把钱先生的门推开。

钱先生是全村唯一有学问的人，全村的大事小情，凡是需要写文书、契约的都请钱先生。小的时候，马林在钱先生家读了三年私塾。马林和秋菊圆房时，就是请钱先生写的契约。

钱先生家里显得很乱，钱先生和女人正齐心协力地把头扎在炕柜里往外翻东西，炕上一溜摆满了春夏秋冬的衣服。两个人撕撕巴巴地仍从炕柜里往出掏东西。马林不知钱先生这是要干什么。

马林咳了一声，钱先生这才发现屋地中央站着的马林，钱先生愣怔了一阵，待明白过来之后，慌慌地用身体把柜门掩了，语无伦次地说：大侄呀，你啥时回来的？

马林掏出盒纸烟，先递一支给钱先生。钱先生摆手，马林也没再让，自己点燃一支吸了，他一抬屁股坐在钱先生家的炕沿上。

马林说：钱先生，秋菊的事你也知道了。

钱先生白了一张脸，先是点头，又是摇头，一副不知如何是好的样子。

马林不理会这些，仍说下去：今天有个事来求你，就是请你帮我写份休书。

钱先生直到这时才镇静下来，马林不知道钱先生为什么要这么慌乱，他是来请钱先生写休书的，钱先生慌不慌乱和自己是没关系的。

钱先生镇静下来之后就说：大侄哇，你休秋菊是不？

马林点点头。

休吧，该休哩，休了秋菊就一了百了了。钱先生又说。

马林淡笑一次。

钱先生就冲仍愣怔在那里的女人说：还不快给我找来纸笔。

女人应一声，慌慌地便找来纸笔。

钱先生在很乱的炕上摊开了纸笔，钱先生写这种物件驾轻就熟，很快便为马林写好了休书，并一式两份。马林便把休书叠好揣了，从怀里掏出两块银元扔在钱先生家的炕上。

钱先生就说：大侄哇，这是干啥。说完，还是把钱塞到一个破包袱里。马林说过谢话便走出了门。

钱先生又追了出来，压低了声音道：大侄哇，杨树上那个帖子你可看了？

马林不明白钱先生为何要问这，便淡笑一次，踩着雪，揣着休书“吱吱嘎嘎”地走去。

腊月二十二的正午仍旧很冷，冻得马林出了一身鸡皮疙瘩。

马林走回自家院落的时候，看见杨梅在正房门前的雪地上堆一个雪人。那雪人已见规模了，身子很大，头却极小，似一个怪物。杨梅堆雪人时一脸的灿烂又一脸的天真。杨梅看见走回来的马林说：这里的雪可真大。

马林说：钱先生把休书写好了。

说完，马林伸手往外掏休书，杨梅说：我不看，休不休秋菊是你的事，我不在乎。

马林便把手停住了。他抬了一次头，看见天空灰蒙蒙的，太阳似一个冰冷的光球，在遥远的空中亮着，一点也不灿烂，也不耀眼，于是整个世界都显得灰蒙蒙的，像此时马林的心情。

马占山在地窖口坐着，他在那里已经坐得有些时辰了。马家的积蓄除掉这个院落，还有那些土地，其他的都装在这个地窖里了。地窖里存放着一些白菜，还有一些土豆，更主要的还有两罐子银元。那是马占山大半辈子的积蓄，也是马占山的命。

两罐子银元早就被马占山埋在地窖的土里了，他不放心，又在土上堆满了烂白菜和土豆。地窖里因长年不透风，陈年的霉味直呛鼻子。可马占山喜欢闻这股霉味，他一天闻不到这股腐烂的气味，他心里就不踏实，觉也睡不着。他每天都要在很深的地窖里爬上爬下几回，为了掩人耳目，他每次爬上爬下从来不空着手，手里不是攥两个土豆，就是举着一棵烂白菜。白天里，没事可干的时候，他都要长时间地钻到地窖里守望，他待在那里，才感到安全、可靠。

鲁大要来了，他最放心不下的是他的菜窖。自从早晨看见自家门上的帖子后，他便在地窖那里守望有些时候了。地窖口不大，用两捆谷草堆了，谷草上还压了块石头，马占山仍放心不下。他从门前的空地上，又搬来一块石头，用自己和那块石头一起压在地窖口上。干这些时，马占山拼命地喘息，他的气管仿佛是一只破风箱。

马林望见了自己的父亲马占山，马占山不望他，仰了头眯了眼，冲着昏蒙的天空费劲地想着什么。马林咽了口唾液，又收回目光看了一眼仍专心致志堆雪人的杨梅，怀孕五个多月的杨梅虽穿着肥大的棉袍，腰身还是明显地显露出来。

他心里热了一下，想冲杨梅说点什么，张了张嘴又什么也没说，扭过头，向下房走去。

秋菊背对着门坐在炕上，细草睡着了。窗纸透进一片光，一半照在细草熟睡的脸上，一半照在炕席上。马林走进来，秋菊连头也没回，她在一心一意地望着睡着的细草。

马林立在秋菊身后，立了一会儿，又立了一会儿，然后伸出手在怀里掏出那两份休书，把一份放在炕上，另一份又揣在自己的怀里。马林做完这些时，纷乱的心情平静了一些。

马林说：这一份你拿了吧。

秋菊没有动，似乎长吁了口气。

马林想走，又没走，侧身坐在炕沿上，他望着秋菊的后背说：你进马家这个门也这么多年了。

马林看见秋菊的肩在一耸一耸地动，他知道，她哭了，却无声。

马林又说：你也不易。

秋菊的肩在抖，整个身子都在抖，像风中的树叶。

马林说：你是无路可走了，才到的马家，关外你也没啥亲戚，我休了你，你也没个去处，这我想过，以后你还住在这里，愿住多久就住多久。

秋菊的身子不抖了，她隐忍着说：不。

马林惊愕地望着秋菊的背。

秋菊说：不，俺走，最快明天晚上，最迟后天。

马林又掏出烟点燃，深一口重一口地吸。

马林说：我知道这事不能怪你，只怪我没有杀死鲁大。停了停他又说：你应该明白，虽说不是你的错，可我马林不能再要被胡子睡过的女人。

马林说到这儿又看了一眼睡在炕上的细草。

秋菊终于哽了声音说：俺谁也不怪，怪俺当时没有死成。要是死了，俺的魂也会是你马家的鬼。

马林夹烟的手哆嗦了一下，于是又狠命地抽了口烟。

马林说：告诉你秋菊，你哪儿也不要去，我马林是个男人，以后有我吃的就有你吃的。

秋菊不再哽咽了，声音清晰地道：马林俺不是那个意思，俺要看你亲手杀了鲁大。

马林下意识地又摸了一下腰间的枪，他的嘴角掠过一丝冷笑，仿佛此时鲁大就在眼前，他的枪口已对准了鲁大的头。

秋菊还说：俺会走的，走得远远的，俺要把发生的一切都忘掉。

秋菊说完转过身来。马林看见秋菊满脸的泪痕。

秋菊说：马林求求你，你这次一定要杀死鲁大。

在秋菊求救似的目光中，马林点了点头。

秋菊说：马林，你一个人不行，一个人说啥也不行，鲁大手下不是几年前的十几个人啦，他手下有几十人。

马林说：十几个几十个其实都一样。

马林说完又掏出腰里的两把快枪，很自信地在手里把玩。

秋菊说：不，你一个人不行，鲁大也不是几年前的鲁大了，他为了报仇，这些年天天在老虎嘴的山洞里练枪，他一口气能打灭十个香火头。

马林抬起头，认真地看了眼秋菊。秋菊也正在望他。他从她的眼睛里似乎又看到了少年秋菊的影子，他的眼睛一下子湿润了。秋菊躲开马林的目光，望着他的头顶说：像当年一样，你要叫上耿老八、狐狸于、刘二炮，他们和鲁大都有仇，让他们一起来帮你。

两滴泪水顺着马林的脸颊流了下来，他不知道自己这是咋了，他不能也不应该在秋菊这样的女人面前流泪。他恨不能打自己两个耳光。

秋菊说：鲁大心狠手黑，到时候你一定要当心才是。

马林点了点头。他握枪的手有些抖，此时他觉得腊月二十三的正午有些太晚了，太漫长了，让他等得心焦。

他站了起来，他想自己在秋菊这儿待的时间太长了，他应该走了。可他的双腿却无法迈出。

他终于说：你不走不行么？

秋菊摇了摇头。

马林又说：你真的要走，我也不拦你，我会给你带够你一辈子的花销。

她说：不！

接下来，两人都沉默了，他们都在想着各自的心事。

不知过了多久，她说：她好么？

他怔了一下，一时没有反应过来，待反应过来后说：城里人，娇贵。

她不语了，低头又想了想说：今晚俺给你们做一床狗皮褥子吧，这不比城里，寒气大。

他没点头，也没有摇头，望着她。

她低下头又说：她有身子了，几个月了？

他答：快六个月了。

她说：莫让她乱动，怕伤了胎气。

说完，她吁了口长气。

他说：那我就走了，啥时候走，告诉我一声。

说完，他真的转过身。

这时她叫一声：哎——

他立住了，回身望她。她以前就是这么叫他。他望着她。她把他留在炕上的那份休书拿了起来，认真地看了几眼。他知道她不认识那些字，但她还是看了，每一眼都看得极认真。

半晌，她说：过一会儿俺做一点糊糊，把它贴到老杨树上去。

他说：不，不用，钱先生会把话传出去的。

她吁了口气，沉重地把那份休书举了，悠悠地说：还是贴出去好，让靠山屯的人都知道，从现在起，俺秋菊再也不是马家的人了。

马林逃跑似的离开了下屋，当他关上门时，秋菊的哭声潮水似的从门缝里流泻出来。马林背靠着门，在那儿茫然无措地立了一会儿。

他听见细草说：娘，娘，你咋了，咋了？

马林的心疼了一下，又疼了一下。

十

太阳偏西的时候，秋菊把休书贴到了老杨树上。这是马林不愿看到的一幕。

此时，靠山屯仿佛死了。家家户户仍门窗紧闭，街上一个行人也没有。一只发情的母狗冲着老杨树上那张休书愤愤不平地叫着，疯子耿莲不知在什么地方喊：来呀，你们都来干我呀。

细草已经醒了，他站在下屋的门前冲着雪地撒尿，小鸡鸡一抖一抖的。撒完尿的细草就看到了杨梅已堆完的雪人，那个雪人仍旧头小肚子大，怪物似的立在那儿。细草走过去，绕着怪物似的雪人走了两圈，他说：咦——咦——

杨梅弯下腰看细草。

细草说：这雪人是你么？

杨梅笑了笑，没有说话。

细草又说：你从哪儿来，我咋不认识你。

杨梅仍弯着腰说：你叫什么？

细草说：我叫细草，俺娘给起的。

杨梅不笑了，愣愣地望着细草。

马占山仍坐在地窖的石头上，阴森古怪地朝这面看。只要他的视线里出现细草的身影，他的目光便阴森得怕人。

当初鲁大放回秋菊和细草时，鲁大冲马占山说了一番话。

鲁大当时就用那只阴森古怪的独眼望着马占山。

鲁大说：老东西你听好，秋菊是马林的女人，今儿个我送回来了，你对她咋样我管不着，细草可是我的儿子，要是细草有一丝半点差错，你老东西的命可就没了。

当时马占山就是坐在地窖口的石头上听鲁大那一番话的。

他没有说话，却在拼命地喘。

鲁大又说：老东西，我和你儿子的仇是你死我活，我不想把你咋样，要是现在要你的老命也就是我吹口气的事。

鲁大说完，吹了吹举到面前的枪口。

马占山闭上了眼睛，他在心里说：白菜烂了，土豆也烂了。

鲁大又说：秋菊是马林的女人，是杀是休那是你儿子的事，在马林没回来以前，秋菊还在你这吃，在你这住，要是在你儿子回来前，秋菊不在了，我会找你要人，你听好啦。

马占山的心里又说：都烂了。

鲁大说完这话，便带人走了。鲁大走时在他脚前扔了两块银元，他盯着那两块银元好久，后来把银元飞快地拾了，钻进了地窖里。

从那以后，他不再和秋菊说一句话了，阴森地望着秋菊娘俩。

秋菊回来不久的一天，给他跪下来，跪得地久天长。刚开始秋菊不说话，只是以泪洗面。最后秋菊说：爹，俺对不住你，对不住马林。

马占山又在心里说：都他妈的烂了。

秋菊说：爹，你杀了俺吧。

马占山拼命地喘着。

秋菊又说：爹，你杀了俺，俺心里会好过些。

马占山在这之前是闭着眼睛的，这时睁开眼睛说：以后你不要叫我爹了，我承受不起。

从那以后，秋菊果然再没有叫过马占山一声爹。秋菊像从前一样，屋里屋外地忙碌，洗衣、做饭、喂猪、喂鸡。

每天做好饭菜她总要给马占山盛好，送到马占山房间里去，马占山扭过头不望她。马占山拒绝着秋菊，却不拒绝秋菊的饭菜，他总是把秋菊送来的饭菜吃个精光，然后呼哧呼哧地走到田地间做活儿去了。

也是刚开始时，细草很怕马占山的眼神。其实秋菊一直在避免马占山和细草相遇，三口人在一个院子住着，不可能没有碰面的时候。细草每次见到马占山就吓得大哭，渐渐细草大了，习惯了马占山的眼神，便不再哭了。

那一次中午，马占山扛着锄出门去做活路，迎面碰见了细草。细草小心地望着马占山走过去，在马占山身后小声地叫：爷爷。这一声，使马占山的身子哆嗦了一下，似被一颗子弹击中了，他的身子嘎了一下，半晌扭过头，凶凶地望着细草，恶声恶气地说：谁让你叫的？！细草吓白了脸，忙慌慌地说：你不是我爷爷。

马占山这才长出口气，扭过头喘着走了。

细草咬着指头，呆呆地望着远去的马占山的背影。直到秋菊走过来，细草才恍怔地道：他不是爷爷。

秋菊狠狠地打了细草一掌，恶声恶气地道：不许你叫，以后再叫看俺不剥了你的皮。

细草吓得大哭不止。

马占山觉得秋菊是应该死在老虎嘴的山洞里的，若是死了，秋菊的魂还是他马家的鬼，逢年过节，他会为她烧两张纸，也会念着她活着时的好。出乎他意料的是，秋菊却没死，又回来了，还带回了一个胡子种。马占山的日子颠倒了。

那些日子，他盼儿子马林回来，又怕马林回来，他就这么盼着怕着熬着难受的时光。他曾在心里千遍万遍地说：儿呀，你杀了她吧，杀了这个贱女人吧。

马林休了秋菊，马占山一点也不感到意外，相反，马占山觉得这样太便宜贱女人秋菊了。他又想：既然儿子马林不杀秋菊，那就让她和那个野种多活两天，等马林杀了鲁大，再杀贱女人和那个小野种也不迟。马占山甚至想好了杀秋菊和细草的工具，就用自家那把杀猪刀。马占山年轻时能把一头猪杀死，于是他想：连猪都能杀，难道就不能杀这个贱女人么。

马占山在腊月二十二的那天下午开始磨那把锈迹斑驳的杀猪刀了，他一边磨刀一边喘。

杨梅好奇地看着马占山不解地问：爹，你这是干啥？

明天就是小年哩，要杀猪哩。马占山这么答，喘得愈发无法无天了。

在杨梅的眼里，马占山这个老头挺有意思的。

马占山认为眼前这位细皮嫩肉的女子不是当老婆的料，马林和这样的女子以后不会有什么好日子过。马占山觉得，马家从此就要败落了，马占山一边磨刀，一边生出了无边的绝望感。他想，人要是没有了奔头，活着就没意思了。

马占山眼前的理想是：先杀了贱女人秋菊和野种细草，然后再和儿子商量是不是也休了眼前这位叫杨梅的女人。到那时，马家是充满前途和希望的。马占山又想到了地窖里那两罐子白花花的银两。想到这儿，马占山又快乐起来，他更起劲地磨着杀猪刀了。

十一

太阳又西斜了一些，天地间便暗了些，西北风又大了一些，吹得村中那棵老杨树一片疯响。村中仍静静的，不见一个人影，两只饥饿的黑狗匆匆忙忙地从街心跑过，凛冽的风中传来疯女人耿莲的喊声：来呀，你们咋不来干我了。

这种反常的景象马林并没有多想，他也无法意识到，一场不可避免的悲剧正在一点点地向靠山屯走近，向马家走近。

马林站在院子里，望着清冷的寂寞的靠山屯，心里竟多了种无着无落的情绪，这种情绪很快在他的周身蔓延开了。

马林并不希望秋菊把休书张贴在老杨树上，他下决心休秋菊，并不是冲着秋菊的，他是冲着鲁大。他知道鲁大的险恶用心，这比杀了秋菊杀了他还要令他难受百倍千倍。他下决心休秋菊是要让鲁大和众乡人看一看，告诉众人，秋菊只是个女人，像我马林的一件衣服，我马林说换也就换了，鲁大你爱奸就奸去，爱娶就娶去，秋菊原本和我马林并没什么关系，说休就休了。

他想潇洒地做给鲁大和众人看一看，他快刀斩乱麻地做了，回家后的第二天他就把该做的做了，剩下的时间里，他就要一心一意地等鲁大送上门来了。马林想自已在这段时间里本应该轻松一下。要在平时，自家的院子里早就聚满了乡人，他们来看从奉天城里回来的马林，快枪手马林是靠山屯的骄傲。可这一切在腊月二十二这一天没有发生。腊月二十二这一天靠山屯似乎死去了。

下屋门开着，马林看见秋菊在收拾自己的东西，属于秋菊的东西并不多，只是一些简单的换洗衣服，装在一个包袱里。秋菊做完这些便坐在下屋的炕上，痴痴地发呆。细草站在门口望着院子里被风刮起的浮雪喊：旋风旋风你是鬼，三把镰刀砍你腿……

看到这些，马林的心里疼了一下，又疼了一下，往事如烟如雪。

秋菊这种忧戚的面容他是见过的。那是他每次从奉天城里回来，住几日之后要走的时候，每次秋菊都是这般神情。在还没认识杨梅以前，那时的奉天城里还算太平，马林每年都能回靠山屯住上几日。但也就是几日。那时马林已清醒地意识到，自己已经不属于靠山屯了，他是东北军里著名的快枪手，是大帅张作霖身边的人，他不属于自己，一切的命运和东北军的命运紧紧系在一起了。

马林回靠山屯的日子很平淡，没住上几日便匆匆地返城了。

在马林回家的这些日子里，马占山和马林似乎已经没有更多的共同语言了，他在翻来覆去地说他的那些地，说他的粮食。

马占山冲马林说这些时，马林的目光是虚幻的，他一直这么虚幻地望着爹那张苍老的面孔。

爹说：咱家的地越来越大了。

爹又说：这回你带回来的钱又够置二亩水田的了。

爹还说：耿老八家南大洼那块地他不想要了，到秋咱就买下来。

爹继续说：以后咱就要把靠山屯的地都置下来，这是你爷活着时做梦都梦不见的好事。

说到这儿，爹就咧开嘴无限美好地笑，也喘吁吁的。

马林收回虚虚的目光说：爹，你治一治病吧，置那些地干啥，有多少地就受多大罪。

马占山不高兴了说：咦——这地，这家以后还不都是你的。

马林不说话了，虚虚的目光中他又看见了秋菊。秋菊整日忙碌着，这个家她有忙不完的事情。在这个家里，秋菊从来不多说一句话。

马占山就喘着气说：你也该有个孩子了，要生就生男的。咱马家这么多代了，一直是单传，现在咱有地了，本该人丁兴旺些才好。

说到这儿父亲就叹气了。

马林一年也就回来这么一两次，在家住的日子屈指可数。秋菊的肚子一直瘪着。

让马林惊奇的是，秋菊的想法和爹的愿望如出一辙。每次马林回来，秋菊都在黑暗中的炕上冲他说：俺想要个娃，是男娃。

马林在黑暗中不说什么，突然抱紧了肥肥壮壮的秋菊。经年的劳累使秋菊的身体变得粗糙而又结实。不是生孩子的念头使马林抱紧了秋菊，而是年轻人的冲动。年轻的马林有使不完的力气，干渴的秋菊有着丰富的念头。短暂的日子，对秋菊来说是一年中最幸福的几日。

马林终于走了，秋菊便一脸的忧戚。

马林骑在马上，两支乌黑的快枪在两边的腰上，悠荡着。秋菊送马林，走在地下，细碎的马蹄声伴着秋菊无奈的脚步声在靠山屯的小路上响起。

马林说：你回吧。

秋菊不回，仍低着头随在马旁向前走。

半晌，秋菊终于抬起一双泪眼，忧忧戚戚地说：你还啥时候回呀？

秋菊的表情和语调令马林的心揪紧了。不知为什么，一回到靠山屯，一看到秋菊的样子，他的心就乱七八糟的。

马林说：也许今年，也许明年。

秋菊又不语了，紧走几步，从怀里掏出昨夜晚为马林准备好的路上带的食物，递给马林道：包里有饼有蛋。

饼是油饼，蛋是咸蛋。这是马林平时最爱吃的。只有马林回来时，马占山才让秋菊动一动白面和蛋，这是过年马家也舍不得吃的食物。马林把吃食接过，暖暖的，温温的。马林知道，那是秋菊的体温。

马林不想再这样儿女情长下去了，于是松开马缰，在马的屁股上拍了一掌冲秋菊道：你回吧。

马便小跑着向前奔去。

秋菊快走几步，那样子似要追上那匹马，终于不能，于是便无奈地立住脚，望着马林的身影在视线里愈来愈小。

远去的马林是也回了一次头的，秋菊的影子已变成了一个小黑点。再回过头来的时候，马林揪紧的心一点点地松弛下来了。心离靠山屯和秋菊越来越远了，离奉天城里那个著名的快枪手越来越近了。马林在东打西杀的日子里，靠山屯的一切在他心里日渐模糊了。

在腊月二十二太阳已经偏西的辰光中，马林看到秋菊，心又一次莫名地揪紧了。眼前这一切恍若隔世，已物是人非了。马林站在西斜的阳光中，仿佛做了一场梦。

马林又想到了腊月二十三的正午，他的嘴角又闪过一丝冷笑。

十二

腊月二十二的黄昏终于降临到靠山屯。马林又一次走出了黄昏中的家门，马林的腰间插着两支明晃晃的快枪。他向村西的耿老八家走去，几年前和鲁大一伙激战的时候，耿老八功不可没。他记得耿老八是有两支火枪的，那一次打鲁大时，耿老八家的火枪又响又准，一枪就掀翻一个小胡子，再一枪又撂倒一匹冲过来的马。几年前那一次，不到一袋烟的工夫，只跑了一个小胡子和受伤的鲁大，其他小胡子的尸首都扔在了靠山屯外的野地里，后来又被饥狼、恶狗疯扯了。

那一次和胡子鲁大开仗，干净而利落。几年过去了，马林对乡亲们的感激仍装在心里。那一次，马林不是感到在帮助乡亲铲除胡子，而是感激乡亲们万众一心为他助威的场面。那时，别说一伙鲁大，就是所有盘踞在靠山屯一带的胡子都来，也别想在靠山屯讨到半点便宜。

马林孤单的脚步声，响在村里的街道上，他向耿老八家走去。下午秋菊对他说过的话仍响在他的耳旁。他清楚，鲁大为了复仇已经准备几年了，此时的鲁大自然不是几年前的鲁大了，鲁大上次来是想灭了快枪手的威风，这次鲁大来是想要了马林的命。马林还知道：好汉难抵狼，好铁也打不了几个钉。要战胜鲁大消灭鲁大，凭马林自已一人，那是很难的一件事情。

耿老八的家黑灯瞎火的，屋里屋外没有一点动静。马林在拍门，拍了半晌，屋里终于亮起了一盏昏黄的油灯，接着门“吱呀”一声打开了，耿老八一半站在光明里，一半站在黑暗中。他很快看清了眼前站着的马林，耿老八手里拿着的一件东西掉到了地上。

马林说：耿八叔，马林看你来了。

说完，马林从耿老八的一侧挤进了屋。

耿老八屋内的一切，让马林感到震惊，白天在钱先生家见过的一幕又在耿老八家重演了。马林不明白，在腊月二十二这一天，靠山屯怎么有这么多的人家在翻箱倒柜，黑灯瞎火的仍在折腾。

马林就问：耿八叔哇，这是在干啥？

耿老八先是立在屋地中央，听了马林的问话便蹲下去了，蹲成了黑乎乎一团影子，头也深深地扎在了裆下。

耿八婶原本坐在炕上整理一个打好的包袱，此时也把身子扭了，背冲着马林。马林似乎明白了，又似乎什么也不明白。他愣愣地站在那里，竟一时不知如何是好。半晌他说：我这次回来就不走了。他还说：鲁大明天来找我报几年前的仇，这回我保证不让鲁大走出靠山屯。

耿老八终于抬起了头，哑着嗓子道：大侄呀，别怪你耿八叔不仗义，这次怕是帮不了你了。

疯女人耿莲刚才已在另外一房间睡着了，听到有人说话便醒了，她又一次赤身裸体地推门走了进来，疑疑惑惑地冲马林说：你干我，你要干我？

耿老八就疯了似的站起来，他舞弄着双手要把女儿推出去。耿莲不依，和爹撕撕巴巴的，嘴里仍说：爹呀，你别管。

耿老八就气了，挥起手打了耿莲两个耳光。耿莲却不哭，捂着被打疼的嘴巴说：爹，你打我干啥？我要和胡子干哩。

耿老八再一次蹲在地下，狼嚎似的说：天哪，我耿老八真是上辈子缺了大德了。

坐在炕上的耿八婶身子一耸一耸地哭开了。

马林站在那儿，心里一时竟不知是什么滋味。

他说：耿八叔，是我对不住你们。

说完，他觉得自己没有理由再站下去了，他就走了出去。

耿八叔在他身后说：大侄呀，八叔对不住你哩。

马林还听到耿老八说：大侄呀，明天你也躲了吧。

马林就什么都明白了，明白了在钱先生家和耿老八家看到的景象。

马林又站在了大街上。腊月二十二的夜晚有残月悬在当空，清冷地照着，四周的雪野一片惨白。马林的嘴角闪过一丝冷笑。孤独的脚步声再一次响起，雪“吱嘎嘎”地在脚下响着，他向狐狸于家走去。狐狸于家在街中，还没有进门，他便看见狐狸于慌慌地从自家门里走出，怀里抱了一团什么东西，往后院走。一抬头看见了马林，狐狸于就惊惊慌慌地问：谁？

于叔，是我，马林。马林这么说完便走过去。

狐狸于见了老虎似的几步蹿回到屋里。马林听到屋内一阵乱响，很快狐狸于又出来了。出来的狐狸于没事人似的袖了双手，用身子把关上的门又严严地挡上了。狐狸于已是一脸的笑意了，他把两手抄在胸前，脸上堆着笑说：是马家的大侄呀，你看这事整的，听说你回来了，还没抽空去看你，让你来看叔来了，这事整的多不好。

马林不想和狐狸于绕圈子，狐狸于不是耿老八，常年和狐狸打交道的人，人便比狐狸更精明了。

马林站在狐狸于家的雪地上单刀直入地说：鲁大明天就要来了。

狐狸于就说：是么，这事我咋没听说？

马林说：现在的鲁大不是几年前的鲁大了，他们人多了，枪多了。

狐狸于又说：他，他来干啥？

马林说：他来找我报几年前的仇。

狐狸于就收了笑，仍抄着手，很惋惜的样子说：你看这事整的，真不凑巧，明天后山孩子他姨家的老二要结婚，要不这事你叔说啥也不能看笑话。

马林听了这话，便什么也不想说了，他的嘴角又闪过一丝冷笑。

狐狸于冲马林的背影说：大侄子，要不那啥，明天你就先躲一躲，躲过这阵再说。

马林走在清冷的街道上。他知道，没有人会相信马林能够战胜鲁大了。他原本还要一家一家地走下去，现在已经没有这个必要了。马林在绝望的时候，满怀希望地回到了家乡，然而家乡给他的又是什么呢？

著名的快枪手马林在腊月二十二这个夜晚，感到前所未有的孤独。他的嘴角挂着那丝冷笑，苍苍茫茫地向家里走去。在家门口，他看见站在暗影里的秋菊，秋菊已站在暗影里好久了。马林走过她的身旁时，感受到了她身体从里到外散发出的寒气。也就是在他擦肩而过的那一刻，他看见她眼角闪烁在月光中的那颗泪珠。马林的心揪了一下。

十三

秋菊在看到马林那一瞬，感受到了前所未有的绝望。她明白了，马林什么也没有得到，这是她最为马林感到担心的。马林出门的时候，她知道马林是找那些乡人去了。马林一出门，她的心就揪紧了。哄睡了细草，她便开始在门外等，终于等回了马林，不用问，她便什么都明白了。

她不能眼睁睁看着马林败在鲁大的手里，她要帮马林，她要去说服耿老八、狐狸于和众乡人帮一帮马林，马林只有得到众人的帮忙才可能战胜鲁大。

马林心灰意冷地走回家门，她又满怀希望地走出家门。

秋菊先找到了耿老八。耿老八没料到秋菊会来找他，而且一进门，秋菊就给耿老八跪下了，秋菊含着泪说：耿八叔，你帮帮马林吧。

耿老八慌慌地说：这是干啥，秋菊你这是干啥。

秋菊说：你不帮他，他会被鲁大杀死的。

耿老八就说：秋菊呀，马林不是把你休了么，你还管他干啥？

秋菊仍跪着，抬起头道：休了俺是他的事，帮不帮他是俺的事。

耿老八又一次蹲在了地上，真真诚诚地说：秋菊呀，按理说咱两家最恨鲁大，也最该报这个仇；可话又说回来了，万一杀不死鲁大，以后这日子还咋过。

秋菊就坚定地道：这次马林一定能杀了鲁大，他是快枪手。

耿老八叹了，叹得天高地远，叹过了又说：这你知道，鲁大这次就冲马林来的，马林有枪，鲁大也有，鲁大还有人，可马林有么？你让我一个庄户人去帮马林，我们怎会是那帮胡子的对手。

秋菊把眼泪咽回到肚子里，清清楚楚地问：耿八叔，你真的不能再帮马林一回了？

耿老八把头低得更深了。

秋菊缓缓地从地上站了起来，她头也没回地走出耿老八家。

秋菊在狐狸于家的后院找到了狐狸于，狐狸于正在把几件狐狸皮往雪里埋。

秋菊跪在狐狸于的身后说：于叔，秋菊求你了。这两声把狐狸于吓得不轻，他一屁股跌坐在雪地上，怔怔地望着秋菊。待看清了秋菊，他马上用屁股坐在了刚埋过狐狸皮的雪堆上，吁吁地说：我，我啥也没埋。

秋菊说：于叔，求你了，帮帮马林吧。

狐狸于听了秋菊的话，似乎松了口气，他坐在雪堆上说：秋菊呀，你让叔咋帮哩；叔这一把年纪了，打不能打，杀不能杀，叔现在只有喘气的劲了。

秋菊说：你不帮马林，鲁大会杀了他的。

狐狸于突然哭了，鼻涕眼泪的，他一边哭一边说：秋菊呀，叔知道你不容易，叔的日子过得容易么，咱小门小户的，敢得罪谁呀，别说让叔去帮马林杀人，就是让叔去杀狐狸，现在叔也是有那个心没那个力了，叔以后的日子还不知咋过呢。

秋菊站起来了，她冷着脸硬硬地说：你真的不帮？！

狐狸于抹一把鼻涕说：叔真的是不行哩，要不咋能不帮哩。

秋菊转过身，她的希望破灭了，眼前的世界就黑了。

狐狸于又说：我还有杆火枪，马林要用你就拿去，叔只能做眼前这一件事了。

秋菊回过头，认真地说：火枪俺要。

狐狸于风快地回屋里拿出一杆火枪，塞到秋菊手里。

秋菊抱着火枪，走回到马家院子时，她从马占山的屋子里听到了磨刀声，还有那哮喘声。秋菊回到自己的下屋躺下了，她第一次没有去搂睡梦中的细草，而是搂紧了那杆火枪。

十四

腊月二十三的早晨说到就到了，靠山屯和以往不同的是，没有了往日飘绕在小村上祥和的炊烟，没有了鸡啼狗吠。

靠山屯空了。黎明时分，靠山屯的乡人们搀老抱幼，踩着没膝的积雪走出了靠山屯，他们在腊月二十三这个清晨，逃离了靠山屯，远离了这个黑色的日子。

靠山屯只有马家的烟火在一如往日那个时间飘起。秋菊在给马家做最后一顿早餐，秋菊做了油饼，又做了咸蛋，还有一大盆稀饭。

吃过早饭的马林一直站在自家院子里，腰里那两支快枪依旧乌黑。从早晨睁开眼睛开始，他的嘴角就开始挂着那缕冷冷的微笑了。

马占山已经把杀猪刀磨得锋利无比了，刀锋都能照见自己那张苍老的脸了。马占山不再磨刀了，他把那刀揣在了怀里。做完这一切，马占山哮喘着向地窖口走去，他先费力地把压在地窖口上的那两块石头搬开，又挪开了盖在菜窖口上的两捆谷草。做完这一切时，马占山茫然四顾，他先是看见了站在院子中间的儿子，儿子马林正在往枪里装子弹，那一粒粒黄亮亮的子弹被马林“吱嚓咔嚓”地填进枪肚子里。那一声声填子弹的声音在马占山听来，是那么爽心悦耳，他在心里说：小子，等你杀死鲁大，老子也要杀人了！

马占山从儿子马林身上移开目光，他又看见了秋菊，秋菊坐在下屋的门槛上正在擦一杆火枪。马占山看到这儿，脑子里乱想了一阵，他不知道秋菊这杆火枪是从哪儿来的，也不知她擦枪干什么。总之马占山在那一刻脑子很乱。马占山把同样很乱的目光移过来，他就看见了杨梅，杨梅在看昨天白天堆的那个雪人，一夜之间，雪人已经冰样的坚硬了。杨梅用爱抚的目光在雪人身上流连，最后马占山别无选择地选中了杨梅。于是他就喊：闺女，闺女。杨梅进这个家门以后，马占山还不知道杨梅的名字，他只能这么喊杨梅了。

杨梅听见马占山的喊声，待她确信马占山是在喊自己时，甚至冲马占山笑了笑。她朝马占山走去，一直走到马占山的面前。这时马占山已经把半截身子送进了地窖口，只露出双肩和头。

马占山冲过来的杨梅说：现在我就进去，等我进去后，你用那两捆草和那两块石头把窖口盖好，等鲁大死了，你再帮我打开。

杨梅觉得马占山的举动有些不可思议，昨天晚上看见马占山在磨刀，她还以为马占山要去杀鲁大哪。杨梅虽然不解，但仍点点头。马占山看见杨梅冲自己点了头，便很满意。就在他准备把头放入地窖的那一刻，马占山又说：闺女，你叫啥。

杨梅怔了一下，但还是答：杨梅。

马占山说：杨梅你要是不怕胡子，你就坐在石头上。

杨梅又冲马占山笑了一次，马占山的眼睛带着杨梅的笑，消失在黑咕隆咚的地窖里。

杨梅先是把两捆谷草盖在地窖口上，又费了挺大的劲，把一旁的两块石头压在了上面。做这些时，杨梅累得气喘吁吁，最后她真的一屁股坐在了石头上。坐下之后她发现，这个地方真好，能够看到全部的靠山屯的地貌，还能看到伸出靠山屯的那条雪路，她还记得，两天前，她就是顺着这条雪路随马林来到这里的。

不知什么时候，太阳已经正顶了。

杨梅的视线里，通往村外的雪路上来了一支马队，她数了数，一共有十八匹马，马上端坐着十八个挎双枪的人。

站在院子里的马林也发现了马队，这时他回过头来，冲杨梅很暖地笑了一次，杨梅也回报给他一个微笑。马林一挥手拔出了腰间的双枪，沉甸甸地向街心走去。

在后院撒尿的细草也看见了马队，他还没有尿，便向回跑，他一边跑一边喊：娘，娘，马来了，马来了。

细草喊得兴奋而又响亮。

秋菊抱着火枪走了出来，她冲细草说：听话，别出门，娘一会儿就回来。

秋菊走出马家院门时，很认真地看了一眼坐在地窖口石头上的杨梅，她发现杨梅也在看她。

枪就响了，响在腊月二十三的正午。

十五

暮色时分，逃离靠山屯的人们又蜂拥着回来了，一时间靠山屯鸡啼狗吠，热闹异常。

在暮色中人们看到村街心那棵老杨树下，血水染红了积雪。二十具尸首横陈在雪地上，十八人躺在老杨树周围，老杨树旁倚着马林，另一个是秋菊，远远望去，两个人好像是走累了，坐在树下，倚着树身在休息。

马林的眼睛大睁着，平举着那两把快枪，嘴角挂着那缕冷笑，血水已经硬在了身上。

秋菊死死地抱着一杆火枪，她的头歪向马林那一侧。她也是脸上挂着笑的，却不是马林那种冷笑，而是很开心的笑。

奇怪的是，十八个胡子身上都没有枪伤，血水一律都是从眼眶里流出来的，快枪手马林先让他们都变成了瞎子，然后才让他们死的。

细草坐在母亲的一旁，他似乎坐了有些时候了，腿变得麻木了。他先是一迭声地喊：娘，娘，咱回家，回家。后来他就不喊了，呆呆地望着眼前的一切。一股风吹来，地上的浮雪纷纷扬扬地飘着，细草喊：旋风旋风你是鬼，三把镰刀砍你腿……

人们还看见马家院子里的地窖上坐着那个叫杨梅的女人。女人坐在那里一动不动，如石如碑。

夜色终于淹没了靠山屯。

腊月二十三傍晚的风里，送来疯女人耿莲的喃喃低语：来呀，你们都来干我呀——

闯关东的女人

公元一千九百三十五年，中原水灾。先是滚滚浊浊的黄河水决堤而出，淹没了几十个县的田地和村庄。那一年，水灾之后，几十个县颗粒无收，瘟疫像野草样的蔓长，男女老幼的尸体横陈乡野。第二年，草青草绿，到了秋收季节，又来了一群满天满地的蝗虫。蝗虫所过之处，片草不留。多灾多难的中原，又一次背井离乡地大迁徙开始了。

男人挑着全部家当，身后随着女人，老人牵着儿孙的衣襟，他们喊爹喊娘，一路跌跌跄跄地向北方走来。

过了山海关，他们已流尽了思乡的泪水。北方寒冷的空气使这些中原父老打着长长短短的喷嚏，地冻天寒的天气，告诉他们已经进入关东的土地了。

一

流油的关东黑土地接纳了一拨又一拨中原人，他们依山傍水建起了自己的家园。这些大多来自河南和山东的迁徙者，不同的口音使他们分屯而居。河南人住在山南，山东人住在山北。刚开始，山南只有十几户河南人，山北也只有几户山东人，渐渐随着大批闯关东的中原人的到来，山南和山北的屯户渐渐地就壮大起来。他们分屯而居，泾渭分明。他们依据乡音聚集在一起，开荒种地，进山捕猎。从此，他们开始了一种崭新的生活。

是乡音把他们聚集在一起，同乡一起流落在关东的土地上，他们没啥可说的了，老乡见老乡，两眼泪汪汪。先来的人们腾出自己的房屋接纳后来者。春暖花开的季节一到，全屯子人一起动手，挖土伐树，帮助后来者建房盖屋。有了炊烟，有了鸡啼狗叫就有了日子。有了日子就有了故事。

山北的山东屯，在那年秋天成就了一个喜事。大奎和乔麦花成亲了，那一年，大奎十八岁，乔麦花十六岁。大奎已经在山东屯里生活了两年了，乔麦花是今年刚随父亲来到了这里。大奎是一个人来到山东屯的，离开山东老家的时候，那时他们是一大家子人。有父母，还有一个十岁的妹妹。先是十岁的妹妹饿死了，母亲一路上一直在哭，为了背井离乡，为了饿死的女儿，母亲伤心欲绝，死去活来的就是哭。母亲本来就是拖着虚弱的身体上路的，一路上他们靠着吃野菜喝河水支撑着。他们想讨点吃的，可是路过的人家早已是十户九空了。剩下的一家也是饥肠辘辘，靠野菜树皮度日子。先是悲痛万分的母亲倒在了一个山坳里，父亲和大奎流着眼泪把母亲埋了，他们头也不回地上路了，他们已经没有回头路了，只能咬紧牙关，沿着同乡的足迹去闯关东。山海关已经遥遥可望，父亲却患了疟疾，父亲发冷发烧，上牙磕下牙。浑身上下筛糠似的抖个不停。无力行走了，大奎背着父亲，奔着遥遥可望的山海关去了。还没到山海关，父亲的身体就凉了，后来就硬了，大奎放下僵硬的父亲。此时，大奎已经欲哭无泪了。

大奎只能把父亲埋在了关内，最后他只身一人来到了山东屯。同乡的男人女人接纳了他，帮他盖起了三间土屋，又分出了一块荒地。大奎幸运地活了下来。

乔麦花的经历和大奎大同小异，一家子人就她一人来到了山东屯。也是好心的同乡收留了她。也是同乡做主，成就了大奎和乔麦花这门婚事。

背井离乡的人们，难得有一次喜庆的事。大奎和乔麦花的婚事，变成了山东屯共同的喜事。他们倾其所有，拿出家里风干的腊肉，这是他们进入冬天后，猎到的果实，只有年节时他们才从房檐下，把风干的腊肉割下一块。家乡的风俗，婚丧嫁娶的少不了吹吹打打的鼓乐班子，刚刚组建起来的山东屯自然没有这样的班子。于是，一些壮年男人拿出家里的锅碗前来助兴；幸好闯到关东的大小孩娃跑前喊后；到关东才生下来的婴儿，在母亲的怀里吮着母亲的乳头，咿呀助兴。一时间，小小的山东屯便被热闹和喜色笼罩了。

这份热闹自然惊动了山南的河南屯，一干人等袖着手站在山坡上看热闹，先是被山东屯的娃喊：河南侉子，河南侉子。

河南屯的娃也喊：山东棒子，山东棒子。

河南人和山东人来到关东后，他们一直用这种称谓蔑视着对方，双方又没人能说出这种称谓的确切含义，在他们双方的心里一直认为这是骂人最解气的话。

刚开始是孩娃们加入到了这种对骂之中，后来男人女人也加入到了对骂的阵中，一伙山下，一伙山上，声音一浪高过一浪。这份热闹给大奎和乔麦花的婚礼增添了一道喜剧色彩。最后还是于三叔出面制止了山东屯男女老幼的谩骂，这种对骂才暂告一段落。

于三叔是山东屯的创始人。他带着一家老小先在此地落脚生根的，从此便有了一家一户山东人在此落脚。于三叔在全屯人中年龄也最长，于是，一屯人的大事小情都是于三叔拿主张。大奎和乔麦花的婚事自然也是于三叔做的主。大奎和乔麦花的婚礼就是在于三叔的主持下进行的。

两位新人在于三叔的指引下，拜了天，拜了地，双方父母都不在了，于是就拜乡亲，拜过了就入洞房了。

在入洞房前，于三叔大着嗓门说：大奎、麦花你们俩听着，结婚生子天经地义，为了山东屯红红火火，你们要多生多养。

这是一句平常的话，乔麦花却羞得两颊绯红。此时的乔麦花和半年前的乔麦花相比就像脱换了个人似的。半年前的乔麦花又黑又瘦，经过关东黑土地半年的养育，乔麦花便惊人的美丽起来，脸白的让人想起牛奶，眼睛自然是又黑又亮，身材是也该凸的凸了，该凹的凹了。很多年以后，山东屯河南屯的人都在说乔麦花是百年不遇的美人。

一对新人入了洞房，围观的人们仍久久不愿离去，他们仍在议论着。

男人说：麦花真俊，当了新娘就更俊了。

女人说：大奎真是有福气，娶了一个仙女。

另一个男人说：俺要是娶了麦花，整夜地不睡觉。

男人的女人就虎了脸说：你干啥，你想干啥？

男人就嬉笑道：整夜地看呗。

男人女人就都哄笑了。

大奎和麦花的新婚之夜，果然是个不眠之夜。麦花幸福的欢叫和大奎如牛的喘息声在山东屯静谧的晚上一直时断时续地响到了黎明。山东屯的男人和女人，那一夜都显得特别兴奋，他们齐心协力地配合着大奎的喘和麦花的叫，也一直折腾到很晚。这是他们来到山东屯之后最愉快的一天。

二

山东屯和河南屯的人们，刚开始并没有明显的纷争，都是从关内背井离乡逃出来的。起初两个屯子的人偶有走动，张家借李家一些针头线脑，李家和王家交流一些农事上的经验。关外毕竟不同于关内，一样的种子因气候的变化结出的果实便有了差异。

随着一批一拨的河南人和山东人的涌入，两个屯子便都增人添口，荒地开得都差不多了。经常出现山东人开出的地，被河南人种了。河南人捕到的猎物又被山东人拿走了，于是，山东人和河南人之间便有了仇隙。刚开始他们用山东棒子和河南侉子这样的语言相互谩骂，最后竟为一块荒地而大打出手。

春天的时候，张姓的山东人去种去年开出的荒地，没料到却被王姓的河南人给种了。张姓的山东人便和王姓的河南人理论，王姓河南人拒不承认这地是张姓山东人的，两人就争就吵，眼看着张姓山东人的地被外人霸占去了，气不过，讲理又不通，就和河南人动了手。周围劳作的河南人都过来帮忙，把张姓山东人暴打了一顿。

人们抬回张姓山东人时，山东屯的气氛就很压抑，他们都聚在屯中那棵老柞树下，他们一起望着主事的于三叔。于三叔吸烟袋锅子，烟火在于三叔眼前明灭着。于三叔抽了一锅子，又抽了一锅子，最后把烟袋锅子在脚底下磕了，于三叔说：河南侉子这是欺负咱们山东人哩。

众人就答：是哩。

于三叔又说：让了今天还会有明天，让来让去，以后就没有咱们山东人的地界了。这地是老天爷给的，谁先占了就是谁的，咱们山东人开出的地就是咱们山东人的，大伙说是不是这个理儿？

众人就齐声答：是哩，不能让河南侉子蹲在咱们头顶拉屎撒尿。

于三叔就大手一挥道：把河南侉子的地平了，种上咱们山东人的种子。

众山东人一起响应，说干就干，连夜山东人集体出动，平了许多河南人和山东人接壤的地，种上了山东人的种子。

第二天，河南人又挖出了山东人的种子，种了自己的种子。河南侉子和山东棒子就都有了更大的火气，他们针锋相对，抄起农具做武器，便大打出手。

这一次，山东人伤十余人，重伤者有五六个，躺在炕上，没有三两个月是下不来地的。河南人伤者有七八个，有两个人腿折筋断，怕是这辈子也恢复不了元气了。山东人和河南人这仇便记下了。

那一次械斗，新婚不久的大奎也参加了，他受了点轻伤，手臂被河南人手里的刀划了一个大口子。麦花一边为大奎敷药一边说：打啥打，好不容易来到关东，平平安安过日子比啥都强。

大奎一边吸着气一边说：你懂啥，这帮河南侉子真是可恶，咱们山东人咽不下这口气。

麦花心疼大奎，怕大奎有啥闪失。夜晚的时候，麦花便主动地往大奎怀里钻。两人温存之后，麦花才开口道：大奎，你喜欢俺不？

大奎说：当然喜欢。

说完大奎还用臂膀用劲插了麦花娇娇柔柔的身子。大奎就是喜欢麦花，不仅是麦花的身子，还有麦花身体里散发的气味，这让大奎想到了老家麦子的味道，成熟的麦田气味芬芳，每次搂着麦花，都让大奎想起老家的麦田。

麦花又说：那你以后就不要去和河南人打架了，怪吓人的，打坏谁都不好。

大奎知道这是麦花在心疼自己，在女人面前便不多说什么了，只是默默地点点头，其实心里想的又是另外一种样子了。他想，自己是个男人，能在山东屯站稳脚跟，还不是父老乡亲照顾着，他才有了今天。现在山东人的事就是自己的事，他怎么能袖手旁观。心里是这么想，嘴上却没有说什么。麦花便心满意足地偎着大奎安静了下来。大奎便搂着一地的麦香走进了梦乡。

自那以后，山东屯的人和河南屯的人经常发生口角，撕撕扯扯的小架不断，今天我把你家的地里苗拔了两垄，明天我又让猪吃他家地里的禾苗。于是吵吵闹闹的事情不断。

秋天的时候，麦花有了身孕，小两口一下子便沉浸到幸福之中。于是两人便经常躺在炕上展望未来的日子。

大奎把手搭在麦花隆起的肚子上，感叹着说：俺想要个男孩，男孩好哇，能种地，打猎，过日子。

麦花把头偎过来，幽幽地说：俺给你生完男孩再生女孩，生满一屋子，咱们家人丁兴旺了。

大奎又说：俺要儿孙满堂，祖祖辈辈在这里扎下根，关东好哇，这里的黑土养人呐。

就在小两口缠绵憧憬的时候，山东屯和河南屯发生了一件大事情。

先是河南人连夜偷偷收了山东人地里的果实，山东人在第二天夜里也收了河南人的果实。第三天晚上，两伙人碰到了一起，于是棍棍棒棒的大打出手了。有不少孩娃和妇女都参加了战斗。

大奎在梦中惊醒的时候，这种械斗已接近了尾声。大奎知道出事了，要从炕上爬起来，麦花一把抓住大奎的胳膊道：你别去，不关咱们的事。

大奎挣扎，麦花又说：你不想俺，也要想想俺肚子里的儿子吧。

大奎便不挣扎了，一直熬到天亮。大奎才穿衣起来。

这是一场空前的械斗，山东屯参加械斗的人几乎都挂了彩。在械斗中有一个山东孩娃被踩死了。另有一个四十多岁的男人脑袋被打出了一个嘴那么大的洞，白乎乎地往外冒着东西，天亮不久便死去了。

河南人死伤自然也很惨重。一个妇女当场被打死，还有一个壮汉的肠子流出了肚皮，回到家里，活了三天，最后爹一声娘一声地死去了。

这场械斗之后，两个屯子的人似乎一下平静了下来。争争斗斗，打打杀杀的结果，双方都付出了惨重的代价，两败俱伤，谁也没得到便宜。

秋收过后，山东屯的人在于三叔的带领下，在两个屯的交界处挖了一条沟，后来河南人也出来了，在另一端也挖了一条沟，两条沟终于连在了一起。

山东人冲河南人“呸”了一口。

河南人也冲山东人“呸”了一口。

然后他们默默无言地转身向各自屯子里走去。

第二年春天，山东人在沟这边种地，河南人在沟那边种地。河南人看见山东人苦大仇深地“呸”着，山东人也水火不容地“呸”着，然后转过头，又在他们各自的田地间劳作去了。

河南人和山东人暂时和平共处起来。

那一年的夏天，麦花生了一个男孩，大奎叫他黑土。黑土是个很壮实的孩子，一出生就哇哇地大哭不止。大奎咧着嘴，无比满足地望着黑土和麦花。最后大奎就把黑土和麦花都搂在自己的怀里，很豪气地说：咱们还要生，人丁兴旺。

麦花含着激动的泪花，点着头。

就在黑土满一岁那一年，一件料想不到的事情发生了。

三

黑土满一岁那一年的冬天，大奎和关东人俗称熊瞎子的黑熊遭遇了。

关东不同中原，一入冬便被大雪覆盖了。人们只能袖着手躲在屋内避着天寒地冻的冬季。山东屯和河南屯的人们闲不住，他们学着关东人进山狩猎。猎物可以吃肉，皮毛可以拿到几十里外的城里换回油盐。创业阶段的闯关东者表现出了超常的勤奋，他们恨不能一夜之间便过上富人的日子，除了拼命地开荒种地之外，冬天自然不肯白白地荒掉，于是两人一伍、三人一伙地进山去狩猎。

他们狩猎的工具比较原始落后，随便提个木棍子，或用粮食从城里换回铁丝系几个活动的套子，放在猎物经常出没的地方，也偶有收获。他们这种做法是和老关东学的。老关东人很少种地，他们大都是专职猎人，多数散居在深山老林里，他们住的是木格楞而不是土坯房。自从山东人和河南人来到之后，猎人便经常走出山林用猎物和他们换取粮食，也去城里换回油盐以及枪药。这些猎人也下套子，但更多的是使用火枪，因此，猎人不怕猎物的袭击。

山东人和河南人则不行，他们狩猎的工具原始落后，总是三三两两地走进山里，以防不测好有个照应。他们也经常用木棍打死山鸡野兔什么的，大一些的猎物，他们就无能为力了，只能眼睁睁地看着野猪、狼等猎物漫不经心地在他们眼前跑过。

自从来到关东后，山东人和河南人对这些野物已经不感到陌生了，这些野物经常出没于屯子里和他们的田地里。夜晚的时候，几乎每夜都能听见狼的叫声，有时声音就近在咫尺。白天他们经常能看到狼的爪印和野猪的蹄印留在他们家的门前。时间长了，这些来自关内的中原人也见怪不惊了。

大奎不想和别人合伙进山，以前他曾和别人一起去狩过猎，虽说都没有空手而归，但收获总是少多了，猎到的野物两三个人分，自然没有一个人独享来得实惠。

有了黑土以后，大奎恨家不富的心情越来越蓬勃了。他要让麦花给他生完儿子再生丫头，子女一群，人丁兴旺地在这黑土地上扎下根。如今已能吃饱肚子的大奎，觉得浑身上下有使不完的力气。他要生养，同时也让自家的日子过得殷实起来。这年冬天，大奎提着丈余长的木棍野心勃勃地进山狩猎了。

大奎那天早晨，怀揣着麦花为他贴的热乎乎的玉米面饼子，踩着深深浅浅的积雪，嘎嘎吱吱地向深山老林里走去。老林子里已经留下了许多人的脚印，有的旧了一些，被风吹浅了，有的则是新的。他努力避开这些人的足迹，凡是被人惊动过的地方，猎物自然也受到了惊吓，能逃的早就逃了，不逃的便成了人们手中的猎物。

大奎走进了林子里，他在一片柞木丛中发现了一群山鸡，头扎在一起互相取暖。天寒地冻的老林子里，使这些野物的头脑经常处于麻木状态，况且有翔风吹过，夹着雪粒子在林子里呜咽着，因此，这些在寒冷中的山鸡们就放松了对人的警惕，他们捕获到的猎物大都是在这种情况下得逞的。大奎已经显得很有经验了，他弯着腰，蹑手蹑脚地走过去，待离这片柞木丛很近了，他猛然把手中的木棍扔出去。受了惊吓的山鸡，第一个反应就是飞起来，正好和空中飞来的木棍撞在一起，当时便有两三只山鸡被打晕了。大奎便奋不顾身地扑上去，把这些晕了头的山鸡牢牢地压在身下。得逞后的大奎把脸埋在雪地上，乐得呵呵的。

就在大奎心满意足，用木棍挑着几只山鸡往回走时，他与一只熊瞎子遭遇了。在这之前，他没有见过熊，对熊几乎一无所知。他看见这一庞然大物在自已眼前走过时，大奎的心几乎从嗓子眼里都要蹦出来了。他看着熊的块头，心想，这家伙自已送上门来了，俺要把它放倒拖回去，够俺一家三口吃上一冬的了。他几乎没有多想，便把挑在棍子一端的山鸡扔到了地上，挥舞着棍子一蹦便蹦到了熊瞎子面前。黑熊看见他怔了一下，它并没有理大奎，埋下头又摇晃着笨重的身躯向前走去。如果大奎知趣的话，拾起地上的山鸡走掉的话，便会避免这场悲剧的发生。结果是大奎不知天高地厚地挥舞着棍子，向黑熊的头上砸去。他以为黑熊也不会比山鸡经砸，这一棍子下去，黑熊不死也得伤。没想到的是，因大奎用力过猛，棍子砸在熊的头上断裂了，大奎两只手的虎口震得发麻。大奎看见那只黑熊不仅没有如他想象的那样倒下，反而扬起头，看了他一眼，一巴掌把大奎击倒在雪地上。黑熊似乎不知如何处理倒地的大奎，叉开腿把大奎骑在了身下。直到这时，大奎才感受到了恐惧，他在熊的身下挣扎着，结果他发现这是只公熊，于是他狠命地抓住了公熊肚子下垂在外面的东西。大奎拼了命了，抓住那堆杂物后，又踢又咬，本能地喊着救命。也就在这时，他看见了躲在树后的两个人的脸。一瞬间他想起来，这两个人都是河南屯的人，以前大奎参加械斗时，曾看见过这两张脸，但他仍本能地喊着救命。这时，他多么希望那两个躲在树后的河南人能跑过来把骑在他身上的黑熊赶走哇，结果河南人并没有过来。

疼痛难忍的黑熊用屁股一下下蹾着大奎的下身，这是熊的本能，它发怒或是遇到危险时，便用屁股一下下蹾地。庞大的黑熊别说用力这么一蹾，就是轻轻压在人身上也是会受不了的。大奎在熊的重压下觉得自己的身体已经四分五裂了，他大叫一声便晕了过去。

他不知道熊是什么时候走的，昏迷中他感觉有人向他走来，接着他听见两个河南人的对话。

一个说：是山东棒子。

另一个说：山东人，活该。

一个说：这个山东人怕是活不成了。

另一个说：管他呢，咱们走。

这时大奎在潜意识里仍一遍遍地喊着：救救俺，救救俺……他不知自己呼喊的声音太小了还是怎的，连他自己都听不见，后来他举起了手。

他又听到其中的一个河南人说：这山东棒子还没死，他还在动呢。

另一个说：别管他，咱们快走。

接着他就听见嘎嘎吱吱的脚步声远去了。

大奎躺在雪地上，他心想这次是死定了。他又想到了麦花，他似乎又嗅到了麦地的气味，甜丝丝的，夹杂着太阳的香味。还有黑土，一岁多的黑土已经会叫爹了，他早晨离开家门时，黑土就这么喊他来着。

大奎想起这些，他真的不想死，活着是一件多么美妙的事情呀。有那么多的地等着他去种，有那么好的女人等着他去搂抱，他还要生儿子，再生闺女，然后子子孙孙在关东的黑土地上生活下去。到那时，大奎家真的就是人丁兴旺了。

大奎昏了，又清醒了些。迷蒙中，他发现自己被人扛在了肩上，一摇一晃地向前走去。

大奎得救了，救他的是住在林子里的猎人。猎人已经跟踪这头熊好久了，猎人先是发现躲在树洞里的熊。冬天的时候熊大部分时间都躲在树洞里猫冬，除非它去寻找吃食。在入冬之前，熊已经在树洞里备足了野果子，不遇到意外，熊不会轻易走出树洞。猎人把熊赶了出来，他要在运动中把熊拖得筋疲力尽然后再射猎它，否则，猎人没有十足的把握捕猎到熊。猎人跟踪黑熊已经两天了，结果遇上了不知深浅的大奎。

好心的猎人把大奎送回到山东屯，经验老到的猎人归来时给麦花留下一句话：你男人算是命大，今天捡回一条命，下身的骨头都碎了，他再也站不起来了。

麦花受到如此的打击，心情可想而知，她伏在大奎的身上号啕大哭。乡邻们来了一拨又走了一批，他们把安慰话都说尽了，但又有谁能安慰悲痛欲绝的麦花呢？

于三叔一袋接一袋地吸着烟，最后于三叔说：麦花，别哭了，这都是命呀。

于三叔冲着天空叹了一口气又道：闺女，想想咱们那些死在逃难路上的亲人吧，大奎算是幸运的了。

这一句话说得麦花止住了哭声，她望着躺在炕上不省人事的大奎，抱过黑土，她在心里冲自已说：再难的日子也要往下过，不为别人，还得为黑土，为活而活着。

想到这儿，麦花止住了悲哭。她呆呆怔怔地望着昏迷着的大奎。

四

大奎在熊瞎子身下捡了一条命，人却残了。盆骨以下的部位从此失去了知觉，于是大奎便整日躺在炕上唉声叹气。从此，大奎和麦花的日子发生了转折。

麦花站在大奎拼死拼活千辛万苦开出的土地面前，止不住流下了眼泪。厚重的黑土地只有男人的力气才能征服，麦花站在土地面前有心无力，她只能一次又一次地叹气。

每年春天，布谷鸟一叫，便是下种的时候了。山东屯的人们，那时还没有马呀、牛呀帮助种地，他们只能靠人拉手推地犁地。几家男人联起手来，一家家地种地，大奎不能下炕了，便没人主动和麦花联合了。麦花只能眼睁睁地看着别人家欢天喜地，把一年的希望埋在地里。

那天于三叔走到站在地边发呆的麦花身旁说：麦花呀，你先别急，等大伙都种完了地，俺让人帮你家一把。

麦花感激地望着于三叔。于三叔叼着烟袋，清清淡淡地笑一笑道：没个男人的日子就是不行。

说完于三叔耸着身子从麦花眼前走过去。

麦花回到家里把这话冲大奎说了，大奎已从炕上爬了起来，手扒着窗台心焦如焚地向外面张望着。

大奎说：布谷鸟一叫，正是下种的日子。

大奎又说：咱家的地，怕是下种晚了。

麦花那些日子每天都要带着黑土到自家田地旁守望。黑油油的土地泛着亮光，黑土在地里蹒跚着，他走了一程，回过头冲麦花叫：娘，娘，咱家咋还不种地？

黑土的叫声让麦花的心里火烧火燎的。

麦花每天都会把别人家种地的进程报告给炕上的大奎。

麦花说：朱家大哥的地种完了。

麦花又说：李四叔的地种了一大半了，山上的柳树都冒芽了。

大奎就用拳头砸着炕，咚咚地响。以前他把麦花压在身下时也经常把炕弄出这样咚咚的响声，那时他的心情是幸福和欢愉的，就像往自已的黑土地里播种一样，播下去的是希望，收获的是喜悦。于是，他们有了希望，那就是儿子黑土。此时大奎的心情却糟乱成一团。

他说：晚了，咱家的地下种晚了。

他又说：柳树都吐芽了，地再不种就没收成了。

大奎一次次用力地砸着炕，吓得黑土哇哇地大哭起来。

麦花移过身，跑到堆放着种子和杂物的西屋里，肩膀一抖一抖地哭泣着。

于三叔并没有失言。他种完了自家地之后，又帮着别人种了几家，他家的地里的禾苗都破土而出了，整个山东屯的地大都种完了。于三叔带着两个儿子还有朱家大哥、李家四叔等人来到了大奎家开始种地了。地断断续续地种了三天，终于种完了。

麦花自然是千恩万谢了。于三叔就慢条斯理地叼着烟袋走到麦花身旁说：麦花呀，你啥话都别说了，咱们好赖都是从山东逃出来的，不看僧面看佛面，大奎都那样了，山东屯的老少爷儿们总不能看你们家笑话不是。

说完，于三叔用眼睛在麦花的脸上挖了一下，又挖了一下。于三叔心想，这小媳妇今年该十八了吧，长得还是那么白那么俊，生完孩子比没生孩子更成熟了，就像秋天的高粱穗，都红透了。

于三叔想到这儿，干干硬硬地咽了口唾液。

接下来，麦花不断地向大奎汇报着地里的消息。

小苗出土了。

垄里长草了。

大奎说：该锄地了。

别人家的地已经锄过了，错过了季节，麦花锄地的时候，已比别人家晚了半个月。太阳已经有些热力了，麦花锄地，黑土在地里疯跑，他不时地向麦花喊着：娘，这里有草，这里还有草。

麦花已经顾不上黑土的喊叫着，她发狠地锄着地，汗水湿透了衣服，汗珠顺着脸颊流下来，掉在地上摔成了八瓣十瓣。

于三叔叼着烟袋走过来，自家的田地已经锄过一遍了，于三叔的样子显得就有些散淡和悠闲。

于三叔望着地里忙碌的麦花，身体透过汗湿的衣服凸凸凹凹地显现出来。于三叔的身体就开始从下到上地热了起来。他先是把手搭在麦花的肩上，很有分量地按了一下，又按了一下，接着去接麦花手里的锄，顺势地捏住了麦花那双白白净净、圆圆润润的小手。于三叔有些惊叹，天这么热，活儿这么累，麦花一身皮骨还是那么白，那么嫩，真是天生的娘娘胚子。于三叔就说你看你的小手，都磨破皮了，嘿呦呦，真是的。

捏摸了一下麦花的手，于三叔接过麦花手里的锄，帮着麦花锄了起来。麦花抽空把跌倒在地垄里的黑土扶了起来，拍去黑土身上的泥土。她望着黑土，眼泪便在眼里含着了。

于三叔一边锄地一边说：麦花呀，没个男人帮一把，靠你这么个女人咋行，这活儿可不是女人能干的。别指望别人，别人帮得了你初一，帮不了你十五。

麦花点着头。

晚上麦花回到家里，把于三叔的话又冲大奎说了一遍。大奎便用拳头去砸炕，声音仍咚咚的。

麦花的心里也不好受，也想痛哭一回，却没有眼泪，眼泪早就化成了汗流到自家田地里了。她躺在炕上，浑身似散了架子。她心里急，也苦，可又不能对大奎说，地里的禾苗长得又瘦又黄，比别人家的差远了。她似乎看到了秋天不济的收成。她只能把气往心里叹了。

那天，麦花正在锄地，突然听到大奎疯了似的喊：俺的地呀，这还是地么？

她回过头来的时候，看见大奎不知何时从家里爬到了地头，衣服撕破了，爬的满手都是血，他望着自己地里枯黄的禾苗绝望得大哭起来。他一边哭叫，一边疯扯身边够得到的禾苗。

黑土被父亲疯狂的样子吓傻了，他呆呆地望着父亲，哭也不是，不哭也不是。

麦花大叫一声扑了过去，她抱住了疯狂的大奎，黑土也随之大哭起来，一家人便搂抱在一起，大哭起来。

大奎哭叫：老天爷呀，你睁睁眼，就可怜可怜俺一家人吧。

黑土叫：爹呀，娘呀，你们这是咋了。

五

田地里枯瘦的禾苗让大奎绝望，别人家田地里的禾苗都生得茁茁壮壮，唯有自家的田地，因错过了播种季节，还有侍弄的不及时，黄黄瘦瘦的，一棵棵秧苗像害了痨病。

老实本分，世世代代把土地、庄稼视为生命的大奎，真的绝望了。那一晚，他躺在炕上，哀哀咽咽地哭了好长时间。

麦花听着男人大奎像女人似的哭嚎，心里的滋味说不清道不明的。她把黑土哄睡，便独自一人来到自己田地旁，她只是想出来走一走，却鬼使神差地来到了田地旁。星光下，她痴痴怔怔地望着自家的田地，此时，仿佛一家人已走到了绝路。山林里，以及草丛中阵阵不知名的虫叫，在她耳畔响着，她却充耳不闻。大奎对田地的悲哀，深深地感染了她。在这之前她已经千百次地自责了，她恨自己无能，没有把自己家的田地照看好。其实她已经尽力了，每天锄起地来，她的身体都散了架子似的疼，她只是个女人，种地本是男人的事情。

不知什么时候，于三叔叼着烟袋一明一灭地出现在了她的身边。直到于三叔说话，她才发现于三叔。

于三叔在黑暗中声音滋润着说：麦花呀，这田地弄成这样不怪你，种地、收获本是男人干的活路，你一个女人家累死累活的，俺于三叔看了心里也不忍呐。

于三叔的话说到了麦花的软处，她难过地哭泣起来。于三叔的一只大手不失时机地伸了过来，搭在麦花柔柔软软的肩上。于三叔又说：麦花，你受苦受累，俺看着心里都不好受，大奎都那样了，让你一个女娃子，受委屈了。

于三叔的话说得麦花心里软极了，她似乎终于找到了哭的理由，她真的放出声来，哭了一气，又哭了一气。这样一来，她心里好受多了。

于三叔一直蹲在她的身旁，那只厚重的大手在她柔软的肩上摸捏着，似乎在安慰她，又似乎在鼓励她。待麦花止住了哭声，于三叔扔掉了另一只手里的烟袋，空出来的手就把麦花整个人抱在了自己的怀里。麦花一惊，挣扎了一下说：于三叔，你这是干啥？

于三叔满嘴烟臭地说：麦花，三叔想你哩，只要你答应俺，你家田地里的事，俺就包了。你得靠个男人呐。

这时的麦花脑子里一片空白，她想到了绝望伤心的大奎，还有不懂事的黑土，他们一家老小都指望眼前的土地生出的庄稼度过年景呐。

说到这儿，于三叔就把麦花压在了身下，他动手解麦花的衣服。麦花没有挣扎也没有反抗，但也谈不上顺从。就在于三叔的大手伸向麦花的腰带时，麦花突然用手制止了于三叔的动作。

她冷静地说：于三叔，以后你真的照顾俺家的地？

于三叔已经语无伦次了，他说：照顾，咋能不照顾呢，只要你答应俺，你家的地就是俺的地。

麦花放开阻止的手。

于三叔便长驱直入了。麦花躺在那里麻木而又僵硬，她偏过头，躲开于三叔呼呼喘着烟臭的嘴，她望见了自家的田地。在那一瞬，她似乎看见自家田地里的禾苗正在嘎巴嘎巴地拔节生长，她似乎又看到了希望，她快乐地叫了一声。

于三叔癫狂着说：麦花，麦花，你，你的地，真好，好……

于三叔果然没有失言。从那以后，于三叔便经常光顾麦花家的地了。他帮着麦花锄完了第一遍地，又锄了第二遍。地里的土很松软，草也少了许多。禾苗长得有了些起色，先是高到了膝，最后就长到腰那么高了。麦花家的地和别人家的地比起来仍有些差距，但毕竟让她又看到了希望。

于三叔隔三岔五地来，麦花正站在齐腰深的田地里拔草，黑土躲在地边的草丛里逮蚂蚱。于三叔一来，便把麦花扑倒在齐腰深的庄稼地里，庄稼地早就藏得住人了。

两人站起来的时候，于三叔就弯下腰帮麦花拔草，拔了一气，又拔了一气。然后于三叔干咳一声说：麦花，俺走了，自家的地也该拔草了。

于三叔说完一闪身便走了，走回到自家的田地里去了。麦花不说什么，用手抹一把眼角汗湿在一起的头发，抬眼看见仍在地边玩耍的黑土，又把腰弯到了田地里。

当于三叔在帮麦花锄第三遍地的时候，于三叔那两个长得膀大腰圆的儿子出现在了他们面前，其中一个夺下了于三叔手里的锄头，另一个推一把于三叔道：自家的地还没锄完，你倒有心思帮别人锄地。

于三叔被两个儿子推搡着走了。

在这之前，麦花和于三叔的事已经是满屯风雨了，只是麦花一直蒙在鼓里。其实她已经不在乎名声了，她看重的是自家的田地，到秋天的时候能打下多少粮食。两个儿子出现以后，于三叔似乎已经没有机会到麦花的田地来了。他只要一出现，他的儿子就马上赶到，不由分说，推推搡搡地把于三叔推走了。于三叔扭着脖子说：麦花，等俺干完自家活儿，就来帮你。

于三叔只是说说，他在两个膀大腰圆的儿子面前一点脾气也没有了。从此，于三叔失去了向麦花效劳的机会。

麦花蹲在田地里呜呜咽咽地哭过，她不知为什么要哭，她伤心、难过、绝望。

这之后，偶有一两个屯子里老老少少的男人，出其不意地出现在她的面前说：麦花，你跟俺一次，俺帮你干一晌活儿。

麦花骂道：滚，你这个王八犊子。

男人一走，麦花就又哭了。她知道没有一个男人肯真心帮她。没有男人的日子，真是寸步难行。

大奎又爬到自家地旁两次，看到差强人意的庄稼，情绪比以前好了许多。

晚上，大奎和麦花躺在炕上，大奎就叹着气说：麦花，都是俺牵累了你，让你一个女人家受苦受累。

麦花就说：大奎，别说这样话，你不是为这个家才弄成这样的么？！

大奎又说：俺这么活着还真不如死了的好，让一个女人养活着，想起来脸都红。

麦花忙伸出手，用手捂住了大奎的嘴，她想起大奎没受伤前，他们曾经有过的恩爱日子，忍不住又哭了起来。

大奎安慰似的，把麦花搂在怀里，作为残废男人，他只能做这么多了。

半晌，大奎说：麦花，你再找个男人吧，俺不拦你。

麦花在大奎怀里拼命摇着头，她又想起和于三叔过的日子，觉得自己真的对不住大奎。嫁给大奎那天起，她就想好了，生是大奎家的人，死是大奎家的鬼。

大奎又说：麦花，俺说的都是真心话，你今年才十八，日子还长着呢，这样下去咋行。

麦花把头埋在大奎的怀里，又一次呜咽着哭了起来。

麦花认识了河南人四喜，于是麦花一家的生活又发生了变化。

六

几场痛痛快快的雨一落，地里的庄稼便疯了似的长。山上的林木和草丛也是密密团团了。

这些日子，麦花经常站在自家田地旁愣神，今年困苦的日子算是过来了，接下来只剩下秋收了，麦花咬咬牙，秋收她能挺过来。总之，秋收不像春播时那么急迫，麦花不管是否有人帮她，她都会从容许多。

麦花一站在田地面前，她就愁苦，以后的日子还长着呢，她一个女人家，这么大一片土地压在她的身上，想起来就让她透不过气来。以前没有土地时，她是那么盼着土地，爱着土地，此时，她望着一眼无际的庄稼地，她有些恨这些土地了。

就在麦花愣神的时候，她无意间望见了不远处一个男人在望她。她抬头望了眼那个男人，这是河南屯的男人，他也站在自家田地面前，两块土地相隔得并不遥远，中间只隔着于三叔带人挖出的那条沟。

山东屯和河南屯的人们为了土地经过几次械斗之后，暂时平静了下来，但他们双方仍没放松警惕。秋收在望了，他们各自加倍警惕地在自家田地里巡视着。

春天的时候，麦花似乎就看见过这个男人，这个男人的年龄看着比大奎也大不了多少。那时，麦花没有心思去观察对面的男人，她总觉得对面那个男人，经常向她这边张望。这一切并没有在麦花心里留下多少痕迹。

几场雨一落，山上的草木葱茏起来，正是生长蘑菇的季节。每年这个时候，男人和女人便走进山里去采摘蘑菇，然后晾在自家的房檐下，留到冬天时吃。

麦花上山了，黑土还小，她没法把黑土带在身边，便在黑土腰里系上根绳子，把绳子一端交到大奎的手上。黑土到了疯跑的年纪，她不放心黑土在外面乱跑。

麦花篮子里的蘑菇已经很丰盛了，就在这时，她又在一片草丛里发现一个很大的蘑菇圈，蘑菇都是结伴生长的，发现一只，就会看见一群。麦花心想，采完这片蘑菇就可以下山了。她有些兴奋地向那片蘑菇扑去。就在她伸出手去摘蘑菇时，她猛然看见一条毒蛇，吐着蛇信子正冲着她。麦花从小就怕蛇，她可以不怕老虎不怕狼，但她就是怕蛇，她也说不清为什么要怕。尤其是这么近距离地和蛇对视，她这还是第一次。以前上山的时候，她也看见过蛇，那时却是远远的，她还没有来得及害怕，蛇已经爬走了。这条蛇看上去粗大，又凶狠，麦花叫了一声，便晕过去了。

不知多长时间，她醒了过来，却发现被人抱在怀里。那人正试图伸出手掐她的人中，她推开那人坐了起来。她看见了那个见过的河南人，但她仍下意识地说：你是谁？

那个人摇摇手道：不用怕，俺是河南人四喜。

麦花气喘着说：你要干啥？

四喜笑一笑说：你不用怕了，那条蛇已经被俺打死了。

麦花果然看见那条死蛇垂着身子被挂在了一棵树的枝上。

麦花还看见，地上的那片蘑菇已经被四喜采摘了下来，放在她的篮子里，篮子里的蘑菇已经小山一样了。

她半是感激半是戒备地望着河南人四喜。

四喜就说：俺认识你，你叫麦花，咱们两家的地挨着。

麦花不想说什么了，她站起来，提起篮子要走。

四喜又说：你要是怕蛇，明天上山俺在那个树下等你。

四喜说完，指了指山坡那棵柞树。

麦花心跳着走了。

四喜在麦花身后仍说：别忘了。

第二天上山时，麦花几乎把四喜的话已经忘了，她认为和四喜只是巧遇，况且他又是河南人。当她走进山里，看见了那棵老柞树，她才想起四喜说过的话。她看见了那棵柞树，就看见了树下的四喜，四喜正冲她笑着。

四喜说：俺知道你恨河南人，你家大奎冬天被熊瞎子伤了，就是俺们河南人看见的。他们没去救你男人，俺瞧不起他们。

麦花听了这话，认真地看了一眼四喜。

麦花回过身，准备向另一个方向走去。

四喜说：那边不会有蘑菇了，刚才有几个人在那边采过，这面有蘑菇。麦花改变了方向，果然麦花发现了蘑菇。四喜也弯腰采蘑菇，却把采到的蘑菇放到了麦花的篮子里，麦花诧异地望了他一眼。

四喜说：俺一个人，吃不了多少。

麦花心里又跳了跳，但她不再去看四喜了。

四喜仍说：家里外面的都靠你一个女人家，够不容易的。

麦花听了四喜的话，心里暖了一下，接着就有些酸，但她仍没去望四喜。

四喜又说：那么大一片地也够你受的了，就是男人也累弯腰了。

麦花这时真想哭出声来。

很快，在四喜的帮助下，麦花篮子里的蘑菇已经盛满了。麦花往回走，她走了一程，回头去望时，她看见四喜正站在那里望着她，她回过头，很快地向前走去。

以后的日子里，为了避开四喜，采蘑菇的时候她换了一个方向。有几次她已经远远地看见了四喜，四喜正朝她这一边赶来，她便逃也似的走掉了。她也说不清楚为什么这么不愿意见到四喜。

转眼，秋天就到了。

收获的季节，一下子就忙乱了起来。一时间，田边地头，男人喊，女人叫，孩子哭，乱成了一团，收获的季节让人兴奋让人疲惫。

麦花的田地里，只有麦花一人形只影单地忙碌着，她先把庄稼割倒，然后再回过头来堆在一起。她喘口气抬头的时候，第六感觉她知道河南人四喜正在望着她。他们中间的庄稼已被割倒了一大片，使他们的目光一览无余起来。

麦花没有心思去琢磨四喜望过来的目光，焦急和忙乱已经把她的心塞得满满的了。她望着这一片成熟后的庄稼地，她不知道靠自己的力量什么时候才能把它们收割完。

一天的劳累，让麦花腰酸腿疼，她走回家里，还要忙活一家人的晚饭。吃完饭，她头都抬不起来，便睡去了。当第二天，她拖着疲乏的身子走向自家田地时，她几乎不敢相信自己的眼睛了，刚开始她以为自己走错地方了，但她左右四望时，确信眼前的地无疑就是自家的时，她被眼前的景象惊呆了。

一夜之间，她家的地被割倒了好大一片，割倒的庄稼又被整齐地堆放在一起。这时她发现了不远处四喜的目光，她望过去，看见四喜正疲惫地冲她微笑着。

是四喜在夜里帮她割的地，她心里热了一下，这次她长时间地望着四喜，四喜反倒扭过头，忙自家的田地了。

那一天，麦花的心里装满了感激。她喘息的时候，下意识地张望四喜，四喜也正抬头向她这边望。她在心里冲四喜说：谢谢你了，四喜。

那天晚上，麦花吃完了饭躺在炕上并没有睡着，想了想，她向自家田地走去。结果她看到了四喜，四喜正埋着头，飞快地在她家田地上割着。

她叫了一声：四喜。

四喜回过头来，在星光下冲她笑一笑说：你回家歇着吧，俺再割上一夜就差不多了。

麦花站在四喜的身后一时不知说什么好了。一个河南人帮她，她说些什么呢？

四喜见她没动，一边忙着一边说：麦花你回去吧。

麦花想，四喜一定是白天忙活完了自己家的地，又来忙她家的地了。她想，四喜饭一定还没吃呢。想到这儿，她很快地向家走去。她在外间，把两个热饼子揣在怀里，拿起了镰刀。大奎听见动静在屋里问：麦花，你还不歇么？

麦花道：俺再割一会儿地去。

大奎就叹息了，拳头又砸得炕面咚咚地响了。

麦花把饼子递到四喜手里时，四喜一点也没客气便狼吞虎咽地吃了起来。四喜一边吃一边说：麦花，你贴的饼子真好吃。

四喜吃完饼子又挥汗如雨地干起来了，麦花怔怔地望着四喜的后背，想叫一声四喜，可她却没有叫出来，便也挥刀割了起来。

四喜说：麦花你回去歇着吧，明天还要忙呢。

麦花不答，挨着四喜向前割着。

四喜抬头擦了把汗，这工夫，麦花也抬头喘了口气。月光下，两人对望着，四喜笑着说：麦花，你真俊。

麦花听了这话，心里动了一下。她甚至在那一瞬闭上了自己的眼睛，她想，这时无论四喜要干什么，她都会答应。四喜在帮她，她只是个女人，除此之外，她没有别的办法报答四喜了。

当她睁开眼睛的时候，四喜已经割出去好远了。

天亮的时候，又有一大片庄稼倒下了。

七

麦花无论如何也无法拒绝四喜的帮助，四喜帮麦花是真心实意的。

麦花曾问过四喜：你帮俺，图的是啥？

四喜就愣愣地说：麦花啥也别说了，你是好人，俺帮好人，心里舒坦。

四喜是一点一滴走进麦花心里的，如果四喜只图她是个女人，就像于三叔似的把她按在田边地头要她，她啥也不会想，心甘情愿地让于三叔帮她，帮过也就帮过了，不会在她心里留下任何痕迹。四喜却不同，四喜已经像一颗种子一样，落在她的心里生根发芽了。

转眼，冬天就到了。

整个秋收过程，一直是在四喜的暗中帮助下麦花才完成了秋收。在这段时间的交往过程中，麦花知道四喜家里只有他一个人，父母都在闯关东的路途中饿死了。四喜今年二十五岁，来关东已经五年了，没有合适的女人一直没有成亲。

那年冬天，四喜去了一趟城里，拉了一架子车粮食，用粮食换回了一支猎枪。于是，整个冬天，四喜便隔三岔五地扛着猎枪进山打猎。因为四喜有猎枪，人的胆子就大了，他能一直走到冰天雪地的老林子深处，四喜的收获就很大。

每次四喜从山里回来，都会背着提着许多猎物，有山鸡、野兔，有一次四喜还打到了一只狐狸。后来他把那张狐狸皮送给了麦花。四喜说：这玩意儿抗寒，拿回去吧。

麦花和四喜的交往，其实大奎早就有所察觉了。大奎的心情很平静，他知道自己是个废人了，这么拖累麦花，他的心里早就过意不去了。要是没有麦花和儿子黑土，他早就不想活了，他放不下他们。

那天夜里，麦花把四喜送来的狐狸皮铺在了大奎身下。黑土躺在两人中间已经睡熟了，大奎咳了一声说：麦花，你和他结婚吧，俺不拦你，你这样已经很不容易了。

麦花没说什么，她在思念四喜，她不知道四喜在这样的夜晚里在干什么。听了大奎的话，她不知道说什么好。在这之前，她也想过和四喜的那种结果，可她却觉得对不住大奎，大奎毕竟是她的男人，他们还有了黑土。

大奎又说：麦花，你就听俺一次吧，这么下去也不是个法子，你一个女人家，今年还不到二十，太委屈你了。

麦花声音就哽咽了，然后说：大奎，你别说了，说了俺心里不好受。

大奎又沉默了一会儿说：就算你帮俺和黑土一次吧，俺们总也得有个人养。

这句话说到了麦花的心里，她可以不考虑自己，但她不能不考虑黑土和大奎。

大奎见麦花不吭气了，又说：只要人好，不嫌弃咱，不给你委屈受，你就答应下来吧。

麦花就说：他是个好人。

大奎说：他是谁？

麦花答：你不认识。

大奎说：是河南……侉子。

麦花就不言语了。

大奎就用拳头砸炕，咚咚的。大奎喘着粗气说：俺恨河南人，要是他们当初帮俺一把，也不会有今天。

麦花知道大奎恨河南人，她怕大奎没法接受，才没有主动告诉大奎四喜是河南人。就是大奎能接受，全屯子的老少爷儿们也不会接受。几年了，自从有了山东屯、河南屯，两个屯的人就没有来往过。麦花对这一切，心里一清二楚，因此，她对自己和四喜的关系一直拿不定主意。

不知为什么，两天不见四喜，她心里就空落得无依无靠的。于是，她便一次又一次走出屯外，向远方张望。她知道，每次四喜从山里下来，总会在那个方向出现。

四喜远远地就看见麦花，吹一声口哨，大步流星地走过来，从肩上摘下猎物就往麦花的怀里塞。麦花每次都推拒，四喜就说：拿回去给孩子吃吧，又不是啥稀罕物。

麦花那次就说：四喜，你把猎物攒起来拿到城里卖了，攒下钱也好讨个女人。

四喜深深地望了她一眼，样子有些失望，丢下猎物头也不回地走了。

麦花不知哪里让四喜不高兴了。望着四喜高高大大的背影远去，她才叹着气，提着猎物往回走。

又一次，四喜打猎回来，她看见四喜的棉袄被割破了一个大口子，白白的棉絮都露出来了。

麦花就说：俺帮你补补吧。

四喜说：那行，你到俺家去。

麦花摇了摇头，山东屯的人还没有一个走进过河南屯，大天白日的，她去河南屯，还不得被唾沫淹死。

四喜似乎也意识到了这一点，便又说：要不晚上去，没人看得见。

麦花又摇了摇头，她看到了野地里堆着的秫秸垛，秋收过后，秫秸就垛在那里，冬天用来烧炕，当引柴用。

麦花想好后就说：晚上俺在那儿等你。

四喜点了点头。

麦花早早地就来到了秫秸垛，她用手在秫秸垛里掏了个洞，便钻了进去，里面足够装下她和四喜两个人了，又不会被人注意，麦花为自己的发明高兴起来。

四喜来到的时候，两人钻了进去。麦花借着月光，月光先是照在雪地上，雪地又把月光反射到他们的小窝里。麦花拿出早就准备好的针线，为四喜补衣服。

四喜说：这里真暖和。

麦花笑一笑。

衣服很快就补好了，四喜转过身来，两人差不多是半躺在秫秸窝里说话。

四喜又说：这里真好，俺都不想回去了。

麦花笑一笑，脸红了一下。

四喜就借着雪光望麦花的脸，四喜就急促着声音说：麦花，你真好看。

麦花用手捂住了自己的脸，她觉得自己的脸烧得厉害。

四喜就捉住了麦花的手，放在自己的胸前，就那么握着。

四喜的呼吸就更加急促了，四喜变音变调地说：麦花，你嫁给俺吧，俺真的喜欢你。

麦花脸热心跳地望着四喜。

四喜鼓足勇气把麦花抱在了自己的怀里。麦花没有挣扎，是她喜欢的四喜在抱她，她怎么会挣扎呢。

四喜又说：麦花，你嫁给俺吧。

半晌，麦花在四喜的怀里摇了摇头。

四喜就瞪大眼睛说：为啥，你不喜欢俺？

麦花又摇了摇头。

四喜说：那是为啥？

麦花这才叹口气说：因为你是河南人。

四喜这回懂了，大着声音说：河南人咋了，打架俺没参加，河南人、山东人都是人。

麦花伸出手去捂四喜的嘴，四喜趁势把麦花冰冷的手指含在了嘴里，呜噜着声音说：俺就要娶你，俺喜欢你，俺的麦花呦。

两人搂抱在一起，秫秸垛在轻轻摇荡着，颤抖着。

麦花从来没有这么心甘情愿过。当初她嫁给大奎时，因为大奎是她男人，男人和女人在一个房檐下过日子生孩子，才有了这个世界。于三叔要她时，她需要帮助，她用身体交换，除此之外，她没有别的办法。

现在，四喜把她搂在怀里，她也伸出手把四喜搂了。她全身颤抖，心甘情愿，满心愉悦。她喘息着，轻叹着接纳了四喜。

两人平静下来之后，她把头埋在四喜的怀里，深深地嗅着四喜的男人味儿。四喜满足地说：麦花，你真好。

麦花咬了四喜一口，四喜轻叫了一声，用力地把麦花搂在了怀里。

四喜说：俺真的不想走了，真想和你在这里睡一夜。

麦花叹口气说：傻话。

四喜又说：真的，麦花，嫁给俺吧，俺以后会好好待你的。咱们两家的地合在一起种，俺不会亏待大奎和黑土，俺对他们会像对待家人一样。

麦花听了四喜的话，被感动得轻轻啜泣起来。四喜要不是河南人，她会毫不犹豫地答应四喜，四喜是个好人，他会说到做到的。但她此刻却不能答应四喜。

从那以后，麦花管不住自己，一次次到秫秸垛里和四喜幽会。四喜拿来了一张狼皮铺在秫秸上，这样一来又温暖，又舒服。有时她躺在四喜宽大的怀里，她真想就这么一直睡下去，但当她清醒过来时，她又深深地为自己的罪恶感折磨着。

她每次回去的时候，黑土已经睡着了，她不知大奎睡没睡着。她轻轻地爬进被窝，大奎那边一点声音也没有。在这时，她真希望大奎说点什么，哪怕骂她一顿也行。可大奎就是一点声音也没有。

白天的时候，她不敢去望大奎的眼睛。

大奎就说：麦花，你在咱山东屯找一个男人吧，找谁都行，俺不拦你。

麦花低着头，她真想哭出来。

大奎又说：和河南人来往，咱们怕在山东屯待不下去了。

麦花的头更低了，对自己和四喜的前途愈发感到迷茫。

八

麦花已经把握不住自己了，温暖的秫秸垛成了她和四喜流连忘返的乐园。

天气渐渐转暖了，积雪正在悄悄融化，飞往南方的雁群，嘎嘎鸣叫着又飞回北方。北方的春天，就这样悄悄地来了。

一件意想不到的事情发生了。经过一冬的孕育，麦花和四喜有了孩子——麦花怀孕了。先是停了经事，接下来就有了反应。麦花和大奎都是过来人，这一点瞒不住大奎。大奎一下子就想到了那个河南人。大奎自从被黑熊伤了下肢，他早就失去了做男人的资本。

大奎瞧着呕吐的麦花，麦花脸色苍白、目光无助地望着大奎。他们中间站着一脸迷惘的黑土，黑土已经三岁多了。

大奎却说：春天就要来了，地又该种了。

麦花望着大奎的目光，可怜巴巴的。她毕竟是个女人，这时一点主张也没有。

大奎说：啥时候你把他领家来，让俺看看。

突然，麦花的眼泪就流了出来。

大奎还说：都这样了，纸是包不住火的。

大奎的目光落在黑土的身上，黑土仰着脸，看看这个，望望那个，想哭，却没哭出来。

大奎再说：这家没个男人，真是不行，不为别的，就算为黑土吧。

大奎说完，闭上眼睛，两行泪水顺着脸颊流了下来。

黑土哇的一声，大哭了起来。他被爹娘的样子吓坏了。

四喜来到大奎面前，是一天后的晚上。四喜的样子显得有些胆怯，神情却亢奋。

他立在炕前，大奎坐在炕角，他把身板挺得笔直。

麦花牵着黑土的手，坐在外间，仿佛在等待着宣判。

大奎说：你叫四喜。

四喜答：哎……

大奎不说话，上上下下把四喜看了一遍，又看了一遍。

大奎这才说：你和麦花都有孩子了。

四喜不知说什么好，怔怔地望着大奎。

大奎再说：麦花是个好女人，你的眼光没有错。

大奎似乎在喘着气，他的两只手撑在炕上，保持着身体挺在那里。

大奎还说：别的俺啥也不说了，日子都到这个份儿上了，还有啥说的。

大奎的声音哽咽了，但他忍着没让泪水流下来。

半晌，大奎又说：俺只有一个请求，日后你要对得起麦花和黑土。

四喜也受了感动，他吸着鼻子答：哎，这个一定。

大奎说完便把身体靠在了墙上。

四喜是在又一天的晚上把铺盖夹在腋下来到了麦花家里的。

原来大奎、麦花和黑土一家人住在东面的房子里，中间一间是厨房，西面那一间，放着一年的粮食和杂物。在四喜来之前，西面那间房子被麦花收拾出来了。

四喜就住进了西间房。在四喜没来之前，麦花冲大奎说：俺一间屋里睡一天。

大奎躺在炕上，闭着眼睛，没有说话，他的样子显得很平静。

四喜就来了。

本来是一件喜事，没人祝贺，没人道喜。

晚上的时候，麦花住进了四喜的房间。在这之前，她为黑土铺了炕，脱了衣服，又为大奎掖了掖被角，然后犹犹豫豫地迈步向西屋走去。

黑土睁开眼睛刚要喊娘，大奎突然用手捂住了黑土的嘴。

大奎就势把黑土搂在了怀里，鼻涕眼泪也随之流了出来。

四喜住进麦花家的消息很快就传遍了山东屯。于三叔带着几个人，背着手来到了麦花家里。麦花正和四喜坐在院子里选种子，把那些生得饱满的种子挑出来。

于三叔背着手，吧嗒着烟袋说：麦花，家里多了个外乡人，咋不跟俺说一声。

麦花似乎心里已有准备，她对于三叔的态度显得不软不硬。

麦花说：俺家的情况，乡亲都知道，俺要活命，黑土要活命，大奎也要活命，家里没个男人，这日子过不下去。

于三叔哼了几声又说：咱们山东屯人死绝了是咋的，咋轮到外乡人跟着掺和了。

大奎这时在屋里大声地咳了起来，咳了两声便叫道：于三叔，你进来，俺有话对你说。

于三叔一干人等，白了一眼麦花，又白了眼四喜，最后走进屋里。

大奎冲于三叔等人说：三叔，俺家的事你就别管了，就这样吧，咋的也比麦花一个人吃苦受累强。

于三叔狠着声音说：大奎，你把山东人的脸丢尽了，肥水不流外人田，他一个河南侉子……

于三叔等人就很义愤的样子。

于三叔带着人甩着手走了。

麦花家的门，夜晚先是被人抹上了牛屎，后来就有一些石块被扔进院子里，砸着地咚咚的响。渐渐地，在屯子里没人和麦花说话了；借东借西的，也没人肯借给她了；男人女人们和麦花走个对面，麦花和人打招呼，别人忙把头扭向一边，没人理睬她。

黑土在外面和孩子玩时，被一群孩子打了，哭着跑回来，他一边哭一边冲麦花说：娘，他们骂你找个野男人。

麦花愤怒了，她一边拍打着孩子身上的泥土一边大着声音说：以后他们打你，你也往死里打他们。

大奎又在屋里咳了起来。

一天，麦花和四喜正在地里做着春耕前的准备，黑土突然哭叫着跑来，一边跑一边哭道：娘，俺爹要死了。

四喜和麦花一听，顿时怔住了。他们离开家门时，大奎还好好的。醒悟过来之后，他们就急三火四地往家赶。

大奎正倒在院子里，他用裤腰带把自己的脖子系了，另一头拴在一个树桩子上。因用不上力气，大奎正手脚并用地在地上挣扎着。

麦花一见，大叫了一声扑过去，她先是解下大奎脖子上的裤腰带，然后和四喜一起，把大奎抬进屋里。大奎已经缓过了一口气，他睁开眼睛说：麦花，你让俺死吧，俺活着难受哇。

麦花哇的一声就哭了，她一边哭一边说：大奎呀，俺对你不好吗？你这样做还咋让俺和黑土活了，你要是死了，俺活着还有啥意思，俺也不活了。

于是，麦花和大奎抱在一起大哭起来，黑土抱着娘的大腿也在一旁助阵。

四喜站在一旁也是不好受的样子。

麦花一边哭一边说：大奎，你不想别的，你也要为黑土活下去呀，你就这么忍心扔下黑土和俺吗？

大奎看见了黑土，他把黑土抱过来，哭了一气。然后用手去抽自己的耳光，一边抽一边咒：大奎该死，黑土呀，爹对不住你。

从那以后，大奎安静了下来。

春耕的时候，他又爬到了地边，看着麦花和四喜把一粒粒种子埋进了土地里。

四喜看到了大奎就说：大奎你这是干啥，还不在家歇着。

大奎笑着说：俺看见种地，高兴哩。

从那以后，每天下地时，四喜都要把大奎背到地边，让他看着种地的情形。

晚上睡觉时，麦花果然东屋住一夜，西屋住一夜。那天大奎看见麦花又把被子搬到了东屋的炕上，便说：麦花，你以后就别过来了。

麦花不答，把自己脱了，钻进了被窝，安安稳稳地躺下了。

大奎又说：俺不挑理，俺是个没用的男人。

麦花坚定地说：俺不，你也是俺的男人呀。

大奎的心里一热，伸出手把麦花的手捉住了，两只手就那么握着。

九

河南人四喜住进了山东屯大奎的家，山东屯的人们议论了一阵子，说什么的都有。同情麦花的就说：麦花一个女人家也不容易，找个男人帮一把没啥，可也不能找河南侉子呀。

有男人说：麦花那女人骚哩，忍不住了，找个野男人，呸。

不管是同情麦花，还是不同情麦花，麦花并没有因为这样的境遇感到难过。相反，她自从有了四喜之后，心里踏实而又愉快，脸色也变得更加滋润了，干起活来，比以前更加生龙活虎了。她心里洋溢着前所未有的欢乐，她想唱，也想跳。

当布谷鸟又一次鸣叫的时候，播种的季节又到了。麦花和四喜及时地出现在自家的田地里，四喜年轻，浑身上下有使不完的力气，牛呀、马呀地在前面犁地，麦花在后面点种。麦花看见黑黑的泥土，把一颗又一颗金黄色的种子埋住，她心里止不住扑扑通通地跳着，她真想扑在黑油油的土地上大笑一阵。

黑土有时也能帮上一点忙，他蹒跚地走在麦花的身后，用他那双小脚把种子踩实。不知内情的人，看了眼前的情景都会羡慕这样的幸福农家景象。

四喜有时也把大奎背到田边，让他看看耕种的景象。大奎不时地在一旁提醒着：把种子深埋一些，夜里霜大，别把种子冻坏了。

大奎看到四喜一脸汗水的样子，便说：歇歇吧，不在乎那一会儿。

四喜就笑一笑道：没事，活儿是人干的。

四喜说完就又埋下头走进了田地的深处。麦花看见大奎也笑一笑说：今年咱家的地，一定错不了。

大奎也笑一笑。

日头偏西的时候，一家四口人便离开了田地回家了。四喜背着大奎走在前面，麦花牵着黑土的手走在后面。收工往家赶的山东屯人，便用手指点着这一家人。麦花的表情依旧愉悦美好，她把腰又向上挺了挺，把初孕的肚子显现出来。

回到家后，麦花忙着做饭，四喜也不闲着，他蹲在地上帮助麦花烧火。

火光映得麦花的脸红红的，四喜就盯着麦花那张俏脸用劲地看。麦花看到了四喜痴痴的目光，脸就愈发地红了，她走过去用手指点着四喜的脑袋说：作死呀。四喜低下头，一边烧火一边说：俺就是看不够你，白天看，夜里也想看。

麦花娇嗔地用眼睛白了眼四喜。

躺在炕上的大奎，感受到火炕一点一点地热了起来。

黑土屋里屋外地跑着。

四喜就说：当心，黑土，别摔着。

黑土应了一声，仍忙忙碌碌地跑着。

吃饭的时候，一家四口人围坐在东屋的炕上。刚开始的时候，麦花总是把饭留出来一部分，让四喜端到西屋去吃。自己和大奎黑土三个人围在桌前吃，气氛就很沉闷，麦花怕看见大奎的目光，大奎似乎也在躲着麦花。大奎吃完一碗，麦花低着头接过大奎的空碗，走到外间为大奎再盛一碗。一顿饭下来，吃得沉沉闷闷的。后来，先是大奎打破了这种僵局，大奎说：让四喜过来吧。

麦花望了大奎一眼。

大奎说：都一家人了，就该有一家人的样子。

大奎现在已经想开了，刚开始的时候，从感情上来说，他无论如何接受不了四喜。可他又不忍心看着麦花和黑土跟着自己吃苦受累。四喜刚进家门时，他真想一死了之。但他看到麦花那份绝望，他又一次感受到这个家不能少了他。

那天晚上，麦花趴在他的身边，哽咽着说：大奎，你真傻，要是没有你和黑土，俺也不会再找一个男人。你想想，这个家没有你，俺娘俩活得还有啥意思。你就舍得撇下俺们娘俩不管了么？

大奎在麦花真心实意地劝说下，想开了。只要麦花生活得好，黑土不受委屈，就比啥都强。他无法给予麦花和黑土的，四喜能够给予，他也就心满意足了。这么想过之后，他心里便渐渐接受了四喜。

一家四口人围坐在一起吃饭时，两个男人就说起了农事。

大奎说：地种下了，再下场透雨，地里就该出苗了。

四喜也说：今年的年景，一定错不了，又会是一个丰收年。

麦花接过话头说：到秋天卖了粮食，咱家一人做一件新衣裳。

大奎就说：你们做吧，俺不出门就算了，这身衣服，够俺穿一辈子了。

四喜说：这咋行，就听麦花的。到秋天，咱家也都新鲜新鲜。

大奎就不说什么了。

几场雨一落，地里的庄稼便疯长起来，夏天又到了。

麦花的身子越来越显形了，她走路的样子也吃力起来。

晚上，她躺在四喜的身边，四喜便伸出手去摸麦花的肚子。

麦花就幸福地说：四喜，想要儿子还是闺女？

四喜说：俺想要儿子。

麦花便把头偎进四喜的怀里，她的脸很热，她捉住了四喜放在她肚子上的手揉搓着。半晌，麦花就说：俺给你生，生得一屋子都是。

麦花说到这儿，突然想起和大奎也说过这样的话，现在大奎却成了一个废人。想到这儿，她嘤嘤地哭了起来。四喜不解其意，忙抱过麦花的肩头问：麦花，怎么了？

麦花摇摇头，转过身去。半晌，她幽幽地道：四喜，你以后要对大奎和黑土好。

四喜听麦花这么说，就在后面把麦花的身体拥住了说：俺不说过了么，咱们都是一家人了，还说啥两家话。以后有俺吃干的，就不会让大奎和黑土喝稀的。

麦花满意地点点头。

麦花躺在东屋大奎身边时，大奎看着麦花的肚子说：你身子笨了，以后就少干些活儿吧，莫动了胎气。

麦花眼泪汪汪地说：俺可没那么娇贵。

大奎还说：想吃啥，让四喜去城里给你买，可别亏了身子。

麦花把头又埋在大奎的臂弯里，此时的麦花觉得自己是世界上最幸福的人，有两个男人这么爱着她。

麦花说：俺和四喜生孩子，你不怪俺吧？

大奎怔了怔，然后说：怎么会，黑土是他（她）的哥哩。俺喜欢黑土有一大群弟弟、妹妹，日后也好有人帮衬着，打仗亲兄弟，上阵父子兵。

麦花说：大奎，你真是个好人。

大奎说：四喜这个人也不错。

夏天的夜晚很热，汗流在身上黏黏的。四喜便每天晚上背上大奎去河里洗澡。每次都是四喜先帮着大奎搓背，洗头，然后自己才洗。那天，四喜正在给大奎搓背，大奎睁着眼睛，听着从四喜指缝里流到河里的水声说：四喜，秋天咱家就添人加口了，以后够你累的。

四喜说：俺不怕。

大奎又说：麦花也不容易，你日后一定要对得起她。

四喜就一副激动的样子说：男人对不住女人，还算啥男人，大奎你放心，俺不会亏待咱们这一家。

两个男人把话说到这份上，心里都热辣辣的。

十

又一个秋收的季节到了，麦花和四喜的儿子出生了。

那天麦花正领着黑土在山坡上晾晒采到的蘑菇，麦花的肚子一阵紧似一阵地就疼了起来。麦花是生过孩子的人，她知道自己这是要生了，便冲黑土说：黑土，快去地里叫你四喜叔，娘要生了。

黑土便颠起一双小脚往山下跑，他一边跑一边喊：俺娘要生了，俺娘要生了。

四喜回来的时候，麦花已经生了。她正精疲力竭地给孩子擦着身子，因为孩子出生在秋天的山上，四喜便给孩子取名为秋山。

秋山随着秋收的季节来到了人间，四喜的兴奋自不用说。黑土也兴奋着，他一边跑一边喊：俺有弟弟了，俺有弟弟了，叫秋山。

大奎也是高兴的。那时，他和麦花成亲时，他的愿望就是人丁兴旺，让整个屋子都盛满儿孙。后来他的希望夭折了，虽说这孩子不是他的，但他仍高兴，这毕竟是黑土同母异父的兄弟呀。

四喜一个人在田地里忙活着秋收，麦花在家里坐月子。大奎有时忍不住从东屋的炕上爬下来，趴在西屋的门口冲麦花和孩子说：麦花，秋山哭了，快喂孩子。

麦花便把乳头塞到孩子嘴里，屋里屋外顿时安静下来。

大奎也是一副很满足的样子。

麦花一边奶孩子，一边幸福地说：等黑土和秋山长大了，咱家又会添两个壮劳力。

大奎也畅想着说：那时，咱家再开一片荒，种好多的地。

大奎差不多为自己的畅想陶醉了。

太阳照在头顶的时候，麦花下地做饭了，黑土跟着四喜在田地里忙碌着，麦花不想让一家人饿着，她总是准时下地做饭。大奎坐在门槛上，麦花把秋山放在大奎的怀里，大奎咿咿呀呀地逗着秋山玩。麦花忙上忙下，热气腾腾地做饭。

四喜和黑土回来的时候，麦花的饭已经差不多做好了。四喜喜滋滋地从大奎手里接过秋山，一下下亲着秋山，他一边亲着秋山一边和大奎说着农事。

四喜说：今年的收成就是好，打下的粮食够咱家吃两年的了。

大奎眯着眼睛望着四喜。

四喜又说：大奎，明年春天，俺想把山东坡那片荒地也开了。

大奎就说：你一个人怕是忙不过来。

四喜说：没事，趁着俺还年轻，多出把力气没啥。

大奎就低下头道：俺也帮不上你啥忙，让你受累了。

四喜就说：大奎你说的这是啥话，咱一家人咋还说这。

大奎就沉默了一会儿说：过几年黑土大了，他就能帮你一把了。

麦花在两个男人的议论中，把饭菜端到了桌上，然后一家人围坐在一起，热气腾腾地吃饭。

一家人带着美好的憧憬和希望，又迎来了秋山出生后的第一个冬天。

冬天一到，四喜又找出了那把火枪，他一边擦枪一边冲麦花说：明天俺就进山，争取在过年前弄几张好皮子，到城里卖了，咱一家人一人扯一套新衣服。

麦花对打猎仍心有余悸，要不是打猎，大奎也不会有今天。麦花想到这儿便说：四喜，你可得小心，那些野物可不是人。

四喜一边往枪筒里填火药一边说：麦花你放心，俺这把火枪可不是吃素的。

从此以后，四喜便整日扛着猎枪到山里打猎。四喜的猎枪果然不同凡响，他每次回来，都不会空着手。

那一天，终于就出事了。

不是猎物伤着了四喜。那天，四喜发现了一头狼。他刚一火枪打下了两只山鸡，正往空枪筒里装药，他就看见了那只狼。他发现了狼，就又往火枪里填了一倍的药，心想，这一枪一定结束狼的性命。这样一来，就会得到一张狼皮了，一张狼皮卖了，够让麦花买衣服了。他就迫不及待地向狼瞄准，向狼射击，轰然一声，枪就炸膛了。

狼跑了，四喜惨叫一声，倒在了血泊中。

四喜晕头转向走回家的时候，麦花看到四喜的惨状，大叫一声晕了过去。就是大奎看见也不由自主地倒吸了一口冷气。四喜脸上和胸前已满身是血了，他的双手已不知去向。四喜倒下了。

那些日子，麦花风风火火地一次又一次往城里跑，她去为四喜寻医治伤。她去的钱家药店，钱家老掌柜的药专门治“红伤”。每次麦花去寻药，都是钱掌柜把药配好，再由麦花风风火火地把药拿回来，一半敷在四喜的伤口上，一半熬了喝下去。

只半个月的时候，麦花就变卖完了家里的粮食，四喜这些药，是一年的粮食换来的。

四喜看到黄澄澄的粮食，一点点地从家里消失，他痛心地嗷嗷大叫。他的双手被炸飞了也没有这么叫过。

眼见着四喜的伤口一天天好起来，可一家的粮食已经卖完了。麦花已经不忍心再卖余下的这一点口粮了，这是他们家一冬的吃食，还有的就是明年春天的种子。

可四喜的伤病还得治，她一点办法也没有了，她出现在钱家药店的时候，可怜巴巴地给钱掌柜跪下了。

钱掌柜是个骨瘦如柴的老头，脖子上围了一条狐狸皮，坐在柜台后，哗哗啦啦地打着算盘，算计着这一个月的进项。

麦花就说：钱掌柜，赊点药给俺家四喜吧。

钱掌柜就抬起头，他望了麦花一眼，又望了一眼。在这之前，麦花已和他打过无数次交道。那时，钱掌柜连眼皮都不抬一下，他只知道配药、收钱。这次他认认真真地把麦花看了一眼，又看了一眼。接着他从柜台后走了出来，袖着手，前前后后地把麦花看了。他又伸出手把麦花扶起来，他像一个在行的牲口贩子似的，把麦花看了又看。

然后钱掌柜就说：你是刚生过孩子吧。

麦花点了点头，秋山还没有断奶，她的胸憋得胀胀的。

钱掌柜又问：你有几个孩子？

麦花又答：两个。

又问：是男还是女。

麦花再答：都是男孩。

钱掌柜这回就抬起头来，认认真真地看了眼麦花的脸。麦花刚满二十岁，天生的白皮嫩肉，仍旧鲜亮。

钱掌柜似乎很满意，他舒服地哼唧着。这回他又坐进了柜台里，这才说：你男人受的是红伤。

麦花说：是哩，前几次都是你老给配的药，好使哩。俺家现在没钱了，想赊一点掌柜的药，等俺男人病好了，当牛做马的也报答你。

钱掌柜就翻翻眼皮说：你男人都残废了，拿啥还俺？

这句话一下子就把麦花问住了。这些天，她忙晕了头，她一门心思想办法治四喜的伤。直到这时她才意识到，他们这个家完了，伤好的四喜还能种地吗？不能种地，意味着他们一家五口人就得去要饭，否则就只能喝西北风了。直到这时，麦花才感到彻底的绝望，她当着钱掌柜的面，嘤嘤地哭了起来。

钱掌柜这么说是有目的的，钱掌柜快六十了，他从祖上手里接过这家药店也有几十年了。这辈子他啥都有了，可就缺个儿子，缺一个药店的继承人。钱掌柜年轻时一口气娶了五房女人，可这五房女人把孩子生了一堆，就是没有一个人给他生过儿子。眼见着这家药店没人继承，钱掌柜是又急又恨。以前，他也想过再娶一房黄花闺女，给自己生儿子，可谁又能保证，这回生的不是闺女呢。一年老似一年的钱掌柜，心急如焚。

今天他遇上了麦花，他上上下下把麦花看了，一见这个女人的圆丰乳，就知道麦花是个能生能养的女人，不像他那五个女人，要么瘦得跟火柴棍似的，要么胖得跟母鸭似的，没有一个中用的。他把大半辈子的精力都用在了这五个女人身上，可还是没人给他生养一个儿子。

钱掌柜一见到麦花，他便想借麦花的腹，为自己生儿子。

麦花当着他的面，哀哀地哭着。钱掌柜见时机到了，他让麦花坐下，又亲手为麦花倒了一碗红糖水，才慢条斯理地说：赊给你药也容易，不过你要答应俺一件事。

麦花就抬头望着钱掌柜的那张瘦脸。

钱掌柜说：以后你一家的开销俺都包了，只要你给俺生个儿子，啥话都好说。

那一刻，麦花就晕了，她怔怔地望着钱掌柜，觉得自己在做梦。

钱掌柜就笑一笑，回身，把几味药用纸包了，塞在了麦花手里又说：你回家想一想，俺等你的信儿，想好了你就来找俺，想不好，你就别来了，这包药算俺送你的。

十一

麦花已经无路可走了，她只是一个女人，眼前还有什么更好的出路呢？

经历的两个男人都残废了，一个无论冬夏都得躺在炕上的大奎，还有失掉了一双手臂的四喜，四岁的黑土，又多了一个吃奶的秋山，家里大大小小四个男人的生活担子都压在了她瘦弱的肩膀上。

那天晚上，她跑到了山坡的雪地上，冲着莽莽山林呼喊着：老天爷呀，俺这一家子该咋过呀，你睁开眼给俺一家指出一条生路吧……

风刮着，雪飘着，山林呜咽着……

麦花又恨又爱这片土地，是这里的黑土地接纳了他们这一批又一批闯关东的中原人。同时，也是这片土地在吞噬着他们这些流浪到此的人。

麦花思前想后，她真想跪在那里再也不起来，让风雪把她埋葬，可她又无论如何舍弃不下她的亲人们。在关东这片土地上，大奎、黑土、四喜和秋山就是她的亲人，她舍弃他们，也许她再也不会为他们痛苦了，可是他们的路又将怎么走呢？

清醒后的麦花，不得不重新面对眼前的现实了，她站起身，拍打掉身上的落雪，走进家门。

她先把秋山抱进怀里，饿得哇哇大哭的秋山，叼着母亲的奶头便止住了哭闹。

大奎愁眉苦脸地坐在炕角，黑土低着头坐在大奎身边，四喜躺在炕上，因疼痛不停地呻吟着。愁苦早就把一家人笼罩了。麦花面对着眼前的亲人，她真想对着他们大哭一场，可是她不能，她现在是他们的支柱，她只能把眼泪流进肚子里。

麦花一边奶着秋山，一边把自己的打算说了，这一刻，她下了决心。

大奎把头埋得更深了，他一下下擂着自己的头，头跟炕一样，都发出咚咚的声音。

四喜哭了，他侧过身，肩膀一抽一抽的，哽着声音说：都怪俺呐，俺们当男人的无能。

麦花此时已经没有了悲哀，她有的只是一种视死如归的悲壮，她大着声音冲炕上的男人说：哭丧啥，日子咋的都得过，俺又不是不回来了，不就是个三两年么，咬咬牙不就过来了。

炕上的男人们便噤了声。

大奎突然抱着头呜哇一声哭着道：麦花，你让俺们去死吧。

麦花冷着脸道：别说死呀活的，日子就得这么过，等再过几年，黑土大了，秋山大了，咱们不就又有了好日子。

两个男人面对着麦花，就不知说什么好了，他们睁大眼睛看着她。

第二天，麦花又进了一趟城，她熟门熟路地来到了钱家药店。钱掌柜仍在药店里坐着，麦花一进门，钱掌柜就笑了，然后说：俺知道你还会来的。

麦花倚在柜台上说：掌柜的拿药吧，俺男人一好，就回来。

钱掌柜让麦花在一张他写好的文书上按了手印，这才把一包包药放在麦花的怀里。放最后一包时，钱掌柜的手在麦花的怀里揣了一下说：俺一看你这娘儿们就能生儿子，半个月后你男人一准好，到时你来。

半个月后，四喜的伤果然好了，他不疼不痒了，但却永远地失去了双手。

麦花别无选择地来到了钱家药店，住进了钱家。

老掌柜恨不能马上就有自己的儿子，他夜夜都在麦花的身上忙碌着。当麦花又一次来经事时，钱掌柜便无比悲凉，他伏在麦花的身上说：俺让你生儿子，你咋还不快生。

麦花面对着钱掌柜，身体是麻木的。她想，这老东西已经没用了。

每半个月，四喜都要到钱家药店来一次。每次他都不在药店里抛头露面，而是在院墙外，先是用脚往院里踢上两块石头，然后又咳上几声。麦花便知道四喜来了，把准备好的大半袋粮食从小门提出去，放在四喜的脚下，四喜低着头，不敢看麦花。

麦花说：黑土和秋山还好吗?

四喜说：好，他俩都好着哩，你可好?

麦花不说自己，却说：俺就是想孩子。

四喜又说：哪一次俺把黑土、秋山带来。

麦花就不说话了，望着眼前半袋子粮食愣神，她知道，这是他们一家的救命粮。

四喜说：别人家的地都种了，咱家的地荒着呢。四喜说到这儿，眼泪又流了出来。

麦花又说：别想地了，想活命吧。

这时，钱掌柜在院里就喊上了：麦花，咋还不回来，跟那个男人磨叽啥，俺可不想要个野种。

麦花弯了腰，把那半袋粮食放在四喜的肩上。四喜用那双残臂把口袋扶正，仍低着头说：那俺就走了。

麦花望着四喜的背影一点点消失。

钱掌柜心情急迫而又痛苦，他急迫地想生儿子，痛苦的是，麦花在这儿多停留一天，他就要为养活麦花一家多笔开销。

钱掌柜便为自己配了药，烟熏火燎地熬，吱溜吱溜地喝下去，夜里便在麦花身上劳作着，直到气喘着躺在炕上。

四喜下次来的时候，果然带来了黑土和秋山。她先把秋山抱在怀里，秋山早就断奶了，已经长出几颗牙了，虽然黑了瘦了，但精神却好。麦花放下心来，又看了眼黑土，腾出一只手，蹲下身把黑土拉过来，黑土就说：娘，是俺自己走来的。

麦花说：黑土，好孩子，在家里要听话。

黑土又说：娘，俺听话，你啥时回家？

一句话，让麦花流出了眼泪。

她亲了黑土又亲了秋山，这都是她的心头肉哇。

直到四喜把两个孩子带走了，她才蹲在地上放声大哭了一回。

钱掌柜的功夫没有白费，终于让麦花的肚子有了动静。一连两月，麦花没有来经事，他亲自给麦花号了脉，确信麦花真的怀上时，老掌柜笑了。从此，他搬了出去。麦花的心情也放松了下来。

四喜又来的时候，也看出了麦花的变化，这种苦等终于有了希望。他笑着冲麦花说：麦花，等你明年回去了，俺又能种地了。

黑土在一旁说：娘，俺四喜叔可能了，他啥都能干，不比有手的人差。

麦花看见了四喜那双磨得发亮的断臂。

四喜笑着说：俺以为这辈子废了呢，其实没啥。

四喜终于走出了阴影，她从心里为四喜为这个家高兴。

黑土又说：俺爹让你担心身子，他说他想你。

麦花伸出手把黑土的头摸了，黑土一天天长大了，她看着高兴。她想，总有一天，黑土一定能长成大奎那样的男人。

秋山都会喊娘了。每次分手的时候，秋山趴在四喜的肩头上，望着她娘、娘地叫。那一刻她的心都要碎了。

渐渐地，麦花能感受到肚子里孩子的胎动了，明年夏天，就该出生了。满月后，她就该离开钱家，回到山东屯了，她盼望着那一天的到来。可一想到肚里的孩子，她好起来的心情又坏了下去。仿佛，她已经听见肚子里的孩子在一声又一声喊她娘了。

她泪眼蒙眬着，望着四喜、黑土还有秋山一点点地远去，最后变成了一个黑点凝在她的视线里。

麦花又感到了胎动，她双手捂着肚子，一步一步向钱家走去。

当过兵的二叔

老子也是当过兵的人，啥阵势咱没见过。生啊死的，不就是那回事！

——二叔语录

一

二叔当兵那会儿，正是国共两党第二次合作的蜜月期。红军长征胜利地到达了陕北，队伍也开始不断地壮大。日本人长驱直入，上海、南京、武汉等大城市相继失守，在这种国家危亡的时候，国共两党经过谈判，决定第二次合作，一致对外。于是，昔日的红军被改编成八路军。

八路军为了抗日，派出小股部队深入到敌后去建立抗日革命根据地。一路路人马，便开到了山东、河北的腹地，展开了轰轰烈烈的抗日运动。当时的国民党部队也犬牙交错地布置在这些地界的周边，也就是说，有三股武装力量同时并存着——日本人、国民党部队，以及八路军的队伍。形势就有些乱，八路军就趁着这股乱，开辟了根据地。

父亲和二叔就是这时一同当的兵。

八路军来了，把队伍轰轰烈烈地开到了庄上，并在庄上的土墙上，用白石灰刷上了著名的口号——将抗日进行到底！

接下来，八路军就动员庄里的青年后生报名参军。

那一年，父亲十七岁，二叔十五岁。十六七岁的半大小子，也算是青年后生了。他们便成了八路军的工作对象，先是妇救会的人找到了哥俩儿。

妇救会主任就是庄上刘二的媳妇赵小花。刘二在八路军县大队当上了排长，赵小花也不闲着，她热情革命，是拥军的积极分子，后来就当上了妇救会主任。动员青年参军是妇救会的主要工作。

那天，赵小花领着一个八路军女战士找到了父亲和二叔。

父亲和二叔当时正斜歪在墙根下晒太阳。

初春的天气，一切都懒洋洋的，太阳很好地照着。父亲和二叔一边晒太阳，一边伸手在衣服里捉虱子，捉住一个，扔一下，像玩一种游戏。

赵小花和那个女战士一阵风似的刮到了父亲和二叔的眼前。

父亲和二叔是相依为命的两兄弟，爷爷死得早，二叔生下不久，爷爷就死于一场风寒。奶奶靠给大户人家打零工，拖扯着父亲和二叔，苦巴巴地过生活。

父亲十岁那年，二叔八岁，奶奶也不行了。又一场风寒病，让奶奶病歪歪了大半年，最后油尽灯枯，一头栽倒在院子里。起初，十岁的父亲和九岁的二叔只能靠讨饭过日子。那时候日本人还没有来，日子还算太平，东游西转一天，讨口吃的还不是件难事。几年后，他们能干活了，就扔下讨饭碗，给人家打起了短工。日子还能维持下去。

初春时节，播种的日子就要到了。父亲和二叔在太阳下养精蓄锐，准备在开春的季节里大干一场。

赵小花和八路军女战士站到两个人面前，赵小花就抿着嘴，笑着对父亲和二叔说：两个石头，晒太阳哪。

父亲没有大名，二叔也没有，打从生下来，奶奶就叫父亲大石头，管二叔喊小石头。

当着生人的面，父亲和二叔都有些不好意思。目光虚虚实实地把赵小花身后的女战士望了，父亲和二叔的脸就红了。

赵小花看着两个人，继续说：这是八路军的同志，团里的文书，叫淑琴。

女战士淑琴看了两个石头一眼，不知为什么脸也微微地红了。她的年纪和父亲、二叔不相上下，也就是十五六岁的样子。

赵小花蹲下身子，唱歌儿似的说：两个石头啊，抗日参军吧？参军光荣。俺家刘二就在队伍上，把日本鬼子赶出去，咱们就过上太平日子了。

二叔这时不知深浅地问了句：八路军管饭不？

赵小花忙说：当然管饭，不吃饭怎么抗日。

二叔又说：那管穿吗？

赵小花看了一眼身后的女战士淑琴，说：你看人家八路军，衣服不是穿得好好的嘛，多精神。

二叔就狠狠地咽了口唾沫，心里就跃跃欲试了。

还是父亲沉稳、老练一些，他用胳膊捅了捅一旁的二叔，虚虚实实地把赵小花和女战士看了，然后咬了咬嘴唇道：这样啊，你让俺俩好好想想。

赵小花就说了：那行。你们两个石头就想一想，一个人参军也行，两个人参军，八路军是双手欢迎。

说到这儿，就领着女战士笑嘻嘻地走了。

父亲望着淑琴年轻的身影消失在自己的视线里，心里的什么地方就轻轻地动了一下，又动了一下，心便乱了，理不清个头绪。

二叔喊了一声：哥，咱去还是不去呀？

父亲的两眼仍虚着。他的精气神已经被女战士淑琴带走了。

半晌，父亲才回过神来，干着嗓子冲着二叔说：去，咋不去哩。

二叔就犹犹豫豫道：要是能吃上馍，俺就认了。

父亲和二叔已经许久没有吃上馍上了。想起馍，牙根子就有些痒。

又过了两天，赵小花带着女战士淑琴再一次出现在父亲和二叔的面前。

赵小花唱歌儿似的问：两个石头，想好了没？

父亲背着手，绕着二叔转了两圈，以一个家长的身份举起了右手：俺们想好了，当兵，参加八路军。

他说这话时，目光坚定不移地望着赵小花身后的女战士淑琴。

十几年后，南征北战的父亲，当上了解放军的团长。

部队进城时，他终于如愿以偿地娶了淑琴。这一切都是后话了。

二

父亲是为了八路军女战士淑琴当的兵。二叔则是为了吃上馍去参军。虽然两个人都当上了兵，但由于二人的目的不一样，也就有了不同的结果。

刚当上兵的二叔并没有如愿地吃上馍。那时候八路军的日子比老百姓还要苦，虽说是建立了根据地，可日本鬼子三天两头地从据点里出来扫荡，有秋季扫荡，也有春季扫荡。春季扫荡是不让百姓种上庄稼，秋天自然就没了收成。没有了粮食，八路军就搞不成根据地；没有了根据地，八路军就得滚蛋。即便是种上庄稼了，日本人还有秋季扫荡在等着呢。日本人把成熟的庄稼抢到城里去，实在带不走，一把火烧了，也不给八路军留下。因此，那时的八路军是吃了上顿没下顿的。

父亲和二叔当兵之后，吃的第一顿饭就是清水煮野菜。一口架在野外的大锅里，热气蒸腾地煮着野菜。开饭的时间到了，八路军官兵不论职务高低，一律排着队，在锅前盛一碗连汤带水的野菜，蹲在地上，吸溜吸溜地吃菜、喝汤。

二叔端着一碗野菜，脸就绿了。他愁苦地望着父亲说：哥，咋没有馍哪？

父亲就说：你就将就着吃吧，在家也没馍吃呀。

父亲虽然也不满意吃野菜，可他还有着精神支柱。他的精神支柱就是团部的文书淑琴。那一阵子，父亲的脑袋被淑琴的身影牵引得跟个拨浪鼓似的。

二叔的心里没有精神支柱，他的日子就苦不堪言。

二叔因为入伍时年纪小，再加上从小到大营养严重不良，虽然年纪十五了，看上去却和十二三岁的孩子没有太大的区别。他一入伍，就被派到团部养马去了。

团部有好几匹马，有团长的，也有政委的，当然副团长、参谋长也是有马的，加起来有四五匹。二叔就成了一个马倌。刚当兵时军装也没有，只是每个人发了顶八路军的帽子，戴在头上，就有了军人标志。帽子大，二叔的头小，样子就有些滑稽。

二叔吃野菜，喂马，整日里愁眉不展的。没事的时候，他就去找父亲。父亲那会儿分在战斗班里当战士，手里有一杆枪，是火炮，不知是在哪个农户家里征来的，破损得厉害，枪面上还生了锈。父亲有事没事就拿一块看不清颜色的布去擦那杆老枪。

二叔一找到父亲，就指着肚子说：哥，俺受不了了，一天到晚就是撒尿，走路都没劲儿。这兵俺是当不下去了。

父亲就翻着眼皮说：小石头，你想干啥？想当逃兵？

二叔就不吭气了，长长短短地叹气，一张脸绿绿地愁苦着。

不久，八路军和国民党的部队搞了一次会晤。

国共两党既然是合作，八路军和国民党的部队就被称为友军，都在同一个地界驻扎着，时不时地就会通通气，在一起研究一下眼前的战局和形势。

就这样，二叔随同八路军团里的领导，当然还有警卫班的人，就去了一趟国民党的营地。因为他要照看那些马，也就跟着去会晤了。

这是二叔第一次走进国民党的营地。他一走进去，两只眼睛就不够用了，看人家穿的、用的，都是那么整齐，他在心里羡慕得不行。自己在心里就对自己说：你看看人家，这才像支部队。

因为会晤，国民党招待了八路军一行一顿晚饭。八路军的领导陪着国民党的军官坐在屋子里吃，有酒有肉。二叔和几个警卫在院子里也被招待了一回。一个大铁盆里盛着菜，还有一筐馍。那馍雪白雪白的，吃得二叔差点把眼珠子撑出来。肚子鼓胀得都快横着走路了。

就因为这一顿饭，便改变了二叔的命运。

回到八路军驻地的二叔，魂就丢了。他跟父亲千遍万遍地讲那顿有馍有菜的招待，他一边流着口水，一边冲父亲说：哎呀，你看看人家那吃的、那用的，你再看看咱们。

二叔端着盛满野菜的碗简直是没法咽下去了。

他回味着那顿让他魂牵梦绕的美食，真是欲罢不能。

他终于下决心，要离开八路军了。他是这么想的，都是抗日的队伍，在哪儿不是抗日呢？能吃上馍，能穿上好衣服，抗日的劲头不就更大了吗？

于是，在一天深夜，趁父亲上岗的机会，他找到了父亲。

他说：哥，还站岗呢？

父亲回答：半夜三更你不睡觉，跑这儿来干啥？

二叔就支支吾吾半晌，最后才说：哥，你把枪放这儿，你跟俺去投奔国民党吧。

父亲就瞪大了眼睛，在暗夜里咄咄逼人地望着二叔。

二叔说：你看俺干啥，怪吓人的。你不去，俺可去了。

不许你去。

二叔刚开始还在弯着腰说话，此时见父亲这么说，他干脆把腰板挺直了，把想好的话说了出来：哥，你听俺说，八路军抗日，国民党也抗日，反正就是抗日，在哪儿不都是抗日呢。你不走，俺自己走。

说完，二叔躬着腰向暗夜里走去。

父亲就喊：小石头，你给俺回来。

二叔头也不回地答：哥，俺不回。你要不放心俺，就跟俺一起走。

父亲不走，这里还有他的精神支柱淑琴呢。他铁了心了，哪里也不去。

父亲说：小石头，再不回来俺就开枪了。

二叔听见父亲的话，把腰弯得更低了。他猫着腰，快步地向前飞奔。他知道父亲是不会开枪的，爹娘死得早，兄弟俩跟头把式地长这么大，彼此都把对方当成唯一的亲人。

父亲望着渐渐远去的二叔，眼泪模糊了他的视线。

第二天一早，八路军团部就知道喂马的小石头开了小差。八路军有个原则，当兵抗日全凭自愿，走就走了，来就来了，不强求。

二叔在经历了短暂的八路军生涯后，一头扎进了国民党的部队，成了国民党冀中五师严师长的马夫。

三

生得瘦小的二叔，似乎只配做马夫。参加八路军的时候，给八路军当马夫，来到了国民党部队，又给严师长做起了马夫。

国民党五师驻扎在一个大户家里，房子很多，前后两个院子，严师长办公和住宿都在这个院子里。严师长是个家庭观念很重的人，不论行军打仗，总是把家眷带在身边。此时的严师长也不例外。他有原配和偏房两个老婆。原配自然老一些，似乎是从老家农村带出来的，穿着、说话有些土气。偏房年轻美貌自不必说，举止打扮就显得很洋化。严师长对偏房很好，有事没事的总爱到偏房的屋子里坐一坐，说会儿话。但二叔发现，严师长对自己的女儿小婉、那个患有小儿麻痹症的孩子感情上也很亲。小婉说不上漂亮，也说不上难看，样子看上去也就是个普通的小姑娘。小婉有十五六岁的样子，因为她得过小儿麻痹，走路有些不便，她就长时间地待在屋子里，或站在窗前往外望。二叔就是透过窗子看见小婉的。

严师长每天都要来看小婉，牵着手把小婉从屋里带出来。小婉就拐着腿，一摇一晃地随着严师长身后，在院子里走一走。这可能是严师长和小婉在一天中最快乐的时候。

自从参加了国民党队伍后，二叔终于如愿以偿地吃到了馍，尽管馍也不是天天能吃上的，但比起八路军的伙食，已经是天上地下了。每顿都是有菜有饭的，菜里还带着油腥，这就足以让二叔高兴上一阵子了。

二叔是严师长的马夫，自然是严师长身边工作的人。严师长身边有许多工作人员，比如厨师、警卫、司机、马夫等等。

严师长平时是坐汽车的，四个轮子的汽车，开起来嗡嗡地响，跑得比马还快。但汽车毕竟是汽车，没有路就寸步难行。因此，严师长不仅有汽车，还有马。一匹高大壮实的枣红马，随时等着严师长来骑。

二叔虽然在严师长身边工作，但地位还是最低的一个，那些厨师、警卫和司机根本不把二叔放在眼里。不仅因为他生得瘦小，主要是他的身份——马夫。马夫就是马夫，无论如何是不能和司机相比的。每次吃饭，别人都是坐着，他只能蹲着，端着一碗饭，在饭里倒点菜汤，唏哩呼噜吃了。吃完了，端着空碗的二叔并不急着走，滴溜着一双小眼睛，看看这个、望望那个。他是等着别人吃剩下的饭菜。等人家放下碗，都走了，他冲过去，把剩汤剩饭菜都划拉到自己的碗里。一阵风卷残云后，他打着饱嗝把空碗放下了。

二叔自打有记忆，就没有吃过几次饱饭。二叔饿怕了，他要吃饱、吃好，因此他投奔到了国民党的部队。在这里虽然受气，但毕竟偶尔能吃上馍。可以说，二叔是幸福的。

二叔的工作主要是喂马、遛马。马是战马，吃饱喝足了，不遛一遛是要废了脚力的。二叔遛马时，二叔在前，马在后，瘦小的二叔跑起来的样子就像一只被猫追赶的老鼠，样子非常可笑。二叔有时候也骑在马背上，打马扬鞭的。二叔从小到大对马呀牛的并不陌生，对它们有一种天然的亲近感。严师长的马毕竟是一匹战马，跑起来带着风声，样子很气派。

二叔从来没见过跑得这么快的马。他搂住马的脖子，脸贴在马的鬃毛上，任凭着马往前飞奔。战马跑来奔去的，脚力就一天天在长进着。

遛完马的二叔，就在院子里转一转，这里扫一扫，那里拾掇拾掇。二叔天性就是个干活的命，闲是闲不住的。有时候他就路过小婉凭窗而立的窗前。他望一眼脸色苍白的小婉，立马收了目光，心里咚咚一阵子乱跳，就又去忙自己的事了。

一天，小婉突然把窗子推开了，还喊了他一声：嗨，喂马的。

起初二叔没有反应过来，抬起眼，疑惑地望着小婉。

小婉就说：不叫你叫谁呀，你看这院子里还有别人吗？

二叔就歪着头，左右前后地望了，果然没有别人。

小婉问他：喂马的，你是哪儿的人啊？

二叔颤着声回答：赵、赵庄的。

小婉就抿着嘴，上上下下地把二叔打量了。她自然不知道赵庄，她也就是那么一问，寂寞的小婉需要有人陪伴，她就把陪伴的对象锁定在二叔身上。她又看了眼二叔，嘴角闪过一缕讥笑，然后说：你站在那儿别动，等着我。

小婉一拐一拐地从屋走出来。

外面的阳光很好，小婉甚至眯上了眼睛。二叔见小婉这么一眯眼，还是很好看的。二叔的心情就有些愉快了，他睁大眼睛望着小婉，不知她要干什么。

小婉命令道：带我出去走一走。

小婉是严师长的女儿，小婉说的话就是命令。

二叔不敢怠慢，就陪着小婉出去走一走。

他们出了师部的院子，就到了镇上。镇上的军人比百姓还多，有巡逻的，也有闲逛的，小婉让二叔直接把她带到镇子外面。

镇外有一条小河，河岸上杨柳低垂，景致还是有一些的。

小婉很高兴的样子。她让二叔下河去给她摸鱼，二叔就真真假假地在河里摸。果然，二叔真摸到两条寸把长的小鱼。这一下小婉更高兴了，嗲着声音，欢呼了好一阵子。

直到太阳快落山时，小婉才让二叔把自己送回去。

他们又回到了师部的院子里，才发现严师长正在冲卫兵发火。原因是小婉没有了，卫兵也说不出小婉的去向。正在这时，二叔带着小婉回来了。

虚惊一场的严师长自然喜出望外，拉过小婉的手，上下打量了，没发现有任何损伤，悬着的心才放了下来。

看到女儿高兴的样子，严师长心里也美滋滋的。他就这么一个女儿，虽然走路有些拐，可毕竟是自己的亲生骨肉啊。

最后，严师长才意识到小婉的快乐是二叔给带来的，他第一次认真地把二叔看了。自从二叔走进这个院子，他还没有认真地看过二叔。

严师长的目光让二叔的每一根汗毛都竖了起来。他大气都不敢喘了。

严师长苛刻地把二叔望了，然后一挥手道：你以后照看完马，就过来陪小婉。

从此，二叔又多了一项任务。他遛完马，便来陪小婉。

二叔和小婉接触时间长了，发现小婉也挺可怜的。自从三岁得了小儿麻痹后，她就很少有机会从屋里走出来。最初是她和母亲住在乡下，直到父亲当上了团长才把娘俩儿接下来出来，然后就是南征北战、东躲西藏的。也可以说，小婉从小到大，也没过上几天好日子。

小婉还说，每一次父亲带着队伍去打仗，她和母亲就会没日没夜地给父亲烧香，求父亲能平安地回来。直到父亲又站在她们面前时，她和母亲才把一颗心放下。

小婉因此就养成了神经过敏、多疑的毛病。她让二叔带她出来玩，稍不顺心，就冲二叔发脾气。弄得二叔都不明白，小婉为什么冲他发火。

二叔面对小婉的发火，每一次都忍耐着，他别无选择，只能忍耐着。小婉一发火，二叔就想，她也不容易呢。忍一忍，也就过去了。

小婉虽然发火，但第二天，她还是让二叔把她带出去。

二叔有时把马和小婉一起带出来。他让小婉骑在马上，他牵着马，这里走一走，那里看一看。

小婉一骑上马，就看不出她有什么毛病了。二叔望着马上的小婉，心里就想：小丫头就是腿上有些毛病，除了腿，她还是挺不错的。

二叔这么想了，就狠狠地咽了口唾沫。

吃上了饱饭的二叔，已经不那么瘦小了，个子高了，人也壮了，脸上还带着一些红晕。以前的衣服穿在身上，已经明白地小了一号。

二叔已经出落成了一个标准的小伙子了。这一点，他在小婉的眼里已经看出来了。他发现小婉望着他时总是在走神。

二叔就和小婉有了故事。

四

故事自然和战争有关。

冀中五师和日本的一个联队打了一阵，这场仗却打得并不成功。日本人包围了五师的师部，其实日本人并不知道五师的师部，完全是小股敌人的一种误打误撞，才导致了这样一场保卫战。

严师长率领队伍和日本人在镇外的后山上开战，只留了两个排的兵力保护师部，二叔也在被保护的范围之内，虽然二叔已经当满两年兵了，可他就是一个马夫，连枪都很少摸到。打仗这个活儿，根本就轮不上他。

两个排的兵力，和摸进镇子里的小股日本鬼子遭遇上了。枪声一阵紧似一阵，日本人的迫击炮弹落在师部的院外，炸了。很吓人的样子。

镇子里响起枪声之前，二叔正陪着小婉在院子里下棋。棋是象棋，是严师长经常和手下的军官下的那副象棋。小婉平时闲着没事就教会了二叔下棋，三天两头的，二叔就陪着小婉下棋，陪她打发寂寞。

严师长领兵打仗去了，小婉照例在屋里点了炷平安香，然后就叫二叔陪她下棋。听着远处隐约传来的枪声，两个人的棋就下得有一搭无一搭的。部队毕竟在打仗，小婉在为她的父亲担心，她一边下棋，一边说：部队快回来了，仗该结束了。

她这么说，二叔就去看天。此时，太阳已经西斜了，他现在已经学会顺着小婉的心思说话了。于是，他就说：是快了，天黑前严师长就该带着队伍回来了。

两个人正有一搭无一搭地说着话，镇子里就响起了密集的枪声，还有两发炮弹在不远处炸响了。就在俩人呆愣的过程中，大约有一个班的士兵就冲进了院子，他们是来招呼师长一家转移的。

一个班长模样的人冲二叔喊：马夫，还不快牵着师长的马走，日本人打进镇子了。

二叔就灵醒了。他立马跑到马厩，牵出了师长的坐骑。就在他茫然四顾时，就看到了惊慌失措的小婉。小婉在那一刻显得很是无助，起码二叔是这么认为的。

二叔牵着马是要逃跑的，可他一眼就看到了小婉，没有多想，便决定带着小婉一起跑。他冲小婉说：快上马，俺带你走。

小婉此时脑子一片空白。冲进来的一个班的士兵在师部里翻箱倒柜着，撤退的样子颇显忙乱。小婉顾不上多想，趔趄着身子就奔向了二叔。

她轻车熟路地被二叔托到了马上。

起初是二叔牵着马在跑。刚跑出师部，他们就看到了鬼子，鬼子正从南街那边杀过来，十几个卫兵和二叔他们且战且退地往北撤去。

马上的小婉急了。小婉毕竟是严师长的女儿，见多识广，她冷静地冲二叔喊：小石头，快上马。

二叔也反应过来，翻身上马，搂紧小婉，打马扬鞭地向北面跑去。

日本人显然也发现了他们，一边冲他们射击，一边追了过来。

二叔把身子伏下，用自己的身体护卫着小婉。两个人几乎趴在了马背上。

鬼子的子弹“嗖嗖”地在他们身边飞过，打到前面的土里，蹿起一片烟尘。

师长的战马果然是经过风雨，临危不乱地载着二叔和小婉一口气把日本人甩在了身后。

战马最后跑进了一片树林里，才放慢了脚步。清醒过来的二叔让马立住了，自己先从马上跳下来，又回身把小婉从马上接下来。这一惊一吓，小婉的脸上早就没了血色。

她从马上下来，就瘫软在二叔的怀里。二叔只能被动地搂抱着她。过了半晌，小婉才吁口长气，抓住二叔的手说：你看把我吓的。

她的手抓住二叔的手，按在自己的胸口上。二叔感觉到她的胸膛小鼓般地擂着。转瞬，二叔的胸口也如鼓般地响了起来。这是他第一次如此近距离地接触异性，而且又是严师长的宝贝女儿。一时间，他云里雾里的不知如何是好了。

二叔和小婉的爱情就是在这个时候悄然诞生了。

当两个人平静下来，看到彼此的姿态时，俩人都红了脸，同时放开了手。

直到第二天早晨，镇子里的枪声平静下来，后山的方向也没有了枪声，师长的战马驮着两个人，小心翼翼地回到了镇子里。

严师长在这之前已经率领人马回到了镇子里，警卫排经过顽强地抵抗，以阵亡十几人的代价，保住了师部。可小婉和马夫却不见了踪影，严师长已经急坏了，正准备派人去寻找小婉。

就在这时，小婉和二叔回来了。

小婉扑到父亲的怀里，眼泪就不可遏止地流了下来。

身经百战的严师长，不怕死、不怕流血，他最见不得的就是女儿的眼泪。

小婉和父亲唏嘘了好一阵子。

严师长在知道救小婉的人就是二叔时，严师长又是感慨了一番。

第二天，严师长就下了一道命令，提拔二叔为少尉排长。

二叔被提拔为排长，就意味着他不可能再当马夫了。他将离开师部，被派到团里去。二叔不知这是好事还是坏事，但作为军人，他只能服从命令。

二叔从作战参谋手里接过委任状，然后就去与小婉告别。

小婉听说二叔要走时，脸都白了。她怔怔地望着二叔：小石头，你不能走。

二叔扬了扬手里的委任状：俺有命令，是师长让俺走。

我找爹去。小婉说完，拐着一双腿去了师部。

严师长没想到小婉为了二叔的任命会来找他。

严师长意识到了什么，他背着手在屋里踱了几圈。他疼小婉，小婉的病也是他的心病，她眼看就十八岁了，想起她的终身大事，严师长就心急如焚。想不到小婉竟然为会一个马夫说情，看来小婉对这个马夫的感情不一般了。

严师长已经开始留意二叔了。现在的二叔英俊谈不上，但也仪表堂堂，五官周正。这时的严师长就想，要是这个叫小石头的马夫能和小婉有什么，也许是个不错的结果。

严师长没有往深处再想，于是又为二叔下了新的命令，任命二叔为师部警卫排少尉排长，同时兼管照料战马。

这样一来，二叔就是少尉级的马倌了。

从那以后，他和小婉的爱情就名正言顺了起来。

五

人配衣服马配鞍，二叔穿上国军的军官制服，人一下子就不一样了，他是师部警卫排的少尉排长，举手投足的也有了风范。

小婉面对着焕然一新的二叔，心里也是山花烂漫。被爱情滋润着的小婉娇美可人，黑黑的眸子闪闪发光，由里到外，整个人就像打了一针兴奋剂。

她有理由、也有更多的时间去纠缠二叔，让二叔带着她出去游玩。

二叔牵着师长的战马，小婉坐在马背上。两个人一个马上，一个马下，傍着夕阳缓缓地向前走去，留下了一双抒情的剪影。

众人看到了，就对二叔议论纷纷。议论二叔的都是那些年轻的下级军官。

一个连长就说了：这小石头，艳福不浅，居然泡上了师长的女儿。

另一个中尉说：大家看吧，用不了多久，这小子就会弄个连长、营长的干干，真他妈的。

……

二叔听不到这些议论。那些青年军官表面上对他都很尊敬，但说起话来还是酸酸的。人们见了二叔就说：大排长，啥时候请我们吃喜糖啊？

二叔愣了愣，他不是一个特别聪明的人，但也谈不上愚钝。小婉对他好，他一清二楚，小婉对他有那个意思，他也心如明镜，可小婉从来没说过要嫁给他。从二叔内心来讲，要是有天能娶小婉为妻，那是他家祖坟冒青烟了。虽说小婉腿有残疾，可她毕竟是师长的女儿；没有师长的女儿，又怎么能有他的今天。二叔这个账还是算得比谁都清楚的。

二叔是个看眼前、也看重实惠的人，以前当马夫时，两个月的军饷加起来才一块大洋，现在他是少尉排长了，一个月的军饷就是三块大洋。怪不得那么多人都想当官呢，能当官，才能发财，二叔现在终于知道升官和发财是联系在一起的。

二叔和小婉的爱情，严师长早就看在了眼里。这兵荒马乱、动荡不安的日子，严师长过得特别的揪心，小婉的腿疾让他牵肠挂肚了十几年。随着小婉一天天长大，他这种牵挂更是每日俱增，小婉毕竟是他唯一的女儿；而女儿能有个好的归宿，就是父亲的最大心愿。身为军人的严师长，知道自己的性命是系在枪柄上的，好汉难免阵前亡，这就是军人的归宿。小婉真有了幸福的归宿，父亲悬着的一颗心也就放下了。

严师长于是找到小婉，这是父亲第一次严肃地和女儿谈话。

父亲说：闺女，你今年十八了，也老大不小的了，那个小石头到底咋样，你让我心里有个数。

一提起二叔的名字，小婉就脸红心跳，头也低了，怀里像揣了一头小鹿。

父亲看看女儿，顿时心明眼亮了：闺女，你要是觉得小石头那小子行，你们就把事办了吧。日后小石头由我来栽培，弄个团副干干，没啥问题。怎么也不能让我闺女嫁个大头兵吧。

小婉突然仰起头，已是泪流满面了。

父亲见女儿这样，心里一热，就把女儿拥在胸前，喃喃道：闺女啊，谁让咱有病哪。

父亲虽然心有不甘，但他看重的更是现实。

严师长不久又单独约见了二叔。

这是二叔有生以来第一次走进师长的办公室，也是第一次单独面对师长。他的腿有些软，眼睛也有些花。

二叔战战兢兢地面对着严师长。

严师长没有马上说话，他背着手在屋里走了两趟，然后停在二叔跟前，盯着二叔的眼睛说：小子，你看着我的眼睛。

二叔就惶惑地看了眼师长，但马上又把目光躲开了。

师长就说：小子，我把闺女交给你了，你要对她好，要是日后你小子有啥花花肠子，你就是跑到天边，我也会把你拿下！

二叔被严师长一下子惊住了。虽然师长的话说得很严重，但透露出一个信息，也就是说师长接受他这个未来女婿了。这是二叔做梦都想的一桩大好事啊。二叔头昏脑涨，分不清东南西北了，腿一软，“扑通”一声，就给师长跪下了。二叔嗓子眼里湿乎乎地说了声：爹，你放心吧。

这一声“爹”，叫得严师长的眼睛也湿润起来。

接下来，一切都变得顺理成章了。

在一个风和日丽的天气里，二叔和小婉隆重地结婚了。

师长的闺女结婚，那场面便可想而知了，全师放了一天假，杀猪宰羊的大吃了一天。

折腾了一天，走进新房的二叔，仍迷迷瞪瞪地不敢相信眼前的一切。他面对着已经成了新娘的小婉，眼泪哗啦啦地流着。他哽着声音说：小婉啊，俺这辈子只对你好，你就放心吧。

二叔想跪倒给小婉磕个响头，想想不妥，就忍住了。他抱起小婉的一双腿，尽管那两条腿一长一短、一粗一细，但这一切都不算什么。

新婚之夜的二叔想了许多。他想起了讨饭的日子，想起为了吃上馍参加八路军，最后他就想起了父亲。自从离开八路军，他就再没有见过自己的兄弟。从小到大，两兄弟就从来没有分开过，这次是他们分别最长的一次。

二叔婚后不久，就成了中尉连副了，工作仍然没有变，还是为师长喂马，但他对外的身份是师警卫排的中尉副连长。军饷已经涨到了每月四块大洋。

二叔在幸福的日子里，异常思念父亲。

日本鬼子在那一年的秋天搞了一次秋季大扫荡。

八路军和鬼子打了几场遭遇战，二叔所在的国民党冀中五师也和鬼子打了一仗。原因是面对着就要秋收的庄稼，谁也不想拱手送给日本人，粮食是队伍的生存之本。为了粮食，五师狠狠地和日本人打了一仗，双方都有些损失。队伍撤出阵地后，在北山上二叔和父亲见了一面。

五师和日本人狠狠打的时候，八路军也来参战了，最后两支队伍就同时撤了下去。

二叔就是在八路军的营地里见到了父亲。

父亲已经是八路军的排长了。二叔先是向父亲通报了自己结婚的消息，父亲就惊异地睁大了眼睛。反应过来的父亲着实替二叔高兴了，他握着二叔的手兴奋地说着：小石头，你行啊。

父亲接下来又看到了扛在二叔肩上的中尉徽章，父亲就有些羡慕了。

二叔知道父亲的这份羡慕，便趁机说：哥，到俺们这边来干吧，俺现在一个月有四块大洋哩。

父亲听了二叔的话，就慢慢地把二叔的手放下了。

父亲义正词严地说：现在咱们虽然是友军，但是各为其主。你在八路军当了逃兵，哥可不能这么做。

二叔眼里点亮的希望就暗了下去，他真心希望自己的兄弟能弃暗投明。他没有更高的觉悟，但他知道在国民党的队伍里，吃得好，穿得好，挣得还多，这足以让人幸福万分了。想不到，他的愿望却被父亲的一句话击得粉碎。

二叔又说：哥，你可想好啊。

父亲就冲二叔挥挥手：你走你的阳关道，俺走俺的独木桥。

父亲说完，就朝着自己的营地走去。

二叔咽了口唾沫，看着父亲的背影，眼睛就潮湿了，他在心里喊了一声：哥呀——

六

父亲和二叔的第二次见面是在日本鬼子投降之后，地点是河北的保定。

保定是日本人在冀中的大本营。日本人投降前，在这里驻扎了大批的部队，并囤积了大批军用、军火等物资。

日本人投降后，国民党部队和八路军都在争抢接收日本人遗留下来的物资。当时关于二战受降问题，中、苏、美等三国签署了一项协议，代表中国签署协议的是国民党的蒋介石。因此，日本人在受降书上签字后，他们只认国民党的部队。这样一来，就给八路军接管受降的日本人带来了不小的困难。

在日本人宣布投降后，八路军抢在第一时间进城，去接管日本人的营地。但他们还是比先其一步的国民党部队晚来了一步。

国民党部队已先一步接管了日本人的物资库。他们脱掉脚上的老布鞋，换上日本人的翻毛皮鞋，有的人还把日本人的军大衣穿在了身上。日本鬼子的军装都是呢子做的，穿在身上，人就显得很精神。当然，他们同时也把自己手里不顺手的武器也扔了，换上了日本人的枪炮。

二叔此时已经晋升为少校营长了，他带着一个营的部队，接管了日本人的一个仓库。仓库里有军火，也有被装等物资。二叔的这个营已经把日本人的穿的用的武装到每一个人的身上，此时，仓库里仍然存有大批的物资。

此时的二叔披了一件日本军官的大衣，怀里还抱了一件，他想把这件给妻子小婉穿。二叔自从结婚以后，尝到了家庭的温暖，也感受到了美好的爱情。因为部队经常打仗，他不得不三天两头地和小婉分开。小婉随严师长的师部转移，二叔是放心的，但忍不住内心的牵挂。只要一有时间，他就会想起妻子小婉。

二叔以火箭升空的方式，在很短的时间内就从排长升到了营长的位置上，二叔知道这一切都缘于小婉。没有小婉，没有严师长，也就没有他的今天。二叔不是忘恩负义之人，他一想起小婉，心里就暖洋洋的，还有一股丝丝缕缕、扯不断理还乱的东西在心里滋生着。二叔统统把这些东西归结为爱情。

二叔送给小婉日本人的军大衣，是想让小婉也感受到日本人投降后的喜悦，这种喜欢不仅是精神上的，当然也有物质上的。他已经命人装了满满两箱日本的军用罐头，并差人送到了师部的家里。

二叔正心满意足地在大街上闲逛时，就看见父亲正带着一队人马，向城里开了进来。

父亲此时已经是八路军的连长了，他带着自己的连队急三火四地赶到了保定，但还是比国民党的部队晚到了一步。父亲看到许多日本人的营地和仓库都被国民党的部队接管，正大箱小箱地往城外运。父亲急得不行，此时已经急红眼了，像一只没头的苍蝇在大街小巷里乱窜。就在这时，他和二叔不期而遇了。

二叔在保定看见父亲大吃了一惊。此时的两个人都已经是男人了，和几年前相比，人不仅高了，结实了，脸上也生出了胡茬儿。但他们还是很快就认出了对方。

二叔抢先喊了声：哥，你咋来了？

父亲看了眼二叔的打扮，腮帮子顿时直冒酸水，父亲骂骂咧咧地说：妈的国民党，好东西都让你们抢去了，我们八路军这日算是白抗了，到现在还喝西北风哪。

二叔就问：哥，咋的？还没拾到洋货？

父亲不想和二叔在这里耽误时间，他想催促部队继续向前搜寻，看还能不能找到一些日本人的东西。

二叔一把扯住父亲：哥，别忙活了。该接收的都让俺们部队接收完了，没有了。

二叔看到父亲失望的眼神，又看一眼父亲此时的打扮，心里就有些不好受了。父亲的军服一副千疮百孔的样子，尤其是脚上那双鞋都露出了脚趾头了。二叔再看一眼父亲手下那些兵，个个穿得还不如父亲，他的心里就一凛，声音就有些抖：哥，你们八路军咋弄成这个样子？

说完，二叔冲身后的卫兵挥了一下手：把仓库门打开。

二叔冲父亲说：哥，你带着人去搬吧。能搬走多少就搬走多少，这里俺说了算。

父亲睁大眼睛看着二叔，一副不相信的样子。

二叔就又说了句：让你去，你就去。一会儿上边来检查，就搬不成了。

父亲很快地看了二叔一眼，来不及多想，冲身后的战士一摆手：那就给我搬。

一个连的八路军战士，像饥饿的狼群，冲进二叔把守的仓库，很快就肩扛手提地退了出来。

父亲是最后一个出来的，肩上扛了一门炮。二叔看见了，就说：哥，你咋弄这个？

父亲冲二叔咧嘴一笑：弟，谢谢了。这东西比啥都管用。

二叔看着父亲有些心疼，忙把怀里的军大衣塞到父亲怀里。父亲看了眼那件呢子大衣，反手又塞到二叔的怀里：日本人的衣服我不穿，还是你留着吧。

父亲高兴地咧着嘴，扛着一门炮走出了仓库大门。

二叔叫了声：哥——

父亲停下来，又看了眼二叔。

二叔就说：哥，八路军就那么好？要不你来俺这儿吧，俺带你去见严师长。

父亲白了一眼二叔：严师长是你爹，又不是我爹，我见他干吗？

父亲说完，头也不回地走了。走了几步，他高兴地回过头喊：我替八路军谢谢你了。

二叔张了张嘴，似乎有一肚子的话要对父亲说，可父亲就这么走了。

二叔看着洞开的仓库大门，愣愣地立在那里。

那些国民党士兵也愣愣地望着二叔，他们不明白，这些东西咋就让八路军给搬走了呢？

七

接下来的形势就发生了变化。还被称为友军的国共两支部队，随着日本人的投降，一山容不下二虎，蒋介石终于撕下了伪装的面具，同室操戈。

昔日的八路军此时被改编成了解放军。

父亲和二叔也就成了水火不相容的敌我两方。

父亲和二叔并没有机会在战场上兵戎想见。父亲所在的部队被调往了东北，组成了第四野战军，打响了解放东北的战斗。

直到平津战役前夕，父亲才和二叔又有了一次见面的机会。此时的父亲已经是四野部队的一名营长了，而二叔也是上校团座了。他的岳父、昔日的严师长已经荣升为中将军长。

随着二叔职务的晋升，他和小婉的孩子也出生了，此时的小婉就住在天津城内。二叔的孩子是个儿子，一岁多了。

小婉仍和严师长一家住在一起。兵荒马乱的岁月里，二叔虽然当上了上校团座，但还不能给小婉和孩子带来安全感，她仍然把自己的父亲当成了最大的保护伞。二叔也乐得清静，便让小婉和孩子一心一意地和她父母住在一起。二叔抽空回到家里，偶尔和小婉与儿子团聚一下，日子也算有滋有味。

带着部队驻扎在天津外围的二叔，在平津战役打响前，被父亲率领的队伍包围了。包围二叔部队的队伍有好几支，父亲的部队恰恰是先头部队。

战斗打响时，二叔的队伍也是拼死抵抗的。当时的二叔只有一个信念，就是拼死抵抗，保住天津。只有保住天津，小婉和儿子才是安全的。有了如此想法的二叔甚至走出团部，手里挥着枪，走到最前沿亲自督战。但这仍没有挽回部队失败的命运。四野的部队挟辽沈战役大胜的势头，一举把二叔这个团给攻克了。

当父亲率着先头营突进二叔的团部时，二叔带着身边的几个警卫正准备逃跑。就在这个时候，父亲端着枪，拦住了二叔的去路。

两个人就在这种情境中相见了。

二叔把自己的手慢慢举起来，“当啷”一声，他手里的枪也掉在了地上。

二叔成了父亲的俘虏。

当人群散去，剩下二叔和父亲时，二叔一下子抱住了父亲，他顿时泪流满面，喊了一声：哥——

父亲这时心里是很得意的，他一直想找机会把二叔收编过来。当年二叔动员父亲去参加国军，父亲没有同意，当时父亲想得也很单纯，那时国共两党还在第二次合作，提出的口号是一致对外，共同抗日。不管是共产党的八路军还是国民党的部队，都在进行着抗日活动，父亲当时也就没有去想太多。想不到，国共合作很快再次破裂，父亲便有了收编二叔的想法，可一直苦于没有和二叔碰面的机会。这次，父亲带着部队，端了二叔的团部，兄弟俩在这种情形下不期而遇了。父亲觉得这是上天赐给他的机会，于是，他让部队把别的俘虏押下去，留下了二叔。父亲的本意是要和二叔好好谈一谈。

父亲就说：小石头，三十年河东，三十年河西，你觉得是国民党的部队好，还是解放军好啊？

二叔此时已经是泪流满面了。这眼泪不是为自己流下的，当然也不是为父亲流下的，他想起了天津城内的小婉和他的儿子。自己就这么被俘了，再也没有机会见到老婆孩子了。他满脑子都是小婉和儿子，父亲说的话，他根本就没有听进去。

二叔终于又叫了声：哥呀——

父亲就望着二叔。

二叔又说：哥，你说俺是不是你兄弟？

父亲不解，二叔为什么会问出这样的话，他以为二叔被吓傻了，便说：小石头，你啥时候都是哥的兄弟。

二叔就“扑通”一声，给父亲跪下了，他颤着声音说：哥，你今天放俺一马，俺回城里看一眼小婉和孩子，俺就这一个要求，之后是剐是杀都随你。

父亲这才醒悟到，二叔已经是有家室的人了。父亲马上就想到了淑琴，淑琴此时就在师部的文艺宣传队里。早晨出发时，他还见过淑琴，眼下虽然还没和淑琴有什么，但两个人已经开始眉目传情了。父亲一想起淑琴，心里就麻酥酥的，甜蜜得不知怎么办才好。

想起了淑琴，父亲就感受到了二叔此时的心境。父亲把二叔拉了起来，他拧着眉头，冲二叔说：你真的想回去看一眼老婆孩子？

二叔就鸡啄米似的点着头说：真的。哥，你有大侄子了，长得又白又胖，都快两岁了。

父亲听了，心里一下子就热了，眼睛也有些发潮。他毕竟是二叔的亲哥，此时二叔的儿女情长、婆婆妈妈他能理解。

父亲就说：小石头，革命不分早晚，哥在城外等你。你带着老婆孩子一起投诚过来，解放军欢迎你们。

二叔匆匆扔下一句：哥，俺忘不了你。

说完，二叔转过身，匆匆地向远处跑去。

二叔这一走，父亲又是两年后才见到二叔。那又是另一番情景了。

父亲原本以为二叔能够幡然醒悟，去看一眼老婆孩子，然后投入到革命队伍的怀抱。可直到解放军解放天津，他在所有俘虏队伍里寻了个遍，也没有见到二叔的身影。

原来，二叔回到城里不久，严军长也觉得大事不妙，在征得蒋介石同意后，严师长带着家眷和军部的一些高官，乘飞机撤到了南京。撤退的人员中自然也包括二叔。

二叔一见到小婉和孩子，便把自己说过的话都忘记了。他抱着小婉和儿子痛哭了一场。

严军长丢下部队撤到南京，尽管元气大伤，但蒋介石还是委以重任，严师长马上被任命为江防司令员。身为军人，必须服从命令，这时的严司令找到了二叔。

严司令当着女儿小婉的面，对二叔作出了如下的决定。

严司令说：你别在部队干了。你现在的任务就是和小婉在一起。

二叔就恭敬地回答：是！

严司令还说：部队打仗不缺你一个，你要有个好歹，小婉以后的日子就没法过了。

二叔还是答：是！

虽然严司令是出于对女儿的爱，才作出如此决定，但即便这样，仍感动得二叔又一次泪流不止。

二叔和小婉以严司令家属的身份在南京城里，过上了一段短暂而甜蜜的幸福生活。

可随着南京日后的陷落，二叔的幸福生活从此就结束了。

八

国民党的重庆撤退成了二叔命运的转折点。

南京，国民党最终也没有保住。许多国民党委员以及家眷就逃往了重庆。二叔随着小婉一家也辗转到了重庆。

蒋介石知道日子长不了了，他开始为自己安排后路，把能带走的东西通过水路和飞机运往台湾。国民党那些遗老遗少们，也坐着飞机投奔了台湾。

那一阵子，重庆最忙碌的地方一个是朝天门码头，另一个就是重庆机场。

解放大军分几路纵队，向西南压将过来。解放大军里自然也包括父亲的尖刀营。

自从在天津父亲和二叔见一面之后，父亲一直放不下二叔。父亲每解放一个地方，就要在俘虏的队伍里寻找二叔的身影。可惜的是，却再也没有见到二叔，父亲的心里就沉甸甸的。父亲知道目前的局势大势已定，解放大军从北向南，势如破竹，国民党的部队连抵抗的力气都没有了。可越是这样，父亲越是为二叔担心。正是这份担忧，也就更加速了父亲率领尖刀营向前冲锋的脚步。父亲恨不能一口气把全中国都解放了，那时，也许就能找到二叔了。

父亲有时也恨二叔，当年就是为了吃上馍，在八路军的队伍里当了逃兵，二叔的命运也就成了另一番模样。

当父亲率领尖刀营兵临重庆城外时，城里的国民党已经乱成一锅粥了。

国民党那些遗老遗少们蜂拥着挤向机场，此时的水路已经被解放军控制了，他们只能通过飞机逃往台湾。

要逃的人很多，飞机却很少，有时一天才能起飞两趟。每一次飞机来时，所有的人都拥向飞机，场面混乱得有些可笑。

二叔随小婉一家也挣扎在这群混乱里，周围哭喊一片。二叔抱着三岁的儿子，儿子早被眼前的场面吓坏了，小脑袋抵在二叔的怀里，一迭声地说：爹，我怕。

此时的二叔心里百感交集，他望一眼天空，又看一眼周围的人群，他在心里呼天抢地喊了一声：老天爷呀——

二叔这时就想到了父亲，想到了自己眼下的命运，如果自己不投奔国民党，也就不会有今天。也许自己此时正在重庆城外向城里进攻着。

城外的枪炮声已经隐约可闻了，空气中飘浮的都是火药味。

最后一架飞机终于降落了。严长官此时已经顾不上风度了，他向个叫花子似的挥舞着双手，催促着一家老小向飞机上爬去。

二叔看着小婉爬上飞机，就把儿子递到了小婉的手里。三岁的儿子拼命地朝飞机下大喊：爹，快上来，你上来呀。

二叔何尝不想爬上飞机，可他已经被挤离了机舱口。他伸着手向前挣扎着，嘴里仍不停地喊着：小婉，小婉——

这时，一发炮弹落在机场，惊天动地地爆炸了。人群开始更加没命地向飞机舱门扑过去。

飞机启动了。飞机拖拽着人群，也拖拽着歇斯底里的二叔。二叔在嘈杂的引擎声里，听着儿子断断续续地喊着：爹，快跑！

二叔无论如何快跑，也追不上落荒而逃的飞机了。

飞机鸣叫一声，一下子冲上了天际。

二叔仰着头，看着那个大肚子飞机，在空中盘旋了半圈，向远方飞去。

二叔的头仍那么仰着，遥远的天边有着他的幸福和他的亲人。

孤单的二叔站在那里，一下子什么都没有了。从心里往外空荡荡的二叔，最后瘫坐在草坪上。他已经没有气力喊叫了，他抱着头，突然压抑着“呜呜”地哭了起来。他一边哭，一边喊：俺什么都没有了，没有了……

枪炮声越来越近了。

二叔坐在被枪炮声包围的机场跑道上，周围所有的一切都与自己无关了，一切都变得模糊而遥远。二叔恍然进入了梦境中，一切都极其不真实。

后来，二叔又看到了三两发炮弹落在机场的跑道上，优美地爆炸了。

接着，他就看见了蜂拥过来的解放大军，把整个机场都站满了。

九

重庆机场，塔台上的青天白日旗被解放大军连根拔掉，换上了一面鲜红的旗子，迎风飘扬。

此时二叔的身份是复杂的。自从到了南京，二叔就已经不是军人了。确切地说，他是国民党严司令的家属，从南京到重庆，他的身份就没有再变过。

在和小婉最后的爱情岁月里，二叔体会到了幸福和天伦之乐。

解放前夕的重庆，到处都是兵荒马乱的景象，逃的逃，躲的躲，没人能相信国民党守着陪都重庆能东山再起。城里城外乱成一片。

二叔和小婉躲在一栋小楼里，却过起了一段平静、幸福的日子。

三岁的儿子已经会说话了，每日里二叔牵着儿子的小手从楼上走下来，折一截柳条，做成口哨吹。儿子高兴，二叔就高兴。当团长时的二叔，经常随军打仗，很少有机会回家。二叔虽然当上团长了，可他的心思一点也不在团长身上，他知道自己能当上团长凭的是什么。有许多军官也心知肚明，表面上对二叔谦恭有加，实际上没人把二叔放在眼里。背地里，人们都喊二叔是草包团长。这一点，二叔也是心知肚明。

二叔活得很真实，也很清醒。他一个马夫出身，是遇到了小婉，他的生活才发生了戏剧性的转变。这种变化太快了，快得让二叔有些云里雾里的。

岳父严长官不断地提携自己的女婿，当然是为了自己的女儿小婉。在岳父眼里，二叔也并不是一个当官的料。官当得越大，战斗打响后的安全性也就越大，他可以躲在后方，遥控指挥自己的部队。

当了团长的二叔还是被活捉了一次。捉他的要不是父亲，二叔无论如何也回不到小婉和儿子身边。严长官对二叔已经不抱任何希望了，严长官毕竟是小婉的父亲，他爱小婉如同爱自己。于是，下令让二叔脱掉了那身军装，让二叔一心一意地当起了女婿。

二叔没有任何野心，更谈不上胸有斗志，只要他能看到老婆孩子，他就是满足的，幸福的。现在的他正全身心地享受着天伦之乐。

当太阳照在头顶上的时候，二叔牵着儿子的手，回到了小楼里。此时的小婉已经把饭菜做好了。

二叔的心里满足而又踏实。他刚当兵时，是为了吃上饱饭，现在他不仅吃上了饱饭，还有了老婆孩子，想到这儿，二叔的心里热热的，眼睛也有些湿润了。

二叔就起劲儿地冲儿子说：儿子，吃吧，多吃点儿。

在最后的幸福时光里，二叔每一分、每一秒都在感动着。

现在，二叔的幸福戛然而止。他的幸福被飞机给驮走了。二叔的心空了。他能干的唯一的事情就是仰头，望着天。

天空很干净，有浮云一朵朵地游荡。二叔的脖子酸疼了，望得眼睛都流泪了，他仍然举头长久地望着。

解放后的重庆，一天一个样地变化着。二叔对这一切熟视无睹，他的目光只留在天空。

那一阵子，二叔想到最多的一个地名就是台湾。

二叔知道，那架飞机载着他的亲人飞到台湾去了。

后来，二叔就从地图上找到了台湾。

接下来，二叔就出发了。没有地理概念的二叔，心里却装满了一个地名——台湾。

刚刚解放的西南，一切都是百废待兴，交通并不顺畅，二叔只能用步伐去丈量脚下的路。出发时，他身上带了那本印有台湾的地图，又装了几双鞋子。很快，身上的钱就花完了，二叔就靠着讨饭，一路走下去。

小时候吃苦的经历拯救了二叔。毕竟眼下的苦在二叔的眼里并不算什么，他唯一的愿望就是这么一直走下去，一直走到台湾。

五个月后，历尽艰辛的二叔终于走到了福建的厦门。

此时，他脚下的路已经没有了，他被一片大海挡住了。人们告诉他，海的对面就是台湾。

与台湾一水之隔的二叔终于停下了脚步。

台湾在二叔的心里是那么的远、又是那么的近。每当听到孩子的哭声时，他都以为那是儿子在海的那一面呼喊他。

二叔的心软了，也碎了。

十

二叔面对着大海，一双目光望得痴痴呆呆，走火入魔。

天之涯，海之角，二叔寻找亲人的路走到了尽头，心却漂洋过海，再也扯不回来了。

二叔跪在海边的沙滩上，一声声呼唤着小婉和儿子，缈远的声音被滔天的海浪撕扯得一缕一缕，晾在了沙滩上。

台湾岛似乎近在咫尺，可二叔却觉得遥远得没有尽头。他喊破了喉咙，心在流血。二叔梦游似的走在沙滩上，天还是那个天，二叔却觉得把自己弄丢了，再也找不回来了。

二叔记不清是何时离开大海的。

不知走了多久，也不知走到了哪里，当他出现在老屯时，二叔怔住了，眼前的老屯既熟悉又陌生。老屯是生他养他的地方，十五岁那年，他随父亲参加了队伍，从此便再也没有回来过。他在外面风风雨雨地走了一遭，然后又梦游似的回来了。不知是天意还是心意，总之，二叔走回了老屯。

老屯的人们在惊愕之后，还是很快认出了二叔。老屯的人都知道父亲和二叔当年去参加八路军了，以后就一直没有了消息，是死是活没人知道。此时的二叔梦游一样地出现在老屯，人们在惊呼、愕然之后，就接纳了二叔。

二叔毕竟是从外面回来的，是当过兵的人，这一点屯里的人确信无疑。人们纷纷把二叔围了，七嘴八舌地打探着外面的消息。二叔痴着一双眼睛，瞪着似曾熟悉又陌生的乡亲们：俺是当过兵的人，怕啥？俺现在啥也不怕了。

在人们的心里，二叔就是当过兵的人，走南闯北，大难不死，如今又回来了。这在屯人面前，已经是了不得的一件大事了。虽然解放了，新中国在毛主席的湖南普通话里已经诞生了，但老屯毕竟是老屯，外面的许多事情，老屯的人并不清楚，和以前相比，不过是多了一份土地。现在是自己在养活自己了，余下的，天还是那个天，地还是那个地。日子还是一天天地过着。

老屯的人是善良的，也是宽容的。他们齐心协力，把父亲和二叔原来居住过的老房子重新收拾了，千疮百孔的老屋就又可以住人了。二叔便住了进去。

面对二叔，人们的新鲜和好奇过去之后，就都想起了父亲。大家围着那间老屋和二叔便打探起了父亲。

一提起父亲，二叔的思路就从天上回到了人间。在平津战役之前，天津城外，二叔最后见了父亲，再以后，父亲就像在空气中消失了一样。二叔也曾想过父亲，但只是一瞬间的事，那时他的心思都放在了小婉和儿子的身上。

似乎他早已经意识到了，幸福的日子过一天会少一天。他在幸福中逃难，先是南京失守，然后是重庆，幸福始终在飘忽不定中。终于，他的幸福彻底地夭折了。

想到父亲，二叔就怔了怔，望着众人：他要是不死，俺想也该当大官了。

二叔和众乡亲在念叨父亲时，父亲虽然没当上什么大官，但也是团长了。他的部队就驻扎在沈阳城内。父亲随解放大军，从东北出发，一直到海南岛，后来又从南方回来了。

部队终于进城了，经过了一轮又一轮艰苦的爱情追逐后，父亲终于和他暗恋的淑琴结婚了。

新婚的父亲在幸福生活中就想到了二叔。父亲想二叔的心情远比二叔想父亲时的心情要复杂得多。

天津城外见过二叔之后，父亲曾天真地认为，二叔会带着一家老小，从天津城里出来，回到他的身边。结果，二叔这一去便石沉大海。

从那时开始，父亲就在每一次的战斗后，开始留意那些长长的俘虏队伍，也会找来俘虏的花名册，期望从中能看到二叔的名字。这是最好的一种结果了。在俘虏中找不到二叔，父亲就在阵地上查看那些阵亡的国民党军官，每次摸到那些发凉的尸体时，心里都会揪紧一阵子。结果，二叔似乎从这个世界消失了。父亲的心便一直悬着。

父亲对二叔的猜测大致有三种结果：第一种是阵亡了。在某次战役中了流弹的二叔，倒在了大批的国民党士兵当中；第二种结果就是逃到了台湾，那将是二叔的另一番世界；最后一种结果是，二叔被解放军俘虏后，发了回家的路费，又回到了老屯。

父亲想起第三种结果，便想起了老屯。此时的老屯在父亲的心中，变得既朦胧、又清晰。

父亲就想：该回一次老家了。

十一

父亲回到老屯，是在他新婚不久之后。

父亲在阔别老屯十几年之后，骑着他那匹跟随他南征北战的战马，带着警卫员，出现在了老屯的村口。

父亲还没有进屯，就从马上下来了，把马缰绳交给了身后的警卫员。

父亲踩在家乡的土地上，一双脚变得轻飘飘的，仿佛喝醉了酒。望着眼前熟悉的屯子，想起十七岁那一年的秋天，他和二叔带着饥肠辘辘的肚子，参加八路军时的情景。十几年后，身为解放军团长的父亲，望着眼前熟悉的山山水水，已是热泪盈眶了。

父亲回来的消息，很快在屯子里传开了。父亲在乡亲们的眼里，已经是了不得的大官了。人们见过八路军，也见过日本人，当然也见过国民党，但他们从来没有见过团长这样的大官，况且又是从他们眼皮底下走出去的父亲。十几年之后的父亲，已不是那个半大小子了，他现在高大而结实，嘴上的胡茬儿又黑又密。

父亲回来的消息自然也传到了二叔的耳朵里。二叔得到消息时，正坐在土炕上发呆。刚才他睡了一会儿，就梦见了小婉和儿子。那个梦似乎出现在一片林子里，他和小婉走散了，他大声地喊小婉和儿子的名字。结果，梦就醒了。空荡荡的梦境，让二叔的心在午后的时光里，悠悠忽忽的无法平静下来。

父亲的名字传进他的耳朵时，他仍怀疑自己是在做梦。他用手掏了掏耳朵，又摇摇头，瞪着眼前来送信的人。那人说：真的，你哥回来了，俺不骗你。你哥骑着白马，还挂着枪哩。

二叔一时没有反应过来父亲回来对他意味着什么，他仍呆呆地坐在炕上。

自从二叔回来后，就经常这么发痴。年老的一些人是看着二叔长大的，见到十几年后回来的二叔变成了这样，就武断地得出结论：这孩子是打仗打傻了。

回来的二叔觉得自己这十几年，是在外面走了一圈，如今，又走回到了十几年前的起点。所不同的是，当年走时，是他和父亲两个人，现在则变成了他一个。他两手空空地出发，又两手空空地回来了，在外面十几年的经历，仿佛是一场冗长的梦，留给他的只是一堆不堪回首的记忆。于是，二叔的脑子如同睡了一觉之后，梦去了，便空了。

父亲在乡亲们的嘴里也知道了二叔回来的消息。这对父亲来说是意料之中、也是意料之外的。父亲这么快回到老屯，完全是因为对二叔的牵挂，如果没有二叔，他不会这么快地回到老屯。

当父亲得知二叔仍住在老屋，就撇下众人，急匆匆地向老屋走去。

父亲急如风雨地走进老屋时，一眼就看到了站在门口的二叔。

在这个世界上，他们是对方唯一的亲人。二人在相距两步开外时，都怔在了那里。他们用目光探寻着对方，还是父亲先反应过来，向前一步，叫了一声：小石头。

二叔也向前跌撞着，迎上来，颤抖着声音，叫了声：哥啊——

两个兄弟就拥抱在了一起。

不知过了多久，二叔终于控制不住自己，孩子似的哭了。自重庆与小婉、儿子分别之后，二叔只在夜里想起那令人肝肠寸断的情景，会默默地流泪，但还从没有这么号啕着、彻底地痛哭出声。

父亲在二叔断断续续的哭诉中，知道了二叔的经历。

父亲一边听着二叔的哭诉，一边背着手转来转去。父亲的心情也不能平静。父亲为二叔难过。

最后，父亲扶住哭软了身子的二叔，红着眼圈道：小石头啊，你放心，台湾早晚有一天会解放的。到那一天，就是你们一家团聚的日子。

二叔在父亲的鼓励下，似乎看到了眼前的希望。他瞪大眼睛说：那啥时候才能解放台湾啊？

父亲用力地拍一拍二叔的肩膀道：快了，现在全国从南到北都解放了，就剩下一个台湾了，毛主席正在作决策哪。

父亲的话犹如一剂良药，一下子让二叔正常了起来。他不再痴迷了，目光也恢复了神采。

那天晚上，兄弟俩就躺在老屋的炕上，仿佛又回到了十几年前在家的日子。两个人东一句、西一句的，说着自己这些年的经历。那些经历如同生命的片段，连缀在一起后，就形成了两条鲜活生命线，尽管在一个源头出发，却是经历了不同的地界，最后，又交汇在了一起。

父亲就叹口气道：小石头，要是你当年不投到国民党，也就不会有今天了。

二叔不同意父亲的说法，他扯着嗓门说：要是没有当初，那就不是俺了，哪还有小婉和俺儿子哩。

二叔说到这儿，就又哭上了。

父亲就在心里感叹：这就是命，啥人啥命啊。

第二天一早，父亲就走了。二叔找到了，他悬着的心也就放下了。

父亲在村头骑上战马，二叔在马下仰着头冲父亲说：哥，啥时候解放台湾，你告诉俺一声啊。

父亲坚定地点点头，冲二叔说：小石头，你放心吧。哥会抽空回来看你。

踏实的父亲挥马扬鞭地走了。他和警卫员的两匹马留下了一溜烟尘。

父亲的背影在二叔的眼里渐渐模糊了起来。

从此，二叔就多了份希望，那就是等着解放台湾的那一天。

解放台湾成了二叔心里唯一的一份念想。

十二

父亲对二叔承诺的解放台湾还没有实现，抗美援朝战争爆发了。部队从天南海北被调往了东北的丹东。丹东一时间成了人们提到最多的一个地名。

解放新中国的战斗刚刚结束，抗美援朝就爆发了，鸭绿江的东面烽火又燃。

身在老屯的人们，又把目光投向了陌生的朝鲜。在乡亲们的眼里，二叔是经过风雨、见过世面的人，就拥到二叔的老屋前，向二叔请教关于战争、关于抗美援朝这场战争开始和结束的事。

二叔自然也知道抗美援朝这场战争爆发的消息，他的心一下子就凉了半截。父亲走后，二叔真的看到了解放台湾的希望和曙光——全国大部分地区都解放了，就剩下一个孤岛台湾，难道新中国连解放台湾的力量都没有吗？这是父亲对二叔说过的话。二叔觉得父亲说的话也是千真万确。

在抗美援朝爆发前，解放大军曾发动了两次攻击金门的战斗。由于海战经验不足，又没有足够的火力作为支撑，两次都是无果而终。

但这两次失败并没有影响我军解放孤岛台湾的信心，共和国正准备向福建前线调兵遣将，准备一举拿下台湾。可就在这时，美国大兵在仁川登陆，一场更为迫切的保家卫国的战争爆发了。

二叔的心就凉了。他面对老屯的乡亲，顿时就哭丧了脸。二叔坐在自家的门槛上，袖着手，带着哭腔道：你们问俺，俺又问谁去呀？不是抗美援朝，说不定台湾就解放了，俺就会看到小婉和儿子了。

从那时开始，老屯的人才从二叔的嘴里知道了小婉和儿子的事。也是从那一刻起，他们知道了二叔的故事。人们在转瞬间知道了二叔当的是国民党的兵，而且还当过国民党的少校团座，娶了长官的女儿。

老屯的人们对待二叔的态度马上就发生了转变，无论从哪个角度看二叔，他们都觉得新鲜。以后，二叔的院子里总是聚集了很多的人们，怀着好奇心，向二叔打听着。

二叔像一位演讲者似的站在人们中间，一遍遍地讲述着自己的经历和爱情。二叔讲的时候，心里装满了巨大的温情。在一次次的叙述中，二叔完成了对小婉和独生子的怀恋。

二叔每讲一遍，就似乎又回到了从前。

在那一段时间里，二叔变成了祥林嫂，不厌其烦地跟别人讲着自己的故事。

老屯的乡亲在二叔颠三倒四地讲述中，明晰了二叔这十几年的经历。二叔讲到国民党在重庆大溃退，他和妻儿生离死别的情景时，二叔呜咽起来，众人也红了眼圈。老屯的人们是善良的，也是人性的，他们的情感立场此刻完全站到了二叔这一边，替二叔唏嘘不已。

老屯的乡亲开始随二叔一起关注着何时解放台湾这件事了。他们关注解放台湾，更多的心思是想早日看到二叔的媳妇小婉。在二叔的描绘中，小婉几乎成了一朵花，况且那又是国民党高官的女儿。

这里的人们连国民党的部队都没有见过几次，更别说国民党的大官了。他们对国民党说不上恨，也谈不上不恨。内战开始的时候，只知道解放军和国民党开战了。战争结束后，解放军胜利了，成立了新中国，人们理所当然地分到了土地，成了土地的主人。这一切已经足够了，在这些事情上，他们看到了共产党的好，理解了解放军为穷人打天下的理由。

解放军是好的，那国民党就一定是坏的，现在又逃到了台湾。乡亲们是怀着迫切的心情，希望解放军一举冲上台湾岛，把那里仍吃苦受难的穷人解放了，过上好日子。当然，二叔的小婉不在解放之列，大家只是怀着新奇地想看到小婉。二叔是老屯的人，小婉无疑就是老屯的媳妇了。如花似玉的小婉，在老屯人的心里就像一团谜似的盛开着。

老屯的人们和二叔一起期待着抗美援朝胜利的那一天。按照他们的思维，抗美援朝胜利了，伟大的志愿军班师回朝后，就是解放台湾孤岛的那一天。

二叔终于忍不住了，他要给父亲写信。他要问一问，抗美援朝什么时候才能结束，啥时候大军才能去解放台湾。二叔甚至把自已想参加队伍去解放台湾的心思也写在了信里。二叔最后在信里说：哥，你放心，只要让俺参加解放台湾的队伍，俺再也不会当逃兵了。俺要和你一起冲上台湾岛，把小婉和你侄子解放出来……

二叔给父亲写完信，就开始了漫长的等待。

十三

二叔一直没有收到父亲的回信，许是父亲忙于打仗，回二叔的信是小事一桩，不足挂齿；或者父亲根本就没有收到二叔的信。

在漫长的等待中，抗美援朝结束了。

二叔在报纸上和广播里得到了抗美援朝结束的消息。二叔渐渐熄灭的希望，又重新被点燃了。可日子一天天地过去了，解放台湾的战斗仍然没有打响。

二叔坐不住了，他要找父亲问一问，究竟什么时候才能去解放台湾。

部队不断地有喜报送到父亲的家乡。此时的二叔作为父亲的家人已经被各级认可了，“军属光荣”的牌子就挂在二叔的老屋前。二叔已经是父亲的军属了，享受着军属应有的待遇。

二叔在父亲的喜报中得知，父亲立功了，父亲荣升为师长了。二叔终于耐不住等待的煎熬，他要找父亲打探解放台湾的消息。

二叔以一个军属的身份上路了。父亲是老屯走出来的，人们都知道父亲当了师长的消息。二叔要去看父亲，老屯的乡亲拿出家里最好的东西，让二叔给父亲捎去，还有人捎话，让父亲抽空再回老屯看看，老屯的人都惦记着当了师长的父亲。

二叔没费多大周折就见到了父亲。

当了师长的父亲比以前老成了许多。他让警卫员把二叔带到了自己的家里。

二叔见到了他的嫂子淑琴。淑琴还像当年那么漂亮，不同的是，她已经是两个孩子的妈妈了。父亲和淑琴已经勤奋地生了两个孩子，老大四岁，老二才一岁多。

二叔一看见父亲的孩子，就想到了自己的儿子。他把老大石权抱在怀里，哽着声音说：二叔来看你了。

话还没有说完，二叔的眼泪就流了下来。

淑琴现在是师医院的副院长，整日里早出晚归，带孩子的活儿就交给保姆了。在二叔来后的日子里，二叔就成了带孩子的兼职保姆。

白天没事，二叔就带着石权在师部的院子里走一走，看一看。二叔弯着腰，牵着石权的手，他没说几句话，就把话题绕到了自己的儿子身上。他对石权说：侄儿啊，你还有个哥哥，叫石林，今年也该七岁了。

石权就歪着头：那我哥在哪儿啊？

二叔就说：在台湾。

石权又问：叔，那你咋不带哥来玩儿？

二叔沉默了，抬起头望天，冲着他大致所认为的台湾的方向。

石权又问：台湾远吗？

二叔飘飘忽忽地说：远，远得很哩，在海的那一边。

石权不依不饶地仍问：叔，你把石林哥接来吧，让他和我一起玩儿。

二叔一把抱起了石权，一边哭，一边说：台湾还没解放哩。

台湾解放不解放，石权是不懂的，但他知道台湾很远，那里住着哥哥石林。这开始对他来说已经足够了。从那以后，石权碰到院子里同样大小的孩子就骄傲地说：我有个哥哥叫石林，他在台湾。台湾在大海的那一边……

父亲一回到家，二叔就像看到了救星，目光里充满了希望。

饭桌上，二叔和父亲喝酒。刚开始两个人都是沉默着，喝了几杯酒之后，二叔就又旧话重提。

二叔说：哥，部队咋还不去解放台湾呐？

对于这个问题，这段时间里父亲已经无数次地回答二叔了。

父亲有些不耐烦地挥挥手说：毛主席和党中央会考虑的，只要主席一声令下，部队说走就走。

父亲还说：弟呀，你放心吧，全国都解放了，抗美援朝也胜利了，一个小小的台湾还能跑了它不成？你放心，只要毛主席下令，解放个台湾就是抽支烟的工夫。

二叔在父亲家里住的日子里，一直没有等到毛主席解放台湾那一声命令。

二叔看着其乐融融的父亲一家，触景生情的二叔就会把头蒙在被子里，泪流到天明。

后来，二叔就告别父亲一家，准备回家了。

二叔离开父亲家时，他抱住了石权。经过这一段时间的相处，石权和二叔已经感情很深了。

石权说：叔，你快点带石林哥哥来陪我玩。

二叔把石权抱在怀里，在他的小脸上亲了亲，仿佛是在亲着石林。在重庆和石林分别时，石林似乎也就这么大。那肝肠寸断的场景又一次浮现在二叔的眼前。

二叔的心一阵剧痛，疼得他眼泪哗哗地流。他冲父亲挥了挥手，又冲淑琴挥了手。最后，他又一次把石权抱在怀里：侄儿啊，二叔真舍不得你。过些日子，二叔还会来看你。

石权不知深浅地说：别忘了带哥哥来。

二叔已经不敢回头了，他背过身，流着泪，走了。

回到老屯的二叔，天天在等待着毛主席解放台湾的命令。可他一直没有等到，却等来了那场轰轰烈烈的“文化大革命”。

十四

整个乡村在最初的日子里是平静的，人们依然过着日出而作、日落而息的生活。

土改之后，分到每个人名下的土地，又归为集体所有了。人们在村支书老奎叔的带领下，集体在田间地头劳作着。

二叔也是他们中的一员。此时的二叔回到家乡又已经十几个年头过去了。

二叔劳作在乡亲们中间，从来不多话。他的外表看上去已经和这里土生土长的人没有什么区别了。唯一的区别就是二叔总在那里发呆。乡亲们不发呆，顶多走会儿神，马上就回来了，该干什么还干什么。二叔的发呆和乡亲们不同，他像军人似的立在某一个角落里，挺胸抬头，向天边的一角遥望着，表情凝重而苍凉。人们看着二叔发呆，不得不想点儿什么。总在发呆的二叔，让人看了想哭。

老奎叔是村支部书记，老奎叔可以说是资历很老的党员了，抗联的时候就是地下交通员。如今做了村支书，在乡亲们的眼里，老奎叔、二叔是村里两个比较高级的人，是见过世面、也经历过生死的人。只有他们两个人才有资格平起平坐。

老奎叔经常找二叔聊一聊。老奎叔看见二叔发呆，就凑过来，站在二叔身边，冲二叔的视线望了一眼，说：小石头啊，又望台湾呐。

听老奎叔这么说，二叔就缓缓地把目光移过来，悠长地吐口气：俺那小子，今年都二十岁了，昨天是他二十岁的生日。

老奎叔就把身子蹲下去了，叹了口气，掏出烟来吸，深一口、浅一口的。

二叔也蹲下了，用个树棍去抠地上的土，一下，一下的。

老奎叔就咒一声：狗日的台湾，咋还不解放哩。

二叔的目光又望着头顶那方天空，他坚信那方天空下就是孤岛台湾。于是，二叔每天都无数次地朝那个方向呆望着。

二叔在乡亲们的眼里是个与众不同的人，二叔的做派决定了二叔的与众不同。

风平浪静的乡亲，在“文化大革命”的时候还是受到了冲击。人们要寻找批斗对象、革命的对象，于是老屯的地主、富农什么的便首当其冲，定期、不定期地被胸前挂个牌子，低头站在众人面前。

乡亲们都是些老实巴交的人，肚子里没有那么多弯弯绕绕的东西，解放前，这些地主、富农是有些家产和田地，但那也是人家祖上挣下的产业，想开了，乡亲们也没啥可嫉恨的，有的只是羡慕而已，谁让咱八辈上没这份祖业呢。如今，看着这些已被改造过的地主、富农，战战抖抖地缩在那里，大家也就喊两声口号，挥挥无力的拳头，做做样子罢了。然后，就又该干啥干啥了。

一天，公社的胡主任来到了老屯，身后还带着民兵和乡助理等人。

胡主任背着手，脸色阴沉地找到了老奎叔。

胡主任声音沉重地冲老奎说：老奎呀，你这个老党员的党性不高啊。

老奎叔迷瞪着眼睛望着胡主任。

胡主任又说：你们屯的小石头可是有大问题的人哩。

老奎叔不解，一脸疑惑地问：他有啥问题呐？

胡主任就帮老奎叔分析道：他当过国民党的团长吧？

老奎叔点点头：这俺听他说过。

胡主任又说：他娶过国民党大官的女儿做过老婆，还生过孩子吧？

老奎叔又点头，这些他以前都听二叔亲口说过。

胡主任还说：听人家说他一直在想着台湾，念着台湾。

老奎叔说：他那是想台湾的老婆孩子呢。

胡主任拍手道：这就对了嘛，种种迹象表明他是特务，是有海外关系的特务。

老奎叔立马就变声变色地说：怎么可能，不会吧？小石头回家这么多年，大门不出，二门不迈的，没事就是发呆，他也没干啥呀。

胡主任已经没时间听老奎叔解释那么多了，他挥挥手，冲身后的民兵、助理喊：去搜一下，看他的电台藏到了什么地方？

胡主任带着民兵走进二叔的老屋时，人们都望见了门上那块“光荣军属”的牌子，人们愣了愣，甚至停了脚步。看到这块牌子，人们就想到了父亲，此时的父亲已经是一位军长了。

很快，人们在牌子前怔了一下，就长驱直入了。

一干人齐心协力，翻箱倒柜地寻找着。

二叔不看他们，躲在院子里，望着头上的天空。

胡主任带领着众人找了一气，又找了一气。老屋从里到外就那么大一块地方，寻来找去的，也没有找出有价值的东西。最后，胡主任就停在了二叔跟前，背着手，微笑着冲二叔说：团座啊，想啥哪？

胡主任当过解放军的营长，当年和国民党的队伍厮杀过，他天生对国民党有着不共戴天的仇恨。

当过国民党团长的二叔，便成了他眼里最大的敌人，是天然的敌人。不用其他的证据，就凭二叔当过国民党这一点就足够了。

微笑的胡主任立马就不笑了，他冲民兵挥了一下手，喝道：给我绑上。

马上就有两个民兵冲上来，不由分说把二叔捆上了。二叔不推不拒的，有些困惑地望着胡主任。

老奎叔眼见着眼前的局势发展成了这样，便想上来解劝。他拉着胡主任的衣角说：不看僧面看佛面，小石头可是军属哩。

胡主任马上把脸拉了下来，他推开老奎叔：你别掺和，他哥是他哥，他是他。中央领导的亲人还有叛变的呢。

胡主任挥着手，强行把二叔推搡着带走了。

二叔走得很平静，他的目光一直没有离开头顶的那片天空。

老奎叔觉得事情重大，赶紧派人去城里找父亲了。

十五

父亲为二叔的事情回了一次老家。

他在县上住了一个晚上，县上知道父亲是为了二叔的事情回来的。上上下下都很重视，他们亲自把公社的胡主任叫到了县上。

县上的人那晚陪父亲喝了许多酒，酒后的父亲显得很激动。胡主任从见到父亲的那一刻起，就一直站在那里。胡主任也是当过兵的人，懂得下级在上级面前应该如何保持军人的站姿。父亲让他坐，他也不坐，笔直地立在那里。

喝了酒的父亲就说：俺这个弟呀，是当过国民党的兵，那会儿国共两党还合作着，他是为了吃饱饭才去当的国民党的兵。他没干过啥坏事，日本人投降后，是俺这个弟打开日本人的仓库，给咱解放军装备了一个连队，一个连呐。后来，这个连成了俺手里的尖刀连，就是因为有了好装备。俺弟按理说是对革命有过贡献的。国民党还没撤到台湾，俺弟就脱了军装，成了老百姓。他老婆孩子是逃到台湾了，可这账不能算在他的头上啊……

父亲刚开始还想着为二叔辩解，后来说到动情处，父亲潸然泪下。父亲一边说，一边理清了思路，那就是自己这些年对二叔关心得太少了。他在城里有吃有喝，享受着天伦之乐，却把亲弟弟扔在了老家，吃苦受罪。父亲想到这儿，不能不流泪了。

父亲的态度是明确的，二叔是个好人。由解放军的军长亲自担保一个好人，作用是明显的。

胡主任虽然还有些想不通，但在父亲面前还是承认自己抓错了二叔，并保证立即放人。

二叔被父亲亲自送回了家里。

父亲和二叔肩并肩地坐在车里，两人谁也没有说话。

由于汽车的颠簸，两个人的肩膀不时地碰到一起。后来，父亲试探着用手捉住了二叔的手，心里顿时阴晴雨雪的很不是个滋味。二叔的表情仍然那么淡定，目光透过车窗，望着那片熟悉得不能再熟悉的天空。

父亲一直把二叔送到了老屋。

父亲随着二叔走进了老屋，炕上放着一床被子，一切都是那么简单。因为这两天二叔不在家，屋里的炉火都灭了。清冷的老屋让父亲的心里更不好过了。

安顿好二叔，父亲临走时，找到了村支书老奎叔。

父亲冲老奎叔说：奎叔啊，小石头的日子不能这么过啊。你帮他张罗个烧火做饭的人吧，他一个人怪不容易的。

老奎叔就吸溜着鼻子说：大侄儿啊，俺以前也想过，可小石头他不愿哩。

父亲又说：你再试试，小石头一个人真不易啊。

老奎叔就“哎哎”地应了。

在父亲走后的日子里，老奎叔成了不折不扣的媒人，从南屯张罗到了北屯，又从西屯忙活到东屯，他给二叔张罗了一个又一个。

二叔铁了心，一个也不见，他对老奎叔只有一句话：俺有老婆，她是小婉。

老奎叔也就没辙了。

二叔一有时间就仰头望天，望那片他熟悉得不能再熟悉的天空。不论阴晴雨雪，那方天空在二叔的心里永远是晴朗的。在那片晴空下，生活着他的爱人和可爱的儿子。

孤单的二叔却守在老屋里，过着清冷的日子。

十六

时间转眼就到了二十世纪的八十年代。二叔在无限的仰望和等待中，老了，头发慢慢地变成了灰色，最后就是一头苍白了。

在这期盼、等待中，二叔真的就等来了希望。二十世纪八十年代，改革的大潮滚滚而来，很多的港商、台商辗转着回到了大陆，隔绝了三十多年后，关于台湾的消息像三月的春风，吹向大江南北。

那一阵子，是二叔最忙碌的日子，他天天忙着写信，寻找着小婉和儿子。二叔怕自己写得不清楚，还把屯里识字的人叫到了家里。一张炕桌放在炕上，写信的人盘腿坐在炕上，二叔蹲在地上，仰着头，一腔的期望都汇集到了那双混浊的目光里。

一封封信写好了，却不知投向何方。二叔只能在信皮上写下“台湾”两个字。寄往台湾的人，像一只只鸽子从二叔的手上飞走了，剩下的只是甜蜜的等待。

在幸福的期待中，二叔一闭上眼睛就会做梦。梦里，他依稀地看到小婉牵着儿子的手，款款地向他走来，却永远也走不近他。二叔一着急就醒了，他睁开眼睛，仍没走出梦境。他苍凉着声音高喊：小婉，你们可想死俺了。

二叔都不知道自己是在梦里还是梦外了。

二叔没有等来小婉和儿子，却等来了台办的人。

市台办来了两个人，一个戴着眼镜，另一个不戴。两个人找到二叔，就把二叔搀到了有阳光的院子里。

二叔的老屋原来是有窗子的，后来被二叔给封死了，屋里就昼夜不分了。二叔喜欢在黑暗中等待，黑暗中的二叔才会有梦。

此时二叔坐在院子里，明晃晃的阳光刺得他睁不开眼睛。

两个台办的工作人员很有耐心的样子，一左一右挨着二叔坐下了。然后，他们开始给二叔讲了一个古老而又冗长的故事。故事从当年的重庆讲起，讲到了最后飞离重庆的那架飞机。飞机起飞了，飞到了天上，一直飞到了福建，飞过了厦门的天空。在飞到海峡上空时，飞机就掉了下来。后来，就坠到了海里。人们分析飞机出事的原因是严重超载，又遇上了气流，飞机只能是掉到了海里。

刚开始，二叔还迷迷糊糊地听着，仿佛在听别人的故事，他甚至不停地冲两个台办的人点着头，表示自己听懂了。

过了一会儿，又过了一会儿，二叔就直愣愣地望着台办的两个人。他用劲儿地想，用尽浑身力气地想。后来，二叔“咕咚”一声，就倒下了。

二叔那片熟悉的天空里，小婉和儿子在那里永远地定格了。

又过了一阵子，人们才知道二叔出家了。

二叔出家的寺庙在一座山上。那里的香火很盛，善男信女排着队去寺庙上香。香雾整日在寺庙的上空缭绕着。人们走到这里，像是走进了另一个世界。

父亲终于离休了。离休的父亲享受着军区副职的待遇，住二层小楼，有专车，还有秘书。

离休后的父亲，又看望了一次二叔。

父亲的车开到山上，便开不动了。

父亲在秘书的陪伴下开始爬山。父亲一边爬山，一边看地形。父亲停下来喘息的时候，冲身边的秘书说：你看这地形，很适合打伏击；给我一个团，敌人一个军也休想冲破我的阵地。

秘书听了，笑一笑，擦一把脸上的汗。秘书很年轻，还没有打过仗。

在寺庙的大殿里，父亲终于见到了二叔，二叔也看到了父亲。

父亲不说话，二叔也没有说话。二叔出家之后，似乎换了一个人，浑浊的目光开始变得清澈，苍白的头也有些泛黑了，脸色也红润了许多。

二叔突然拿出一炷香，递给父亲：上炷香吧。

父亲把那炷香接过来，又扔掉了。

父亲带着秘书走了，下山的父亲没有说一句话。

二叔望着父亲的背影，一直到父亲在台阶下消失。二叔把父亲扔在地上的香捡起来，端端正正地供在香炉里。

寺庙里又多了炷香火，飘飘袅袅，一直飞到了天上。

二十年前的一宗强奸案

李莉

李莉回到四二三医院这一年，她才二十刚出头。四二三医院是部队医院的代号，在一座海滨小城里，附近的驻军有大病小伤的，都到这家医院来看病。

李莉三年前就在这家医院里当过卫生员，那时她还是名战士。后来她考上了部队的护士学校，学习三年，她又分回到了四二三医院。她现在已经是排级护士了，在军队的序列里，她现在已经是名军官了。

军官和战士总是有区别的，李莉现在住两人一间的宿舍。当兵或者当学员那会儿，她住的都是六个人一间的宿舍。现在和李莉住同一宿舍的那个外科护士叫王燕，李莉在内科，两人虽在同一宿舍却很少谋面。不是李莉值班就是王燕值班，总之，两人见面的机会很少，也就是说，虽然她们同处一室，其实各自的活动空间跟一个人一间宿舍也没什么太大的区别。这就是当了干部之后，李莉感受到的优越之处。干部和战士比，还有许多优越的地方，李莉是七十年代末入伍的，她先是当了一年兵，又上了三年的护士学校，此时已经是八十年代初了。许多新生事物都是在二十世纪八十年代出现的，那时，人们的许多观念和许多新名词，可以说是几天一个样。

让李莉这些女兵感触最深的就是她们那身军装。以前军装虽然肥大，甚至穿在身上都有些不合体，但许多人都羡慕这身军装，那是身份和地位的象征。尤其是女兵，在那个年代谁能成为女兵，背景是不言自明的，工农子弟很少有人能当上女兵的。李莉的父亲就是老家那座城市里的外贸局局长，“外贸”这个字眼，在那个年代是多么让人眼红心跳哇。所以李莉能成为女兵就不必大惊小怪了。

李莉当战士时，就不太满意那身肥大的军装，尤其是女兵穿着这样的军装，线条呀曲线什么的都不能得到充分地展示。都八十年代了，社会上男女的服装已经日新月异了，什么喇叭裤呀，小翻领什么的。军装这么肥大，甚至上下一般粗，已经有些落伍了。但李莉这些女军官要与时俱进，她们把军装私自改了一下，该瘦的瘦，该肥的肥。这样一来，军装就时髦起来了，更重要的是，她们身体的线条毕现，青春和美丽在修改过的军装里毫无保留地呈现出来。部队有规定，军装是不允许修改的，可她们是干部了，领导对她们就睁只眼闭只眼，战士是绝对不允许的。

李莉每天穿着修改后的军装，上班下班，出入在四二三医院的院内院外，她婷婷的身姿，还有那妩媚的曲线，吸引着众多的异性目光。李莉这一年二十刚出头，这是女人一生中最美丽的时候，同时又有一身军装衬托着她，无疑她是众多女人中的佼佼者了。她上班的时候，穿着白大褂，戴着口罩，露出一双幽黑的眼睛，还有那弯弯曲曲下垂的刘海，她走起路来飘然若仙，李莉美丽极了。

医院是男女混杂的单位，有护士就有医生，医生大都是男性军人，有年长一些的，也有年轻的。许多护士都嫁给了本院的医生。医院有规定，凡是本院的双军人家庭，有许多照顾政策，比如，本院的双军人，分房时优先考虑，子女入托升学什么的，都有这样或那样的优惠政策。许多男医生女护士就自愿地组合成了家庭，在四二三医院里生活奋斗，过日月。这么结合，也有肥水不流外人田的意思。

来部队医院看病住院的干部、战士都很年轻，战士大都是十八九岁，干部也都是二十出头。他们本来就没什么大病，头疼脑热，这崴了一下，那不舒服了。他们来医院看病的目的很明确，看病是个理由，到这里来接触这些女护士是真。在部队医院有这么多异性烘托着的年轻女护士们，她们的心态便可想而知了。总之，她们很优越，整日里生活在幸福灿烂的阳光下。

李莉和刘东

李莉是四二三医院的幸运儿，可以说她是四二三医院这么多护士中的一枝花。在修改过的军装衬托下，她亭亭玉立，曲线毕露，也就是说凹凸有致，那情境是无法用语言述说的。异性的目光中，李莉便是焦点，也是四二三医院的焦点。

刘东是内科的医生，这一年已经二十五岁了，他是部队军校恢复高考后第一批军医学院的大学生。他年轻，有文凭，在四二三医院里感觉良好。不仅在医院，那时的一个大学生在社会上任何一个地方感觉都是良好的。刘东和李莉差不多同时被分配到四二三医院的，又同时来到了内科。

刘东来自农村，家里的条件不太好，父亲是家乡学校的代课老师，母亲就是农村妇女，还有哥哥姐姐什么的。但刘东是个很聪明的人，学习很好，要不然他也不会考上军医学院。刘东现在取得的地位在他们老家来说，也算是鸡窝里飞出了金凤凰。他是军医，也是堂堂正正的军官了，在家人眼里，这就是吃上公家饭了。父亲当了大半辈子代课老师，到现在仍没转正，没转正就不是公家人，只能挣工分，这无论如何也算不上吃公家饭。

刘东的家人为他感到骄傲，父老乡亲为他感到荣幸。重要的是，刘东也有了出人头地的感觉。那一时期，刘东胸前挂着诊器，手插在白大褂外面的口袋里，昂首挺胸地走在内科的病房里。

感觉良好的刘东就发现了骄傲的李莉，在刘东的眼里李莉就是李莉，首先她是城里人李莉，又是女军官李莉，其次又这么漂亮。刘东虽然念完了大学，现在已经吃上公家饭了，但他骨子里仍没有摆脱掉自己的出身，不管他自我感觉多么良好，一旦想到出身，他挺起的腰杆就会往下那么一短。也就是说，农村出身的刘东骨子里有些自卑，尤其是在李莉这样优越的女性面前。自卑的刘东没能管住自己对李莉的好感，这种好感是爱情的前兆，世上所有的爱情都是从好感开始的。

在刘东眼里，李莉就是个仙女，一身素白的李莉在他眼前飘来荡去，留下一缕女性的芬芳，同时也留给刘东抑制不住的心跳，那是一个年轻男人爱上一个女人的心跳。刘东已经给自己未来的爱情设计过了，他现在已经是吃公家饭的人了，要找就找城里出身的女人，他要彻底离开农村，完完全全变成一个城里人。眼前的李莉是刘东最合适的人选。

爱情有时没有那么多的理由，况且刘东对李莉还有那么多的理由。李莉不仅是城里人，父亲还是外贸局长，李莉又是军官，长得又这么漂亮，还有比李莉更合适的女性么？年轻的军医刘东已经被爱情击中了。望着李莉在内科的走廊和病房里飘来荡去的身影，刘东陷入了对李莉的暗恋之中。

单相思是痛苦的，也是甜蜜的。单相思会使人生出许多智慧和勇敢。在思来想去的过程中，刘东变得大胆了，他要向李莉表白，捅破这层窗户纸。爱情让刘东行动起来了。

刘东和李莉有许多单独相处的机会，一个医生一个护士，为他们之间的来往提供了许多便利条件。李莉没有感受到近来刘东缠绕在她身上异样的目光，说没有感受不太确切，因为每时每刻李莉都被这种目光包围着，她已经对这种目光习以为常了，见怪不惊了，另外一层的意思是，她对刘东并不感冒。虽然刘东是医生，她是护士，在医院里，医生和护士的地位是有差别的，但条件好的年轻医生有很多，刘东在李莉的心目中根本排不上号。刘东不知道这些，他是个年轻男人，有权利爱慕一个年轻女性。

在夜晚值班的内科护士值班室里我们经常可以看到这样的场景。李莉正坐在护士办公桌后面打盹，或者靠在椅子上闭目养神。夜晚十点以后，护士和医生就完成了查病房的工作。前面说过，住院的这些干部战士得的都不是什么大病，不会出现半夜抢救这样的工作。但部队医院是有纪律的，护士是不能睡觉的，医生可以睡觉，有事护士去叫医生。刘东和李莉轮到一个夜班时，刘东是舍不得睡觉的。在十点以后，刘东悄悄溜进护士值班室。刘东一走进值班室，李莉就睁开眼睛，打个呵欠说：刘医生还没睡呀。

刘东就笑一笑，坐在李莉对面一把椅子上，声音很柔美地说：我来陪陪你。

李莉就又笑一笑，她对刘东的到来说不上反感，也谈不上喜欢。在这漫漫长夜里，能有个人陪自己聊聊天，也是件不错的事情。两人接下来就聊了，都说到了自己上学时的学校。李莉谈护校，谈她们那些同学，谈自己第一次见到尸体时的心情，也说到学校的紧急集合。刘东也谈，谈自己的专业，说第一次上手术台给人割阑尾手抖得刀都拿不住等等。两人不时地发出会心的笑声。此时的刘东显得神采飞扬，李莉有一搭无一搭，说到趣事时，也是很投入的样子，时间就在他们的闲聊中流逝过去。有时他们醒悟过来，外面的天光已经发亮了。刘东这才恍悟过来，拍拍头说：都这时候了，要不你去我那儿歇一会儿，这儿我给你盯着。

李莉看一眼表说：算了吧，交班日记还没写呢，等写完日记也该交班了。

刘东就告辞了，他回到医生办公室仍睡不着，回想着刚才和李莉在一起的谈话，他幸福而又满足，直到平静下来，刚要迷糊过去，来接白班的医生已经来了。于是，刘东又盼着下一个值夜班的日子。刘东因为是年轻医生，又未婚，科里就安排了许多夜班给他。因为有了李莉的存在，他喜欢值夜班。每周他总能碰上和李莉共同值一次夜班。

时间长了，李莉似乎就没了聊天的兴致。有时刘东正说得兴起，李莉就打开了瞌睡，头一点一点的，样子很可爱。刘东就生出许多同情怜爱之心，然后道：李莉你去我那儿歇一会儿，这儿我替你盯着。

说了几次之后，李莉果然就说：那就谢谢了。李莉说完起身去了医生值班室。刘东的心意她领了，虽然这儿没人陪伴他了，他还是感到幸福满足。他坐在李莉刚坐过的椅子上，那上面还留着李莉身体的温热，他感受到这一点，心理和生理都别样起来。

后来，刘东学会了关心李莉。有一次，值夜班的时候，他送给她一袋奶粉，他说：总熬夜身体吃不消，饿了冲杯奶。

她接过来，也就是那么笑一笑，淡淡地说一声谢谢。在她的心里真的没有什么，因为她经常会收到异性这样的馈赠，她只能平静地笑纳。在她宿舍的床头柜里，饼干、奶粉还有一些女孩子的玩具等等，都快放不下了。这些送礼品的人中，有来看病的年轻军官，也有本院的医生，当然也有院外一些她所认识的异性。所以，李莉对这一切并没有当回事。

刘东并不知道这些，一个女孩子接受了你对她的好意，这一切意味着什么，难道不是好感？或者是初恋？那些日子，刘东沉浸在巨大的甜蜜之中，有事没事他就吹口哨，吹的是《年轻的朋友来相会》，把一支曲子吹得幸福而又饱满。

再后来，他又发现李莉比较爱读书，反正在她值夜班时，她经常翻一本本的杂志，杂志的名字是《中国青年》或者《青春》……刘东也是爱读书的，刘东读的都是文学著作，像中国的《红楼梦》，外国的《少年维特之烦恼》等等。这一点，刘东发现又和李莉有了共同爱好。于是他就经常借书给她看。他借给她的书都是有选择的，也就是专挑那些有描写青年男女爱情的书给她看，他经常把自己和李莉与书中主人公对号入座，比如保尔和冬妮娅。他借她书，她还他书，在一来一往的过程中，他想发现她情绪上的变化，也就是说，他希望她通过读书对他异样起来。结果，她还是那个样子，用眼睛瞟他一眼，然后说一声：谢谢。他没有感受到她的心跳和脸红，没有，一点也没有。这回他多少有些失望。

他又想出了一个主意，他在读书过程中，他把自己认为有“内容”的段落，都用红笔勾了出来，在天头地脚又写上了自己简短的心得，再把这样的书借给她，结果仍没有什么变化。有时在她还书之后，他盼望和她交流一些读书心得，她似乎提不起精神，一边打着哈欠一边说：这本书我没看完。

他的心就一沉，有了一种受了打击的感觉。回到医生值班室时，他仍睡不着，躺在床上翻来覆去的。他在心里千次万次地想象着近在咫尺的李莉。于是他再也躺不下去了，披衣起来，悄然地走进护士值班室。李莉趴在桌前睡着了，面前摆着他借给她的那本书。他在李莉身旁站了一会儿，又站了一会儿，把自己的军上衣脱了下来，轻轻地披在了她的身上。在这一过程中，她趴在那儿，鼻腔里发出均匀的呼吸声。后来他轻手轻脚地退出了护士值班室，回到医生办公室。这又是一个不眠之夜，他想象着李莉醒来后发现身上盖的是他的衣服后的种种情形，此时他的心是甜蜜的、幸福的。不知什么时候他睡着了，醒来的时候，接班的医生已经开始工作了。他来到护士值班室时，李莉早就下班了，他的军上衣就搭在椅背上。他拿起自己的上衣，心里竟有了别样的一种滋味。他想李莉发现他的衣服后，会轻手轻脚地给他送回去，即便不送回去，也会整整齐齐叠好，放在隐蔽处，结果他的想象一样也没有实现。

他又一次单独见到李莉时，李莉跟个没事人似的，似乎早就把那件事忘记了。他自然也不好说什么。那些日子，他感受到了单相思的痛苦。他思来想去，决定给李莉写封信，把他对她的爱慕写出来，然后给她看。他用了大半夜的时间，给她写了第一封信。信的内容很美好，他借鉴了许多修辞手法，最后他觉得和那些爱情小说也差不到哪里去了，才一字一句誊抄在稿纸上，然后把这封求爱信夹在一本小说里。接下来他就等待机会了。

很快，他又和李莉单独值夜班了。十点一过，查完病房，病房熄灯了，他迫不及待地来到了李莉值班的护士值班室。他拿出书，抖着声音说：李莉，这本书很好看。说完把书递过去，他心跳了，脸红了，把书放在李莉面前，然后头也不回地走了。他怕她当着他的面读那封信，爱你在心口难开，爱情总是难以启齿的。

爱情的信号放飞了，他在煎熬中等待。在这期间，他见过李莉几次，每次他都不敢正视她，他希望得到她不同寻常的一句话语或一个眼神。结果他没得到。一直等到又一次两人共同值夜班时，他去了她那里，她没提那封信也没提那本书，他进进出出了几次，她都没有提，她以前什么样，现在还是什么样。最后他终于忍不住问她：李莉，我给你的那本书，你看了吗？

他发现自己的声音是颤抖的。

她这才想起什么似的，打开办公室的抽屉，把那本书拿出来，还给了他。

他气喘着说：看，看了么？

她说：不错。

接下来她就没话了，不再提书的事，忙着往护士交接日记上写什么东西。刘东拿过书逃也似的离开了李莉。结果他发现，那封信仍在书里夹着，似乎根本就没动过。由此，刘东推断，李莉根本就没翻这本书。他失望了，接下来又燃起了希望，他不想这么拐弯抹角地表白自己的感情了，他要直抒胸臆，把信直接寄给李莉。

李莉看了这封信，就在当天他给她书的那天晚上。虽然她对他没什么感觉，但她读了刘东的信还是感到很高兴，任何一个女孩子都希望听到好话，李莉也不例外。但她却不喜欢刘东，他们的劲儿没法往一处使。她思前想后，干脆装糊涂。

刘东当天晚上又把那封信修改了一遍，又一次抄好。这回他把信装在信封里，又贴上了邮票，连夜放到了医院门口的邮筒里。这时，他才长舒了一口气。

李莉和马刚

就在刘东对李莉单相思的过程中，李莉和马刚已经有了爱情的苗头，这一切刘东并不知道。

李莉在医院里认识了马刚。马刚是军分区的参谋，人长得很帅，头发一甩一甩的，对什么事都是一副无所谓的样子，散淡得很。就是马刚的这种与众不同，吸引了李莉。马刚似乎是胆出了什么问题而住进四二三医院的，但马刚又经常不在医院里，治疗的时间一过，马刚把衣服甩在肩上，身子往前一冲一冲地就走出医院。马刚这样的病号是严重违反了院规的，但没有人去管他，医院里上上下下的似乎都很熟，就连院长和科主任见了马刚都主动打招呼。这时的马刚自然不会把李莉她们这些小护士放在眼里，她们给他打针、分药，马刚连看都不看她们一眼。打完针或吃完药，马刚把病号服一脱，换上便装就出去了。样子潇洒得很，仿佛医院就是自己的家，熟门熟路的样子。

后来李莉从老护士嘴里得知，马刚是本城军分局的正连职参谋，马刚的父亲是大军区的马副政委。李莉听到这些时，心里“咣哧”那么一响，马刚在她眼里的种种就见怪不怪了。马副政委她有幸见过一次，那是她在护校毕业前夕，马副政委去部队检查工作，捎带脚儿到护校看了看，那么多方方面面的领导陪着。她们一天前就得到了马副政委要来的消息，卫生打扫了，内务整理得比平时认真十倍。校长把她们集合起来练了无数遍“首长好”。

那天马副政委被众人簇拥着走进护校，只在校长室里停留了不到五分钟，就被众人簇拥着走了。卫生没看到，练了无数遍的“首长好”也没听到。这就是她印象中的马副政委，官很大，高高在上如天上的月亮。

李莉得知马刚就是马副政委的儿子后，她对他开始留意起来。马刚个子很高，人很瘦，似乎不太爱说话，属于不爱理人的那一种。有时马刚也在病房里停留一阵子，他躺在病床上看书，他看书的样子也很潇洒，头枕着一只手臂，另只手举着书，看完一页，用手指唰的一声那么轻轻地翻过去。李莉忍不住一次又一次地多看几眼马刚。

有一次，李莉给马刚打完针，她发现马刚看了她一眼，目光在她眼睛上多停留了几秒钟，因为她戴着口罩，他只能看到她眼睛以上的部位。他“咦”了一声，伸出指头冲她勾了勾，那意思是让她过去。她俯下身冲他说：23床，你要干什么？马刚的床位号是23床，这是病人的代号。没料到马刚一伸手就把她的口罩摘下去了，她一惊，站起身来道：你——马刚笑一笑说：你叫什么？她低声说：李莉。马刚点了点头道：李莉，你这么漂亮就不应该戴口罩。说完又举起书继续看了。

李莉的脸红了，心跳了，云里雾里的她不知怎么走出病房的。她不知道这是紧张还是幸福，马刚跟她说话了，不仅说话，还夸她漂亮，这一切意味着什么？

答案很快就找到了。那天她下了白班，刚走出内科，马刚就走过来冲她说：李莉，晚上有事吗？

她不知如何作答，他马上又说，分明是命令了：跟我跳舞去。她在那一瞬分辨不清是非曲直，脑子里空空一片，稀里糊涂地就跟他走出了医院。

舞会的地点就在市政府的小礼堂里，那时社会上刚刚流行跳舞，礼堂里也没什么装备，桌子上只摆了一只四个喇叭的录音机。在那天的舞会上李莉认识了这座城市里市长、书记的儿子，还有这个局长、那个局长的姑娘等等。

总之，那天晚上的舞会是这座城市里高干子女的聚会。在那天晚上，李莉第一次听到了“邓丽君”的歌声。

马刚似乎对这里早就熟门熟路了，俨然是这里的主人，指挥这，指挥那的，众人也都听他的，他似乎才是这里的老大，那么如鱼得水，游刃有余。他们刚开始跳“迪斯科”，后来灯熄了，房间的一角点上了蜡烛，一切都暗了下来，“邓丽君”的歌曲就是这时从录音机里飘了出来，众人像约定好了似的，双双跳起了贴面舞。也就在这时，李莉被马刚环在了怀里。刚开始她一时无所适从，片刻过后，她看见所有的人都用这种姿势跳舞，她不再僵硬，心安理得地把自己的身体投送给马刚。马刚抱着她，嘴贴在她的耳边说：没想到四二三医院还有你这么漂亮的女孩。她听了他的话，头顿时晕了，她想笑，便在心里笑了。

午夜，舞会结束了，她跟随马刚走出来，马刚说今晚回医院住，两人便向四二三医院走去。月光清冷地照着，偶尔有车从马路上驶过。

她说：这地方你常来？

他说：有时。

她说：你怎么认识他们？

他说：从小就认识。

他的话跟电报似的那么简短，后来她还是从他嘴里得知，这座城市里的市长和书记，都是从部队转业下来的，最早他们都在军区大院，是马刚父亲的下级，这些公子、小姐都是和马刚在军区大院里长大的，都是儿时的玩伴。了解了这些，李莉对马刚就又多了一分的敬畏。现在的马刚离她有两步远，在舞会上他离她那么近，他抱着她，她都能听见他的呼吸，这么一想她有些失落。

快到医院门口时，他在一棵树下站住了，她也立住了，仰起头望他，她发现他正盯着她。他迅雷不及掩耳地一把把她抢在怀里，在她的嘴上狠狠地亲了一口，然后放开她，大步向医院里走去。

她傻了似的立在那里，直到他的身影消失，她才回过神来，身上的血液“呼啦”一下流动起来，烧得她热血沸腾，最后那一点热就凝在小腹上，又“呼啦”一下，她湿了。

那一晚，她一夜也没有睡好，翻来覆去的，回味着自己和马刚发生的一切。天光渐亮的时候，她突然明白，她恋爱了，她所恋的人是马刚。那天，她很早就起床了，拖着一夜也没有休息的身体，在操场上跑了一圈又一圈。

她再一次见到马刚时，是在病房里，她给他发药，她手都抖了，差点把药泼在地上，他说：下班后在医院门口等我。

他的话是命令式的，可她一点也没有听出命令的味道，她是那么兴奋和冲动。在那一天的时间里，她恨不能马上下班，马上见到马刚。在爱情的期待中她度过了一天，一下班，她便冲了出去。马刚已经在门口等她了。马刚不知从哪儿借了一辆摩托车，他指挥她坐在后面，又让她搂住他，"轰隆"一声，摩托车就蹿了出去。他们来到了这座城市的海滨，这里风景优美，并没有多少游人，在海滨的一旁，有座小山，山上长满了茂密的树林。马刚领着她走进树林时，她看见好几对男女躲在树后谈恋爱，说是谈恋爱，却不说话，把爱全部转化成了肢体语言。

李莉看到这里又一阵脸红心跳。马刚领着她在一块石头上坐了下来，她不敢看马刚，眼睛望着别处。马刚的手臂搭了过来，缠绕住了她半边身子，接下来马刚的身子倾斜了过来。再接下来，她的嘴就被他的嘴堵住了，在换气的当口，他说：没想到四二三医院还有这么漂亮的女孩！

从跳舞那天晚上到现在，他只对她说过这一句话。接下来就是他的肢体语言，很快她也用肢体语言配合着他。那一晚，他们在树丛里待到很晚，他没有问她什么话，一味地使用肢体语言；她也只能用肢体语言回应他，她被他在那一晚点燃了，浑身上下燃起了熊熊大火。

夜晚躺在床上，大脑还是兴奋的，她一遍又一遍重温着刚刚发生的一切。她在心里自语着：我恋爱了，我和马刚恋爱了。从认识马刚到和马刚发生肌肤之亲只短短几天，在这一过程中，她一直是被动着的。可她在马刚面前愿意被动，她被马刚的主动击中了，马刚在她面前一点也不拖泥带水。

自从和李莉有了这种关系后，马刚似乎很安心住院了，他整日里哪儿也不去，目光追随着李莉。剩下的时间里，就躺在床上看书。有一次，他对她说：我的书看完了，帮我找几本书去。她回到宿舍，毫不犹豫地把刘东借给她的书放到了马刚面前。马刚只冲她笑一笑，她在他的笑容里，感受到了前所未有的幸福。

刘东

刘东感觉到了李莉最近的变化。在刘东的眼里，李莉是快乐的，脸孔都比以前鲜艳了，这是爱情滋润的结果，刘东这么想。他意识到是自己的求爱信起到了作用，他在暗处静观事态的发展。那些日子他总有一种要流泪的感觉，他知道这是激动的结果。他该说的话已经在信中说了，接下来，他要在暗中等待了。他希望有一天李莉红着脸对他说：刘东，你的信我收到了，我同意咱们处一处。如果那样的话，他的求爱可以说宣告成功了。可他一直没有等来李莉这样的话。

李莉是在一天中午收到刘东这封信的，她一看见信封上的字迹，地址又写着内详二字，便知道是刘东写来的。她没有当场看信，借上厕所的机会，掏出信几把就撕烂了，扔在马桶里，又顺着水流冲走了。直到这时，她才长吁了一口气，不用看，她就知道信里写的内容，她不会接受刘东的爱情，不仅是因为她有了马刚这样的爱情，就是没有马刚，她也不会接受刘东。凭她现在的条件，要找刘东这样的，会车载斗量，她怎么能看上平平常常的刘东呢？

在等待的煎熬中，刘东先吃不住劲儿了。那天晚上，终于轮到了刘东和李莉一起值班。白天的时候，李莉和马刚约会去了，两人在海滨游了泳，又一起吃了晚饭，后来马刚又把她送到医院门口。因为在一天前，马刚已经出院了。出院后的马刚还有一个星期的全休，时间对马刚来说不成问题。

李莉那天晚上的心情很愉快，十点查完病房后，一边记交接班日记，嘴里一边哼着歌，是邓丽君那首“夜上海”。这时，刘东走了进来，他穿着白大褂，胸前挂着听诊器，一只手放在兜里。他走进门的时候，李莉发现了，但她连头都没抬一次。他在护士值班室里走了两个来回，见李莉仍没有说话的意思，便问：2 床今晚怎么样？

李莉答：药吃过了，现在恐怕睡了。

刘东又没话找话地问：5 床明天就出院了。

李莉这回没说什么，她在信手翻着交接班日记，掩饰什么的样子。

刘东终于忍不住了，他颤着声音说：李莉，我给你那封信，收到了么？

李莉抬起头，眼睛望着别处，吐着气说：你说信吗？

这时的刘东心都快跳到嗓子眼儿了，他望着李莉，希望那句话从李莉嘴里说出来，他又有了那种要哭的感觉。

结果她说：刘东，我看咱们不合适。

他站在那里张口结舌。

半晌，他才说：李莉，我是不够优秀，我以后会努力的。

李莉淡淡地笑一笑，又摇摇头。

刘东向前走一步，发誓地说：真的，我会努力的。

李莉知道如果自己不说点什么，刘东还会说下去，她不希望看到刘东这副可怜巴巴的样子。然后她说：那你努力吧。

作为一个科的同事，她这种回拒比较高明，又回绝了刘东，又不太让刘东难堪。对刘东来说，他感到意外，同时他又看到了一丝希望，那丝希望说远也远，说近也近。那天晚上，刘东以一个失败者的身份离开了李莉。他要努力，为了得到李莉的爱情也要努力，他打开“内科病理学”那本厚厚的书，可他一个字也没看下去，心里一遍遍山呼海啸地说：我要努力，一定要努力。

直到这时他才意识到他太爱李莉了，这一生要是没有李莉他该怎么活下去？他真的不知道。

马刚

马刚没想到因为胆出了点儿问题去住院，意外地发现了李莉。四二三医院他以前也经常来，他还没看上过哪个丫头，这次无意中发现了李莉，这是他的意外。

马刚从小长这么大，一切都很顺，高中毕业就参军，第三年就入党提干了，然后排职连职的一路下来。父亲是军区的马副政委，他在部队一路下来都有无微不至地关照。马刚没有遇到过什么困难，包括他的爱情。在驻军这座海滨城市以来，他谈了几次恋爱，有别人介绍的，也有自己认识的，当然对方都很优秀，可他谈得却没滋没味，想谈就谈了，不想谈他就及时撤出了，没遇到什么麻烦。那些都是很优秀的女孩，家庭背景自然也错不了，没人缠着他或者赖上他。

他已经二十五岁了，到了恋爱的年龄了，没人说他什么，自己觉得也该恋爱了。无意中他认识了李莉，跟他预想的一样，他没费什么劲儿就把李莉征服了。这一点从她对他的言听计从上可以看得出来。在他眼里，李莉很时髦，也很现代，当然，还有她很漂亮。李莉的漂亮在他心里起到了至关重要的作用。他感觉这次恋爱跟以前不同，以前是女孩子主动，这次是他自己主动，李莉完全把他的爱情调动起来了。

如果没有那件意外的事情发生，说不定马刚会娶了李莉，过上不错的日子，然而那天晚上却发生了意外。

二十年前的那宗强奸案

那天晚上和别的许多个夜晚没什么不同，天高云淡的，是个初秋的夜晚。马刚和李莉在海滨公园里约会，恋人嘛，总要寻个偏静处，最好离人越远越好。马刚和李莉自然也不例外，他们在一片树林里相依相偎着，动用了许多肢体语言。两人都很冲动，要不是在野外，说不定两人会做出出格的事情。

她一遍遍地问：马刚，你爱我么？

他一遍遍地答：爱，当然爱。

问过了，答过了，肢体语言就更加丰富了。

就在这时，一支手电光柱照射了过来，两人本能地分开了一些。来了三个人，一个人说：还是他妈解放军呢。说完就有人对李莉动手动脚。

冷静下来的马刚站起来，想保护李莉，结果被两人按倒了，接下来又用腰带把他的手脚捆住了，他想喊，李莉的袜子被人剥下来塞在他的嘴里。黑暗中，李莉被那三个人剥光了，这是他感觉到的，李莉的嘴一定也被什么东西塞住了，她只发出唔唔的声音。

接下来，那三个人轮奸了李莉，就在离他两三米远的地方。他不能动弹，他的手脚都被捆住了，嘴里又塞着袜子，他眼睁睁地看着李莉被强奸。三个人过程很长，刚开始他能感觉到李莉在挣扎，后来她就不挣扎了，嗓子里只发出唔唔呀呀的声音。后来那三个强奸犯走了，他听到一个强奸犯压低声音说：还是个解放军呢。

过了好久，李莉爬了过来，她在低声哭泣着，她帮他解开了手脚。他从地上爬起来，手脚是麻木的，他没法动弹。

李莉又开始哭着穿衣服，她不是把裤腿穿反了，就是穿岔了，她捣鼓好半天，终于把裤子穿上了。接下来，她就抱着一棵树一心一意地哭。马刚的手脚能活动了，他迈着沉重的脚步走过去，站在李莉身旁，他也流下了眼泪，他说：走吧，我饶不了他们。

最后李莉跟马刚走出树林，回到了月光下。马刚在前，李莉在后，相差有两三步远的样子。夜晚的海滨公园很美，有情人在月光下窃窃私语，海浪在不远处拍打着礁石。两人都没心情欣赏这里的情致。李莉一路都在哭着，低低地，隐隐地。在医院门前，两人停住了，她仍然在哭，他走过去，离她近了一些说：这件事到此为止，你不说，我不说，没人知道。

李莉一下子扑到马刚的怀里，马刚迟疑一下，最后还是勉强地把李莉搂住了。李莉又哭了一会儿，她哭湿了马刚的肩头。马刚说：回去吧，明天还要值班呢。

后来，李莉忍住了哭，冲马刚点点头，然后一步三回头向医院走去。

马刚一直站在那里，一直到李莉的身影消失，他才低着头向军分区走去。那一刻马刚就知道，他和李莉的关系完了。他为了这次意外中的偶然，也为夭折的爱情流下了两行泪。这是他从小到大遇到的第一次，也是最大的挫折。三个陌生人，当着他的面强奸了李莉，这事说死马刚也接受不了。

李莉为爱情疯癫

李莉在最初的几天里，咬着牙坚持着。面对战友们的时候，她把泪流在肚子里；在夜晚一个人的时候，她把泪流在枕头上。她受到了伤害，这种伤害只有马刚的爱情才能抚平。她在焦灼地等待马刚来为她抚平从心灵到肉体的创伤。可是几天过去了，马刚没有来，就连一个电话也没有。李莉等不下去了，她要见到马刚，她要对他说：我要嫁给你，现在就结婚。

李莉认为，只有马刚娶了她，她才会感到幸福，她是当着马刚的面被强奸的，她的伤需要马刚医治。他在一个星期的时间里一点动静也没有，她要去找他，把自己的心里话告诉他。

军分区机关那栋单身干部宿舍楼她是去过的。马刚和另外一个参谋住在同一间宿舍里，那个参谋的家就是本城的，周末的时候就回家了。在以前的周末，李莉来过，她和马刚在马刚那个单人床上演绎过许多次肢体语言，就是现在回想起来，李莉还记忆犹新，流连忘返。她在马刚的宿舍里轻而易举地找到了马刚，马刚的样子显得很不滋润，神情异常的不安，在李莉没来的时候，他一定是躺在床上的，此时他的脸上还有枕头压出来的痕迹。李莉一见到马刚就又有了想哭的欲望，她坐在马刚的床沿上，每次来，她差不多都要坐在这个位置上，以前马刚没和他说上几句话，肢体语言便上来了，那时她激动又兴奋。她现在仍然等着马刚的肢体语言，可马刚没有那方面的意思，和她并排坐在床上，两眼望着窗外，神情是无奈和痛苦不堪的。

李莉要变被动为主动，她主动地把身体靠向马刚，她伸出手要抱住马刚。没想到的是，马刚躲开了，他坐到了椅子上，然后异常愁苦地冲她说：李莉，咱们的事，我看就到此为止吧。

李莉张大嘴巴，瞪圆了那双美丽的眼睛望着马刚。

在这一个星期的时间里，马刚的心里也在作着激烈的斗争。他一闭上眼睛就会出现那三个陌生男人在李莉身体上的画面。他试图把这样的画面驱走，可是他做不到。从那时起他就想，他和李莉的关系完了，他没有热情也没有激情去爱李莉了。他的爱情同时也被那三个男人强奸了。在一个星期的时间里，马刚是在痛苦的煎熬中度过的。

李莉怔了一会儿，醒过神来道：马刚，你说咱们完了？

马刚没有说话，他垂着头一副百感交集的样子。

李莉的眼圈红了，接着眼泪就流下来了。不知为什么，她的腿一软，一下子就跪在了马刚的面前，她颤抖着声音说：马刚，你不要我还有谁要我？

马刚说：这事就咱俩知道，我不说，你不说，没人知道。

李莉哭了，捂着脸跪在那儿，样子可怜又心酸。她一边哭一边说：马刚，我是爱你的呀。

马刚揪住了自己的头发，顿足捶胸的样子，他的双眼也潮湿了，他哑着声音说：三个人哪，你让那三个人——我一想起这些，我做不到哇……

李莉此时什么都明白了，她止住了哭，站起身来，望了一眼马刚，又望了一眼这间曾留给她温馨美好回忆的小屋，头也不回地走了。她心里有许多话没有说出来。一直走到外面，途中有许多军分区的干部战士对她注目而视，为她的美丽。在以前，她是骄傲的；此时，她是麻木的。她对那些异性的目光视而不见，昂首挺胸地走出军分区。

从那以后，李莉就变了一个人似的，她不爱说不爱笑了，她在用冷漠医治着自己的创伤。因为创伤，美好的爱情离她而去了，在她的心里造成了更大的创伤，李莉下定决心，要用时间治疗自己。

在这段时间里，刘东观察李莉的变化是最仔细的，他感受到了李莉的变化，这种变化让他在李莉面前更小心起来。他从不主动跟她讲话，他怕招惹她生气或者不快，就那么默默地注视着她。轮到两个人一个夜班时，他提前把自己洗过的床单、被套拿到医生办公室换上。十点一过，他就让李莉住进医生办公室，他和她换位，他担负起了护士的责任。他整夜地看书，他答应过她，他要让自己更优秀，只有那样才配得上她。爱情的力量是巨大的，他不问她发生了什么，要爱一个人就爱她的全部，包括她的缺点和隐私。刘东在这么做，有时他买一袋巧克力，偷偷塞到她的抽屉里，有时又借到一本好小说，也默默地在第一时间放在她的面前。

刘东在做这一切时，李莉没有一点回应，但刘东还是这么做了，他为爱付出感到幸福和踏实，爱本身就意味着牺牲。

如果事情这么发展下去，李莉靠时间医好自己，就是不嫁给马刚或者刘东，也许也会有一个不错的结局，可事情就偏偏发生了意外。这意外的起因是那三个强奸犯。那三个强奸犯经常在海滨公园的深夜里作案，早就有人报案了。结果强奸犯们又一次实施强奸计划时落网了，他们同时也把李莉交代出去了。有个细节交代一下，那天晚上三个人并不知道李莉的姓名，只知道她是名女军人，第二天白天，三个强奸犯又重归故里——那片小树林时，发现了李莉丢在地上的军官证。三个强奸犯不仅知道了李莉的名字，还知道了她的年龄、工作单位等等。三个强奸犯把这一线索提供给了公安局。公安人员为了取证，他们先是找到了医院的领导，然后又找到了李莉。

李莉被强奸这一事实就不胫而走了，而且风似的在医院的角角落落传开了。公安局的人走后，人们曾清晰地听见李莉在自己的宿舍里发出号啕的大哭之声。医院领导做出了紧急处理，让李莉同宿舍那位护士，暂时脱离工作岗位，昼夜陪护李莉，以免发生意外。

三天过去之后，李莉的精神似乎平复了许多，她不再哭闹了，她只是发呆，一个人经常自言自语地说：我要嫁给你——

第四天晚上，同伴放松了对李莉的看护，李莉从宿舍的窗子里跳下了楼。可惜的是，李莉的宿舍在二楼，她没能自杀成功，只是小腿骨折了，于是李莉住进了外科病房。

刘东是内科中最后一个得知李莉被强奸的消息的。他起初愣在那里，不相信这一切会是真的，当他确信以后，他跑回宿舍，蒙着被子大哭了一场。李莉在他眼里是多么完美呀，简直就是一尊女神，高高在上，冰清玉洁，是那么的美好。现在，有人把他的神打碎了，他能不痛心吗？那一阵子，刘东恨不能抽自己的耳光，痛恨自己没有保护好李莉。

在李莉住在外科病房期间，刘东每天都要出现在李莉的病床前几次，今天送来一束花，明天送来一袋奶粉。他像一个忠实的奴仆在护卫着李莉。

李莉不看进来的刘东，只望着天棚发呆。刘东从来不说什么，站一会儿，然后就走了。有时刘东来时，李莉正在睡觉，美丽的头发从枕上铺开，她的面容安详，刘东这时会大胆地注视一会儿李莉，在他的眼里，李莉是美丽的，美丽得有些妖艳。这时他就联想到那三个强奸犯，他的身体有些热度了，此时的刘东怀着罪恶的心情离开李莉的病床。走出外科，他又有了打自己耳光的念头。夜晚的时候，刘东躺在床上，想念着李莉，他的心不像以前那么跳，以前他想李莉时，她是那么远，那么缥缈，此时的李莉离他近了，他似乎伸出手就能碰到她。思前想后的结果，他认为自己是爱李莉的，不管是从前还是现在。

在李莉住院期间，她的父亲来过一次，在病床前握着女儿的手流了两行泪水，然后冲女儿说：闺女，没什么大不了的，等你出院咱们换一个单位。然后背着手很局长地走了。

李莉一出院就接到了调令，是老家那座城市驻军医院发来的。李莉悄悄地走了，她谁也没有惊动，同科室的人在李莉走了两天后才知道李莉调走的消息。

刘东听说这一消息后，他的心空了。

刘东

李莉调走后，刘东就有了心事。他整日里愁眉不展，心事重重的样子。一个人的时候，李莉的音容笑貌便浮现在他的眼前；夜晚的时候，一个人躺在床上，他对李莉的思念更加的空前。李莉被强奸这是不争的事实，他没有见过那三个强奸犯，他一会儿把那三个强奸犯想象成三个彪形大汉，三个大汉用肢体语言在李莉娇小的身上运作着；一会儿又把那三个强奸犯想象成三个弱不禁风的三个瘦小的男人。总之，他一想起李莉，就会想起那三个强奸犯。不知为什么，每次想起强奸犯，他生理上都会有冲动。冲动过后，他更加思念李莉，李莉调走了，内科在他的心里变得毫无生气。干什么事情刘东都提不起劲来，给病号经常开错药。科主任检查处方时发现了这一点。刘东在全科人员的大会上受到了主任的批评。

刘东忍受着爱情的煎熬，他的心里放不下李莉。直到这时他才清醒地意识到，如果李莉不被强奸，自己也许也没有得到李莉的机会。李莉调走之后，他才知道李莉是在和马副政委的公子谈恋爱时被强奸的，也就是说，如果李莉不被强奸，迟早有一天会和马刚结婚的。刘东知道眼前摆着机会，如果自己努力的话，说不定李莉会属于自己。他决定给李莉写信，在写信时，他的眼前又浮现出三个强奸犯的样子，后来他在心里这么说服自己：就把李莉当成是离过一次婚的女人，除了不是处女之外，其他的跟正常人没什么区别。这么想过之后，刘东的心态平和了，他在信里把自己的爱写得一往情深，字字血声声泪的。刘东掌握着一个原则，那就是不揭李莉的伤疤，也不以一个强者的口气，仍一如既往地把李莉描绘得美好如初，仿佛压根她就没被强奸过，或者是被强奸了，而刘东根本不知道。

信发出了，刘东就剩下了忐忑的等待，结果第一封信石沉大海。刘东在爱情上显得韧性十足，他又开始写第二封信，马上又写第三封信，信的内容一封比一封诚恳迫切，让人读了会觉得没有李莉，刘东简直就活不成了。终于刘东寄出第十封信时，他收到了李莉的回信，李莉在信中写得很简单，她只说：如果你对我的感情是真心的，那么你就到我家来一趟。

刘东接到李莉的信后哭了，激动得楼上楼下地跑了好几趟。刘东很顺利地请了假，买了一张通往李莉家乡的车票他就出发了。

李莉是在自家的客厅里接待的刘东，那时李莉的父母都上班去了，家里只剩下李莉和刘东两个人。刘东见到李莉时没有想象的那么激动。刘东见李莉似乎从伤痛中走出来了，她依然那么美丽。李莉的样子很平静，跟什么也没发生过一样。

李莉冷静地说：你对我是真心的？

刘东用颤抖着的声音答：是真的，如果我有一句假话，天打五雷轰。

李莉又说：刘东你听好，如果我同意嫁给你，绝不是让你可怜我。

刘东答：我知道，你比我强十倍，不，是百倍。

爱情差点让刘东给李莉跪下。

李莉又问：我要答应你，你得答应我两个条件。

刘东站起来，双腿打着颤说：你说，别说两件，就是十件我也答应你。

李莉说：咱们结婚后，你得调过来。

刘东说：没问题。

李莉又说：过去的事你不能在我面前提一句，否则就离婚。

刘东哽着声音说：行。

刘东的眼泪就流下来了。

两人达成协议后，很快就结婚了。又是不久，刘东神秘地调到了李莉家乡这家部队医院，仍做内科医生。

家

李莉的父亲在这座城市里影响是很大的，从他调李莉，又调刘东的魄力上就可以看出来了。李莉和刘东婚后不久，医院就给他们分了一套两居室的房子。当然，这也是李莉父亲的魄力，医院许多副教授都还没住上单元房呢。

日子似乎变得平静了，婚后的生活表面上平静，刘东的内心世界却不平静，可以说复杂得很。

新婚初起的日子里，在夫妻生活上刘东显得很冲动，只要他一躺在李莉的身边，他就会联想起那三个男人，然后就冲动，很粗暴地用肢体语言去覆盖娇小的李莉。李莉应承着，有一次她似乎是烦了，极其厌恶地说：干什么你，跟个强奸犯似的。

她说完这句话，两个人都愣住了。李莉在流泪，他僵在那儿，一时不知如何是好。后来他躺在她的身边，用手臂搂住她，又伸出手为她擦去眼泪，渐渐地，她平静了下来，他又想起她刚说过的话，心里像流血似的那么难受。

夜深人静的时候，她睡着了，他却睡不着，大睁着眼睛望着黑夜，他就想：我的老婆是李莉，被三个男人轮奸过的李莉。这么一想过之后，他的脑子里就乱七八糟的了。

新婚的感觉在半年以后就过去了。在这半年的时间里，他的眼里只有李莉一个女人，李莉在他的眼里是美丽姣好的，她比任何女人都强，他的思维和生活都被李莉占满了。半年以后，他对这种婚姻生活习惯了，对李莉的每根毛孔似乎都熟悉了，李莉开始在他的生活和意识里变得不那么吸引他了。

在医院的环境里，女人永远多于男人。他身边那么多年轻护士、医生，她们鲜活地生活在刘东周围。他看着这些女性，有时暗自去和李莉比较，她们似乎都没有李莉漂亮，有的人比李莉更丰满，有的人性格比李莉更可爱一些。比较来比较去，刘东发现李莉并不那么优秀，并不那么完美无缺。冷不丁的，他又会想起那三个强奸犯，在黑夜的小树林里，顾头不顾尾地把李莉强奸了。

他在新婚半年后，一想起这些，不是冲动了，而是变成了一种生理上的厌恶。也就是说，李莉是不干净的。渐渐地，李莉在他的心里变得不那么重要了。

以前，下班回到家，晚饭都是他做，睡觉前，洗脚水他都会为李莉准备好，衣服呀被子呀都是他洗。半年之后，这种活儿也懒得做了，就是做也显得心不在焉的。他不做这些，只能李莉自己做。刚开始，李莉显得很不适应，把锅碗瓢勺弄得山响。他不说什么，打开一张报纸看半天。

有一天李莉切菜时不小心割破了手，她举着受伤的手指冲他说：刘东你变了，婚前你可不是这么说的。

他没说什么，找出纱布给她包扎受伤的指头。

晚上，两人坐在电视机前共同看一出有头无尾的电视剧。

她说：刘东你变了，你不珍惜我了。

刘东说：我没有。

李莉说：那你为什么饭也不做了，卫生也懒得打扫了。

刘东说：我累。

她说：你累我就不累了？

李莉说着说着就哭了，她一哭，他的心就软了，伸手把李莉揽在怀里，而不是新婚时那种用生命似的拥抱了。

李莉突然说：刘东你别以为你比我强，我哪点都不比你差，要是，要是——我能嫁给你？

婚前她做出过约定，不许提以前的事，可她最近总是拐弯抹角地往那件事上提，虽然没有明说，但两人谁都明白。她这么一说，刘东揽着她的手臂就松开了。

看着李莉伤心的样子，刘东想对她好一些，可他却做不到。夜晚就是做夫妻间的事，他总要把科室里那几个可爱的女孩子在脑子里想一遍，他才能唤起一些斗志。刘东意识到生活疲惫了，他说不清问题出在哪儿了。他有时就问自己，要是知道今日，当初干吗要结婚呢。看来得不到的永远是美好的，这句话是对的。

从那以后，刘东经常不能按时回家了，科里的小护士经常拉他去跳舞，或者是去她们宿舍打扑克。刚开始，刘东还能想起等在家里的李莉，后来玩得一投入，他干脆就把李莉忘掉了。

还是家

婚后的李莉还是属于那种漂亮的女人，但她漂亮得一点也不滋润，也就是说，没有了那种鲜亮感。

刘东有时很晚才回来，下了班之后的刘东不是跳舞就是打麻将，和那帮小护士在一起莺歌燕舞的。这一切李莉都知道，她下了班之后，面对的只能是冷冷清清的家，她做饭，自己吃完了饭，把刘东那一份在锅里热上，然后守着电视机清冷地坐一个晚上。她上床的时候，眼泪终于流了下来。刚开始的时候，她的心里是不平衡的，一面骂着刘东是个骗子，一边想：自己为什么要嫁给刘东这样的人。这么怨过想过，也发泄过，沉静下来的时候，她就想到了自己，如果不在海滨公园发生那件事，自己能嫁给刘东么？不能！嫁给刘东是一种无奈，有将就的意思，这么一想过之后，她也就想通了。她外表装成没事人似的，但内心里她一直没忘掉被污辱的阴影，她在刘东面前想强硬起来，可她做不到。也就是说，她意识里那个阴影一直在笼罩着她，让她不能骄傲，也不能幸福。她虽然从四二三医院调回来了，世上没有不透风的墙，她的事情还是一点一滴地传到了这里。四二三医院那些医生护士有许多同学都在这所医院，他们提起李莉时，都会说一句：李莉在我们这儿出过事。出过什么事？下面的话就隐私和具体了。

在李莉没有和刘东结婚时，经常有人在背地里议论李莉，李莉一出现他们就不说话了，眼神里却满是内容。那时的李莉心虚又恐惧，在这些人面前，脸一白一红的。她下定和刘东结婚的决心和这一切都是有关系的，她以为自己调离了四二三医院，过去所有的一切也都会留在那里，没想到的是，那件不光彩的事情将会跟她一辈子。这一点对李莉来说，打击是致命的。

这种打击让她在刘东面前强硬不起来，在婚前她是强硬的，该说的话都说了，也约法三章了。其实这一切都是骗人的，刘东不说不等于没有这件事，或者刘东不知道。大家都知道，说与不说其实都是一样的事。

李莉开始变得孤独起来了，上班的时候，她第一个戴上口罩，她愿意让口罩把自己掩盖起来，然后一声不吭，去病房或者在治疗室忙活，不到非说不可，她就不说话。别的医生护士倒是有说有笑的，她觉得那些说笑都是对着自己来的，她越发的孤独。终于熬到下班的时间，她换下衣服匆匆地回家了，一进家门，她就哪儿也不想去了，她盼着刘东早点回来，来填补她的孤寂。可刘东经常在很晚的时候才回来，他回来的时候，她已经躺下了，无意中他碰到了她滴落在枕头上的泪水，他心里沉了一下，犹豫着伸出手，她借势一下子便扑在他的怀里，她畅快地哭出了声，他问：怎么了，你怎么了？

她说不清也说不出来自己怎么了，她就是感到难受，非常难受。哭了一会儿，她才渐渐平静下来，然后小声地说：刘东求你了，以后下了班早点回来行吗？她用这种口气跟他说话，他心里一下子就找到了平衡，想起婚前他追求她的那个漫长的过程，他在心里笑了，于是便想：女人都是一样的，结了婚啥都没啥了。然后他在鼻子里"哼"了一声，算是对她的回答。她有些感动，泪水又流了出来，她用手抚着他的前胸，哽着声音说：刘东咱俩是这个世界上最亲近的人，你不能扔下我不管。

如今的李莉都在刘东面前说出这样的话来了，在以前可能吗？别说以前，就是发生了那件事之后，李莉在刘东面前也没说过软话。他是在写了第十封求爱信之后，她才回给他音信的。

李莉真的感到很孤独。在这座城市里，有自己的家，也有父母的家，刚开始她很勤奋地回父母的家，以为在那里会找到温暖或者别的什么，但父母的态度和家里那种气氛让她受不了，父母都是小心翼翼的，唯恐伤害了她，越不想伤害她；其实越伤害了她，她希望父母对她跟以前一样，该怎么就怎么。可是父母做不到，她一回到家里，父母对她的样子，马上让她想起那宗强奸案，她受不了。从那以后，她就很少回父母家了，她只能回自己家。刘东回来得早些，她心里会好受一些，有时刘东回来晚一些，或者值夜班，家里就剩下她一个人，她害怕又孤单。她下定了决心，准备要一个孩子。那天晚上，她对刘东说了，刘东当时没说什么，半晌才说：你想好了？她点点头。

孩子很快就怀上了，不久孩子就出生了。孩子一出生，麻烦就来了，首要的问题就是谁来照顾孩子，在月子里，李莉的母亲请了一个月的假，照顾了李莉和孩子，一出月子，李莉的母亲上班了。刘东写信，让自己的母亲来了，这是母亲第一次出这么远的门，照顾自己的孙子没啥说的，全身心地投入，也任劳任怨。刘东的母亲是农村人，种了一辈子的地，喂了一辈子的猪，所有的习性和生活和城里人都是不一样的。比如，不洗手就给孩子冲奶，不让开窗开门，说是怕孩子受凉。母亲还有吸烟的习惯，当把孩子哄睡之后，她会坐在孩子的床前，仔细地卷一支叶子烟，然后心满意足地吸上一阵子，望着跟前的孩子，仿佛坐在自家的田间地头望着即将收获的庄稼那般满足和愉悦。吸烟的老人总是痰多，母亲清清嗓子，很容易就清理出一口浓痰来，母亲随意地，响亮地把痰吐在地上，为了显示文明她还会用鞋底子在痰上踩几脚，在地面上揉搓一会儿，直到痰渍淡了干了，才会收住脚。

这对李莉来说无法忍受，李莉是护士，在医院工作时间长了，就有了爱洁的习惯，婆婆这样，她又如何忍受呢？刚开始她还耐心地纠正婆婆这些习惯。婆婆的脸色很不好看，婆婆说：俺们农村人都这样过一辈子了，不是也活得很好，咋的了？我不洗手给孩子喂奶，照样把刘东养这么大，还考上了大学。

刘东是母亲一生中的骄傲。刘东在城里娶妻生子了，这也是母亲的成绩。一段时间下来，母亲对儿子的家哪儿都满意，就是对儿媳妇有意见。媳妇漂亮是漂亮，生了孩子却没奶，干什么活儿都不那么踏实，吃饭也跟猫舔食似的，这样的女人能过日子吗？母亲用一位农村女性的目光衡量着儿媳妇，得出的结论是，儿媳妇是不合格的。母亲就多了许多抱怨。

刘东下班一回来，母亲抽空就和刘东嘀咕，母亲说：你媳妇咋就没奶呢，咱们村东头老王家那个儿媳妇，那奶水“嗞嗞”的，孩子都三岁了，现在的奶还没断流。

母亲又说：你媳妇这干巴瘦的身子，你看咱们村老姜家的儿媳妇，一口气生了俩儿子，那身体跟牛犊子似的。扛一百斤米跟玩儿似的，你媳妇行吗？

母亲还说：长得好看有啥用，顶看不顶用，我看你们这日子过不旺。

母亲再说：……

总之，在母亲眼里李莉非常不合格，在她的眼里，儿媳妇没有一点优点，还那么多讲究，洗手哇，吐痰啊等等，这不是矫情么？

母亲就和李莉生出了许多矛盾。刘东上班不在家，家里只剩下李莉和母亲，一老一少两个女人的矛盾就不可调和了。孩子睡着了，母亲又开始吸叶子烟，烟味浓烈得很，李莉忍无可忍，“砰砰”地把门窗打开。母亲不平了，她拉长声调说：你要干啥？想冻坏我孙子咋的，我抽口烟咋的了？就是牛呀马的干累了，还喂口草喂口料呢。

李莉说：你以后抽烟去厨房好不好，这么小的孩子你就让他中毒？

母亲说：中啥毒，我怀刘东时就抽烟，生下来也抽，他不是好好的么？

李莉还能说什么呢？她跑到里屋，趴在床上哭了起来。剩下母亲在那儿生闷气，她又吐了口痰，用脚揉搓了一番，“砰砰”地又把门窗关上了。

母亲一直认为这个家是刘东的而不是李莉的，在农村人眼里，只有男人才是一家之主，女人算什么？只不过是家里的附属品，男人才是当家做主的人。母亲怀着这种心态，果然就不把李莉当回事了，从小娇生惯养的李莉哪受过这个，她一心想要孩子，没想到有了孩子，又出现了这样的局面。她终于忍不住和刘东摊牌了。

她冲刘东说：你妈怎么这样？

刘东也看不惯母亲的一些做法，比如不讲卫生等等，但李莉这么说，他的心里还是不快，母亲没有功劳也有苦劳，那么大岁数的人了，夜里要起来几次给孩子喂奶、换尿布的容易么？他有些心疼母亲。见李莉这么说，他就拉下脸来说：你母亲好，可她给咱们带过几天孩子？

李莉听了这话就哭了，她知道，他们娘俩这是合起伙来对付她一个人。她没想到让一个农村老太太给欺负住了，自己嫁给刘东就是一种委曲求全的办法。她没想到，婚后不久刘东就变了，她以为有了孩子会好一些，没想到在刘东母亲和她之间，刘东又站在了自己母亲一边，她越想越委屈，于是她就抽抽咽咽地哭。她一哭，刘东就心烦，他从床上坐起来压低声音说：你还有完没完？

李莉能有个完么？尤其是此时刘东对她的态度，李莉伤心得要死要活，眼泪就成串地流下来。

第二天一早，李莉似乎下了决心，她红肿着眼睛冲刘东说：这个家我没法待了，你跟你妈过吧。

说完收拾东西就走了，她是回父母家了。

李莉一走，母亲气得浑身发抖，一迭声地冲刘东说：没见过这样的媳妇，要是在农村，看男人不打折她的腿。

刘东黑着脸没说什么就上班去了。

几天过去了，李莉仍然没有回来的意思，她一走，把孩子交给了刘东母亲一个人，又带孩子又做饭的，老太太吃不消了。血压升高摔在了卫生间里，孩子在床上大哭着。刘东下班回来才看见母亲鼻青脸肿的样子。刘东没有办法，他只能去找李莉了。

母亲刚强得很，她咬着牙说：儿子，你别去，你没有错，干啥让你去低三下四求她？我能行，你们哥儿几个都是我带大的，我就不信带不大一个孙子。

母亲这么说，刘东还是心疼母亲。李莉总是不回来，也不是个事儿。他找到李莉，李莉只有一个条件，那就是回去也可以，但必须让刘东的母亲走。

刘东就说：让我妈走，你一个人能带孩子么，产假一过，你不上班了？

李莉说：咱不会请保姆啊。

刘东没能接回李莉，垂头丧气地回来了。

母亲一见就说：我说啥来的，这种女人不能求她，长得好有啥用，我一见她面就看出来了，她不是过日子的人。

这样又坚持了两天。母亲虽然很刚强地挺着，但母亲年龄毕竟大了，人一忙，又丢三落四的，有一次奶还没凉，孩子一哭，她就用热奶去喂孩子，结果把孩子嘴烫坏了。刘东心疼母亲也心疼孩子，最后他还是下决心，让母亲回老家了。

母亲一听说让她走就哭了，母亲是真心想帮助刘东一把。她养了几个姑娘儿子，就出息了刘东一个人，她心疼刘东。后来她也知道自己要是不走，儿媳妇就不会回来，最后她千叮咛万嘱托地，一步三回头，流着眼泪走了。

母亲一走，李莉回来了，她在乡下托人找了一个保姆。从此，家庭就太平了一些。自从有了孩子之后，刘东真的没什么闲心了，他一下班就急着往回赶，到了家里，看到孩子心里才踏实下来，这一点是李莉希望看到的。

半年以后，李莉休完产假就去上班了。两人一走，家里只剩下小保姆和孩子，刘东不放心，李莉也不放心。两人抽空就往家跑，有时刘东刚出门，李莉又风风火火地回来了，两人顾不上打招呼，一个忙着往科里赶，一个忙着往家里奔。这也是李莉期望的局面，她现在已没有时间和精力去回想当年发生的那件事了，她也没心思去关心别人怎么讲怎么去说了。这样一来，李莉脸上的气色又恢复了过来，人又滋润起来了。

她每天下班抱着孩子，咿咿呀呀地逗着孩子，偷眼去看忙碌的刘东，心里很有成就感。一高兴她就哼起了“邓丽君”的歌，她已经许久没有唱歌了。

精神愉快了，问题却出来了。有了孩子，又请了保姆，他们的经济开始紧张起来。

那会儿改革开放的政策已经出笼了，改革开放的步伐可以说一天往前迈一大步。回到家的李莉就说：自己的同学，某某下海经商了，一个月挣了三千多。又说某某转业了，自己办了个公司，一年挣了好几万。

刘东不为所动，他是学医的，自己的岗位只能在医生的岗位上，况且对做生意开公司他也不感兴趣。李莉这么说了，也就说了。他只能用沉默来回答李莉。他现在是一家之主，他没有反应，李莉也无可奈何。

大裁军

机会终于来了。大裁军那一年，李莉被医院确定转业了。别看她嘴上在说这说那的，可真让她转业，她真有些手足无措。百万裁军这是大势所趋，李莉最后还是走了。

李莉不想当护士了，她转业到了地方的建委上班。又是个半年之后，她回到家里，突然对刘东宣布自己停薪留职，要下海做建材生意。

为这件事，刘东还和她吵了一架，刘东怪她事先没有征求他的意见，况且，李莉现在的单位不错，收入比在部队医院高多了，这么好的单位说辞就辞了，以后的日子还怎么过?

李莉自从有了孩子之后，心态明显好转了，她现在不用看刘东的脸色了，她想干什么就干什么。

李莉的父亲虽然退了，但在这个城市里经营了几十年的关系还在，这就给李莉提供了一张可以活动的网。

半年以后，李莉经营的建材公司就有了起色。有一天，她从外面回来一进门，便喜气洋洋地把一张存折摔在刘东面前，然后理直气壮地说：你看看，要是上班什么时候能挣到这个数。

刘东打开存折，他也惊讶了，那上面存着五万块钱。

又是个不久，李莉在这个城市里的一个开发小区里，买了一套房子，三室一厅，装修豪华。她没有征求刘东的同意就把家搬了过去，刘东直到下班之后，回到原来那个家，才发现里面已经空空如也了。他只能心不甘情不愿地住进了李莉新买的房子。

不知什么时候，李莉已经是一家之主了，房产证上写着李莉的名字，户口本上户主一栏上也是李莉的名字。

他们的儿子已经到了入托的年龄了，李莉做主，把儿子送到了本市最好的，也是第一家私立幼儿园，光赞助费就花了一万多。这一切，刘东只能看着，他甚至没有发言权，钱是李莉出的，地方也是她联系的，他还能说什么呢?

现在他每天下班回到家里，感觉自己仿佛是个客人，孩子全托不在家里，李莉忙着生意上的事，不到三更半夜她是回不来的。他这看看，那走走，最后只能坐在电视机前没滋没味地看一会儿电视。

有天早晨他起床，发现李莉还在睡着，她的头发烫了，鼻子又整了一次形，眼眉似乎也修饰了，她变得比以前更加有风韵了，重要的是，她睡得很舒心，眉眼完全是展开的。刘东又想起几年前，那件事情发生后，李莉躺在病床上，他去看她，她是那么的楚楚可怜，就是在那一刻，他才最后下定决心娶她。现在，那种情形完全不复存在了，睡梦中的李莉仍那么自信舒心。

李莉和马刚

李莉已经不是以前的李莉了，虽然儿子四岁了，但她仍年轻。更重要的是，生意上的成功让她百倍地自信，她一出现在公开场合，所有人的目光都会围着她转，因为她漂亮，也因为她是一个成功者。众人的眼睛是自己最好的镜子。以前所有的不快和挫折，现在看起来什么都没什么了。她又是以前那个心高气傲的李莉了，她回过头再看刘东时，心里那种不满足就越发地强烈了。当初她在最低潮的时候，她嫁给了他，因为只有他才带给了自己安慰。从结婚那天开始，她一天也没有心甘情愿过，有的只是无奈。刘东在她眼里算什么，年轻那会儿，她要找男朋友，闭着眼睛都会找一个比刘东强的。最后找了刘东，不过是他乘虚而入罢了。她现在回想和刘东近五年的婚姻生活，没留给她一丝半点甜蜜和值得回忆的东西。马刚那样的男人才是她梦想的，虽然当初马刚甩了她，她并不恨马刚，她只恨那三个强奸犯。在这五年的婚姻里，马刚经常会出现在她的脑海里，那么顽强，那么鲜活。

刘东算什么？从追求她到结婚，他在她的心里从没占据过重要的位置。如果二十年前没发生那件意外，两人将是永远不会交叉的两条平行线，你走你的阳关道，我走我的独木桥。

二十年前那会儿她还是个小姑娘，她真的被吓着了，无所适从，痛不欲生，连死的心都有了。如果放在现在，那将是另外一种结果了。二十年的时间里，她弄明白了，男人和女人，除了感情，不就是个贞洁吗？被强奸那不是背叛，婚外情才是真正的背叛。李莉回想起二十年前，竟有了一种白云苍狗的味道。

她现在已经不把二十年前那点儿事当回事了，人前人后的她是一个成功者，一个成功又漂亮的女性，在她生活的圈子里，没人知道她二十年前那点儿破事。只有刘东知道，刘东在她眼里又是什么，只不过是抹去时光的一块抹布。她真的不把刘东当回事了，如果刘东再提起那件事，她会毫不犹豫地离婚，让她生活中最后一根肉刺永远离开她的生活。

李莉现在是一个成功的女人，她现在是说一不二，想做什么就做什么。刘东的地位便可想而知了，他又变回了二十年前那个可怜巴巴的男人，求着她，巴望着她，在她面前察言观色。

世界本来就很小，李莉和马刚又一次相遇。那是在省城建材商的招商会上，当李莉看到马刚那一刻，她的眼睛直了，埋在心头二十年的火苗又一次“呼啦”一下点燃了，她瞪着眼睛，张着嘴，心脏如同少女一样地蹦跳着。马刚也看见了她，先是愣了一下，待反应过来后，他向她伸出了一只手，然后说：是你？李莉你好啊。

两只手就那么握在了一起，她发现自己的手是潮湿和颤抖的。她竟有些哽，眼里蒙了一层潮气，直到这时，她才明白马刚在她心里的位置。马刚是她的第一个男人，也是她刻骨铭心的男人。

然而马刚呢？见到她有些惊愕后马上就平静下来，他还是二十年前那个样子，什么都不在乎，眼神是目空一切的。然后他说：这些年还好吧？

她望着他，目光复杂，心绪难平，她哽着声音说：你呢？

他说：就那样，马马虎虎，转业了，就下海了，现在做建材生意，还不错，你不是也一样吗？

她点点头，这就是他们的经历，说复杂就复杂，说简单也简单。三言两语，他们就把各自的情况通报了，什么也就都没什么了。后来两人就分了手，各自忙各自的去了。

晚上，她回到宾馆，心情还是难以平静下来。在这一天的时间里，她如同梦游，睁眼闭眼的，脑子里都是马刚的身影。回到宾馆后，她突然有了一个大胆的想法，约马刚来谈一谈，就在今晚，就在这个房间，否则，她将难以入睡。这时，她想起会务组发的与会人员名单，那份名单后面就有房间号。在这之前，那份名单她连看都没有看一眼。

电话很快就通了，马刚果然在房间里，她说：马刚，我想和你聊聊。

马刚在那边沉吟了一下，才说：好哇，现在不行，我还有点事要处理，两小时后我去找你。说完，问了她的房间号就挂上了电话。

她一放下电话，就激动了起来，两个小时后意味着什么？夜深人静，两个旧情人在房间里相遇……她不敢再想下去了。现在的她浑身上下的每一个细胞都是兴奋的，在这两个小时的时间里，她都不知道自己在忙些什么。先是不停地换着衣服，然后是彻底地清洗自己，把自己弄得水汪汪的。在走出浴室时，她突然决定穿着睡衣迎接他。那是一件非常性感的睡衣，是巴西的一位朋友送给她的，她一直没有舍得穿。确切地说，这件睡衣到现在还没有用武之地，这会儿终于派上用场了。穿上睡衣的她在镜子前左揽右照，发现自己果然性感。如果二十年前自己还是只丑小鸭的话，那么现在，她就是白天鹅了。她在焦灼中，终于等来了马刚的敲门声，她迫不及待地打开了门。

马刚衣冠楚楚地立在她的面前，她发现马刚看她的眼神那么一跳，她的血液顿时欢畅地流动了起来。

她坐在床边的一角，他坐在沙发上，床头灯半明半暗地亮着，她又想到了二十年前在马刚宿舍里的情景。那时，他们是没有更多话语的，一切都被身体语言取代了。现在，马刚一副很沉稳的样子，他在吸烟，吸烟的神情也如二十年前那么帅气。

接下来两人都聊了很多，说到了各自的经历，也说到了婚姻，马刚说：结了一次婚，又离了，挺累的，两年前又结了。

马刚说这一切时，很平静，仿佛在说别人的事。

后来马刚又问：那个刘东，刘医生还好吧？

她和刘东结婚，这事大家都知道。

她说：就那样吧。

她现在的情绪有些低落，原来她对马刚是有些想法的，可听了马刚离婚又结婚的，仿佛他还很满意现在的婚姻，不过后来她又想：爱一个人又何必朝朝暮暮，如果能做相爱的人的情人，也是件幸福的事情。这么想过后，她的情绪又有所高涨，她的脸湿热而红润，呼吸也有些急促。此时，她如同热恋中的女人，神情迷离，目光散乱，只等着与心爱的人徜徉爱河。

她喃喃着说：马刚，这么多年我一直想着你。

马刚望着她，不知是欣喜还是别的什么，在他的脸上，竟然看不出太多的表情。

最后，她站了起来，偎在马刚的身上。她的身体里的香气一时裹挟住了他，他有些迷乱，他的手在她光洁的背上游走着。她紧紧地抱住了他，他们现在又只剩下身体语言了。

他的外衣终于被她脱去了，他们訇然倒在了床上。她迫切又焦灼地说：马刚，我想了你二十年，要是没有二十年前那件事，我一定会是你的老婆。

他听到这儿，忽然就不动了，僵了似的躺在那儿。

此时她衣冠不整，脸色苍白。她见他停止了动作，仿佛被一颗子弹击中了，她问：马刚，你怎么了？

他坐了起来，背转过身，呻吟般地说：李莉，我不行，真的不行，一想起二十年前，我就……

她顿时明白了，泪水不可遏止地流了下来，刚才还澎湃的激情一下子烟消云散了，身体也冷了下来。

他站了起来，她看见他的脸上也被泪水打湿了，他低声说：对不起李莉，我真的没有办法。

说完，马刚拿起自己的外衣，头也不回地打开门，消失在她的视线里。

她彻底被击倒了，包括精神和肉体，她瘫倒在床上。二十年了，她以为足够治愈人内心上的痛，结果是她错了。她现在是个女强人了，以为“女强人”这个称谓能弥补一切，结果她还是错了。那一夜，她睁着眼睛等到了天亮，二十年间的经历不断地在她眼前闪回着，所有的幸福和不幸，在这一夜间，她仿佛又重新活了一遍。

并不是结果

那次招商会后，李莉的情绪一下子消沉了许多，仿佛她又换了一个人。她很少出去应酬了，夜晚的大部分时间里，她都待在家里，两眼空洞地望着什么地方出神。

刘东大感意外，意外的结果是对她更加的小心翼翼。电视开着，他一会儿瞅一眼电视，一会儿又看一眼她。

她说：声音开那么大干吗？

他忙把电视的声音调小一些。

一会儿，她又歇斯底里地吼起来：声音那么小，还让不让人听呀，电视是你一个人的？

他忙把声音再调大些。

总之，不管他做什么，她都看他不顺眼，不舒服。他怎么着也不是，只能更加的小心着。

晚上睡觉时，她睡在沙发上，有时半夜睡醒了，又气冲冲地走回到卧室冲熟睡中的刘东嚷：凭什么我睡沙发，你去。

刘东就睡眼蒙眬地去沙发。

突然有一天，刘东终于忍无可忍了，他说：这日子还让不让人过了？

他发火了，他居然也会发火？李莉怔怔地望着他，竟一句话也说不出来。

他说：你心里不顺，别拿我出气，有本事把你的气冲着伤害你的人去使。

她终于说：刘东，你以为你是谁？你不就是个农民嘛，告诉你，从我认识你那天到现在，我从来就没喜欢过你！

刘东也热血撞头了，这样的日子他过够了，他也就不想什么后果了，他站起来，双手叉腰，大声地说：李莉，别瞧不起农民，我知道你嫁给我，觉得有些亏；可你别忘了当初你都嫁不出去，没人要，是我要了你，你还想咋的吧？

爆发了，沉寂的火山终于爆发了。这日子还能过吗？不能，肯定不能。李莉在心里山呼海啸地怒吼着。

接下来就是离婚，势如破竹的样子。不久，李莉把她的建材公司转让了，住房也卖了，她带着孩子一下子就消失了。

有人说，她去了南方，干的也是建材生意。

也有人说，她出国了，她的积蓄足够她的生活了。

还有人说，在某个寺院里看到了出家的李莉。

种种说法似乎都有道理，说这些话的人也都一副准确无误的样子。

没有人知道李莉去了哪里，只有她自己知道，带着她自己的秘密去了一个没人知晓她的经历的地方。

狗头金

梦开始的地方

江叉子“嘎嘣嘎嘣”地化了，变成了一江春水。水上漂浮着冰排，在水面上一漾漾的。春天真的就到了。

大树在华子身上下着力气，华子气喘着说：明天一早就走？

大树喘息着：一早就走。

华子下意识地把身上的大树搂紧了，似乎是想让大树永远长在自己身上。许久，大树还是一点点地从华子的身体里退出来。她却仍然死死地搂着大树。

大树此时的心情有些苍凉，他伏在她的身侧道：这回就这一年了，发财不发财的，回来就娶你。

华子哭了，泪水湿湿的，弄了大树一脸。大树把华子的身子搂紧了一些，什么也没说。男人在这时候的心肠总是硬一些。后来俩人都没说什么，但也都没有睡好，一会儿醒一次，一会儿又醒一次。醒过来，他们就死死地抱住对方，生离死别的样子。

春天到了，淘金的人都三三两两地进山了。他们怀着发财的梦想，从春到秋，一年三个季节的一头扎进深山老林里，挖坑捣洞地在沙石里寻找着金屑。金屑被一点点地攒起来，等他们出山时，金屑已经很可观地有一些了，包裹着揣在怀里，深一脚浅一脚地走出来。然后在大金沟镇的金柜上，换回一些硬邦邦、白花花的银元，硬硬地揣在腰间，感觉很是阔气。淘金的人有的回家去过年，有的干脆就留在大金沟镇猫上一个冬天，等来年开春，再一次进山。

猫在镇上的人，大都是无家无业，一人吃饱全家不饿的主儿，然后把怀里硬邦邦的银元扔在大大小小的妓院里，包括一身子的力气。等到春天的时候，那些硬邦邦的东西都梦一般地飘走了，又是一个穷光蛋，还有一副发软发虚的身板。三五个人聚集在一起，摇摇晃晃地再次走进山里，开始了新一轮的发财梦想。

大树都快三十岁了，他来到大金沟快五年了，五年的时间里，他淘了五年的金。发财谈不上，他帮助华子开了一家豆腐房。华子一年四季做豆腐，在没有大树的日子里，华子做豆腐也能维持生计。

华子是那一年秋天逃到大金沟的。从中原老家出来时，他们一家人有爷爷、父亲，还有母亲。先是爷爷拉痢疾，拉得人成了皮包骨，最后油干灯灭，一头倒在路沟里起不来了。父亲、母亲和她，哭喊着把爷爷埋了。擦干眼泪，人还得往前走。老家是不能回了，先是黄河决堤，大水淹了土地和房，然后又是连年干旱，生活在那里的人饿死了五成。那些没饿死的，挑了全部家当，咬牙含泪地闯了关东。

在闯关东的路上，母亲也得了病，发冷发热的，最后也倒了下去，只剩下她和父亲。父亲挑着担子，拖着她跨过了山海关。

眼前是一马平川的关东大地。此时，父亲和她已是骨瘦如柴，身子轻得像片儿纸，一股风刮过来，站都站不稳。俩人摇摇晃晃着又走了月余，父亲说要躺下歇歇，就躺在了一棵大树下，然后就再也没有起来。

华子孤身一人流落到大金沟，她举目无亲，山穷水尽。走投无路的她，在自己脖子后插了根草，她要把自己卖了。她的想法很简单，谁给她一口吃的，她就跟谁走。这时，她遇到了大树。

大树刚从山里出来不久，金沙已换成了硬硬的银元。看着眼前的华子，他想起自己刚来到大金沟时的样子——他带着小树，见人就磕头，叔叔大爷地叫，就是想讨口吃的。后来是老福叔收留了他们哥儿俩，熬过了一冬。春天一到，他们就随老福叔进山淘金了。

那年深秋，大树收留了华子，帮她在大金沟开了间豆腐房，花去了大树身上所有的银元。那时的华子干黄、枯瘦，身子就像是一个十二三岁的孩子。

大树没有多想，他就是想救华子一条命，也是华子的乡音唤醒了他的良知。大树除了小树，还有个妹妹，逃荒的路上死了。他一看见华子，就想起了妹妹。

没想到的是，大树又一次从深山老林里走出来，再见到华子时，华子完全变了一个人——水灵，也红润了。一双眼睛扑闪着望着他，让大树想起了刚出屉的水豆腐。

大树和小树在江边有个窝棚，俩人一直在那里过冬。那年冬天，窝棚里只剩下小树一人，大树搬到华子的豆腐房了。他像压豆腐一样压了华子一个冬天。冬天一过，他就下决心要娶了华子。华子现在里里外外被滋润得如同鲜嫩的豆腐，但现在还不是时候，大树还要多挣一些钱，帮小树讨个老婆，然后光光鲜鲜地把华子娶过来。剩下的钱，他要和华子一起在大金沟做个小买卖，有滋有味地生活。这就是大树的梦想。几年了，他一直揣着这个梦想。再苦再累，一想起自己的梦，心里就有了盼头，有了冲动。

晨光初现的时候，大树从被窝里爬起来。华子也起来了，她一早就要磨豆腐。天亮的时候，她要把做好的豆腐送到大金沟人的饭桌上。大树看到丰腴光鲜的华子，就在心里狠狠地说：拼死拼活就这一年了，等秋天俺一定娶你。

华子似乎明白大树的心思，生离死别地一头扎在大树的怀里，用手臂狠命地把大树搂抱了一次。

大树最后还是挣脱了华子，摸索着出了门。

街口上，老福叔、小树、老蔫、刘旦早就等在那里了。这几年，一直是他们几个合伙去淘金。这些人都是前后脚从老家逃荒出来的，亲不亲，故乡人。谁有个为难遭灾的，也算有个照应。他们每个人都肩扛手提着一些吃食，这是他们进山的食物。在这中间，他们还会派人出山买一些粮食运进山里。

老福叔见人到齐了，就“咳”一声，把地上的东西放到肩上，说了句：走球。

五个人排成一排，摸摸索索地向暗处走去。老福叔养的那只狗也跑前跑后，很欢实的样子。狗是黄毛，老福叔唤它“老黄”，人们也跟着这么喊。

天光大亮时，他们算是进山了。刚开始还有羊肠小路，那是放牧或是采山货的人踩出来的。再往前走，路就没了。顺着一条溪水摸索着往前，越山翻岭的，他们这样要走上十几天，才能走到淘金的地方。

淘金

山谷夹着的一条溪流，就是他们淘金的地方。沿着谷口，间或能看见零零星星的窝棚，那是他们几年前进山淘金时留下的，早就不用了。他们要到没有人去过的地方，那里的沙石含金量高，这样淘下去，才能有个好收成。

山里的冰雪尚未化尽，溪水因为雪的融化，流得也算欢畅，汩汩有声地向山下奔去。老福叔带着几个人，还有那只老黄，一直往山谷深处走。第十三天的下半晌，他们走到了山谷中的一片开阔地。以前他们没有来过这儿，别人也没来过。老福叔放下肩扛手提的东西，眯了眼看那山，看那水。众人知道，老福叔这是在看“金眼”哩。他们都是随老福叔学淘金的，在哪里淘金都是老福叔说了算。他先是用眼睛看，然后用手摸。果然，老福叔三下两下地把鞋脱了，趟着刺骨的雪水走到溪水的中央，伸手抓了一把沙，更加用力地眯了眼看，又闻了闻，甚至还伸出舌头舔舔，最后把那把沙甩到溪水里。老福叔就底气十足地喊了声：就是这儿了——

老福叔的一句话，等于告诉大家，他们今年就要在这儿拼死拼活地干上个三季，饿也是它，饱也是它了。他们相信老福叔的眼力，这几年下来，他们的收成总是不错。

山坡上就多了几个窝棚，窝棚用树枝和草搭成，管风管不了雨，也就是让晚上那一觉能睡安稳些罢了。

淘金并不需要更高的技术，却需要一把子力气。在溪水旁的沙石里，下死力气往深里挖，挖出的沙石经过几遍的淘洗，就像淘米一样，剩下一层或一星半点的金屑，就是他们要淘的金子了。金屑卖给金柜，金柜用这些金屑再炼金，最后就成了一块块黄澄澄的金条。当然，那都是后话儿了。这些淘金的人还没有见过金条，他们只见过银元，用金屑换银元。他们很知足，银元也是硬通货；有了银元，就能办好多事，那是他们的梦想。

相传淘金的人也淘出过狗头金的。顾名思义，那是一坨像狗头那么大的一块金子。分量足，成色也好。狗头金是天然金，一块狗头金能卖出他们想象不出的价钱。要得到一块狗头金，别说他们这辈子，就是下辈吃喝都不用愁了。狗头金，他们听说过，但谁也没见过。但狗头金时常被他们挂在嘴上，那是他们的一份念想，或说是一个痴梦。

晚上，大树和小树睡在一个窝棚里。小树比大树小上个五六岁，二十刚出头，正是爱做梦的年龄。小树躺在窝棚里，望着缝隙中漏进来的一缕星光，啧着嘴说：哥，你说咱今年要是挖到狗头金，那以后的日子你说该有多好啊！

大树没做狗头金的梦，他正想着华子呢。他离开华子的时候，华子的眼神让他刻骨铭心。他说不清那眼神到底意味着什么，反正他一想起她的眼神，人就六神无主的。他早就想娶华子了，他一直拖到现在还没娶她，是他一直有一种担心，怕自己有啥闪失。淘金人的命是说不准的。去年，山里发了一次洪水，就有另外一伙淘金人被大水卷走了。前年的两个淘金人被一群恶狼疯扯了。除去这些，生个大病小灾的，深山野岭的，叫天不应，唤地不灵，淘金人的命莫测得很。一直没有答应和华子结婚，他考虑的不是自己，而是华子。大树已经下好决心了，再拼死拼活地干上一年，明年就洗手不干了。这几年华子开豆腐房，他淘金，俩人也有些积蓄了。他们商量好，到时候就请人造条船，夏天时在江里捕鱼，等封江上冻了，就做豆腐卖，日子总会过得去。想到这些，大树就高兴得睡不着觉。到时候，他就可以整宿地搂着华子睡觉了。他喜欢闻华子身上的豆腥气，也更恋华子水豆腐一样的身体。

小树在做狗头金的梦，大树却觉得狗头金离自己太远了，他不做。他只做和华子在一起的梦。小树见哥不说话，就继续啧着嘴说：哥，咱要是挖到一块狗头金，嘿嘿，你就把华子娶过来，咱们做买卖，做大买卖，就像金柜的胡老板那么有钱了，整天吃香喝辣的。

大树翻个身，蒙眬中瞅着弟弟那张半明半暗的脸，就有些心疼这个弟弟。一家人逃荒来到大金沟镇，就只剩下他们哥儿俩。小树现在是他唯一的亲人，他做哥的早就为小树谋划好了，今年一过，就给小树成亲，再盖个房子，也让他做点小买卖。小树是个有心人，他把自己分到的那份金屑换成了银元，又把银元在胡老板那儿换成银票，自己从不乱花一个子儿。不像老蔫和刘旦，把金屑换了银元后，就急三火四地去妓院找相好的去了。那点血汗钱都填了无底洞。一冬下来，腰空兜瘪，只剩下被掏空的身子。

大树怜爱地摸了一把小树冰冷的脸，喃喃道：小树，咱不做那白日梦，早点歇吧，明天就开工了。

小树又吧嗒了一下嘴巴，嘀咕几句什么，侧过身睡去了。大树撑起身子，把小树的被角掖了掖，心里狠狠地说：弟呀，咱哥儿俩再拼死拼活干上这一年吧，明年说啥也不让你再干这个了。

大树躺下了，他模糊着要睡去的瞬间，又想到了华子，心里想：真好啊。然后就沉沉地睡去了。

老黄

五个人泥一把、水一把地在残冰尚未化尽的溪水里开工了。

雪水很凉，刺人的骨头。刚开始是猫着腰在溪水里捞沙，把沙石捞到老福叔面前，最后洗沙这道工序要由老福叔完成。

老福叔的活儿很细，他把沙在水里淘了一遍，又淘了一遍。粗粗细细的沙粒顺着溪水流走了。筛沙的工具是自己做的，用柳条细细密密地编了，水可以慢慢地渗下去，但金屑却不会漏掉。有时老福叔筛了半晌，洗了半天，金屑一片也没有。老福叔就会哀叹一声，捉了袖口，抹一把脸上的汗水，愁苦地瞅一眼当顶的太阳。

此时正是初春，太阳还是有气无力的样子。老福叔就在心里绝望地冲天空喊：老天爷呀，你开开眼吧，让俺少受些罪吧。

喊完了，老福叔就憋了一肚子气，弯着腰，撅着腚，狠狠地用柳条编的簸箕向大树、小树、老蔫和刘旦他们从溪水里淘出的沙堆戳去。四个人淘出的沙已经有半人高了，老福叔都要一簸箕一簸箕地把它们筛完。碰上幸运的时候，簸箕的最底层会留下几粒一闪一亮的东西，那就是金屑了。老福叔眯了眼，用指头小心地把金屑蘸起来，然后解开怀，里面放着烟盒大小的口袋。他一手撑开口袋，仔细地把那粒金沙弹进口袋里，又严严地捂好，重新放到怀里。这时，老福叔的心情就会很好，嘴里发出一声：呔——人就仰了脸，望了眼灰蒙蒙的天，心里感恩般地喊了一声：老天爷呀，你是可怜俺啦。

想过了，谢过了，老福叔又向沙堆扑去，重复地筛着沙。每一次都怀着美好的希望，至于是否有收获，那要看老天爷的心情了。

一个大上午下来，老蔫的双腿就抽筋了。刚开始他用双手去掰扯不争气的脚趾，脚趾上的筋脉拼着命地往一起缩，老蔫就咒：日你个娘，让你缩，你缩个鸟啊。骂完了，仍无济于事。他又在水里奔波几趟，整个小腿就都缩在了一起。老蔫跌坐在水里，扑腾一阵，忍不住爹一声、娘一声地叫。

大树和小树奔过去，拖抱着把老蔫弄上岸。老蔫就水淋淋地瘫在岸边。老蔫三十多岁的汉子，脸上的胡须很密，却看不出一点凶相。相反，让人一看就是个面瓜，一副萎缩相。

老福叔抬了脸，不屑地把老蔫瞅了，接着就骂：没用的东西，你的劲头儿呢，怕是都用在女人的肚皮上了吧。

老蔫不说话，在岸上的沙地上滚，抽筋的滋味很难受，让人往一堆里缩。这些人都是老福叔带出来的，是打是骂，没人挑理儿。三十大几的老蔫早就到来大金沟了，先是帮人下江打鱼，后来又淘金，挣了一些散碎银两，也都让他喝了，嫖了。一个冬天，他三天两头地往窑子里跑，自己都管不住自己。春天还没到，兜里已经是干干净净的，只能蹲在墙角晒太阳了。

老福叔看了老蔫的样子就有气，拎着他的耳朵喊：啥东西，自己裆里的东西都管不住，你还是个人？

老蔫一点脾气也没有了，耷拉下脑袋，恨不能把头钻到裤裆里。

老蔫独自挣扎了半晌，筋暂时不抽了。他就用巴掌狠抽自己那双不争气的脚，噼噼啪啪的。人们看着，并不说什么。等老蔫把自己打够了，又趔趄着下水了。他一边奋力地淘沙，一边骂天咒地，他低声喊：老天爷呀，你造人干啥呀？造了人就该让人享福。这罪受的，还不如不是个人呢。

众人听了老蔫的话，都笑，老蔫却不笑。

此时只有叫老黄的那条狗一副悠哉的样子，它吊吊个肚子，东闻西嗅地寻找着吃食。人们带进山里的粮食不多，人都不够吃，哪还有狗的份儿。老黄就自力更生，它早就习惯了。人们吃饭时，它决不会往跟前儿凑。它躲到下风口，扬了头，抽搭着鼻子使劲儿地嗅着。让人看了就想笑。食物的气味刺激得老黄直打喷嚏，然后它就吊着肚皮，到处去打秋风。

老黄终于有所斩获。它在水里左扑腾，右扑腾，竟叼出一条鱼来。那条鱼尺八长，在老黄的嘴里活蹦乱跳着。

众人见了，惊呼一声：鱼，好大的一条鱼。他们想奔向老黄，把鱼从老黄的嘴里夺过来，晚上大家就可以喝上一碗热乎乎的鱼汤了。老福叔直起腰，说了句：拉倒吧，别跟一条狗争食。

人们听了老福叔的话，都僵在那里，眼睁睁地看着老黄把鱼叼到岸上去。鱼还没死，在岸上一下下跳着，老黄并不急于吃，它伸出爪子，一下下逗弄着那条鱼。鱼终于不动了，老黄才张开嘴，朝鱼咬去。虽然饿，但吃得并不慌，慢条斯理的样子，看着很绅士。

老福叔很喜欢老黄，这和老黄传奇的身世有关。

那会儿老福叔还和别人搭帮淘金，老黄的母亲也还是正当年的少妇。老福叔把它带到山里，却忽略了一个问题——老黄的母亲发情了。在有人没狗的世界里，这个问题很难解决。老黄的母亲就急得团团乱转，不停地发脾气，见什么咬什么。

一天夜里，老黄的母亲失踪了。那会儿，老福叔就想，这狗一准是跑出山里了。可几天后，狗竟奇迹般地回到了老福叔的窝棚前，仿佛是做错事的小媳妇，低眉顺眼的样子。老福叔疑惑间，抬起头，顺着狗的身后望去，就看见了两只狼，正恋恋不舍地朝这里望着。老福叔一惊，吓出一身冷汗，这狗竟和狼私奔了数日。

那晚，狼在淘金人的窝棚周围嗷叫了一晚，狼是想诱走这条狗。狗不走，钻到老福叔的窝棚里，安静地和老福叔挤了一晚。后来，那两只狼走了，再也没有骚扰过狗和淘金人。

几个月之后，那狗竟产下一崽。这崽就是如今的老黄。老黄随它母亲，通身黄色，一点杂色不染。老福叔知道，老黄有着狼的血统，这一点从小就可以看出来。老黄要比一般的狗生猛，但也重情谊，它知道谁近谁疏。就是这个老黄曾救过老福叔的命。

那一年也是淘金，他们为能多淘几粒金屑，迟走了两天。溪水都结了冰碴了。他们往回走时，要走上两天的老林子，结果他们走到老林子时，遇上了那年的第一场大雪。大雪一过，四周白茫茫一片，他们迷路了。几个人在老林子里转悠了三天，愣没走出去。这时的老黄才知道人们迷路了。它用嘴扯着老福叔的裤脚，一边跑，一边叫，在前面引路，终于把人们领出了老林子。走出老林子，人们才把悬着的心放下。以后，老福叔就更加疼爱老黄了。有事没事的，从不让老黄离开自己半步。老福叔和狗睡在一个窝棚里，他和老黄是抱着睡的，这样狗和人就都很温暖。知道老黄身世和经历的人，都要高看老黄一眼，认为它不是一般的狗。老福叔为拥有老黄而感到骄傲，出来淘金也总把老黄带在身边。老福叔从心底里，认准老黄是他的一个伴儿；况且，老黄还救过他的命呢。

然而就是那一晚，竟成了老黄生命的绝唱。

那天晚上，春天似乎还没有走远，远近的山坡上野花竞相开着，空气里有一缕淡淡的香气。这样的夜晚，应该说是不冷不热了，累死累活了一天的淘金人，都沉沉地睡去了。

老黄和老福叔，一人一狗依旧搭伙在一个窝棚里；所不同的是，人和狗已不再依偎着睡了。

老福叔躺着。老黄趴着，把两只前爪伸出，头放在前爪的中间，一只耳朵贴着地面，闭着眼睛，眼皮还不停地打着颤。老福叔的呼噜声高高低低，错落有致。老黄早就习惯老福叔的呼噜声了；没有了老福叔的呼噜声，它会显得烦躁不安。

就在这时，警醒的老黄抬头，竖起了耳朵，它发现了几百米之外的异样。狗毕竟不是人，警惕、敏感是它的本分，它以最快的速度冲出窝棚，站在一个高岗上，耳朵仍然竖着，听着黑暗深处的每一丝动静。人们仍没有一丝警觉，老福叔的呼噜一如既往地响着，宛如一首歌，没头没尾的样子。

老黄并不是虚张声势，果然它发现了情况——先是一只狼，那是头狼，躲在一棵树后，冲着山坡上的窝棚探头探脑地张望。

头狼的身后，是几只饿疯的狼。春末夏初，人熬苦，狼更熬苦，青黄不接呀。在这个季节里，淘金的人每年都会受到狼的袭扰。狼饿狠了，就嗅到了人味儿。狼们禁不起人的诱惑，明知有风险，还是要铤而走险。在这月明星稀的夜晚，在头狼的召唤下，它们准备孤注一掷。可人还没有意识到危险的降临，仍沉在梦里，做着关于狗头金的梦。

老黄先是啸叫一声，这一声啸叫是介乎于狗和狼之间的一种叫，但绝不是吠。它是在提醒人们眼前的危险。老福叔最先醒来，一摸，身边的狗没了，知道要出事了。起初的瞬间，他并不知道外面的危险是来自狼。以前也发生过淘金人打劫淘金人的事，为了淘到的金沙，两伙人打起来了。劫了金沙的人借着夜色逃进山里，没人知道劫者的去向，死了也就死了，伤了也就伤了。这是一方没有王法，也没有道义的世界。老福叔很快就清醒了，这时不应该有人来，这才入夏，淘金才真正的开始，揣在老福叔怀里的金沙还不过烟荷包的一个底儿。

老福叔走出窝棚，就看到了那群狼。确切地说，他是先看到了那一双双闪着绿光的眼睛。这种事，老福叔遇见得多了，他并不恐惧，冲着大树的窝棚喊了一声：大树，抄家伙，有狼。

大树、小树、老蔫和刘旦也都醒了，纷纷从窝棚里爬出来。大树的窝棚里有一杆火枪，火枪是专门对付人和狼的。在这深山老林里，每一伙淘金人都有这样一杆火枪。这杆火枪归大树保管。枪里装着火药和枪砂。“轰”的一声，威力无比的样子。大树提了火枪走出来，药和砂早就装好了，枪和人都要时刻准备着。

大树拉开架式准备冲狼群放上一枪，老蔫和刘旦躲在树后，用手捂住了耳朵。可左等不响，右等也不响，老福叔也等急了。狼群趁这工夫，又往前靠近了十几米。老福叔就吼了一声：大树，咋还不放？

大树气急败坏地喊：哑火了，怕是枪药受潮了。

日他奶奶。老福叔咒了句。

老黄也在等那一声石破天惊的声音，这事它在以前也遇过不止一次了。只听“轰”的一声，狼群就散了，这时它就乘胜追去，咬不死，也能扯下两口毛来；说不定还能让哪只狼出点血，挂点彩什么的。久未闻过的血腥气，会让它激动好些日子，它喜欢那种味道。

“轰”的一声没有等来，老黄有些失望。大树慌慌地上窝棚里装火药去了。此时的它显得形只影单，甚至有一些悲壮。狼们看着人咋咋呼呼的，却并没有弄出什么名堂，心里就多了些底气。它们一点点向窝棚靠近，这时它们也看到了老黄，似曾相识的样子，又一时想不起在哪里见过。

老黄见狼们并不把自己放在眼里，这让它有些气恼。这是它老黄的地盘，到处都留有它的气味，狼却不把它放在眼里。老黄出于自尊，出于本能地啸叫一声，单枪匹马地向狼群冲去。老福叔看见老黄的毛炸散着，根根竖立，如疾风闪电地冲进了狼阵，一场你死我活的拼杀开始了。

这是一群饿疯在青黄不接季节里的狼，它们红了眼睛，全然不顾。况且，它们怕谁，也不会怕一只单枪匹马的狗呀！撕扯声、低吼声在暗处响成一片。

老福叔看到老黄冲上去时，他在心里喊了一声：坏菜了。

他回过头，冲大树的窝棚喊道：装好药没有？要快。

大树还没有动静，老福叔就跑向了自己的窝棚。他手举火镰，抓过一把干草，他要点火，把窝棚点着，那样会吓走这群饿狼。

在老福叔的窝棚窜出火苗时，大树这一枪药终于装好了。他冲着狼群的方向，没头没脑地搂火了。“轰”的一声，一条火蛇窜了出来，狼群作鸟兽散。

老福叔第一个往前冲去，人们跟在他的身后。老福叔借着火光，一眼就看见了倒在血泊中的老黄。老黄已经奄奄一息，身上的皮肉都撕开了，脖子上还留着一个血窟窿，呼呼地冒着血。它的嘴仍死死地咬着一只狼的脖子，狼在捯着最后一口气，腿无力地抖着。老黄见到老福叔，松开自己的嘴，目光温顺无比地望着老福叔，似乎在告诉他：狼跑了，没事了。

老黄终于在老福叔的怀里，安静地闭上了眼睛。

那一晚，老福叔抱着老黄坐了大半夜。先是还有燃着的窝棚的余光映照着一人一狗，余火尽了，黑暗就笼了人和狗。人们知道老福叔和老黄的感情，没人去劝。大家回到窝棚里，仔细地听着外面的动静。

天亮时，大树带着小树，在山坡上挖了一个坑。坑很深，差不多有腰那么深。后来老福叔抱着老黄，把老黄放在坑里，填了些土。想了想，冲几个人说：搬些石头来。

大树带着人去河滩上搬来了石头。老福叔小心地把一块块石头压在老黄的身上，他是怕老黄被饿狼扒出来吃了。人们为老黄建了一座石头坟，很显眼地竖在山坡上。

早晨，那只被老黄咬死的狼，被老蔫剥了皮，扔到锅里炖了一通。

人们撕扯着吃了肉，也喝了汤。唯有老福叔没动一口，人们吃狼肉喝狼汤时，他吸着烟袋，望着老黄的坟。没人知道他想什么。

当天，他们背起家伙，拿上工具，走了一天的路，转了一个淘金的场子。老福叔解释说，这里有狼的腥气，以后就不会安宁了。他们只能躲了这里，换个场子，无非是搭几个窝棚的事，他们信老福叔的。

那以后，老福叔的话更少了，淘金时撅着屁股下死力气干；闲下来时，嘴里“吧嗒”着烟袋，目光虚虚地望着远处。

老福叔

老福叔是老关东。二十岁那年，他就来到关东跑单帮。那会儿，他要坐船去江东六十四屯打短工。江东是平原，左岸是乌苏里江，右岸是精奇里江，两江夹一片平原，土地辽阔又丰沃，插根树枝都能长成一棵树。

老福叔就在这里打短工，种麦收麦，两季的空当就下江捕鱼，一年下来总有些积蓄。江一封，这里就猫冬了。老福叔就怀揣散碎银两回关内老家过年去了。大年一过，老福叔和同乡们搭帮结伙地又回来了。日子辛苦，却有盼头。新婚的老福叔，日子才刚开头，整天乐滋滋的。让他没料到的是，一天，沙俄的军队血洗了六十四屯。他们把屯子里的人往江里赶，不从的，就用排子枪躲倒，再扔到江里，血染红了乌苏里江。老福叔仗着年轻气盛，撂倒两个沙俄兵，跳进江里。他明白，这是沙俄想要吞了这块宝地。游到江岸，他一口气跑到了大金沟镇，可惜这里没有那么多地让人种，他就先打鱼，后来就进山淘金了。辛苦三季，也会有些收获。时间长了，就喜欢上了东北。

又一年大年过后，他说服家人，扶老携妻带子地迁到了大金沟。一晃二十多年过去了，父亲先去了。他的两个儿子长得也都有他一般高了。平日里，儿子们在大金沟帮人打短工，下网捕鱼，什么都干。但老福叔就是不让儿子跟他出来淘金。他跟儿子们说：淘金这活儿不是人干的，罪也不是人受的。

两个儿子就一脸迷茫地望着他。

老福叔“吧嗒”着烟袋，眯着眼睛道：等你们都成了家，我就收手，不再受这罪了。

老福叔一直有个梦想，就是把老娘平安地送终后，再给儿子娶妻生子，他这一辈子所有的大事就算完成了。老福叔一点点地向这个目标迈进着。五十来岁的老福叔，把大半辈子的力气都用来淘金了，没发过财，淘到的金倒也能换回一些散碎银两，够一家人糊口了。这么多年，老福叔满足，也不满足。他满足的是淘了这么多年金，自己还好好的，既没喂狼，也没让人劫命，一家人平平安安的。他不满意的是，一直希望日子能过得殷实一些，可从没宽绰起来，还是住在风雨飘摇的土房子里，吃了上顿算计下顿的，给儿子娶媳妇的钱也还没挣下。

老黄被饿狼疯扯，死了。老福叔的心空了。从老黄的姥姥到母亲，就一直陪伴着他进山淘金。有狗陪伴的日子，老福叔的日子是踏实的。老黄一家三代一直陪着他，早就有感情了，他也差不多把狗当成了家庭一员。老黄就这么悲壮地离去，为了保护他们，让狼撕扯了。他一想起那场面，心里就一剜一剜地疼。

没有老黄的日子，老福叔独自躺在窝棚里，一天的淘金让他浑身散了架子。要是老黄在，就会凑过来，用软软的舌头舔他的脸、手，还有脚。他浑身上下麻酥酥的，从心里往外地舒坦。一身的疲惫很快就烟消云散了。现在没了老黄，他的夜晚是寂寞的，睡了一会儿，就又醒了。恍惚中，觉得老黄还在身边，用手一摸是空的，他就喊：老黄——

这一喊，倒把自己给喊醒了，他怔怔地望着窝棚外。山坡上清寂着，天上洒下来的月光映着那条溪水，不知名的虫在草里叫成一片，歇了叫，叫了歇，周而复始的样子，时间仿佛凝固了。醒了，就睡不着了。老福叔摸索着拿出烟袋，“吧嗒吧嗒”地抽几口，烟袋锅里的火光明明灭灭着。他听见大树和小树的窝棚里传来长长短短的鼾声，然后，在心里暗叹道：还是年轻好啊。

老福叔倚在铺上，不知是睡去了还是醒着。他见到了老黄，老黄和它活着时一样，活蹦乱跳的。老黄用嘴叼着他的裤脚，扯着他往前走。

他趔趄着跟老黄来到了一个沟口。沟口就长了两棵树，溪水还是那条溪，只不过在这里变窄了一些。老黄用前爪在一片沙滩上扒，很用力，把扒出的沙子弄得到处都是。最后，老黄不扒了，兴奋地看他一眼，用嘴在沙坑里叼出一个沉甸甸的东西，它摇着尾巴把东西送到他的眼前。他蹲下身接过，竟是一个狗头金，差不多有半个老黄的头那么大。狗头金，天呐——他惊呼了。他抱过狗头金，看着眼前的老黄。老黄吠了一声，望着远处。他明白老黄是想家了，他又何尝不想家呢？

老福叔醒了，脸上湿湿的，摸了一把，是泪。他躺在那儿，心里不知是什么滋味。老黄想家，他也想家，可人和狗都不能回去，它得陪着他淘金。老黄知道，要是自己帮他淘到一块狗头金，就什么都有了。他可以回家了，它也就能跟着走了。可老黄还能回家吗？它被埋在山坡上，它的身上压着石头。想到这儿，老福叔就忍不住“呜呜”地哭了。他哭的样子像个孩子。哭够了，老福叔用拳头一下一下砸自己的头。他恨自己，没有保护好老黄，这是老黄给他托梦呢。

那一阵子，老福叔总是神神道道的，不知是在梦里，还是梦外。

刘旦

自从老黄惨死后，刘旦就像老黄一样，经常身前身后地缠着老福叔。刘旦见堆在老福叔面前的沙多了，就过来帮老福叔筛沙。刘旦的嘴很甜，能说会道。

他从老福叔手里接过筛沙的簸箕，说：老福叔，你的腰都快累断了，我来帮你吧。

老福叔就用迷迷瞪瞪的眼睛看他，不说什么，任凭刘旦从自己手里把簸箕拿走。老福叔蹲在沙堆前，“吧嗒吧嗒”地抽烟，目光望得很远，眼神却是一片迷离。老黄没了后，老福叔一直这样。

刘旦筛沙，招来了大树、小树和老蔫的不满。在淘金的队伍里是有规矩的，并不是谁都能筛沙。筛沙是淘金的最后一道程序，面对的是即将淘出的金子。筛沙人得大家认可，首先得有一个好的良心。他们都是老福叔领出来的，老福叔筛沙他们都认可。金袋子就揣在老福叔的胸口。等到深秋，溪水结冰的时候，他们离开时就要分金沙了。金沙差不多是一粒粒地数，然后平均分成五份，揣到每个人的怀里。老福叔为了证明所有的金沙都在众人眼前，得把自己赤条条地脱了，将衣服和身体坦陈在大家面前，接受检查。没人去检查老福叔，他们信得过他，但老福叔信不过自己。他把那身千疮百孔的衣服抖了又抖，最后跳进带着冰碴儿的水里把自己洗了，从嘴巴到鼻子，还有耳朵，甚至连腚也要洗上几把。淘金人管这叫清账。账清了，人也就清白了，然后穿上衣服，揣起各自分到的金沙，堂堂正正地走出林子，回家了。

刘旦帮老福叔筛沙，众人是不满意的。在这里刘旦年龄最小，他们有个大事小情的，从来不把刘旦当回事，大家作了决定，刘旦只有屁颠屁颠地跟着。这里轮到谁，也轮不到刘旦去筛沙。几个人嘴上没说，但都对刘旦横眉立目的。

刘旦就冲大树说：大树哥，俺是看老福叔累了，过来帮他一把。

说完，又回头冲老蔫说：老蔫哥，你放心，我筛出的金沙，让老福叔装包，我碰都不碰一下。

还冲小树说：小树哥，你别那样瞅我，俺知道你信不过俺，可老福叔信俺。

刘旦边说边奋力地筛沙，一簸箕一簸箕的，忙乎得屁股都快撅到天上去了。

众人见老福叔没说啥，也就不好再说了。老福叔是他们的领路人，没有老福叔就没有他们。老福叔的年龄都有他们的父亲大了，他在大家的心里德高望重。

刘旦不仅帮老福叔筛沙，这阵子还搬到老福叔的窝棚里住了。在众人疑惑的目光中，刘旦说：老黄没了，老福叔孤单哩，我陪陪老福叔。

刘旦住进老福叔的窝棚里，半夜会经常醒来，呆呆地往老福叔的怀里看。那里揣着金沙，装在一个紫红色的绒布做成的包包里，那是一粒粒黄澄澄的金沙呀。一想起金沙，刘旦的口水都流出来了。他对这些金沙太热爱了，眼珠子都快馋出来了。以前刘旦并没有认识到钱的重要性。自从认识了小翠，他就日里想钱、夜里也想钱了。

小翠是大金沟镇上"一品红"里的窑姐儿，年龄有十八九的样子。小翠的眼睛是弯的，眉毛也是弯的，嘴角翘翘的，很喜兴。两年前，他跟老蔫去了"一品红"，那是他第一次逛窑子。小翠接的客，就是那一次他死心塌地喜欢上了小翠。

那年冬天，他把淘了三季的金沙所换得的银两都给了小翠。那些日子，他夜夜往"一品红"跑，一去就找小翠。时间长了，也就知道了小翠的身世。小翠是被自己的亲爹卖进了窑子，那年她才十四。她爹是个赌徒，赌红了眼就只能卖儿卖女了。刘旦也对小翠讲了自己的身世。那一年家乡水灾后闹了一场瘟疫，一家都死了，只刘旦逃到了关东。说完，两个苦命人儿就抱在一起哭，哭过了，乐过了，两颗心就贴得很紧了。刘旦下决心，要把小翠从窑子里赎出去。

他找到"一品红"的老板去交涉，老板横着眼睛，上上下下地把刘旦看了，撇着嘴角说：你想乐呵就乐呵两天吧。想赎小翠啊，你可赎不起。

他梗着脖子说：你说出个数儿来，我就赎得起。

老板就从牙缝里挤出三个字：五十两。

刘旦的头就大了。他知道小翠被她爹卖进来时才五两银子，转眼却翻了十倍。他喜欢小翠，也离不开小翠，他认了。无论如何，要攒够五十两把小翠赎出来，然后名正言顺地娶了她，离开大金沟，舒舒坦坦地过他们想过的日子。

小翠听了老板开出的价，就哭了。对她来说，那是个天文数字，自己接一次客才值几钱，就是这些钱也都被老板拿走了。客人高兴了，也会给她几文小钱，她都偷偷地攒着，她也想把自己给赎出去。可五十两，这是做梦也梦不到数儿啊。

那天，她和刘旦抱在一起，哭了一次又一次，最后她咬着牙说：刘旦哥，你在外面攒，我在这儿攒，三年攒不够，就攒十年二十年，反正我等你了。

小翠的话让刘旦感动了，他恨不能变成牛、变成马来回报小翠。

刘旦也咬着牙帮骨说：小翠，你放心，俺刘旦一准儿把你赎出去。

小翠抚着刘旦的脸，深情地表白道：刘旦哥，我在这儿不管被谁骑谁压，我的心都是你的。

啥都不用说了，刘旦的心已经碎了。

刘旦要淘金，他要淘够五十两白银的价格，赎出水深火热中的小翠。淘金时，想到小翠，刘旦眼前的所有东西就都黄澄澄一片了。

刘旦后来有了怪毛病，一天里要去林子里拉几次屎、几次尿。大家都觉得奇怪，大树就冲他吼：刘旦，你的屎尿怎恁多？就是拉个屎尿也用不着往林子里跑啊。

刘旦就一脸痛苦地捂着肚子，说：大树哥，俺拉稀，在这里解，太臭了。说完，就往林子里跑。

老福叔依旧蹲在沙堆旁吸烟，对眼前的一切却不闻不问。他“吧嗒”着烟袋锅子，粗一口细一口地吸着。

过了些日子，又过了些日子。一天夜里，老福叔突然来到大树的窝棚里。大树和小树已经睡死了，他提着大树的耳朵，大树就醒了。老福叔把热乎乎的嘴贴在大树的耳朵上，说：刘旦这小子有名堂，明儿个你把他拿住。

说完，老福叔就走了，走得一摇一拐，像夜游。

第二天，老福叔筛了一阵沙，就把簸箕放下了，蹲在沙堆边上去吸烟。刘旦颠颠地跑过来帮老福叔筛沙。筛了一会儿，捂了肚子往林子里跑。大树就斜着眼睛看他。

刘旦又一次往林子里跑时，大树扔下手里的家伙，冲老蔫和小树说：我也去拉一泡。

说完，猫着腰，尾随刘旦钻进了林子。

不一会儿，大树扭着刘旦出来了。大树下了死手，把刘旦的胳膊都快拧成麻花了。刘旦一边往外走，一边叫：大树哥，饶了俺吧。俺不敢了，不敢了。

大树把刘旦拧到众人面前，说了句：这狗日的，藏金沙。

说完，把一个布包展开来，里面已经有了一层黄灿灿的金沙了。众人就什么都明白了。刘旦借一次次去林子里拉屎的借口，把淘到的金沙用舌头舔、指甲抠，一次次带了出去。淘金人管这叫藏私房钱。

人赃俱获，刘旦就跪下来，然后一遍遍地磕头，一边磕一边说：老福叔饶了俺吧，大树哥，饶了俺吧。

他的头磕在石头上，已经青紫了。

最后，老福叔磕了手里的烟袋锅，说了声：按规矩办吧。

按规矩办就是喂蚊子。五花大绑地把藏私房钱的人捆在树上，七天七夜后，要是还活着，算他命大，解下来，放一条生路。要是挺不过七天七夜，就是命里该死。这就是淘金人的规矩。

刘旦被大树、小树，还有老蔫捆在树上。刘旦爹一声妈一声地求饶，众人不理，继续干着手里的活儿，在他们心里面已经没有了这个人。

夜晚的时候，刘旦仍在树上狼哭鬼嚎。他哭求这个，又哭求那个，最后就说死去的爹娘还有妹妹，说完自己又说小翠。后来嗓子就哑了，诉说变成了呜咽，再后来就没人能听清他的声音了。

刘旦喂了蚊子，大树、小树和老蔫睡得都不踏实，不知何时就会醒来。每次醒来，都能断断续续地听到刘旦痛苦的动静。

第二天的时候，他们都苍白了脸，不时地望一眼刘旦被绑的地方。大树咬着牙说：活该，谁让他做对不起咱的事了。

老蔫也说：就是，这种人活该喂蚊子。

老福叔一言不发，他一直站在溪水里不停地淘沙。

刘旦喂了三天蚊子后，就没了动静。那天晚上，老福叔一袋接一袋地吸烟，坐在窝棚口，望着天上的星星和月亮，听着草丛里乱叫一片的虫鸣声。

老福叔坐不住了，他叼着烟袋，来到大树的窝棚里。大树和小树躺在那儿也没睡着，睁着眼睛看着老福叔。老福叔默站了一会儿，叹口气，出去了。老福叔又在老蔫的窝棚前站了会儿，他听老蔫说：刘旦，这是活该。

老福叔这次冲天上叹了口气，他背过身离开了，来到捆绑刘旦的树旁。刘旦的身上爬满了蚊子，头大了一圈，眼睛肿成了一条缝。他耷拉着脑袋呻唤着：老福叔，俺错了，再也不敢了。

老福叔站了一会儿，又站了一会儿，伸手解开捆在刘旦身上的绳子。刘旦像堆狗屎似的瘫在树下，嘴里一迭声地说：谢谢老福叔，俺谢你一辈子。

老福叔说：滚吧，滚远点儿，最好别让俺看见你。

老福叔说完，就走了。

第二天一早，人们看见沙滩上留下了一串伸向远方的脚印。

刘旦走了，是独自一个淘金，还是回到了大金沟，没人知道。刘旦又能否活着回去，也没人知道。

狗头金

刘旦走了，日子又恢复如常。

没有人再提起刘旦，仿佛刘旦从来就没有在这里待过，或者说根本就没有这个人。老福叔依旧完成淘金的最后一道工序——筛沙。老福叔累了，蹲在在沙堆上吸烟，也没人去接过他的簸箕，任由老福叔歇够了，再去完成筛沙的工作。

人们发现，自从老黄不在了，老福叔的精气神明显不如从前了。老黄在时，老福叔一口气干上半天也不累；现在不行了，干上半晌，老福叔就气喘着去“吧嗒”那袋烟，还不停地捶腰，一边捶一边咳，样子老态得很。

老福叔吸烟时，大树、小树和老蔫也不急，他们依旧把从溪水里挖出的沙子，一筐筐水淋淋地倒在老福叔的脚边。大树一边倒，一边说：老福叔，累了你就多歇会儿，咱不差那一会儿。

老福叔不答，只是咳。

老福叔又做梦了，又梦见老黄和生前一样，在咬他的裤腿。它拉扯着把他引着往前走，最后就来到那片长着两棵树的沙滩，然后放开老福叔，在那棵树下用爪子扒，就叼出那块狗头金……

老福叔梦到这儿就醒了，他一边抹泪，一边在心里说：老黄是可怜俺呢。

他不能不想起老黄。想起有老黄的日子，老福叔的泪就更加汹涌地流了。

过了一会儿，老福叔的头脑清醒了一些。他掰着手指头一算，从老黄离去到现在，他已经做过三次同样的梦了。他猛一激灵地打了个哆嗦，再也睡不着了。他爬起来吸烟，烟袋锅子里的烟火明灭了大半宿。

第二天一早，大树、小树和老蔫都看到了蹲在窝棚前的老福叔。老福叔没有开工做活儿的意思，仨人就围拢过去。

老福叔终于磕掉烟袋锅里的烟灰，说了声：咱们该换地方了。

老福叔的话就是命令，说走就走，没人去问为什么。以前他们淘金也是经常换来换去的，总在寻找金沙比较旺的地方。老福叔淘了几十年金了，他说啥是啥。

众人分头收拾东西，背上家伙随老福叔走了。

他们顺着溪水的流向而行，一直往前。日上三竿时，眼前的溪水变窄了，溪旁到处裸露着拳头大小的石头。顺着溪水又拐过一道弯，两棵树长在溪边。

老福叔怔住了，这里的情景竟和梦里别无二致，他浑身上下的汗毛孔都张开了。他疑惑自己是不是又到了梦里，就低下头，前后左右地看，并不见老黄。他的心一阵阵紧缩起来。他立在那儿，恍恍怔怔的，另外三个人也都停下脚望他。

老福叔慢慢地说：就是这儿了。

三个人放下肩扛手提的家伙什儿，忙着搭窝棚去了。

老福叔一步步往前挪着，分明感到老黄仍叼着他的裤腿，引他来到树下。这里的每一块石头都和梦里一样，他蹲下去，伸出手去刨，去扒；唯一不同的是，梦里是老黄这么扒着。老福叔扒掉两块石头，又刨出了一堆沙，这和梦里如出一辙。终于，他的手碰到了一块硬硬的东西。老福叔的心又是那么一缩，每一个汗毛孔都炸开了。他用力去抠那硬物，双手捧出来时竟真的是块狗头金！足有两个拳头那么大。

他抚去狗头金上的沙，狗头金真实地呈现在眼前，黄灿灿地刺人眼睛。他一把抱住自己的头，嚎叫了一声：你这狗哇，是可怜俺啊。老福叔的鼻涕、眼泪瞬时流了下来。

三个人听见老福叔的惊呼，不知发生了什么，忙跑了过来。他们看见老福叔的同时，也看到了地上的那块狗头金。他们惊得张大了嘴巴，半晌，不知谁狂喊了一声：狗头金——

三个人一起扑过来，他们把狗头金捧在手里，这个看了那个看，眼睛都直了。

老福叔回过神来，抹掉了脸上的泪和鼻涕，双手在衣服上蹭了蹭，接过狗头金，趔趄着向山坡上走去。最后他走到一棵树下，靠着树坐了，仿佛狗头金重得已经耗尽了他五十多年的气力。

几个人呆愣了一会儿，大树赶紧冲小树和老蔫说：还不快给老福叔搭窝棚。

众人一起动手，围着老福叔还有那棵树搭了个窝棚。一边的老福叔痴痴呆呆地，不停地用手一遍遍地摩挲着那块狗头金。窝棚很快搭完了，此时的老福叔连同那块狗头金都在窝棚里。三个人站在窝棚口，齐齐地望着老福叔。老福叔直到这时才清醒过来，他冲几个人说：还搭窝棚干啥？明天咱们就回了。

老福叔的一句话，让几个一下子都分不清东西南北了。这时，他们才明白，他们挖到了狗头金，发财了！他们谁也想象不出，一块狗头金能换回多少白花花的银子？

小树抖着声音问：老福叔，咱真的发财了？

老福叔答：发财了。

老蔫问：能换好多银子吧？

老福叔答：好多好多，得用担子担。

这还了得！三个人拍着大腿，在山坡上翻跟头、打把式地乐。

老福叔坐在窝棚里，靠着窝棚里那棵树，眼睛一刻也没有离开面前的狗头金。此时，老福叔的眼睛变得很亮。

夜晚的时候，大树和小树，还有老蔫挤在一个窝棚里。突然而至的惊喜耗尽了人的力气。他们躺在那儿，透过窝棚的缝隙，望着天外的星光，一边听着蝉鸣虫叫，一边想着各自的心事。

大树想：这下妥了，回去就和华子结婚，再买两条打鱼的船。豆腐房再扩大些，人手不够就雇两个人，以后就可以过上有钱人的日子了。小树有了自己那份钱，看上大金沟的哪家闺女，娶过来就是了，再盖上两间房子，红红火火，那是啥日子？！

老蔫也在想，这回有了钱，自己想去哪家窑子就去哪家，看谁敢小瞧他。那个长着一双丹凤眼、小酒窝的窑姐儿开价最高，每次去，她都不正眼瞧他。这回就去找她，扎扎实实地把她拿下。然后盖个房子，再开一家买卖，到时候想去哪儿就去哪儿，想咋玩儿就咋玩儿，谁让老子有的是钱！

老蔫想着，就开始盼天亮了。天一亮，他就可以收拾家什回大金沟了。再走上十天半月的，就可以过上人间天堂的日子了。越想越兴奋，老蔫的睡意一点也没有了。

老福叔那边，一点动静也没有。虽然狗头金是老福叔挖到的，但淘金人的规矩是——见面有一份。对这一点，他们都不担心。

小树睁着眼睛，目光发亮，没人知道他在想什么。大树先冷静下来，他拍了一下弟弟的头说：睡吧，明天还要赶路呢。

一提起赶路，几个人就更睡不着了。

天快亮时，他们才迷迷糊糊地睡过去，可翻了个身，又醒了。醒过来时，天都大亮了。他们惊呼一声，爬起来，却见老福叔的窝棚仍没动静。他们小心地走过去，立在老福叔的窝棚前，小声地喊：老福叔，老福叔——

里面没有人答。他们走进去，见老福叔仍靠着树，手里托着那块狗头金。他们还以为老福叔仍在睡着。

大树就说：老福叔，天光大亮了，咱们赶路吧。

老福叔还是一动不动。

小树忍不住去拉老福叔，“扑通”一声，老福叔一下子就倒了。

人们这才发现，老福叔已经死了。人早就硬了。

老蔫

剩下的三个人上路了。他们走的不是来时的路，来时他们顺着溪水一路走过来的，要是顺着原路返回，怕碰到同样淘金的人。这会儿还没有到撤伙的季节，时间正是八月份，山里的雨水很多，正是淘金的旺季。这时候他们出山，那些淘金人肯定会起疑心——不是发财了，就是劫了别人的金。若是那样的话，他们怕是走不出山了。每年都会有上百人散落在山里淘金，每年也都会发生几起遭劫的事——一伙人，乱棍把另一伙打散或打死，劫了金沙逃出山去。没人知道，前面还会发生什么。

三个人只能绕开那些淘金人，在林子里走。没有路，到处都是纠缠在一起的杂草和树，有时还会迷路。他们并不敢往深处走，走一阵，就要寻找那条流向山外的溪水，要是没了溪水，他们也许真的会迷路。

老蔫背着狗头金。狗头金用衣服裹了，被系在老蔫的胸前，这样一来，狗头金似乎长在了老蔫的身上。背狗头金，是老蔫主动提出来的。

狗头金是大树从老福叔手里掰下来的。老福叔僵硬的手指仍狠狠地抠着狗头金。从老福叔手里掰下狗头金，大树是费了一番力气的。第一次他竟没掰下来。大树惊奇地看着老福叔和他手里的那块狗头金。老福叔的脸上仍挂着微笑，看来老福叔走时并不痛苦，甚至应该说是很幸福。看到老福叔的样子，大树都不忍心去掰老福叔手里的狗头金了。

后来，大树给老福叔跪下了。他冲老福叔磕了三个响头，此时的大树已满脸是泪。大树说：老福叔，你放心，虽然你不在了，这金子还是有你一份。等换了银子，我会给婶子送去。

说完，又磕了三个响头。

大树狠了狠心，伸出手去掰老福叔手里的狗头金。这一次，他把狗头金拿到了手里。后来，他们把老福叔埋在了挖出狗头金的树下，他们只能这么做了。想把老福叔带出去，那几乎是不可能的。走出山外，至少得翻山越岭地走上个十天半月，别说还要背上个死人，就是空手走出去也会让他们费上一把子力气。况且这个季节也放不住尸体，没等走出去，早就腐烂了。淘金人要在山里有个好歹，只能路死路埋。

三个人在老福叔的坟前站了一会儿，最后大树冲小树和老蔫说：给老福叔磕个头吧。

说完，三个人都跪下了，齐齐地冲老福叔的坟磕了三个响头。

大树临走时冲老福叔说：老福叔，金子是你找到的，你一定会让我们带出山的。等我们日子过好了，逢年过节会给你烧钱，让你在阴间可着劲儿地花。

大树抹了一把脸上的泪，就和大家上路了。

此时，大树掮着那杆火枪走在前面，老蔫背着狗头金居中，小树断后。三个人默不作声地在林子里走了一气。天黑的时候，他们停在一片林子里休息。

一连串的变故，让几个人都觉得眼前的一切极不真实。此时，他们走上了出山的路，但仍是恍恍惚惚的。

老蔫把狗头金解下来，打开，捧在眼前摸了又摸，看了又看，然后伸出舌头去舔，就像狗得到一块骨头，兴奋而又满足。老蔫的视线仿佛粘在了狗头金上。

大树沉默着，他仍沉浸在失去老福叔的悲伤中。他在心里一遍遍地问自己：老福叔咋就死了呢？他不明白老福叔为什么会死。要是没有狗头金，老福叔也许还不会死，老福叔肯定是高兴死的。以前听老辈人讲过，乐也能乐死人的。

老蔫抱着狗头金，冲大树说：大树，这金子当真要分给老福叔一份？

大树不看老蔫，望着林子上空的星光说：这金子是老福叔用命换来的，没有老福叔就没这金子，不但给他一份，还要多给一些。老福叔不在了，他们一家老小还得活呀。

老蔫就舔舔嘴，他发现狗头金是甜的。以前他做梦也没梦见过这么大块金子，此刻，他把金子捧在手里，用舌头拼命舔着。半晌，老蔫道：俺看呀，不给老福叔那一份也没啥，就说金子是咱仨找到的。咱们不说，谁也不知道金子是老福叔找到的。

大树叹口气，眯了眼，眼前的星光就被挤成了一条线，他说：做人要讲良心，别忘了，是老福叔带着咱们吃上淘金这碗饭的。这么多年，老福叔可没亏过咱们。

老蔫又舔了舔嘴唇，咽了口唾沫，不说话了。没有人知道他在想什么。

睡觉时，小树解下腰上缠着的绳子，把自己的脚和老蔫的手系在了一起。

老蔫就说：小树，你费这事干啥，我还能跑咋的？

小树说：人心隔肚皮，谁知你想的是啥。要是我抱着狗头金，你也会这么做。

老蔫又说：你和大树可是亲兄弟，我应该防着你们才是。

小树用脚踹了老蔫一下道：少说屁话，我哥可不是那种人。他要是的话，早就一枪把你崩了。

老蔫看了一眼抱着枪，倚着树的大树。大树似乎已经睡着了。

老蔫睡不着，他一点儿也不困。他搂着狗头金，这么搂一会儿，那么搂一会儿，怎么搂都觉得不踏实。他在心里一遍遍地说：日他娘狗头金，这就是狗头金啊。老福叔咋就死了呢，日怪，咋就死了呢。看来老福叔是没福消受狗头金啊。现在狗头金就在俺怀里，它离俺也最近，这就是命！大树还要把这金子分一份给老福叔，剩下的俺几个再平分。老蔫用指头在狗头金上比画着，要是整个狗头金都是自己的多好啊，那样想咋折腾就咋折腾，那日子多美呀！老蔫仿佛已经过上了那种日子，他咧着嘴，笑了一遍又一遍。

一只蚊子狠命地咬了老蔫一口，老蔫醒了，狗头金还在。他望一眼大树，又望一眼和自己绑在一起的小树，一下子又回到了现实中——怀里的狗头金属于自己的只有很小的一部分。这么一想，老蔫就有了一种想哭的感觉。

他望着天空中的点点星光，突然，他想到了跑。带走狗头金，它就真正属于自己了。他想到这儿，心里一阵狂跳，一个坚定的声音在耳边响起：快跑吧，老蔫。你只要跑了，这金子就是你的了。

另一个声音接着也响了起来：要是让大树和小树抓住，你就死定了，他们一定会按照淘金人的规矩来惩罚你。

两种声音让他冷静下来，他这么想想，又那么想想，一时不知跑还是不跑。他望一眼大树，又瞅一眼小树，冷不丁地又想起眼前的俩人是亲兄弟，万一哥儿俩起了歹心把他弄死……他们现在没动手，是想让他背金子，等背上几天快出去了，再下手也不晚。大树说的那些话，谁知道是真是假。这么想着，老蔫的汗就下来了。看来只能跑了，不跑怕是命都得给了兄弟俩。

小树冷不丁就醒了，这时天还没有亮。他发现脚旁睡着老蔫的地方是空的。他一惊，出了一身的汗。看看系在自己脚上的绳子还在，可老蔫的那一头却齐斩斩地断开了。老蔫跑了！这是小树的第一个念头。他扯开嗓子，破锣似的冲大树喊：哥，老蔫跑了。

大树醒了，看着只剩下小树和自己的林子，呆定了片刻。刚开始，他有些慌乱，但很快就镇定下来，他料定老蔫跑不远，有时间找到他。他仔细地把小树看了，也把那根绳子看了。他真想抽小树一个耳光，想了想又忍住了。出发时，他曾跟小树交代过，让他看着点儿老蔫，小树就别出心裁地把自己和老蔫拴在了一起。没想到，还是让老蔫跑了。

天光放亮时，他们很快就发现了老蔫的踪迹。深山老林里，没人来也没人走，人走过去总会踩倒草，碰折一些枝叶，也就留下了一路的痕迹。

大树和小树满怀信心地顺着痕迹追了过去。刚开始老蔫是想往深山里跑的，跑了一程，他又折了回来。顺着山势走，山下有着那条溪水，老蔫怕迷路。大树和小树一路走着，渐渐地心里就平静下来。从老蔫踩踏过的痕迹看，老蔫离他们并不远，也许就在前面一两里路的距离。

小树随在大树的身后，一遍遍骂着老蔫，恨不能杀了老蔫。他呼哧带喘地、不断地催着大树：哥，快点儿，抓住那狗日的，俺就剐了他。

大树走在前面，心里却并不急，仿佛老蔫并未离开他们，就在前面某个地方等着，背着狗头金，汗流浃背的样子。他知道，说不定什么时候就会追上老蔫，他还会冲着老蔫道：老蔫，你走得也不快呀。

他顺着老蔫留下的踪迹一路走着，这时他想起了老黄，还有刘旦。刘旦是活着，还是死了？然后，他又想到了老福叔。对于老福叔的死，他感到震惊，人咋就死了呢？他看到老福叔死去的样子，心里就一剜一剜地疼。老福叔是抱着狗头金走的，走时还带着一个发财的梦。掩埋老福叔的瞬间，他就想到了命，这就是老福叔的命——可以受穷，却不能发财。这条命一头系着狗头金，一头连着老福叔。有了这头，就没了那一头。

这时，大树又问起了自己：你就有那发财的命吗？他不知道，也说不清楚。

刚得到老蔫跑了的消息时，他就把怀里抱着的火枪里的药倒了出来，又重新装了新的火药。自从上次碰上狼群，火枪哑火之后，大树三天两头地就要捣鼓一回枪。因为那次的大意，才让老福叔失去了老黄。他一直认为老黄的死是他一手造成的。要是火枪响了，也许老黄就不会有事；老黄没事，老福叔也许就不会有事。

他又想起第一次见到老福叔时的情形：他带着小树来到大金沟镇外的江边，兄弟俩已经走投无路了。老福叔肩上扛着，背上驮着，手里提着那些淘金的家伙，正准备进山淘金。是他们的乡音吸引了老福叔，老福叔当下把他们带到了山里，吃上了淘金这碗饭。那时的老黄正青春得很，活蹦乱跳地在他们眼前跑着。这一切仿佛就是几天前的事，可如今老黄和老福叔却与这个世界阴阳两隔。

大树和小树是在第二天的下午追上老蔫的。大树把枪对准了老蔫，小树一个饿虎扑食抱住了已经迈不开腿的老蔫。老蔫本想跑快些，远远地把俩人甩在身后，可翻山越岭的，实在跑不动了。也就是这会儿，他被小树扑倒了，然后又被横七竖八地绑在了一棵树上。小树下手狠，勒得他浑身的骨头都咯吧吧地响。

老蔫哭了，一边哭一边求饶：大树哇，救救兄弟吧，看咱们一起淘金的份儿上，饶了我这次吧。

小树不听他这一套，狠狠地抽了老蔫两个嘴巴子。老蔫又号哭起来。

大树和小树都不听他的喊叫。小树仔细地把狗头金用衣服包了，紧紧地系在自己的身上。

大树做好饭后，俩人就开始吃饭，这时候老蔫不叫了，他吭吭哧哧地说：大树给俺一口吃的吧，俺都饿坏了。

大树头都没抬一下。

他又求小树：小树哇，你给俺一口吧，俺下辈子就是变成个畜生也会想着你的好。

小树抬起头，红着眼睛道：闭上你的嘴。你跑的时候咋没想着我们呢。你想独吞狗头金，去你妈的。你就在这里喂蚊子吧。

老蔫垂下头，两行泪"吧嗒吧嗒"地砸到脚上。

兄弟俩吃完饭收拾家伙什时，老蔫觉得这是自己最后的机会了。他艰难地抬起头，泪流满面地说：大树、小树啊，放了俺吧，俺不要那一份儿了，俺背着你们走，只要不把俺留在这儿。

小树瞪起了眼睛说：别做梦了，你和刘旦一样，等着喂蚊子吧。

大树和小树头也不回地走了。

老蔫攒足了力气，爹一声、娘一声地喊着。

他喊：大树，你放了俺吧，俺再也不敢了。

他又喊：大树，你是爹是爷，行了吧。小树，你是俺家的祖宗，祖宗呀，饶了俺吧。

他还喊：小树，你缺良心呀，把俺捆得这么紧，俺的骨头都要断了。

走了一气，大树立住脚，回过身来。小树不解地望着他：哥，你干啥？老蔫他是自作自受，咱们这是按照规矩办事。

大树往回走，小树跟了两步，又停下，一屁股坐在地上。

老蔫在绝望中看到了走回来的大树，他语无伦次地说：大树，俺知道你心眼好，你是俺亲爹，亲爹哎——

大树走过去，松了松树上的绳子，老蔫的身体一下子就轻松了下来。

大树绕着树走了一圈，道：老蔫，别怪俺们心狠，你比俺们更心狠。是死是活，就看你自己的命了。说完，头也不回地走了。

老蔫彻底绝望了，他再一次呜呜地哭起来。大树很快就把老蔫的呜咽声抛在了身后。

小树

此刻，狗头金沉甸甸地背在了小树的背上。小树流着汗，先是浸湿了衣服，又浸湿了狗头金，这样金子和身体就真实地贴在了一起。

自从老福叔挖出了狗头金，小树就是兴奋的；而现在老福叔死了，老蔫就要喂了蚊子，感受着背上真实的金子，他更是欣喜异常。他盘算着：老蔫没跑时，这坨金子只有他四分之一，可他人一跑，按着规矩就不再有老蔫那一份儿了。老蔫这次就是不死也得脱层皮，他捆老蔫时手上是下了死力的。要是没人救老蔫，他就会和那棵树长在一起，蚊子咬不死他，他也会饿死渴死。小树觉得老蔫只有一死了。

现在的这坨金子，小树是拥有了三分之一。这么想过，他的后背和心猛然跟着沉了沉。老蔫在时一直不同意给老福叔那一份儿，虽然金子是他挖出来的，但现在人已经不在了；又有谁能证明，这金子是老福叔挖出来的？如果没了老福叔那份儿，这狗头金就是他们哥儿俩的了。

这坨狗头金能换多少白花花的银元啊？小树想不出来，但肯定是一大堆。想起那堆银元中，自己只有其中的三分之一，他的兴奋和热情骤然降温。

大树和小树歇息的时候分别靠在了一棵树旁。大树像个士兵似的，抱着那杆火枪，把里面的药倒出来，用手捻，用鼻子闻，生怕药又受了潮。小树把狗头金从后背移到了胸前，解开衣服，露出里面黄澄澄的一坨，这坨亮色让小树眯上了眼睛。这就是传说中的狗头金，现在正热乎乎地被他捧在怀里。有了钱的日子该是怎样的日子呀？小树眯着眼想了起来。他要在大金沟的江边，盖上三间亮堂的石头房子，就像“一品红”的胡老板那样，然后自己想干啥就干啥。咋的，咱淘金人也发了！有钱人的日子就是好，到时候天天穿得溜光水滑，满面红光地横着膀子在大金沟镇的街上走，让镇上的人们眼馋死。别说讨个老婆，就是讨个十个八个的也不在话下。

他以前羡慕哥哥有了华子，那会儿华子在他眼里如同天仙；而现在华子在他眼里啥也不是了，他要找比华子强百倍的姑娘给自己做老婆。想到这儿，小树已经感觉到那一双双羡慕、眼馋的目光落在他的身上，让他觉得浑身热烘烘的，腰杆也一点点地挺了起来。沉浸在梦游中的小树，被大树冷不丁扇了一耳光。他一个激灵，醒了。

这一打，小树彻底醒了。他忙把狗头金包裹好，贴在背上，又从胸前狠狠地系了死扣，跟着大树，脚深脚浅地向前赶。

在林子里行走，每走一步都要使出平时几倍的力气。杂草和灌木丛纠缠在一起，扯绊着人的双脚，他们就趔趄着，摇晃着，有时还要滚爬着往前走。

大树在前，小树在后，这样一来，小树就省了些力气。踩着大树蹚出来的路，费劲巴力地往前走。小树盯着大树的后背就有了火气，不是为大树打过他，而是为了大树死活要给老福叔那一份金子。以前有老蔫在，小树也无所谓给不给老福叔一份，反正多出的那一份，轮到自己头上也没多少。现在老蔫喂了蚊子了，就剩下他们哥儿俩了，要是再给老福叔分，那不是傻吗？

小树想起了这几年淘金受的罪，春天秋天那个冷啊，他们泡在有冰碴儿的水里，一干就是一天。半夜里腿抽筋，猫咬狗啃似的疼，到了冬天腿就疼得下不来炕；夏天的蚊子更是密密麻麻地围着人咬。淘金人过得简直就不是人的日子，想到这些，小树就一阵悲哀。

他试探着把独占狗头金的想法冲大树说了。话还没说完，大树就冲他瞪起了眼睛，他也就噤了声。从老家逃出来，一直是大树带着他，长兄如父，他从心里敬畏着大树。不论大事小情，大树从来都是说一不二。

晚上休息的时候，小树见大树睡实了，才偷偷地把狗头金从身上解下来。忍了又忍，还是把那坨金抱在了怀里，又看又摸。有好多次，他觉得眼前的一切都不是真的，就把嘴凑上去咬那坨金。狗头金的棱角硌着他的牙齿，起初是酸，后来就有了疼的感觉。小树再看那坨金时就真实了，可过不多久，就又觉得一切都虚幻起来，于是他又去咬狗头金。反反复复，小树一直亢奋着。这种亢奋让他浑身发烧变烫，呼吸急促，有时竟像打摆子一样哆嗦不止。

一连三天，眼睛一刻也没闭上过，小树倒没感受到疲惫和虚弱，内心的亢奋让他热血撞头，眼睛放着绿光。他对大树的沉着冷静百思不得其解，他不明白大树怎么就能睡着，难道他就不想过有钱人的日子？

小树的脑子里嗡响一片，狗头金就在他的眼前金灿灿地亮着。他咬着，感受着它的存在，脑子里的每一根神经都被那坨金子占满了。

小树再看大树时，大树就变成了魔障。大树要把金子分给外人，那眼前的这坨明晃晃的金子就会变得支离破碎。小树在心里号叫着：不，绝不，我要拥有这坨完整的金子。

老蔫背着狗头金时，他还没有过这种想法，所有的注意力都用在了监督老蔫上，恐怕老蔫跑了。现在金子就在他的怀里，他是主人，既然他拥有了这坨金子，就不能让别人拿了去。现在能够阻止他占有这坨金子的，就是眼前的大树了。此时的大树，成了小树眼里的仇家。

狗头金让小树走进了一条死胡同，一条不归路。他脑子里乱成一片，浑身一会儿发冷，一会儿发热，眼睛充血，闪烁着一道道寒光。他管不住自己了，他要除掉大树。只有把大树灭了，这坨金子才是自己的。

晚上，大树又睡去了。

小树连眼皮都没有合一下，他大睁着眼睛，却不觉一丝一毫的困乏，只有一阵阵的亢奋。他等待着大树睡沉的那一刻。待确信大树睡着了，他悄悄地爬起来，抱着那坨沉甸甸的狗头金，向大树摸去。

大树就在眼前了，借着透过来的散淡月光，小树看见大树睡得很安详，手里还拖着那杆火枪。眼前的大树在小树的眼里既熟悉又陌生，别人都说小树长得像大树，兄弟俩像是一个模子里刻出来的。可现在的大树已经不是兄长了，是魔障，更是敌人。小树要除掉眼前的敌人，独吞狗头金。

小树双手举起狗头金，眼里冒出了寒光，他要用狗头金砸死大树。就在狗头金砸向大树的时候，一条树枝挡了小树的手，狗头金瞬时改变了方向，砸在了大树的肩上。大树“哎哟”一声，在地上滚了一圈，一边滚一边叫：小树，有劫匪。

他转过身时，那杆火枪就抵在了小树的头上。小树想喊一声，还没来得及喊出来，眼前就是火光一闪。

大树在火光中，看见了小树那张变形的脸，想收枪，已经来不及了。他在火枪的轰响声中，看见小树向后一仰头，就倒下去了。

一切都沉寂了。

大树坐在地上，看着躺在面前的小树。小树的血汩汩地流过来，带着温热，传递到大树的手上。

茫然、空白之后，大树一遍遍问着自己：俺打死了小树？俺杀了自己的弟弟？

他伸手摸了摸被砸的肩膀，那里生疼。刚才发生的一切都是真的。大树捂着肩膀，喃喃着：小树要杀俺，他要杀了俺……

过了一阵，又过了一阵，大树终于弄明白了，小树要杀他，用的就是那坨狗头金。此时的狗头金就躺在他的脚边，上面沾满了小树的血；后来，他又开枪杀死了小树。过程很简单，可大树想不明白，小树为什么要杀他？思来想去，他确定小树是疯了。

太阳照亮这片树林时，大树还是那么坐着，呆呆地看着眼前躺着的小树，仿佛照看着熟睡的弟弟。逃荒的路上，爹死了，娘也死了，是他牵着小树的手，一步步往前走。夜晚的时候，小树就是这样躺在他的身边，他曾无数次地想象着逃荒的路何时是个头，现在终于到了尽头，就在这片林子里，小树永远地睡着了。

大树迷迷瞪瞪地挖了个坑。他抱起小树，把小树放到挖好的坑里。

他抓起土，向小树扬去。他扬一把，就说一句：小树，你这回行了，不怕冷、也不怕饿了。

他又说：你能见到爹娘了……

他还说：小树，是哥杀了你。这笔账你记着，等我到阴间，我还你一条命。

……

小树在大树的眼里消失了，眼前只是一片湿土。

大树拖过一些树枝，掩在湿土上。他在小树坟前站了一会儿，又站了一会儿。他一直在想：小树，你干吗要杀俺，俺可是你亲哥啊。

过了一晌，大树在心里说：小树，俺该走了。俺要出山去找华子，过日子去。

他往前迈步时，被什么东西绊了一跤，低头看，正是那坨狗头金，一半埋在土里，一半露在外面。他看一眼狗头金，又看一眼被埋的小树，抱起了狗头金。脑子里竟“呼啦”一下子就亮了，他终于明白，一切都是这坨狗头金引起的——好端端的老福叔死了，老蔫想独吞它；小树也是为了它，要杀了亲哥。

大树抱着狗头金，恍恍惚惚地向前走去。走着走着，他抱着的狗头金竟越来越沉，仿佛有千斤。他摔倒了，狗头金落在了眼前。他瞅着它，这坨金子果然像只狗头，有鼻子有嘴，还有眼睛。他瞧着它，渐渐地，狗头金就成了活物。它冲他龇牙咧嘴，一会儿像笑，一会儿像哭，它的眼里流出的不是泪水，是汩汩的血水。

他一惊，"嗷"地叫一声，抱起狗头金，向前爬去。

前面是山涧，深不见底，散发着阴森的寒气。大树把狗头金高举过头顶，大叫了一声扔下去。

狗头金落向涧底，他竟没有听到一星半点儿的回声。

现在的大树一干二净，什么都没有了。

春天的时候，他们四个人，亲兄弟似的四个人，在老福叔的带领下出来淘金。那时，他们寻思淘金沙发不了财，也饿不死，他们的想法简单又实在。自从狗头金被挖出来，一切就都变了。现在，大树又让那坨狗头金永远地消失了。

一身轻松的大树，现在是赤手空拳，身子轻得仿佛能飞起来。他什么都没有了，也就没必要在老林子里转悠了。他要走出林子，找到山谷中的那条溪水，然后顺着溪水，就能回到大金沟镇了。

大金沟镇有间小豆腐房，里面有着水豆腐似的华子。他要去找华子，再也不出来淘金了。他要和华子齐心协力地开豆腐房，还要和华子生儿育女，过平常人的日子。

大树很快就找到了谷底，找到了那条溪水，溪水清澈地向前流着。他趴在溪水旁，痛快地喝了一肚子水，然后迈开大步，向山外走去。

凭经验，大树知道再有一两天的路，他就能走到山外。这时，他空前绝后地思念华子。他浑身上下从来没有这么轻松过。他迈开大步，两耳生风地往前赶。

太阳出来了，又落下。落下，又升起。

这天，他都能够看见沟口了，大树心里一阵狂喜：再有一个时辰，他就可以走出去了，就能见到日思夜念的华子了。

这么想过，大树浑身上下的每一个细胞都充满了甜蜜。他甩开大步，几乎是跑了起来。这时，他的身后传来一个熟悉的声音，那声音在喊：狗日的大树，你站住。

他就站住了，回过身时，他看见老蔫急火火地奔过来。他还看见自己丢掉的火枪被老蔫抱在怀里。老蔫抱着火枪冲了过来，他想：老蔫命大，果然没喂了蚊子。他还想冲老蔫开句玩笑。

就在这时，老蔫怀里的火枪响了。大树没有听见那“轰”的一声，他只看见一条火龙向自己扑来。

硝烟散去，大树觉得自己飘了起来，像一缕风浮在半空。他看见，老蔫饿狼似的扑向地上躺倒的那个人。老蔫在那人的身上翻着，找着，后来老蔫就火了，冲躺着的人吼：大树，金子，你把金子藏哪儿去了？

大树在天上说：让俺扔到山涧里了，你找不到了。

他一连说了几遍，老蔫都没听见。

他不想说给老蔫听了，他要急着回大金沟，去找他的华子。大树就向沟口飘去，乘风一般。

这时，大树听见了老蔫蹲在地上狼一样的号哭声。

关东镖局

一

名声在外的奉天镖师冯森的镖被人劫了。

劫镖的不是别人，正是镖师冯森磕头拜把子的好兄弟李广泰。这是所有人没有料到的，也是镖师冯森连想也没想过的。

冯森骑在马上，他的身后是镖局里的一帮兄弟，冯森脸色铁青，一双目光痴痴怔怔，他一句话也不说，他也无话可说。身后是同样蔫头耷脑的弟兄们，弟兄们和冯森出生入死这么多年，还从来没有这么不明不白地丢过镖。当马队稀稀落落、七七八八地来到镖局门前时，杨四小姐正在镖局门前洗衣服，她做梦也没想到冯森的镖会被人给劫了。她以为冯森把镖押到目的地胜利而归了，于是她张开一双水淋淋的手迎上来，惊喜地喊：咋这么快就回了？

镖师冯森没有下马，似乎已经忘记了下马，他仰起头，冲着雾蒙蒙的天空喊了一声：王八犊子广泰，天理难容啊！便一头从马上栽了下来。

镖师冯森押的镖非同一般，他押的是张作霖的能装备一个营的军火。变卖他所有的家产也抵不上这批军火，冯森是和张作霖的队伍签了字、画了押的，他在用自己的性命抵押着这批军火。军火被劫了，也就意味着冯森将要被东北军的军法处执行枪决。

张作霖的军火按道理是不应该让镖局押运的，他手下那么多队伍，随便派出一支就是了。事情却远非这么简单，当时军阀混战，炮火连天，张作霖的部队是关外最大一支队伍，盘踞在奉天城内。同时，还有若干股队伍，并不属张作霖，一直在深山老林里和他周旋。虽说张作霖成了气候，但局面仍然混乱，其他的队伍被打散后，有的占山为王成了胡子，有的仍在招兵买马准备东山再起。张作霖不惜血本地在收编着这些零星队伍，收编的这些小股队伍，大都是胡子出身，胡子只认钱认粮，否则亲娘老子都不认。张作霖差不多就是胡子出身，他懂得胡子们的心理，为了能让这些胡子死心塌地归顺自己，他舍得花钱。于是，隔三岔五的，他会差人把粮饷军火送过去，刚开始一切还算顺利，后来事情就有些麻烦，那些没有归顺张作霖的胡子们，见了这些钱粮和军火就分外眼红，不管这些钱粮运往何处，冒死都要把这些钱粮劫了。

胡子们凭借山高林密，熟门熟路，再加上舍生忘死、以一当十，十有八九都会成功。几次之后，东北军赔了夫人又折兵。张作霖被逼无奈，才想起城内的镖局。

镖局这个职业历史悠久，自从有了商人，镖局这份职业就应运而生了。开镖局的人第一讲的是信誉，第二讲的才是实力。没有信誉，就等于没有客户，生意自然寡淡。因此，凡是开镖局的人，万一丢了镖，就是卖儿卖女、倾家荡产也要还镖，这是行规，自古如此。所以说，开镖局的人，都是把身家性命系在裤带上了，容不得半点闪失。

最有名气的镖局，当数城内的“关东第一镖局”，在奉天城内，这“关东第一镖局”的声名差不多和故宫一样著名。“关东第一镖局”的牌匾就是努尔哈赤所题。想当年，“关东第一镖局”的冯老镖头，为努尔哈赤的队伍押运粮草立下过汗马功劳，为此，努尔哈赤为了表彰冯老镖头，才亲笔题写了“关东第一镖局”的牌匾，悬挂于冯老镖头的家门之上。这么多年风风雨雨打打杀杀，冯家镖局凭着他们仗义疏财的侠气和坚厚的实力，轰轰烈烈地开创了下来。到了冯森这一代，已是第八位掌门人了。

张作霖在无计可施的情况下，自然想到了“关东第一镖局”。“关东第一镖局”这杆大旗象征的是顺风顺水，万镖平安。不管大小胡子，只要看到“关东第一镖局”的镖旗，都会恭敬地放行，前途坦荡，车马浩荡。

东北军运送粮饷自从有了“关东第一镖局”的介入，再也没有出现过什么差错。在这一帆风顺的大好局面下，谁也不曾料到，冯森的镖却被人给劫了，劫得冯森心不甘情不愿，稀里糊涂不明不白。

有谁能想到，劫冯森镖的人会是好兄弟李广泰呢？

二

急火攻心的冯森，在夫人杨四小姐的怀里醒过神来。清醒过来的冯森一眼就看到了挂在墙上祖先的遗像，先祖们个个威风凛凛、不容侵犯的样子。冯森在先祖们的注视下，跪在了他们面前，悲悲切切地喊了一声：先人哪，冯森给你们丢脸了！泪流满面的冯森，觉得自己用命还镖并没有什么，让他心不甘情不愿的是“关东第一镖局”败落在他的手里。这一回“关东第一镖局”不但要在奉天城内消失了，还会给人留下一个笑柄。想着这儿，他的心猛绞了一下，他望了眼身旁的杨四小姐。他在做这一切时，杨四小姐一直陪在他的身旁，他看到杨四小姐一双眼睛是清明冷静的，似乎她早就料到了这一天，此时杨四小姐一字一顿地冲冯森说：我知道广泰为啥劫你的镖！

胡天胡地的关外，镖局这个职业异常的兴旺发达，于是就有许多人吃起了押镖这碗饭。杨四小姐的父亲杨镖头就开起了镖局。

杨镖头没有开镖局之前，曾在“关东第一镖局”当镖师，那时掌柜的是冯森的父亲冯大刀。冯大刀为人仗义，宁折不弯，很受人尊敬，后来许多开镖局的人，都曾在他手下当过镖师。冯大刀从不小肚鸡肠，也不怕有人争吃押镖这碗饭。在冯大刀手下干上几年的镖师，手里多多少少有了些积蓄，冯大刀就鼓励这些镖师：自己开个镖局吧，当一回掌柜的，别委屈了自己。

有的人就被冯大刀说动了心思，一来有了些积蓄，二来在冯大刀那里学会了一些镖局的规矩，渐渐便有三三两两的镖师离开“关东第一镖局”另立了门户。每有一家新镖局开张，冯大刀总要亲自上门祝贺，让手下人提上两挂鞭炮，热热闹闹放上一阵，然后说上一些很客气的话。新镖局开张，生意总是不太好做，冯大刀还要给这些镖局介绍一些活路。渐渐，这些镖局都有了威信，也有了一批固定的顾客，冯大刀就感到很欣慰。

谁都知道押镖这碗饭并不好吃，深山老林里掩藏着数不清的大小胡子，他们都在张着一张张饥饿的嘴，等着吃镖局这块肥肉，雁过拔毛早已成了惯例。

杨镖头刚开始时，一切都还算顺利，后来就遇到了许多麻烦。杨镖头第一次丢镖，他就犯了一回糊涂。杨镖头是个耿直得一点弯都不打的汉子，丢了镖，发誓拼上老命也要把丢掉的镖夺回来。那时他的手下有十几个镖师，其中就有广泰的父亲李大鞭子。镖师们义无反顾地随杨镖头杀进山里，寻找劫镖的胡子，镖师们把镖局当成了自己的家，镖局的事就是自己的事，自从当上镖师那天起，他们早就把生死置之度外了。那时，杨镖头的大女儿十八岁，也随镖师们上山了。

就是那一次，十八岁的大女儿与胡子火并时，丢了性命，同时丢掉性命的还有镖师李大鞭子等人。那一次，镖是夺回来了，却给杨镖头的生活蒙上了一层浓重的阴影。女儿是自己的，死了也就死了，可那些赔上性命的镖师，都是他的好兄弟，扔下一家老小，哭天喊地，他看着眼前的情景，比死了自己一家老小还要难过。他曾跪倒在这些哭天抹泪的女人孩娃面前，掏心挖肺地说：都是我杨镖头连累了你们，我一辈子都要对得住你们，以后有我杨镖头吃干的，就不会让你们喝稀的。

杨镖头是这么说的，也是那么做的。广泰就是那一次走进杨镖头家的。那一年广泰十三岁，十三岁的广泰从小就死了娘，和当镖师的父亲李大鞭子相依为命，父亲在和胡子火拼中赔上了性命，他别无选择地来到了杨家。从那以后，杨镖头对广泰就如亲生儿子一样，广泰也把杨家当成自己的家了。

开镖局就是一个风险职业，没有不丢镖的镖局。天有不测风云，杨镖头又一次丢镖了。这回胡子们劫持的目的简单而又明了，他们不再为镖，而是为了杨镖头的女儿。胡子们捎来话，不要金不要银，就要杨镖头的二女儿。那一年，杨镖头的二女儿也满十八岁了，有如一株正在开放的野芍药，光彩照人。

杨镖头这回理智了许多，他知道无论如何也不能和胡子们拼了，要是丢了他一条性命也罢了，他无论如何也不能再让自己的镖师们牺牲性命了，那样的话，他也太不仁不义了。他别无选择地只能硬下心肠把如花似玉的闺女送到胡子窝去了，他哽着声音冲闺女说：嫁谁不是嫁呀，爹养你这么大，就算你救爹一回吧。闺女哭着哭着就明白了，这是用自己的身子去救爹的命呀，不仅救爹，还救了整个杨家镖局。命是爹娘给的，为爹娘去献身，就啥说的都没了。二小姐想起了大姐，大姐就是为爹为杨家镖局拼死了性命，一股烈性之火就燃着了，然后啥都没啥了，只让爹把自己送上山。杨镖头的夫人说什么也舍不得自己的女儿，老大死了之后，她本以为会换回一家人的平安，可没想到，只两三年的功夫，家里又发生了丢镖的祸端，于是就哭就闹，抱着女儿，死不松手，鼻涕眼泪地说：好端端的闺女咋能嫁给胡子呀，天杀的呀，让我死了吧。

闺女就给母亲跪下了，闺女只能硬下心肠说：娘呀，没啥，你就当家里少了只猪、少了只鸡吧。

事情到这儿已不可逆转了，闺女被送走了，送到山上那个胡子头儿手里，是生是死只能这样了。胡子们也是讲信誉的，见杨镖头把闺女送来，立马还了镖。胡子头儿此时已和杨镖头是一家人了，自然要说一些自家人才说的话，胡子头儿也跪下了，手里托着一个大海碗，碗里盛满了烈酒，胡子头儿说：你以后就是爹了，二小姐留在山上你放心，我不会亏待她，有我一口吃的就有她吃的。喝了这碗酒吧，下次你押镖路过这里，我再请你喝酒吃肉。

杨镖头啥也不说了，端起酒碗一饮而尽，就是毒药他也要喝，他不能让胡子小瞧了他。杨镖头就要下山了，女儿又一次给他跪下了，女儿含泪道：爹呀，闺女只能为你做这一次了，下次你千万千万别再丢镖了。

杨镖头扭过头，一步一步，踉跄地往山下走去，身后是女儿一声又一声地呼唤：爹呀，爹呀……

回到奉天城里的杨镖头，仿佛死了一回。夫人见只有杨镖头一人回来，便彻底绝望了，在这之前，她还在期待奇迹的发生。此时，她心如死灰，连续两个闺女就这么无端地去了，她无论如何也承受不住了。说服杨镖头就此收山，那是不可能的，她太了解杨镖头了，要是这么干下去，三闺女、四闺女的命运也不会好到哪里去，这是在一刀又一刀割她的心头肉，她疼得无法忍受。在一个月明风清的晚上，她用三尺白布把自己吊死在自家房梁上。她只留下一句话给杨镖头：好好待两个闺女。

杨镖头就醉了，他只能用醉酒的方法麻醉自己破碎的心。醉酒后的杨镖头才有了眼泪和话语，他一边流泪一边说：好闺女呀，爹对不住你们呀，爹下次就是舍出老命也要保住你们的清白……

杨镖头家老大老二的壮举，惊动了整个奉天城。人们都知道，杨镖头的四个姑娘，一个比一个烈性，他们前呼后拥着来到杨家镖局，一睹杨家女儿的芳容，那时杨家只剩下三小姐和四小姐了。

奉天城外的胡子从此都知道，杨镖头的四个闺女是四朵花儿，一个比一个漂亮。自从杨二小姐自愿上山，成了胡子的压寨夫人后，所有的胡子都把目光集中在了杨镖头的身上，他们想尽办法要劫杨镖头的镖。

杨镖头自从有了两次丢镖的教训，他自然更是加倍小心，细心选择押镖路线，日行夜宿，就是到了晚上，也很少能睡个安稳觉。百密终有一疏，胡子串通了客栈，在吃饭时，汤里下了蒙汗药。胡子又留下了话，让杨镖头送三女儿上山。

杨镖头肝肠寸断地又把三闺女送上了山。有了前面两个姐姐做榜样，她心里早有了准备，为了爹，为了这个镖局，杨三小姐悲悲壮壮地走上了山，她一滴眼泪也没有流。杨四小姐一直目送着三姐走出家门，她也没有眼泪，她浑身发冷地倚在门框上，她看着三姐的今天，仿佛也看到了自己的明天。

四个闺女走了三个，杨镖头的心气一落千丈，只几年的工夫，他就老了许多。他看着日渐长大成人的广泰和杨四小姐，心想，再押几次镖，有了点积蓄，就热热闹闹地给广泰和杨四小姐成亲。到那时，镖局就是广泰和四小姐的了，他也用不着提心吊胆过日月了，也就一了百了了。

终于有一天，杨镖头把广泰和四小姐叫到了身边，他冲两个孩子说：等过一阵你们就成亲吧，我老了，这个镖局就是你们的了。

广泰就跪下了，他发誓般地说：爹，你就放心吧，这个家就是我的家。

杨四小姐也跪下了，她想到了三个姐姐，她哭着叫了声：爹——便再也说不下去了。

广泰果然把杨家当成自己的家了，他看着杨四小姐一日日长大，他护卫着杨家呵护着杨四小姐的理想正枝繁叶茂。

就在杨镖头即将收山之际，杨镖头又丢了一次镖。

三

杨镖头这回把镖丢在了小孤山。是一场暴风雪让杨镖头的镖队迷了路，三天三夜也没有走出小孤山。就在杨镖头穷途末路时，盘踞在小孤山的胡子头儿马大帮子带着一群小胡子冲将下来，没费啥事便把镖劫到了山上。

那时，杨镖头已抡不动砍山斧了，他骑在那匹毫无气力的马背上又饥又饿，眼冒金星。广泰和众镖师几乎被冻僵在马背上，别说让他们舍命拼杀，就是喊上一声也没有气力了，他们只能眼睁睁地看着马大帮子把一车镖劫走。

马大帮子铁嘴钢牙地留下话，让杨镖头送三十两黄金，没有黄金把四闺女送上山也行，否则休想要回镖。

广泰并没有灰心，在这过程中他一直在琢磨事，三十两黄金他们拿不出，让杨四小姐上山也是不可能的，只有一条，那就是用自己的命去换镖，他深知，在走投无路的情况下，只能和胡子硬碰硬。想到这儿，他抬起头，一字一顿地说：我去赎镖！

广泰的话让杨镖头打了个冷战，谁都知道空手赎镖，九死一生。惹恼了胡子，他们可啥事都干得出来。

杨镖头不想说什么，当他看到广泰那坚定的目光，他知道说什么也没用了。凡是吃押镖这碗饭的，没有一个是软骨头的，挥戈马上，性命就别在腰带上。死对他们来说眼皮都不会眨一下。

在一旁哭泣的杨四小姐此时也停止了哭泣，她一把抱住了广泰，生生死死地说：哥呀，你不能去，留得青山在，不怕没柴烧，还是让我去吧，三个姐都去了，我这一去，以后胡子也不惦记了。

杨四小姐的话让广泰的心碎了，他早就想过了，只要自己还有一口气，他就不能眼睁睁地看着杨四小姐被送给胡子，没有了杨四小姐，那他的生还不如死。

广泰站起身把杨四小姐的眼泪擦去，轻轻淡淡地说：哭啥，哥一准儿能把镖要回来。

广泰跪下了，跪在了杨镖头和杨四小姐面前，硬着声音说：广泰只要还有一口气，谁也别打四妹的主意。爹呀，妹呀，我走了。

说完广泰就走了。广泰赤手空拳，只骑了匹老马。

清醒过来的杨镖头，追出门外，广泰已消失在夜色中了，只剩下几声清冷的马蹄声残留在耳际。杨镖头冲着暗夜苍凉地喊一声：广泰呀——

杨镖头几次丢镖，冯森都知道，论辈分杨镖头是他的师叔，他是杨镖头看着长大的。杨镖头和父亲的情义比山高比水长，杨镖头遇难他不能袖手旁观，哪怕倾家荡产也要帮助杨镖头渡过难关。

冯森找到杨镖头说：叔哇，我还有些积蓄，咱们两家凑一凑，咋的也能还上镖。

杨镖头听了冯森的话，心里极不是个味，他知道冯森这是为他着想，但他自己不能打自己的脸。开镖局的人信誉第一，靠别人资助过活，还有什么信誉可言呢？他死也不能接受冯森的援助，就是把女儿送上山，他也不能借别人一文钱。杨镖头就说：侄呀，你的好心我领了，叔还要把镖局开下去，就是卖儿卖女，叔也要自己还这笔账。

冯森了解杨镖头，这是个硬汉子，宁折不弯，牙掉了往肚子里吞，他崇敬杨镖头就像敬仰父亲一样。杨镖头的三个女儿前赴后继地走上了山，冯森对杨家的女儿刮目相看，他同样敬重她们，他感叹杨镖头生了这些有血性的女儿。当冯森得知广泰独自一人去赎镖时，他也同样在为广泰揪着心。

小孤山的胡子马大帮子做梦也没想到广泰会单枪匹马地来赎镖，把话说白了，广泰要来浑的了，要用自己的命来赎镖。以前也曾有过这样的例子，用男人的豪气和置生命于不顾来征服胡子。这样成功的例子却很少，胡子就是胡子。

广泰的举动让马大帮子感到吃惊。

马大帮子还是把广泰让进了自己那间木格楞屋里，炕下的木棒子，哔剥有声地燃着。马大帮子把身上的光板羊皮袄脱了，袒胸露背地坐在炕上，他的前胸和后背，深深浅浅的刀疤和枪伤历历在目。广泰坐在马大帮子对面，这时他一句话也没说。有两个小胡子从炕下掏出一堆红红的炭火，装在盆里，那盆炭火最后就放在了广泰和马大帮子中间。

马大帮子把一双手放在炭火上方，翻来覆去地烤，一边烤一边说：小子，算你是条汉子，要不，我早就一枪把你崩了。

广泰吸了口气说：还我镖！

马大帮子就又说：金条带来了么？

广泰说：我没有金条。

马大帮子又说：没有金条，四丫头能上山也行。

广泰就笑一笑说：四小姐是我的女人，我的女人咋能给你呢？

马大帮子的脸就黑了，再也不说话，从裤腰里拔出烟袋，又从烟荷包里挖出一袋烟。广泰这时不失时机地用手指从炭火盆里夹起一块燃着的炭火送到马大帮子面前。马大帮子看了眼广泰，最后还是把烟袋凑过去，点着了烟。广泰并没有把炭火丢到炭火盆里，而是撸起裤腿，把炭火放到大腿上，炭火正红，在皮肉上“嗞嗞”地响。做完这一切，他才把眼皮抬起来，看着马大帮子深一口重一口地吸。

马大帮子慢条斯理地磕掉烟锅里的烟灰，又挖一袋新烟。广泰这才把那个炭火扔到炭火盆里，又用手抓出一个新炭火，再一次递过去。这次马大帮子没有犹豫，很快就把烟点着了。同上次一样，广泰又把炭火放到腿上。

马大帮子一连抽了十三袋烟，广泰就为马大帮子点了十三次火，满屋已是烧焦的人肉味了，汗珠子早就从他脑门子上落下来，可他连眼皮也没眨一下。

终于，马大帮子磕了烟袋说话了：没有四丫头，说啥也不行，我不能白白地让你把镖带回去。这话传出去，好说不好听，以后我还咋在小孤山混呀！

广泰仍不说什么，就那么认真地看着马大帮子。

马大帮子咳了一声，他是被那焦煳的人肉味呛的。

这时，天已经黑了，一个小胡子给马大帮子送来一只刚逮住的山鸡。马大帮子动作麻利地几下就把毛拔了，然后把山鸡扔到炭火上。不一会儿，山鸡就被烤熟了。马大帮子又从地上端出一坛子酒，一边喝酒一边吃肉，他把一只鸡腿递过来，冲广泰说：吃吧，吃完你就下山，要是走不动，我就让人把你送回去。看你是条汉子，要不，你这么耍我，我早就把你剁成肉酱了。

广泰没接马大帮子递过来的鸡腿，而是把自己的衣袖撸了，说道：我不吃你的肉，我的肉早就带来了。

广泰说完就一口把自己的手臂咬了，吃鸡腿似的吃自己，一边吃一边说：真好吃，要不，你也尝一口？说完把自己血淋淋的手臂递给了马大帮子。

马大帮子的身体向后躲了躲，甩了鸡腿道：妈那个×，你别逼我。

广泰就笑一笑道：我没逼你，不吃拉倒，我自己吃；妈的，没想到人肉这么好吃，要是早知道这么好吃，老子早就吃了。

马大帮子闭上眼睛，从广泰上山那一刻起，他就有些喜欢上了广泰，生死不怕，他就欣赏这样的爷们儿。

广泰疯了似的吃自己，呱呱呱呱的，他一口又一口地吃着，仿佛在吃仇人的肉，连眼皮都不抬一下，满屋子里都是一股血腥气。

马大帮子在心里说：×他祖奶奶，咋让我遇到这么个亡命徒呢！

马大帮子终于睁开了眼睛，他一睁眼睛就“哇——”的一声吐了，他一边吐一边说：小子，你有种，你比胡子还胡子，算我倒运，镖你带回去吧。

下山前，马大帮子叫来人把广泰血肉模糊的手臂包了。临走，广泰冲马大帮子深施一礼道：兄弟这次算欠你的，日后有机会一定还你。

马大帮子也动了真情，冲广泰说：兄弟日后在城里混不下去了，就来找我。

广泰横下一条心终于从胡子手里要回了镖。广泰把一车镖押回来时，惊动了许多人。他们尾随着镖车一直来到杨家门前。傻了似的杨镖头，做梦也没想到广泰会把镖要回来。广泰看到了杨四小姐，他苍白着脸笑了笑，便一头栽倒在杨四小姐的怀里。

广泰就是在那一刻一举成名的，也是从那一刻他走进了杨四小姐的心里。

城外的大小绺胡子都知道有个广泰。

也是从那天起，冯森对广泰刮目相看，英雄惜英雄，也属常理。

广泰伤好之后，冯森亲自上门，提出两人结成磕头弟兄。广泰也早就钦慕冯森，于是两人一拍即合，跪拜在一起，说了许多肝胆相照的话。

如果不发生后来的变故，什么都不会有，正是后来的变故，广泰、杨四小姐、冯森三个人的命运，就纠纠缠缠地扯在了一起。

四

广泰走进了杨四小姐的心里。生在镖局的杨四小姐，她从小就贪图了出生入死。她是在行侠仗义的男人堆里长大的，同时她继承了父亲杨镖头的刚烈性情，三个姐姐为了镖局，舍生取义，深深地震撼了她的心。从三个姐姐相继离开家门的时候起，她就随时做好了为父亲为镖局牺牲的准备。她觉得只有那样的轰轰烈烈，活得才有价值。

杨四小姐崇尚三个姐姐的英武之气，她时刻梦想着自己也那么轰轰烈烈地活一次。广泰就在这时走进了她的心里，也只有广泰这样满身豪气的男人才能走进她的心里。她似乎看到了自己和广泰将来，她需要的就是广泰这样能为自己遮风挡雨的男人。

广泰在养伤期间，日日看着杨四小姐在自己的身边忙前跑后。甜蜜和幸福围绕在广泰的身边，广泰恨不能永远就这么病下去。

但命运似乎老跟他们过不去。

那时奉天城里城外已经很乱了，东北军尚没有稳定住局面，大小股队伍经常内讧，狼烟四起。老百姓永远也弄不清楚，到底谁是谁的敌人，谁是谁的朋友。总之，一切全部乱套了。百姓的日子难过，镖局的生意也难做，也就在这时，赵家大药房急需进一批药，掌柜出了比平时高两倍的价钱请杨镖头押镖。经过几次的波折，杨镖头已元气大伤，早就没了心气，坐吃山空的日子已有些时候了。杨镖头想，这是最后一次了，有了这些钱，就可以很风光地为广泰和杨四小姐举行婚礼，到那时也就是自己圆满的收山之时，留一世清白，也对得起这一生了。

结果就在这次押镖中出了大事。这次劫镖的不是胡子，而是一支几百人的队伍。打仗就需要药，医伤治病，他们就是冲着这批药来的。只一阵子排子枪，十几匹马便倒下了。杨镖头和广泰等人还没有回过神来，一车药便被这伙人簇拥着劫跑了。这支队伍还算仁义，没有要了杨镖头等人的命，扔下了些散碎银两，给杨镖头他们做路费，便一路烟尘地消失了。

杨镖头望着远去的烟尘，眼前的天就塌了。绝望的老泪顺着面颊无遮无拦地流下来，他冲天高喊：老天爷呀，你咋就和我过不去呀，你这是逼我往死路上走哇……

广泰在现实面前傻了，他知道这次无论如何也无法要回镖了。他欲哭无泪，在兵荒马乱的现实面前他明白了一条真理，天下最难当的就是好人。在他的蓝图中，他曾想做一个安分守己的好人，开镖局，和杨四小姐过平安的日子。

杨镖头和广泰怀着同样一种心情失魂落魄地回到了奉天城里，回到了自己的家。在家里天天等夜夜盼的杨四小姐，一见到爹和广泰便什么都明白了，“当”的一声，她扔下了手里的剪刀。那时她正坐在炕上剪“喜”字，她已经剪了许多喜字了，那时她只有一个梦想，要让自己的新房里贴满了喜字，她是在还一个愿，那就是三个姐姐共同的愿望——平安、热闹、吉祥。三个姐姐没有实现她们的愿望，她要替三个姐姐一同把这个愿望实现了。

眼前的现实粉碎了杨四小姐的梦，她望一眼苍老绝望的父亲，在心里干干硬硬地喊了一声：天哪——便一屁股坐在了地上。她知道，自己这回将别无选择了。她了解父亲，父亲一生一世不欠别人一文钱，一世清白，不能让爹就这么把一世清白名声丢了，那样的话，爹会死不瞑目的。想到这儿，杨四小姐站了起来，她下定了最后的决心，她知道自己该怎么做了，她看着只几日的工夫就仿佛老了十几岁的父亲，心疼地叫了一声：爹——

父亲抬起头，惘然地望着女儿，摇了摇头。他清楚，这次就是再有十个女儿也换不回这车镖了。他哑着声音说：爹一世清白，就这么毁了，爹死也不甘心哪——

爹真的哭了，满头的白发一飘一荡的，他在哭自己，也在哭这个家。绝望的杨镖头，只能用哭来发泄自己了。

广泰坐在一旁，木雕泥塑似的，他不知道该干些什么，只知道日子粉碎了。

杨四小姐来到广泰身旁，她把广泰的头抱在怀里，广泰依了她。杨四小姐凄然道：人算不如天算，咱们注定成不了夫妻呀。

广泰的嘴角动了动，突然眼里流下了两行泪水，他说：要是能用我这条命换回一车镖，我立马就去。

杨四小姐叹了口气，摇了摇头。她拉起广泰的手臂，看到了广泰手臂上的疤，她的眼泪成串地滴在广泰的手臂上。最后，她长时间地望着广泰，广泰也望着她，四目相视，他们此时觉得有许多话要说，又一时不知该说什么。

杨四小姐跪在了父亲面前，一字一顿地说：爹，你把我卖了吧。

杨镖头怔怔地望着女儿，望着广泰。

杨四小姐说：父债子还，天经地义。

杨镖头突然说：爹对不住你们，是爹无能啊。说完两行老泪缓缓而下。

杨四小姐说：爹，我知道你想的是啥，我不会让你欠人家一文钱。

杨四小姐说完重又坐到炕上，她开始用力地撕扯那些剪好的喜字，一双双一对对的喜字在她的手下粉碎了。她在埋葬自己的梦，她做这些时，显得很平静。做完这一切之后，她又走回到自己的房间，把门关了，窗帘落下了。她换上了一身新衣服，又坐在梳妆台前仔仔细细地把自己描画了，然后才走出屋门。

她又一次跪在了父亲面前：爹，我走了，谁能出一车药钱，我就是他的人了。

她说完给父亲磕了一个头，说：爹，孩儿的命是你给的，报答你是应该的。

又磕一个头：爹，我用自己的身子换你一世清白，爹你放心吧。

再磕一个头接着说：爹，爹……

杨四小姐说不下去了，泪流满面。

久久，她站起来，坐到广泰的身旁，把头偎在广泰的脸前，她说：广泰，你看我。

广泰低下头望着她。

她又说：你好好地看我一眼。

她拉住了广泰的手又说：你对我们家恩重如山，下辈子做牛做马我都会报答你。

广泰僵僵硬硬地坐在那儿，怔怔地望着杨四小姐。

杨四小姐凄然地冲广泰笑了一笑，离开广泰，头也不回、光鲜照人地一步步走出家门。

五

杨四小姐异常平静地跪在大街上。

谁都知道杨镖头丢了镖，杨四小姐一出现在大街上，立马惊动了许多看热闹的人。他们围住杨四小姐议论纷纷，有一两位好事者凑到近前打问身价。杨四小姐就仰起脸，唇红齿白地说：一车药钱。

众人就摇头，就退却。在他们印象中，一车药钱换一个女人，简直是天价。

杨四小姐就冲人群说：我可是黄花闺女，一车药钱是贵了些，日后我能生能养，还能洗衣做饭，求你们了。

人群散了一拨，又拥上来一群，他们麻木又无奈地望着杨四小姐。

杨四小姐异常鲜亮地跪在那里，她的目光求助地望着每个走近的人。

渐渐，杨四小姐绝望了，她望着已经麻木的人群，慢慢站起来，一步步向前走去。人们给她让出一条路，有些人觉得事情远没有结束。最后杨四小姐就来到了"一品红"。这是奉天城最大的妓院，门前挂着两串大红灯笼，很喜庆的样子。杨四小姐走到"一品红"门前双腿一软就跪下了，人群就嗡然一响，有人就说了：卖了，卖了，杨四小姐真卖了！

"一品红"的门开了，宋掌柜搓着手出来，他把自己的一双眼睛笑成了月牙。他绕着杨四小姐转了一圈，又转了一圈。杨镖头家的四个闺女，是奉天城内的四朵花，四小姐又是四朵花中最漂亮的。宋掌柜做梦也没敢梦过杨四小姐会把自己卖到"一品红"来。

宋掌柜笑了，问：你真卖？

杨四小姐铁嘴钢牙地答：真卖，不卖在这儿干啥？！

宋掌柜又仔仔细细、认认真真把杨四小姐看了看，他恨不能从里到外把杨四小姐看个透。

杨四小姐又说：我可是黄花闺女，一堆一块都在这儿了。

宋掌柜变音变调地说：你说个价儿吧。

杨四小姐说：一车药钱。

宋掌柜就不笑了，他盯着杨四小姐说：你不是在说梦话吧？就是把"一品红”的丫头都卖了也不值这个价儿。

杨四小姐的眼泪都快流了下来，她央求地说：宋掌柜，我今年才十七呀，咋说也能卖个十年八年的好价钱，我咋就不值一车药钱，你就买了吧，日后我一准儿老老实实地帮你挣钱。

宋掌柜又说：四小姐，现在兵荒马乱的，啥生意也不好做，我只能出二百两银子，这是最高价了，我不蒙你。

杨四小姐仍说：就一车药钱。

宋掌柜不说什么了，他背着手站了会儿，才冲杨四小姐说：四小姐，你走吧。说完走进“一品红”再也不出来了。

杨四小姐的眼泪终于流了出来，她没想到想卖自己竟也这么难。那一刻她就发誓，要是谁能出一车药钱，就是她的大恩人，当牛做马干啥都行。她冲着“一品红”的大门喊：我还是黄花闺女，咋就不值一车药钱，我不能贱卖呀……

杨四小姐终于放声大哭起来，她哭得哀哀婉婉，伤痛欲绝。

这时冯森出现在杨四小姐的面前，杨镖头丢镖的事他已经听说了，鉴于以前的几次教训，他没有去找杨镖头，他知道去了也是白去，杨镖头是不会接受任何施舍的。他怕再次伤了杨镖头的自尊心，他只能静等着事态的发展。当他听说杨四小姐要把自己卖掉的消息时，他的心里被什么东西咬了一口似的痛了一下。他非常钦佩杨家四个姑娘的刚烈性情，不惜生命，也要保全镖局和父亲的声名。

冯森无论如何不忍看着杨四小姐就这么把自己给卖了。冯森心情复杂地望着杨四小姐说：四小姐，别作践自己了，不就是一车药钱么，我出。

杨四小姐听了这话是又惊又喜，她抬起头不信任地问：冯掌柜，你买我？

冯森说：四小姐，别说买不买的话，一车药钱我出了，你起来吧。

杨四小姐仍跪在那里，她冷静地望着冯森说：冯掌柜，你今天可要把话说清楚，要买就买，你知道，我爹是不会白拿别人钱的，我也不白拿人家的钱，别的事咋的都好说。

冯森就叹了口气说：四小姐，你先回家吧，赵家药房的钱过会儿我就去还。

杨四小姐跪在那儿说：不，你要是不真心买就走吧。

这时看热闹的人越聚越多，他们知道，此时为一个女人能出这个天价的，只有“关东第一镖局”的掌柜冯森，他们要亲眼看看，冯森到底是买还是不买。冯森看着越聚越多看热闹的人，叹了口气，心想，就暂时答应下来吧，日后有话慢慢再说嘛，想到这儿便说：你起来吧，我答应你了。

杨四小姐就认真地看了眼冯森，马上又冲众人说：大家听清了，我杨家四丫头从今往后就是冯家的人了。

说完这才站起身，随在冯森的身后，向“关东第一镖局”走去。

冯森回到家后，差人把一张银票送到了赵家大药房，那是一车药钱。

杨四小姐早就写好了自己的卖身契，她咬破食指在上面清晰地按了手印，她又找到了冯森把那份卖身契递给了他。冯森一看什么都明白了，他一时不知如何是好，他的本意是不想看到这样的结局，他一个劲儿地说：四小姐，你这是干啥？

杨四小姐就说：那就是你骗我，你要是不按这个手印，我就一头撞死在你的面前。

冯森知道，杨四小姐是说得出做得出的，此时他是骑虎难下，只有往前走了。最后他还是在那份契约上按上了自己的手印。

杨镖头拿到了女儿那份卖身契约，他见人就说：我杨镖头一世清白，谁也不欠了，赤条条地来，又赤条条地去了。说完他便当众一头撞死在大街上。

谁也没有料到事情会是这样的结局，杨镖头就这么一世清白地去了，他认为既然不能两全，干干净净地去也算是最好的出路了，有谁能真正了解杨镖头的心呢？

杨四小姐最后又卖了自家的房屋，很隆重地为父亲办完了丧事。杨镖头的死，惊动了所有奉天城内认识杨镖头的人，他们望着一世清白的杨镖头的遗体，感叹杨镖头的为人。

唯一感到不安的就是赵家大药房的赵掌柜，赵掌柜一遍遍地说：这事整的，这是啥事呀，早知今日，当初我就不找你押镖了。

杨四小姐跪在父亲身旁，此时她的心里很平静，她知道父亲这一生看重的是做人，清清白白地做人，父亲的目的达到了，此时父亲一定会心满意足的。

此时的广泰觉得自己已经死了，自从杨四小姐走出家门那一刻，他就清醒地意识到，自己已彻底失去了杨四小姐。他恨自己是个没用的男人，连自已心爱的女人都无法保护，自己还算个男人吗？他想到了自己的父亲李镖师，还有杨镖头，他们都是好人，却没有得到好报。以前，他发誓自己也要做一个清清白白的人，开一个镖局，和杨四小姐过一种平常人的生活，可眼前的现实，把他的梦想撕得粉碎。思来想去，他想到了小孤山上的马大帮子，他决定投奔马大帮子，走进深山老林，把该忘的都忘了，他要当一个胡子。既然当不成好人，就当一个恶人。想到这儿，一颗纷乱的心才渐渐平静了。

他在临上山前找到了冯森，冯森也在找他。他跪在冯森面前说：大哥，我走了。

冯森说：兄弟，我正想找你，以后就在我这儿干吧，咱们是兄弟，有福同享，有难同当。

广泰说：大哥，你就忘了以前的广泰吧，以前的广泰已经死了。

冯森意识到了什么，他走上前搀起广泰道：你和四小姐的情意我知道，只要你答应留下来，大哥为你和四小姐主婚。

广泰摇了摇头，他知道就是自己答应了，四小姐也不会答应的，四小姐就是为了父亲的清白才把自己卖掉的。想到这儿，广泰苦笑了一下说：大哥，我知道你是好人，四小姐在你身边我就放心了。

冯森仍说：好兄弟，听大哥的话，留下吧。

广泰又一次跪下了，他哑着声音说：大哥，日后你只要对四小姐好一点，我就心满意足了。

说完，广泰爬起身，冲后院喊了一声：四小姐，你多保重，哥走了，要是还有来世，哥再娶你。

广泰说完，头也不回地走了。

冯森无可奈何地就这么看着广泰消失在自己的视线里，他是真心实意地想留住广泰。半晌，又是半晌，他转过身，一眼就看到了杨四小姐。此时的杨四小姐已是泪流满面了，她冲冯森说：从今以后我就是你冯家的人了。

冯森站在那里，望着眼前的四小姐，觉得眼前发生的一切是那么的不真实。

六

在杨四小姐走进冯家之前，冯森早就有了女人。老掌柜冯大刀在世时，就给冯森定下了这门亲事。冯森的女人茹是奉天城内金店掌柜王老板的女儿。

冯大刀去世后，少东家冯森当上了掌柜，他做的第一件事便是娶了茹，那时茹十八岁，冯森二十二岁。茹当年是奉天城里的一枝花，凭“关东第一镖局”的声名，冯森有千万条理由娶奉天城里最漂亮的女人。

茹嫁给冯森不久，便有了身孕，这是件喜事。老掌柜就冯森这根独苗，他在世时做梦都巴望着冯家人丁兴旺。冯森也希望自己日后能儿孙满堂，“关东第一镖局”代代相传。所以冯森当了掌柜之后做的第一件事便是成婚。

茹十月怀胎便生产了，产后不久就得了产后风，瘫在床上再也没有起来，结果孩子也没保住。奉天城里有名的医生都看了，多贵的药材都吃了，茹依旧是瘫。从那以后，茹一直躺在炕上，所不同的是，茹依旧漂亮光鲜，这是一个奇迹。直到现在，茹依旧在吃各种药，她在期盼着自己有朝一日重新站立起来，为冯森生儿育女。

奇迹终于没有发生。

自从茹瘫痪在床后，便和冯森分居了，但冯森每天都要来到茹的身旁，陪茹说上一会儿话。

每天茹在清早时，都要梳妆打扮一番。她是在为冯森打扮，因此茹在梳妆上的时间总是很长，先是仔细地梳了头，又把脸洗了，再认真地化妆，然后半躺半坐在炕上等冯森。

冯森进门后，一往情深地看上半晌茹，然后才坐在茹的身边。他很爱闻茹身体的气味，有一股淡淡的甜香之气。

茹说：我好看么？

每天茹差不多都要这么问。

冯森先笑，然后才答：你啥时候都是奉天城里最漂亮的女人。

茹很爱听冯森这么说话，美好地微笑，把头偎在冯森的肩上，她觉得这一靠实实在在。然后两人说天气，说城里最近发生的事，以及镖局最近的活路。

今天却不太一样。冯森的话不知从何开口，沉默了半晌，他还是说：杨四小姐来咱家了。

茹说：我知道。

冯森又说：杨镖头为了一车药钱……

茹也说：杨镖头做得对，要我是男人，我也会这么做。

冯森说：杨镖头的四个闺女个个都活得轰轰烈烈。

茹又说：只有杨镖头的女儿才配来“关东第一镖局”。

冯森还说：杨四小姐来咱家，这么大闺女，我怕人家说闲话。

茹说：怕啥，你花了一车药钱，谁都知道是你成全了杨镖头一世清白，杨四小姐来咱家于情于理都说得过去，

冯森说：要不就让她来你这儿住，还能侍奉你，没事还能陪你说说话。

茹想了想，点头答应了。

从那以后，杨四小姐就开始陪伴茹了。

两人第一次见面时，四目对视了许久，茹从上到下把杨四小姐打量了半晌，然后才说：你真是个美人。

杨四小姐说：我以前见过你，你出嫁时，奉天城里的人差不多都出来看你。

茹说：那时你多大?

杨四小姐说：我十三，看你出嫁时，我曾发过誓，日后出嫁也要像你一样风光漂亮。

茹淡笑了一下，似自言自语地说：那年我十八，十八岁真好。

茹说到这儿就沉默了，过了好一会儿才说：你日后就是冯家的人了。

杨四小姐低下头道：这我知道，掌柜出了一车药钱，我说过，谁出一车药钱我就是谁的人。

两人就不再说什么了。从那以后，杨四小姐陪茹说话，陪茹睡觉，精心地照顾着茹。也是从那天起，杨四小姐从里到外地忙碌着，做饭洗衣，扫院子。不该她干的，她也要干。茹总是默默地看着杨四小姐忙里忙外，从不多说一句话。冯森碰到过几次就说：这活儿不该你干，你去陪茹吧。她不说什么，直到干完，才走回茹的房间。

一天，茹提到了杨四小姐的两个姐姐。

茹说：她们咋没个消息。

杨四小姐的脸白了一下，马上说：嫁出去的女儿泼出去的水，她们是为爹才嫁的，有没有音信也没啥。

茹就不说话了，茹开始照镜子，自从茹瘫在床上以后就经常照镜子。

半晌，茹放下镜子，望着杨四小姐问：是你漂亮还是我漂亮?

杨四小姐抬眼问：让我说实话么?

茹不说话，就那么望着她。

过了会儿，杨四小姐还是答：你出嫁时，我没你漂亮。

茹听了这话，先是一愣，然后勉强笑一笑又说：我病在床上，你以后多照顾掌柜的，他是男人，一个家都靠他支撑的。

杨四小姐平平淡淡地答：知道了。

从那以后，杨四小姐便经常出现在冯森身旁了。那年冬天特别冷，杨四小姐做了一条狗皮褥子铺在冯森的炕上。每天晚上，冯森都会喝一碗杨四小姐亲手熬的参汤，喝完参汤的冯森热乎乎地睡去。在冯森睡前，杨四小姐总要伺候着冯森洗过脚，再为冯森铺好被子，想了想又拿出一条毯子压在被子上，杨四小姐说：天冷，压严实点，人冷先冷脚。杨四小姐做这些时，冯森什么也不说，默默地看着杨四小姐。自从茹瘫在床上，他许久没有感受到女人的关怀了。

渐渐，冯森发现杨四小姐是个心细的女人，她对他总是无微不至，他以前还从没发现杨四小姐这些优点。他只认为杨四小姐是个刚烈的女人，没想到日常生活中的杨四小姐，和别的女人并没有什么两样。有几次，他看着杨四小姐忙碌的身影，似乎又看到了茹昔日的影子。忙完后杨四小姐才小声地说：掌柜的还有事么？没事我就出去了。

冯森点点头，杨四小姐就出去了。冯森望着杨四小姐离去的背影，竟有一种怅然若失的感觉。

自从杨四小姐走进冯家大门，冯森觉得从里到外都在变，一切都变得明亮起来，摆放的东西也有条理了。这就是女人带来的变化，冯森觉得，过日子不能没有女人，他更加勤快地出入茹的房间，自己也说不清为什么。

有时，茹和杨四小姐正说着话，冯森会突然出现在两人面前，两人就不说话了，静默一会儿，杨四小姐就退出去了。

冯森望着茹，茹说：你一车药钱没白花。

冯森不解茹指的是什么。

茹又问：最近有活儿么？

冯森才说：兵荒马乱的，这种时候没人做生意。

茹便不说了，想了一会儿才说：你娶杨四小姐吧。

冯森有些吃惊地望着茹。

茹说：冯家不能没有后人，这么多年是我拖累了你。

冯森依旧望着茹。

茹又说：我知道你对我有情有义，这就够了；杨四小姐不比我差，要娶就要娶好女人。

冯森半晌才说：当初我花钱不是为了这个。

茹说：我知道，但咱家不能没有后人，你是个男人，迟早都要再娶女人的，再说你在她身上已经花了天价了。

冯森知道茹是个精明的女人。他握住了茹的手，茹把头靠过来，茹小声地说：日后，只要你还把我当成你的女人就行。

冯森握着茹的手就有了些气力。

冯森从茹的房间走出来，来到大门前，他一时间心绪很乱。他回过身望见了悬在门上的那块匾，每次他看见这块匾时，便神清气爽，心便踏实了，有一股气慢慢从脚底下升起，他们家世世代代都在为“关东第一镖局”活着。茹说得对，他们冯家不能没有后代，他要一代又一代地把“关东第一镖局”传下去。想到这儿，冯森下了决心。这时，他看见了杨四小姐，杨四小姐正站在院里倚在一棵树上望他。陡然，他的心热了一下，少年时的情景又涌入了他的脑际，每次父亲外出押镖，母亲就是这么倚树而立，等待父亲。

那时冯森还没有意识到，一点点走进他心里的杨四小姐，正在悄悄地改变着他的命运。

七

杨四小姐在与冯森举行婚礼前，提出了一个要求。

杨四小姐对冯森说：我要像茹当初嫁你一样热闹。

冯森起初没有明白四小姐的意思，怔怔地望着她。

四小姐说：我虽不是你第一房，但我也是你明媒正娶的。

冯森和四小姐的婚礼，他原本不想张扬。别人都知道，四小姐是他用一车药钱换来的，他不想让别人说他落井下石，如果那样的话，自己和胡子也没什么区别。况且他知道，四小姐本来是广泰的人，广泰上了小孤山当了胡子，一切才得以改变。

冯森觉得自己娶杨四小姐一点也不理直气壮。茹让他娶杨四小姐，他也就只能娶杨四小姐，自从茹进了冯家的门，家里的大事小情他都听茹的，茹是个很精明的女人。

冯森和杨四小姐的婚礼还是惊动了奉天城里有头有脸的人。婚礼的场面果然很热闹，十辆镖车拉着杨四小姐轰轰烈烈地在奉天城内走了一趟，后面是一大群鼓乐班子，吹吹打打，热闹非凡。

杨四小姐把自己的红头盖揭了下来，她要让所有奉天城内的人都清楚地看见她。她在心里一次次地说：你们看吧，这就是杨家的小姐，今天光明正大地嫁了，嫁给了冯掌柜。杨四小姐一边在心里这么说，一边泪流满面。她想到了三个姐姐，二姐、三姐嫁给了胡子，父亲也是这么吹吹打打，愈热闹她心里越难过。现在不同了，她终于可以理直气壮地告诉人们，冯森正正经经地娶了回杨四小姐，杨四小姐也正正经经地嫁了一回。看着迎亲的车队，她就发誓般地在心里说：从今以后，我活是冯家的人，死是冯家的鬼。

冯森站在自家门前，身上自然也是披红挂绿，不管他娶的是第几房女人，都是他的女人，都是他的婚礼。他站在那里说不上高兴也说不上不高兴。

他从小就随父亲押镖，挎枪背刀，风餐露宿，打打杀杀，生生死死，一切都习惯了。他只对押镖感兴趣，押一次镖就是历一次险。当一名好镖师，这是男人最好的选择，祖先的血液在他身体里流淌，他继承了职业镖师所有的优点，沉着、冷静，还有冷酷。因此，他对男女之间那些婆婆妈妈的事，没有太多的兴趣。

茹让他娶杨四小姐，他娶就是了，他要为“关东第一镖局”留下后人，他知道，冯家不能没有后人，他要和女人生儿子，生一个优秀的男孩，继承“关东第一镖局”的事业。

冯森对新婚之夜，显然已经不那么陌生了。因此，他和杨四小姐的新婚之夜驾轻就熟。冯森送走了最后一批客人，他喝多了酒，头重脚轻地往新房里走，他轻轻飘飘地走进了新房。

杨四小姐早已等他多时了。一身新衣穿在她的身上，她觉得这是自己一生中最幸福的时刻。从今天开始，她就是冯森的女人了。在冯森眼里，杨四小姐今晚显得有些陌生。

几支蜡烛把新房燃得很亮，冯森坐在炕上，如梦如幻地望着杨四小姐。杨四小姐端来盆热水放在冯森脚前，她要亲手为男人脱鞋洗脚，母亲就是这样对父亲，她也要这样对待自己的男人。

冯森就说：我不是胡子，我出一车药钱是不想杨镖头为难。

冯森还说：到现在我也不太想娶你，我不想让别人说我落井下石。

杨四小姐蹲在那儿，一边给冯森洗脚一边说：嫁你我愿意，你不是胡子，我也不是二姐三姐，你娶我嫁天经地义。

冯森还说：我一想起广泰心里就不舒服。

杨四小姐：他是胡子了，我不能嫁给胡子，以前的事是以前，现在是现在。

冯森又说：我要让你为我生儿子。

杨四小姐：别说生孩子，就是当牛做马也行，我以后就是冯家的人了。

杨四小姐为冯森洗完脚，起身开始铺被子，被子是新的，大吉大利的样子。

杨四小姐铺完被子，又倒掉了洗脚水，然后站在地上解自己的扣子，她先吹熄了一支蜡烛。

冯森钻进了温暖的被窝，看到了杨四小姐的红肚兜，他干干地咽了口唾液说：从今以后，你就是我的女人了。

杨四小姐又吹熄了一支蜡烛，她一边解腰带一边说：自从我走进你们家门，我就是你的女人了。

冯森睁着眼睛说：我要让你为我生儿子。

杨四小姐又吹熄了一支蜡烛才说：我为你生儿子也生闺女，我要让咱家人丁兴旺。

杨四小姐把自己差不多都脱光了。胸前只剩下了那个红肚兜，屋里也只剩下最后一支蜡烛了。

冯森这回才闭上了眼睛，他梦呓般地说：我喜欢脱光的女人。

杨四小姐回身又吹熄了最后一支蜡烛才把最后的红肚兜脱下去，然后很快地钻进被子里躺在了冯森的身旁。

夜很静，也很黑。

在这静夜里，冯森气喘着说：你真的愿意做我的女人？

杨四小姐答：我愿意。

接下来，一边便都如歌如水了。

八

奉天城里的人都知道，好汉广泰投奔了小孤山的胡子马大帮子。聪明的人隐约地觉得，事情远没有结束。广泰当时投奔胡子，是他绝望中唯一的选择，他不能再寄人篱下了，他更不能看着自己心爱的女人和冯森成亲过日子。

父亲李大鞭子当年给杨镖头当镖师时，就梦想有朝一日自立门户，没想到却死在了和胡子的火并中。这么多年，广泰一直没有忘记父亲的遗愿，他天天梦想着有朝一日翅膀硬了，自己独自撑起一片天。他自从来到杨镖头家，杨镖头虽说对他恩重如山，他的心里仍不踏实。他能一心一意为杨镖头卖命，主要是看中了杨镖头这块招牌，杨镖头有女无儿，总有一天会老的。到那时，他娶了杨四小姐，整个镖局就是他的了。也就是说，到那时广泰将都有了，改个招牌，也就是动动嘴的事。

当年，广泰九死一生单身走进小孤山，那是他绝望中的一次挣扎，他不能眼睁睁看着杨镖头倾家荡产之后，再把杨四小姐送给胡子，那样他广泰真的啥都没有了。

没料到的是，正是他的垂死一搏，挽救了杨镖头一家，也拯救了自己。眼见着杨镖头一天老似一天，广泰看到了自己的未来。就在广泰即将成功的时候，杨镖头又一次丢镖，彻底粉碎了广泰的梦想。

杨四小姐为了保住父亲一世的清白，又一次出卖了自己。留给广泰的是一场梦，梦醒了便什么都没有了。心灰意冷的广泰，看不到前面有任何出路，他只能投奔胡子，过另外一种生活。广泰真不想再把自己当人了。父亲想当个好人，结果死在与胡子的火并中；杨镖头也想当个好人，结果一头撞死在马路上；自己想当个好人，又是一场虚幻的梦。广泰从下定决心当胡子那天开始，他已经不再把自己当人看了。

过着有今儿没明儿的胡子们，打乱仗和火并是家常便饭。就在广泰上了小孤山不久，马大帮子和黑风口的另一绺胡子为了抢占地盘又一次火并，结果马大帮子在乱战中被冷枪打死，马大帮子一死，广泰就成了小孤山上的胡子头儿。

广泰当了胡子却恨胡子，胡子是镖局的天敌，没有胡子父亲李大鞭就不会死，许多事情都不会发生，他要借胡子灭另外一绺胡子。广泰成了胡子头儿之后，他心狠手辣地端了附近几绺胡子的老窝，想归顺他的就全部收留，其余的统统杀掉，然后还要烧了胡子的老窝。广泰不仅对胡子这样，对附近的大户他也同样如此，抄家杀人。一时间，广泰的心狠手辣传遍了城里城外。有钱的人家不敢招惹广泰，就是那些同样心狠手辣的大小绺胡子也闻风丧胆。

从那以后，不少大户人家怕招惹麻烦都主动地给广泰进贡，他们怕广泰抄家，更怕广泰要了他们的命。小孤山的胡子们少了许多辛劳，坐在山上等吃等喝，只要山上空了，广泰一声令下，就会有人送来吃的喝的。因此，广泰深得众胡子们的尊敬。不到半年时间，小孤山上的胡子，由原来的几十人，壮大到二百多人。

威风八面的广泰在小孤山上活得并不开心，他知道这种落草为王的日子不会长远，不知何时何地，总有那么一天自己也会像马大帮子被乱枪打死。在这种有今儿没明儿的生活中，他异常思念远在奉天城里的杨四小姐。

他本以为眼不见心不烦，远离四小姐就会淡忘心中那份思念和折磨。自从他上山之后，他才知道自己的想法是大错特错了。他无时无刻不在思念着杨四小姐。四小姐已深深地融在了他的骨肉里。在和杨四小姐生活在一个屋檐下的日子里，他早就把杨四小姐看成是自己的人了，他吃惯了杨四小姐家的饭，穿惯了杨四小姐做的衣。

那时，杨四小姐和杨镖头住在后院，他和其他镖师住在前院。有许多个夜晚，他被后院的杨四小姐诱惑得睡不着觉，他站在院子里，看着杨四小姐屋里的油灯在明明灭灭地燃着，他知道那是四小姐在为他或父亲缝补衣服。望着看着，内心里就升起许多温暖的情致。他悄悄走过去，用指甲划破窗纸，望着四小姐在屋内的一举一动。四小姐果然在飞针走线，她的脸孔被油灯映得很红，几绺头发落下来，一飘一摇的。夜渐渐地深了，四小姐把补过的衣服一件件叠好，然后开始脱衣睡觉，当四小姐把自己脱得只剩下一个肚兜时，才一口吹熄了灯盏。他每次都看得入神入迷，光光鲜鲜的杨四小姐就在眼前，他恨不能冲进去，把杨四小姐抱在怀里。但最后他还是忍住了，他明白，杨四小姐早晚都是自己的人。这么想过之后，他才幸福地离开四小姐的窗下，躺在炕上，望着漆黑的夜，想着幸福的未来。那时，他和杨四小姐只隔着一层窗纸，此时却遥不可及。

身在小孤山的广泰，每次想到这些都痛不欲生，他会整夜地睡不着，眼前翻来覆去的都是四小姐穿着肚兜的身影。

小胡子们有时在山下会抢来一两个良家妇女，带回山里取乐。只要广泰一看见女人，他首先想到的就是杨四小姐，眼前的女人哭哭喊喊要死要活的样子，便让他失去了兴致，他从来不碰这样的女人。

不久，他就得知了杨四小姐和冯森成婚的消息。那天，他在山头的雪地上蹲了许久。他知道，这是四小姐最好的归宿了。他早就知道会有这么一天，当杨四小姐走进冯家的大门时他就预料到了，所以他才下决心离开奉天城里。可当他得到这个消息时，他还是无法承受，他想不出四小姐和冯森在一起时会是什么样子。

那一天，广泰喝醉了酒。醉酒之后的广泰抱着头痛不欲生地大哭了一回，哭得小胡子们迷迷瞪瞪，不知广泰为何要这般伤心。他恨天恨地恨自己，恨天地不开眼，让四小姐活生生地离开了自己，恨自己作为一个男人没有能力保护好本属于自己的女人。

广泰酒醉之后就深刻地想：以前的广泰死了，现在自己已不是广泰了。

九

冯森和广泰成为磕头弟兄，绝不是冯森的心血来潮，他的为人准则里，多个朋友多条路，多个仇人多把刀。开镖局的人家不怕朋友多，就怕有仇人。一家几代人经营的镖局，终于有了规模，成为响彻关外的第一镖局。冯森生长在镖局世家，受到父辈的感染与熏陶，也沿袭了他们行侠仗义、为朋友两肋插刀的禀性，他喜欢结交真正的汉子。广泰当年独身一人，硬是从胡子手里要回了镖，仅这一件事就令冯森刮目相看。

杨四小姐在卖自己时，冯森能体会到广泰当时的心境，他自己也是个男人，他真心地希望自己的举动能成全广泰和杨四小姐，没想到事与愿违。如果杨四小姐不是杨四小姐的话，事情将会是另外一个样子，可杨四小姐就是杨四小姐。

冯森并没有做错什么，但冯森仍感到愧对广泰。后来冯森押镖途径小孤山时，他很想同兄弟广泰聚一聚。广泰沦落到这步田地，他的心里也不好受，在他的内心深处，他从没有把广泰真当成胡子，他觉得广泰仍然是他的兄弟，他一直觉得广泰早晚有一天会走下山，光明正大地干正经事。

冯森冲着茫茫林海喊：广泰，大哥来了！

其实广泰早就下山了，他就躲在一棵树后，望着走来的冯森人马。冯森的队伍里，那杆“关东第一镖局”旗在风中卷动。自从广泰立志要有自己的镖局时，他就开始羡慕这杆镖旗了。镖旗是镖局的象征，凡是开镖局的人，有谁不羡慕“关东第一镖局”呢！

此时，那杆惹眼的镖旗，似一团火烧着广泰的眼睛和心，不知为什么，他的心里异常难受。有一阵时候，广泰曾幻想走在镖旗下的不是冯森而是他自己，那将会是怎样的一番景象啊。以前他做梦见过自己的镖局。

在冯森呼喊他的名字时，他才清醒过来，把枪插在腰里。他一步步向冯森走过去，身后是一群小胡子。小胡子们端枪拿刀地拥着广泰走来。直到这时冯森才清醒地意识到广泰已经是胡子了，但他对广泰并无戒备。自从广泰离开奉天城来到小孤山后，冯森一直都在记挂着广泰。

冯森见到走过来的广泰，也向前紧走几步，打量着越走越近的广泰。

冯森说：兄弟，你瘦了，也黑了。

广泰口是心非地说：我是胡子了，活过今天还不知明天呢。

冯森听了广泰的话就有些难过，他握住广泰的手，广泰就那么不冷不热地让他握着。冯森说：兄弟，下山吧，你要是不愿意在我这儿干，我帮你另立门户也行。

广泰就笑一笑，抽回手，冲冯森抱了抱拳说：大哥的好意我领了，开镖局那是个梦，我有那个心没那个命，我只配当胡子。

冯森就不好再说什么了，他从镖车里抱出了一罐酒来说：四小姐知道我路过这里，这是她特意让我捎来的。

停了一会儿，冯森又补充道：这是我和四小姐的喜酒。

广泰的手有些抖，那一刻他差点流出泪来，他又一次体会到了四小姐的一片情谊。

半晌，广泰颤着声音问：四小姐还好吧？

冯森的心里很不是个味儿。两个男人为了一个女人，不管怎么说，总是有些别别扭扭的。他一时不知如何回答，突然想到临走前，杨四小姐让他带给广泰的几棵山参。四小姐这么有情有义地惦记着广泰，冯森感到很高兴。广泰毕竟和杨四小姐有过那么一段，如果四小姐一夜之间就把广泰忘得一干二净，那么冯森也就不会娶四小姐了。有哪个男人愿意娶这种无情无义的女人呢？

冯森又把山参递给广泰道：这也是四小姐带给你的，她说山上寒大，让你补补身子。

广泰接过山参，久久没有说话，他是在强迫自己不把眼泪流出来。当年他在马大帮子面前烧自己吃自己时，他都没有掉过一滴泪，可有关四小姐的丝丝缕缕，都让他心潮难平。

半晌，广泰终于说：要是大哥不嫌弃，上山歇歇脚吧。

冯森抬头望了眼天空，时光尚早，冯森就说：还是赶路吧，东家还等着这批货呢。

广泰就不说什么了，冯森上了马，广泰才想起什么似的说：用不用我送你一程？

冯森说：不用了，这条路我常走。

大哥，那就多保重。广泰又冲马上的冯森拱了拱手。

冯森的一队人马就越走越远，最后被雪雾笼罩了。

冯森知道，自己无论如何也走不进广泰的内心了，但这次和广泰见面还是让他感到高兴，只要广泰平安地活着，他心里的愧疚感就会少一些。

广泰曾试图忘掉过去的一切，可不知为什么，他越是想忘记，就越是无法摆脱往事的缠缠绕绕。

他双手托着那几根山参，心里一遍遍地说：这是四小姐给的。他的眼前又闪现出四小姐的形象，他就湿润了一双眼睛，他就泪眼蒙眬着深一脚浅一脚地向山里走去，越往山里走，他的心就越冷。

广泰经常在山上那间木格楞的小屋里发呆，这种与世隔绝的生活让他生出深深的绝望。只有酒才能让他忘记眼前的一切，于是他就经常大醉。刚开始，小胡子们一直捉摸不透广泰，不知道广泰成天到晚把自己关在小屋里琢磨什么。这种距离使小胡子们有了不信任感，自从广泰常常醉酒，说些胡子们才说的脏话和疯话，胡子们才觉得，广泰就是胡子，于是就什么都没有什么了。

冯森的出现，给广泰的渴盼终于带来了一丝希望。虽然他见不到四小姐，但他还是能从冯森身上感受到四小姐的存在。从那以后，他盼望着冯森再一次出现。

终于，冯森住在了小孤山。那一次镖车赶到小孤山时，太阳已经落山了，再往前走就是黑风峡了，黑风峡盘踞的是另一绺胡子。虽说以前途经黑风峡时，并没有什么事，但冯森也不敢大意，更主要的是，小孤山有广泰，于是冯森就住下了。这回杨四小姐为广泰捎来了一床狗皮褥子，是杨四小姐连夜缝制的。

广泰那晚坐在狗皮褥子上和冯森对饮，其他兄弟和车马，由一帮小胡子在招呼着。小屋的地上，红红火火地燃着木棒子，两人一边饮酒一边说话，说着说着就说到了杨四小姐。

广泰说：四小姐的手巧哇，以前我穿的衣服都是她做的。

冯森也说：四小姐是个有情有义之人。

广泰说：你要善待四小姐，谁娶到四小姐，就是谁的福分。

冯森也说：那是，一日夫妻百日恩嘛。

两人都不说什么了，都大口地喝酒。喝着喝着广泰就醉了，醉了酒的广泰就大呼小叫地要女人。女人是胡子从山下的妓院里抢来的，在山上住上三五日，就送下山去。

当下就有一个小胡子撕撕巴巴地把一个妓女推到广泰的屋里。

广泰就冲冯森说：大哥，你要女人不？

冯森就说：广泰你醉了。

广泰说：你有女人，我也有女人，我有婊子。

广泰说完就让妓女为自己脱鞋，并且让妓女舔自己的脚趾，他一边大笑一边说：大哥，兄弟不缺女人，也不缺钱。只要你有钱，让她干啥她就干啥。

广泰笑着笑着就不笑了，他愣愣地冲冯森说：四小姐好哇，四小姐有情有义。说到这儿，广泰就呜呜咽咽地大哭起来。

冯森说：兄弟，你真的醉了。

第二天，两人分手时，谁也没有再提昨晚的事。分手时，广泰白着脸冲冯森说：大哥，你把我忘了吧，咱们不是一路人，我是胡子了。

冯森借机说：兄弟，下山吧，下山干啥都行。

广泰摇摇头，又说：你回去告诉四小姐，就说广泰已经死了。

广泰真希望自己死了，死了就一了百了了，没有痛苦，也没有了思念。

十

广泰在白雪苍茫的小孤山上，空前绝后地思念着杨四小姐。他本认为远离杨四小姐，就会眼不见心不烦，然后渐渐把过去的一切都忘了，做一个浑身轻松的胡子。广泰当上了胡子，随着时间的推移，他才发现自己是大错特错了。

广泰此时此刻真正体悟到了什么是思念，以及思念的痛楚。那份感受，似一把生了锈的刀在一点又一点地割着广泰的心。

孤独的广泰无法和众胡子们融在一起，他瞧不起聚在眼前的这些乌合之众，换句话说，这些人都是不法之徒，在山下时啥事都干过，混不下去了，跑到山上当了胡子。广泰知道自己无论如何也不能和这些人等同起来。

孤独使广泰绝望，绝望又使他无论如何也忘不掉杨四小姐。每次冯森离开，广泰都要捧着四小姐给他捎来的东西哀哀地痛哭好一阵子。见物思人，他知道四小姐还没有忘记他，一直在挂记着他，这份情感愈发地使广泰不能自拔。

在许多次梦里，四小姐出现在广泰的眼前，人还是那个人，一声笑语，一个眼神，都令广泰心神熨帖。梦醒了，广泰仍许久睡不着，他望着漆黑的夜，听着寒风在山野里呼喊，他的心也有如寒夜这么冷。直到这时，广泰才清醒地意识到，他这一生不能没有杨四小姐，哪怕只拥有一天，然后让他死去，那日子也圆满了，这一辈子也值了。

广泰荒唐的想法就是那一刻产生的。这种想法一产生，便不可遏制，转瞬就长成了参天大树，让广泰欲罢不能。他已下定决心，做回胡子。他自然想到了冯森，他这么做对不住冯森，但转念一想，谁让冯森娶了四小姐呢。他和冯森相比，冯森什么都有了，不仅拥有了"关东第一镖局"，还拥有四小姐，冯森的日子在广泰的心里简直就是进了天堂。这么一想，他又觉得没有什么了。他在心里恨恨地说：冯森，就让广泰对不住你一次吧。

这次冯森押着东北军的军火途径小孤山时，广泰觉得时机成熟了。正巧那天冯森赶到小孤山时，广泰觉得时机成熟了。正巧那天冯森赶到小孤山时，天已经黑了，如果小孤山没有广泰，冯森就不会直奔小孤山，他会在山下的镇子里住上一夜。冯森又一次随广泰到了山上。广泰觉得这是一次千载难逢的好机会，他知道，劫冯森一般的镖，冯森不会伤筋动骨，家大业大的冯森，别说丢一次镖，就是丢上十次八次，冯森也赔得起。这次却不同，他押的是东北军的军火，是冯森的性命。

那一天，广泰招待冯森一行人马时和其他什么时候并没有什么两样，广泰劝冯森不停地饮酒，在这之前，他吩咐小胡子往酒里放了蒙汗药。他知道，要是硬劫冯森的镖，别说一个广泰，就是十个广泰也不会占到什么便宜。

冯森每喝一杯，广泰都在心里说：冯森对不住了，谁让你过得那么好呢？谁让我活得人不人鬼不鬼呢？谁让你娶了四小姐呢？

冯森和一行人马酒醒之后，发现已经到了山下，镖车和押镖的家伙却留在了山上。直到这时，冯森才明白：兄弟广泰劫了他的镖。

冯森的愤怒与惊讶无以言表。

杨四小姐知道广泰为什么劫冯森的镖，他劫的不是冯森的镖，劫的是她。在那一瞬，四小姐对广泰心存的所有念想灰飞烟灭了。此时，她心里只有自己的男人冯森，她知道，只有自己才能救冯森。

杨四小姐很冷静，没有哀叹也没有流泪，只有换回冯森的镖，才能挽救冯森的性命。谁都知道，东北军说得出也做得出，别说杀死一个镖师，就是杀了一城老小，也不费吹灰之力。下定决心的杨四小姐，十条牛也拉不回了。

杨四小姐穿戴整齐，来到冯森面前，冯森依旧没有从惊愕中醒悟过来，她跪在了冯森面前，一字一顿地说：我这条命是你给的，眼前的生活也是你给的，我是你的女人，活着是冯家的人，死了是冯家的鬼；我要是死在小孤山，希望你能为我收尸，也不枉我们夫妻一场。

冯森清醒了一些，他望着四小姐，生硬地说：这是我们男人的事，不用你管！

杨四小姐声音不大，却异常坚决地说：不，广泰是为我才劫的镖，祸是我闯下的，我去换镖！

这是冯森无法接受的，他说：你不能去，除非我死了！

杨四小姐站了起来，她冲冯森笑了一下，冯森不明白杨四小姐为什么要笑。笑过的杨四小姐就走出门去，她站在院子里，仔仔细细地把整个院落看了许久，才转过身，牵了一匹马，走出院门。

马蹄声渐渐远去。

杨四小姐一走，冯森彻底清醒过来，他红了眼睛，红得要流出血来，他终于大喊一声：广泰我要杀了你！

冯森终于想好了，他倾家荡产也要杀了不仁不义的广泰，夺回他的镖，重树“关东第一镖局”的声名。

冯森让人装了一车银两。下人往车上装钱时，冯森连眼皮都没眨一次，他要用这车银子，到东北军营中换来一百兵丁，然后直奔小孤山，杀了狼心狗肺的广泰。

冯森在做这些时，茹在屋内一声声地喊：冯森，你疯了，你这是疯了……

冯森似乎没有听到茹的话，他该干啥还干啥，这是他第一次没有听茹的话。他心里只有一个念头，那就是杀了广泰。

茹躺在床上绝望地想：这个家完了。她有些后悔当初让冯森娶杨四小姐了。

十一

杨四小姐来到小孤山脚下的时候，广泰似梦似幻地在那里已经等了一天一夜了。他知道杨四小姐一准儿会来，他太了解杨四小姐了。

当杨四小姐出现在广泰的视线里时，他怀疑自己是在做梦，他揉了一次眼睛，又掐了一下大腿，待他确信这不是梦时，广泰的眼泪流了下来，眼前就是他朝思暮想的杨四小姐呀。广泰觉得已有一个世纪没有见到杨四小姐了，他一时不知该冲四小姐说什么。杨四小姐的脸上没有任何表情，从她知道广泰劫了冯森的镖那一刻起，她对广泰所有的情谊就绝了。

广泰还是说：四小姐，你让我想得好苦哇。

杨四小姐说：你不是人。

广泰说：我想你想得没办法，我才这样。

杨四小姐又说：我是来换镖的，你不还镖，我就死在你面前。

广泰仰起脸，露出一副孩子般的神情道：我不是真劫冯森的镖，我咋能劫他的镖呢，我就是想见你一面，只这一面，我死也值了。

在随广泰上山的路上，杨四小姐看到，一群胡子已经往山下运镖了。除了镖之外，胡子们身上大包小包的，还背了许多东西。

广泰望着往下走的胡子说：我把他们都打发走了，他们愿意投奔哪支哪绺和我没关系了，今天山上只有咱们两个人，只这一天，明天我就送你下山。

杨四小姐仍一句话也不说。

广泰那间小屋里生着了火，杨四小姐盘腿坐在炕上，她似乎已经很累了，她闭上了眼睛，随之眼泪也流了下来。广泰“扑通”就跪在四小姐面前。

广泰说：我知道在你眼里我不是人，我也不想这么做，可我管不住我自己。

杨四小姐说：我们全家就毁在了你们这群胡子的手里。

广泰低下头说：明天我就不是胡子了。

杨四小姐睁开眼睛说：我是来换镖的，你想咋就咋吧。

广泰一时不知说什么好，他想过千万种和杨四小姐重聚的场面，但他万万没有想到四小姐会这样。

广泰抽泣着说：四小姐呀，你高兴一点吧，只要你高兴，就是让我立马去死也行啊。

杨四小姐透过窗子，看到苍茫的雪山和老林子，整个山上很静。

广泰跪在那里，他知道自己这一生一世做错了两件事，第一他当初不该离开四小姐，另外就是不该劫冯森的镖。头脑发热的广泰已经管不住自己了。

山上的胡子们都走光了，他们已经各奔东西了，这是广泰事先就安排好的。他知道，只要四小姐上山，他的路就走到了尽头。一时间周围很静，只有窗外刮过的风声。天渐渐地就黑了。

杨四小姐仍那么坐着，广泰跪着，世界仿佛已永恒了。

杨四小姐终于望着广泰，一字一顿地说：广泰你听好，以前我一直把你当成有情有义的男人，现在不是了，你猪狗不如。

广泰似吟似唤地说：四小姐只要你高兴，你就骂吧，骂啥都行。

杨四小姐却不骂了，她开始脱衣服，她解着扣子，仿佛在为自己举行一种仪式，神圣而又悲壮。她又一次想到了三个姐姐，姐姐们是为了父亲，她这次是为了自己的男人冯森。

杨四小姐终于把自己脱光了，她仰身躺在炕上，身下是她亲手为广泰一针一线缝制的狗皮褥子。然后她异常平静地说：我是来换镖的，你想咋就咋吧。

杨四小姐说这话时，她的心如空空的枯井，说完她就闭上了眼睛。

广泰看到杨四小姐僵尸似的躺在炕上，他的心哆嗦了一下，他在心里悲怆地喊了一声：四小姐呀——

眼前的四小姐离自己是这么近，只要他伸出手就能碰到他朝思暮想的四小姐，四小姐的身体是那么美丽，那么诱人；可近在眼前的四小姐离他又是那么远，远得不可触及，遥不可攀。

四小姐的身体在广泰的眼里是那般的熟悉，又那么陌生。他跪在地上，就那么痴痴地望着眼前的四小姐，他觉得眼前的一切是那么的不真实，如梦似幻。此时，他竟没了欲望，有的只是深深的悲凉和绝望。

他的手试探着握住了四小姐的手，四小姐的手像尸体一样冷，他的心又抖了一下。

杨四小姐睁开眼睛说：我是冯森的女人，生是他的人，死是他的鬼。

广泰最后一点热情也土崩瓦解了，他抱住自己的头，呜呜咽咽地哭起来。

终于，天渐渐地亮了。

杨四小姐突然睁开眼睛说：天亮了，你要是不来，过这个村可就没那个店了。天一亮我就走，你可别后悔。

广泰迷迷瞪瞪的，仿佛没有听见她的话。

杨四小姐开始穿衣服。

广泰的心就碎了。

十二

广泰醉酒似的从地上站起来，知道他和杨四小姐的缘分尽了，他守着杨四小姐想了一夜，似乎把什么都想透了，又似乎越想越糊涂。

他有气无力地冲四小姐说：我送你下山吧。

杨四小姐没说什么，她洗了脸，又梳了头。此时她觉得一身轻松，其实她早就想好了，要是广泰把她怎么样，她决不活着下山，或吊死在树上，或撞死在树上，总之，她不能对不起冯森。广泰并没有把她怎么样，她要下山，回到奉天城里，回到冯森的身边为冯家生儿育女过生活。她看也没看广泰一眼，便走出了小屋。

天已经大亮了，太阳照在白茫茫的雪地上。杨四小姐眯起了眼睛，她深深地吸了一口气，这时她看见四面八方都是穿灰色军装的士兵，士兵手里端着枪，正一步步向山头逼近。杨四小姐还看见，冯森提着双枪走在最前面。

不知什么时候，广泰牵了一匹马站在杨四小姐的身后，他也看见了漫山遍野的士兵和手提双枪的冯森。

广泰小声地说：我知道冯森是不会饶过我的。

广泰似乎笑了一下，又说：四小姐，你上马吧，到山下还有好长一截路呢。

杨四小姐似乎没有听见广泰的话，她独自迎着冯森走去，她要告诉冯森：广泰没把她怎么样，她还是他的女人。

广泰牵着马也迎着冯森走去，他说过要送四小姐下山，他不能食言。

冯森越来越近了，冯森这时举起了枪。

广泰似自言自语地说：好人难做呀。

枪就响了。

杨四小姐回了一下头，她看见广泰睁着眼睛，白着脸，在慢慢向后倒下去。

杨四小姐似受了惊吓似的向冯森跑去，她张开臂膀，样子似要飞起来，她一边跑一边喊：冯森，冯森……

枪又响了一次。

杨四小姐突然停止了跑动，她似一只被剪断翅膀的鸟，软软地落在地上。

冯森走近杨四小姐，杨四小姐依旧睁着那双美丽的眼睛，她继续地说：冯森……我活是……冯家的人……死……是冯家的……鬼……

冯森越过杨四小姐，来到广泰身旁，广泰死不瞑目的眼睛迷迷瞪瞪地望着天空。冯森把枪插在腰间，他踢了一脚广泰，哼了声说：敢劫我的镖，敢碰我的女人，我是谁！

冯森又走近杨四小姐，此时的杨四小姐已合上了眼睛，她的样子很安详。冯森哑着声音说：我不能要胡子睡过的女人。

冯森站在山顶，他抬起头，看见了一团灰蒙蒙的冬日，正在一点点地越过当顶。有两滴眼泪凝在冯森的眼角，却久久没有落下来。

横赌

二十世纪三十年代，关东赌场上流行两种赌法。一种是顺赌，赌财、赌房、赌地，一掷千金，这是豪赌、大赌。然而，也有另一种赌法，没财、没钱、也没地，身无分文，就是硬赌，赌妻儿老小、赌自己的命。在赌场上把自己的命置之不顾，甚至自己妻儿的生命，用人当赌资，这种赌法被称为横赌。

横赌自然是几十年前的往事了，故事就从这里开始。

一

身无分文的冯山在赌桌上苦熬了五天五夜，不仅熬红了眼睛，而且熬得气短身虚。杨六终于轰然一声倒在了炕上。他在倒下的瞬间，有气无力地说：冯山，文竹是你的了。然后杨六就倒下了，倒下的杨六便昏睡过去。

当文竹绿裤红袄地站在冯山面前的时候，冯山一句话也没说，他详详细细地看了文竹一眼，又看了一眼。文竹没有看他，面沉似水，望着冯山后脑勺那轮冰冷且了无生气的冬日，半晌才说：这一个月，我是你的人了，咱们走吧。

冯山听了文竹的话，想说点什么，心里却杂七杂八的很乱，然后就什么也没说，只狠狠地吞咽了口唾液。转过身，踩着雪，摇晃着向前走去。

文竹袖着手，踩着冯山留在雪地上的脚印，也摇晃着身子一扭一扭地随着冯山去了。

冯山走进自家屋门的时候，他看见灶台上还冒着热气。他掀开锅盖看了看，锅里贴着几个黄澄澄的玉米面饼子，还蒸着一锅酸菜。他知道这是菊香为自己准备下的。想到菊香，他的心里不知道什么地方就疼了一下。

文竹也站在屋里，就站在冯山的身后。冯山掀开锅盖的时候，满屋子里弥漫了菜香。她深深浅浅地吸了几口气。

冯山似乎是迫不及待的样子，他一只脚踩在灶台上，从锅沿上摸起一个饼子，大口嚼了起来。他侧过头，冲着文竹含混地说：你也吃。

文竹似乎没有听见冯山的话，她沉着脸走进了里间。里间的炕也是暖热的，两床叠得整齐的被子放在炕脚，炕席似乎也被扫擦过了。这细微之处，文竹闻到了一丝女人的气息。这丝女人的气息，让她的心里复杂了一些。外间，冯山还在唏哩呼噜地吃着。文竹袖着手在那儿站了一会儿，她看见窗户上一块窗纸被刮开了。她脱下鞋走上炕，用唾沫把那层窗纸粘上了。她脚踩在炕上，一缕温热传遍她的全身。

冯山抹着嘴走了进来，他血红着眼睛半仰着头望着炕上的文竹。文竹的脸色和目光一如既往地冷漠着。她的手缓慢而又机械地去解自己的衣服，冯山就那么不动声色地望着她的举动。

她先脱去了袄，只剩下一件鲜亮的红肚兜，接下来她脱去了棉裤，露出一双结实而又丰满的大腿。她做这一切时，表情依旧那么冷漠着，她甚至没有看冯山一眼。

接下来，她拉过被子躺下了。她躺下时，仍不看冯山一眼地说：杨六没有骗你，我值那个价。

杨六和冯山横赌时，把文竹押上了。他在横赌自己的女人。文竹是杨六在赌场上赢来的。那时文竹还是处女，文竹在跟随了杨六半年之后，他又把文竹输给了冯山。

冯山把一条左臂押给了杨六，杨六就把文竹押上了。如果文竹就是个女人，且被杨六用过的女人，那么她只值冯山一根手指头的价钱。然而杨六押文竹时，他一再强调文竹是处女。冯山就把自己的一条手臂押上了。结果杨六输了。文竹就是冯山的女人了，时间是一个月。

文竹钻进被窝的时候，又伸手把红肚兜和短裤脱下来了，然后就望着天棚冲冯山说：这一个月我是你的人了，你爱咋就咋吧。

说完文竹便闭上了自己的眼睛，只剩下两排长长的睫毛。

冯山麻木惘然地站在那里，他想了一下被子里文竹光着身子的样子。他甩下去一只鞋，又甩下去一只，然后他站在了炕上。他看了一眼躺在面前的文竹，想到了菊香。菊香每次躺在他面前，从来不闭眼睛，而是那么火热地望着他。

他脑子里突然一阵空白，然后就直直地躺在了炕上，便昏天黑地睡死过去。

文竹慢慢睁开眼睛，望一眼躺在那里的冯山，听着冯山海啸似的鼾声，眼泪一点一滴地流了出来。

二

文竹是父亲作为赌资输给杨六的。文竹的父亲也是个赌徒，一路赌下来，就家徒四壁了。年轻的时候，先是赌输了文竹母亲。输文竹母亲的时候，那时文竹才五六岁。文竹母亲也是父亲在赌桌上赢来的，后来就有了文竹。在没生文竹时，母亲不甘心跟着父亲这种赌徒生活一辈子，几次寻死觅活都没有成功，自从有了文竹，母亲便安下心来过日子了。她不为别的，就是为了把孩子养大成人。母亲无法改变父亲的赌性，便只能嫁鸡随鸡，嫁狗随狗，认命了。父亲在文竹五岁那一年，终于输光了所有的赌资，最后把文竹母亲押上了，结果也输掉了。文竹母亲本来可以哭闹的，她却一滴泪也没有流。她望着垂头丧气蹲在跟前的文竹父亲，很平静地说：孩子是我的，也是你的，我走了，只求你一件事，把孩子养大，让她嫁一个好人家。

蹲在地上的父亲，这时抬起头，咬着牙说：孩她娘，你先去，也许十天，也许二十天，我就是豁出命也把你赢回来，咱们还是一家人，我不嫌弃你。

母亲冷着脸，“呸”地冲父亲吐了一口，又道：你的鬼话没人相信。你输我这次，就会有下次，看在孩子的份儿上，我只能给你当一回赌资，没有下回了。

父亲的头又低下去了，半晌又抬起来，白着脸说：我把你赢回来，就再也不赌了，咱们好好过日子。

母亲说：你这样的话都说过一百遍一千遍了，谁信呢。

母亲说完拉过文竹的手，文竹站在一旁很冷静地望着两个人。五岁的文竹已经明白眼前发生的事了。她不哭不闹，冷静地望着父母。

母亲先是蹲下身，抱着文竹，泪水流了下来。

文竹去为母亲擦泪，母亲就说：孩子，你记住，这就是娘的命呀。

父亲给母亲跪下了，哽着声音说：孩她娘，你放心，你前脚走，我后脚就把你赢回来，再也不赌了，再赌我不是人养的。

母亲站起来，抹去脸上的泪说：孩子也是你的，你看着办吧。说完便走出家门。

门外等着母亲的是向麻子。向麻子赌，只赌女人，不押房子不押地，于是向麻子就走马灯似的换女人。赢来的女人没有在他身边待长的，多则几个月，少则几天。向麻子曾说，要把方圆百里的女人都赢个遍，然后再换个遍。

母亲走到门口的时候，文竹细细尖尖地喊了声：娘。

母亲回了一次头，她看见母亲脸色苍白得没有一丝血色。最后母亲还是头也不回地坐着向麻子赶来的牛车走了。

父亲果然说到做到，第二天又去找向麻子赌去了，他要赢回文竹的母亲。父亲没有分文的赌资，他只能用自己的命去抵资。向麻子没有要父亲的命，而是说：把你裆里的家伙押上吧。

父亲望着向麻子，他知道向麻子心里想的是什么。向麻子赢了文竹的母亲，用什么赌向麻子说了算，他只能答应向麻子。结果父亲输了，向麻子笑着把刀扔在父亲面前。赌场上的规矩就是说出去的话，泼出去的水，没有收回的余地。除非你不在这个圈里混了。背上一个不讲信誉的名声，在关东这块土地上，很难活出个人样来，除非你远走他乡。

那天晚上，父亲是爬着回来的。自从父亲出门之后，文竹一直坐在门槛上等着父亲。她希望父亲把母亲赢回来，回到以前温暖的生活中去。结果，她看到了浑身是血的父亲。

就在父亲又一次输了的第二天，母亲在向麻子家，用自己的裤腰带把自己吊了起来。这是当时女人最体面、最烈性的一种死法。

母亲死了，父亲趴在炕上嚎哭了两天。后来他弯着腰，叉着腿，又出去赌了一次。这回他赢回了几亩山地。从此父亲不再赌了，性情也大变了模样。父亲赌没了裆里的物件，性格如同一个女人。

靠着那几亩山地，父亲拉扯着文竹。父亲寡言少语。每年父亲总要领着文竹到母亲的坟前去看一看，烧上些纸。父亲冲坟说：孩她娘，你看一眼孩子，她大了。

后来父亲还让文竹读了两年私塾，认识了一些字。

父亲牛呀马的在几亩山地上劳作着，养活着自己，也养活着文竹。一晃文竹就十六了，十六岁的文竹出落成一个漂亮姑娘，方圆百里数一数二。

那一次，父亲又来到母亲坟前。每次到母亲坟前，文竹总是陪着，唯有这次父亲没让文竹陪着。他冲坟说：孩她娘，咱姑娘大了，方圆百里，没有人能比上咱家姑娘。我要给姑娘找一个好人家，吃香喝辣受用一辈子。

父亲冲母亲的坟头磕了三个响头又说：孩她娘，我最后再赌一回，这是最后一回，给孩子赢回些陪嫁。姑娘没有陪嫁就没有好人家，这你知道。我这是最后一回了呀。

父亲说完又冲母亲的坟磕了三个响头，然后一步三回头地走了。

父亲走前冲文竹说：丫头，爹出去几天，要是死了，你就把爹埋在你妈身旁吧；这辈子我对不住她，下辈子当牛做马我伺候她。

文竹知道父亲要去干什么，“扑通”一声就给父亲跪下了。她流着泪说：爹呀，金山银山咱不稀罕，你别再赌了，求你了。

父亲也流下了泪，仰着头说：丫头，我跟你娘说好了，就这一次了。

父亲积蓄了十几年的赌心已定，十头牛也拉不回了。父亲又去了，他是想做最后一搏，用自己的性命去作最后一次赌资。结果没人接受他的“赌资”，要赌可以，把他的姑娘文竹作赌资对方才能接受。为了让女儿嫁一个好人家，再加上十几年来父亲的赌性未泯，他不相信自己会赌输，真的把姑娘赌出去，他就可以把命押上了，这是赌徒的规矩。久违赌阵的父亲最后一次走向了赌场。

结果他输得很惨，他的对手是隔辈人了。以前那些对手要么洗手不干了，要么家破人亡。这些赌场上的新生代，青出于蓝，只几个回合，他就先输了文竹给杨六，后来他再捞时，又把命输上了。

杨六显得很人性地冲他说：你把姑娘给我就行了，命就不要了。你不是还有几亩山地嘛，凑合着再活个十几年吧。

当文竹知道父亲把自己输给杨六时，和母亲当年离开家门时一样，显得很冷静。她甚至还冲父亲磕了一个头，然后说：爹，是你给了我这条命，又是你把我养大，你的恩情我知道；没啥，就算我报答你了。

文竹说完立起身，头也不回地走了。

杨六牵着一匹高头大马等在外面。文竹走了，是骑着马走的。

父亲最后一头撞死在母亲坟前的一块石头上。文竹把父亲埋了，文竹没有把父亲和母亲合葬在一起，而是把父亲埋在了另一个山坡上，两座坟头遥遥相望着。

文竹在杨六的身边生活了半年又十天之后，她作为杨六的赌资又输给了冯山。

三

冯山下决心赢光杨六所有身边的女人，他是有预谋的。冯山要报父亲的仇，也要报母亲的仇。

冯山的父亲冯老幺在二十年前与杨六的父亲杨大，一口气赌了七七四十九天，结果冯老幺输给了杨大。输的不是房子不是地，而是自己的女人山杏。

那时的山杏虽生育了冯山，仍是这一带最漂亮的女人。杨大念念不忘山杏，他和冯老幺在赌场上周旋了几年，终于把山杏赢下了。

山杏还是姑娘时，便是这一带出名的美女。父亲金百万也是有名的横赌。那时金百万家有很多财产。一般情况下，他不轻易出入赌场，显得很有节制。赌瘾上来了，他才出去赌一回。金百万从关内来到关外，那时只是孤身一人。他从横赌起家，渐渐置地办起了家业，而且娶了如花似玉的山杏母亲。山杏的母亲是金百万明媒正娶的。有了家业，有了山杏母亲之后，金百万就开始很有节制地赌了。

后来有了山杏，山杏渐渐长大了，最后出落成这一带最漂亮的女人。漂亮的女人，从古至今，总是招摇出一些事情。山杏自然也不例外。

冯老幺和杨大，那时都很年轻，年轻就气盛，他们都看上了山杏。关外赌徒，历来有个规矩，要想在赌场上混出个人样来，赢多少房子和地并不能树立自己的威信，而是一定要有最漂亮的女人。漂亮女人是一笔最大的赌资，无形，无价。凡是混出一些人样的关东赌徒，家里都有两个或三个最漂亮的女人。这样的赌徒，不管走到哪里，都会让人另眼相看。

冯老幺和杨大，那时是年轻气盛的赌徒，他们都想得到山杏。凭他们的实力，要想明媒正娶山杏，那是不可能的。金百万不会看上他们那点家财。要想得到山杏，他们只能在赌场上赢得山杏，而且要赢得金百万心服口服。

冯老幺和杨大那时很清醒，凭自己的赌力，无法赢得金百万。金百万在道上混了几十年了，什么大风大浪都见过。从横赌起家，赌下这么多家产，这本身就足以说明了金百万的足智多谋。那时的冯老幺和杨大两个人空前的团结，他们要联手出击，置金百万于败地。而且在这之前，两人就说好了，不管谁赢出来山杏，两人最后要凭着真正的实力再赌一次，最后得到山杏。

刚开始，两人联起手来和金百万小打小闹地赌，金百万也没把两个年轻赌徒放在眼里，很轻松地赌。结果金百万止不住地小赌，先是输了十几亩好地，接着又输了十几间房产。这都是金百万几十年置办下来的家产。而且又输在了两名不见经传的小赌徒手里，他自然是心有不甘。老奸巨猾的金百万也是显得心浮气躁起来。那些日子，金百万和冯老幺、杨大等人纠缠在一起，你来我往。金百万就越赌越亏。初生牛犊的冯老幺和杨大显得精诚团结，他们的眼前是诱人的山杏。赢金百万的财产只是他们的计划中的第一步。就像在池塘里捕捉一条鱼一样，首先要把池塘的水淘干，然后才能轻而易举地得到那条鱼。心高气傲的金百万触犯了赌场上的大忌：轻敌，又心浮气躁。还没等明白过来，金百万在几个月的时间里，便输光了所有家产。金百万红眼了，他在大冬天里，脱光了膀子，赤膊上阵，终于把自己的女儿山杏押上了。这是冯老幺和杨大最终的愿望。两人见时机到了，胜败在此一举了，他们也脱光了膀子和金百万赌了起来。三个人赌的不是几局，而是天数，也就是在两个月的时间里，谁先倒下，谁就认输了。这一招又中了两个年轻人的计，金百万虽然英豪无比，毕竟是几十岁的人了，和两个年轻人相比，无论如何都是吃亏的。金百万在不知不觉中，又犯了一忌。

最终，在三个人赌到第五十天时，金百万一头栽倒在炕下，并且口吐鲜血，一命呜呼。冯老幺和杨大在数赌注时，杨大占了上风，也就是说山杏是杨大先赢下的。两人有言在先，两人最终还是要赌一回的。

精诚合作的两人，最后为了山杏，又成了对手。结果是，冯老幺最终赢得了山杏。后来，他们生下了冯山。

这么多年，杨大一直把冯老幺当成了一个对手。这也是赌场上的规矩，赢家不能罢手，只有输家最后认输，不再赌下去，这场赌博才算告一段落。

杨大和冯老幺旷日持久地赌着。双方互有胜负，一直处在比较均衡的态势。谁也没有能力把对方赢到山穷水尽。日子就不紧不慢地过着。

冯山八岁那一年，冯老幺走了背字。先是输了地，又输了房子，最后他只剩下山杏和儿子冯山。他知道杨大这么多年一直都在想赢得山杏。他不相信自己最终会失去山杏。输光了房子、地和所有家产的冯老幺输红了眼，同时也失去了理智，结局是失去了山杏。

最后走投无路的冯老幺只能横赌了，他还剩下一条命。对赢家杨大来说，他无论如何要接受输家冯老幺的最后一搏。冯老幺就把自己的命押上了，且死法也已选好。若是输了，身上系上石头，自己沉入大西河。如果赢了，他就又有能力及钱财和杨大做旷日持久的赌博了。

孤注一掷的冯老幺终于没能翻动心态平和的杨大的盘子。最后他只能一死了之。赌场上是没有戏言的，最后输家不死，也没人去逼你，可以像狗一样地活下去。活着又有什么意思呢？没了房子没了地，老婆都没了，生就不如死了。关东人凭着最后那点尊严，讨个死法，也算是轰轰烈烈一场。赢得后人几分尊敬。

冯老幺怀抱石头一步步走进了大西河，八岁的冯山在后面一声又一声地喊叫着。走进大西河的冯老幺，最后回了一次头，他冲八岁的儿子冯山喊：小子，你听着，你要是我儿子，就过正常人的日子，别再学我去赌了。说完头也不回地走进了大西河，他连同那块石头沉入到河水中。

两天以后，冯老幺的尸首在下游浮了上来。那块怀抱的石头已经没有了，冯老幺手里只抓了一把水草。

杨大很义气也很隆重地为冯老幺出殡，很多人都来了，他们敬佩冯老幺的骨气，把场面整得很热闹，也很悲壮。

八岁的冯山跪在父亲的坟前，那时一粒复仇的种子就埋在了他年少的心中。

一个月后，山杏吊死在杨大家中的屋梁上。杨大没有悲哀，有的是得到山杏后的喜庆，他扬眉吐气地又一次为山杏出殡。山杏虽然死了，但却是自己的女人了。杨大把山杏的尸骨葬入自己家的祖坟，一口气终于吐了出来。

斗转星移，冯山长大了，杨大的儿子杨六也长大了。

杨大的结局也很不美好，在最后一次横赌中，他也走进了大西河，他选择了和冯老幺一样的死法。当然，那是冯老幺死后二十年的事了。

冯山和杨六就有了新故事。

四

冯山是在菊香家长大的。菊香的父亲也曾经是个赌徒，那时他帮助冯老幺和杨大一起去算计金百万。冯山和菊香是两位家长指腹为婚的。当时冯老幺说：要是同性，就是姐妹或兄弟；要是异性，就是夫妻。

在赌场上摸爬滚打的两个人，知道这种感情的重要性，那时冯山的父亲冯老幺早已和菊香的父亲一个头磕在地上成为兄弟了。

冯山出生不久，菊香便也落地了。菊香出生以后，父亲便金盆洗手了，他靠从金百万那里赢来的几亩地生活着。他曾经多次劝阻冯老幺说：大哥，算了吧，再赌下去，不会有什么好下场。

冯老幺何尝不这么想，但他却欲罢不能。把山杏赢过来以后，杨大就没放过冯老幺，树活一层皮，人活一口气。他不能让人瞧不起，如果他没有赢下山杏，借此洗手不干了，没人会说他什么。恰恰他赢下了山杏，山杏最后能和冯老幺欢天喜地地结婚，山杏就是看上了冯老幺敢爱敢恨这一点。冯山的母亲山杏这一生只崇拜两个男人，一个是自己的父亲金百万，第二个就是冯老幺。冯老幺赢了父亲，又赢了杨大，足以说明冯老幺是个足智多谋的男人。虽然山杏是个漂亮女人，但她却继承了父亲金百万敢赌、敢爱、敢恨的性格。父亲死了，是死在赌场上，这足以证明父亲是个响当当的汉子。她心甘情愿做父亲的赌资，山杏崇拜的是生得磊落，活得光明。父亲为了家业，为了她，死在赌场上，丈夫冯老幺也为了她死在赌场上。两个她最崇敬的男人走了，她也就随之而去了。

这就是冯老幺所理解的生活，但他却不希望自己的儿子冯山走他的路。在临沉河前，他找到了菊香的父亲，把冯山托付给了菊香父亲。两个男人头对头地跪下了，冯老幺说：兄弟，我这就去了，孩子托付给你了。

菊香父亲点着头。

冯老幺又说：冯山要是不走我这条路，就让菊香和他成亲，若是还赌，就让菊香嫁一个本分人家吧。

菊香的父亲眼里已含了泪，他知道现在说什么都已经没用了。他只能想办法照顾好冯山。

冯山和菊香就一起长大了，他们从小就明白他们这层关系。当两人长大到十六岁时，菊香父亲把菊香和冯山叫到了一起，他冲冯山说：你还想不想赌？

冯山不说话，望着菊香父亲。

菊香父亲又说：要是还赌，你就离开这个家，啥时候不赌了，你再回来，我就是你爹，菊香就是你妹子；你要是不赌，我立马给你们成亲。

冯山“扑通”一声就给菊香父亲跪下了，他含着泪说：我要把父亲的脸面争回来，把我母亲的尸骨赢回来，埋回我冯家的祖坟，我就从此戒赌。

菊香父亲摇着头，叹着气，闭上了眼睛，他的眼里滚出两行老泪。

从此，冯山离开了菊香，回到了父亲留下的那两间草屋里。不久，菊香父亲为菊香寻下了一门亲事，那个男人是老实巴交种地的。家里有几亩山地，虽不富裕，日子却也过得下去。择了个吉日，菊香就在吹吹打打声中嫁给了那个男人。

菊香婚后不久，那个男人身体便一日不如一日，从早到晚总是没命地咳嗽，有时竟能咳出一缕血丝来。中医便络绎不绝地涌进家门，看来看去的结果是男人患了痨病。接下来，男人便烟熏火炕地吃中药，于是男人的病不见好也不见坏。不能劳动了，那几亩山地一点点换成药钱，日子就不像个日子了。菊香就三天两头地回到父亲家，住上几日，临回去时，带上些吃食，带一些散碎银两，再住上些日子。日子就这么没滋没味地过着。

好在她心里还有个男人，那就是冯山。菊香出嫁前，来到了冯山的小屋里。两人从小明白他们的关系后，自然就知道了许多事理。在那时，菊香就把冯山当成自己男人看了。渐渐大了，这种朦胧的关系渐渐地清晰起来，结果父亲却把她嫁给了那个痨病的男人。她恨冯山不能娶她。

冯山的心里又何尝放下过菊香呢。他知道自己未来的命运，他不想让菊香为自己担惊受怕，赌徒没有一个好下场。他不想连累菊香。他甚至想过，自己不去走父亲那条路，但他的血液里流淌着父亲的基因，他不能这么平平淡淡地活着，况且母亲的尸骨还在杨大家的坟地里埋着。他要把母亲的尸骨赢回来，和父亲合葬在一起，他还要看见杨家家破人亡。只有这样他不安的心才能沉寂下来。最终他选择了赌徒这条路。

那次菊香是流着泪在求他。

菊香说：冯山哥，你就别赌了，咱们成亲吧。

他叹了口气道：今生咱们怕没那个缘分了。

菊香给他跪下了。

他把菊香从地上拉起来。

后来菊香就长跪不起了，他也跪下了，两个人就抱在了一起哭成了一团。最后他说到了母亲，说到了父亲，菊香知道这一切都无法挽回了。

再后来，菊香就把衣服脱了，将自己呈现在他面前。菊香闭着眼睛说：咱们今生不能成为正式的夫妻，那咱们就做一回野夫妻吧。

冯山愣在那里，他热得浑身难受，可是他却动不了。

菊香见他没有行动，便睁开眼睛说：你要是个男人，你就过来。

他走近菊香身旁，菊香说：你看着我的眼睛。

他就望着菊香的眼睛，那双眼睛又黑又亮，含着泪水，含着绝望。他的心疼了一下。

菊香问：你喜欢我吗？

他点点头。

菊香又说：那你就抱紧我。

他抱住了菊香，菊香也一把抱住了他，两个人便滚到了炕上……

菊香喊：冤家呀……

他喊：小香，我这辈子忘不了你呀……

菊香的男人得了病以后，菊香便三天两头地从男人那里回来。她刚开始偷偷摸摸地往冯山这里跑，后来就明目张胆地来了。刚开始，父亲还阻止菊香这种行为，后来他也觉得对不住菊香，找了一个痨病男人，便不再阻止了。

菊香后来生了一个孩子，是个男孩，叫槐。菊香怀上孩子时，就对冯山说：这孩子是你的。果然，孩子长满三岁时，眉眼就越来越像冯山了。

每当菊香牵着槐的手走进冯山视野的时候，冯山的心里总是春夏秋冬地不是个滋味。那时，他就在心里一遍遍地发誓：等赢光杨家所有的女人，赢回母亲的尸骨，我就明媒正娶菊香。一想起菊香和槐，他的心就化了。

五

冯山昏睡两天两夜之后，终于睁开了眼睛。他睁开眼睛便看见了文竹的背影，恍若仍在梦里。他揉了揉眼睛，再去望文竹时，他才相信眼前的一切不是梦，文竹就在他的身边，是他从杨六那里赢来的。他伸了一个懒腰坐了起来，一眼便望见了炕沿上放着一碗冒着热气的面条，面条上放着葱花还有一个亮晶晶的荷包蛋，这时他才感受到自己真的是饿了。他已经有好几天没好好吃饭了，在赌场上，他所有的心思都用在赌局上，没心思吃饭，也不饿。他端起面条狼吞虎咽地吃起来。

文竹这时回过身望了他一眼，他有些感激地望一眼文竹。

文竹别过脸依旧望着窗外。窗外正飘着清雪，四周都是白茫茫的一片。文竹就说：这面条不是我给你做的。

冯山停了一下，他想起了菊香，三口两口吃完面条，放下碗，他推开外间门，看到了雪地上那串脚印。这是菊香的脚印。菊香刚刚来过。想起菊香，他的心里暖了起来。他端着膀子，冲雪地打了个喷嚏。他冲雪地呆想一会儿，又想了一会儿，关上门又走进屋里。

文竹的背影仍冲着他。他望着文竹的背影在心里冷笑了下，他不是在冲文竹冷笑，而是冲着杨六冷笑。现在文竹是他的女人了，是从杨六那里赢来的。

这时文竹就说：已经过去两天了，还有二十八天。

他听了文竹的话心里愣了一下，他呆呆地望着文竹后背，文竹的背浑圆、纤细，样子无限的美好。他就冲着文竹美好的后背说：你说错了，我要把你变成死赌。因为你是杨六的女人。文竹回过身，冷着脸一字一顿地说：冯山，你听好了，我不是谁的女人，我是还赌的。你就把我当成个玩意儿，或猪或狗都行。

文竹的话让冯山好半晌没有回过味来，他又冲文竹笑了笑。他想，不管怎么说，你文竹是我从杨六手里赢来的，现在就是我的女人了。想到这儿，他又笑了笑。

他冲文竹说：我不仅要赢你，还要赢光杨六身边所有的女人，让他走进大西河，然后我给他出殡。

说到这儿，他就想起了自己的母亲，母亲的尸骨还在杨六家的祖坟里埋着。这么想过了，从脚趾缝里升起蚂蚁爬行似的仇恨，这种感觉一直涌遍了他的全身。

他赢了文竹，只是一个月的时间，这被称为活赌。死赌是让女人永远成为自己的老婆。他首先要办到的是把文竹从杨六手里永远赢下来。一想起杨六，他浑身的血液就开始沸腾了，而眼前的女人文竹现在还是杨六的女人，只属于他一个月，想到这儿他的牙根就发冷发寒。

他冲文竹的背影说：上炕。

文竹的身子哆嗦了一下，但是没有动，仍那么坐着。

他便大声地说：上炕。

半晌，文竹站起来，一步步向炕沿走过去。她脱了鞋子坐在炕上。在这个过程中，她没望冯山一眼，脸色如僵尸。

冯山咬了咬牙说：脱。

这次文竹没有犹豫，依旧没有表情地脱去了绿裤红袄，又把肚兜和内裤脱去了，然后拉过被子，“咚”的一声倒下去。

冯山在心里笑了一下，心里咬牙切齿地说：杨六，你看好了，文竹现在可是我的女人。

几把脱光了自己，掀开文竹的被子钻了进去。他抱住了文竹，身子压在她的身上。直到这时，他才打了个冷战，他发现文竹的身体冷得有些可怕，他抱着她，就像抱着一根雪地里的木头。这种冰冷让他冷静下来，他翻身从文竹身上滚下来。他望文竹，文竹的眼睛紧紧闭着，她的眼角，有两滴泪水缓缓流出来。

冯山索然无味地从被子里滚出来，开始穿衣服。他穿好衣服，卷了支纸烟，吸了一口，又吸了一口，才说：你起来吧，我不要你了。

文竹躺在那里仍一动不动。

冯山觉得眼前的女人一点意思也没有，只是因为她现在还是杨六的女人，所以他才想占有她。

他站在窗前刚才文竹站过的地方，望着窗外。窗外的雪又大了几分，洋洋洒洒的，覆盖了菊香留在雪地上的脚印。

文竹刚开始在流泪，后来就轻声哭泣起来，接着又痛哭起来。她想起了自己的父亲还有母亲，父亲最后一赌是为了自己，为了让自己有个好的陪嫁，然后找个好人家，可父亲却把自己输了，输给了赌徒。

刚才冯山让她脱衣服时，她就想好了，自己不会活着迈出这个门槛了，她要把自己吊死在房梁上。她恨父亲，恨所有的赌徒。可她又爱父亲，父亲是为她才做最后一搏的。这都是命，谁让自己托生在赌徒的家里呢。做赌徒的女人或女儿，总逃不掉这样的命运。母亲死后，父亲虽然不再赌了，可那层浓重的阴影，永远在她心头挥之不去。

她号哭着，为了母亲，也为父亲，更为自己，她淋漓尽致地痛哭着。

她的哭声让冯山的心里乱了起来。他回过头冲她说：从今以后，我不会碰你一根指头。我只求你一件事，老老实实在这里待着；等我赢光杨六家所有的财产和女人，我就让你走，你爱去哪儿去哪儿。

文竹听了冯山的话止住了哭声，她怔怔地望着冯山。

冯山说：晚上我就出去，我不出去，杨六也会找上门来的；十天之后我就回来，到时你别走远了，给我留着门，炕最好烧热一些。

文竹坐在那儿，似乎听到了什么，又似乎什么也没听到。

冯山说：家里柜子里有米，地窖里有菜，我不在家，你别委屈了你自己。

冯山说：我要亲眼看见杨六抱着石头走进大西河，我就再也不赌了。要是还赌，我就把我的手剁下去。

冯山穿上鞋，找了根麻绳把自己的棉袄从腰间系上。他红着眼睛说：我走了，记住，我十天后回来。

说完，冯山头也不回地开门出去了，走进风雪里。

文竹不由自主地走到了门旁，一直望着冯山走远。不知为什么，她的心忐忑不安起来，不知为谁。自从父亲把自己输了，她的一颗心就死了。她觉得那时，自己已经死了。直到现在，她发现自己似乎又活了一次。她的心很乱，是为了冯山那句让她自由的话吗？她自己也说不清楚。

六

冯山走进赌场的时候，杨六已经在那里等候了。赌场设在村外两间土房里。房子是杨六提供的。村外这片山地也是杨六家的。从杨大那一辈开始，杨家在赌场上的运气一直很好，赢下了不少房子和地。这两间土房是杨六秋天时看庄稼用的，现在成了杨六和冯山的赌场。

杨六似乎等冯山有些时候了，身上落满了雪，帽子上和衣领上都结满了白霜。杨六那匹拴在树上的马也成了一匹雪马，马嚼着被雪埋住的干草。

杨六一看见雪里走来的冯山就笑了，他握住冯山的手说：我知道你今天晚上一准儿会来。

冯山咧了咧嘴道：我也知道你早就等急了。

两人走进屋里，屋里点着几只油灯，炕是热的，灶膛里的火仍在呼呼地烧着。两人撕撕扯扯地脱掉鞋坐在炕上。

杨六笑着问：咋样，我没骗你吧，那丫头是处女吧？

冯山不置可否地冲杨六笑了笑。

杨六仍说：那丫头还够味吧？玩女人么，就要玩这种没开过苞的。

冯山闷着头抽烟，他似乎没有听清杨六的话。

杨六这时才把那只快烧了手的烟屁股扔在地上。从炕上的赌桌上取出笔墨，一场赌战就此拉开了序幕。

赌前写下文书，各执一份，也算是一份合同吧。杨六铺开纸笔就说：我是输家，这回的赌我来押。

冯山摆摆手说：你押，你尽管押。

杨六就在纸上写：好地三十垧，房十间。

冯山就说：老样子，一只左手。

冯山身无分文，只能横赌。横赌、顺赌双方都可以讨价还价，直到双方认同，或一方做出让步。

杨六把笔一放说：我这次不要你的手，我要你把文竹押上，文竹是我的。

冯山知道杨六会这么说。杨六要先赢回文竹，然后再要他的一只手，最后再要他的命。冯山也不紧不慢地说：那好，我也不要你的房子，不要你的地。我也要文竹，这次我赢了，文竹就永远是我的了。

杨六似乎早就知道冯山会这么说，很快把刚才写满字的纸放在一旁，又重新把两人的约定写在了纸上，写完一张，又写了一张，墨汁尚未干透，两人便各自收了自己那份，揣在怀里。

两人再一次面对的时候，全没了刚才的舒缓气氛，两人的目光，像两名现代的拳击手对视在一起的目光。

杨六从桌下拿出了纸牌。

杨六这才说：在女人身上舒服了，赌桌上可不见得舒服了。

冯山只是浅笑了一下，笑容却马上就消失了。他抓过杨六手里的牌，飞快地洗着。

一场关于文竹命运的赌局就此拉开了序幕。

对两个人来说，他们又站在了同一起跑线上。冯山想的是，赢下文竹是他的第一步，然后赢光杨六的房子和地，再赢光杨六身边所有的女人，然后再赢回母亲的尸骨，最后看着杨六抱着石头沉入大西河。这是他最后的理想。

杨六想的是，赢下冯山的命，在这个世界上他就少了个死对头，那时他可以赌也可以不赌。文竹只是他手里的一个筹码。他不缺女人。这几年他赢下了不少颇有姿色的女人。现在他养着她们，供他玩乐，只要他想得到随时可以得到。至于文竹，只是这些女人中的一个，但他也不想输给冯山。他要让冯山一败涂地，最后心服口服地输掉自己的命。到那时，他心里就会一块石头落地了，然后放下心来享受他的女人，享受生活。也许隔三岔五的赌上一回，那时并不一定为了输赢，就是为了满足骨子里那股赌性。他更不在乎输几间房子几亩地，如果运气好的话，他还会赢几个更年轻更漂亮的女人，直到自己赌性消失了，然后就完美地收山。杨六这么优越地想着。

冯山和杨六在赌场上的起点一样，终点却不尽相同。

灶下的火已经熄灭了，寒气渐渐浸进屋里。几只油灯很清澈地在寒气中摇曳着一片光明。冯山和杨六几乎伏在赌桌上发牌、叫牌，两人所有的心思都盯在那几张纸牌上。

文竹也没有睡觉。窗台上放着一盏油灯，她坐在窗前，听着窗外的风声、雪声。她无法入睡，她相信冯山的话，要是冯山赢下她会还给她一份自由。她也清楚，此时此刻，两个男人为了自己正全力以赴地赌着。她不知道自己的命运将会怎样。

杨六赢下她的时候，她就想到了死。她在杨家住的那几天，她看到了杨六赢下的那几个女人，她知道要是冯山输了，她也会像杨六家养的那几个女人一样，成为杨六的玩物。说不定哪一天，又会被杨六押出去，输给另外的张三或李四，自己又跟猫跟狗有什么区别。文竹在这样的夜晚，为自己是个女人，为了女人的命运担心。她恨自己不是男人。要是个男人的话，她也去赌一把，把所有的男人都赢下来，用刀去割他们裆里的物件，让他们做不成男人，那样的话，男人就不会把女人当赌资赢来输去的了。

当初杨六没要她，只想把她押出一个好价钱。现在冯山最后也没要她，她有些吃惊，也有些不解。当冯山钻进她的被窝里，用身体压住她的时候，她想自己已经活到尽头了。她被父亲押给杨六时，她就想，不管自己输给谁，她都会死给他们看。她不会心甘情愿地给一个赌徒当老婆。她知道，自己的命运将会是什么。

冯山在关键时刻，却从她身上滚了下来，穿上衣服的冯山却说出了那样一番话。为了这句话，她心里有了一丝感激，同时也看到了一丝希望。就是这点希望，让她无法入睡，她倾听着夜里的动静，想象着冯山赌博时的样子。她把自己的命运就押在了冯山这一赌上。窗缝里的一股风，把油灯吹熄了，屋子里顿时黑了下来。随着黑暗，她感受到了冷。她脱了鞋，躺到炕上，用一床被子把自己裹住。这次，她在被子里嗅到了男人的气味，确切地说是冯山的气味，这气味让她暂时安静下来。不知什么时候，她偎着被子，坐在那里睡着了。

七

文竹怀着莫名的心情，恍似在期盼什么的时候，菊香来过一次，菊香的身后跟着槐。那时文竹正倚着门框，冲着外面白茫茫的雪地在愣神。菊香和槐的身影便一点点地走进文竹的视野。她以为这母子俩是路过的，她没有动，就那么倚门而立。

菊香和槐走进来。菊香望了眼文竹，文竹也盯着菊香，菊香终于立在文竹面前说：你就是冯山赢来的女人？

文竹没有回答，就那么望着眼前的母子俩。菊香不再说什么，侧着身子从文竹身边走过去，槐随在母亲身后，冲文竹做了个鬼脸。

菊香轻车熟路地在里间外间看了看，然后就动手收拾房间，先把炕上的被子叠了。文竹起床的时候，被子也懒得叠，就在炕上堆着。菊香收拾完屋子，又走到院里抱回一堆干柴，往锅里舀几瓢水，干柴便在灶下燃了起来。

文竹已经跟进了屋，站在一旁不动声色地望着菊香。菊香一边烧火一边说：这炕不能受潮，要天天烧火才行。

文竹说：你是谁？

菊香抬头望了眼文竹，低下头答：菊香。

槐走近文竹，上下仔细打量了文竹一会儿，问：你是谁？我咋没见过你？

文竹冲槐笑了笑，伸出手摸了摸槐的头。

槐仰着脸很认真地说：你比我妈好看。

文竹又冲槐笑了笑，样子却多了几份凄楚。

菊香伸出手把槐拉到自己身旁，一心一意地往灶膛里添柴，红红的火光映着菊香和槐。锅里的水开了，冒出一缕一缕的白气。菊香烧完一抱柴后立起了身，拉着槐走了出去，走到门口说：这屋不能断火。说完便头也不回地走了。

文竹一直望着母子俩在雪地里消失。

冯山在走后第九天时，摇晃着走了回来。在这之前，菊香差不多每天都来一次。从那以后，文竹每天都烧水，因为她要做饭。冯山走后第五天的时候，菊香便开始做面条，做好面条就在锅里热着，第二天晚上就让槐吃掉。第九天的时候，菊香做完面条，热在锅里，刚走没多久，冯山就回来了。那时文竹依旧在门框上倚着。这些天来，她经常倚在门框上想心事，她自己也说不清这到底为什么。

当冯山走进她视线的时候，她的眼皮跳了一下，她就那么不错眼珠地望着冯山一点又一点地走近。

走到近前，冯山看了她一眼，没说什么，低着头走进屋里。他径直走到灶台旁，锅里还冒着热气。他掀开锅盖，端出面条，脸伏在面条上深吸了两口气，然后就狼吞虎咽地大吃起来。很快冯山就把那碗面条吃下了肚，这才吁了一口气。

文竹一直望着冯山。冯山走到炕前，“咚”的一声躺下去，他起身拉被子时看见了站在一旁一直望着他的文竹，他只说了句：我赢了，你可以走了。

刚说完这句话，冯山便响起了鼾声。冯山这一睡，便睡得昏天黑地。

文竹呆呆定定地望着昏睡的冯山，只几天时间，冯山变得又黑又瘦，胡子很浓密地冒了出来。

她听清了冯山说的话，他赢了。也就是说杨六把自己完整地输给了冯山。冯山让她走，这么说，她现在是个自由人了。她可以走了，直到这时，文竹才意识到，自己并没有个去处。家里的房子、地被父亲输出去了，自己已经没有家了。她不知道自己将去向何方，她蹲在地上，泪水慢慢地流了出来。她呜咽着哭了。

灶膛里的火熄了，屋子里的温度慢慢凉了下来。

傍晚的时候，菊香带着槐又来了一次。菊香看见仰躺在那儿昏睡的冯山，文竹记得冯山刚躺下去时的姿势就是这个样子，冯山在昏睡时没有动过一下。

菊香动作很轻地为冯山脱去鞋，把脚往炕里搬了搬，又拉过被子把冯山的脚盖严实。做完这一切，她又伸手摸了摸炕的温度。

文竹一直注视着菊香的动作。

菊香起身又去外面抱了一捆干柴。正当她准备往灶膛里添柴时，文竹走过去，从菊香手里夺过干柴，放入灶膛，然后又很熟练地往锅里添了两瓢水，这才点燃灶里的柴。火就红红地烧着，屋子里的温度渐渐升了起来。

菊香这才叹了口气，拉过槐，不看文竹，望着炕上睡着的冯山说：今晚烧上一个时辰，明天天一亮就得生火。

菊香说完拉着槐走进了夜色中。

菊香一走，文竹就赌气地往灶膛里加柴，她也不知道自己在跟谁赌气。

冯山鼾声雷动地一直昏睡了三天三夜，他终于睁开了眼睛。

在这之前，菊香已经煮好了一锅面汤。她刚走，冯山就醒了。菊香似乎知道冯山会醒过来似的，她出门的时候冲文竹说：他一醒来，你就给他端一碗面汤喝。

文竹对菊香这么和自己说话的语气感到很不舒服，但她并没有说什么。

当冯山呵欠连天醒过来的时候，文竹还是盛了碗面汤端到冯山面前。冯山已经倚墙而坐了，他看也没看文竹一眼，唏哩呼噜地一连喝了三碗面汤，这才抬起头望了文竹一眼。他有些吃惊地问：你怎么还没走?

文竹没有说话，茫然地望着冯山。

冯山就说：你不信?

文竹没有摇头也没有点头，就那么望着他。

冯山又说：我说话算数，不会反悔。

文竹背过身去，眼泪流了出来，她不是不相信冯山的话。当父亲把她输给杨六的时候，她就想到了自己的结局，那就是死。她没有考虑过以后还有其他的活法。没想到的是，冯山又给她一个自由身，这是她万万没有想到的。她不知道自己该怎么面对将来的生活。

她为自己无处可去而哭泣。半晌，她转过身冲冯山说：你是个好人，这一辈子我记下了。

冯山摆摆手说：我是个赌徒。

她又说：你容我几天，等我有个去处，我一准儿离开这里。

冯山没再说什么，穿上鞋下地了。走到屋子后面，热气腾腾地撒了一泡长尿。他抬起头的时候，看见远方的雪地里菊香牵着槐的手正望着他。

他心里一热，大步向菊香和槐走去。

八

冯山连赢了杨六两局，他把文竹赢了下来。他在这之前，从没和杨六赌过。那时他却一直在赌，大都是顺赌。当然都是一些小打小闹的赌法。他赢过房子也赢过地，当他接过输家递过来的房契和地契时，他连细看一眼都没有，便揣在怀里，回到家里他便把这些房契或地契扔在灶膛里一把火烧了。他没把这些东西放在眼里，他知道自己最后要和杨六较量，让杨六家破人亡，报父辈的仇才是他真正的目的。

到现在赢了多少房子多少地他也说不清楚。每到秋天，便会有那些诚实的农民，担着粮食给他交租子，地是他赢下的，租子自然是他的了。他就敞开外间的门，让农民把粮食倒到粮囤里。见粮囤满了，再有交粮食的人来到门前，他就挥挥手说：都挑回去吧，我这儿足了。农民就欢天喜地地担着粮食走了。

冯山把这些东西看得很轻，钱呀、财呀、房呀、地呀什么的，在赌徒的眼里从来不当一回事。今天是你的，明天就可能是别人的了。就像人和世界的关系一样，赤条条地来了，又赤条条地走了，生不带来，死不带去。生前所有的花红柳绿、富贵人生都是别人的了。

冯山早悟透这些是缘于父亲冯老幺，父亲该赢的都赢过，该输的也都输过。他是眼见父亲抱着石头沉入大西河的，河水什么也没有留下，只留下几个气泡。这就是父亲的一辈子。

他十六岁离开菊香家便在赌场上闯荡，一晃就是十几年。身无分文的时候，他也赌过自己的命，有惊无险，他一路这么活了下来。他在练手，也在练心，更练的是胆量。他知道一个赌徒在赌场上该是一个什么样子，没有胆量，就不会有一个好的心态。子承父业，他继承了父亲冯老幺许多优点，加上他这十几年练就的，他觉得自己足可以和杨六叫板了。

当他一门心思苦练的时候，杨六正在扩建自己的家业。父亲留给他的那份家业，又在杨六手里发扬光大了，不仅仅赢下了许多房子和地，还有许多年轻漂亮的女人。有些女人只在他手里过一过，又输给另外的人。杨六有两大特点，一是迷恋赌场，二就是迷恋女人。他一从赌场上下来就往女人的怀里扎。杨六的女人，都非烈性女子，她们大都是贫困人家出来的。她们输给杨六后，都知道将来的命运是什么样的。今天她们被输给杨六，明天还会被杨六输给别人。她们来到杨六家，有房子有地，生活自然不会发愁，她们百般讨好杨六，一门心思拴住杨六的心，她们不希望杨六很快把自己输出去。杨六便在这些争宠的女人面前没有清闲的时候，今天在这厢里厮守，明天又到那厢里小住。杨六陶醉于现在的生活。如果没有冯山，他真希望就此收山，靠眼下的房子和地，过着他土财主似的生活。

杨六知道，冯山不会这么善罢甘休。文竹只是他的一个诱饵，他希望通过文竹这个诱饵置冯山于死地，就像当年自己的父亲杨大赢冯老幺那样，干净利落地让冯山抱着石头沉入大西河里，那么他就什么都一了百了了。没想到的是，他一和冯山交手，便大出他的意料，冯山的赌艺一点也不比他差，只两次交锋，文竹这个活赌便成了死赌。

警醒之后的杨六再也不敢大意了。连续两次的苦战，与其说是赌博，还不如说是赌毅力，几天几夜不合眼，最后是冯山胜在了体力上，杨六实在支撑不住了才推牌认输的。

昏睡了几天之后的杨六，他一睁开眼睛，那些女人像往常一样争着要把杨六拉进自己的房间。杨六像哄赶苍蝇似的把她们赶走了，他要静养一段时间和冯山决一死战。那些日子，杨六大门不出二门不迈，他除了吃就是睡，对窗外那些讨好他的女人充耳不闻。每顿杨六都要喝一大碗东北山参炖的鸡汤，睡不着的时候，他仍闭目养神，回想着每轮赌局自己差错出在哪里。

文竹和冯山和平相处的日子里，觉得自己真的是该走了。

冯山在白天的大部分时间里根本不在家，后来文竹发现冯山每次回来都带回一两只野兔或山鸡。她这才知道，冯山外出是狩猎去了。一天两顿饭都是文竹做的。对这点，冯山从来不说什么，拿起碗吃饭，放下碗出去。倒是菊香在文竹生火做饭时出现过几次。那时文竹已经把菜炖在锅里，菊香不客气地掀开锅盖，看了看炖的菜，然后说：冯山不喜欢吃汤大的菜。

菊香说完就动手把汤舀出去一些，有时亲口尝尝菜，又说：菜淡了，你以后多放些盐，然后就又舀了些盐放在里面。

冯山晚上回来得很晚。他回来的时候，文竹已经和衣躺下了，冯山就在离文竹很远的地方躺下，不一会儿就响起了鼾声。有时文竹半夜醒来，发现冯山在吸烟，烟头明明灭灭地在冯山嘴边燃着。她不知他在想什么，就在暗夜里那么静静地望着他。

随着时间的推移，文竹发现冯山是个好人。这么长时间了，他再也没碰过她，甚至连多看她一眼都没有过。不仅这样，他还给了她自由。他是通过两次赌才把她赢下的，那是怎样的赌哇。她没去过赌场，不知男人们是怎样一种赌法。父亲的赌，让他们倾家荡产，还把性命都搭上了。她亲眼看见冯山两次赌，回来的时候，几乎让人认不出来了。她一想起赌，浑身便不由自主地发冷。她有时就想，要是冯山不赌该多好哇，安安心心地过日子，像冯山这么好心的男人并不多见。这么想过了，她的脸竟然发起烧来。

文竹又想到了菊香，她不知道菊香和冯山到底是什么关系，但看到菊香对冯山的样子，不知为什么，她竟然有了一丝妒意。看到菊香的样子，她越发地觉得自己在这里是多余的人了。她又一次想到了走，这一带她举目无亲，她不知去哪里。她曾听父亲说过，自己的老家在山东蓬莱的一个靠海边的小村里，那里还有她一个姑姑和两个叔叔。自从父亲闯了关东之后，便失去了联系。要走，她只有回老家这条路了，她不知道山东蓬莱离这里到底有多远，要走多少天的路，既然父亲能从山东走到这里，她也可以从这里走回山东。就在文竹下定决心准备上路时，事情发生了变故。

九

冯山这次输给了杨六，冯山为此付出了一条左臂的代价。

文竹在冯山又一次去赌期间，做好了离开这里的打算。她没有什么东西可收拾的，只有身上这身衣裤。她把身上的棉衣棉裤拆洗了一遍，找出了冯山的衣裤穿在身上。她不能这么走。她要等冯山回来，她要走也要走得光明正大。缝好自己的衣裤后，她就倚门而立，她知道说不定什么时候，冯山就会从雪地里走回来，然后一头倒在炕上。

冯山终于摇摇晃晃地走进了她的视线，她想自己真的该走了，不知为什么，她竟有了几分伤感。她就那么立在那里，等冯山走过来，她要问他是不是改变主意了，如果他还坚持让她走，她便会立刻走掉的。

当冯山走近的时候，她才发现有什么地方不对劲。当她定睛细看时，她的心悬了起来。冯山左臂的袖管是空的，那只空了的袖管沾满了血迹。冯山脸色苍白，目光呆滞。一瞬间她什么都明白了，她倒吸了口冷气，身体不由自主地向前迈了几步，她轻声问：你这是咋了？这是她第一次主动和冯山说话。冯山什么也没说，径直从她身边走过去。

她尾随着冯山走进屋里。冯山这次没有一头倒在炕上，而是伸出那只完好的右手把被子拉过来，靠在墙上，身体也随着靠了过去。她立在一旁想伸手帮忙，可又不知怎么帮，就那么痴痴呆呆地站着。良久，她才醒悟过来，忙去生火，很快她煮了一碗面条，上面撒着葱花，还有一个荷包蛋，热气腾腾地端到他的面前。冯山认真地望了她一眼，想笑一笑，却没有笑出来。伸出右手准备来接这碗面条，可右手却抖得厉害，冯山便放弃了接面条的打算。她举着面条犹豫了一下，最后用筷子挑起几根面条送到了冯山的嘴边。冯山接了，在嘴里嚼着，却吃得没滋没味，不像他以前回来吃那碗面条，总是被他吃得风卷残云。后来冯山就摇了摇头，闭上了眼睛。

她放下面条不知如何是好地立在一旁，她问：疼吗？

他不说话，就那么闭着眼睛靠在墙上，脸上的肌肉抽动着。

她望着那支空袖管，凝在上面的血水化了，正慢慢地，一滴一滴地流下来。

她伏下身下意识地抚那只空袖管，她闻到了血腥气，她的后背又凉了一片。

她喃喃地说：你为啥不输我？

她的声音里带了哭音。

他终于又一次睁开了眼睛，望着她说：这事和你没关系。说完这话身体便倒下了。

菊香和槐来到的时候。文竹正蹲在地上哭泣，她不知道自己为什么要哭。

菊香一看便什么都明白了，她跪在炕上声色俱厉地说：我知道早晚会有今天的，天呐，咋就这么不公平呀。

菊香伸手为冯山脱去棉袄。那只断臂已经简单处理过了，半只断臂被扎住了，伤口也敷了药。菊香又端了盆清水，放了些盐在里面，为冯山清洗着，一边清洗一边问冯山：疼吗？疼你就叫一声。

冯山睁开眼睛，望着菊香说：我就快成功了，我用这只手臂去换杨六所有家当。我以为这辈子我只赌这一回了，没想到……

菊香一迭声地叹着气，帮冯山收拾完伤口后，拉过被子为冯山盖上这才说：我去城里，给你抓药。说完就要向外走。

文竹站了起来，大着声音说：我去。

菊香望着她，冯山望着她，就连槐也吃惊地望着她。

还没等众人反应过来，她抓过菊香手里的钱，头也不回地走了出去。她走得又急又快，百里山路通向城里，她很小的时候随父亲去过一次。就凭着这点记忆，她义无反顾地向城里走去，她也不知道是一种什么力量在鼓动着她。

文竹一走，菊香的眼泪就流了下来，她一边哭一边说：本来这两天我想回去看看那个“死鬼”的。前两天有人捎信来，说那“死鬼”的病重了。

冯山微启开眼睛望着菊香说：那你就回去吧，我这儿没事。不管咋说，他也是你男人。

菊香呜哇一声就大哭了起来，不知是为自己，还是为冯山，或者自己的男人。菊香悲痛欲绝，伤心无比地哭着。好久菊香才止住了哭声，哀哀婉婉地说：这日子啥时候才是个头儿哇。

一直就在那里的槐突然清晰地说：我要杀了杨六。

槐的话让菊香和冯山都吃了一惊，两个人定定地望着槐。

清醒过来的菊香扑过去，一把抱住槐，挥起手，狠狠地去打槐的屁股。她一直担心槐长大了会和冯山一样。她没有和槐说过他的身世，她不想说，也不能说，她想到自己临死时再把真相告诉槐。她一直让槐喊冯山舅舅。她和冯山来往时，总是避开槐。

槐被菊香打了，却没哭，他跑出屋外，站在雪地里运气。

菊香冲窗外的槐喊：小小年纪就不学好，以后你再敢说，看我打不死你！

菊香止住眼泪，叹着气说：生就的骨头长成的肉。

菊香的泪水又一次流了出来，她一边流泪一边说：我真不知道以后的日子该咋过。

冯山望着天棚咬着牙说：杨六我跟你没完，我还有一只手呢，还有一条命呐。

菊香听了冯山的话，喊了声：老天爷呀！便跑了出去。

文竹是第二天晚上回来的，她一路奔跑着，跑得上气不接下气。二百里山路，又是雪又是风的。她不知摔了多少跟头，饿了吃口雪，渴了吃口雪。她急着往回赶，她知道冯山在等这些药。

她进门的时候，喘了半天气才说：我回来了。

冯山正疼痛难忍，被子已被汗水湿透了，他就咬着被角挺着。

文竹来不及喘气，点着了火，她要为冯山熬药。

菊香赶来的时候，冯山已经喝完一遍药睡着了。

十

冯山输给了杨六一条手臂，使文竹打消了离开这里的念头。她知道冯山完全可以把自己再输给杨六，而没有必要输掉自己的一条手臂。从这一点她看出他是一个敢作敢为、说话算数的男人。仅凭这一点，她便有千万条理由相信冯山。

文竹在精心地照料着冯山。她照料冯山的时候是无微不至的，她大方地为冯山清洗伤口，换药，熬药，又把整好的药一勺一勺喂进冯山嘴里。接下来，她就想方设法地为冯山做一些合口的吃食。这一带不缺猎物，隔三岔五的总会有猎人用枪挑着山鸡野味什么的从这里路过，于是文竹就隔三岔五的买来野味为冯山炖汤。在文竹的精心照料下，冯山的伤口开始愈合了。

有时菊香赶过来，都插不上手。文竹忙了这样，又忙那样。屋里屋外的都是文竹的身影。

一次文竹正在窗外剥一只兔子，菊香就冲躺在炕上的冯山说：这姑娘不错，你没白赢她。

冯山伤口已经不疼了，气色也好了许多。他听了菊香的话，叹了口气说：可惜让我赢了，她应该嫁一个好人家。

菊香埋怨道：当时你要是下决心不赌，怎么会有今天，这是过的啥日子，人不人鬼不鬼的。

冯山想到了槐。一想到槐他心里就不是个味，本来槐该名正言顺地喊他爹的，现在却只能喊他舅。

冯山咬着牙就想，是人是鬼我再搏这一次，他知道自己壮志未酬。

半晌，菊香又说：你打算把她留在身边一辈子？

冯山没有说话，他不知道该怎么打发文竹。当初他赢下文竹，因为文竹是杨六的一个筹码。他对她说过，给她自由，她却没有走。他就不知如何是好了。这些天下来，他看得出来，文竹是真心实意地照料他。以后的事情，他也不知会怎样，包括自己是死是活还是个未知数，他不能考虑那么长远。

菊香又说：有她照顾你，我也就放心了。明天我就回去，看看那个“死鬼”。

冯山躲开菊香的目光。他想菊香毕竟是有家的女人，她还要照看她的男人，不管怎么说那男人还是她的丈夫。这么想过了，他心里就多了层失落的东西。

他冲菊香说：你回去吧，我没事。

菊香抹了一把脸上的泪水就走了出去。外面文竹已剥完了兔子皮，正用菜刀剁着肉。菊香望着文竹一字一顿地说：你真的不走了？

文竹没有说话，她没有停止手上的动作。

菊香又说：你可想好了，他伤好后他还会去赌。

文竹举起菜刀的手在空中停了一下，但很快那把菜刀还是落下去了，她更快地剁了起来。

菊香还说：他要是不赌，就是百里、千里挑一的好男人。

文竹这才说：我知道。

菊香再说：可他还要赌。

文竹抬起头望了眼菊香，两个女人的目光对视在一起，就那么长久地望着。菊香转身走了，走了两步她又说：你可想好喽，别后悔。

文竹一直望着菊香的背影消失在雪地里。

那天晚上，窗外刮着风，风很大，也很冷。

冯山躺在炕头上无声无息，文竹坐在炕梢，身上搭着被子。灶膛里的火仍燃着。

文竹说：你到底要赌到啥时候？

冯山说：赢了杨六我就罢手。

文竹说：那好，这话是你说的，那我就等着你。

冯山又说：你别等着我，是赢是输还不一定呢。

文竹又说：这不用你管，等不等是我的事。

冯山就不说什么了，两人都沉默下来。窗外是满耳的风声。

文竹还说：你知道我没地方可去，但我不想和一个赌徒生活一辈子。

冯山仍不说话。灶膛里的火有声有色地燃着。

文竹再说：那你就和杨六赌个输赢，是死是活我都等你，谁让我是你赢来的女人呢。

冯山这才说：我是个赌徒，不配找女人。说到这儿他又想到了菊香还有槐，眼睛在黑暗里潮湿了。

文竹不说话了，她在黑暗里静静地望着冯山躺着的地方。

十一

冯山找到杨六的时候，杨六刚从女人的炕上爬起来。杨六身体轻飘飘的正站在院外的墙边冲雪地里撒尿。他远远就看见了走来的冯山，他有些不敢相信自己的眼睛。他没料到冯山这么快就恢复了元气。

上次冯山输掉了一条手臂，是他亲眼看着冯山用斧头把自己的手臂砍了下去，而且那条手臂被一只野狗叼走了。杨六那时就想，冯山这一次重创，没个一年半载的恢复不了元气。出乎他意外的是，冯山又奇迹地出现在他面前。他不知所措地盯着冯山一点点地向自己走近，一种不祥的预感笼罩在杨六的心头。

一场你死我活的凶赌，不可避免地发生了。还是那间小屋，冯山和杨六又坐在了一起。冯山知道自己已经没有退路了，他不可能把剩下的那只手押上，如果他输了，虽能保住自己的一条命，但他却不能再赌了。冯山不想要这样的结局，他宁为玉碎，不为瓦全。冯山便把自己的性命押上了。如果他输了，他会在大西河凿开一个冰洞，然后跳进去。

杨六无奈地把所有家产和女人都押上了。杨六原想自己会过一个安稳的年，按照他的想法，冯山在年前是无论如何不会找上门的，可冯山就在年前找到了他。

无路可退的杨六也只能殊死一搏了，他早就料到会有这么一天，可他没想到会来得这么快。早一天摆平冯山，他就会早一天安心，否则他将永无宁日。杨六只能横下一条心了，最后一赌，他要置冯山于死地，眼见着冯山跳进大西河的冰洞里。

两人在昏暗的油灯下，摆开了阵势。

文竹的心里从来没有这么忐忑不安过，自从冯山离开家门，她就站也不是，坐也不是。她不知道自己该如何是好。她一会站在窗外，又一会站在门里。

冯山走了，还不知能不能平安地回来。冯山走时，她随着冯山走到了门外，她一直看着冯山走远，冯山走了一程回了一次头，她看见冯山冲她笑了一次，那一刻她差点哭出声来，一种很悲壮的情绪瞬间传遍了她的全身，她不错眼珠地一点点望着冯山走远了。

无路可去的文竹，把所有的希望都系在了冯山身上。当初父亲输给杨六，杨六又输给冯山的时候，她想到了死，唯有死才能解脱自己。当冯山完全把她赢下，还给她自由的时候，死的想法便慢慢地在她心里淡了下去。当冯山失去一条手臂时，她的心动了，心里那缕说不清道不明的渴望燃烧了起来，她相信冯山，相信他说的每一句话。文竹现在被一种看不见摸不着的期盼折磨着。

两天过去了。三天过去了。冯山还没有回来。文竹跪在地上，拜了西方拜东方，她不知道冥冥的上苍哪路神仙能保佑冯山。文竹一双腿跪得麻木了，她仍不想起来，站起来的滋味比跪着还难受，于是她就那么地久天长地跪着，跪完北方再跪南方。

五天过去了，七天过去了。

冯山依旧没有回来，文竹就依旧在地上跪着，她的双腿先是麻木，然后就失去了知觉。她跪得心甘情愿，死心塌地。

十天过去了。

冯山仍没有回来。

文竹的一双膝盖都流出了血，她相信总有一天她会等来冯山的。

窗外是呼啸的风，雪下了一场，又下了一场，四周都是白茫茫的一片，天空便混沌在一处了。

文竹跪在地上，望着门外这混沌的一切，心里茫然得无边无际。第十五天的时候，那个时间差不多是中午，文竹在天地之间，先是看见了一个小黑点，那个黑点越来越近，越来越大。她慢慢地站了起来。她终于看清，那人一只空袖筒正在空中飘舞，她在心里叫了一声：冯山。她一下子扶住门框，眼泪不可遏止地流了出来。

冯山终于走近了，冯山也望见了她，冯山咧了咧嘴，似乎想笑一下，却没有笑出来，他站在屋里仰着头说：我赢了，以后再也不会赌了。说完便一头栽在炕上。

十二

冯山赢了，他先是赢光了杨六所有的房子、地，当然还有女人。杨六就红了眼睛，结果把自己的命押上了，他要翻盘，赢回自己的东西和女人。

当他颤抖着手在契约上写下字据时，冯山的心里“咕咚”响了一声，那一刻他就知道，自己的目的达到了。父亲的仇报了，父亲的脸面他找回来了。

杨六的结局有些令冯山感到遗憾，他没能看到杨六走进大西河。杨六还没离开赌桌，便口吐鲜血，倒地身亡了。

冯山昏睡了五天五夜后，他起来的第一件事便是很隆重地为母亲迁坟。吹鼓手们排着长队，吹吹打打地把母亲的尸骨送到冯家的祖坟里，和冯山的父亲合葬在一处。冯山披麻戴孝走在送葬队伍的前面。母亲第一次下葬的时候，他还小，那时他没有权利为母亲送葬，杨家吹吹打打地把母亲葬进了杨家的坟地。从那一刻，他的心里便压下了一个沉重的碑。此时，那座沉重的碑终于被他搬走了。他抬着母亲的尸骨，向自家的坟地走去。他一边走一边冲着风雪喊：娘，咱们回家了。

他又喊：娘，这么多年，儿知道你想家呀。

他还喊：娘，今天咱们回家了，回家了……

冯山一边喊一边流泪。

风雪中鼓乐班子奏的是《得胜令》。

安葬完母亲的第二天，冯山便和文竹走了。没有人知道他们去了哪里。

又是几天之后，菊香和槐回到了这里，他们回来就不想再走了。菊香和槐都穿着丧服，菊香的痨病男人终于去了。

当菊香牵着槐的手走进冯山两间小屋的时候，这里早已是人去屋空了，留下了冷灶冷炕。

槐摇着母亲的手带着哭腔说：他走了。

菊香喃喃着：他们走了。

槐说：他们会回来么？

菊香滚下了两行泪，不置可否地摇摇头。

槐咬着牙说：我要杀了他。

菊香吃惊地望着槐，槐的一张小脸憋得通红。

槐又说：我早晚要杀了他。

“啪”，菊香打了槐一个耳光，然后俯下身一把抱住槐，“哇”的一声哭了，一边哭一边说：不许你胡说。她在槐的眼神里看到了那种她所熟悉的疯狂。当年冯山就是这么咬着牙冲杨家人说这种话的。她不想也不能让槐再走上冯山那条路。

菊香摇晃着槐弱小的身子，一边哭一边说：不许你胡说，他是你亲爹呀。

槐咬破了嘴唇，一缕鲜血流了出来，眼睛里蓄满了泪水，然后又说：那他为啥不娶你，我要杀了他。

菊香就号啕大哭起来。

几年以后，这一带的赌风渐渐消失了，偶尔有一些小打小闹的赌，已经不成气候了。赌风平息了，却闹起来胡子。

很快，一支胡子队伍成了气候。一只失去左臂的人，是这只胡子队伍的头儿，被人称作“独臂大侠”，杀富济贫，深得人们爱戴。

又是几年之后，一个叫槐的人，也领了一班人马，占据了一个山头，这伙人专找“独臂大侠”的麻烦。

两伙人在山上山下打得不可开交。

人们还知道“独臂大侠”有个漂亮的压寨夫人，会双手使枪，杀人不眨眼。槐的母亲痛心儿子占山为王，吊死在自己家中。槐率所有的胡子，为自己的母亲守了七七四十九天的灵。人们都说槐是个孝子。

这又是另外一个故事了。

红颜

一

下乡三年的知识青年李红梅，在那年大雪封门的日子里，爱上了本地青年何二宝。

这大约是李红梅的初恋，也是她改变自己命运的一次恋爱。从此，她的生活开始了一个新纪元。

李红梅生长在北方一座城市里，二十世纪七十年代，李红梅在那座黑乎乎的城市里结束了自己并没有多少值得怀念的学生时代。在上学的时候，她差不多就把自己未来的命运想好了。毕业后，她会和大多数同学一样，去上山下乡，这是他们这代人共同的命运。也有少数幸运者，从学校直接去当兵或者留在城里，接父亲或母亲的班，成为一名工人。

她知道自己不会那么幸运。父母只是一般工厂里的普通工人，家里哥哥姐姐一大堆。母亲为了让二姐接班，早早地就从毛纺厂退休了。大哥插队几年了，他在农村待得早就不耐烦了，一次次写信催父亲退休，只有父亲退休他才能从农村顺利地回到这座黑乎乎的城市里接父亲的班。大姐插队的时间最长，属于后来人们常说的“老三界”那一拨，而且一下子就插到了革命圣地延安。大姐的心最红，不仅去了圣地延安，而且很快和当地一名男青年结了婚，且生有一子了。大姐完全彻底地响应了老人家的号召，在圣地扎根开花结果了。大姐在扎根开花的过程中，不仅入了党，而且还当上了生产队的妇女队长，人称“女铁人”。

父亲、母亲很为自己有这么一位出息的女儿骄傲了一阵子。大哥每次从农村写信逼父亲退休，父亲就是不退，还在回信中把大姐的光荣事例不厌其烦地讲给大哥听。大哥每次来信思想境界都不怎么高，大谈在农村受苦受累，他说自己都快受不了了，还一次次威逼父亲，一会儿说自己要当逃兵，回到城里再也不回去了，一会儿又说自己要自杀。就在这时候，李红梅高中毕业，在她尚不满二十岁那年秋天，以知识青年的名义，插队落户来到了北方农村一个普通的村子里。

李红梅所在的知青点很普通，在村子一头比较显眼的位置上，有一栋用土坯建起的房子，山墙上用白石灰写着一行当时很流行的大字：广阔天地，大有作为。这就是当时众知青点中最普通的一个。她也是成千上万下乡知识青年中的最普通的一名女知青。

然而，在李红梅默默无闻的三年后，在那个大雪封门的冬季，她的命运却开始了悄悄的变化。

二

何二宝是本地回乡知识青年，他高中毕业后，便回到了村子里。何二宝在本地可是有些名气的，他在上初中的时候，便被县里树为典型。原因是，他在洪水里救过邻村的一头牛。那年的雨季，这一带一连下了几天大雨，沟满壕平。这样的雨，在北方并不多见。那天早晨，何二宝和本村几个同龄人冒着雨走在通往学校的路上。去学校要经过一条河，河上有一座桥，昨天放学的时候，这座桥已经被暴涨的洪水冲得摇摇欲坠了。山村的学生对这一切见怪不怪。他们在摇摇欲坠的桥上说说笑笑走来走去。

今天他们来到河边时，那座桥已经倒塌在水里了。桥墩以及桥上的木板，早已被浑浊的河水冲得不知去向。何二宝并没有因为桥被冲断而感到一丝半点的沮丧，相反，他竟有几分激动，因为，他们可以名正言顺地不去上学了。

何二宝和几个年轻伙伴站在涨满洪水的河边，兴奋地讨论着河水的宽度，并打赌发誓地说自己可以游到对岸。说这话的自然是何二宝，因为在他们这几个人中，何二宝的游泳技术最高超。那几个同伴不相信何二宝的话，说他吹牛。何二宝就很不高兴，撸胳膊挽袖子地要游过去给同伴看。说是这么说，真让他游过去他还是感到有些打怵。正犹豫间，他们同时发现了水里一头半大的牛，那头牛顺水而下。很显然，那头牛并不愿意被洪水冲着走，它感到了恐惧。因求生的愿望，它在水里挣扎着。因此，它向下的速度并不快。其中一个伙伴说：二宝，你能把牛救上来吗？你要是把牛救上来，我们算你有本事。

何二宝就没有退路了，自强、自尊迫使何二宝跳进了水中，奋力地向牛游去。他真的抓住了牛的尾巴。牛看见了人，显然也镇静了下来，要知道，牛天生就通晓水性。不知是牛的力量还是何二宝的作用，总之，牛和何二宝双双都从水中游到了岸边。

这一回，何二宝就出了大名。先是被公社授予“见义勇为好学生”称号，不久，又被县教育局树立为爱护国家财产的好典型。从那以后，何二宝经常到一些学校去介绍自己的英雄事迹。何二宝的事迹早已被语文老师和校长整理成材料了，刚开始，他是照着稿子念，后来，他就背下来了。何二宝说的都是一些很激昂的话，处处透着闪光的思想。

不久，何二宝就加入了中国共产主义青年团，后来他又写了入党申请书。在他高中毕业前，终于加入了党组织。这在全县高中生中，确属凤毛麟角。

高中毕业的何二宝回到村里仍是很有名气的人物，他曾被县委书记接见过。他和县委书记握手的照片在报纸上登载过。别说是大队书记，就是公社书记，也没几个人受过如此殊荣。

很快，何二宝就当上了生产队长，后来又当上了团支部书记，后来又当上了大队党支部书记。二十刚出头的何二宝就受到如此重视，他似乎看到了未来和希望。像何二宝这样的典型青年，在当年要是参军或者被推荐当一名工农兵学员上大学，一定不会有什么问题。何二宝就是何二宝，他把这些机会都让给了别人，他要扎根乡村矢志不渝。何二宝有何二宝的想法，他现在已经是大队党支部书记了，手下领导着近千人，如果照此下去，他还会当上公社书记，乃至到县里工作，这不是没有可能的。当兵也好，上大学也好，出去转一圈，回过头来，不还是得从头干起？何二宝舍不下自己已经拥有的这么良好的开头。

在何二宝当上了大队书记那年冬天，他开始频繁地出入知青点。刚开始，他是到知青点礼节性看望的。他背着手，学着老支书的样子，问一问知识青年们有没有什么困难，对大队、生产队还有什么良好的建议。他的表情在当时是无关痛痒的，这个知青点已经成立好几年了，他骨子里对这些知青有一种排斥。他们名义上是接受贫下中农再教育来了，其实，他们一天也没安分过，从来那天开始，他们便想着回城。原来有些老知青，还和本地的女青年谈过恋爱，有的女青年还为此做过人流，闹得风言风语的。可那几个老知青回城的时候，头都没回一下，拍拍屁股走人了。本地女青年被抛弃了，因此就哭哭啼啼、寻死觅活的。要知道，这些本地女青年可都是本地最漂亮的姑娘，再看那几个男知青，不是长得歪瓜裂枣，就是游手好闲。

因此，二宝对城里来的知识青年没有什么好印象，心底里还有些许的妒意。他回乡之后，本能地拒绝和这些城里人来往，甚至连正眼看他们一眼都懒得看。

但是现在不同了，他是大队党支部书记了，教育好知识青年也是他的分内工作。在那个冬天，他来到知青点时，他就看上了李红梅。当时知青点里有十几个女生，数李红梅长得漂亮，皮肤又白又嫩，眼睛又黑又亮，李红梅还系了一条红毛线编织的围巾，在北方单调的冬天里李红梅成了何二宝眼中一道最亮丽的风景。

同是二十多岁的何二宝，情窦初开，他的目光和李红梅又黑又亮的目光对视在一起，后果可想而知。

从那以后，何二宝一反常态，他成了知青点的常客，他和男女青年围坐在北方的火炕上，目光却越过众人的肩头，和李红梅的目光黏黏糊糊地交织在一起。他们的初恋，在不易察觉间，改变了两个人各自的命运。

三

何二宝出现在知青点通常的装束是，一身半新不旧的军装，军装的领口上缀钉了一条洁白的假领，棉帽的前檐处放了一只口罩，口罩自然是洁白的，折叠整齐地放在帽檐里，露出一截白边。这在当时，不论是城乡，都是很潮流的装扮了。何二宝这身打扮，就显得人很干练，一副知书达理的样子。

何二宝在李红梅的心里一点也不比这些从城里来的男知青差，况且，他们现在都在何二宝领导下接受贫下中农再教育。何二宝和知青年龄上相差无几，因为何二宝的身份，于是，处处显得那么成熟。自从何二宝在众多女知青中发现了与众不同的李红梅后，他出现在知青点的次数越来越频繁了。

北方的冬天，是农闲时节。农民们没有什么事可干，经常聚在生产队的火炕上，一边吸烟，一边进行政治学习。所谓的政治学习就是读报纸，或者读“毛选”。一个识文断字的人，领头从事这一切，其他人等，坐在热乎乎的炕头上，一边吸自制的卷烟，一边打瞌睡。

农民这样，知青点的知青们，自然也没什么事情好做，他们也就整日坐在火炕上，一边甩扑克，一边看着窗外的冰凌发呆。这时，何二宝就出现在知青点里。知青们忙把扑克藏了，拿出几天前的报纸，真真假假地读。何二宝不说什么，看看这个，望望那个，最后他的目光就和李红梅的目光相遇了，李红梅逃也似的避开了何二宝的目光，脸颊飞红了。知青念完一段，然后就征询地望望何二宝。何二宝就很支书地讲一些国内国外的事情，这些事情都是报纸上说过的，知青们听了，并不觉得陌生，但还是很有兴趣地听着。

何二宝讲着说着，他的目光就又和李红梅的目光碰到了一处，他也说不清自己为什么那么愿意去望李红梅，每次他望到李红梅心里就像揣了一个兔子似的那么活蹦乱跳。他一望到李红梅他就走神，嘴里说的话也就词不达意起来，好在知青们并没有用心听何二宝说什么，词不达意也就词不达意了。

何二宝先是天高云淡、李白桃红地说会儿话，然后就背着手在知青点屋里屋外转一转，关心地询问一番知青点的生活状况。有一次，他还走进了女知青的宿舍，女知青的宿舍和男知青的宿舍只有一间灶房隔着。女知青的被褥比男知青叠得要整齐许多，炕上地下自然也干净许多。何二宝有一次竟然伸出手，把手插到其中一个被子底下摸了摸。他无意中把手伸进的那床被子，竟然就是李红梅的。李红梅先是红了脸，这一切，都没有逃过何二宝的目光。何二宝就掩饰什么似的说：这炕不热么，晚上多烧些柴，千万不要冻着。

众知青就点头或应答，他们心里都热乎乎的。以前，老支书在时，也来过他们知青点，可从来没有像何二宝这么关心过他们。他们望着眼前的何二宝，都觉得自己离回城的日子不会太远了。于是，不论男女一律都冲何二宝微笑着，说些支书受累和辛苦的话。

这时，何二宝的表情是漠然的，直到现在，他仍对这些知青没什么好感。他自己也说不清，他一望到她那双又黑又亮的目光便六神无主了，他内心里觉得，只有李红梅这样的人才配在城里生活。

有一次，何二宝参加知青点的政治学习，学习的内容自然是念报纸。知识青年每个都识文断字，于是大家就轮流念报。轮到李红梅时，何二宝被李红梅字正腔圆甜甜蜜蜜的声音吸引了，李红梅读完了一段，把报纸传给了下一个人，何二宝这时仍没能醒过神来。李红梅读报时，他不仅发现她声音好听，而且又进一步发现她唇红齿白的。何二宝的心里就怦怦地乱跳一气。直到他离开知青点，一个大胆的想法才应运而生。

第二天一大早，李红梅被匆匆赶到知青点的大队部通讯员叫走了。通讯员说支书有事叫李红梅快点去大队部。

虽是通讯员来叫她，还是让她心烦意乱。她走出去了一截，才想起自己没戴那条红围巾，她又返回来把围巾戴上，才慌慌乱乱地向大队部走去。知青们不知道大队部为什么叫走李红梅，他们此时都很敏感，于是相互打探，最近是否有返城指标。

他们正在疑惑间，架设在大队部屋顶和村中央老槐树上的高音喇叭响了。先是何二宝冲着话筒吹了两口气的声音，接下来何二宝就冲着话筒说：靠山屯的贫下中农们，现在我们学习了，下面请知识青年李红梅领大家一块儿学习。

接下来，人们就听到了李红梅读报的声音。李红梅读的是一篇人民日报的社论《论走资派还在走》的文章。李红梅的声音在人们听来一点也不神闲气定，显得慌里慌张，细心的人们还能听到一旁何二宝的声音，何二宝说：别紧张，要不先喝点水。还夹杂着倒水和放杯子的声音。

李红梅在读第二篇文章时声音就自然多了，字字句句的也流畅起来。

从那儿以后，李红梅一吃过早饭，便走进大队部，不一会儿高音喇叭里就出现李红梅读报的声音。

四

刚开始，李红梅读完报纸，关掉扩音器，红着脸冲何二宝说：支书还有什么事么，没事我就回去了。

何二宝望着李红梅羞红的面容，犹豫一下才说：那就回去吧。

李红梅就低下头，匆匆地从何二宝身旁走过去，留下一缕“雪花膏”味。那气味，在那时的何二宝心中留下了深刻的印迹，他一直望着李红梅的身影消失在大队部的门口。雪地上，仍清晰地留下了李红梅一串脚印。那串脚印小小的，巧巧的，一直在何二宝的心里。

后来，李红梅就不那么着急走了，而是和何二宝一起坐在炉火前，没话找话地说一些咸咸淡淡的话。何二宝在这时似乎也没有许多话题，每次差不多都是问一些李红梅下乡的感受，家里有些什么人等等。静寂下来的时候，两人就望着红红的炉火发呆，火温暖地映在两个人的脸上，他们的脸都是红的。

在那一刻，李红梅觉得自己很幸福，身边的何二宝在深深地吸引着她。她不像别人那么急于回城，她没觉得城里有什么地方吸引她，那个普通得不能再普通的家，没有给过她任何幸福和骄傲的地方。此时此地她甚至想：如果身边有何二宝这样的男人相伴，在农村生活一辈子也没有什么。

事情的变故，发生在那天傍晚。北方天黑比较早，那天，念完报纸的李红梅又和何二宝坐在了炉火前，大队部的通讯员早就被何二宝打发走了。从李红梅走进大队部念报纸那天开始，通讯员便被何二宝支使开了。不知为什么，他只想和李红梅单独待在一起，听她的声音，望着她那张红红的脸。

那天傍晚，突然停电了，屋里自然漆黑一片。突然停电，两人一时竟找不到话题，就那么呆呆地坐着。半晌，李红梅说：我该走了。

她这么说了，身子却没有动。就在这时，何二宝突然伸出一只手抓住了李红梅的手。刚开始李红梅的手动了一下，但马上就不动了，她就那么安安静静地让何二宝握着手。这对李红梅和何二宝来说都是第一次，他们想不出还有什么更好的办法。两只手隔着炉火就那么握在一起。不知过了多久，电又突然来了。突然而至的光明把两人都吓得一抖，两只手也就随之分开了。

李红梅用只有自己才能听得清的声音说：我该走了。说完低着头，慌慌乱乱地走了出去。直到这时，何二宝才发现自己的手心里已出满了汗。

从那以后，两人的关系发生了微妙的变化。李红梅仍每天到大队部冲着扩音器读报纸，读完报纸连招呼也不打就往外走。当她路过何二宝身边时，何二宝用发颤的声音说：晚饭后，我在桥下等你。

晚饭后，天已经黑了。何二宝早早就来到了桥下。这是一座引水桥，用水泥和石头砌成，在傍晚时分，黑乎乎地静立着。李红梅如约而至。两人在很近距离内就那么对视着，谁也不说话，他们各自的呼吸都很沉重。突然，何二宝像一座倾倒下来的桥墩一样，倾过身体，一下子就把李红梅瘦弱的身子抱在怀里。这种猝不及防，让李红梅轻叫了一声。接着，她就把自己的整个身体投向了何二宝的怀抱。何二宝拿出了当年救牛时的力气，死命地抱着李红梅。李红梅身上的骨头因此发出咯咯的响声，坚强的李红梅从此没再发出一声轻叫。

朔风顺着桥洞子呼呼吹过，桥下的冰面被冻得发出细碎的破裂声，两个人都在寒冷中颤抖着，可他们谁也不觉得冷。终于，在黑暗中，两人的嘴凑到了一起，冰冷而又湿润。接下来他们的牙齿磕碰在一起，在暗夜里发出清脆的声音。

从此以后，李红梅和何二宝经常在黑暗中的桥下约会。两人一见面就紧紧地拥抱在一起，半晌何二宝就用冻得发颤的声音问：农村好么？

李红梅用颤抖的声音说：好，真好。

何二宝又说：我好么？

李红梅又答：好哩。

那时的李红梅真希望能在寒风中，在何二宝的拥抱下，就这么地老天荒下去。

冬天过去了，春天就来了。

猫了一冬的人们，又开始到处走动了。

何二宝和李红梅约会的地方变了几次，最后变到了后山，那棵有乌鸦窝的大树下。经过一冬一春的约会，两人仍是拥抱接吻。最出格的一次，就是何二宝隔着衣服，用劲地抓了一次李红梅坚挺的奶子。李红梅似呻似嗔地说：你弄疼我了。

接下来，两人就说了一些有关未来的话题。

何二宝说：我迟早会调到公社去，成为一个公家人。

说到这儿，李红梅神情就黯然下来，说：看来，我这辈子就只能是当社员的命了。

何二宝鼓劲道：机会总是有的，只要你答应不回城里，我一定有办法让你不当社员，最差也能去公社中学教书，或者去公社医院工作。

何二宝的话为李红梅指出了前程，李红梅自然是兴奋不已。

机会终于来了。

春夏之交，公社给何二宝这个大队一个保送工农兵大学生的名额。李红梅终于顺理成章地得到了这个名额。李红梅在分配学校时，被分到了省里的医学院。

何二宝依依不舍地送走了李红梅，李红梅和何二宝分手的那天晚上，哭湿了两条何二宝送给她的手绢，最后发誓地说，毕业之后，一定回来，马上就和何二宝结婚。

纸里包不住火。许多心明眼亮的知青早就看出了何二宝和李红梅这种不同寻常的关系。他们联名写信把何二宝告到了公社。

公社正要安抚这些知青，万恶的“四人帮”被一举粉碎了，全国上下沉浸在万分激动之中，这等小事就被放在一边。

紧接着，全体知青又集体返城了。状告何二宝的事自然也就不了了之了。

五

李红梅有幸地成了最后一批工农兵大学生。在起初的日子里，她异常地思念何二宝。这份初恋在她的心头挥之不去，这是她有生以来第一次接触男人。她躺在八个人一间的医学院宿舍里，回想着何二宝粗鲁野蛮的拥抱，还有他们的牙齿粗糙地磕碰在一起的声音，所有的一切，都让她感动和难忘。

那一阵子，她频繁地和何二宝通信，把自己的思念和未来当一名公社医院医生的志向一遍遍写在信上。何二宝每次来信都有一种担忧，他在信中说：现在所有下乡知青都返城了，你现在是个大学生了，以后还会回到乡下吗？

当他们在信中相互倾吐思念的时候，百废待兴的国家，发生了天翻地覆的变化，先是全国又恢复了高考，把重视知识和文化放到了重要位置上来了。

李红梅所在的医学院和全国一样，沉浸在一片学习的氛围中，随着高考的恢复，教学方式也随之发生了变化。她时时刻刻在提醒自己，自己是个大学生了。他们上届工农兵学员赶上了好政策，差不多所有的人都留在了省城各家医院，由于长时间人才短缺，用人单位都把他们这些学生当成了稀罕物。

在这一过程中，李红梅又一次想到了当初她和何二宝两人相拥在后山那棵筑有乌鸦窝的大树下，曾山盟海誓说过的将来一定回到公社医院当一名乡村医生的话，为自己的鼠目寸光而脸红。想到这些，她就又想到了和何二宝的将来，也许何二宝真能像他所说的，以后当一名公社书记，那样结果又怎样呢？一个公社书记能代替一名大学生么？他们现在被称为国家的栋梁，栋梁是什么——那是一棵又一棵的参天大树，撑起一个国家的脊梁，一个公社书记又算是什么呢？

在这种心态微妙的变化中，她和何二宝的关系发生了变化。她很少给何二宝写信了，即便写信，也只是匆匆的三言两语，每封信的开头，大都是讲几句全国的形势，然后就说自己学习如何忙，等等。她不再提及回到乡下当一名医生的说法了。

何二宝的信仍是频繁地来，他叙说自己的思念，然后说自己所在的大队形势和全国一样的好等等。

李红梅已经不关心靠山屯大队了，何二宝信中所说的一切，就像一个旧梦一样，在她醒来的记忆里一点点地淡了下去。有时，她会为何二宝频繁的来信，而感到心烦意乱。每次她拿到写有某县某公社某大队的信件，都偷偷地感到脸红。同学们那些来信，大都来自全国的各大城市，以及各大学校，那是同学们的亲戚或朋友来的信。他们喜气洋洋地看信，看完信就当众宣布一些新消息和新动态。那一阵子，全国各地的消息像雨后春笋一样层出不穷，让人羡慕让人惊喜。

她在接到何二宝的信时，就跟做贼一样，偷偷地把信藏了，放在书包里，有时一连几天也不去看信。有时她躲进厕所，匆匆地把何二宝的信看个大概，然后就让冲水马桶冲刷得一干二净。她自然没兴趣也没精力去给何二宝回信了，初恋的何二宝已经渐渐地退出了她的历史舞台。

许多女学生，都开始暗暗地喜欢上了章老师。章老师自然很年轻，白白净净的脸，戴一副金丝边眼镜，穿一件洗得发白的中山装，一条白围巾系在脖子上，让人联想起“五四”时期的知识青年。章老师也是工农兵大学生，早他们两届，在学习期间因品学兼优而留校任教了，现在已经是助教了。因为年轻，他担任了李红梅他们这个班的班主任。章老师除了上课以外，他有理由也有机会接触这些学生。

章老师的学识，让她们这些女生景仰。章老师不仅是工农兵大学生，他还是中医世家，他没上学时，对中医已经有了许多了解。还因为章老师的年轻，让她们感到亲近。

学生崇拜自己的老师，自古以来都是天经地义的事情。况且，在那个年代，章老师的一举一动都代表了那个年代知识分子的形象，还有章老师身上儒雅的气质，不能不让这些初涉世事的女生们冲动，甚至生出许多非分之想。

章老师就住在学校集体宿舍的一间筒子楼里，那栋筒子楼具有人间气息和况味。有不少老师，人都到中年了，仍住在筒子楼里，娶妻生子，在楼道里热闹地做饭，哄孩子，一副热闹异常、鸡犬不宁的样子。章老师毫无例外地就住在这样的筒子楼里。

有许多女生，经常去章老师的宿舍，向他请教学习上的问题。这些女生有时独自来，有时成群结伙地来，她们来到这里请教章老师只是个名义，而更多的是想和亲近。

一天晚上，李红梅在一个女伴的陪同下也来到了章老师的宿舍。在这之前，她是没到章老师宿舍来过的几个女生之一。还有几个女生，因为长得比较丑，而使自己丧失了和章老师接触的信心。当然李红梅是个例外，她被何二宝的信搞得心烦意乱，她没有一个良好的心情接触章老师。

在这天晚饭后，她又走进了学院的图书阅览室，在许多个心烦意乱的晚上，她都是在这里度过的。她刚坐下不久，那个脸孔红红的女同学，小声向她提出要到章老师宿舍去请教问题。不知为什么，她马上就答应了。

当她们敲开章老师宿舍的时候，年轻的章老师正伏在台灯下写论文，他对她们的到来还是表示出了空前的热情。李红梅新奇地打量着章老师屋内的陈设，一张单人床，床头上摆放的全是书，床旁一张写字桌，桌上边码着厚厚的书，还有两个书箱子放在床下，门口不起眼的位置上放着一个破旧的衣柜，想必，章老师所有的生活家当，都盛在那个柜里了。这一切让李红梅感到新奇又温馨，她深深地被章老师小小的单身宿舍里的氛围所吸引了。这就是一名知识分子所具备的一切，在那一瞬间，她有一丝恍惚。直到章老师一连问了她两遍：小李，你这是第一次来我这里吧。她才醒悟过来，匆忙地点点头，接下来她的脸就红了。这时她已经忘记了，她第一次和何二宝目光相视时，也是这样红了脸的。

章老师一直微笑着接待她们。那一晚，她的目光几次和章老师温柔如水的目光相视在一起，最后都是她的目光匆忙逃掉了，脸孔自然是红了一次又一次。

一直到她和女伴走出章老师的宿舍，她感到自己的脸仍在发烧。那一晚，她的心情很好，在回到宿舍后，她甚至哼了一支苏联歌曲《山楂树》。这首歌自然也是她进入到大学后学会的。

那一晚，她失眠了，睁眼闭眼都是章老师的音容笑貌。

六

自从章老师的音容笑貌走进她的内心，遥远的何二宝留给她仅存的一点记忆便土崩瓦解了。

何二宝的信仍是频频地来。每次接到何二宝的信她连看都不看，便在洗手间的马桶里顺流而下了。

章老师现在成了李红梅生活中一道最灿烂的风景。她现在每天都能见到章老师，如果章老师不来上课，她便和其他女生一样径直走到章老师那间宿舍里。李红梅发现章老师对自己也是情有独钟的，在上课的时候，她的目光经常能和章老师的目光对视在一起。章老师讲的是《中医理论》，章老师总是能把枯燥的中医理论讲得熠熠生辉。当他的目光和她的目光对视在一起时，章老师的语句里会有一瞬间的停顿，只有她能感受到这种停顿。她和他的目光凝视在一起时，她会过电似的那么一抖，这么一抖。使她心慌意乱。

章老师的目光不和她对视时，她的思想就会处于一种虚无状态，她盯着章老师那张神采飞扬的脸，以及他的每一个手势，她觉得他是那么有吸引力，他就像一块磁石，牢牢地吸引着她的整个身心。她为他沉醉，为他倾倒。

她开始频繁地出入章老师的那间宿舍。他每次见到她都很热情，不管手头忙什么，总是停下来，让她坐下。她就坐在章老师那张堆满书的小床上。

当然她每次来都是有理由的，向他求教他白天曾经讲过的课。其实那些课她都听明白了，但这只是一个幌子。他自然热情异常地和她讲述白天所讲述的一切，他坐在椅子上，因为房间狭小，椅子和床的距离很近，有几次他们的膝不经意间碰在了一起，她的脸又倏地红了。

有时她们赶到他宿舍时，他正在接待别的女生，她不想就这么走掉，就坐在一旁等。有几个不明事理的女生，非要等她问完问题一起走，有几次，她就这么不心甘情愿地随她们走了。

一天里，不和他单独在一起说会儿话，她的心里便没着没落的，坐也不是站也不是。晚上，同宿舍的几个女生，议论最多的就是她们的章老师，有的夸章老师的眉毛漂亮，有的说章老师的眼睛，还有的说章老师的气质，章老师在她们这些女学生中成了大众情人。她从来不参加她们的讨论，她听着她们昏天黑地地议论章老师，心里极不是个滋味，仿佛她心里的什么东西被她们抢走了。

章老师似乎只对她另眼相待。她每次去找他时，最怕别人打扰，往往有时她的屁股还没坐热，便响起了敲门声。他们因此便无法单独相处了。从那以后，她每次走进他宿舍时，他便关掉大灯，只留下台灯。为了怕光线从门上的天窗透出去，他不知什么时候用报纸把天窗蒙上了。

他又把台灯从桌子上放到地上，这样一来，两人就一半明一半暗地坐在小屋里，两人就跟一对地下党接头似的，小声地说话。

更多的时候，她并没有什么问题要问章老师。章老师早就看出了这一点，然后章老师就说自己小时候随爷爷去山里挖药材的故事。那是一些妙趣横生的故事，李红梅连想都没想过。年少的章老师，背着药材篓，跟在爷爷的身后，他并不真心实意地去挖药材，而是趁爷爷不备，便爬到树上去摸鸟蛋、抓蚂蚱，有一次还去捅马蜂窝，被一群马蜂蛰得半死……章老师说到自己的童年，总是喜笑颜开。

在这过程当中，章老师的门仍不时地被敲响。章老师就用手竖在自己的嘴上，示意她别出声。一直到敲门声停止，脚步声离去，他们才继续刚才的话题。

直到时间很晚了，她才离开章老师的宿舍。她走到楼下，转身回望时，发现他那间宿舍的大灯已经燃亮了。从这一点上可以看出章老师对她是与众不同的。仅凭这一点，她就感到骄傲和幸福。

晚上，其他女学生又在谈论章老师时，她捂着被子，偷偷地笑出了声。

在这期间，痴心的何二宝来找过她一次。那天刚下课，一个女生告诉她，宿舍外有个男人找她。她不知是谁，当她见到何二宝时，半晌没有反应过来。何二宝差不多还是以前的装束，一身发白的旧军装，一双白色回力牌球鞋，他两眼放光地站在那里，入神入境地望着她。

醒悟过来的她竟说：你怎么来了？

他有几分失望，但还是说：我去县里开会，绕道来看看你。

她没有把他领到自己的宿舍，而是领着他在校园里走了走。她一边心不在焉地和他说着话，一边想着尽快把他打发走。

他问她：为什么不给我写信？

她说：忙。

他又说：什么时候回靠山屯去看一看？

她仍说：忙，没时间。

不知不觉间，她把他领到了校园门口。

在这期间，有不少学生对他们侧目。他的这副穿戴，是个地地道道的农民打扮，她为他感到脸红。

走到校门口，她再也没有往前走的意思了，停在那里说：我现在很忙，没时间陪你了，我要上课去了。

他嗫嚅半晌，还是说：我来省城的路上，钱丢了，已经一天没有吃饭了。

她皱了皱眉头，说了声：那你等一下。

她回到宿舍，从抽屉里先拿出五元钱，后来想了想又拿出两元，还有二斤粮票便出去了。她把七元钱和二斤粮票交到他手上。

他接过钱和粮票，红着脸说：那我就不打扰了，钱和粮票我会还你的。

他还没说完，她已经头也不回地走了。

回到宿舍，别人问她那个男人是谁时，她毫不犹豫地说：一个下乡插队时的老乡。

没过多久，他寄来了一封信，信里一个字也没写，只寄来了七元钱和二斤粮票。她松了口气，为终于了断了一件大事。她为了何二宝这种明智的做法，而暗暗地感谢他。

从此，她和何二宝便失去了联系。

偶尔的时候，她会想起曾经有过的插队日子，一想起这些，就想起何二宝，没有何二宝就没有自己的今天。想到这儿，她有些不安，但很快就过去了。

七

他们这批工农兵大学生，入学的时候，都是二十多岁的人了，有的年龄更大一些。他们都到了谈恋爱的时候。

大三那年刚开始，他们便风风火火地谈起了恋爱。因为年龄关系，校方也是睁只眼闭只眼的。

唯有李红梅她们宿舍的几个女生，虽有一些男生在追求她们，她们却没有和那些男生建立爱情关系的迹象。她们议论最多的仍是她们的章老师。李红梅心里最清楚不过了，不仅自己在暗恋章老师，她们也在打着章老师的主意。无形中，李红梅就有了种危机感，同时，她和章老师的关系又让她感到自豪。章老师和她单独相处时，那眼神还有所有的行动，包括关掉大灯、只开台灯，别的女生敲门，他不愿别人打扰等等，这一切足以说明章老师对她是有意的。夜晚躺在床上，想起这些，李红梅竟又红了脸，心脏跳动的频率自然也加快了。

那时，虽然恢复了高考，因为大学的条件有限，高考学生又多，录取的学生自然很少，物以稀为贵。李红梅这拨最后一批工农兵大学生夹杂在那些高考入学的学生中间，地位虽有些不伦不类，但在人前人后仍没影响他们的大学生身份。他们佩戴着校徽走在外面都会引来许多人的羡慕。在李红梅的心目中，何二宝和章老师相比，简直不可同日而语。她插队的时候，何二宝对她来说是她心目中的灯塔，现在章老师又成为她心目中一盏闪亮的明灯、生活中的偶像。

在她又一次悄无声息地出现在章老师宿舍时，章老师似乎已经等她很久了，宿舍的大灯亮着，同时台灯也亮着。她一进门，章老师随手就关掉了大灯。房间里一下子暗了下来，两人坐在半明半暗中。为了说话方便，章老师还和她一起肩并肩地坐在了床上。刚开始，李红梅说起了班里，哪个女生和某个男生恋爱了，哪个男生又和某个女生结束了恋爱关系。

这时章老师就侧过头，盯着她的眼睛问：那你为什么不恋爱呢？她就红了脸，低下头，小女孩似的摆弄自己的手指。偶尔抬眼时，她看到了章老师镜片后射过来的目光，虽然章老师的目光隔着镜片，但她仍能感受到章老师目光如炬，火辣辣地烧着她。她的呼吸就急促起来，浑身的血液也快速滚动起来。

正在这时，筒子楼突然停电。这种停电现象以前也经常发生，故障的原因是，不知哪个房间里用了电炉子，保险丝被烧断了。突然而至的黑暗，使两个人的谈话中断了。李红梅甚至忘记了刚才说了一句什么话。此时很静，她只听到自己急促的呼吸声，还有章老师同样的呼吸声。她不知道自己下一步该干什么，只短短的一瞬，对她来说仿佛过了一个世纪那么漫长。

就在这时，坐在她身边的章老师突然抱住了她，由于两人的重心发生了转移，两人一下子就倒在了床上。接下来的一切，两人都失去了理智。在这些过程当中，李红梅只感受到下体突然的疼痛，接下来，她就被潮水一样的晕眩淹没了。

当灯再一次燃亮的时候，清醒过来的李红梅才发现自己和章老师两人已经赤身裸体地躺在了床上，他们的衣服零乱地丢在了地上，还有章老师那副眼镜也很不斯文地扔在了衣服上。她还看见，章老师的头发已经被汗水浸湿了，自己也仿佛被水淹过了一样。

章老师见她用目光望着自己，便俯过身来，再一次拥住了她，并俯在她的耳边温存地说：红梅，我爱你，等你一毕业，咱们就结婚。

这是李红梅第一次听到的男人对自己说过的最温存的话，她突然感动地哭了。章老师一边轻轻地抚摸着她，一边吻着她。她想起了何二宝，何二宝拥抱过她，也吻过她。可是这种拥抱和吻是有多么大的差异呀。这是一个知识分子的拥抱和吻，处处显得那么有教养和温存；何二宝做这一切时，仿佛在下死力气地锄地。

很快，她就用热烈的回吻和拥抱回敬了章老师，渐渐两人的身体又热了起来，两人又云里雾里了一回。这一次和刚才那一次有了明显的不同，他们都有精力去体味对方的一切，以及自己的感受。这期间，章老师的门有一次被敲响，两人都没有停下来。当那敲门声响过一会儿之后，李红梅在章老师的身下幸福得叫出了声。

他们起床之后，章老师并没有让李红梅马上离开，而是在脸盆里倒上热水，让李红梅仔细地洗过了。他还告诉李红梅，这事完了之后，不要沾冷水，还要多喝些热汤，这是中医理论说过的。这时，章老师又恢复了中医理论老师的样子。

忙完这些，章老师又用电炉子为两人煮了半锅热汤。李红梅发现章老师的床单被自己的一朵鲜血染红了，她二话不说，拿起床单到洗漱间去洗那个染有自己血迹的床单了。以前也有不少女生，包括李红梅自己曾为章老师洗过衣服床单什么的。李红梅做这一切时，轻车熟路。现在的心情却大相径庭了，她怀着巨大幸福的心情揉洗着章老师的床单，当然，她是在用章老师暖瓶里的热水洗的床单。

她又喝完了章老师为她熬的汤，才离开章老师的宿舍。当她躺在床上，听着同宿舍的女伴们议论章老师时，她蒙着被子偷偷地笑出了声。笑过了，她听着那些同学喋喋不休的议论，她竟有些同情那些害单相思的女生了。

就这样，李红梅一边想着章老师是自己的人了，一边想着有一天她当众宣布自己和章老师结婚的消息，语惊四座的样子。渐渐地，她进入了一个甜美的梦乡。

八

从此以后，李红梅出入章老师宿舍的次数更加频繁了。每天晚饭后，李红梅和其他学生一样，夹着书本走进教室去晚自习，或者去图书馆。她有时并没有走进教室或图书馆，只是虚晃一下，便走进了章老师的筒子楼，然后双双躺倒在床上，初尝禁果的男女，乐此不疲。有时两人正朝气蓬勃地在床上云雨，这时响起了敲门声，还有一个女声的叫门声。两人只能暂时停下一会儿，待敲门声消失，两人又一次进入状态。

有一次，当两人平息下来的时候，李红梅就问：我不会怀孕吧？

章老师就胸有成竹地笑一笑说：别忘了咱们都是学医的，怎么会呢。

李红梅没有了后顾之忧，胆子就更大了，身体也敢放开了。

不久，关于李红梅和章老师恋爱的消息很快就传开了。同宿舍的女伴们首先表现的是吃惊，她们不相信章老师会和李红梅好上了。李红梅在同学中学习成绩平平，脸蛋和身材不错外，其他的并没有什么可取的地方。为什么章老师偏偏和李红梅好上了呢。同学们不解的同时，又有了一种被欺骗的感觉，还有的就是一种失落。

女伴们最初的反应是，和李红梅的关系一下子就冷落了，寝室里再也没有人提章老师的名字了。章老师在班级里上《中医理论》时，那些女同学，再也不两眼放光，积极抢答问题了。章老师的威信似乎一下子在女生中降低了许多。但章老师毕竟是她们的班主任，她们并不想得罪章老师，因为在毕业分配时，章老师的意见还将起着举足轻重的作用。

李红梅不在乎女伴们对她的态度，有的人甚至在私下里说，李红梅是为了将来毕业分配留在省城里才和章老师好上的。她听了这些消息，只是一笑置之。她更加全身放松地出入章老师的宿舍。她不再担心谁会来打扰她了，她和章老师一次次地恩爱。然后，章老师用电炉子煮一些滋补两人的汤。宿舍楼里，因章老师频繁地使用电炉子，保险丝一次次被烧断。章老师就甩着一头的汗水，一次次跑到一楼去换保险丝。

两人都没有想到的事终于发生了，李红梅怀孕了。李红梅在怀孕四十五天后才发现自己怀孕了，她和章老师都是学医的也没有帮上他们什么忙，章老师事后分析是记错了李红梅的排卵期。女大学生和老师怀孕，这在什么时候，都将是一条不光彩的新闻。章老师和李红梅为了让自己光彩下去，还是决定把孩子做掉。医学院附属医院里有章老师的同学，同学肯帮这个忙，于是，李红梅就在附属医院做了一次人流。没想到的是，手术很不成功。章老师同学太想帮这个忙了，结果适得其反，在给李红梅刮宫时，却把子宫刮漏了，而造成了大出血。

因此，李红梅在医院里躺了三天。学医的李红梅自然知道子宫被刮漏的后果将会是终身不孕。因此，出院后的李红梅脸色苍白，情绪自然也是郁郁寡欢。

章老师知道这是自己对不住李红梅，他把李红梅接出院后，就安排在自己的宿舍里，一边给李红梅熬鸡汤，一边泪流满面地说：红梅，我一定娶你，不能生育也没什么，咱们要相爱一辈子。

李红梅还能说什么呢，她只能默默地流泪。

李红梅流产的事，不知在哪个环节还是走漏了风声，纸里终归是包不住火的，不仅学生们知道了，校方也知道了。虽说那时大学校园要比社会上开放些，但男女的事还是看得很重。在系主任郑重地和章老师李红梅谈过话之后，还是分别给两人各自一次警告处分。

受了处分的李红梅，在女同学中，一下子又不那么孤独了，不仅同宿舍的人安慰她，就是其他宿舍的女生也来安慰她，合伙凑钱给她买来了慰问品。李红梅花并没因此受到感动，她脸色苍白地面对着这些曾经孤立过自己的同学说：我一毕业就和他结婚。他自然指的是章老师。

终于毕业了，由于章老师的努力，再加上两人的关系都已尽人皆知了，坏事变好事，李红梅就被分在医学院的附属医院。

毕业不久，章老师和李红梅就结婚了。新房就是章老师那间单身宿舍，能有一间宿舍做新房，这在当时已经不错了。

两人并没有举行什么仪式，只是章老师的同学、同事，还有李红梅那些留在省城里的同学聚在学院的餐厅里热闹了一次。给他们处分的系主任也到场了，他一边安慰两人一边说：没事，你们又不是乱来，这不是结婚了么。只是你们当时不该走火。

章老师和李红梅也没把那件事放在心上，两人毕竟结婚了，没有什么见不得人的。因此，两人那天的情绪还算高涨，不断地给老师、同学、同事敬酒，一边听着花好月圆的话。

李红梅终于和章老师结婚，又顺利地留在了省城，她也算心满意足了。想起当初，她要是和何二宝有了什么，现在生活在靠山屯，那样的日子她现在连想都不敢想。

李红梅高高兴兴地开始了自己的新生活。

九

章老师和李红梅结合，在当时人们的眼里是多么幸福般配的一对儿呀。一个是学校的老师，另一个是医生，他们都是名副其实的知识分子。就是那栋筒子楼，也给他们的生活增添了许多滋味。

每天下班的时候，筒子楼的走廊里，是一派生机勃勃的生活景象。因炒菜而炝出的各种油烟味，为他们的生活增添了一道独特的风景。差不多留在省城里的大学生，都是在这种条件下生活着，他们已经心满意足了。这时，已到了二十世纪八十年代初，一切都在无序当中向有序发展着。

李红梅和章老师的生活早已平静下来，他们的新婚蜜月早在他们结婚前就已经完成了，他们现在和所有新婚夫妇一样，过着白手起家的日子。

下班之后，两人吃过饭，心情好，又赶上天气好的话，他们会走出筒子楼到外面散散步，或者坐在树荫下看一看身边走过的那些遛弯的人。

刚开始也并没什么，后来李红梅就关注起那些年轻孕妇了。她们挺着肚子在自己面前走过，她的心里就空空落落的。她何尝不希望自己生个孩子呢，可是她知道自己已经失去了这样的权利。她只能羡慕地看着别人腆着日渐隆起的腹部在她面前走过，她的心里就痒痒的。章老师的目光有时也去追寻这些孕妇的背影，他还当着她的面感叹道：怀孕的女人是最幸福和值得骄傲的女人。

她听了他的话，心里就有了气。他们在结婚前偷尝禁果时，他就信誓旦旦地说自己是学医的，不会出现差错。可结果却酿成了大错。一想起这些，她心里就有气。听他这么说，就没好气地说：要不是你的错，我现在说不定孩子都生下来了。

章老师就没有什么好说的了，一副无滋无味的样子。

转眼就是春夏秋冬一个轮回，日子就在这种不经意间流逝了。昔日那些腆着肚子怀孕的女人，孩子早就生下来了，夫妇在散步时，已经堂而皇之地把他们的孩子抱了出来。孩子们都一副健康的样子，有的还咿咿呀呀地学语。李红梅走过他们身边时，总是忍不住多看这些孩子几眼，或者伏下身逗一逗这些可爱的孩子，当离开这些孩子时，心里不免空空落落的。一晃自己也是二十八九岁的人了，章老师也已三十出头了。这种毫无变化，水波不兴的日子，使她寂寞，让她冷清。

和他们共同住在筒子楼里的一些年轻老师或者学校里的员工，已经有人辞去了公职，下海做起了生意。

刚开始李红梅觉得这些人的举动简直有些不可思议，这样的想法和章老师不谋而合。章老师认为，当老师是世界上最稳定的职业，有一份固定的收入，风吹不到，雨淋不着，这样的职业到哪里去找呢。

可随着时间的变化，那些下海办公司，或者跳到其他公司打工的人，陆陆续续地都搬离了筒子楼，有的是自己买了房子，有的是公司分给了他们房子。

毫无变化的是章老师和李红梅他们这些人。李红梅就开始抱怨，抱怨医学院还不给章老师分房子。在这几年当中，学院里盖了几栋楼，那些楼都用在了教学上，或者做了学生宿舍。恢复高考以后，学院每年都在扩大招生，原来的教学设施早就跟不上形势的需要了。也盖了一两栋教职员工的宿舍楼。但都被那些教授分走了。

章老师现在只是一名讲师。他也是工农兵学员出身，这样的身份让他尴尬。有一阵嚷嚷着工农兵大学生的学历不承认了。他和李红梅共同复习，又考了一次，总算过关了。但他们的学历，仍值得怀疑，先是别人开始瞧不起工农兵大学生，后来，渐渐地，他们自己也开始怀疑自己了。讲起自己的身份，自己都感到脸红。

如果这么论资排辈的话，再有十年的时间，章老师也分不上房子，那样的话，他们只能住在烟熏火燎的筒子楼里。这样的处境让他们感到难堪。

当大家过着一样的生活时，便觉得命运是公平的，没有什么。就像李红梅当初插队，后来又上大学，最后住进筒子楼里，她甚至觉得自己已经很幸运了，所以她感到满足了。现在一不留神，自己的生活却被别人落下了，她的心境便可想而知了。

她在附属医院外科当医生，处境也并不美妙，直到现在，她的名分还只是个助理医师，别说大手术，就像阑尾这样的小手术都轮不到她，她只能给别人当助手，别人做完手术，她缝合一下，或者查查病房什么的。

医院已经改革了，每个人的收入和职称以及做了多少手术挂钩。这样一来，李红梅的收入就和那些主治医生拉开了距离。那些主治医生，有时一个月能拿到近千元。而她呢，除了有些夜班补助之外，就剩下那点死工资了，加在一起也就是几百元。

这样的日子让她心里失去了平衡。改善家里的生活状态，看来指望章老师也是没什么希望的。无奈之余，她只能远远地羡慕别人。

不经意间，李红梅的生活又一次悄悄地发生了变化。

附属医院外科，住进来一位处长。处长姓王，他不是一般的处长，而是卫生厅主管医疗器械的处长。省里所有医院配备什么样的医疗器械，都要经过王处长亲自批示，因此，王处长住在附属医院里就得到了贵宾一样的待遇。

王处长要把自己的阑尾割掉，因此住进了附属医院。王处长经过一番全面检查后，身体还有些许的炎症。为了安全，为了对王处长的身体负责，王处长还要在医院里静养一段时间，然后才能手术，

李红梅随着主治医生对王处长查了几次房，也给王处长量过几次血压和体温什么的。王处长对李红梅似乎很友好，总是没话找话地和李红梅说上几句不咸不淡的话。

李红梅每次出现在病房时，总是穿着白大褂，戴着口罩，人自然就显得很平静。王处长就说：李医生，你的眼睛真漂亮。

李红梅已经好久没有听到这样的话了，这话让她心里热了一次。她用眼睛冲王处长笑了笑。

王处长四十多岁的样子，保养得很好，人也就白白净净的。他在医院里说话的口气也温和，很平易近人的样子。

王处长有很多朋友，从他住进医院开始，来看望他的人从没断过，鲜花摆满了房间，还有那些营养品都堆成小山了。

李红梅却没见王处长的夫人出现过，从那一刻开始，她开始留意起王处长了。

十

王处长似乎也特别留意李红梅，李红梅主要负责查房工作，测测温，量量血压什么的。她每次出入王处长病房时，王处长的一双目光，都随着李红梅的身影转来转去。后来王处长对李红梅说：是你那双眼睛勾引我的。王处长因受到医院特殊照顾，单独住在一个病房里，这就给王处长和李红梅提供了独处的机会。

王处长在李红梅查房时，先是像领导似的问这问那。刚开始，李红梅的回答很简单，因为王处长是医院上级机关的领导，王处长住在这里，医院领导都亲自跑到病房来看过他，因此，李红梅不能不对王处长关爱有加。查完房的李红梅自然也要和王处长说上一些关心的话，例如，饭菜合不合口，还有没有什么要求等。王处长就一边点头，一边微笑，他的目光一直盯着李红梅口罩上方那双比较漂亮的眼睛。渐渐，王处长和李红梅熟了起来。有一次他对她说：李医生，把你的口罩摘下来吧，我又不是传染病人。

王处长的话虽说得很温和，但仍有领导命令的口吻。戴口罩一是为了卫生，其次也是医院的规定。见王处长半开玩笑这么说，李红梅一边笑着一边摘下了口罩。王处长终于见到了李红梅的庐山真面目，就感叹地说：李医生，你长得这么漂亮，却天天戴着口罩，真是委屈你了。

李红梅听了王处长的恭维的话，脸立马红了。她垂着眼睛，温婉地说：王处长你真会说话。王处长一边打着哈哈，一边问一些李红梅的个人情况，比如，老家是哪里的呀，爱人是干什么工作的呀等等。当王处长得知李红梅的爱人就是医学院的老师时，免不了又说了几句恭维话。李红梅并没有真心高兴起来，此时，她已经不再感到章老师有什么好的了。他们现在还住在筒子楼里，这么多年了，章老师到现在只不过熬成个讲师。许多人要么下海挣钱，要么走仕途，好多人活得都比他们滋润。她心里的章老师已经不是以前的章老师了。

细心的王处长似乎已经察觉到了李红梅心里想的是什么，这个话题就不再往下说了，而是问起了她的孩子，李红梅只能黯然地摇头了。王处长的目光似乎亮了一下，很自然地说到了自己，夫人几年前已经病逝了，现在他自己带着上中学的儿子生活。说到难处，王处长就一遍遍地感叹生活。

几次之后，他们之间的话越来越多了。有时李红梅为了和王处长说话，把查王处长的病房放在最后一个。她进门之后，自然就把口罩摘下来了，然后心情放松地和王处长说话。她当时并没有多想，王处长毕竟是上级机关举足轻重的领导，她能认识王处长，自然没有什么坏处。

在聊天中，她无意间就说到了自己在医院里的处境，因为她是工农兵大学生，不被重视，到现在，别说大手术，就是一般的小手术都轮不到她来做。王处长听了，就一副同情的样子。想了想，很快说：我的手术由你来做吧，我相信你。

李红梅不相信地望着王处长，惊喜之后，她又摇摇头说：谢谢王处长的好心了，这事不是由我能做主的。

王处长就很领导地摆摆手道：这事由我跟你们领导说。

果然，在手术前，王处长向科主任提出了自己的想法，说是想法，其实是命令。他们惊讶、不解，他们还没有见过一个病人心甘情愿地让一个毫无手术经验的医生为自己做手术，但他们还是同意了王处长的要求。像王处长这样重要的病人，一般都是由科主任主刀的，虽是一个小手术，但体现了对王处长这样病人的重视。

手术那天，科主任还是到场了。因为有了王处长的鼓励和器重，再加上，她一直不服气那些被重用的医生，她要做出个样子给众人看，因此，她那天的手术准备得很充分，因此，手术就获得了成功。

王处长回到病房后，很虚弱地对李红梅说：你的手术做得不错嘛，这么快就完了。

李红梅感激地冲王处长笑了笑。她的笑是真心实意的。为了自己的成功，她差点感动得流出了眼泪。

在随后的日子里，李红梅对王处长进行了无微不至的关怀。此时，王处长在她的心里已经超出了病人这个概念，她甚至把他当成了贵人，而且还不是一般意义上的贵人。

有了这种心理，她对王处长的关怀就多了许多内容。她经常走进王处长的病房，一边坐在床边陪王处长聊天，一边把水果剥开送到王处长的嘴里。有时还搀着王处长在房间里走上几个来回，其实王处长已经不用人搀扶就能很好地走路了。

一次，王处长躺在床上，冲动地捉住了李红梅的手，很温情地说：小李呀，你真是个好女人。

不知何时，王处长已经改变了对李红梅的称谓。

她听了他的话，脸又一次红了，而且还热辣辣地有些发烧。王处长的手又细又软，还带着温热，她没有动。她的脑子里快速地闪过，当年她和何二宝坐在火炉前，何二宝捉住她手的情形。她的身体里的什么地方热了一下，喉头也哽了一下，她许久没有这种感觉了。

她和章老师之间的生活已经毫无新意可言了。下班以后，她总是要在烟熏火燎的楼道里做饭，然后无滋无味地和章老师吃饭。章老师在学校里的处境让章老师的心情很不好，他不断地唉声叹气，接下来就闷闷不乐地看书，甚至都很少陪她说话，仿佛他们之间的话，在结婚之前已经说完了。

就是他们夫妻之间的生活，也是好久才有一次，做起来，也是毫无激情可言。李红梅就在这种疲疲沓沓的日子中过着生活。

不知为什么，王处长握住了她的手，在那一瞬间，她心里涌动起了对生活的憧憬。她甚至联想到了王处长的年龄，他和她相差十五岁。她的脸一直那么红着。

她自己也说不清王处长是何时松开了她的手，后来王处长又说了些什么，她一直惶惑着。

两天以后，王处长出院了。她自然要为王处长送行，当然还有科里、院里的领导。王处长不失身份又很得体地拍了拍李红梅的肩膀说：李医生，你是我的恩人哪。

领导们微笑着望着眼前的一幕，有的医生脸上的表情颇有嫉妒和失意的意味。

王处长又说：李医生，以后欢迎你到我家做客，我还要单独感谢你才是。

李红梅不知说什么好，只是红着脸笑着。一群人前呼后拥地把王处长送上车，又一直目送着拉着王处长的轿车驶远，最后在视线里消失。

王处长出院，李红梅不知为什么，心里一下子空落起来。

十一

自从李红梅给卫生厅的王处长做了阑尾切除手术，李红梅在医院里的地位发生了微妙的变化。首先科主任的态度发生了明显地转变，科主任对李红梅的态度明显好了起来。李红梅的工作也不再是简单地查房，一些病人会诊时，科主任也会叫上李红梅，甚至还征求李红梅的一些看法。

就是医院领导，偶尔到科里转一转，见到李红梅也主动地和她说一些无关紧要的话，微笑握手，这是以前从来没有过的。

王处长果然说到做到，出院没几日，在一天的上班时间里，主动把电话打到了外科，找到了李红梅。王处长先说了一番感激的话，然后就提出请李红梅吃晚饭。李红梅不知为什么，她竟毫不犹豫地答应了。在这之前，她就料到王处长会给她打这样的电话。

果然在下班时分，王处长的车子已经停在了医院门口。李红梅在众人羡慕的目光中上了王处长的轿车，一直到远去。

那天晚上王处长很奢侈地宴请了李红梅，席间王处长先是说了许多感激的话。王处长这么抬举李红梅，她真的不知该说什么。从头到尾她的脸一直那么红着。那天晚上她破天荒地喝了几杯红酒，在微醉中，她也说了许多话，先是说王处长年轻有为（其实王处长已经不年轻了），还说以后靠王处长多关照之类的话。王处长真心地夸了李红梅年轻漂亮，是个称职的医生，又温柔体贴，肯定是个好妻子。李红梅的脸早就红了。在酒精的作用下，她的脸一直火辣辣的。

那天晚上，两人说了许多话。王处长又一次说到了自己的处境，爱人去世得早，现在独自一人照看着上中学的孩子等，最后还求救似的对李红梅说：李医生，你以后留意一下，有合适的女性帮忙介绍一下。说完王处长盯着李红梅已有些蒙眬的眼睛说：找你这样的就行。

面对这种明显的暗示，或者称为欣赏，李红梅真的不知道说什么好了。只是她的脸上又多了一层红晕。两人细声慢气地说到很晚，最后王处长才叫司机把车开过来，王处长和李红梅坐在后座。王处长让司机一直把李红梅送到她居住的筒子楼前。在这期间，王处长又一次握住了李红梅的手，和在医院那次一样，李红梅也没有表示反对，就那么一直让王处长握着自己的手，直到李红梅下车，王处长才松开李红梅的手。直到李红梅走进楼道。王处长才让司机把车开走。不知是紧张还是别的缘故，李红梅下车的时候，连声招呼也没有和王处长打。

医学院附属医院条件并不令人满意，主要是缺乏一些医疗器械的配备。那时，所有的医院医疗器械，尤其是高尖端的器械都明显短缺。现在所有的人都知道李红梅和王处长的关系非同一般。

医院要配备这些器械，都要由王处长亲自批示才行。

一天，院长把李红梅叫到了自己的办公室。这是以前从来没有过的。院长把一份申请配备医疗器械的报告递到了李红梅的手上，并用商量的口气，要求李红梅去找一次王处长，希望能得到王处长的支持。

王处长能否支持李红梅心里也没数，但这毕竟是院长亲自找到李红梅，这足以让李红梅感到受宠若惊了。李红梅作为一个女人，凭着和王处长的接触，她能感受到王处长对自己的意思，那是一个男人对一个女人的意思。

院长又亲自把自己的车派了出来，让李红梅去卫生厅找王处长。这是李红梅第一次走进王处长的办公室。王处长不在，正在会议室里开会。一个办事员问明了李红梅的姓名后，便进去通报了。王处长很快便从会议室里出来了。对李红梅的到来，他似乎并没有感到吃惊，他就那么一直微笑着冲着李红梅，亲自为李红梅倒上了茶。李红梅很没经验又很忸怩地把自己的来意说了，并把院长的请示放在了王处长的案头。王处长的目光只在那份报告上停留了一眼，便说：这种进口的 CT 机，咱们全省只有两台。

接着王处长便把话题转移到了别处，询问李红梅最近工作情况，又说了会儿闲话。转眼就到了中午吃饭的时间，王处长留李红梅吃饭。李红梅觉得办事没什么希望了，就提出要走。在王处长的极力挽留下，李红梅还是留下了。吃饭就在机关的小餐厅，虽说简单，但也不失为一种格调。王处长整个席间没说一句关于配备器械的话，只是说到了吃，他说自己这几年学会了做菜的手艺，比有些厨师做得还好。李红梅就夸奖王处长。王处长就说：过几天，到我家坐坐，我烧几样拿手的菜让你尝尝。

李红梅就笑着答应了。

直到吃完饭，王处长送李红梅走才说：那就给你们一台 CT 机吧。告诉你们院长，明天就到我这儿来办手续。

这种结果是李红梅没有想到的。

又是一个不久，王处长终于兑现了自己的诺言，CT 机被医院拉了回来。李红梅给王处长打了一个电话，她说了一大堆感激的话。王处长只在电话里笑了笑，没说什么，最后话锋一转，又提出了上次说过的要亲手烧菜给李红梅尝尝的话题，并问李红梅晚上是否有时间。李红梅很爽快地就答应了。

这是李红梅第一次走进王处长的家，三室一厅的房子，装潢得也比较讲究，虽说这个家没有女主人了，但看起来还算整洁。李红梅一走进这个房间，便真心地表扬王处长家的环境，她又想到了自己住着的筒子楼，心里不免有些失落。王处长在厨房里忙着，李红梅没事可干便也走进厨房给王处长打下手，两人说说笑笑，一家人似的很快就做好了一桌饭菜。两人吃饭的时候，李红梅才知道，王处长的儿子平时住校，直到周末才回来。李红梅参观王处长儿子房间时，看到了王处长儿子的照片，那是一个挺文静的男孩。

席间，两人又喝了些“干红”酒。李红梅表扬了王处长的手艺，王处长的手艺果然不错。吃完饭后，李红梅主动帮王处长收拾卫生。

然后两人一边看电视一边聊天，灯是落地灯，很柔和，两人就在这片很温馨的气氛里说话。直到这时，李红梅还在羡慕王处长居住的环境，她想：自己什么时候有这样一套房子，自己也就心满意足了。

就在这时，王处长又拉住了她的手，她仍没有拒绝，也不好拒绝；然后两人就凑在了一起，先是双双地倒在了沙发上；最后，王处长把她抱了起来走进了卧室。这时，李红梅的大脑有些乱，她知道下一步意味着什么，但她没有挣扎，她自己也说不清为什么这么心甘情愿地顺从。

接下来，所有的事情都不可避免地发生了。

十二

从此以后，李红梅和王处长的关系一下子变得说不清了。有时是王处长打电话约她，更多的时候，是她主动走进王处长的家门。三间房子的空间，大多的时间里，只有他们两个人，这里的一切，都让李红梅流连忘返。从筒子楼到这里，仿佛从地狱到了天堂。

李红梅在一个周末，见到了王处长的儿子，那是一个很懂礼貌，又很多愁善感的中学生，他望着李红梅的目光一点也没有恶意，甚至他的目光中还流露出了些许的温暖和敬意。

看到王处长的儿子，李红梅又想到了那次怀孕，是那次怀孕，彻底粉碎了她做母亲的梦想。随着年龄的变化，她的这份梦想与日俱增，但又在现实面前被击得粉碎，她的心情便在现实与梦想之间煎熬着。

她在王处长的家里，那颗落寞孤独的心灵竟找到了一丝抚慰。在这段时间里，她差不多成了这里的半个主人，她承担起了王处长家的不少家务。现在他们不再去外面吃饭了，由李红梅做饭，甚至，王处长换下来的衣服，她也要抽空洗出来，包括王处长儿子周末回来的换洗衣服什么的。她做这一切时，竟由衷地有了一种幸福感，这种感觉在她心里荡漾着。

章老师似乎并没有留意李红梅这段时间的变化。很长时间了，两人的关系就是那么不冷不热的。在医学院里的那份失意，影响了章老师的家庭生活，他经常把这份失意带回来，使他们之间变得冷清起来。

最近章老师正带着几个研究生在搞一个课题，据说这个有关中医的课题要是能攻下来，就会在全国的医学界得个什么奖，那样的话，章老师的地位将在学院里发生根本的变化。评职称、分房子都有许多好处。因此，章老师一门心思都扑在了课题上，早出晚归的，有时夜里也不回来。

章老师对待李红梅的这种态度，给李红梅和王处长的约会带来了很大的空间。她的心里甚至没有做过更多的过渡，也没有更多的自责，她觉得没有什么对不住章老师的。她现在才清醒地意识到，她理想中的男人，原来并不是章老师那样的人。

她和王处长的关系，早就引起了医院上下的重视，科主任和院领导对李红梅的态度发生了巨大的变化。因为李红梅和王处长的关系，给医院带来了许多好处，一些先进的医疗器械源源不断地配给了医院，还有一些及时的经费，这对医学院附属医院来说，以前是从来没有过的。他们自然明白，这一切都是因为李红梅和王处长的关系。但大家都不把这层关系说破，都暧昧地关注着李红梅的一举一动。现在李红梅已经是外科的主治医生了，经常组织一些不大不小的手术，手术自然也都算成功，李红梅的周围就博得了一片掌声。

李红梅自然知道这一切变化都是因为王处长，现在王处长对她很好。王处长比她年长十几岁，她在王处长这里寻找到了父亲一样的关怀，爱人的热烈。因为这些，李红梅从肉体到精神也发生了明显的变化，她变得更加年轻漂亮了，会经常哼着歌走进外科，这在以前是不可想象的。

那天，她和王处长躺在床上，她枕着王处长的手臂，幸福的潮水仍没有退去，她吻着王处长带着咸味的前胸，气喘着说：你真好。

王处长也正在用爱抚的目光望着她，王处长就说：咱们结婚吧。

这是王处长从始至终第一次这么重大的许诺，在那一瞬间，她激动得流下了泪水。她一把抱住王处长幸福地啜泣着。

其实她早就想走进王处长这样的家庭了。王处长该有的什么都有了。她是个不能生育的人，而王处长这样的年纪，还有王处长已经有了儿子，因此，王处长不会看重她是否能生育。在这之前，她也曾有过离开章老师的打算，可茫茫人海，她到哪里去找一个更适合自已的人呢。在女人的行列里，她已经不年轻了。她知道，自己到目前为止还算有几分姿色，那是因为她没有生育过，体形没变，但她已经不能算青春了。和王处长这样的男人比，她还算青春的。因此，她在王处长这里找到了自我，找到了那份感觉。

她无法拒绝王处长对她的要求。那一次，她把头埋在王处长的臂弯里，含着幸福的泪水答应了王处长。

在离婚之前她要做好铺垫，毕竟在这之前她还没和章老师有本质的冲突。从那以后，她经常夜不归宿，她一下班就一头扎在王处长这里。

偶尔，她走回筒子楼，回到她曾生活过的那间小屋时，竟有了一种陌生感。

章老师见到她没有更多的话，只是说：你现在值夜班越来越多了，要注意身体才是呀。

章老师依旧为他的课题忙碌着。那课题究竟攻克到什么程度了，她没问过，他也没说过。她见自己的铺垫没有得到什么效果，在这之前她已经做好了和王处长再婚的准备工作，该换的家具都换了，房子也装修过了。做这一切时，王处长出手很大方。那一次，她无意中看到了王处长那几张写着儿子名字的存折，她大吃一惊。写在王处长儿子名下的那些数字，她以前想都没敢想过。

万般无奈下，她只好把自己离婚的想法提出来了。出乎她的意料，章老师一点也没有感到吃惊，他只是怔怔地望着她，半晌才说：这么多年委屈你了，是我对不住你，什么时候去离，我听你的。

章老师的态度使她伤心、难过，她原以为章老师会哀求她，甚至会痛哭流涕，没想到章老师竟这么平静。章老师这份平静让她感到失落，仿佛章老师早就等着这一天了。她就在这份失意的心情下，很顺利地离婚了。

一周后，她和王处长的婚礼在隆重热闹中完成了。王处长有许多朋友，还有那些下属单位的领导，都异常重视地前来祝贺了。送来的礼品和现金又让她大吃一惊，仅这一次婚礼的收入，就够他们生活十年八年的了。她为能找到王处长这样的人而感到十二分的庆幸，一个并不年轻的女人还能得到什么呢？她这么问着自己。

十三

自此，李红梅过上了一种平稳安逸，甚至让人嫉妒的生活。因为，她此时是名正言顺的王处长的夫人了。不久，她便被医院提拔为外科的副主任。在单位她也算个有头脸的人物了。

又过了不久，章老师的课题在艰苦卓绝的情况下终于获得了成功，被权威界评定为科技进步二等奖。章老师自然也受到了表彰，并被医学院破格升为教授，自此，搬出了筒子楼，住上了单元房。李红梅又听说，章老师再婚了，和章老师结婚的就是和他一同攻克课题的一位女研究生。那位女研究生李红梅见过，长得算不上好看，但比她年轻。

直到这时，李红梅似乎才明白，当初她和章老师提出分手时，章老师那么心平气和，原来章老师似乎也早就有了自己的意中人。想到这儿，李红梅心里又不平起来，她甚至有些恨这位前夫了。当她想着自己眼前的生活时，她又平静了下来。她和王处长现在过着无忧无虑的生活，除他们现在居住的处级房子外，王处长又在外面买了一套房子，房主的名字，自然写着儿子的名字。她和王处长结婚后，完全明白了王处长这番苦心。王处长所有钱物的来源都是下属单位送来的，这些钱财自然不好写他自己的名字，当然，也不能写她的名字，只有写他们儿子的名字最安全。王处长的儿子已经开始叫她“妈”了。这是一个巨大的转变，她知道自己这辈子是无法再生育了，能不劳而获地有个儿子，她感到心满意足，她在体会着做母亲的滋味。

家里的情况也发生了一系列的变化。他们婚后不久，就请了个保姆，专门给他们做饭、洗衣、打扫卫生。现在她和王处长一门心思地享受生活，王处长和她相比，年龄大了一些，但身体还算健壮，她仍不时地为王处长开回一些补脑、补肾的药来。她觉得，作为一个男人，这两样东西，一个都不能少。

正当李红梅精心为自己设计未来生活时。王处长那里却出现了岔子。一封检举信寄到上级部门。王处长被隔离审查了。没多久，王处长的案子便水落石出，王处长因受贿罪被判处无期徒刑。同时还牵连了不少干部，他们都轻重不等地被判了刑。王处长的家产，也就是他们共同的家产被查封、没收，当然，还有那些写着儿子姓名存起来的钱。

一夜之间，李红梅又过起了贫民生活。因为王处长的案子，不久，她又降为普通医生，一下子又无所事事起来。

那一阵子，是她最消极也最痛苦的日子。她本想让自己生活得好一些，没想到的是，她又从终点回到了起点，甚至连起点都不如。她又想起了章老师，如果不离婚的话，她现在也是教授夫人了。那样的日子虽赶不上和王处长在一起时那么风光、轻松，但足以让人感到踏实了。她现在有些后悔当初和章老师离婚了。

现在她虽然没有和王处长离婚，但现在王处长是无期徒刑的犯人，他们的婚姻已经名存实亡了。

就在这时，她接到了一个她做梦也没有想到的电话。电话是何二宝打来的。何二宝在电话里说要见见她，并说好在下班的时候，他在她单位门口等她。她没想到何二宝这时会突然出现在她的生活里。他们毕竟曾经有过那么一段，何二宝说来看看她，她便没有拒绝。

下班的时候，她差不多快把何二宝忘记了，没有在单位门口过多停留，直接向公共汽车站走去。这时一辆轿车尾随着她，并不停地按喇叭，直到她回头，看见了何二宝，确切地说是二十年后的何二宝，她才停住脚。何二宝还冲她微笑。

她不知道何二宝哪里来的轿车，也不知道何二宝要把她拉到什么地方去。她坐在车里只感到何二宝变了，何二宝现在浑身上下的每个细胞都油光闪亮。在很短的时间内，何二宝车上的两部手机接二连三地响起。他甚至都没时间和她说句完整的话。后来，何二宝把手机都关掉了。车子最后停在一片开发区，这是片著名的开发区，何二宝没下车，指着那些正热火朝天的施工现场说：这都是我的人。

何二宝的口气和气势早已是今非昔比了。接下来何二宝奢华地宴请了李红梅，就他们两个人，吃了足足有两千多元的饭菜。何二宝消费不用现金，而是刷“牡丹卡”，这是李红梅从来没有见过的。

何二宝对李红梅这二十年的经历了如指掌，什么时候结婚，什么时候离婚，王处长什么时候出事。直到这时，何二宝才成功地出现在李红梅面前。

李红梅对何二宝这二十年的变化可以说是一无所知。后来何二宝告诉她，自从知青返城后，不久，他便不当支书了，而是成立了一个包工队，到县里承包工程，后来就越干越大，他现在已经是一家建筑公司的总经理了。

那天，何二宝莫名其妙地喝了许多酒，后来大着舌头说，到现在他还没有结婚，但身边并不缺女人，还有女人甘愿为他生了三个孩子。最后他就潮湿着眼睛说：这么多年了，我没忘记你呀，做梦都梦见你。

酒后的醉话，深深地打动了李红梅。这毕竟是她的初恋，那时因为何二宝的与众不同她爱上了何二宝，后来是何二宝改变了她的命运，如果没有何二宝，她今天是个什么样子还不知道呢。那些和她一起插队的知青战友，现在已经有许多人下岗失业了。

二十年后，她和何二宝重逢，她又一次被何二宝征服了。那一瞬间，她想到了轮回和缘分等等说不清的人生命题。现在，她只能认命了。

那天晚上，何二宝把她带回了自己的住处，那是一栋别墅，坐落在著名的住宅区里。这里住的都是有头有脸的人物。

这一切，又让李红梅感到震惊了。

那一晚，在女人面前，已经不再陌生和紧张的何二宝，一把抱住了李红梅。李红梅这个年龄这种经历的女人也已不再矜持。她在明亮的灯光下褪去了自己的衣服。何二宝就那么不错眼珠地望着横陈在自己床上的李红梅，半晌，他才慌乱地脱掉衣服。当他们平静下来的时候，何二宝突然哭了。他赤身裸体地跪在床上，泪流满面地冲李红梅说：二十年哪，你让我整整想了二十年，脸红了二十年。

李红梅不解地望着他，他就又说：最后一次我去看你，你借给了我七元钱和二斤粮票。我为这，脸红了二十年，我被一个初恋的女人甩了二十年，我等了二十年，哦哦，哈哈……

那天晚上，何二宝不知是激动还是悲伤地哭泣着这二十年的等待经历。

十四

何二宝的出现给李红梅的生活似乎又带来了新的转机。

李红梅搬进了何二宝的那栋别墅里去住了。何二宝把房产证改成了李红梅的名字，但他却没有提出和李红梅结婚的事。李红梅暗示过何二宝，她随时都可以和王处长办理离婚手续。何二宝像没听见一样。

何二宝和她在一起时，一遍遍提起二十年前的冬天，他们在桥下雪地里的初恋，还有火炉前的谈话。

他似乎一直沉浸在二十年前对李红梅的恋爱中，而对眼前的现实中的李红梅并没有过多的热情。又一次酒后，他抱着李红梅说：你是谁呀？

李红梅打开灯，吃惊地望着他。

他似乎清醒了一些，望着李红梅说：李红梅，你不是二十年前的李红梅了。我今天得到你了，也就那么一回事。

听了何二宝的话，李红梅哭了。

李红梅已经辞去了医院的工作。何二宝定期或不定期地来别墅里，留住一宿。走时留给她一些钱，这些钱足够她花一阵子了。

何二宝然后就走了，有时好长一段也不回来一趟。

李红梅就寂寞地想：我这算什么，是何二宝包的二奶？有这么大岁数的二奶吗？是何二宝的老婆？可何二宝从没说过娶她。

她想这些时，脑袋挺累的，后来就不想了。管他自己算什么呢。日子不还得一天天地过。

于是。她慵懒地倚在阳台上，期待何二宝走进别墅，走向自己。

角儿

一

山里红在没成角儿前叫春芍。

春芍在十六岁那一年终于成了角儿。

如果十里香不出那事，山里红成角儿的梦还不知要做多少年。

结果就在那天晚上，二十岁的十里香出了那件事，十六岁的山里红便成了角儿。

那天晚上，北镇二人转戏班子在谢家大院唱大戏，大戏已经唱了三天了。这是谢家大院的喜庆日子，老当家谢明东过世了，少当家谢伯民从奉天赶回谢家屯来为自己的爹发丧。老当家的谢明东已经七十有五了，七十五岁的人过世，在方圆几十里也算是高寿了。高寿人过世，算是白喜。老当家谢明东晚年得子生下了谢伯民，千顷地一棵苗。谢伯民无论如何也是谢家大院的继承人。老东家去了，少东家出山，这又是一喜。二喜相加，谢家大院的日子就非比寻常了。

少东家在奉天城里已有些年月了。十几岁便去奉天城里读书，读了几年书，识文断句不在话下，后来又鼓励爹，拿出些银两在奉天城内开了两家药房。在少东家没回到谢家屯之前，少东家谢伯民正顺风顺水地在奉天城内经营着药店的生意。谢伯民那年二十有二，可以说正春风得意。

老东家谢明东的过世，在少东家脸上看不出一丝半毫的忧伤，甚至还带着些喜色。少东家谢伯民穿长衫，戴礼帽，吸纸烟，手上的白金戒指明晃晃地照人眼睛。

少东家一进谢家大院，先看了停在院心的那口厚棺材，又让人掀了棺盖看了看爹的脸，爹的脸上也一丝一毫不见痛苦。谢伯民的一颗心就安了，他空空洞洞地冲谢家大院喊：爹呀你走好，儿要送你七天欢乐。

谢伯民空洞地喊完，就冲呆愣在那里的下人喊：还不快去请戏班子。

下人应了一声，便逃也似的去了。

北镇二人转戏班子，是方圆百里有了名气的，少东家要请戏班子，自然是要请最好的戏班子。北镇戏班子有两个名角儿，男的是犴子，女的就是十里香。先不说男的，就说十里香，今年芳龄二十，身材自然是要啥有啥，脸蛋自然也是眉清目秀，齿白唇红，最提劲的是那口好嗓子，往台上一站，那婉转之声带着些许的芬芳就能传出二里地去。只要小嘴一张，台下便是人山人海地叫好。

台子搭了，家伙响了。十里香和犴子两个角儿便使出浑身解数，一时间唱得昏天黑地，日月无光。谢家屯的男女老少算是开了眼了，这么有名的角儿，要在谢家大院唱上七天，天爷呀，这比过年还热闹。

不年不节的，少东家请戏班子唱七天大戏，乐坏了谢家屯千口老小。他们放弃了田间地头的活路，黑压压地涌到谢家大院。

少东家谢伯民自然也是个戏迷，二人转这种形式深得谢伯民的喜爱。一男一女往台上那么一站，红口白牙地唱古说今，世间的所有荤、雅都唱了出来。

少东家谢伯民坐在前排，一张八仙桌摆在面前。二十二岁的少东家，自然是把目光更多地停留在二十岁的十里香身上。十里香一个云手，一个转身，暴露出的凹凹凸凸，都能引来少东家的叫好声。坐在台侧拉二胡的班头老拐，每听到少东家的叫好声，心里就妥帖几分。他知道，这些出手大方的东家，就是戏班子的衣食父母。让东家高兴了，赏钱自然是少不了。要是哪个地方让东家不高兴了，自然是给戏班子断了后路。

少东家一声声的叫好，像清泉雨露流进了老拐的心里。

戏唱到第三天头儿上，十里香就出事了。在这之前，人们一丝一毫也没有看出要出事的迹象。十里香唱着唱着“呀”的一声，便晕倒在了台上。一时间，台上台下就全乱了。

老拐分明看见一缕鲜红的血水顺着十里香的裤脚流了出来。老拐的脑袋便被雷劈了似的那么一响，老拐的天便塌了。

十里香是被犴子背下的台。当时两人正在唱戏，犴子把一句“情到深处哥心疼”的唱词唱了一半，十里香便“呀”的一声倒下了。

台下上千口子便乱了，少东家正听到兴头上，没料到一低头的工夫，十里香便昏倒了。台上一乱，台下便也乱了。

跑到后台的老拐一看就啥都明白了，他一面差人去为十里香请医生，一面想着救场的事。他先看见了愣在那里的犴子，便冲犴子吼了句：还愣着干啥，还不快上场！

犴子被眼前的景象击昏了头，他四六不分地说：上啥场，我一个人上啥场？

老拐这时就看见了春芍。十六岁的春芍一张小脸憋得通红，她似乎等待这一刻已经等一辈子了，不知什么时候，春芍的妆已经扮上了。没了办法的老拐抓救命草似的抓住了春芍的胳膊，似哭似怨地道：春芍呀，你上去吧。

春芍就在这时走到了台前，她冲昏头昏脑的犴子道了声戏文：我的那个郎呀……只这一声，台下便静了。

清清白白的声音从春芍的一张小嘴里迸出，少东家先是痴了一双目光，接着就石破天惊地喊了一声：好！

春芍在那一刻就变成了角儿。

成了角儿的春芍就有了自己的艺名——山里红。

二

八岁进了戏班子的春芍，从进戏班子第一天她就梦想着成个角儿。八年后，她的梦想终于实现了。

十里香在戏台上小产，出乎所有戏班子人的意料。老拐做梦也不会想到，老实本分的十里香会干出差点毁了戏班子的丑事来。戏班子有个不成文的规矩，那就是一旦成了角儿，是不能成婚的，否则角儿就不是角儿。不论是男角儿，还是女角儿，一旦成了角儿，就拥有了许多戏迷。戏迷是戏班子的衣食父母。戏迷们把所有的人生梦想，都集中在了角儿的身上，角儿的一举一动牵着戏迷的心。角儿就是戏迷完美的偶像，一旦打破了这种偶像，便没有了死心塌地的戏迷走南闯北地为你捧场，为你叫好。

现在戏班的领头人老拐以前就曾是个角儿，那是老拐年轻时候的事。年轻时的老拐，长得英俊，并且有一口好嗓子，深得戏迷的喜爱。尤其是那些青春年少的大姑娘、小媳妇被招惹得满世界地跟着戏班子跑，她们不为别的，就为了看老拐。只要看到老拐，晚上的梦乡会丰富许多。

老拐是吃嗓子这碗饭的，所有的锦绣戏文都是老拐一副好嗓子唱出的，那里有人生有梦想。如今老拐的嗓子倒了，所有的人间锦绣，顷刻间在老拐的眼前灰飞烟灭了，仰慕、暗恋老拐的年轻女人们，哭天抹泪地在梦中和心爱的老拐告别。

老拐从此改拉二胡，老拐的梦想和心声便如述如歌地从二胡里流出，老拐的人生便也从前台退到了后台。那一年，老拐二十八岁。二十八岁的老拐和相好的结了婚。二十岁老拐就成了角儿，二十二岁那一年老拐在牤牛屯认识了相好的腊梅，那一年腊梅十八。后来老拐和腊梅就有了那事，腊梅就怀孕了。怀孕了也不能结婚，这是戏班子的规矩。后来腊梅生了，是个男孩，老拐为男孩取名为牤子。这一切，当然都是在秘密中进行的。腊梅如火如荼地爱着老拐，她等得地久天长，无怨无悔。老拐和腊梅结婚那年，牤子都六岁了。后来牤子成了角儿。

老拐在万般无奈的情况下把春芍推到了前台，这一推不要紧，就推出了一个火辣辣的山里红。

十里香倒在了后台的棚子里，倒在了血泊中。中医请来了，此时的中医正全心全意地在为十里香打胎。中医看了十里香第一眼便知道胎儿保不住了，只能打胎了。

老拐在棚子外，倒背双手，气得他转来转去。他一只耳朵听着前台的动静，要是春芍再砸了，所有在谢家大院的努力都将前功尽弃。

中医终于从棚子里走了出来，中医手里托了一个盘，一团肉血糊糊地卧在盘中。中医一见老拐就说：这回啥都没有了，都在这儿啦。老拐知道中医的用意，有关北镇戏班子的名声都在中医的嘴里了。老拐走南闯北这么多年啥不明白？明白的老拐忙接过中医手里的托盘，把它放在暗处，慌慌地从怀里往外掏银子，老拐掏了一把，又掏了一把，直到中医把钱袋子收回去。老拐每掏一把，都仿佛在掏他的心掏他的肝。这些银两是老拐的命也是整个戏班的命呀。

中医心满意足收了钱袋子，仰起一张苍白的脸，笑着冲老拐说：没啥，真的没啥，这丫头得的是妇科病，养息几日就没事了。

老拐千恩万谢地送走了中医。

谢家大院的演出，总算顺利地结束了。

少东家谢伯民心情舒畅地为老东家发丧了。

离开谢家大院那一天，老拐找到了十里香。十里香经过几日的养息已经能够走动了，身子依然很虚，脸色自然苍白。

老拐就说：按老规矩办吧。

十里香听了，便给老拐跪下了。她跪得地久天长，无声无息。

老拐别过脸道：啥也别说了，你走吧，找你的相好去吧。

十里香就悲悲地叫了一声：叔哇，我错了。

老拐正了脸：丫头，不是我不讲情面，北镇戏班子差点毁在你手里，让你走这是最好的结果了。

十里香就又叫：叔哇，你让我上哪儿去呀！

老拐又说：不让你走也行，那你告诉我，他是谁？

十里香就把一颗头垂下来，泪水汹汹涌涌地流出来。

老拐一连问了几遍，十里香就是不说，只是以泪洗面。

最后，老拐又说：那你就走吧。

众人都在一旁看着。

犴子第一个跪下来，他喊了一声：爹呀，你就留下小香妹吧，让她干啥都行呀！

山里红也跪下了，此时的山里红已经取代了十里香，这已经被事实验证了。她也说：叔哇，你就留下小香姐吧。

众人就都跪下了。

腊梅就撕心裂肺地喊：你让小香去哪儿呀，爹娘都不在了，这你又不是不知道。

提起十里香的爹娘，老拐的心软了。他们的感情，情同手足。他们临去前，一人抓住老拐一只手，死不瞑目，他们放心不下八岁的小香。老拐流泪了。老拐想起十里香的父母死前对他的托付，心终于软了，最后一跺脚走出了棚子。

十里香就算留下了。

山里红很冷静地站了起来，扑打两下膝盖上的土，她走到十里香面前叫了声：姐。

十里香便扑在山里红的怀里，以女人之心大哭起来。

山里红也清清冷冷地流下了两行泪。她为了自己八年的努力，为了终于能有今天。

三

春芍能成为山里红绝非偶然。

春芍的父母是北镇戏班子忠实的戏迷。那时，方圆几十里，只要有北镇戏班子的演出，便有春芍父母的身影。他们为北镇戏班子走火入魔。那时春芍年纪还小，他们就抱着春芍走南闯北，风雨雷电从不耽误。

小小的春芍，在父母的眼里便看到了角儿的魔力，只要他们暗恋崇敬的角儿一登场，便痴了一双目光，醉了一颗心。刚开始，春芍尚小时，她还不懂戏班子是怎么回事，也听不懂那些唱词，但她很喜欢看戏时的气氛。人山人海的男女老少，水泄不通地把戏台围了，他们在空场的间隙里冲着角儿大呼小叫，这是在家里无论如何也体会不到的。小小的春芍，只要父母把她抱到戏台前，她便不哭不闹了，她就沉浸在那迷迷瞪瞪的氛围中。后来，渐渐大了，她也能听懂一些戏里面的词句了，她更多的开始留意台上。首先吸引她的是女角儿那身鲜亮的戏服，她深深地被女角儿那身戏服吸引了。那时，她就盼着自己快快长大，有朝一日也能穿戴起女角儿那样一身衣服。

八岁那年，家里发生了变故。

在这之前，春芍家有着二亩三分地，虽说不上富裕，过平常百姓的日子也算说得过去。错就错在父母走火入魔地成了北镇戏班子的戏迷。那时方圆几十里内，不管大户小户人家，只要有红白喜事，都要请北镇戏班子前来助兴，他们把能请北镇戏班子当成了很壮脸面的一件事。于是，戏班子就不断地在这一带演出，只要有演出，父母便什么也干不下去了，疯了似的朝唱戏的地方跑。时间长了，那二亩三分地便荒芜了，春芍一家的日子，便人不人鬼不鬼了。

没饭吃的日子是生事的日子，父母便开始生事。他们生事表现在吵架上，他们吵架的内容千篇一律。先说到吃，然后吵到戏。

父亲说：春芍妈，借一升米去吧。

母亲说：我不去，我没脸再去借了，我都借过八回了。

父亲说：你不去谁去，你要饿死一家人呀。

母亲：好好的地你不侍弄，饿死你活该。

父亲：不吃饱肚子，晚上咋去靠山屯看戏呀？

母亲：看戏，看戏，你就知道看戏，要不是天天看戏，家里咋能没吃没喝？

父亲：我看你就别去看了，我看戏班子里的老拐都快把你的眼睛勾出来了。

母亲：你好，你看胖丫时眼珠子都快飞出去了，看了能咋，让你摸了还是让你闻了？还不是撑死眼睛饿死屌。

胖丫是和老拐唱对手戏的女角儿。母亲的话说得一针见血，伤了父亲的痛处，父亲便“呜噢”一声，扑过来和母亲撕打，两人仿佛是两只红了眼的老鼠。刚开始，春芍总是被吓得大哭不止，后来，渐渐就习惯了。父亲和母亲互相撕咬时，她该干啥还干啥，她从炕柜里掏出自己那件花衣服，一边往身上穿一边说：还打呀？一会戏就开演了。

父母听了她的话，便灵醒过来。看戏的欲望占了上风，他们呼呼哧哧地粗喘着。最后还是母亲抹抹眼泪走出去，跑东家颠西家，死说活说借来半升米，熬一锅稀粥，吃饱肚子。然后一家三口人，急如流星地跑进夜色中，冲着他们的人间天堂——戏台急慌慌地奔去。二胡一响，角儿往台上一站，就啥都没啥了。

这样的日子，过了初一却过不去十五。穷则生变。那阵子，奉天城里的军阀张作霖刚刚发迹，他正到处招兵买马。春芍的父亲一气之下离开了家门，他临走时冲春芍母亲情断义绝地说：这日子老子过够了，老子要当兵去，以后有吃有穿有戏看，你就在家等吧，等老拐走下台来日你。

母亲以为父亲在说气话，没料到，父亲一走再没回头。

母亲的日子也到头了，她没有那个心，也没有那个力再疯跑着去看戏了。母亲整日里坐在光秃秃的炕上哭天哭地。渐渐，母亲就哭尽了力气，她知道自己快不行了。她叫过八岁的春芍，八岁的春芍已经很懂事了。

母亲说：春芍，妈快不行了，妈把你送个人家吧。

春芍看着母亲，瞪着一双又黑又亮的眼睛说：送吧，要送你就把我送到戏班子里，我要唱戏。

春芍说得严肃而又认真。

母亲听了春芍的话，“呜哇”一声又哭开了。春芍的话说到了母亲的伤心处：这个家败就败在戏上。母亲思前想后，想不出怎样让春芍有个更好的出路。

那一天清晨，母亲拄着烧火棍，另一只手牵着春芍便上路了。寻找北镇戏班子并不是一件难事，哪里有锣鼓响，哪里就是戏班子。

母亲见到了老拐，这是她心目中灯塔一样的老拐，以前她只在台下看老拐，这次，她为了女儿，跪在了老拐面前。

母亲就说：收下我女儿吧，我就要死了。

戏班子的日子也并不好过，看东家的脸色过日子。外面的人很难知道戏班子的酸楚。他们了解戏班子的人只是舞台上那瞬间，穿得花花绿绿，有说有笑有快活。许多人都想把子女送到戏班子，期待以后能成个角儿，说说笑笑，风风光光地过人生。而戏班子，可是多一口人就多一个吃饭的，因此，他们不轻易收人。

毫无例外，春芍和母亲遭到了老拐等人坚硬地拒绝。母亲已经无路可走了，她拄着烧火棍跪在戏班子驻地门口，跪了一天，又跪了一夜，最后她让春芍也跪下了。春芍仰着一张可人的小脸，任凭泪水汪洋横流，一张小嘴不停歇地喊：叔叔，婶婶，你们就收下我吧。

老拐就一点办法也没有了。

老拐等人走出来，冲春芍母女俩说：你们起来吧，我们要考一考这小丫头的嗓子，要是不行，我们也没办法了。

春芍就脸不红心不跳地站在众人之间，唱了半出《穆桂英征西》。一曲还没唱完，老拐等人就吃惊了，然后就说：先留下吧。

戏班子收下了春芍，母亲拄着烧火棍的手松开了，她把人生最后一点力气都用完了，最后她随烧火棍一起倒下了，倒下了便再也没有起来。

春芍经过八年的等待，终于使自己变成了山里红。

在这八年里，她早就熟唱了戏班子所有的保留段子。每次演出，角儿在前台演，他们只能在后面伺候着，倒了茶水，拧了毛巾，等着角儿唱完这一出到后台歇口气。那时她干这一切时，心却留在了台上，角儿的一抬手一动足，都牵着她的心，包括角儿的一个眼神，她都烂熟于心了。有许多时候，她那么看着想着，觉得此时此刻不是角儿在演，而是自己在演。就这样，她把所有的戏在心里演了一遍又一遍。终于，她等来了这一天。

谢家大院，是她无法忘记的吉祥之地。

离开谢家大院那天，少东家谢伯民，摆几桌酒席宴请北镇戏班子。这是戏班子以前从没遇到过的盛情。

席间，少东家的目光不离山里红的左右，他被十六岁的山里红迷住了。十六岁的山里红初涉此道，她的娇羞，一点也不造作，先是红了脸，最后就醉了一双眸子，那双眸子含水带羞。总之，少女所有的美好都让山里红在此时此刻溢于言表了。

见多识广的少东家什么都见过，他在奉天城里读书时，就捧过戏园子里的角儿，那样的角儿除了娇娆就是风尘，和此时此刻的山里红比起来，真是天壤之别。山里红这种纯真的羞怯让少东家谢伯民的心麻了一次又麻了一次。

老拐对这一切看得一清二楚，他的心踏实了，有了山里红，日后戏班子就啥都不怕了。

四

山里红就红了，红遍了北镇的山山岭岭村村屯屯。方圆百里一带，凡是听过北镇戏子二人转的，没有人不知道山里红。十六岁的山里红，如被夜露浸过的花蕾含苞待放。

在走南闯北的演出中，山里红认识了她的忠实戏迷宋先生。

宋先生穿长袍，戴礼帽。宋先生的穿戴远不如少东家谢伯民那样光鲜。宋先生的长袍打着补丁，礼帽也灰灰土土的样子。这一切并没有影响山里红对他的留意。山里红只要往台上一站，不知为什么，她总能感受到一双与众不同的目光，暖暖地包围着她。她知道，只要她一上台，差不多所有戏迷的目光都会聚集到她的身上，可那些目光并没有让她感受到有什么不同，那是戏迷对她的拥戴，因为她是个角儿。角儿理所当然要吸引许多人的目光。在这众多目光中，山里红发现了宋先生的目光，她顺着目光望去，就和宋先生的目光胶在了一起。莫名的，她竟有了几分慌乱。有一种说不清道不明的感觉，滑滑溜溜地撞到了她的怀里。

唱戏的时候，她的目光总要自觉不自觉地去和宋先生的目光对视，每次她的目光总是慌慌地逃开。

不论到什么地方演出，山里红总能感受到宋先生的目光在追随着她，只要她顺着那份感觉望过去，她一准儿能捕捉到宋先生那一双与众不同的目光。

刚开始，山里红也并没觉得有什么。她只把他当成一般的戏迷，追随自己，留意自己的举动，这是所有热爱自己的戏迷常有的举动。当然，在这之前，山里红也不知道他是宋先生。直到有一次，他们演出完之后，宋先生找到了后台。宋先生首先找到了老拐，宋先生的举止显得文质彬彬，见到老拐把帽子摘下来，向前倾了倾身子，才把礼帽戴上，然后开口说话。宋先生说：老板，我有几句话，不知当说不当说？

老拐说：先生有话请说。

宋先生就说：你们每次演出前的"小帽"，太老了，没什么新意，总是那几个换来换去的，时间长了，戏迷会不满意的。

老拐就正了脸色，拉了宋先生的手，真诚地说：请先生指教。

宋先生不慌不忙从怀里掏出一沓纸，纸上写满了字，递给老拐说：这是鄙人写的，不知合不合适？

老拐接过来，却一脸的茫然。戏班子里识字的人不多，都是几岁就进了戏班子，又都是劳苦人家出身，没有读书机会，所以唱的戏段子，都是口传心授，一代一代传下来。

二人转演出前的"小帽"，是指正戏开场之前为了调动观众的情绪临时加上去的，大都是一些插科打诨的词句。"小帽"唱完了，观众安静下来了，正戏才算开始。这是唱二人转的礼数，也是规矩。"小帽"的好坏，直接影响观众的情绪，"小帽"和大戏之间的关系仿佛是席前的几碟开胃菜。

宋先生看出了老拐的心思，便把那沓纸又拿了过来，他清了清嗓子念给老拐听。老拐只听了一段便来了精神，他唱了这么多年戏，还没有听过这么清新上口的"小帽"。宋先生是结合时下戏迷们的普遍心理，写成了唱词。比起那些老掉牙的"小帽"不知要强多少倍。以前都是一些老少皆知的，像什么：观音出世，普照万民……太阳照，月高高，兄弟媳妇拿镰刀……当下，老拐就把山里红、犴子等人叫了过来，宋先生一句句地念，山里红和犴子一句句地唱，不一会儿，几段"小帽"就学会了。词是新的，调是旧的，但听起来却是面貌一新。

山里红学唱时，一直盯着宋先生的眼睛，她觉得宋先生的眼睛装了许多内容，像宋先生那些戏文一样，句句都是新的。

从那以后，宋先生便会隔三岔五地出现在戏班子里，把他新写的"小帽"带到戏班子里来，再由山里红和犴子一句句唱出，那就是另一番滋味了。

宋先生在做这一切时，不计任何报酬，完全是心甘情愿。渐渐大家都熟悉了宋先生。戏班子赶上吃饭，宋先生也会留下来，和大家一起吃。宋先生话不多，慢条斯理的样子。这对山里红来说，是很新鲜的。山里红以前接触的戏迷都是一些很粗俗的人，有时在唱戏时，人群里就会有人喊：素的没意思，来点荤的吧。还有人喊：来一段《十八摸》吧。

每每这时，如果不来段荤的，戏就唱不下去了，山里红和十里香只能唱段荤的。那时山里红的心情是乱糟糟的，全没有了唱正戏时那份激情和感觉。观众对她这样机械地唱并不满意，仍有人喊：山里红，浪一点，你越浪越好看……

那时的山里红笑在脸上，心里却在流泪。眼前的宋先生却不是这样的人，眼睛望人时温温和和的，说话的语气也是温暖的。山里红很爱看宋先生说话的样子。

宋先生就是北镇人，靠教私塾过生活。父亲就教了一辈子私塾，父亲去世后，宋先生便也开始教私塾。生活算不上富裕，却也能混个温饱水平。宋先生已经二十有九了，至今仍没结婚，业余时间，读读诗文，看看戏，别的便没有什么了。自从山里红出道后，他只看了山里红一场演出，便喜欢上了山里红这个角儿。于是，他走进了戏班子，走近了山里红。

只要有戏班子唱戏，都会有宋先生的身影。他静静地在一角站了，入神入境地看着台上的山里红，样子仍那么斯文。

不管宋先生站在什么位置上，山里红只要往台上一站，她也总是能看见宋先生的身影。两道目光相碰了，宋先生就笑一笑，用手指一抬礼帽，算是打过招呼了，山里红也回敬一个灿烂的笑。接下来，山里红唱戏的感觉特别的好，仿佛她唱出的所有戏文不是冲着人山人海的观众，而是冲着一个人，那就是宋先生。她觉得，那些锦绣戏文，情情爱爱，悲悲壮壮只有宋先生一个人能听懂。

有几次，戏班子到离北镇较远的村屯里演出，山里红没能在人群中发现宋先生，她唱起来显得没精打采的，在不经意间，她还唱错了两句戏文。戏迷们没有发现，犴子却觉察到了。犴子说：你这是怎么了，戏迷要是发现了，会倒台的。倒台就是喝倒彩，如果再遇到那些刁钻的戏迷，会起哄着把戏子哄下台。角儿就砸了。

直到宋先生出现，山里红才又一次振作起来。好在宋先生仍隔三岔五地来到后台，来教犴子和山里红新创作的“小帽”。每每这时，山里红总是会显得很高兴的样子，有说有笑的。这一点被犴子看得一清二楚。

犴子有一天对山里红说：小红，你这样可不大正常，别忘了小香是怎么倒的台。

提起十里香，犴子的眼圈红了。现在十里香只能唱一些串场戏了，自从不是角儿之后，人似乎也换了一个人，整日没精打采的，没事时就帮助别人洗洗衣服，烧烧饭。

说到十里香，山里红的心里也灵醒了一下，她冲犴子说：犴子哥，这我懂。

犴子就不再多说什么了，在心里重重地叹了口气。自从十里香倒了台，犴子经常叹气。山里红能够理解，十里香和犴子配了六年戏。不论怎么说，山里红几日不见宋先生，心里仍没着没落的。

五

如果事情这么顺风顺水地发展下去也没有什么，结果是山里红倒台子了。

确切地说，山里红的嗓子倒了。

在山里红嗓子倒之前，发了一次烧。按老拐的意思，山里红发烧，戏班子就歇息几日，等山里红的病好了再说。

没料到的是，北镇盐商贾六指，娶第三房姨太太，点着名地要山里红出台庆贺。贾六指是北镇一带数一数二的富户，老拐得罪不起就来征求山里红的意见。那时，山里红的烧已有些退了，便说：叔，我去吧。

戏班子便搭台演出了。

演出一直从傍黑儿演到夜深。那一天，刚开始时山里红的情绪很好，她又如约而至地看到了宋先生。宋先生一如往常地关注着台上的山里红。

夜深的时候，台下的观众就不安分了，嚷嚷着让山里红和犴子唱《十八摸》，不答应就不让散场。山里红没办法，便硬着头皮唱《十八摸》。唱《十八摸》时宋先生就退场了，山里红看到宋先生退场了。那一刻，她的心里有股说不清的滋味。就在这时，她的嗓子倒了，噼噼啪啪的，已唱不出一句了。台下“轰”的一声就乱了。山里红的角儿就倒了。

那一年，山里红刚满十八岁。

十八岁的山里红痛不欲生。她又是以前的春芍了。

春芍做梦也没有想到，自己刚成了两年的角儿，一夜之间便啥都没了。也就是说，从此，春芍就要告别梦想中的戏台了。

春芍不吃不喝一个劲儿地哭。

老拐此时显得一点办法也没有，他像一匹磨道上的驴一样在春芍面前转来转去。这种苦楚，老拐一清二楚，他就是当年倒了嗓子，才改拉二胡的。对于他们这些吃张口饭的戏子来说，倒了嗓子就等于失去了左手右臂。他任凭春芍汹汹涌涌悲悲切切地哭着。最后老拐蹲下了，蹲下的老拐一边用拳头擂着自己的头一边说：我老拐白活了半辈子，我老拐不是人呐。

老拐此时千遍万遍地后悔当初不该答应贾六指去唱戏。

此时老拐比春芍还要痛苦，他知道春芍的嗓子倒了，戏班子一时找不到合适的角儿接替春芍，那样的话，戏班子就只能喝西北风了。

戏班子所有的人都围在老拐和春芍身旁，他们低垂着脑袋，仿佛世界已经到了末日。这时没有人说话，他们知道，这时说什么都没有用。他们只能任由春芍和老拐两人低一声高一声地哭。

哭了一气，又哭了一气。

不知什么时候，宋先生出现在了他们面前。宋先生一出现，春芍烦乱的心情似乎轻松了许多，她哽咽着，眼泪巴巴地望着宋先生。

宋先生就说：嗓子倒了也好。

众人惊愕不解地望着宋先生。宋先生只冲春芍一个人说：戏是不能唱一辈子的，早不唱比晚不唱好。

春芍不哭了，她平平静静地望着宋先生。春芍也说不清为什么宋先生一出现，她就没有那么多悲伤了。此时，她的心里仿佛是一泓秋水，宁静而又高远。

此时的老拐也不哭了，他愣愣怔怔地望着宋先生。宋先生不望他，只望春芍一个人，两人就那么望着。

后来宋先生说：你们出去吧，我一个人和春芍姑娘说会儿话。

老拐站了起来，他也不知道宋先生会有这么大的魔力让悲痛的春芍止住哭声。他相信，宋先生有能力让春芍从悲痛中走出来。于是，他背着手先走出春芍的房间，众人便都随着走了出去。

这时，屋里就剩下了春芍和宋先生两个人。

春芍见到了亲人似的，哽哽咽咽地叫了一声：宋先生。泪又流了出来。

宋先生背了手，在屋地中央踱了两步，然后又立住道：我知道，你早晚会有这一天的。

春芍不解地望着宋先生，宋先生在她的泪眼里一片模糊。

宋先生又说：你嗓子就是不倒，也早晚要离开戏台的，你说到那时你又该怎样？

这句话把春芍问住了，这些问题，她似乎想过，又似乎没有想过。她现在只知道唱戏，别的，她就看不清了。只要是戏班子里的角儿，她是不能成家的；不是角儿了，那时是什么时候，她自己说不清楚，她不知道。但她隐隐约约地知道，自己的将来会有那么一天的。

宋先生就又说：戏是不能唱一辈子的，可日子是要过一辈子的。

现在，春芍真正地冷静下来了，她再看宋先生已经很清晰了。

宋先生说：其实这些话我早就想说了，从认识你那一天我就想说了，可那时说你会信我的话么？

春芍怔怔地望着宋先生。宋先生的每一句话在她的心里都丁是丁卯是卯。她第一次听到有人这么和她说话，混沌迷蒙的心里，突然一下子豁亮了，有一缕阳光照进来，啥都没啥了。

宋先生：早不唱比晚不唱要好。

春芍：以后我就要在戏班子里吃闲饭了。

宋先生听了春芍的话笑了笑道：为啥还要留在戏班里？

春芍：我娘死了，爹走了，戏班子就是我的家。

宋先生向春芍走近一步，一双目光很深地望着春芍道：春芍，我要娶你。

这话让春芍一哆嗦。自从发现宋先生的目光开始，她只觉得宋先生这人很亲切，一日不见宋先生心里就空落落的，可她连想也没想过自己要嫁给宋先生。因此，宋先生的话让她一惊。

宋先生说：春芍你就嫁给我吧，这辈子给你当牛做马都行。

说完宋先生就跪下了，他把自己的头伏在炕沿上。

春芍想说什么，一时又不知说什么。

宋先生抬起头，此时他已经泪流满面了。他哽着声音说：春芍，你知道我为啥看戏吗？我是在看你呀。

一句话，把春芍的心扔到了沸水里。童年的往事如烟似雾地涌到春芍眼前，她想起了父母为了看戏而吵架，让日子变穷。宋先生的心，她完全能理解了。她知道，为了她宋先生啥事都能干得出。一辈子，要是有这么一个男人相守着，还怕啥！

春芍软软地叫了一声：宋先生。便把自己的一双小手放到了宋先生湿漉漉的大手里。

老拐得知宋先生要娶春芍的消息，他觉得没有什么不好，一个唱戏的，能早早地找一个归宿比什么都强。春芍的嗓子倒了，不能再唱戏了，留在戏班子里也只能打打杂，还多一张嘴争饭吃，今日不嫁人，迟早也会嫁人的。

老拐以嫁女儿的心情，隆重地把春芍送到了宋先生家。又在宋先生家门口，搭了个戏台，张张扬扬地唱了三天大戏。

北镇方圆百里，都知道戏班子昔日的名角儿山里红嫁人了。

六

年近三十的宋先生娶了如花似玉的春芍，缠缠绵绵，磨磨叽叽地过日子自不必多说。

宋先生是个识文断字的人，对女人就多了层理解和呵护，怕春芍冷了，怕春芍累了，总之，宋先生对春芍关爱有加。宋先生用一个识字的男人心烘烤着娇娇嫩嫩鲜鲜亮亮的春芍。

春芍对北方的男人是了解的，虽从小就生活在戏班子里，可他们的戏班子一天也没有离开过戏迷。北方的男人在女人面前大都很霸道，集英雄主义与男人主义于一身，男人把女人打一顿骂一顿是家常便饭。春芍从小就领略了父母的吵嘴骂架。

春芍做梦也没有想到宋先生会对她这样，她沉浸在前所未有的幸福之中。春芍在起初的日子里，知足了，满意了。

宋先生在白天的大部分时间里，咿咿唔唔地教一些孩子识字，春芍就搬了个小凳坐在院子里一边做针线活儿，一边看宋先生教孩子识字。太阳暖暖地照着这个小院，小院的空地上种了一些丝瓜和豆角，青青绿绿地爬满了小院，有几只蝴蝶在飞来绕去的。春芍就想：嫁人的日子真好。

此时此刻的春芍，恍恍惚惚仿佛走进了梦里，那是一个多么美妙动人的梦呀。

晚上，春芍和宋先生躺在炕上，一盏油灯明明暗暗地在他们头顶的凳子上飘着。

宋先生又说：我给你唱段戏吧。

春芍不信任地：你还会唱戏？

宋先生笑一笑：我看了那么多戏，咋的也能唱几句，没吃过肥猪肉，还没看过猪跑呀？

接下来宋先生就唱了，他唱了一段《王二姐思夫》，接下句的自然是春芍，春芍的嗓子倒了，小声哼哼还是可以的。于是，两人你一句我一句的，就体会到了无限的甜蜜和快乐。

最后，春芍一头扎在宋先生并不宽大的怀里，羞羞喘喘地说：过日子真好。

宋先生也是幸福着的，他做梦也没有想到，天上会掉下个“林妹妹”。以前他爱看春芍唱戏，春芍的一举手一投足，都牵着他的心，那是一个女人对男人的吸引。那时的春芍对他来说是遥不可及。现在他搂着春芍是那么的实实在在。他的手在春芍的身上游移着，他下意识地哼起了《十八摸》，他自己也说不清什么时候学会的这种下流小调。

春芍抬起头有些吃惊地望着他道：你也会唱这？

宋先生笑了笑说：当初你在戏台上唱这些调时，别提我心里有多难受了。

春芍就咻地一笑。

日子周而复始。在周而复始的日子里，春芍就觉出了几分寂寞。新婚时哥呀妹呀的冲动填补了她许多的寂寞，那时她也不曾想过寂寞。现在渐渐地，她品出了这份冷清。她在戏班子里整整生活了十年，戏班子里永远是热闹的，走街串镇地演出，那时，她不会感到寂寞。

春芍觉得宋先生对自己的热情也不如以前了。每到晚上，宋先生总要在灯下看会儿书才上炕。春芍就在那一刻觉出了日子的冷清。

那天，两人躺在炕上。

春芍说：哎，哪天咱们去看戏吧？

宋先生：你演了那么多年戏还没够么？

春芍：我想戏班子那些人了。

宋先生：好吧。

没过几日，北镇戏班子在北镇郊外的一个屯子里演戏，他们就去了。

十里香在春芍走后便又成了角儿，她依然如当年那么风光。人们又看到了昔日的十里香。当忙子和十里香往台上一站，春芍的泪哗啦一声就下来了。她也说不清自己为什么要流泪。那份激动，那份渴望，不可遏止地涌遍了她的全身。她哆嗦着身子，嘴也一张一合的。

戏一开场，春芍又找回了当年唱戏时的那份感觉，她浑身上下的每个细胞都活跃了，台上的十里香在那唱呀扭呀的，仿佛不是十里香在唱扭，而是自己。台下一阵阵叫好声，也似冲着自己。春芍在那个晚上亢奋不已，浑身上下都被湿漉漉的一层汗浸透了。

回来的一路上，春芍一句话也不说，匆匆地走在宋先生的前面。

宋先生提着长袍走在后面一遍遍地问：你咋了？

春芍不回答。

直到春芍走回家，躺在炕上，才放声大哭起来。这哭声，仿佛压抑许久了，终于找到了突破口，哗哗啦啦地流出来。

宋先生不知所措地在一旁看着。

春芍哭了一阵。她自己也说不清为什么要哭，她只觉得心里憋得难受，哭出来了，就好受了许多。渐渐，她止住了哭声。

宋先生似乎察觉到了什么，重重地叹了口气道：你还是忘不了戏班子呀。

默了一会儿，宋先生又说：等明天有空就回戏班子看看吧。

春芍点了点头。

春芍回戏班子探望是宋先生陪着去的。戏班子一如既往还是昔日的老样子。在不演戏的时候，乱乱哄哄的，有的在睡觉，有的在练唱。他们见了春芍都表现出了空前的热情，半年没见，他们似乎有许多话要问春芍。

十里香拉着春芍的手说：好妹子，结婚成家过日子多好哇。

腊梅以过来人的身份说：多亏了你嗓子倒了，要不你哪有这样的福分呀，再生个孩子吧，就啥都有了。

……

春芍不说什么，亲切地看看这，摸摸那，她喃喃地说：还是戏班子好哇。

老拐听了春芍的话，就动了几分真情，他想起了春芍在戏班子里时的那些日子，老拐就说：春芍，戏班子就是你的家，没事就回来看看。

春芍怔了怔还是说：哎——我知道，咱唱戏人这辈子，不管到啥时候，都离不开戏了。

从那以后，春芍一有时间就往戏班子里跑。宋先生不说什么，由她去。

只要她愿意，宋先生就高兴。宋先生白天要教学生识字，晚上还要读书。

戏班子回北镇城里，没有演出时，也会集体地来看春芍，他们挤在屋子里又说又笑的，他们亲眼看到了春芍的日子，都表现出了由衷的高兴。十里香就说：妹子，看你多好哇，有家有室的。

十里香想到了自己那个夭折的孩子，眼圈就红了。

春芍苦笑一下：姐呀，日子好是好，就是有些闷。

十里香就叹道：妹子，你这是身在福中不知福哇。

春芍隔三岔五地回戏班子坐一坐，有时戏班子的人也来看看春芍，日子就平静地过着。谁也没有想到，事情会发生变故。

七

春芍知道宋先生对自己好，她也知道，北镇的女人没有几个人能过上她这样的日子。可她仍然觉得这样的日子太平淡，平淡得她凭空会生出许多愁闷来。

就是这种平静的愁闷给她带来了生活上的变故。

奉天城里，张作霖的队伍在不断壮大，为了牢牢地控制住东北这块地面，他到处收编着队伍，包括那些占地为王的胡子。

马占山就是北镇一带有名的胡子头儿，手下有百十号人马。北镇一带屯屯落落没有不知道马占山的。远在奉天城里的张作霖也知道了马占山，于是差人给马占山送了一副帖子。帖子上写了要收编马占山的事。

那时的大小股胡子大都投靠了东北军，他们知道靠自己的力量折腾不出多大动静，他们归属东北军就感到日子有了着落。当胡子是为了口饭吃，如果投了东北军吃不愁穿不愁，名正言顺了，再也用不着在深山老林里过野人似的生活了。

马占山毫不例外地被东北军收编了，马占山被张作霖封了一个团长。于是，马占山带着百十号人马下山了。下了山的马占山和以前就不大一样了，衣服是东北军发的，枪呀弹的自然也是东北军的。做了团长的马占山堂堂皇皇地进驻到了北镇城里，号地号房子，动静弄得很大。

自然少不了搭台唱大戏，马占山点名让北镇戏班子为自己唱戏，他不但点北镇戏班子，还要点名让山里红为自己唱戏。山里红在谢家大院唱红的事他听说过，后来还下过几次山，偷偷地混在戏迷中看过山里红这个角儿了。那时，他曾发誓，有朝一日把山里红抢到山上天天为他唱戏。这回，他明目张胆地要山里红为自己唱戏，有关山里红倒嗓子、离开戏班子的事他并不知道。

当马占山得知山里红已离开戏班子，他喷了好半晌嘴，摸着脑袋说：那丫头水灵呀，可惜了。

戏照例是要轰轰烈烈唱的。

春芍自然也知道戏班子在北镇城里为马占山唱戏，她也去了，戏台前都被马占山的队伍严严实实地围了，她只站在远处看了一会儿。

第二日，春芍仍然坐在院子里做针线活儿，她听着宋先生教孩子们识字的咿呀声。她早就对这一切司空见惯了，她一边做着针线活儿，一边在心里哼着《大西厢》。

就在这时，他们的小院里走进一个人，那人穿了一身东北军的军装，袖着手就那么愣愣地看着春芍。春芍一抬头也看见了那人，那个人有四十多岁的样子。春芍觉得这个人眼熟，不是一般的眼熟，是熟得不能再熟了，可她一时想不起跟前这个人到底是谁。

那人在春芍眼前立了一会儿，然后就干干硬硬地叫了声：春芍呀——

春芍听见了这一声，手里的针线活儿就掉到了地上。她眼前“呼啦”一下子就亮了，她想起来了，眼前这个人就是十几年前离家出走的爹。

父亲见女儿认出了自己，便忙上前又叫了声：我真的是你爹呀！

那一瞬，春芍的心里一时说不清是什么滋味，在心里她早就忘了眼前这个爹了，那时的爹对她是那么的无情无义，日子过不下去了，说走也就走了。八岁的她，在那一刻，她就发誓忘记爹。这么多年，她果然再也没有想起过自己的父亲。没料到的是，父亲却从天而降，她觉得自己是在做梦。

父亲又叫了一声：春芍我真的是你爹呀！

春芍这时已经清醒过来，她冷下脸道：你来干啥？你不是我爹，我爹早死了。

说到这儿，春芍的眼泪就流了下来，她想起了自己娘，想起了这十几年漂泊不定的生活。

父亲一下子就给春芍跪下了。父亲也已经泪流满面了，眼前的春芍毕竟是自己的亲生骨肉，这么多年他也一直在想自己的老婆、孩子，他没脸也没有这个能力回到北镇。这次马占山被收编，他便义无反顾地跟随了马占山，他要回北镇。他一回北镇就到处打听女儿。让他没有想到的是，自己的女儿曾经是北镇戏班子的角儿，于是，他很容易就找到了自己的女儿春芍。

父亲跪在地上说：春芍，以前都是爹对不住你呀。

父亲在哭，春芍也在哭。

宋先生听到了院里的哭声，便走了出来。他被眼前的景象骇住了。他早就知道春芍的身世，很快就猜出了眼前这是怎么一回事。

想到这儿，他忙走过去扶起了春芍的父亲，他说：爹呀，你这是干啥，有话到屋里说去。

春芍哭过了，也恨过了。她闭口不谈母亲，在她童年时父母吵架的事，给她留下了太多太多灰暗的记忆，她不愿意提起自己的童年。她只冲父亲叙述进入戏班子以后的事情。父亲一边听，一边哭哭笑笑，他已经被女儿春芍的命运打动了。

当他看到眼前春芍已经成家立业，宋先生这个人也算体面，日子也过得下去，他长舒了口气。

父亲后悔万分地说：是爹对不住你们娘俩，爹有罪呀。这下好了，爹回来了，就再也不离开你们了。

那一天，父亲坐到很晚才走。春芍送爹出门时，心里仍说不清到底是个什么滋味。

马占山也在寻找春芍。

马占山戏也看了，可心里怎么也不踏实。他看戏时，眼前总是出现春芍的身影。十六岁时的春芍，给马占山留下了许多美好的记忆。当他得知春芍就在北镇城内，并且嫁给了一个教书的先生时，马占山的心里很不是滋味，仿佛看见一朵花插在了牛粪里。

当马占山打听到春芍的住处，并得知自己的随从老于就是春芍的爹时，马占山笑了。

他差人叫来了自己的随从老于，笑一笑说：老于呀，你投奔我一场，我也没啥封你的，从今天起，你就做我的副官吧。

老于做梦也没想到，转眼就成了副官。他一时不知如何是好，更不知是梦里还是现实，只是不停地点头说：好，好，谢谢团座。

马占山不笑了，他一字一顿地说：我要见你的女儿山里红。

老于也不笑了，他被一连串的变故打蒙了。

八

在那个秋高气爽的上午，于副官陪着团座马占山来到春芍的家。

这次老于做了副官，心里有了许多底气，他还没有走到春芍的门口，便扯着嗓门喊：春芍呀，爹来看你了！

春芍推开门的时候，先是看到了穿着一新的父亲，接着就看见了马团长。春芍眼里的马团长很是个人物，足有一米八的块头，很黑的头发，一双眼睛看人时也很野。她当时并不知道，当年家喻户晓的马胡子就是眼前的马占山，春芍的第一感觉是，马占山很魁梧，还有几分英俊，当然还有野气。

于副官进门时，自然是把马团长让到前头。马团长见了春芍便没有把眼睛移开，他望着春芍。春芍似乎变了，又似乎没变。说变了，是春芍变得更女人了，凸凸凹凹的地方都那么恰到好处，人胖了一些，当然也就更丰满了。说春芍没变，是因为春芍还是那么水灵，还是那么年轻。马团长没这么近地看过春芍，此时，他甚至嗅到了春芍身体里散发出的阵阵体香。马占山在心底里咬牙切齿地说：他妈的，这丫头老子要了！

进门以后，于副官就忙不迭地说：这是我们马团长。

春芍轻“哦”了一声后，搬了把凳子放在马占山面前，又说了声：马团长请坐。

坐，坐。马占山就笑眯了一双眼睛。

春芍又为马占山倒了一杯茶后，便欠着半个身子坐在了炕沿上。

于副官就说：春芍哇，爹现在是副官了。

春芍不知道副官是个什么官位，看见父亲那个样子，还是在心里替父亲高兴了一回。

马占山坐了一会儿就立起来了，打量了一下房间，一边看一边摇头，然后说：昔日的名角儿，就住在这里呀，真是可惜了。

父亲就点头哈腰地说：团座这你说哪儿去了，这就不错了。

马占山又话锋一转道：听说贵婿是教书的？

父亲就点头，鸡啄米似的。

宋先生听见了声音走了进来，他先和马占山握手。春芍看见宋先生的手指还沾着些墨水，接下来她又看见马占山那双大手很大也很有力气。

马占山和宋先生握过手之后，伸出一只大手很有力气地拍在宋先生的肩上说：教书人，有文化呀，了不起。

宋先生就忙说：哪里，哪里。

马占山又说：不知先生可否有意到我那儿谋份差事，保你比现在吃得好，挣得多。

宋先生就忙摇头：哪里，哪里，教书人干不了那事。

马占山也就笑一笑，背着手转了两周就告辞了。

宋先生和春芍去送父亲和马占山。

马占山就摆着手说：都回去吧，就是来看看，可惜没机会听名角儿唱戏啦。

于副官也学着马占山的样子挥挥手说：都回吧，没啥事，就是看看。

父亲的样子就很“副官”了。

马占山和父亲走后，宋先生就回去教书了，他一边走一边冲春芍说：这下咱们家可热闹了。

春芍没听清宋先生的话，她正冲着大门发呆。

连着几日都没什么内容，忽一日，都已经傍晚了，于副官匆匆地来了，春芍刚做完饭，正准备和宋先生一起吃。

父亲一进门就说：春芍哇，马团长请你去看戏。

春芍已经很久没有看戏了，她正憋得有些六神无主，听说要演戏了，她立马就精神了许多。

她便说：那我们吃完饭一起去看吧。

父亲说：今晚是牤子和十里香专场为马团长演出，别人是不能看的。

春芍就放下碗，看着宋先生。

父亲忙说：马团长说了，他不太懂戏，想请春芍去给讲讲戏。

父亲说完拉起春芍的手就往外走，一边走一边冲宋先生说：那我们就走了。

于副官已隐隐约约地觉得马占山看上了春芍，从马占山封他做副官那刻起，他就预感到要有什么事发生了。说心里话，他是高兴的，他甚至幻想果真有那么一天，马团长娶了春芍，那他也就人五人六了，说不定还能混个团副当一当，到那时，他老于家也就祖坟冒青烟了。

果然不出于副官所料，没几日，马占山又差他来请春芍去听戏。于副官的心里都快乐得开了花儿，以前在他心里还挺像回事儿的宋先生，此时啥都不是个啥了。

戏在团部里演出，几盏汽灯同时燃着，照得整个房间比白天还亮堂，团部门口有卫兵站岗，屋里没几个人，除马占山外，还有几个团副警卫什么的。

马占山坐在桌后，桌子上摆着点心、糖果什么的。于副官领春芍进来时，马占山站了起来冲春芍说：今晚看戏，请你这个角儿来一道乐乐。

说完便把春芍让到了自己身边坐下。

马占山就拍拍手道：开始吧。

十里香和牤子就从侧门被一个卫兵带进来，站在房间的空场子里。戏就开始了。

春芍并没把戏看进去，不知为什么，她的心思都在马占山身上。以前她碰见的都是有钱人，人要是有钱了架子也很大。马占山是当官人，手里有兵也有枪，架子自然也很大，但他身上又多了一种有钱人身上没有的东西，那就是马占山的身上的那种野气。野气和大气加在一起就是霸气了。

这股霸气深深地占据了春芍的心。

后来她恍过神来开始看戏，目光集中在十里香和牤子身上。她还是第一次坐在这个位置上看戏，她离十里香和牤子是那么近，他们一句接一句地唱着，她突然觉得他们很可怜，他们不管愿意不愿意，只要马占山说句话，他们就得来唱戏。也许给他们点赏钱，也许不给，不管给不给，他们都得唱。她又想到了自己的从前，发烧还得唱戏，结果唱倒了嗓子。想到这儿，她情不自禁地流下了眼泪。马占山的心思一半在听戏，一半在暗中观察着春芍，春芍一流眼泪，马占山忙招一块手帕递了过去。

然后马占山就叫了声：好。又一挥手，就有一个侍卫端着托盘走过去，这是马占山给十里香和牤子的赏钱。

马占山说：唱得好，都唱得让唱戏的人流泪了，好！

十里香和牤子愈加卖力地唱。

有了初一，就有了十五。

于副官三天两头地去请春芍。每次请春芍，于副官都有很多借口，不是马团长的衣服破了，让春芍去缝一缝，就是父亲想闺女了，到府上聚一聚。

春芍每次来，差不多不是陪马占山听戏，就是陪打纸牌，输了马占山付，赢了是春芍的。

春芍以前从没有过这样的生活，渐渐地喜欢上了这种生活方式。每次玩，都到半夜，然后，又出去吃宵夜，副官侍卫陪着，不管走到哪家饭馆，老板都热情相迎。他们也一律都认识春芍，对马占山等人自然是敬畏。

热闹时分，老板会颠颠地过来敬杯酒给春芍，席间就增添了许多热闹。春芍在冷清之后，似乎又找到了昔日的热闹。不过这种热闹，比昔日的热闹要舒服多了。

刚开始，她还为三天两头跑出来，觉得对不住宋先生。渐渐地，她觉得和宋先生过那种冷清、呆板的日子，是宋先生对不住她。她就对宋先生生出许多怨恨来。

九

马占山已经四十有五了。当了十几年胡子的马占山，此刻想名正言顺地拥有一个女人。马占山知道，他当胡子时，没有一个女人愿意嫁给他，那时他虽不缺女人，可每次都是强迫的。看好了哪个屯子里的女人，撕撕巴巴地抢到山上来，女人就呼天喊地，要死要活。时间长了，马占山觉得占有这样的女人一点意思也没有。正经的女人连正眼都不看他一眼，玩个两三日，便把女人放下山了。有的女人哭哭啼啼走了，有的烈性女子，就在回家的路上，用裤腰带把自己吊在了树杈上。马占山也逛过妓院，那些妓女们也热情也主动，却不是对他马占山这个人，而是冲他怀里的钱。对于女人，马占山有着深刻的理解。

马占山当胡子时，春芍的唇红齿白，以及身体的凸凸凹凹，已深刻地印在马占山的脑子里，就像敲进来的一颗钉子，想拔都拔不走。

他以为在春芍的身上他要花许多心思，没想到，春芍对他并没有更多的反感，每次他差于副官去请春芍，春芍都能如约而至。这是他没有想到的。他以一个男人之心琢磨着春芍，他还发现，春芍对他过的这种日子是热衷的。眼见着春芍在一点点地向自己走近，他并不急于向春芍表白什么。

宋先生和春芍之间的关系也发生了微妙的变化。春芍每次夜半三更地回来，宋先生已经睡着了，宋先生读的书滑落到一旁，那盏燃着的油灯，一飘一闪地亮着。春芍就悄悄地躺下，起身吹熄了灯盏，可她一时半会儿仍然睡不着，她仍沉浸在兴奋之中。以前，她非常渴望宋先生的身体，现在不知为什么，这种渴望在一点点地消退，最后竟变成了平静。她知道，宋先生是个好人，在她倒了嗓子之后，如果没有宋先生，她不知道日子将会怎样过。是宋先生让她有了一个家，渐渐地，她有些厌倦了宋先生四平八稳的生活，那时她并没觉得这有什么，她只是闷，不知干什么才好。现在，出现了马占山，又一次把她的生活点亮了，让她看到了阳光和希望。

直到这时，春芍才意识到，十几年戏班子的生活，已经深深地融到了她的血液里，她曾试图把过去的一切都忘掉，开始一种新的生活。在初始的日子，她做到了，因为那时，一切对她来说还很新鲜，这种新鲜过去之后，她感受到了那种深深的不安和格格不入。

宋先生似乎也猜透了她的心思，宋先生依然话语很少，就那么忧忧郁郁地望着她，她知道宋先生想说什么。她先说：在家待时间长闷得慌，就出去散散心。

宋先生就叹气，叹得山高水长。

宋先生便又去教书了，咿咿唔唔的读书声响彻小院。

春芍坐在屋内或小院里，她的心愈发的寂寞，刚做了一会儿针线便又放下了。她开始魂不守舍，坐卧不安。她在谛听着父亲的脚步声，只要父亲出现，十有八九是约她出去的。于是，一天里，她都在期盼着父亲的脚步声。

春芍的不安，使宋先生终于开口了。

宋先生说：春芍你现在不唱戏了，就该安心地过日子。

宋先生又说：春芍哇，我没有金山银山，但养活你足够了。

宋先生还说：春芍哇，你到底在想啥呀？

春芍说：你别理我。

春芍又说：我不用你管。

春芍还说：我烦呀，你别管我！

宋先生就又沉默了。

这时，于副官的脚步声又一次匆匆响起。春芍迫不及待地打开门，把父亲迎了进来。

宋先生觉得是春芍的父亲把他们的平静生活搅乱了，宋先生没有更多的话冲于副官说，别过脸去，去望墙角。此时，墙角正有一片蜘蛛网盘盘结结地挂在那儿。

于副官就大呼小叫地说：春芍哇，去打纸牌吧，马团长正等你呐。

春芍还没等父亲说完，便开始穿衣打扮了。

这空当，于副官就满怀歉意地冲宋先生说：春芍去去就回来，马团长玩牌三缺一。

宋先生自然不理于副官，只在鼻子里哼了一声。

打纸牌的时候，马占山的腿碰到了春芍的腿，春芍先是躲了一下，后来马占山又碰了一次春芍，春芍不再躲了，用眼角瞟了眼马占山，马占山也正用眼睛看她，马占山没事人似的玩：春芍，出牌呀。

春芍的脸就红了红。

接下来，马占山的胆子就大了，他不停地用脚去钩春芍的腿。春芍不躲也不闪，话就多了起来。

于副官一次次端茶倒水地伺候着，他早就看到了八仙桌底下发生的一切。此时的于副官心明眼亮。他有说不出的高兴，他的眼前已幻想出自己当了团副，春芍成了马占山的女人，那样的日子还有啥说的。

牌局散了以后，马占山冲春芍说：春芍，我好久没有听戏了，今晚你就给我唱两句吧。

春芍说：马团长，你又不是不知道我的嗓子倒了。

马占山又说：不怕，哼也行呀。

在场的人看出了马占山的用意，便都说说笑笑地散了。屋里只剩下马占山和春芍了。

春芍这时就心慌意乱了，她知道马占山卖的是什么药，但她并不反感，然后就满面含羞地说：马团长，不知你想听哪一曲呀？

马占山就笑了道：啥都行，只要你唱的，我都爱听。

春芍就哼了，哼的是什么她自己也不知道了。

马占山就过来，先是捉了春芍的一只小手，接着就把春芍的整个人搂了。

春芍说：马团长，马团长，这可不行。她这么说了，身子并没有动，却一下子变软了。

马占山气喘着说：春芍，春芍，你想死我了。

春芍：不呀，不！

马占山把春芍就抱到了炕上。

春芍娇娇地叫：马团长，马团长呦——

事后，马占山冲春芍说：我要娶你！

春芍说：不行呀，我还有宋先生。

马占山就胡子气很重地说：他一个教书的算啥东西。不行，老子一枪崩了他。

呀，不！春芍把马占山的一只手臂拖住。

十

起初，春芍并没有下定决心要嫁给马占山。但她又无论如何管不住自己同马占山的来往，她在马占山那里得到了许多宋先生无法给予的。

马占山离不开春芍，春芍似乎也离不开马占山了。春芍不仅对马占山的这种生活眷恋，同时她对马占山的身体也深深着迷。见多识广的马占山，总是能把春芍梳理得乐不思蜀。

老实斯文的宋先生预感到了发生的事情，当春芍又一次满面潮红，又有些羞愧难当地走进家门时，宋先生跪在了春芍的面前。

宋先生鼻涕眼泪地说：春芍哇，你不要这样了，马占山不是过日子的人，他是个胡子呀。

春芍的眼前就黑了一片。她乐此不疲地做这一切，并不想让宋先生知道。宋先生对她千般万般的好，她心里都清楚，她从心底里也不希望做出有悖于宋先生的事情，可她却无论如何也管不住自己的行动。没想到宋先生已经把话挑明了，她身子一软靠在了门框上。她喘了半晌气，泪也就流了下来，她气喘着说：我对不住你哩。

宋先生又说：春芍哇，只要你跟我安心过日子，咱们离开北镇，去哪儿都行。

春芍不说话，只是哭泣，她想用哭泣平息自己内心的不平静。此时，她恨不能身分两半，一半留在宋先生这里，一半去跟随马占山。她不知道，前面的路该怎么去走。

马占山却等不及了，他和春芍有了几次百般温存之后，他确信，春芍已经是自己的人了。他要的就是这份感受和自信，于是，他骑着一匹高头大马，身后带着十几名卫兵，轻车熟路地来到了春芍门前。

春芍一听到马蹄声，她便一点劲儿也没有，人整个软软地定在了那里。

马占山走进门来，他先看了眼春芍，一挥手，便上来两个卫兵把春芍抱了起来。春芍这时已没有气力说话了。

马占山接下来又走到宋先生面前，宋先生仍跪在那里。马占山根本没有把宋先生放在眼里，他说：教书的，春芍已经是我的人了。

宋先生就悲哀地叫一声：春芍哇——

马占山从另外一个卫兵手里接过一包银元，很响地扔在宋先生面前。银元在宋先生面前的地上滚动。

宋先生睁圆了眼睛：胡子，你是胡子！

马占山笑了一下说：教书的，你说错了，我是东北军的马团长。

宋先生大声地：胡子呀，还我春芍！

马占山从腰里拔出枪，在宋先生鼻子前晃了晃道：别找麻烦，要不是看在春芍的面上，我就一枪崩了你。

说完，马占山走出小院，带着春芍，带着他的人马向自己的驻地走去。

宋先生就疯了。他撕碎了身上的长衫，扔了头上的礼帽，他舞弄着双手把马占山扔在地上的银元扔得东一块，西一块。

宋先生一面呼喊着，一面冲出家门。他一直跑到马占山的驻地。警卫自然不让他进去，把他推倒在门外。他就趴在地上喊：春芍，你出来呀，你出来看看我吧。

马占山的驻地还在唱戏，戏班子很隆重地在庆祝马占山和春芍的婚礼。

春芍披红挂绿地坐在中间，她说不出高兴，也说不出不高兴。马占山坐在她的旁边，用胳膊很结实地把春芍搂了。

马占山一边看戏一边说：春芍，从今以后咱们就是一家人了，吃香的喝辣的，随你便。

春芍不说话，她的耳畔回响着宋先生一声又一声的呼喊。

马占山又说：想看戏就天天让他们唱。

春芍仍不说话。

马占山看了眼春芍：咋了，你不高兴？

马占山也听到了宋先生在门外的喊叫，停了停又说：你是舍不得那个教书的吧，我这就把他崩了，省得你闹心。

春芍突然叫了声：呀——不——

她拉住了马占山的衣袖。坐在一旁，此时已是于团副的春芍爹说：崩了也就崩了，那样的男人还想着他干啥。

春芍冲马占山说：从今以后我是你的人了，但你要答应我，别伤害宋先生。

马占山叹口气，收了枪，冲身边几个卫兵说：把那个教书的拉走。

不一会儿，便没有了宋先生的喊叫。

戏唱了三天。

老拐、犴子、十里香等人都走下台为春芍道喜。他们说了许多吉祥话，老拐趁人不注意冲春芍说：你的日子好了，宋先生毁了。

春芍听到这儿，眼圈红了红，但她又很快地说：是我对不住他，你们以后有空就去看看他。

老拐叹了口气。

宋先生千呼万唤地呼喊春芍。春芍自从走进马占山的院落，便再也没有走出来。

宋先生便仰天大喊：春芍哇，你真是个戏子呀，你咋就那么无情无义呐。

从此以后，北镇少了一个宋先生，多了一个疯子。疯了的宋先生开始走街串巷地呼喊着春芍的名字。

春芍以崭新的姿态做起了团长马占山的太太。春芍和马占山结婚后，生活和以前有了明显的不同，她不用再操心吃饭穿衣的问题了。她的日常生活变成了陪着马占山玩、乐。

戏要看，纸牌要打。深更半夜的，他们也会带着侍卫去吃宵夜。春芍过上了一种无忧无虑的生活。

上炕之后，马占山会使出无穷的力气，把春芍压在身下，马占山便气喘着问：是我好还是他好。

那个“他”自然是指的宋先生。

春芍此时已云里雾里了，她梦呓样地说：你好哇，好哇……

这是她在宋先生身上无法体会到的。

疯疯乐乐的日子，并没有持续多久，日本人开进了奉天的北大营。于是，东北军把驻守在北镇的马占山团调到了奉天城内。

一时间东北军的局势风雨飘摇。几支驻扎在城外的队伍，大都是收编来的，他们被东北军收编时是想着借东北军的光，吃香的喝辣的。没想到突然来了日本人，一场战争不可避免地要发生了。于是那些队伍便不稳定起来，有的连夜卷起铺盖卷跑掉了。

张作霖并不想让自己的嫡系部队去打这样的内战，于是，马占山的队伍便被调到奉天城内，担负起了收缴小股叛军的重任。

马占山奉命进入奉天，他自然舍不得把如花似玉的春芍放在北镇，于是，春芍便和马占山来到了奉天。

到了奉天不久，马占山的队伍便被指派到了收缴小股叛军的前线。

春芍便被扔到奉天城内中街的一条巷子里。

马占山隔三岔五地会从前线退回来，偷偷地住上两三天，那些日子是欢乐的。

马占山一走，她的日子就又空了。她常常走出门外，倚门而立，望着空荡荡的巷子，她多么希望此时马占山骑着高头大马回到她的身边呀。她在空等的日子里，会冷不丁地想起北镇的宋先生，这时，她的心里会隐隐地有些疼。宋先生一从她的脑海里出现，她便自然不自然地想起和宋先生那些说不上甜蜜但却很温馨的日子，静静的阳光，干干净净的小院，以及那些孩子咿咿唔唔的读书声。这样的幻觉很快又被她忘在了脑后，她更关注眼前的日子，她期待着马占山重新出现在她的身旁，给她带来欢乐。

十一

春芍做梦也没有想到，在奉天城里她会意外地碰见谢家大院的少东家谢伯民。

春芍在奉天城内无依无靠，每日都是她一个人，孤单而又寂寞，她无法打发这种时光，便一个人走出巷子闲逛。她走在繁华的中街上，听见有人叫她，待她抬起头来时，她就看到了谢伯民。谢伯民穿着一身白色西装，头发也梳得光光的。

谢伯民就说：你怎么会在这儿？

春芍能在茫茫人海中看见谢伯民也感到很意外。她很快想起，自己十六岁那一年，在谢家大院唱红时的情景，她从内心里已经牢牢地记住了谢家大院，记住了谢伯民，没有谢家大院，就没有以后的山里红。

那一天，两人重逢，谢伯民把春芍请到了中街自己的家中。春芍在那一次了解到，老东家死后，谢伯民就卖掉了谢家大院和所有的土地，他一心一意在奉天城里开药店，现在谢伯民已在奉天城里开了几家大大小小的药房。

春芍还知道，谢伯民两年前娶了老婆，一年前老婆在生产时，因难产而死。

春芍也说了很多，说自己嗓子倒了之后，嫁给了宋先生，又嫁给了现在的马占山。春芍在说这些时，谢伯民一句话也没说。

最后，谢伯民说：你一点也没有变，还是十六岁时的样子。

刚出道时的春芍的样子，已经深深地烙印在了谢伯民的脑海中。几年过去了，他仍时常想起那晚春芍上台时的样子。

谢伯民的家是一幢二层小楼，有许多房间，没有了女主人的家，也显得有几分冷清。春芍那天在谢伯民的小楼里说了好久，最后离开时，谢伯民就说：以后你就常来玩吧。

谢伯民站在门口，冲着远去的春芍招着手。春芍走出很远，回了一次头，她仍看见少东家谢伯民白得耀眼地在那儿冲她招手。

马占山只能隔三岔五地回来。天一亮，马占山打马扬鞭地又走了，又留下了孤孤单单的春芍。

没事可干的春芍三转两转地就来到了谢伯民的那幢小楼前，直到她走进谢伯民家，她才灵醒过来。犹豫一下，她还是进去了。

谢伯民似乎已等待许久了，春芍每次出现谢伯民都很热情。

有一次，春芍冲谢伯民说：我都好久没有看戏了，真想去看看。

那天，谢伯民陪着春芍走进了中街一家戏院。春芍还是有生以来第一次在戏院里看戏，戏台被弄得红红绿绿。

戏班子仿佛人人都是角儿，轮流着唱。角儿一律年轻，一律漂亮。春芍是唱戏的出身，她听得出来，唱戏的人都是经过训练出来的，比他们北镇戏班子的水平高出一截。意识到这些，春芍才知道，奉天就是奉天。

在戏院里看戏，也有捧角儿的，那些有身份的人出手都很大方，差人用盘子把银元托着，还要给角儿送花。这也是春芍从来没有见过的。她为自己曾经有过的经历感到脸红。

散戏以后，谢伯民又请春芍去茶楼，两人一边品茶一边聊天。

春芍说：他们唱得真好。

谢伯民就用一双眼睛把春芍望了说：他们唱得再好，我还是爱听你唱。

春芍听了这话脸就红了。她又想起了当年在谢家大院少东家说过的话。

那天，两人在茶楼里坐到很晚，谢伯民才送春芍回去。谢伯民一直把春芍送回住处，他看到了春芍的住处便说：难为你一个人守着这么大的房子。

一句话差点让敏感的春芍落泪，但她还是忍住了，冲谢伯民笑笑说：这一切都是暂时的。

谢伯民怔了一下说：这年头，干行武的，你没想过万一他有个啥三长两短？

春芍的眼泪终于流了下来。

此时，她有些后悔当初这么草率地离开宋先生，而投入到马占山的怀抱。

她嫁给马占山之后，她才渐渐了解马占山。有时马占山的粗俗让她无法忍受，每次和她做那事时，马占山总要问她和宋先生做那事时的感受。她不回答，他便不高兴，说她心里还装着那个教书的；她说了，他又骂她是个被人睡过的破货。说着说着，马占山就很粗暴、很有力气地把她占有了。起初，她还能体会到种种快乐，渐渐地，那种快乐又渐渐消失了，变成了一种折磨。每每这时，她就怀念和宋先生在一起的日子。

来到奉天城里，她愈发觉得孤单无靠。没有马占山的日子，她寂寞；马占山回来，她又觉得难熬。

马占山每次回来，从来不问她过得怎么样，每次多一句话也不说，上来就把她按到炕上，然后迫不及待地扒她的衣服，发泄完，便睡；睡醒了，又和她说一些很下作的话，仿佛不这样，就没有欲望和她做那件事。马占山在北镇给春芍带来的生活，已经一阵风似的刮走了。

就在这时，谢伯民出现在了她的生活中，她觉得生活有了内容。

从那以后，她差不多每日都要到谢伯民那里去坐一坐。

有时谢伯民很忙，埋下头，核对账目，她就坐在一旁静静地等。有时她呆呆地望着谢伯民那张年轻的脸，这张脸很生动，不同于宋先生，更不同马占山。四十多岁的马占山，因生活无度已显出几分老态了。

见多识广的少东家，领着春芍参观了他的几家药店。她还从来没见过这么大的药店，她说不清谢伯民有多大的家业和财产。走在街上，有许多人和少东家打招呼，他们不称他为少东家，也不叫名字，都一律叫他谢老板。谢伯民对待这些人显得很散淡，不冷不热的样子。谢伯民仰着头走路，仿佛整个奉天城都在他的眼下。

谢伯民的衣着总是一尘不染，从头顶到脚都那么光光亮亮。有一次，谢伯民又陪春芍去戏院，她从他的身上闻到了一股很好闻的气味。她说：是啥东西这么香？

他说：是香水。

她从来没用过香水，她没听说过，只用过香包，那里面装着几棵香草。

第二日，他就送给她一个瓶子，瓶子里的液体是金黄色的。他说：这就是香水，日本货，送给你了。

她觉得，谢伯民的身上越来越奇妙。有一种东西在远远地牵引着她，她又寻找到了那种美好的感觉。

夜晚，她经常在梦里醒来，醒来之后，眼前便都是谢伯民的影子了。然后，她便再也睡不着了。

她觉得谢伯民不仅在生活上关爱她，也是最了解她的人。有几次，谢伯民把城里戏园子里的戏班子请到了家中。谢少东家在奉天城里也是有头有脸的人物，做这一切，不足挂齿。他不仅让戏班子唱戏，还让春芍装扮上了，春芍刚开始不解，推却道：嗓子倒了，你又不是不知道。谢伯民笑笑道：那你就在心里唱。

装扮好的春芍往那儿一站，家伙一响，便感到自己立马换了一个人，种种以前风光的场景，使她不能自禁。她虽然唱不出了，这时只能别人代唱，她做出的是那些令人魂牵梦绕的动作，此时此刻，心神又一次合一了。唱到动情处，她望着坐在跟前的谢伯民，竟热泪横流，不知是为自己，还是为别人。恍然间，她又回到了十六岁那一年在谢家大院时的情景中。那一瞬间，她清晰地意识到，以后的日子，自己无论如何也离不开谢少东家了。

十二

春芍半推半就地和马占山成婚，一大部分原因是马占山的那种生活在吸引着她，接下来才是马占山这个人。直到奉天，她才梦醒了。

此时的马占山在春芍的眼里只是一个男人，一个很粗俗的男人。在马占山的身边，她一点也没有找到团长夫人的感觉，仿佛她掉进了胡子头儿的窝里，说把她扑倒就把她扑倒了，全没有了那种情意绵绵的爱抚。刚开始，她觉得这样的爱还很新鲜，渐渐地，她就开始讨厌这种粗俗了。马占山从不关心她，他关心的只是他和她在炕上的那种感受。这时候，她不能不想起宋先生。

直到和少东家谢伯民重逢，她似乎又看到了希望。

有一次，谢少东家心情很好，领她去看了一场电影。这是她有生以来第一次看电影，以前在北镇时，她只是听说过。这一看不要紧，却让她大吃一惊，她无论如何也不明白，那些真人似的影子能说会动，就跟真事似的，看得她惊心动魄。

电影结束，她和谢伯民从影院里走出来，天已经黑了。她望着眼前燃亮的一两盏路灯说：电影真好。

谢伯民不说什么，见多识广地笑一笑。

那天谢伯民没有叫车，而是傍着她走过中街，一直走到她居住的那个胡同里。一路上，两个人都没有说什么，他们就那么一路走过来，偶尔，他们的身体碰在一起，但又很快分开了。她的心情却不平静极了，在黑暗中，她肩并着一个男人，一步步向前走去，从谢伯民身体里散发出的幽幽男人气，不时地扑进她的鼻孔，她的身体里就多了种奇妙的感受。

以前她怪那条路太长，今晚不知为什么，她又嫌那条路太短，仿佛在不经意间就走到了终点。

在门口她立住了，他也立住了。

他站在那儿说：你到家了，那我就回去了。

她立在那儿幽幽飘飘地望着他，没说话只点了点头。

他冲她笑一笑，转身的时候又说：啥时有空再来玩。说完就走了，一身白色的西服很快融进了黑暗中。

她冲着他的背影长长地吁了口气。

她推门而进的时候，看到自己居住的房间里亮着灯，她的心一紧，果然是马占山回来了。

马占山坐在灯下正在喝酒，面前摆着烧鸡。马占山看见了走进来的春芍，便满嘴酒气地吼：你上哪儿去骚了！

她怔住了，不知如何回答马占山。

马占山就气势汹汹地扑过来，只一推便把她推倒在了炕上。

她惊惧地望着马占山，喃喃道：我碰上一个北镇的老乡，陪他说话去了。

马占山就淫秽地笑了笑：是卖×去了吧？

她不再说什么了，泪一下子就涌了出来，刚才在外面的一切美好感觉，顷刻间便灰飞烟灭了。

马占山又吼：你这个婊子，老子都回来一下午了，到处找不到你，老子明天又要去打仗了。说完便扑过来……

春芍的心受到了空前绝后的打击，她的眼泪一直在流。

马占山看到了她的眼泪就很愤怒，一边在她身上折腾，一边腾出手扇了她一个耳光，骂道：你哭啥，你咋不叫床哇，你倒叫哇。

春芍在忍受着，她只感到彻底的绝望。她的泪水不可遏制地汹涌流出。

马占山就真的很气愤了，他一次又一次抽打着她的脸，一边打一边骂：你这个婊子，几天见不到男人你就受不了了，你倒是叫哇，你咋就不叫呢……

春芍一夜也没有合眼，她眼睁睁地盯着黑暗，似乎想了许多，又似乎什么也没想，她脑子里空空一片。遥远的，她似乎又听到了宋先生的喊：戏子呀，真是个戏子呀。马占山的声音也惊天动地地响起：你这个婊子，婊子……

马占山一大早就离开了。离开前，他站在地下恶声恶气地说：这次老子就饶了你，下次你要是不在家老老实实地守着，看老子不打断你的腿。说完就走了。

春芍昏昏沉沉哀痛欲绝地在炕上躺了一天，她觉得自己快要死了。她想不清将来怎样，也想不清眼下该怎么办。她觉得自己已经无路可走了。她一下子就想起了谢伯民，眼下只有他才能救她了。

她说不清从哪里涌上来的力气，她穿上了衣服，走出院门。当她出现在谢伯民面前时，她的样子吓了谢少东家一大跳，他说：春芍，你这是怎么了？

春芍再也忍不住了，她似见到了亲人，一下子扑到谢伯民的怀里，哀哀婉婉地叫了声：少东家，你要救我呀！

谢伯民就啥都明白了。

他把春芍扶在椅子上坐下，愣愣痴痴地看了春芍半晌，然后一字一顿地说：你以后就别再回去了。

春芍不解地，茫然地望着少东家。

谢伯民扑过去，一下子就抱住了无助的春芍。谢伯民颤颤抖抖地说：春芍哇，那年我第一次见到你，我就忘不了你了。

春芍做梦也没有想到形势会变成这样。她喜欢谢伯民，可她从来也没敢想过自己会和少东家怎么样。突然而降的幸福使她差点晕过去，她苍苍凉凉地叫了一声：老天爷呀——

于是，两个人就抱成了一团。

待两人清醒之后，都觉得问题远没有那么简单。春芍知道，马占山不是宋先生。先不说马占山是胡子，起码他手下现在有着上百人的队伍，他什么事情都能干得出来。她躲在谢伯民这里不回去，迟早有一天马占山会找上门来的。

春芍把这想法说给了谢伯民。

谢伯民也意识到了问题的严重性，他想了一会儿，就一拍大腿说：这好办。

春芍就满怀希望地望着少东家。

谢伯民就说：咱们给他下“蛊”。

春芍知道什么是“蛊”，那是一种要人命的药。当时吃了并没有什么，几天之后，便会神不知鬼不觉地死去。

谢伯民又说：我的药房里就有这种药。

春芍觉得已经没路可走了，要摆脱马占山，投奔新生活，她只能这么做了。于是两人商定，谢伯民把药配好，春芍负责把药让马占山吃下去，以后的事就一了百了了。

春芍的一颗心便放到了肚子里。为了眼前的少东家，为了自己，她现在什么事都能做得出来。

两人百般恩爱地缠绵了一番，谢伯民才恋恋不舍地把春芍送回去。

在这期间，春芍又找了谢伯民几次，两人恩爱之后，便躺在床上畅想着将来的事情。谢伯民紧紧地把春芍的身体搂了，他说：春芍，日后我娶你，咱们就生个孩子吧。

一句话又让春芍流泪了，身边的少东家是多么的好哇，少东家能娶她，是她上辈子修来的福分呐。

于是，春芍便盼星星盼月亮地期待着马占山早日回来，她以前从没有这么期待过马占山。

她没有等来马占山，却等回了满身是血的父亲——于团副。

父亲一进门就说：不好了，马占山死了。

马占山在战争中被一颗流弹击中了，他再也回不来了。

春芍听到这一消息，她的身子一软，揣在怀里的“药”掉在了地上。

春芍名正言顺地开始了自己又一轮幸福的生活。

十三

谢伯民和春芍结婚那天，谢伯民带着春芍到照相馆照了一张相，是两人的合影。这是春芍第一次照相。

几天以后，照片拿回来了。春芍看着那张神奇的纸片上印着自己和谢伯民。谢伯民微笑着，春芍自然是一脸甜蜜，她的目光新奇地望着前方，她似乎是望见了自己幸福的将来。

她和谢伯民真正的婚后日子开始了。

她下定决心，死心塌地地和谢伯民过起了日子。夜晚，她甜蜜地躺在谢伯民的身边。听着谢伯民熟睡时的呼吸，她想起了宋先生，想起了马占山，她为过去的所有荒唐行为感到脸红心跳。她没有觉得有一丝半点对不住马占山，她跟了马占山只是一时的鬼迷心窍，她隐隐地觉得有些对不住宋先生。但想过了，也就想过了，她还要面对现实和将来，此时，命运又让她拥有了谢伯民。眼前的日子无忧无虑，她不再求啥了，她要死心塌地地和谢伯民过眼下富足的日子。

以后的日子，让春芍有了再生一次的感觉。没事的时候，谢伯民总是带着春芍出入戏院，在这里看戏和在北镇有了很大的不同，那种氛围是北镇街头巷尾无法相比的。谢伯民不仅看戏，还和春芍说戏。少东家对戏里的人生有着自己的理解，他就把这份理解说给春芍听。春芍虽说是唱戏的出身，但有些戏她理解得并不深，经谢伯民这么一说，她一下子就开悟了，对戏文有了更深层次的理解，同时，对少东家也就刮目相看了。

谢伯民让她想起了宋先生和马占山。宋先生会听戏，也能写戏，马占山也听戏，可他们和谢伯民相比，竟比出了天壤之别。少东家从戏里看到了人生，看到了自己，也看到了春芍，她觉得谢伯民说戏时自己已和少东家融为一体了。

那一天，她冲谢伯民说：咱们生个孩子吧。

很快，春芍就发现自己真的怀孕了。她为自己能很快怀孕有些吃惊，她和宋先生没有怀孕，她曾和宋先生说过要孩子的事，宋先生也很高兴地答应了，却是没有怀孕。和马占山也没有怀孕。她觉得很奇怪，为什么前面两个男人都没能让她怀孕，和谢伯民这么短的时间内，竟神奇地怀孕了，她觉得这一切都是天意。

很快，孩子生了。

随着孩子呱呱落地，著名的“九·一八”事变爆发了，先是东北军撤离了奉天，一直撤到了关内，很快，日本人占领了奉天。

接着整个奉天城内就乱了。

谢伯民的药店生意也开始不景气了，少东家痛下决心，关闭了几家药店。剩的几家药店，还勉强可以维持开销。

外面一乱，谢伯民很少往外跑了。上午，他到中街附近的几家药店看一看之后，他便径直回到了家中。于是，关上门，便陪着春芍和儿子。

他们为孩子取名为谢奉。

外面的世界正乱的时候，他们关起门来，过起了品味戏文品味人生的日子。虽然买卖不好，但谢伯民这么多年的积蓄足够他们生活一阵子的。他们一边带孩子，一边享受着他们别样的生活。戏园子关闭了，他们无法再去听戏了，在家里少东家把春芍装扮了，让装扮好的春芍施展一下身段，他们的身旁放着留声机，春芍不能唱了，留声机能唱。于是，他们又找到了各自的感觉。春芍觉得，此刻，不是留声机在唱，而是自己在情真意切地唱。谢伯民眯着眼睛，他在欣赏着眼前、耳旁的一切。春芍虽生育过孩子，但眼前的春芍仍和十六岁时一样，凸凹有致，一个云手，一个媚眼，都让少东家回到了从前。此情此景，春芍便成了戏中人，少东家就是迷戏的人。于是，日子就是日子了。春芍有时会想起北镇的戏班子，眼下兵荒马乱的，他们现在怎么样了呢？但很快就又淡忘了，她对眼前的生活没什么可抱怨的，她在少东家的眼中看到了自己。

窗外的一切恩怨，仿佛都与他们无关，他们关起门来，享受着这份宁静和天伦之乐。

孩子呀呀地学语了。

孩子又蹒跚地走路了。

孩子会跑了。

……

谢伯民很喜欢谢奉，他会拿出大半天时间和孩子玩在一起，他们楼上楼下地捉迷藏，孩子很开心，谢伯民也很开心。

春芍看着儿子和丈夫这样无忧无虑地玩在一起，她总会露出舒心的笑。

有时，她也会觉得挺寂寞的，她想看场戏，或者看场电影，但外面大部分戏园子、影院都关闭了，也没有个去处。她只是想一想，很快就忘记了。她满足眼前的生活。

她学会了为丈夫熨衣服，她看着丈夫穿着自己亲手熨过的衣服，她的心里比丈夫的衣服还要熨帖。

她觉得眼前的日子才是日子。

一晃，又一晃，儿子八岁了。

儿子已经开始上学了。

此时，春芍已经学会了等待。她天天在等出门的丈夫和外出上学的儿子，她倚门而立，等待变成了她生活的一部分。

突然有一天，儿子呼叫着跑了回来。他一边跑一边喊：妈，妈，解放军进城了，进城了。他的一张小脸因激动和兴奋而涨得通红。

春芍走出家门，果然看见了一队一队的队伍走进城里，以及道路两旁欢天喜地的人群。

春芍不知道解放军进城是好事还是坏事。接下来，事情就有了变化。

谢伯民回到家后，叹着气说：药店怕是保不住了。

不久，谢伯民又说：咱家以后就没药店了。

春芍不解地问：咋了？

谢伯民就平平静静地说：交公了。

于是，一切便都交公了。

那些日子，谢伯民天天出去。又有一天，谢伯民回来冲春芍说：城里怕啥也没有了，我不想在城里待了。

春芍就茫茫然然地望着自己的丈夫。

谢伯民说：咱们回北镇吧。

春芍无法驾驭眼前的生活，这么多年的日子都是谢伯民当家。谢伯民说回北镇，她只能回北镇了。

这时，春芍又想起了北镇的戏班子。

于是，一家三口人便回到了北镇。

十四

北镇自然也发生了天翻地覆的变化。

北镇的戏班子也烟消云散了，牤子早就和十里香相好了。当年在谢家大院，十里香小产的那个孩子，就是牤子的。他们竟瞒了这么多年，直到戏班子解散，他们才公开过去的秘密。

春芍想起了当年，自己还没有成为角儿时，她曾经暗恋了牤子许多年，那时牤子的一举一动都牵动着她的心。没想到，她正在暗恋牤子时，牤子早就和十里香相好了。此时想起这些，她觉得自己当年真傻。

回到北镇以后，谢伯民当起了教师。

谢伯民脱去了西装，换上了中山装。

春芍还没有找到合适工作，那时，小地方女人很少出门工作。于是，春芍只能在家里等待着。

每天一大早，丈夫去教书，儿子谢奉去上学，家里就只剩下春芍。

有时她也到街上去转一转，有许多当地人仍认得她，于是和她热情地打招呼。北镇的一切对她来说是那么的熟悉。有一次，她走着走着，鬼使神差地又走到了她当年和宋先生住过的小院，此时的小院早已是物是人非了。她走到那儿，心动了一下，最后她转过头，快步地离开了那里。

后来她听说，在她和马占山走后不久，宋先生也在北镇消失了，消失的宋先生便再也没有回来。

这时，她的耳畔又回响起宋先生当年的呼喊声：春芍呀，我的春芍呀——

她抬头望了望北镇的天空，天空依旧是以前的老样子。过去却恍若隔世，她自己觉得做了一个梦，梦醒了，一切都如以前。

回到北镇以后，她更多的时候，想到了从前，从前的事情，过电影似的，一一在她眼前闪过。她想到的更多的自然是在戏班子里的那些日子，往昔的一切，都一件件地涌现在她的眼前。

现在牤子和十里香就住在距她家不远的一条胡同里，不再唱戏的牤子，当起了商店的售货员，每日也早出晚归的。

她来到牤子和十里香家里，看到戏班子里那些行头还在，却蒙上了一层灰尘。三个人凑在一起，话题自然离不开戏班子，牤子还是以前的老样子，他们自然地提到了牤子和春芍唱对手戏时的种种情形。不知为什么，提起这些春芍的脸就红了。几个人说兴奋了，牤子就提议唱一段，久不唱戏了，浑身都憋得发痒。于是，牤子和十里香就唱，虽不是在舞台上，但他们的举手投足还是那么有味。春芍坐在一旁看着看着，她竟突发奇想：要是此时，站在牤子身旁的不是十里香，是自己将会怎么样呢？清醒过来之后，她被自己的想法吓了一跳。

从那以后，只要她一有时间，便往牤子家跑。哪怕她只听到牤子哼上几句，心里也是妥帖的。

丈夫谢伯民照例早出晚归，每次丈夫回来都要和她说上好大一会儿学校里的事。刚开始她还觉得新鲜，渐渐地，她就有些厌倦了，丈夫再说时，她就没好气地打断谢伯民的话头说：你能不能说点别的？

谢伯民说不上别的，于是就沉默着。

这时，她就愈发地想见到牤子，只有见到牤子她才有许多话要说。

每到傍晚，丈夫和孩子回来了。这时她早就做好了饭菜，她估计牤子也该下班了，她精心地把自己收拾一番，头梳了，衣服换好了，然后冲丈夫和儿子说：我出去一下呀。

她匆匆地走出家门，仿佛已经听到了牤子正在字正腔圆地在唱那曲《大西厢》。她又一次义无反顾地朝着牤子家走去。

文官武将

一

文官姓胡，叫胡伟岸，当然这是他参加工作后才起的名字。胡伟岸是作家，享受军职待遇。作家不是什么官衔，人们就都叫他胡作家。胡作家现在已经离休，住在干休所里，享受着军职待遇，房子是五室两厅。人们看到胡作家的房子时，才想起人家是享受着军职待遇。

胡作家很普通，在职时是文职军人，肩章上的金豆银豆是没有的，只有一朵花，象征着文职和武职的区别。文职不像武职区分得那么细，从排职干部到军职干部，肩膀上都扛着一朵花，分不出个大小来。因此，人们就不知道胡作家的级别，胡作家也不想让人们知道这些，部队的作家嘛，是靠作品说话的。从年轻那会儿到现在，他一直笔耕不辍，写来写去的就成了作家。这在当初他放牛时，做梦也不会想到的。

武将是军区的副司令员，姓范，叫范业。以前参加革命前叫范勺，这名字不好听，当时的八路军领导听了先是皱眉头，然后就笑了。于是，就给他起了范业这个名字，“业”意味着革命事业的意思。

范业将军在职时是中将，正儿八经的将军，肩上的两个金豆熠熠生辉，晃得人睁不开眼睛。范将军走在营院里，下级军官和士兵都眯着眼睛给他敬礼——将军肩上的金豆太耀眼了。

范将军人很威武，虎背熊腰，一看就是做将军的料。行伍出身，出生入死，从抗日战争到解放战争，又到抗美援朝、珍宝岛自卫反击战，他都参加过。战斗把范业历练成了职业军人，就是脱了军装，穿上背心短裤往那儿一站，人们也一眼认得出他是军人。

范将军也离休了，不穿军装的范将军住进了干休所。他是大军区副职待遇，住的是二层小楼，有专车和公务员。范将军虽然不穿军装了，但那栋将军楼代表着一切，像他曾经扛在肩上的金豆一样醒目。

小楼周围的环境很静，人们路过小楼时，都不由得放慢脚步；就是忍不住的咳嗽，也在嗓门深处给处理了。人们知道，这里住着范将军，弄出了大动静，就是对将军的不敬。

范业将军在晚年的闲暇里，回顾这大半生走过的岁月时，也想到了当年放牛的日子。当时就是让他往死里想，也不会想到将来能是这样。

几十年前的范将军，一点也不像将军。那会儿他正和自己童年的伙伴——胡伟岸一同在山坡上放牛。

晚年的将军和胡作家时常会想起少年时光，日子也恍惚间回到了从前。

二

如今的老胡和老范都是放牛娃出身，两人不仅是同乡，还同岁。那一年，他们都差不多是十三岁。小胡给前村的王家大户放牛，小范给后屯的李家放牛。不知什么时候，两拨牛就走到了一起，小胡和小范也就走到了一起。放牛的日子很乏味，两个少年聚到一起也是个伴儿，说说牛，讲讲别的，然后看着牛们漫不经心地在山坡上吃草，不紧不慢地打发着日子。

小胡和小范也躺在一棵树下的荫凉里，看天上的白云。他们眯着眼，耳边响着肚子的咕咕声，早晨喝得稀饭，两泡尿下去，肚子就瘪了，饥饿让他们想象着天上掉馅饼的美事。此时此刻的两个少年，做梦也不会想到将来是什么样？能吃上饱饭就是他们最大的梦想。

他们忍饥挨饿，熬到天黑后，赶着各自的牛，一摇一晃地向前村、后屯走去。分手时，相约着明天再一起做伴放牛。

如果不发生意外，两个人的日子就不会有什么改变，也不会有做梦也想不到的将来。

那是一天中午，王家的一头母牛怀春了，招引得王家的一头公牛和李家的一头公牛发了情。两头发情的公牛都红了眼睛，它们明白，要想得到爱情，势必要有一场激战。于是，山坡上，两头公牛摆开了决一死战的架势。

这场变故，小胡和小范也发现了。但他们并没有觉得势态会有多严重，倒觉得单调的生活终于有了一点乐子。他们站在牛的身后，呐喊助威，甚至希望各自的牛能表现得勇猛一些。公牛受到了人的鼓噪，身上的牛毛都竖了起来，它们怒目圆睁，向情敌发动了进攻。犄角抵在一起的搏击声，和皮肉相撞的摩擦声，让两个放牛娃激动得手舞足蹈。

没多久，事态急转直下，李家的牛把王家的牛抵瞎了一只眼睛，血顺着牛眼汩汩而出；王家的牛也把李家的牛身上剐开了一道口子，皮开肉绽，血肉模糊。俩人这才觉出事情有些严重了，他们不是心疼牛，而是怕回去无法和东家交差。他们拼命地想把两头牛分开，斗红了眼的牛已经不把放牛娃放在眼里了。两头牛纠缠在一起，呼哧地喘着粗气，一副鱼死网破的样子。终于，耗尽最后一丝力气后，像两座山似的轰然倒下。它们倒下了，睁着血糊糊的眼睛，口吐血沫，气绝身亡。

两个少年傻了，一时没了主张。他们苍白着脸，双腿发抖地齐齐给死去的牛跪下了，心里喊着：牛哇，你们咋就死了。

他们马上就想到了后果，东家是不会饶了他们的，赔牛，就是卖了自己也赔不起哇。

他们呆立在那里。其他的牛嗅到了血腥气，嗷叫一声，四散着跑远了。两人终于醒悟过来，像死了爹娘般“呜哇”一声，哭嚎了起来。那只挑起事端的母牛，幸灾乐祸地瞪着一双迷醉的眼睛，望着躺在地上的两只公牛，然后又困惑不解地看一眼抱头痛哭的放牛娃，无辜地摇着尾巴走开了。

也就是那天的傍晚，山下过来了一支穿灰衣服的军队。俩人你看看我，我望望你，不约而同地说了句：咱们跑吧。

没有回头路了，只能一走了之。于是，俩人趁着暮色的掩护，像两只丧家犬似的，尾随着队伍，钻进了夜色中。

那会儿，他们还分辨不清前面是一支什么样的队伍。仓皇与忙乱，只能让他们毫无选择地随着队伍往前走。

许多年过去了，一想起当年的革命动机，他们自己都会感到脸红心跳。

这是一支八路军的队伍，以前八路军的队伍都在深山老林里和鬼子周旋。听说美国人在日本的后院投了两颗原子弹，把日本人炸得没心思恋战了。于是，八路军从老林子里杀了出来。两个少年歪打正着地撞上了。一切就是这么巧合。

三

同是天涯沦落人的两个放牛娃就这样参加了八路军。他们首先有了自己的新名字——胡伟岸和范业，叫惯了小名的两个放牛娃，在领导喊他们的新名字时，还以为是在喊别人。等他们确信那崭新的名字已经属于自己时，心里一下亮堂起来，举手投足都是另一番滋味。从此，放牛娃走上了一条革命的道路。

参军不久，一位八路军的团长接待了他们。团长姓肖，人称“肖大胆”。肖团长背着手把放牛娃前后打量了一番，俩人还没有合适的军装，只戴了八路军的帽子，扎了腰带，大体上有了小八路的轮廓。但两个孩子看上去太瘦小了，和他们的年龄很不相符。肖团长左一圈右一圈地看了，然后拿过一杆长枪，冲范业大叫一声：范业接枪。

他这么喊过了，就把那杆长枪朝范业的怀里掼去。范业去接枪，还没扶住那杆八斤半的枪，就和枪一起倒了下去，引得看热闹的人笑弯了腰。肖团长又用同样的方法去试胡伟岸，胡伟岸有了准备，就没有被枪砸倒，却抱着枪后退了几步，一屁股坐在地上。胡伟岸抱着长枪一下子就哭了，他一边哭一边说：首长，这枪咋这么沉呢。

肖团长哈哈大笑着，一手一个把他们从地上拉了起来，拍着两人的后脑勺道：你们都是块好料，但现在还没法打仗，就先当革命的种子吧。

肖团长所说的“革命的种子”，等他们到了延安后才明白是怎么一回事。当时的延安有许多这样的革命种子，他们在一起学军事，也学文化。延安是革命的大后方，是实验田，把他们种在延安的土地上，把他们从小草培养成参天大树。

两人在延安的学习生活中，自然地显现出了各自的情趣。

胡伟岸喜欢识字读书，在这方面显示出超人的能力，认那些方块字能过目不忘。参加革命前，对学习文化他是有着体验的。给东家放牛时，东家请了私塾先生在家里教自己的孩子识文断字，他有时偷听上一耳朵。那会儿，他已经能把《三字经》背得滚瓜烂熟了。东家见他偷听，就拎着他的耳朵骂他。放牛的时候，人在那里，心早就跑到教书先生那里去了。现在有了学习的机会，如同口渴的人碰上了一口井，他一头扎了进去。

范业就不同了。他不喜欢上文化课，一上课就头疼，觉得那些字像蚂蚁一样，钻进脑壳里一阵乱咬，让他头痛欲裂；而军事课上他却显得游刃有余。吃了几顿饱饭后的范业长了些力气，八斤半的枪已经能安稳地抱在怀里了。他喜欢射击，也喜欢投弹，射来投去的，他已经能把枪打得很准，弹投得很远了。

于是，范业就经常有事没事地，冲胡伟岸说：来，咱俩比试比试。

胡伟岸在这方面比试不过范业，没多久，就败下阵来。胡伟岸惊奇地瞅着范业说：你小子长本事了。

范业不说话，只是自信地笑。

两人就是在那会儿，在人生的岔路口上找到了各自的前程。

日本人投降了。国共两党停止了合作，各自要抢地盘了。于是，共产党的八路军脱离了国民党的番号，改成了解放军。

那是个阳光明媚的日子，注定要被写进共和国的历史。囤积在延安的部队出发了，他们要奔赴解放全中国的征战之路。

范业和胡伟岸随着大部队星夜兼程，开进了东北的南满、北满，参加了四保临江等著名的战斗。两人进步都很快，范业在战斗的洗礼中茁壮成长——先是当了班长，又当了排长，当排长那年不满十七岁。胡伟岸也成了一名战地记者，怀揣采访本，穿梭于各个战场，把一桩桩英雄事迹写出来，发表在战地报上。

著名的辽沈战役前夕，两人见面了。范业已经是响当当的连长了，见到胡伟岸就把他的手捉住了，乱摇一气：这一仗打得太过瘾了，又消灭了老蒋八千，嘿嘿，真他娘的过瘾啊。

胡伟岸龇牙咧嘴地把手抽出来，说：快把你们连的事说说，我这次来就是做采访的。

范业就说：啥事迹不事迹的，别文绉绉地跟我说话，我听不明白。不就是打仗嘛，只要不怕死，装上弹匣子往前冲就是了。

于是，两人就拉扯着坐在一棵被炮弹炸得面目全非的树下，抚今追昔地唠起来。

范业从干粮袋里掏出炒熟的黄豆，抓一把塞给胡伟岸，又自己抓了一把，两人咯嘣嘣地边嚼边说打仗的事。他们四野的总指挥爱吃炒黄豆，这些下级军官们也学会了吃黄豆。

不久，关于范业连队的英勇事迹在战地报上发表了。很多人都知道了范业的名字，范业也因此著名起来，从上级授予范业所率领部队的集体称号上，就可以看到范业成长的足迹——先是英雄连，后来又是硬骨头营，最后就成了王牌团。范业自然是连长、营长、团长地这么一路走过来。

范业成了胡伟岸追踪、报道的最好素材。

四

战争年代，两人虽然分工不同，但他们的目标是一致的，就是推翻蒋家王朝，建立新中国。范业率兵打仗，打了一仗又一仗，永远没有尽头的样子。胡伟岸写文章，写的都和战争有关，也与范业有关。范业所率的部队是英雄的团队，范业的名字经常出现在胡伟岸的文章里，文章发表在战地报上。范业和他的英雄集体，日复一日地著名起来。

两人再见面都是在战争间隙。结束一场战斗后，就有许多英雄人物和经典战例需要胡伟岸来报道。而部队的休整，又是在准备打一场更大、更恶的仗。这时的胡伟岸是最忙碌的时候。他满头大汗，热气蒸腾地出现在范业面前。范业一把捉住他的手，使胡伟岸又一次龇牙咧嘴了。两人来到僻静处，范业让警卫员拿来从老蒋处缴来的罐头和酒。范业咧着嘴，一边笑，一边说：胡笔杆子，辛苦了，今天犒劳犒劳你。两人就不客气地吃喝起来。几杯酒下肚，两人就面红耳赤了，他们忘记了此时自己的身份，解开衣扣，仰躺在草地上，仿佛又回到了从前放牛的日子。

范业瞅着天上游移的白云，笑着说：这狗日的，没想到我都是团长了，你也成了大笔杆子。

胡伟岸也看天上的云，目光多了些深邃和内容，他感叹道：这就是日子啊。

范业不知想起了什么，一骨碌从草地上爬起来，红着眼睛瞅着胡伟岸说：你这笔杆子当的有啥劲？正经仗没摸着打一次，有甚意思。

胡伟岸叼着一根青草，摇头晃脑地说：范业啊，这你就不懂了，这叫分工不同，各有追求。

范业撇撇嘴道：追求个甚？告诉你胡伟岸，你得学会打仗，不打仗跟着队伍跑有啥意思。你现在是副连还是正连啊？

胡伟岸就打着哈哈说：分工不同，不论职务高低。

范业瞅着胡伟岸一时没了脾气，叹口气又躺了下去，高瞻远瞩地说：把你的笔收起来，跟我学着打仗吧。你来我这儿，我给你个营长干干，咋样？

胡伟岸很文人气地说：我的战斗就是我的笔，我有自己的战场。

范业痛心疾首地拍着大腿说：哎呀，等新中国建立了，那是要论功行赏的。你说你整日捏着个笔，写写戳戳的，没打过一次仗，没杀死过一个敌人，咋个给你行赏啊？

胡伟岸淡然一笑：分工不同，你有你的战场，我有我的天地。

范业见说不动胡伟岸，就不说了。两人复又坐起来，咬着牙拼酒，说一些少年时的事。日子真是白云苍狗，要是没有那两头公牛发情，他们又怎么能有今天？于是就又一次感叹命运。

两人的友谊是地久天长的，十天半月的不见上一面，就很思念对方。有时在战场上偶尔碰上，却是激战正酣，范业率领着战士跟敌人杀红了眼。这时，他就看见了胡伟岸，胡伟岸正在枪林弹雨中穿行，头盔不知掉到了何处，身前身后的子弹在胡伟岸的头顶上嗖嗖地飞过。范业大叫一声，扑了过去。他把自己的头盔戴在了胡伟岸的头上。他们没时间说话，只紧紧拥抱了一下，范业说了句：保重啊。胡伟岸也冲范业说：等着你胜利的消息。

两个少年的伙伴，相互凝视着消失在硝烟中。

三大战役结束后，伟人毛泽东在北京的天安门城楼上，用湖南式普通话喊出一句口号：中华人民共和国成立了——

于是，世界的东方就有了一个奇迹。那会儿，蒋介石率领残部逃到了孤岛台湾。虽然没有大仗可打了，但部队也没有闲着，他们还要剿匪，维护刚刚诞生的新中国政权的安全与稳定。范业此时已是王牌团的团长了，在全军都很有名气，曾受到毛主席和朱总司令的亲切接见。胡伟岸也是著名的记者了，事迹被其他记者采写后，隆重地登在了报纸上。胡伟岸也著名了起来，文官武将一时间不同凡响。

没多久，著名的抗美援朝爆发了，著名的记者和著名的王牌团长一同参战。在朝鲜战场上，他们仍然在战斗间隙见面，再见面时比在国内还要热烈，先是拥抱，然后分吃炒面；有时也能搞到一些祖国的慰问品，打打牙祭。两人见面的第一句话就是：真想家啊。

他们说的家就是祖国，祖国对于他们就是少年放牛的山坡——记忆中的山坡一片葱茏。

两人都三十大几了，除了打仗就是采访，还没顾上成家。他们很小就没了父母，对家的理解说具体也具体，说抽象也抽象。

两人在异国他乡一起想到了家，但他们没有更多的时间去思乡，就马上投入新的战斗。一个率兵打仗，一个带着文工团做鼓动工作。

入朝不久，胡伟岸就被军里任命为军文工团的团长，不仅写作，还要带着能唱能跳的男女战士去前线慰问、宣传，任务很重。两人都很忙，见面也只是道声珍重，又各奔东西。胡伟岸在炮火的洗礼中成了一名作家，一批反映朝鲜战场艰苦卓绝战争的报告文学、长篇通讯和小说源源不断地在国内的报刊上发表。他的作品让人们心潮澎湃，热血沸腾。

范业也已经是师长了，率领着他的师，在战场上所向披靡、战无不胜。

后来，部队班师回国。刚踏上祖国的土地，两人不约而同地感到年纪不小了，该成家立业了。

五

范业师长对自己的人生大事心里已经有谱了。他喜欢上了师文工团年轻貌美、能歌善舞的小岳。小岳是抗美援朝爆发后入伍的学生兵，人机灵，又有文化。在朝鲜的时候，只要小岳一来前线慰问演出，范师长总会把屁股下的马扎移到离小岳最近的地方去。他眼里就只剩下小岳一个人了。

有一次，他冲身旁的胡伟岸道：你们文工团这丫头，叫个啥？

胡伟岸就说：小岳，学生兵，人年轻，也聪明。

范业就骨碌着一双眼睛，仔细地把小岳又打量了一遍，嘴里一遍遍地说：咦，这丫头，你看看这丫头……

小岳的出现，让范业颠三倒四、心猿意马。只要在战斗间隙，他就让胡伟岸把文工团拉上来搞演出，然后自己挤到最前面，不错眼珠地盯着小岳看。对于走火入魔的范业，胡伟岸并没有敏感地发现什么，以为范师长对文艺有兴趣呢。他心里正琢磨着，范业也是有着文艺细胞的；如果当初多识些字，弄不好也能是个文艺工作者。

回国后的范业和胡伟岸都是三十大几了，成家已是迫在眉睫。说干就干，范业不想再等下去了。

晚上，他让炊事班多炒了几个菜，又打开几听从朝鲜战场上缴获的美国罐头。准备就绪，他让警卫员请来了胡伟岸。两个老战友，在和平的天空下推杯换盏起来。

几杯酒下肚后，范业喷着酒气说：不打仗了，这下好了，我老范要结婚，成家过日子了。胡呀，你说这好不好啊？

胡伟岸就说：好哇，我也是这么想的。革命成功了，咱们也都该过日子了。

范业不管胡伟岸的思绪，顺着自己的思路说下去，他心里这会儿只剩下年轻的小岳了。于是，他就说：胡哇，你说那丫头咋样啊，她要是跟了俺老范，以后准错不了。

胡伟岸的酒劲儿也上来了，老范说了半天，他还不知道那丫头是谁呢，就眯着眼睛问：你说的丫头是谁呀？

老范哈哈大笑，伸出手，在胡伟岸的肩上拍着，一边拍一边说：看看你这文工团长当的，我喜欢你们团的谁你都不知道。你个老胡真是糊涂啊。

两人接着就碰杯，干了。这回老胡就更糊涂了，酒精已经让他的脑子转不过弯来了。他痴痴呆呆地问：那丫头到底是谁呀？

老范就朗声道：是小岳呀，这你都没看出来，我老范早就瞄上她了。

范业的话让胡伟岸猛地打了个激灵，酒醒了大半。他摇摇头，以为自己听错了，忙又问了一句：你说的丫头是谁？

老范就重重地又拍了一掌老胡：是小岳，你们文工团的小岳。胡团长啊胡团长，小岳你都不知道了？

老胡的酒彻底地醒了，酒醒后的老胡就不知道如何是好了。他迷迷瞪瞪地盯着老范，心里想：怎么范师长也喜欢上小岳了？自己是不是在做梦呢。确信这一切都是真的后，他悲哀得直想哭。

老胡看上的也是小岳。小岳来到文工团后，他就暗暗地喜欢上了，喜欢她的聪明和美丽。当时，他经常写一些诗歌，关于战争和爱情的，让小岳声情并茂地朗诵。诗歌让小岳一朗诵，他就觉得那些诗歌已经不是诗歌了，仿佛成了精灵，在他的血液里呼呼地奔涌。

他是小岳的团长，有更多的接触机会，就一直按下自己的情感，不断地在心里劝说着自己：大米会有的，面包会有的，小岳就在自己的身边，以后一定是属于我的。

那些日子，老胡的心里承载着巨大的爱情，投身到慰问演出和写作中去。许多著名的篇章就是那时候创作出来的，老胡也因为那些文章著名起来。

他没想到，范师长也看上了小岳。一山不容二虎，小岳嫁给范师长，就不能嫁给自己，这是明摆着的道理。他清醒过来后，无可奈何又无限悲凉地说：范呐，你能不能换个别人，谁都行，工作我去做。

老范不明就里地又去拍老胡的肩头，然后一连气干掉两杯酒，红着眼睛冲老胡说：我就是看上小岳了，谁也不好使。要是娶不到小岳，活着还有啥意思。

这时的老胡彻底冷静了，他又想到了山坡上那两头发情的公牛，为爱情进行的那场厮杀。他由牛想到了人，想到了自己和老范，心里怦怦乱跳一气。如果这时自己不退出的话，老范说不定会拔出腰里的枪指向自己，尽管他也有枪，可他不想在这件事情上和老范拔枪相向。终于，他无限悲凉地说：那丫头就那丫头吧。

老范听了，情绪达到了高潮，哈哈笑着：胡哇，这就对了。我这媒人你来当，你当媒人，我放心。

说完，老范似乎发现老胡情绪低落，就“咦”了一声：你狗日的是不是也看上了小岳？

老胡就凄惨地冲老范笑一笑。

老范大大咧咧地挥挥手：你是文工团团长，手里有那么多年轻女同志，换一个，这是多大的事啊。你说是不是，哈哈哈——

老胡心里似呻似唤地说：范呐，你咋就不换一个呢。

这是他在心里说的。他太了解老范了，这么多年打仗老范养成了说一不二的习惯。况且，老范是一师之长，是他的上级，上级的话就是命令，他不能违抗。

没几日，他愁眉不展、心怀忐忑地找到了小岳。小岳回国后，经过一段时间的休整，人变得更漂亮了。她嘴里哼着歌儿，在等待胡团长向自己表达爱情。

这天，胡团长推开了她宿舍的门。她想：爱情终于来了。一时间，脸红到了耳根，心跳如鼓，手里一遍遍地摆弄自己的辫梢。

胡团长看了眼小岳，心就疼了，但他还是说：小岳呀，今天我有个事儿要对你说。

小岳低着头，柔声道：说呗。

她等这句话已经许久了。

胡团长就叹口气道：有人看上你了，要和你结婚。

小岳心想：胡团长也真是的，自己喜欢就喜欢吧，干吗绕这么大个圈子。她心里乱跳一气，等待着幸福的到来。

胡团长悲哀地说：是范师长要娶你，他说他非你不娶。

小岳吃惊地睁大眼睛。她爱情世界的天塌了，过了好半晌才明白过来，抖着声音说：怎么是他，那你……

胡团长的心里一团糟，但他还是沉了沉说：小岳呀，范师长是一师之长啊。

说到这儿，胡团长觉得这话说得一点也不符合媒人的身份，就说了许多范师长的好话。小岳听着胡团长的话，耳畔似飞着无数只苍蝇，嗡嘤一片。她想胡团长原来是不爱自己的，以前的美好感觉只是自己的幻觉。这么想过后，她对爱情的希望破灭了。既然自己爱的人并不爱自己，那嫁给谁都是一样了。当初她参军时，就把自己的前途和性命交给了组织，现在她把婚姻也交给了组织。

很快，小岳就和范师长结婚了。

结婚那天，酒宴是少不了的，到场的有范师长的首长，也有部下。老胡在老范的心目中是很重要的人物，所以老胡是不能不到场的。

那天，老范喝了很多酒，老胡也喝了很多。他一看到站在范师长身旁的小岳，心里就万箭穿心般难受。他抓起酒就喝，别人不和他碰杯，就自己喝。老范和小岳出现在他面前，给媒人敬酒时，他看到小岳眼泪汪汪的样子，就醉了。在干了一杯酒后，他轰然倒了下去。

老范和小岳结婚不久，老胡就和团里的小金结婚了。小金不如小岳漂亮，她们是同一年在同一个城市入伍的。入伍前俩人是同学，关系一直很好。

结婚后，小金曾问老胡：你不是喜欢小岳吗，怎么和我结婚了？

老胡用手掐自己的头，无限悲凉地说：不说了，不说了，我头疼。

小金就冲老胡笑。

六

胡作家和小金的婚礼上，范师长带着新夫人小岳来了。小岳似乎仍没从失恋中走出来，表情有些悲戚。胡作家一见小岳的样子，心里一阵刺痛。他和范师长拼酒，一碗又一碗。到了一定的境界，范师长就拍着胡作家的肩膀：胡哇，咱们能有今天，没想到哇。

胡作家蒙眬着眼睛说：是呀，要是没有当初，又哪会有今天呢。

他看一眼小岳，又看一眼身边的小金，心里就多了些感慨。

范师长的笑声很豪气，也很爽朗；胡作家也笑，笑着笑着却流出了眼泪。范师长说：胡哇，你看你，身在福中不知福，哭啥哩？小岳已经怀上了，你也抓紧点，说不定咱们还能成亲家呢。

胡作家擦干眼泪，拍着胸脯说：那是，咱们生的都是男孩的话，他们就是兄弟；要都是女孩，就是姐妹；一男一女，那就是做亲家了。

两个女人见男人们拍着胸，说一些有情有义的话，也躲到一旁说悄悄话去了。

那段时间的范师长很幸福，满面红光，见人就笑呵呵地打招呼。他经常能见到胡作家，一见到胡作家，他就眯着眼睛，望着天上太阳说：不打仗的日子真好，天天搂着老婆睡安稳觉。我这儿可都三个月了，你那儿咋样了？

胡作家明白，他这是在问小金怀孩子的事呢。胡作家勾着头，不好意思地说：小金也怀上了。

哈哈哈——范师长重重地拍了胡作家的肩头，疼得胡作家龇牙咧嘴。

这期间，军、师一级的文工团接到了撤销的命令。这一级的文工团是为了朝鲜战争，才临时组建的编制。战争结束了，这么多文工团员显然成了部队的负担，于是，上级一纸命令，撤销了军、师文工团的建制。小岳不希望去地方工作，还想留在部队，那时她已经有八个月的身孕了。范师长拍着脑袋想了一会儿，抓起电话给军区分管编制的参谋长打了电话，军区参谋长就是当年给他改名字的肖团长。范师长把小岳想留在部队，继续战斗的想法说了，肖参谋长在电话里说：不就是个编制嘛，没问题。小范啊，好好干，你还年轻啊。

很快，小岳就挺着大肚子去军区文工团报到，继续发挥她能歌善舞的特长。

胡作家的夫人小金也想在部队继续战斗下去，她把自己的想法冲胡作家说了。胡作家搓着手，在屋里转了两圈，说：咱不能跟小岳比。范师长朋友多，军区那些首长他都熟；我是搞文化工作的，认识的这些人都不管编制。你还是转业，服从分配吧。

小金一脸的失望，她在感叹“小岳命好，嫁了好人”后，就转业去了地方一家工厂的工会搞宣传去了。报到那天，她还留下两行惜别部队的泪水。

几个月后，小岳生了，是个男孩，取了一个通俗也著名的名字：范幸福。可见当时范师长的心境是多么的满足和甜蜜呀。没多久，小金也生了，是个女孩。胡作家给女儿取了很文气、也很文化的名字：胡怡。孩子出生没多久，范业一个电话打了过来。这时的胡作家已经调到军区文工团，担任创作员，名副其实地搞起了创作。

范业在电话里大呼小叫：亲家，我是男孩，你是女孩，咱们这回可是亲上加亲了。

胡作家打着哈哈：可不是，真被你言中了。

范业兴高采烈地说：人要是顺了，想要啥就来啥。胡哇，你说是不是？

胡作家又想起了小岳，现在两人都在文工团工作，低头不见抬头见的，虽然这么长时间了，自已也有了孩子，可一看见小岳蒙眬的眼神，心里还是颤颤的。想到这些，他只能在电话里“嘿嘿”地笑笑。最后，范业嗡着声音说：这狗日子，真是太好了。说完，“咣”的一声就挂了电话，震得胡作家的耳朵嗡嗡响。

范业果然很顺，儿子范幸福满周岁那天，他当上了军长。

这消息也传到了胡作家和小金的耳朵里。小金就冲胡作家感叹：你看小岳的命多好，嫁人一下子就嫁了高干。

胡作家就哑了口，不知说什么好。那阵子，小金刚离开部队，对部队仍犯着单相思，看什么都不顺眼。胡作家是文化人，明白小金的心思，就什么事都顺着她。

这些日子里的小岳也有了变化。她见胡作家时，眼神不再那么蒙眬了，而是变得清澈无边。胡作家一望见小岳这种眼神，心里就不再乱颤了。他的感情终于平静下来。想到小金，还有女儿，他认命了，觉得现在这样也没啥不好。

小岳也经常一脸幸福的样子，见到胡作家时，嗓音清亮地说：老胡，啥时候有空来家坐坐，我们老范总说起你。

胡作家打着哈哈：有时间一定去，小金也想你呢，你们姐妹要常来往啊。

提起小金，小岳的心里就多了番滋味。一个在部队继续战斗，一个去了地方，现在孩子又小，睁眼忙到天黑。她已经很久没有见到小金了，就决心一定要好好聚一聚。

可这么说过了，仍没有找到合适的时间两家人一起聚聚。于是，聚会的想法只能停留在口头上。

范业当了军长，操心的事更多了。今天去军区开会，明天到部队视察，忙得不亦乐乎。可他心里高兴，笑容和幸福一同挂在脸上，见人就说：这日子过的，还想咋的？当年的放牛娃哪想过这样的日子。

胡伟岸成了专业作家后，一心扑在了创作上，常有大小文章在全国报刊发表。他的名气也一天天壮大起来，隔三岔五地就会收到热心读者的来信。胡作家读着这些信，也是幸福无边的样子。看着夫人小金和渐渐长大的女儿，也一遍遍在心里感叹着生活。

小金在大部分的时间里也感到幸福、满足，只是偶尔想起范业或小岳时，就会长长地叹口气：还是人家小岳命好，日子过得想要啥就有啥。

胡作家听了这话，心里就有些别样的感受。

七

范业和胡伟岸虽然不经常谋面，但每过一阵子，范军长都要约上胡作家走出城市，到山里打一次猎。范军长舞刀弄枪的习惯了，长时间找不到打枪的机会手就痒痒，他总要找个机会放上几枪。打猎就是和平年代中假想的战争。

胡作家整日里关在屋子里写作，城市的喧嚣让他感到心浮气躁。更主要的是，他一走进山里，就会想起少年时代令人难忘的放牛时光。不知为什么，一想起那段时光，他就兴奋不已。

范军长在周末外出打猎时总要叫上胡作家。范军长外出自然不是一个人，警卫员是少不了的，为范军长提枪、背干粮什么的。车是越野吉普，跑上一会儿就出了城，再过一会儿就进山了。

两人一进山，就把车窗摇下来，看着满山的绿，嗅着大山的气息。范业抖着鼻翼，深吸了一口，冲着大山喊：他娘的，真他娘的舒服哇——

胡伟岸表达感情时就含蓄得多，只觉得鼻子一阵发酸，眼睛发热，心里一阵唏嘘。

运气好的话，他们能打到山鸡、野兔什么的。如果时间还早，范军长就命令警卫员拾些干柴，在山坡上把猎物新鲜地烤了。酒是少不了的，警卫员早就带来了。他们吃着野味，喝着白酒，聊些随意的话。说到放牛的日子，两人就感叹命运；说到某次战斗时，就唤醒了两人的战友情；再说到老婆孩子，就以亲家相称了。他们的友谊如滚滚不息的江水，说到动情处，两人就搭着肩膀，呼兄唤弟。

直到夕阳西下，两人才意犹未尽地坐车回城。

这次的野外之行，让胡作家回到家里仍兴奋不已。他冲小金说起山的壮美、野物的新鲜，最后又说到了范军长，和两人之间的感情。胡作家说得热血沸腾，情不能抑，小金却显得很冷静。她看着胡作家说：以后你得注意点分寸了，人家毕竟是军长，你一个作家没官没职的，少和人家称兄道弟。

胡作家瞪着眼睛说：咋了？他就是当了司令，也得认我。我们是啥关系，从小在一起放过牛的。

小金对胡作家没深没浅的样子，心里一直保持着异议。

范军长兴致好时，再次外出就会带上小岳和孩子。胡作家也满口答应了邀请，小金就有些犹豫。她不是不想出去，她考虑自己的身份是否合适，毕竟是沾人家范军长的光。

胡作家见小金犹豫，就说：没啥，你和小岳关系那么好，又好久没见面了，这次是个机会，聚在一起好好扯扯；别忘了，你们在文工团时，可是最要好的。

小金见胡作家这么说了，也就答应了，收拾停当，就随着范军长一家出发了。

两家的孩子还小，不能进山打猎，就选了山清水秀的地方。这些地方有驻军，都是范军长手下的师、团一级单位。军长带家人来看望部队，下级自然是周到热情，跑前跑后地忙着。看了山，又看了水，然后就去看部队，战士们齐声喊：首长好。

范军长挥挥手，说些同志们辛苦之类的话。

到了吃饭时间，下级又是一番热情招待。整个军里都知道，范军长爱吃狗肉。狗早就准备好了，吊起来杀了，剥了，狗肉很新鲜地炖上了锅。

范军长一上桌，见到热气腾腾的狗肉，就来了兴致，撸起袖子就吃上了。酒是少不了的，下级见范军长都放开了，也不再拘谨，一杯又一杯地敬。席间，范军长一遍遍地介绍胡作家一家，说胡作家如何著名，文化人，还说到两人一同放牛的日子……

下级就一脸敬仰地向胡作家敬酒。胡作家喝了几杯酒，听了一些恭维话，自然也很高兴，就七长八短地说一些很文化的话。陪酒的下级也听，但兴致似乎不那么高。他们的注意力都在范军长那里，哪怕范军长放筷子的声音重了些，他们也会扭过头，一起注意地看过去。

小岳和小金坐在一起，边照顾孩子，边说些女人的话。她们从友谊说起，又说到眼下各自的工作和孩子。

酒喝到后来，范军长就成了桌上的主人，每说一句话，都会引来一片惊叹和议论。酒精的作用和自己所处的地位，让范军长想说啥就说啥。胡作家就成了真正的陪衬，他不停地在一边帮腔，以证明自己的存在。

小金没喝酒，脑子就很清醒，见到这种场面，心里也有些乱。席间，小金就在心里感叹：军长就是军长。然后就由衷地对小岳说：你命就是好，比我强多了。

小岳忙说：你也不差呀，要啥有啥，还想咋的？

小金笑笑，脸上的表情也冷冷热热的。

回到家里，小金仍在感叹：人家小岳就是命好，夫贵妻荣，你看人家一家多荣光。

胡作家的酒劲还没下去，他不耐烦地挥挥手道：范业是军长，我是作家，都是军人，分工不同罢了，这没啥。

话是这么说，可心里也说不清是个什么味儿。

小金琢磨一会儿，又说：当年你要是不写东西，和范军长一起打仗，这会儿也能弄个师长啥的，也省得我转业了。

胡作家一脸困惑地望着小金，正色道：要是没有我，哪有现在的范业，他的事迹都是我一手宣传出去的。

小金不说什么了，叹口气，抱过孩子说：这就是你的命，好了，不说了，说啥日子也不能重过一遍。

胡作家也有些苦闷，背过身子，冲着墙壁吸烟。烟雾浓浓淡淡地飘起来。

下次范军长再有活动，请胡作家同去时，胡作家知道自己就是想去，小金也不太情愿；勉强去了，结果也是不痛快；与其不痛快，还不如不去。于是胡作家就婉言谢绝了。他待在家里，想象着范军长一家呼风唤雨的样子，心里就有些别扭。

八

范业和胡伟岸的儿女上高中那年，范业调到了军区，当了参谋长。范参谋长在军区上班，就有更多机会见到胡作家了。机关司政后都在一个楼里办公，上班下班的，范参谋长和胡作家难免会抬头不见、低头见的。每次见面，胡作家都要给范参谋长敬礼，这是部队上下级间的纪律。以前范业虽然也比胡作家职位高，那时两人不是隶属关系；现在范参谋长成了军区首长了，是胡作家的领导，胡作家就一定要敬礼了。

范参谋长一如既往的热情，见了胡作家，把他举起的手从耳朵上捉下来，又摇又晃地说：胡哇，你看你，这是干啥？咱俩谁跟谁呀，用得着这样？然后又关心地问：最近又忙些啥？又写啥大作了？

胡作家简明扼要地作了回答，他知道范参谋长是不关心他写啥的。在范参谋长的眼里，写啥不写啥都是无所谓的，作家在范参谋长的眼里还不如一个作战排长管用呢。果然，范参谋长顺口说：好好，等咱俩不忙了，两家人在一起坐坐，好久没有聚一聚了。说完挥挥手，该忙啥就忙啥去了。

范参谋长领导做大了，就有许多大事要忙，再和胡作家打招呼就显得很匆忙。每次范参谋长说聚一聚的话时，胡作家不说什么，只是笑一笑。他知道，范业不是以前的范师长，也不是范军长，而是统管全军区训练、作战的范参谋长，每日都日理万机的样子。他只能那么笑一笑，一直看着范参谋长高大的背影在他的视线里渐行渐远，然后继续去做自己要做的事情。

范业的儿子范幸福和胡伟岸的女儿胡怡，上幼儿园时就在一个班，接着是小学、中学一起读下来。十八岁那一年，俩人高中毕业了。两个孩子知道双方的父母不仅是同乡，还是多年的战友，在同学中两人的关系就显得亲密一些。小时候，听两家父母以亲家相称，还不明白是怎么一回事，等上了初中后，就明白“亲家”这个词意味着什么了。于是，俩人再碰面时都微微红了脸。少男少女的心里，有一粒看不见的种子，悄悄地种下了。尽管他们不像小时候那么亲密无间了，说话时还会脸红，可他们之间的感觉却变得微妙起来。范幸福继承了父亲的身材，十八岁的他就已经高大伟岸。胡怡是个女孩子，像母亲一样小巧玲珑。两人的目光，经常含蓄地交织在一起，又羞涩地避开了。

两个孩子眨眼间就高中毕业了。毕业典礼结束后，俩人走在放学的路上。毕业了，也就意味着长大成人了。以前那些叔叔阿姨，他们也可以称同志了，一时间心里有些复杂，有兴奋、也有种怅怅的东西在心里一漾一漾的。

胡怡此时就是怀是这样的心情走在离开校园的路上，凭直觉她知道后边不远处的范幸福正在跟着她。果然，没走几步，范幸福就叫：哎，毕业了，以后你是怎么想的呀？

她回了一下头，并没有停下脚步。两人一前一后地走着，她六神无主地答：我还没想好，你呢？

范幸福不假思索地说：去当兵，我爸是这么想的，我妈也是这么想的。

胡怡就有些羡慕范幸福。以前，她也曾听父母议论过自己毕业后的事。母亲对父亲说：要不等胡怡毕业了，就让她去当兵。

胡作家就很为难地说：当兵好是好，就是怕去不成。军区大院的子弟都想当兵，就怕轮到咱们也没名额了。

母亲看了眼父亲，无声无息地叹了口气。半晌，又道：你这个作家当的，还不如一个处长；二号楼的王处长，去年就把女儿送去当兵了。

胡作家忙说：处长是处长，作家是作家，你不要往一块儿扯。

胡怡知道自己当兵有难度，尤其是当女兵，想去部队的人多，部队招兵又是有限的。毕业后，她也只能是就业或下乡，没别的路可走。听范幸福说要去当兵，那就意味着两人要分开了，心里怅怅的，情绪一下子低落下来。

这时，范幸福紧走几步，离胡怡近了一些，低声说：你想不想去当兵？

胡怡低着头说：我爸怕没有名额，去不成。

范幸福拍拍自己的胸脯道：你要一起去，这事包在我身上。我去跟我爸说，别忘了，你爸和我爸可是老战友啊。

说到这儿，两人都想起“亲家”那个词，又红了一次脸。

胡作家和小金面对女儿的高中毕业，也是心急火燎的。小金在自己工作的工厂，争取到了一个招工指标，她的意思是让女儿留城招工。胡作家对女儿留不留城不感兴趣，当一个工人，一辈子也就这样了，正如他当年如果一直放牛，那结果可想而知。他的意思是，既然当不了兵，就去下乡，广阔天地，一定会大有作为，说不定女儿会百炼成钢。两口子争执了半天，也没争出个结果，电话却响了。

胡作家拿起电话，是范参谋长打来的。范参谋长在电话里朗声依旧，似乎他从没犯过愁。范参谋长说：胡哇，咋的了？听声音好像情绪不高啊？

胡作家吸了口气，抬高声音说：高，咋不高哪。

范参谋长不管胡作家情绪高不高，自顾自地说下去：我说亲家啊，孩子毕业了，你是咋想的？

胡作家支支吾吾地把自己和小金的想法说了。

范参谋长大着声音说：招啥工，插啥队。那啥，让孩子们去当兵吧。部队是所大学校，这可是毛主席说的。

胡作家和小金眼睛一亮，胡作家用发颤的声音道：好是好，可名额呢？胡怡可是女孩啊。

范参谋长在电话里"喊"了一声：这你就别管了，让孩子准备准备，去当兵吧。

范业的一句话就把胡作家一家天大的事给解决了。胡怡也是欢天喜地。

没多久，范幸福和胡怡双双去了部队。

孩子虽然离开了家，离开了城市，胡作家和小金却是放心的。孩子所在的部队还是归军区管，有范参谋长照顾着，他们没有理由不放心。于是，胡作家就很踏实地搞他的创作。

九

胡作家写来写去的，突然有一本书就出了问题，被政治部门定了"右派"，这下子问题严重了。政治机关原打算把胡作家一家下放部队农场改造，包括正在当兵的胡怡，也要开除军籍，接受改造。

危急关头，范参谋长又一次挺身而出。他奔走呼号，上下游说。说到胡作家的苦出身，又说到三大战役、抗美援朝，他拍着胸脯说：这样的人咋能是右派呢？不可能，也没理由啊。

当然，右派不右派的是政治部门定的，那是个框框的，右派也不是谁想当就能当的。但在范参谋长的游说下，组织还是网开一面，保留了胡作家的军籍，一个人去农场接受改造。小金和胡怡没有直接受到牵连，但作为右派家属，要时刻警惕和右派划清界限。

胡作家去农场前，范参谋长为他送行。为避嫌带了秘书和公务员，他们形影不离地跟在范参谋长左右，范参谋长大声说：胡哇，到农场好好劳动，书啊就别写了。我早就说过，写那玩意儿没啥大用，希望你以后能成一个真正的军人。哈哈，那啥，我就不多说了，多保重吧。

此时此刻，范参谋长也只能这么说了。

胡作家知道，在自己的右派问题上，范参谋长该做的都做了。他是性情中人，听了范参谋长的话，眼里已含了泪。他点点头，冲范参谋长挥挥手，就坐上了部队派出的专车，去了农场。

小金被网开一面，继续留在城里，但组织要求她和胡伟岸划清界限。她没有去送老胡，而是趴在窗子上，泪流满面地用目光为老胡送行。她弄不明白，老胡本本分分地写书，没招谁惹谁，怎么就成了右派。

右派毕竟是右派，在那几年的时间里，胡作家一家还是发生了很大变化。

入伍不久的胡怡，到部队这所大学校时，是怀着雄心壮志，要干出一番成绩的。没想到就在这时候，父亲犯了政治错误；而这种错误又是致命的，差点连累了自己。领导和她谈话，让她和父亲划清界限，做一名又红又专的好战士。

于是，胡怡就写决心书，字字血，声声泪。她下决心要和父亲划清界限，而仅划清界限又是不够的，她要和父亲脱离父女关系。在全连军人大会上，她眼含热泪和对理想的渴望，宣读了和父亲决裂的决心书。她的言行，受到了领导和战友们的热烈欢迎。从那以后，胡怡觉得自己是个没有父亲的人了，但她还是狠下心肠，毫不后悔。

范幸福在胡怡读了决心书后，找到了她。范幸福说：小怡，你和父亲决裂，以后可就没有父亲了。

胡怡擦擦眼泪说：这样的父亲还不如没有，以后我只有妈了。

范幸福又说：胡叔叔人不错，虽没打过仗，没立过大功，可他还算是个老革命。

胡怡激动地说：参加革命那么早，却没有真正打过仗，就凭这一点，他就不如你爸。

范幸福不好说什么，望着义无反顾的胡怡，握着她的手，真诚地说：革命队伍欢迎你。

胡怡被范幸福这么一握，眼泪又差点流下来。她发现范幸福的手是那么的温暖和有力，只一下就把她拉回到了革命这一边，她忍不住哭出了声。

身在农场改造的胡作家并不知道这一切，他在深深地思念小金和女儿。于是，他就一封接一封地给家人写信。既说思念，也说亲情，说得更多的还是革命。没想到的是，他写给女儿的信竟被原封不动地退回。他以为是女儿调换了连队，地址变了，就又给小金写信，打听女儿的情况。

小金也是从女儿的来信中知道父女脱离关系的事。看了女儿的信，她哭了，一边是丈夫，一边是女儿。女儿还年轻，她要进步，以后还要结婚成家，她不能生活在右派父亲的阴影下。另一面，她又觉得对不住老胡。辛辛苦苦把女儿养大，说没关系就没关系了，她无法面对这样的现实。虽然她对老胡也有许多不满意的地方，可毕竟一起生活这么多年了，风风雨雨的，早就拆不开、扯不散了。一头是女儿，一头是丈夫，她一时不知如何是好，只能伤心欲绝地哭泣。

丈夫信中问起女儿的情况，她不忍说出实情，就讲女儿工作忙，让他以后不要打扰女儿，有事她会转告女儿的。

胡作家似乎从妻子的信里明白了，知道自己连累了女儿。想想那么年轻的女儿，只身在基层连队与天斗，与地斗，还要与人斗；而她又要脱颖而出，也真难为孩子了。于是，他不再给女儿写信，只能从小金的信中感受女儿的点滴信息。

几年后，老胡又回到军区当上了作家，这才知道女儿和自己脱离父女关系的事。那时，他也觉得没啥，可女儿却与他有了一层深深的隔阂。老胡心里也梗着一股劲儿，这股劲儿没处泄，就那么梗着。父女间的关系，竟有了一丝微妙变化。

胡怡当满两年兵后，回了一次家。她从部队带回来一个消息，范幸福已经入党，而且马上就要提干了，可她自己才刚刚入团。再有一年就要复员了，时间紧，任务重，她感受到了和时间赛跑的紧迫性。

小金知道女儿进步慢的原因，即使老胡不是右派，女儿的进步也不会超过范幸福。事情明摆着，一个文官，怎么能和武将比呢？那些日子，小金被女儿的事情弄得昏头昏脑。她的心情比女儿还急，女儿在部队能不能进步，是孩子一辈子的大事，错过也就错过了。

胡怡见母亲也没有什么办法，魂不守舍地在家待了几天，就提前归队了。她要争分夺秒地赶回部队，继续与天地斗，与人斗。

走投无路的小金想到了范参谋长，现在也只有他能帮胡怡了。这么多年，她还是第一次走进范参谋长家。范参谋长家是一栋二层小楼，楼下的空地上草绿花红，一派人间天堂的景象。范参谋长和小岳热情地接待了小金。他们的话题从老胡身上转到了胡怡身上后，小金的眼圈红了。她喃喃地说：老范啊，我们娘俩不容易呀，胡怡在部队没人照应，苦了这孩子了。

范参谋长听这话也动了感情，他背手在客厅里走了两趟，铿锵有声地说：小金，你放心，老胡的孩子就是我的孩子，我不会亏了孩子的。

小金千恩万谢地点着头。

范参谋长拍着胸说：咱两家谁跟谁呀，咱不讲那客套话。

果然，没多久，胡怡喜气洋洋地来信说，已经光荣入党了。

又是没多久，范幸福和胡怡双双提干了。范幸福在师警卫排当排长，胡怡在通信排当排长。听到女儿进步的消息，小金心里的一块石头落了地。

十

范幸福和胡怡在这期间完成了他们的初恋。初恋永远是纯净、美好的，两人青春的眼神碰在一起，都会让他们心颤不已。在胡作家被定为右派、下放到农村改造的过程中，胡怡一下子没了主心骨，甚至还因为父亲的问题，差点影响了自己的进步。在她的情绪悲观、失望到极点的时候，是范幸福及时出现在她的身边，让她度过了一段难熬的日子。

那一阵，范幸福经常来找胡怡沟通思想。有时候，他一口气说了半天，胡怡却始终不开口。范幸福就诧异地问：小怡，你怎么不说话？

胡怡抬起头，望着窗外，悠长地叹口气说：我的命真不好，出生在这样一个家庭。

说到这儿，沉了沉又道：要是我有你那样一个父亲该多好哇。

范幸福就说：你不是已经和父亲决裂了吗？全连的人都知道啊。

胡怡低下头，眼里多了一汪清泪，她喃喃着：说是那么说，可谁知道以后呢？

青春的胡怡怀着纯粹而虔诚的心情走向了部队。她做梦也没有想到，父亲会成为右派。有一个右派父亲，就等宣布了她政治生命的死刑一样。最初的日子里，她绝望了。她在绝望中终于爆发了，宣布脱离父女关系的同时，还改姓了母亲的姓——胡怡成了金怡。刚开始，人们不习惯，还是胡怡胡怡地叫，她一脸的不高兴，像没听到一样。后来，她索性冲人说：我叫金怡，不叫胡怡。时间长了，战友们也都默认了她的新名字。

这一切，胡作家并不知道。此刻，他正心情沉重地在农场改造着自己。

和父亲脱离关系后的金怡，心情并没轻松多少。无论如何，她都有个右派父亲，这种影响影子似的跟着她，走到哪儿都会有人在她背后指指点点。因此，她恨父亲。

这时候，范幸福就成了她坚强的后盾。可以说，是范幸福陪伴她度过了人生中最为艰难的一段。

后来，有了范参谋长的帮助，金怡已经是柳岸花明了。她怀着感恩的心情和范幸福谈起了恋爱。那会儿，她就想：如果范参谋长能成自己的公爹，以后自己的前途就该是另外一番样子了。有了这样一个革命的公爹，她什么都不怕了。于是，她一心一意、死心塌地地和范幸福谈起了恋爱。

恋爱永远是美好的，而美好的结果就是婚姻。

这一天，范幸福和金怡双双从部队回来了，他们要大张旗鼓地结婚了。范参谋长得知这一消息后，热情地给小金打了电话。他在电话里兴奋地说：咋样，让我说中了吧，咱们是亲家了，哈哈哈——

小金也感到高兴，老胡不在身边。以后有这样的亲家做自己的后盾，她感到踏实和满足。

婚礼很热闹，小金代表女方家长也出席了婚礼。参加婚礼的都是当年老范和老胡的战友，场面热烈，又充满了友谊的温馨。范参谋长喝了很多酒，他端着酒杯深一脚、浅一脚地走到小金身边，蒙眬着眼睛说：金呐，我今天心里痛快，也不痛快……

众人见范参谋长这么说，就把注意力都集中在他的身上。范参谋长管不了许多了，他说：孩子结婚了，这我痛快；今天老胡不在，我心里不痛快，我们老哥儿俩在这大喜的日子里，也没喝上两杯；告诉老胡啊，我老范想他，你还告诉他，他的事我没忘，总有一天他会离开农场的。

范参谋长说到这儿，眼睛湿润了。说完，他又摇晃着走开，和那帮老战友去碰杯了。

婚礼结束后，小金异常冷静地给老胡写了封信，告知女儿和范幸福结婚的消息。

老胡在一个有风飘雪的日子里，接到了小金的信。读着小金的信，他的心情很复杂，就这么一个女儿，结婚了自己还没能去参加，他感到不安和遗憾。但同时又感到庆幸，庆幸女儿终于有了归宿。他在农场的宿舍里，望着窗外，听着北风的呼号，看着纷飞飘舞的雪花，他流泪了，为自己，也为女儿。

事情在范参谋长当上了副司令员之后出现了转机。副司令员就是军区领导了，于是范副司令员多次在军区党委的大会小会上，多次提出胡作家的问题。范副司令说：不就是本书嘛，有些问题又能咋？教育教育，以后不要那么写不就得了。胡作家这人我了解，十三岁放牛……

范副司令把胡作家的问题提出来了，政治部就很重视，经过多次研究，终于得出了结论：胡作家的问题虽然比较严重，但还是可以教育的，既然已经在农场待了几年了，改造得也差不多了。于是，一纸命令，把胡作家调回了军区，恢复军籍、党籍，还有以前的待遇。于是，老胡就又是作家了。

胡作家从农场回来后，并没有见到范副司令，只接到他打来的电话。他仍朗声地在电话里冲胡作家说：胡哇，以后学聪明点吧，该写啥不写啥你知道了吧？年轻那会儿，我劝你改行，当个军事干部；现在都年纪一大把了，没改的希望了。以后能写就写，不写拉倒。写能咋，不写又能咋？啥时候，咱哥俩再喝两杯。说完就放下了电话。

胡作家知道，自己能从农场回来多亏了范业。就连女儿的进步也多亏了他，他从心里感激他。

毕竟一同放过牛，毕竟是战友，也毕竟是亲家，放下电话的胡作家感情丰富地想着。

胡作家回来没多久，女儿改姓的事，还有断绝父女关系的事，他都知道了。他知道这些事情后，最初显得很激动，在屋里一遍遍地走。小金小心地看着他，然后就替女儿解释着：孩子小，不懂事，怕影响了自己的前程；老胡啊，你要是心里难受就摔点东西吧，拣那不值钱的摔。

胡作家没摔，也没砸，走了几圈后就停下了。他冷静了下来，孩子为了自己的命运和前途所做的一切，他理解。做父亲的怎能眼睁睁地看着女儿往火坑里跳呢？由此，他又想到女儿这么多年的不容易，一个女孩，孤身在部队基层奋斗，自己没帮上孩子，还差点连累了她。这么一想，就觉得对不住女儿了。于是，他开始撕心裂肺地思念起女儿。接下来，他给女儿写了信，倾诉自己的思念之情。

可女儿似乎并不思念他，也没有马上回来。过了些日子，来了一封信。

信也写得很冷静，收信人仍是母亲小金。女儿在信里和母亲先说了一些家长里短，最后才提到父亲，她在信里说：请转告父亲，回来就好，以后就别写了，多注意身体。落款的时候没写名字，只写了“女儿”两个字。

老胡看了女儿的信很失望，也很落寞。小金就说：老胡，慢慢来吧，女儿还没转过弯来，她拉不开脸，慢慢就会好的。

老胡是不会计较女儿的冷与热的。倒是女儿仍在计较着他。虽然他现在不是右派了，可毕竟曾经是过。如果这时承认了父亲，和父亲恢复了关系，在她干部的履历表上就会写上父亲的职务，还有曾经受过的处分等内容。况且，这么快就让她从心里到精神上接受父亲，她很难做到。

老胡对女儿是剃头挑子——一头热，热情洋溢地写信、寄信。信不再被退回来，但女儿的回信异常冷静，仍只给母亲写信，捎带着说上一两句问候父亲的话。

那些日子里，老胡异常的苦闷和痛苦。

十一

昔日的小岳，已经是军区歌舞团的团长了。她很忙碌，走起路来脚步匆匆，目不斜视。小金偶尔碰到小岳，也都是主动向小岳打招呼，她才把目光飘移过来，然后惊呼道：亲家母呀，咋老长时间见不到了，啥时候有空，去家里坐坐。

小金脸上是笑着的，心里却想：你和老范都那么忙，哪有工夫陪我们呀。

两人站在空地上，说上几句客套话，小岳就很团长式地走了，留给小金一个背影。小金心里阴晴雨雪地回到家里，冲老胡感叹：你瞅瞅人家小岳，如今都是团长了，忙得跟什么似的；我呢，当初转业去了工会，现在还是在工会，快退休了，才是个股级待遇。

老胡从书上抬起头，费力地说：人家是人家，咱们是咱们。

老胡从农场回来后，果然很少写东西了。他大部分时间都躲在家里看书，把毛泽东当年的《延安文艺座谈会上的讲话》找出来，看了好几遍。然后他就站在窗前，望着草青草黄的世界，长时间地思考。

平平淡淡的日子过得很快。先是范幸福和金怡有了孩子；转眼孩子会走，又会跑了。孩子是男孩，叫范小金，调皮又聪明。一家三口，每年都会从部队回来一次。他们回来的时候，自然是先去范副司令家。范副司令的车把一家人从车站接回来，安顿好后，他们才到老胡这里坐一坐。老胡很喜欢自己的外孙，把小家伙抱在怀里又亲又叫的，然后他就问孙子：告诉姥爷，你叫什么？

孩子清楚地说：范小金。

老胡听了，心里就动一动。心想：孩子该叫范小胡才对啊。在这之前，小金看出了老胡的落寞，曾对他说：要不，我给女儿写信，让她把姓再改过来。

老胡想想说：改个名字怪麻烦的，别难为孩子了。叫啥不一样呢，不就是个名字嘛。

说是这么说，但老胡的心里仍沉沉的，像压了厚厚的云。

如今的女儿进了家门，跟客人似的，很拘谨的样子。目光也不和他对视，躲躲藏藏的。老胡就想：女儿还生分呢。他的心就疼了一下，又疼了一下。

一家三口人来，礼节性地坐一坐，拿来一些当地的土特产，然后就客气地告辞了。

老胡见女儿、女婿真的要走，就恋恋不舍地抱起范小金说：小金哪，跟姥爷姥姥再玩会儿吧，姥爷喜欢你。

范小金直言不讳地说：爷爷家的房子大，我要去爷爷家。

老胡就把范小金放下了，冲他们挥挥手。等一家三口的背影消失了，才发觉脸上一阵湿湿的。

老胡和小金面对着又空下来的家，呆呆地望着。小金毕竟是女人，泪水多，她一边抹眼泪，一边说：老胡哇，别伤心，嫁出去的姑娘，泼出去的水。

老胡挥着手，像赶什么东西似的说：我不难过，难过啥啊。说话的时候，眼睛又一次湿了起来。

女儿是女儿，女婿是女婿，胡作家不计较这些。不住在这里，就住在那里，住哪儿都一样，谁让人家范副司令住的是小楼呢。那里宽敞，也舒服，只要孩子们高兴，怎么着都行。可他实在忍不住想外孙时，就给老范家打电话。电话有时是老范接的，老范就朗声说：胡哇，咱们一个院住着，还打啥电话？就这么几步路，过来吧，咱哥俩整几杯。

老胡就说：年纪大了，整不动了，就是想听听外孙的声音。

老范楼上楼下地喊着孙子，让他来接姥爷的电话。最后，不知是谁强行把范小金拽到电话旁。孩子显得很不耐烦，叫了声“姥爷”，还没说上一句话，就又疯跑去了。老胡就冲电话里说：这小东西。接下来，又和老范扯了几句，电话就挂上了。

一个月的时间很短，范幸福他们休完假就回部队了。他们一走，两家就都空了。接着，又剩下长长的思念和牵挂。老胡又开始给女儿写信，说父女关系，说自已早就理解了女儿。女儿仍偶尔有信来，仍寄给母亲小金；对父亲的问候也是三言两语。女儿一直不愿意和父亲沟通，仿佛有着深仇大恨似的。每次女儿来信，都弄得老胡心里很郁闷。

老胡有时也能和老范不期而遇。每次碰到范副司令，他身边都有许多人，前呼后拥，匆匆忙忙的。他隔着人群冲老胡挥手，然后“胡哇胡哇”地喊上两声，算是打过招呼了。老胡这时会停下脚步，恭敬地望着首长一行匆匆离去。

老胡几年没登过范副司令的家门，不是因为外孙，他都没主动给他家打电话。虽然他在内心里感激老范，没有老范的相助，自已和女儿也不会有今天。但感激归感激，随着老范的官当得越大，老胡心里的那堵墙就越厚。他自已也说不清怎么就有了那堵墙，看不见、摸不着。想外孙想得忍不住了，就拿起电话想和老范聊一聊小家伙，可几次拿起电话后，又放下了。

晚上有时睡不着觉，老胡会想起从前的日子——放牛，行军打仗，战地采访。想到这些，老胡就湿了一双眼睛，他怀念那些逝去的美好岁月。

他想念着老范的时候，老范也在想着他。

一个周末，范副司令给老胡打来电话，邀请老胡在周末时陪他出去转一转。老胡本想推脱，况且他现在也没有转一转的心情，但考虑到横在两人之间的“墙”，他还是犹豫着答应了。他从内心想拆掉这堵墙，让两人重回到以前的岁月。

老范这两年不打猎了，也没有猎物可打了。他最近又迷了上钓鱼。

范副司令一行，乘两辆车出了城。前面是开道的车，车里坐着秘书、警卫员等人，他和老胡坐在专车里，很快就来到了一个池塘前。

那里已经有党政军的领导恭候着。握手后，范副司令隆重地把老胡介绍给众人，最后又补充了一句：我们可是亲家哟。

众人上前和老胡热情地握手，嘘寒问暖，接下来就是钓鱼。钓鱼的时候，众领导仍不离范副司令左右。他们为范副司令钓上的每一条鱼欢呼，也为脱钩的鱼而惋惜。一干人惊惊乍乍，情绪也是跌宕起伏。

老胡想和范副司令说说话的幻想也成了泡影。他隔着众人望着范副司令，觉得陌生又遥远。他想：这大概就是和范副司令之间的那堵墙吧。这么一想，心里就没滋没味的。

回来的路上，夕阳西下。两人坐在车上，范副司令拍着大腿说：胡哇，你看你多好。我是身不由己呀，想钓个鱼都不得清静。

老胡似乎找到了和范副司令沟通的契机，想冲他说点什么，侧过头，却发现范副司令已经睡着了，还打起了鼾。他的心境就是另外一番模样了。

范副司令再邀他时，他就找出各种理由婉拒。他知道，范副司令是诚心实意的，而自己的推脱也是真心真意的。

十二

时间过得很快，一晃就又是几年。

范小金上小学那一年，范幸福和金怡双双转业了。他们一家三口回到了这个城市，那时他们还没有自己的住房，就住在范副司令家里。

这些年，一家人每次回来都住在那里。偶尔，回到老胡家也只是吃顿饭。吃饭的气氛总是很压抑，老胡就努力着想把气氛弄得热烈一点儿，说金怡小时候的一些事。金怡不搭腔，埋着头，完成任务似的吃饭。吃完饭，金怡望一眼范幸福，范幸福也看一眼金怡，不知谁先说了一声：咱们走吧。

于是，一家三口在老胡和小金殷切的目光中，走了。这么一来一往的，老胡的心里就会难过好几天，然后背着手在屋里转来转去。这个房间看看，那个房间瞅瞅，冲小金说：咱们家有那么小吗？就住不下女儿和外孙了？

小金理解老胡的心情，她心里也不好受，觉得女儿这么做有些过分了。自从结婚到现在，就没在家里住过一回，哪怕是有一回呢，她心里也能好受一些。小金就找了个机会，把女儿从范副司令家叫了回来，关起门，母亲俩谈了一次。

母亲面对的是女儿，说话也不用顾忌什么，她说：你在这个家里生活了十几年才离开，难道对这个家就一点感情也没有？是谁对不住你了，你爸当年是当了右派，但你说改名也就改了，说不理你爸就不理你爸，你以为他心里好受吗？

金怡低着头，不说话。

母亲又说：你爸早就不是右派了，他都平反好几年了，你干吗还这么对待他？

金怡抬起头，眼里含了泪：妈，你别说了，我啥也不为，就是心里转不过弯来。

最后，女儿哭着跑出了家。母亲叹口气，老胡对小金说：算了，算了，让时间告诉她一切吧。

几年后，外孙上初中那年，范幸福当上了公司的总经理，金怡在一家电信公司上班。一家人仍住在范副司令家里。

也就是外孙上初中那年，范副司令离休了，老胡也离休了。离休那年，范副司令享受中将待遇，老胡是文职副军，两人相差着好几个台阶。

一天，金怡神情落寞、脸色灰暗地回来了。对女儿的突然而至，老胡和小金都有些喜出望外，热情得有些夸张。女儿坐在那里，失魂落魄地说：你们别忙了，我就是告诉你们，我今天离婚了。

离婚？这条消息对老胡和小金来说，犹如晴天霹雳。他们张口结舌，你看看我，我看看你，都以为是在梦中。

女儿突然给两位老人跪下了：爸、妈，女儿以前对不住你们，都怪我不懂事，请你们原谅我吧。

孩子把话说到这个份儿上，当父母的还有啥说的，当下母亲就抱住了女儿。离婚就是离婚了，再问为什么、怎么离的，已经不重要了。母女俩似久别重逢般地拥在一起，老胡也在一旁湿了眼睛。

金怡站起来，冲老胡深鞠一躬，泪流满面地说：爸，这么多年，我最对不住的是您，我把姓改了，还和你划清了界限，都是我不好。爸，你骂我吧。

老胡听了女儿的话，拥住女儿泪雨滂沱。他们就这么一个女儿，看着她一天天长大。她是父母的希望和未来，他们把所有的爱都给了她。这些年来，女儿的做法是有些过分，他伤心，但他能理解女儿。此时，女儿这么一说，他心里所有的伤心和抱怨都烟消云散，心里又只剩下女儿了。

以后，女儿就住回到了家里。

女儿后来又想把姓改回来，遭到了父亲的反对。老胡说：闺女，叫金怡也一样。你本来就是我们的孩子，改来改去的多麻烦，别人叫着也不顺口。只要你心里承认我这个爸，我就高兴。

老胡哭了，一家人都哭了。

老胡弄不明白，怎么老了，反而变得脆弱了，动不动就跟个女人似的哭哭啼啼。

后来，他才知道范幸福和女儿离婚后，去了南方。那时候的南方是花花世界，梦一样的诱惑着他。范幸福为了追求自己的幸福，离了婚，义无反顾地去了南方。

老胡还知道，老范是不同意范幸福离婚的。他把范幸福关在屋子里，骂了，也用皮带抽了，但一切无济于事。最后，范幸福干脆就不回家了，一扭头去了南方。老范英雄了一生，而晚年时对儿子，却无能为力，英雄气短。

孩子离婚不久，老范和小岳双双来到老胡家，这是有史以来的第一次。老范一进门就朗声说：胡哇，金哪，对不住你们了啊。我那个败家子，他临阵脱逃了，这个不争气的东西……

事情已经到了这一步了，啥都不用说了，说啥也没用了。老范的登门，让老胡和小金乱了方寸。他们一边招待着老范和小岳，一边感叹岁月。回忆过去的时候，几个人的眼里就都有了泪水，动了感情。最后，老范挥挥手，总结似的说：不说了，不说了，现在说啥都没用了。

话锋一转，他们的话题就落在范小金的身上。孩子已经上中学了，从目前看孩子是听话的，学习也好，将来考个名牌大学是没问题的。

老胡曾经想过，女儿离了婚，范幸福又去了南方，外孙应该过来和母亲住在一起。自己退休了，无事可干，孩子就成了老人的盼头。他是这么想的，没想到老范一张嘴，就把他的想法给否定了。老范声音洪亮地说：胡哇，年轻人的事咱们就别跟着瞎操心了，咱们的感情比亲家还亲，啥也别说了；咱们的孙子，是咱们共同的，跟谁都一样；他在我那里习惯了，就别让孩子搬来搬去的；等他长大了，说不定又飞了；就这样吧，你也别老脑筋了，孩子跟谁不是跟呢，就让他还住我那儿吧，你说呢？

老范这么一说，就定了调子。

老胡把想说的话咽了回去，他不置可否地冲老范笑了笑。

以后，外孙就经常到老胡这里，看看妈，也看看姥爷、姥姥。范小金面色苍白，话语不多，很内向的一个孩子。来了也就来了，走了也就走了，一切都是静静的。

老胡和小金已经知足了，有女儿在身边，还能看到外孙，家里一时间就多了笑声。

高兴之余，老胡和小金就惦念起女儿未来的事了。女儿才四十多岁，以后的路还很长，总不能一个人过下去吧。每次和女儿提起这事，女儿就伤心地说：爸、妈，你们是不是不想收留我了？

女儿这么说，老胡和小金就噤了声。但不管怎么样，现在的女儿成了他们心里最大的事。

十三

一天，老范给老胡打了一个电话，这是两人离休后第一次通话。在老胡听来，老范的声音远没有以前那么洪亮了。老范说：胡哇，忙啥呢？

老胡正在忙着写一部书稿，但他口是心非地说：没忙啥，都退了，还能忙啥？

老范就说：别整天把自己关在屋里，咱们都退了，应该有工夫在一起扯扯了。胡哇，我真想回到以前，咱俩一壶酒坐到天明，畅快地扯，那才是日子。

老范这么说，老胡的心里也有了感触。不为了外孙的归属，也不为女儿的离婚，就为了老范的这句话。他又何尝不想回到从前呢，让时光倒流——两人坐在烟熏火燎的阵地上，嗅着空气中的硝烟，一壶酒在两人中间传递着。

老胡想到这儿，声音就有了些潮润。

老范接着说：那啥，周末跟我出去，咱们散散心，找个地方好好扯一扯。

老胡的内心一下子变得激动起来，往事又一幕幕地在眼前闪过。

周末那天，老范的专车早早就来到老胡的楼下，又是鸣喇叭，又是喊的：胡哇，快下来，你在家抱窝呢。

老胡急三火四地从楼上走下来，待坐到车里才发现，老范是一副钓鱼的行头，还带着公务员。老范虽然离休了，但待遇没变，仍有专车和公务员。老胡坐在老范身边，心里动了动。他没说什么，车就向城外驶去。

一路上，老范都在说：胡哇，咱们离休了，日子不比从前了，人不服老不行啊。

不一会儿，车就停在了一家部队池塘前。接待的人仍很热情，司令司令地叫着。老范一到池塘边，见到昔日的下属，声音又洪亮了，威风八面的样子。

陪钓的领导坐了一会儿，看了一会儿，就不停地接电话。接完电话，就苦着脸说：老首长，我还有件急事要去办，就不能陪了。中午吃饭时，我会过来。

老范挥挥手说：你忙去吧，我就是散散心，不用陪。

过一会儿，另外几个领导也过来，跟老范解释着什么。

老范看了眼池塘边本来就不多的几个人道：你们都忙去吧，去吧。

那些昔日的下级们，早就等着这句话了，然后满脸“不情愿”地离开了。

池塘边一下子就清静下来，老胡顿时神清气爽起来。这正是两个老战友好好扯一扯的机会，就说：他们走了倒好，剩下咱俩，清静。

老范“哼”了一声，似乎生出了许多不耐烦，把一根鱼竿抡得“呼呼”响，然后又抱怨鱼不咬钩，屁股挪来挪去的。终于，老范忍不住了，怪下属们太势利，人走茶凉；还说新上任的副司令不够交情，自己在位的时候没少关照他，可自己走后，交代的事一件也没办。

老范有许多的不满要发泄，有许多的牢骚要倾诉，说来说去的，一条鱼也没钓上来。然后他就狠狠地冲鱼塘里的鱼说：狗日的，你们也势利眼啊，真不是个东西。

老范一生气，一着急，找了两块砖头，狠狠地扔到鱼塘里。

鱼是钓不成了，主要是没有了钓鱼的心情。老范抱怨这，抱怨那的，老胡一句嘴也插不上。那次，他们也没在下属部队吃饭，就开车回去了。

坐在车上，老范仍然气鼓鼓的，看这也不顺眼，那也不舒服的。直到车开进了干休所，停在将军楼前，他才说：胡哇，来家坐坐吧。

老胡望一眼小楼，又看一眼家的方向，说：今天就算了，哪天吧。

以后，老范又约老胡去外面散心，都被老胡婉拒了。

老胡心里明白，此时的俩人已经不是从前的放牛娃了，他们扯不到一起去了。

老胡每天都要到干休所院门口去取报、拿牛奶，每次都要路过老范的将军楼。他忍不住总要往小楼里张望上几眼，就发现老范正站在窗前发呆。老范有公务员，拿报纸、牛奶的活儿用不着他亲自去，所以老范就有时间在窗前发呆。老胡在老范的楼下经过时，耳畔似乎又听到老范在叫他：胡哇，过来扯一扯吧。

他再扭头去，发现窗前的老范已经不在了，才知道一切都是幻觉。于是，他转过身，向家里走去。他家住在六层，每次都要爬长长的台阶，但老胡的心情很好。

老范终日把自己闷在家里，自己跟自己用劲儿。老胡很少能看到老范，就是老干部每季度例行体检，也不见老范的身影。闷来憋去的，老范就有了毛病。送医院检查后，结果出来了，老范得了癌症。

老胡知道老范有病的消息，还是外孙告诉他的。那天，范小金红着眼睛，向一家人宣布：爷爷得了重病，住院了。

老范得癌症的结果，只有小岳一人知道。她没有告诉老范，也没有告诉范小金，只说：爷爷得了重病。

老胡得到消息时，心里"咯噔"一下，心就悬了起来。老范的影子一时间在眼前晃来晃去的，挥都挥不走。他的第一个念头就是：得到医院去看看老范。

这个念头一经冒出，他马上又想到，老范是高干，有家人，有昔日的部下，来来往往的，去看他的人还能少吗？于是，他就忍住没有去看老范。

又过了两天，在小金的催促下，他去了军区总院。老范果然住在高干才能享受的康复楼里。这是老胡第一次来这里，路走得脚高脚低，犹犹豫豫的。他在走廊里看到了正在哭泣的小岳。

小岳见了老胡，像见了亲人似的扑过来。她伏在老胡的肩上，放声大哭。老胡就说：岳啊，你要冷静，老范到底是咋了？

小岳就把老范得癌的事说了，老胡怔了怔，他抖着脸上的肌肉问：这是真的？

小岳看着老胡，只剩下点头的力气了。

老胡已经想不起自己是怎么走进老范病房的。他看见了躺在床上的老范。老范被病魔击倒了，脸色苍白地躺在那里。见了老胡，他嘴唇颤抖着叫了声：胡哇。

听老范这么叫，老胡的眼睛一下子就湿了。他走过去，抓住老范的手，哽着声音道：范呐，你咋就这么躺下了？

老范想冲老胡笑一笑，样子看着却更像哭。片刻，老胡冷静下来，他觉得身为病人的老范很可怜，甚至有些渺小。他清楚，这时候要鼓励老范要坚强，要挺住。于是，他握住老范的手就用了些力气，他说：范呐，我是过来想和你扯扯，看来你是不想和我扯了。

老范就说：胡哇，我真想回到年轻那会儿，苦啊累的，没啥。那时咱浑身是劲儿，现在我咋就没劲儿了呢？

老胡坐在老范的身边，两人就扯开了。从放牛说到参军，然后是参加一场又一场的战斗，那会儿的日子是那么难忘。他们浑身充满了昂扬的斗志，什么困难、流血牺牲都不在话下，那是一段充满着激情的岁月。

那天，俩人扯了很久，似乎又回到了当年——他们坐在焦煳的阵地上，一把炒黄豆，一壶酒，闻着硝烟的气味，谈天说地，好一副壮怀激烈的样子。

老胡离开的时候，老范的精神很好，他拉着老胡的手，竟有些恋恋不舍。他说：胡哇，经常来这儿扯扯啊。

老胡真心实意地说：放心吧，老范。只要你在这儿坚守着，我老胡天天来找你扯。

果然，老胡说到做到，他像上班一样准时地出现在老范的病房。老胡一来，老范就进入了状态。他们把病房当成了当年的阵地，俩人或坐或站，或歪或靠地聊着。说到兴奋处，老范又朗声大笑起来，似乎病呀灾的那是别人的事。

偶尔有一些老范的下级，或者老战友来看老范时，都不相信眼前是得了癌的老范。不知道的人还以为老范是来疗养了。

俩人说来扯去的，就说到了老范的病。精神已经很好的老范就说：咱们是怕死的人吗？不是，绝对不是；想想那些牺牲的战友，咱们比他们多活了几十年了，咱还有啥可说的；这点病算啥，它想来就让它来吧，我老范不怕你；日本人咱不怕，美国鬼子咱也不怕，这辈子咱怕过谁呀？

说到这儿，两个老战友真实地大笑起来。

这期间，老范的儿子范幸福回来了。看到老范的状态，并不像母亲在电话里说得那么严重，就冲父亲嘘寒问暖一番，又走了。范小金也常来看爷爷，他心情愉快地冲老范说：爷爷，你什么时候出院啊？我来接你。

更多的时候，是老胡陪着老范。一次，病床上的老范哼起了当年的军歌：像猛虎下山，杀入敌群……

老胡也陪着一同唱了起来，歌声在病房里回响着。一时间，两个人都有了激动的泪水，他们的手紧紧地握在一起，仿佛共同坚守着一块阵地，迎接着敌人的炮火。他们没有想到，就在这一刻，他们又走到了一起，找回了当年的感觉。

有时候老胡晚来一些，老范就坐立不安。他一遍遍地向窗外望着，嘴里说着：这个胡哇，咋还不来呢？

来晚的老胡正匆匆地走在路上。

夏日机关

信息处

以前机关里并没有这个处，随着形势和发展才有了这个处。可以说信息处是新生事物，现在的新生事物人们到处都能感受到。信息处虽说是新生事物，但在机关里仍显得可有可无，平时并没有什么大事，收集同行业的信息，为其他部门服务。报纸、刊物还有一台上网的电脑，成了信息处信息的主要来源。自信息处成立以来，机关的工作效率并没有得到什么明显的提高。于是信息处在机关里的地位就显得可有可无，也就是说不怎么受待见。大家都知道这一点，但都不说什么，其实说了也没用，于是大家便什么也不说。

最近国家发生了一些大事，比如机关裁减。国家机关已经行动了，信息处黄姗的爱人就被裁减了，为了安抚这些被减下来的人，国家机关安排黄姗的爱人去英国进修。故事就从这儿讲起。为了便于了解故事的全貌，有必要交代一下信息处的一些自然状况。

信息处人员一览表：

老姜：男四十六岁，处长。

老洪：男，五十多岁，享受副处待遇。

老李：女，五十多岁，享受副处待遇。

小梧：男三十多岁，有两月婚史，正科级。

宇泓：女，三十多岁，副科级。

小界：女，二十六岁，科员。

黄姗：女，二十八岁，科员。

故事先从黄姗出国讲起。

黄姗的第一封信

几个月前，黄姗终于走出了国门。其实她走出国门和她自己并没有什么直接关系，是因为她的丈夫小王有了公派一年的机会，于是，她便随丈夫去了远在万里之外的英国。这样的机会对许多人来说并不是很多，于是就显得弥足珍贵。早在黄姗的丈夫刚有了要出去进修的消息，她便开始活动了，她不是为丈夫活动，而是为了自己，为了让自己能够顺利地出去。那一阵子，机关所有认识黄姗的人都知道黄姗要出国了，就是不认识她的人，也在纷纷打听黄姗是何许人。那些日子，许多认识不认识黄姗的人，都找各种借口来到信息处，一睹即将出国的黄姗的风采。那些日子黄姗成了机关里的名人。黄姗在那些日子里也显得异常活跃，在办公室里都能看见黄姗穿戴齐整、花枝招展的身影，她对自己目光中所触及的人和物都充满了同情和关怀。那些日子她是那么的温柔和大度，她不再与人计较任何什么，也就是说，什么都没有什么了。能随丈夫去一年大不列颠让黄姗变了一个人似的。她不管见到的人熟悉还是不太熟悉，都一律和那些人道别，仿佛她这一走就永远不再回来了，永别的情景让人难忘。最后黄姗终于办好了停薪留职的手续，并且终于坐上了飞往大不列颠的航班，飞向了万里之外。把同情和关怀的目光也一同带到了万里之外的大不列颠。她只能在万里之遥的英国把同情与关怀变成因特网上的一封短信寄给那些仍水深火热的同事们。于是就有了黄姗的第一封信。

宇泓：

你好！

我来到英国已经一个星期了，我这里一切都很好，小王已经开学了，我主要是学英语。来到英国这几天，感触最深的是这里和国内真是不一样。这里的天空是那么的蓝，物质是那么的丰富。就是那些走在街上的小伙子，个个都是那么帅气，干什么都是手脚麻利。这里真是很好呀。宇泓，你要是有机会出国就来英国吧，这里真是不一样呀。机关还是老样子吧？不知为什么，我现在是一身轻松，完全没了在机关时的那种碌碌无为。原来是看什么都不顺眼，一到了这里就没了那种感觉，真是太好了。我有时间还会给你们写信的，把这里的一切告诉你们。我要到楼下的自选市场去买几样菜，好给小王做晚饭，就说到这里吧。希望你们也经常给我写信。别忘了给处里的老姜老洪老李小梧小界带好。

祝你们快乐平安！

远在英国的黄姗

宇泓女士

宇泓女士看完黄姗的信，满脸通红，谁也不知道她为什么要满脸通红，两眼也是水汪汪的，像是要哭出来的样子。看完信后，她就坐回到自己的座位前，有一搭没一搭地在翻一本书，其他人都围在电脑前惊惊怪怪地看黄姗的信。老洪和老李最先走回到自己的办公桌前，他们什么也没说，老洪先叹了口气，接下来老李也叹了口气。谁也不知道他们为什么要叹气。叹完气后，他们就各自坐下了，然后就是雷打不动地翻桌上的那几张报纸，那是昨天他们都已看过的报纸，今天的新报纸还没有来，他们就只能看昨天的旧报了。

宇泓是一个三十出头的女人，长相说不上好看也说不上难看，经常爱激动，一激动就脸红。黄姗没走时，在信息处，两人的关系最好。说是关系好，其实就是两人在一起时话还多一些，因为宇泓这个女人没什么朋友，在这种情况下，黄姗的存在对她来说，显得就很重要。黄姗说走就走了，她就有些孤独，没有人爱和她说话。这种状态已经很久了。几年前宇泓这女人还是名职工，在这个局里干一些杂事，那时她已经结婚了，丈夫就是现在这位下岗的技术员。那时丈夫正满怀信心地想成为工厂里的工程师，正当丈夫为远大理想而努力时，工厂改革减员，丈夫就下岗了。当然这都是后话了。当职工的宇泓看着身边的人都是国家干部，她就有些急，这种心情可以理解。都是八小时上班，自己觉得也并没有比别人少干，别人是干部自己却是职工，工资少不说，还有许多不公平的待遇。比较失落的宇泓女士，不知是从哪一天，就和冯副局长有些说不清楚。其实这种不清楚只是人们的感觉，谁也没有看见什么，更没有抓到什么。冯副局长是几年前从部队上转业到局里来的，转业之前就是师级干部，据说是因为作风问题而被处理转业的。这也是听说。

但有一点大家都知道，那就是冯副局长的老婆是自杀死的。自杀的原因是，冯副局长，那时还是冯师长，一直和老婆感情不和，闹了许多年的离婚。老婆是他从农村带到部队里来的。老婆还在农村时，两人就闹得不可开交，后来老婆提出，如果让她随军就同意离婚，结果是随了军也没离成。再后来老婆就自杀了，自杀之后，老冯就转业了。人们就相传，老冯是因为作风问题才转的业。

宇泓和老冯不清白，自然也是人们的猜测。原因是那一阵子，宇泓经常往老冯的办公室跑。老冯没事时也很愿意找宇泓说话，那时宇泓刚结婚不久，还年轻。又过了不久，宇泓就参加了市里的党校学习。这是老冯亲自推荐的，这事大家都知道。党校学习之后，宇泓就转干了，来到了老冯分管的信息处。

从那以后，人们有千条万条理由认定，宇泓这个女人是和老冯有一腿的。究竟有没有一腿谁也说不清，这种事本身也说不清，越说不清，就越是有事。从此，宇泓就经常爱激动，一激动就脸红。自此，宇泓就没有了什么朋友。平时还能和宇泓这个女人说上一些话的就只有黄姗了，她这一走，宇泓心里就很不是个味。

其实人们不愿意理宇泓这个女人还有别的原因。人们最不满意的是，她经常分不清哪儿是单位哪儿是家。

说到这里就要说一说宇泓的家了。其实她的家很简单，一个在工厂里当技术员的丈夫，还有一个儿子。丈夫的工厂离机关不远，起初儿子所在的幼儿园离机关也不远。机关的福利还不错，每个月都有一百多块的伙食补助。丈夫工厂也有食堂，搞得却不好。儿子上幼儿园时，先是丈夫每天中午很准时来到机关，就和上下班一样。然后就是宇泓为丈夫和自己去食堂打饭，不一会，热气腾腾，锅是锅碗是碗地端回来。接下来就围在办公桌前和丈夫一起，有声有色地吃。其实这么做也没什么，关键是她丈夫这个人，很不把自己当外人，不停地和所有信息处的人打招呼，就跟到了自己家里一样。吃完饭仍没走的意思，而是大模大样地坐下来，稀里哗啦地翻报纸。这一点刚开始大家也能理解，工厂里看报的机会少，借此机会学习学习，也没什么不好。最主要的是，他翻了一会儿报纸仍没有走的意思。机关的人大都有午睡的习惯，尤其是老洪老李等人，年纪大了，不休息一会儿下午上班就很难受。办公室里有沙发，躺一会儿，倚一会儿，总之机关的人都是要休息一下的。宇泓的丈夫这时仍不走，仍很响地翻报纸。以老洪为代表的一干人等就有些不高兴了，老洪这时就干咳一声说：小吴哇，你们到上班时间了吧？一般人是能听出这句话的弦外之音的，该干啥就干啥去了。小吴这个人却不把老洪的话放在心上，只冲老洪笑一笑说：还早呢，你们休息，我给你们站岗。他以为他的话很幽默，说完不看别人的脸色，倒是把自己先给搞笑了。

小吴这个人，吃亏就吃在太自以为是上，包括后来他的下岗。当然宇泓这个女人是听出来老洪的弦外之音了，但她觉得老洪等人纯属没事找事。自己的丈夫在办公室待一会儿怎么了，不就是待一会儿么，又没吃你又没喝你，办公室又不是你老洪一个人的。宇泓这么想过了，就觉得丈夫这样没有什么不好，让丈夫在有空调的办公室里休息一个中午是很正常的事儿。丈夫毕竟是自己的，自己不心疼还有谁心疼？小吴厚着脸皮在办公室这么耗着，有一多半的责任应该要由宇泓来负。从这一点就可以看出宇泓是属于什么样层次的女人。看来老冯让她去党校学习也没能让她高尚起来。

这样一来，大家都对宇泓这个女人有意见，很不把她当回事儿。后来宇泓的儿子大了，上学了。学校就在机关的后面，这回不是小吴一个人来了，还带来了他们的儿子。一家三口在中午时分，前呼后拥地来到机关。自从儿子上了小学，一家人才发现儿子的智商有点问题。其实在这之前人们早就看出来了，就是宇泓和小吴没看出来。孩子是自己的好，看哪儿都那么可心可眼。直到上了小学，能算出一位数的加法，两位数就掰扯不明白了。还有就是识字，今天学会了明天准忘。自从发现儿子是这般模样，宇泓这个女人就长吁短叹。小吴每天中午把儿子带来，一进门，宇泓就开始叹气。宇泓一叹气，老洪就一边唱京戏一边拿着饭盆去打饭。众人就笑。

一家三口都在办公室里，中午的信息处就不得安宁了。傻儿子精力很旺盛，从不知疲倦的样子，看什么都新鲜，呜呜地叫着。能安静下来就是看动画片。信息处有一台上网的电脑，这台电脑是信息处存在下去的理由。是它给机关提供这样那样的信息。为了让儿子安静下来，也许是让儿子能从动画中学到一些知识，宇泓每天中午都给儿子在电脑上放动画片。一放动画片儿子就老实了，一双小眼睛睁得溜圆。动画片是有动效的，每次看动画片儿子都要求把动效放到最大。儿子就和动物一样弱智了。

这样一来可以说信息处就鸡犬不宁了。大家都对宇泓这个女人有意见，老洪老李带头把这意见对姜处长说了，姜处长连屁也没放一个。他就是这么一个人，在下级面前还好点，在上级面前，更是没有话说。信息处不受人待见，和姜处长的无能也有一定关系。老洪和老李私下里就说：兵熊熊一个，将熊熊一窝。从那以后，老洪老李有什么意见也不对姜处长说了，知道说了也是白说，还生一肚子气。

宇泓这个女人表面上看是家庭观念太重，其实骨子里很自私，自私到都失去了自己。别看丈夫小吴是个下岗的技术员，说话还有些娘娘腔，但在宇泓这个女人的心里可非同一般，让她佩服得五体投地。在家里时，小吴一进家门就有许多话要说，说的都是一些国家大事，从政治说到经济，又从国内说到国外。总之，天上飞的地下跑的，都是他要阐述的对象。这些信息当然大都是他从信息处的报纸中得来的，此时都变成了他自己的观点了。有时也一知半解地看一点哲学书，然后生拉硬扯地和现实联系在一起。这样的丈夫在宇泓这个女人的心目中可就了不得了。丈夫说的话句句都是真理，别人的话都成了谬误。她在机关里张口闭口就是，我家小吴说了。小吴说了这，小吴说了那，成了她的口头语。

小吴在家里的地位是至高无上的，他什么也不需要做，他的主要工作就是看哲学书和看电视，然后就是高谈阔论国际国内的形势。弱智儿子成了他们一块心病，小吴自然有自己的解释，他就冲自己的女人说：贝多芬、毕加索们这些天才都有着生理或者精神上的毛病，但他们却都是天才，谁敢说咱们儿子以后不是个天才？宇泓不敢说自己的儿子不是天才，眼巴巴地望着丈夫小吴，小吴给她点燃了希望的明灯。从那以后，她却有一些瞧不上别人正常的孩子了，觉得别人的孩子是那么的平庸，只有自己的孩子才是天才。在她的眼里儿子就是小毕加索，小贝多芬……

因此，宇泓无论如何也不能让自己的儿子委屈了。在办公室的桌子上，摆满了为儿子买的书，琳琅满目什么内容的都有，她巴望着一不留神儿子就成了天才。丈夫在她的眼里是大天才，儿子在她心里是尚没出道的小天才。她也知道办公室的人对她有意见，但她不能为了让大家没有意见而委屈了一对天才。她装作什么也不知道，该怎样还怎样。

自从丈夫小吴下岗以来，她从没有在丈夫自身找原因。她一直认为是丈夫单位的领导太不是个东西，是有意和小吴过不去。这样的天才工厂不用还想用什么样的人？领导这是嫉妒。在这之前，小吴并不被单位的头头儿待见，嘴上说得比谁都好，可实际做起来，又比谁都差，这种人我们在生活中经常可以见到。平时又清高得很，谁也瞧不起，就自己行，到了关键时刻这种人不下岗让谁下岗？

小吴一下岗，信息处的人们就更容易看到小吴怀才不遇的身影了，他差不多和信息处的人们一起上下班。上班的时候，他搬一把椅子坐在宇泓的身边，把信息处昨天的报纸都拿到自己的眼前，然后很深刻地看报纸，一边看一边思索，叹气摇头。这时他不会说话，他知道他说什么也不会有人搭茬，他知道没人待见他。他此时装了一肚子话，这些话只能回到家里和自己的女人一吐为快了。

中午时分是一家人团聚的时刻，弱智儿子的出场是宇泓一天里最高兴的时候，也是她一天中最累的时候。她一边督促儿子吃饭，一边计划吃完饭后，是该让儿子先看动画片还是学童话。总之，她的心思都用在培育天才上了。儿子却很不争气，她为儿子读童话，儿子一边流口水一边说：妈，我想睡觉。她就很生气地说：只有没出息的人才只知道睡觉。这时老洪等人已经睡了，她这么说，老洪等人一定生了一肚子气。她就举起一只手冲儿子说：这是几只手指头？儿子说：一只手。宇泓就一副恨铁不成钢的样子。她没心思教儿子了，便让儿子看动画片。一看动画片儿子就高兴了，流着口水一副乐不可支的样子。

中午一过，她显得很累，坐在办公桌前打瞌睡，有时也流出口水。这时丈夫小吴已经回家了，下午他送走了孩子就算下班了。他要回到家里睡上一觉，晚上等女人回来还要说许多国家大事，当然还有许多对社会对单位领导的不满等等。宇泓觉得丈夫的话太正确无比了，这个社会真是对丈夫这类人太不公平了。她坚信丈夫迟早有一天会有出头之日的，现在没有出头只是时间没到。

黄姗这女子

宇泓自从黄姗去了英国以后，她就开始羡慕黄姗，她觉得黄姗的命比自己好。黄姗的丈夫小王也是下岗，可下岗和下岗却有很大的不同，人家一下岗就去了英国。宇泓目前又崇拜一男一女两个人，男的就是自己的丈夫小吴，女的就是黄姗。

黄姗在谈恋爱时宇泓就觉得黄姗这个女子非同小可。那时黄姗一口气谈了三个对象，其中有一个就是现在的丈夫小王。她谈对象时不是一个一个地来，而是三个人一起来。这就需要很高的智慧和胆量，有时还要胆大心细。黄姗一口气谈三个对象，她不是在玩弄男人，如果那样的话，黄姗也就不是黄姗了。她的目的只有一个，那就是在自己力所能及的条件下她要找一个最适合自己的。她的想法并没有错，认为自己的行为充满了善意。

也就是说，黄姗这个女子在三个男人之间，游刃有余地来往了有两年之久而没有穿帮，这不能不说是一个奇迹。她的精明之处在于这三个男人都觉得黄姗是自己的唯一，根本没有感到危机四伏。黄姗穿行于三个男人之间，那一阵子她就像一只候鸟，这一阵飞向那儿，过一阵又飞向这儿。她随时掌握气候的变化，什么季节穿什么衣，什么季节化什么妆。总之，她把三个男人搞得五迷三道。

黄姗另一个聪明之处在于，她不仅掌握着三个男人的心理，同时自己一直保持着冷静，她在冷静地分析着三个男人的优劣，也可以说三个男人各有所长，有的家庭条件好，有的长相不错，还有的老实厚道。黄姗也时时困惑，为什么这些优点不集中在一个人的身上。但她很快就能从这困惑中解脱出来，要不然她也就不是黄姗了。她知道熊掌与鱼不可兼得的道理。这么一想之后她就没什么可困惑的了。她最后之所以选择了小王而不是另外两位，是因为她感到小王这人日后会有所作为。那时小王只身一人在这座城市，大学毕业能留在这个城市本身就已经很说明问题。还有一点就是，小王在国家机关工作，日后会很踏实，人也不会太出格。在当前红尘滚滚的社会中，黄姗不可能不务实地想一些未来和现在。这就是她的聪明之处。她和小王结婚后不久，另外两个男人也相继结婚了，没多久，一个出现了第三者离婚了，另外一个日子过得很不顺，正准备离婚。到了现在，黄姗自己也觉得当初决定是英明的。现在虽说小王也下岗了，可这种下岗比上岗还要实惠。能在大不列颠居住上一年，还有比这种下岗更荣幸的吗？

自从黄姗和小王结婚以后，黄姗就和自己的母亲结下了仇恨。原因是母亲不同意她和小王结婚，在这三个男人中，母亲最不喜欢的就是小王，小王不会讨黄姗母亲的喜欢。母亲无法改变黄姗的决定，到最后只能是母女不和了。其实这也没有什么，一般情况是，随着时间的推移，这一切都会好起来的。黄姗要把事情做得滴水不漏，因为这一段时间，她无法和母亲处好关系，一定会有人说三道四；她为了不让人家说三道四，便开始说母亲的坏话，她要先下手为强，把母亲推上道德被告席。

每到星期一，一上班，她就向每个同事述说这两天遇到的不幸，说周末回母亲那里去，母亲如何不让她进门，进了门之后，母亲又如何冷言冷语；说是让她偿还这么多年来的抚养费，要是不交就当没养她这么个女儿等等。字字血声声泪的，听得老洪老李也是眼泪汪汪的。他们都是有儿有女的人，他们站在亲爹亲娘的角度都觉得黄姗的母亲做得太过了，太不应该了。他们一致同情黄姗，都说黄姗并没有做错什么，错的是黄姗的母亲。黄姗在人们这里得到了同情，擦干了眼泪，该干什么就干什么了，反正她已经把心里的负担甩了出去。

其实母亲并没有像她说得那么严重，母亲只是有些不高兴，闲言淡语地说了几句黄姗。如果换成别人，说一说也就过去了，但黄姗不一样，她不能在任何人面前吃亏，否则就不是她黄姗了。她忍不下这口气，和母亲大吵起来，然后离开母亲的家。

在单位黄姗也是向来不吃亏的，只要有便宜有机会，就寸土不让。例如机关发水果、大米什么的，总是她先挑。大的好的留下，小的差的留给别人。当然大家都不太高兴，但一想到目前黄姗和母亲的矛盾，觉得她也挺不容易的，就算了，容忍了。其实人们都挺善良的。

这次小王先是下岗，曾一度让她对自己的眼力产生了怀疑，但随着小王又被宣布出国进修，她很快又肯定了自己。她经常对宇泓说：其实婚姻就是押宝。押上了也就押上了。宇泓对她这句话深信不疑。她还说：其实爱情不爱情的，那是骗人的，和谁都能过一辈子，只要对方对自己有用，这日子就能过下去。宇泓对她这句话半信半疑。

黄姗不管别人信不信，反正这么多年她就是这么过来的，而且感觉很好。上学时，她就入了党。后来她说，大学时的党支部书记爱找女生谈心，当然党支部书记是一个岁数很大的男人，不少女生谈过两次就不谈了，只有她一个人坚持了下来，结果是只有她一个人入了党。毕业时，她现在所在的机关去学校挑人，因为她是党员就被选中了。这更强化了她的这种人生信条——那些虚的都没用，只有利于自己的那才是真的。

老洪和老李最后也看出了黄姗这一点，都觉得现在的年轻人比他们那时候不知要强多少倍。要是当初自己有黄姗这两下子也不会是今天这个样子。

老洪和老李

老洪和老李可以说是一对冤家，他们从开始工作就没有分开过。可以说他们也是机关的元老了，差不多机关成立他们就在这里工作了。那时他们都还年轻，年轻的他们有许多梦想，他们也都曾为自己的理想奋斗过，结果就是今天这个样子。

那时他们的最大理想就是当处长，他们是这个机关的元老，差不多所有和他们一起进机关的人都是处长了，就是现在信息处的处长——小姜（他们从来都把姜处长称为小姜）比他们的资历要浅得多，都当上了处长，只有他们还只是享受副处待遇的调研员。

其实这一切谁也不怪，只能怪他们自己。那时两人是名副其实的一对冤家。两人是同事，同时也是竞争对手。如果他们不在一起，也许结果会是另外一个样子，然而命运偏偏把他们安排到了一起，从没分开过。那时两人似一对好斗的鸡，只要见面就掐，直到双方都鲜血淋漓。

有几次，领导已经作出了让他们其中一个当处长的决定。另一个听说了，便找领导谈话，列举对方种种不是，比如，某年某月对方说了什么话，当然这些话都是对对方不利的；又某年某月，办了什么事，这个事当然也是对对方不利的；还有什么时间说了领导的坏话，这样的坏话经对方过分的渲染和夸张，都是有损领导形象的。领导听了自然很不高兴，于是就把提拔的事放下了。就这样提提放放，放放提提，一晃几年，又一晃又是几年，两人渐渐就都老了。当机会再一次来到的时候，已经没有他们的份儿了，原因是他们都过了提拔的年龄了。于是他们就只能安于现状了。

在这期间，局领导换了一批又换了一茬，每届领导差不多都给过他们机会，他们又都差不多用相同的办法把自己进步的路给堵死了。一茬又一茬的领导都没弄明白他们为什么要和自己过不去。这真应了那句老话，当局者迷。

直到有一天，他们终于明白这样的机会再也不会有了，他们才醒悟过来。可是一切都已经晚了。也许是人到了一定的年纪才什么都想开了，想开了之后，两人再也不为是是非非斗心眼了。他们看到了眼前，人到了五十开外，啥都没啥了。他们都有了第三代，仔细一想才发现这日子过得太快了。他们争争斗斗的日子仿佛就是一个月前的事，真不明白这些年是怎么过来的。他们都已经看到了未来，那就是再过两年就退休了；退休以后，在家里带孙子孙女；等孙子孙女大了，他们也就真的老了；然后说不定遇到什么病呀灾的，说起不来就起不来了，这一辈子也就到头了。

两人差不多在同一天就都想开了。不再争斗的两个人，仿佛过去的恩恩怨怨从来都没发生过似的，相互一笑泯恩仇了。现在两人每天上班的第一件事就是交流气功心得。最近自己又学了什么气功，收到了怎样的效果，腿不疼了，睡得也香了等等。两人交流很方便，两人桌子对桌子，就坐对面，这在以前是不可想象的。他们现在有许多共同语言，吃什么好，几点睡觉更有利健康，走路是快走好还是慢走好。

如果其中一个人因为家里或身体而几天没来上班，对方就会觉得缺少了什么，坐也不是，站也不是，然后拿起电话接通对方，讲上几句，才放下心来。办公室的人都觉得不对劲，大学毕业没多久的小界因涉世不深曾一度怀疑两人是在搞黄昏恋。

两人从这个极端转而走向了另一个极端。当初小姜当处长时，局里曾征求过两人的意见，两人几乎不假思索就说：没意见，让谁当处长我们都没有意见。黄姗出国了，在两人眼里出去也就出去了，跟出趟差也没什么区别。出国又能怎么了？最后不是还得回来？当处长又怎么了？最后不也是得退休？到老了都是一样的，该咋样还得咋样。于是日子在老洪和老李的眼里就别样起来，啥都没啥了。

小梧

三十出头的小梧到现在还没有结婚，说是没有结婚不太确切，应该说小梧曾有两个月名不副实的婚史。

事情还得从小梧三十岁那一年说起。小梧三十岁那一年，赶上机关分房子，这对任何人来说都是一次千载难逢的好机会，但分房却是有条件的，那就是必须是结了婚的无房户。这一点小梧是不符合条件的。三十岁的小梧，正处在失恋的痛苦之中，也就是说，他谈了三年的女朋友和他说再见了，原因是女朋友又找到了比他更好的男人。说是比小梧更好，是因为那个男人比小梧有钱，是做手机生意的男人。那个男人比小梧的年龄还要大上五六岁，是一个谢顶已经很厉害的男人，小梧曾有幸见过一次。那是小梧和女朋友分手那天，那个男人来接她。她就对小梧说：这是我的男朋友。小梧就看见了那个男人，那个男人对小梧笑一笑，便挽起她的腰走了。小梧站在那里，觉得自己很像是一名运动员，把接力棒交给了下一个人，然后就没自己的事了，只能远远地看着下一个运动员去跑了，是赢是输也是别人的事了。

小梧这次不成功的恋爱使小梧对爱情又有了重新的认识，那就是这个世界上本来就没有爱情，爱情那是骗人的。曾经分手的女朋友和他恋爱三年，也海誓过，也山盟过，结果还不是这样？女朋友是他的大学时同学，可以说也算知根知底了，两人又同留在了这座城市，两人恋爱，应该是情理之中的。小梧知道自己只是一个公务员，他以前也没曾奢望过什么，如果说是奢望那就是过平常百姓的日子，别人怎么生活他也就怎么生活。现实彻底粉碎了小梧过平常百姓日子的梦想。

在小梧失恋不久，就赶上了机关分房子，机关已经有几年没有分房子了，房子对每个了解国情的人来说，有多么重要，在这里就不多说了。小梧清醒地认识到，这样的机会无论如何也不能失去，过了这村可就没有这个店了。要想分到房子，除非结婚。那几日，小梧真是一筹莫展。

小梧留在这座城市后，就一直在租房子住，机关没有宿舍，他只能租房子。没有自己的房子就是没有自己的家，小梧一直有一种漂泊感，有时像断了线的风筝，上也上不来，落也落不下去，就那么浮在半空。留在这座城市后，他一直有这种感觉。那时他就想等机会成熟了，就结婚，结了婚，有了家也许就没有这种感觉了。现在结婚也成了他遥远的梦想。然而并不是梦想的房子就在他的眼前，他不想再失去了。

那些日子小梧发动了这座城市中所有的熟人，诸如老师同学，让大家一起为他献计献策。一个男同学就出了一计，那就是让小梧假结婚，说，如果愿意的话，他可以为小梧找到这么个人，但女方是有条件的。也就是说，小梧得付给对方两万元钱。这位同学说得很有把握。因为，在这之前，这个女人，曾经和别人有过这么一回交易了，第一次对方付了三万，这又不是第一次了，就降到了两万。小梧也没有别的更好办法了，心想花两万块钱买一套房子，值！当下就答应了。

从结婚到离婚，小梧一共见了那个女人两次。也就是两个月时间，小梧的房子到手了，就和那个女人办了离婚手续。小梧分到了一套房子，同时也背上了一个离婚的名声。反正小梧也想开了，就没有什么了。

小梧除上班外，他迷上了上网。他现在在现实生活中几乎没什么朋友，网上他却交了不少朋友，他在网上和那些没有见过面的朋友聊天成了他生活中必不可少的一部分。在网上谁也见不到谁，想说什么就说什么，甚至可以不问对方是男是女，只要话题投机，他们就可以在网上聊下去。这是小梧在现实生活中无法体会到的乐趣。现实生活只能使他失望。

他平时最瞧不起的就是宇泓这个女人，他甚至从来不和她讲话，她的为人和做派简直无法让他忍受。他也不喜欢黄姗那个小女子，说她是小女子一点也不为过，黄姗差不多把自己的命运都交给了男人，到时候吃亏的一定是黄姗。他说不清黄姗是不是爱她的男人，反正她的男人给她带来了她想得到的。这一点，要在以前觉得黄姗是在出卖自己，这是让他所不齿的。现在他已经不这么想了。因为他的所谓爱情已经破灭了，他不再相信这个世界上还有什么爱情了，既然已经没有了爱情，那么和谁也就是都一样了，谁能让自己过得更好一些就跟谁，这有什么错呢？他觉得黄姗这个小女子很聪明，起码比自己醒悟得早。这么想过了他倒有些佩服这个小女子了。

宇泓在他眼里却不是这样，她的所有做派只让他感到恶心和不快。只两件小事，就让小梧看透宇泓这个女人了。机关各部室订了几种报纸，过一段时间就要卖一些废报纸。每次卖报纸，宇泓都很积极，她主动去卖，每次都能卖个十几元钱，其实十几元钱谁也没当回事，宇泓每次都说：这钱咱们买雪糕吃。然后很大方地把钱就放在了办公桌的笔筒里。过了一阵，又过了一阵，吃雪糕的事就不了了之了，那十几元钱也就无声无息地没有了。下一次卖报纸时仍是这样。每年“六一”的时候，机关都为有孩子的人意思意思，有时发一些小孩吃的，有时发一些现金。老李、老洪和姜处长的孩子大了都不在分发之列，其他的人还都没有小孩，符合条件的只有宇泓这个女人。每次她领到分发的东西，都是一副占了天大便宜的样子，然后对小梧小界等人说：有孩子多好，你们赶快也要孩子吧。仿佛她生的孩子是专门等机关分东西似的。在小梧眼里，这些小事足以让他看透这个女人了。小梧有时就想，真不知这种人是怎么混到公务员的位置上的。

老洪和老李两个人，存在等于虚无，他们俩人有没有，在小梧眼里是一样的。也就是说，俩人在混吃等死。姜处长的存在，只是因为他是信息处的处长，让这种人当处长还不如不要这个处长。在小梧的印象里姜处长从来没有过自己的主张，屁大一点小事也要请示上级，也许是上级看上了他这一点才让他当的处长吧。在信息处，姜处长只是一个传声筒，且整日板着脸，从没见到他笑过一回。

还有小界，大学刚毕业不久，有些地方还没有脱开学生气。整日里约会电话不断，不是去泡吧就是蹦迪，总之没有空闲的时候。小界虽说也二十多岁了，但一点也看不到何时才能成熟起来的迹象。虽然小梧和小界的年纪差距并不太大，但他却和小界没有什么共同语言。

小梧便只能每日里面对电脑和网友们聊天，在那里他才感受到自己的存在，这也是他生活中唯一的乐趣。最近他在网上结识了一个叫小心的女孩子，他们已经聊了几次了。每次一上网，他都能碰到那个叫小心的女孩儿，每次两个人都聊得很投机。他们天南海北，聊着聊着，就聊到了各自的单位，小心这个女孩的单位也是一家机关，她的感受和小梧的感受一样，他们都没有在自己的单位找到有共同语言的同事，他们的苦闷是一样的。他们对周围的人看法也如出一辙，这让小梧感到惊奇，当然小心也有同样的感觉。他们大有相见恨晚的意思。他们聊着聊着，小心说了上半句话，小梧就知道她下半句会说什么了。反过来也是一样，聊着聊着，小梧竟对着电脑哈哈大笑起来，他觉得真是神了。他不知道叫小心的女孩长得是什么样，是高是胖是丑是俊，这些都无所谓了，只凭着他们的心有灵犀就足以说明他们是一类人。小梧网上的名字叫小侃，这是他们网友的游戏规则，每个上网的人都有自己的网名，其实叫什么都无所谓，只是一个代号而已。这和自己平时的名字是一样的，只不过是与人方便与己方便。

小梧在心灰意冷的时候认识了这个叫小心的女孩儿，给他的生活带来了一抹亮色。他不知道叫小心的这个女孩会给他带来什么，反正他此时感觉不错，沉闷的机关生活使他觉得自己看不到希望，然而小心却让他感到生活中的涟漪，使他枯死的心又漾起了浪花。不知为什么他越来越想见到小心。就是他恋爱时也没有过这么强烈的感觉，小梧不知道自己这是不是在恋爱。在他谈了三年恋爱以失败告终之后，爱情在他心里就已经死了。但有时这份感受又让他说不清，他曾鼓起勇气约小心见面。小心在网上嘻嘻哈哈地说：还是别见了，也许见了面我们就没有这种感觉了。小梧想一想觉得小心说得在理。于是他暂时就打消了见小心的愿望。

小界

小界是怀着一颗红心走向社会走向机关的。她毕业的时候可以去公司，小界的父母都是过来人，还是觉得机关稳妥，虽说挣得没有公司多，但机关就是机关，这是国家的，是任何一家公司也无法替代的。最后小界在父母的说服下还是来到了机关。

小界刚来机关的那些日子里，看什么都是新鲜的，觉得机关也没什么不好。随着时间的流逝，她才渐渐感受到，机关这种死气沉沉的生活真的不适合自己。她无法和这些人来往，她知道这些人想的是什么。姜处长只想当他的处长，保住处长的位子目前是他最大的理想。老洪和老李在混时间，他们在等着自己退休那一天。天天的柴米油盐，要不就是气功健身，如果他们就这样也没有错，毕竟他们都快到了退休的年纪，也应该关心他们该关心的事了。事实却不是这样，他们表面上什么都没什么了，可他们的内心深处，却比任何人都不平衡。电话就放在老洪和老李中间，处里每次来电话差不多都是两个人接。小界有许多男朋友也有许多女朋友，刚走出校门没多久，朋友们感觉一切还都是那么新鲜，于是就有许多电话找小界。每次都是老洪或老李接听，如果是女孩子来的电话还好一点；要是一个男孩子来的电话，两个人便竖起耳朵仔细地听，恨不能让自己变只蚊子钻到电话机里。其实他们并没有听到什么，但他们却能从小界的话语里产生联想，联想的最大好处就是，自己想什么就是什么，于是小界的电话内容在两人的联想下就很丰富，于是两人四目相视，目光中就什么都有了。这一点小界早就看在了眼里，她每次接电话心里都是怪怪的，有一种说不出来的味道，仿佛自己在做见不得人的事。

老李作为女人，经常找到小界，似乎很关心小界的个人大事，不停地打问，小界有没有男朋友。每次小界都说，已经有了而且就快结婚了。噎得老李说不出一句话来，待过了一段时间见小界仍没有要结婚的动静便又说女人迟早是要结婚的，女人只有结了婚才能安心过日子等等。她说这话的言外之意仿佛小界不结婚就不是过日子的人。

小界一日不结婚，老洪和老李两人似乎就踏实不下来。他们似乎有许多劝慰的话要说，他们知道他们说了也是白说，小界是不会听他们的，弄不好还讨个没趣，于是他们只能把想说的话放在肚子里。这样一来两个人都很难受，于是两个人在私下里就嘀嘀咕咕，一副忧国忧民的样子。

宇泓这个女人在小界眼里，简直无法用语言表达。她觉得身为女人，为这样的女人感到悲哀。在小界的眼里，宇泓是一个没有个性、没有追求、没有自我，又自私自利的女人。有时她就想，要是所有的女人结了婚之后，生活中只有自己的丈夫和孩子，真不知道这个世界会是个什么样子。她同时也不欣赏黄姗那样的女人，把感情太实际化，把婚姻押宝似的押在一个男人身上，这和赌徒又有什么区别？

姜处长在小界的眼里简直就不是个男人，什么事到了姜处长的眼里都比天大，比地沉。他觉得这太是个事了，自己是无法做主的，一定要请示了上级领导他心里才踏实，否则的话便六神无主，不知如何是好。小界同时也为自己一走向社会就遇到这么个领导而感到悲哀。小界从她作为女性的视角还感觉到，姜处长还是个好色之徒。她从姜处长看自己的目光中能够感觉到。姜处长和她说话时，目光总是游移不定，并不住地在她身上最敏感部位瞄来瞄去。只要是单独和她在一起时，他总是借机摸弄一下她的头发，或者衣袖什么的，这让小界既感到难受又感到可笑。这种色大胆小的男人，让她浑身直起鸡皮疙瘩。

小梧在她的眼里，也不怎么感冒。她知道小梧曾恋爱失败过，也曾为了分房子而和别人假结婚。这在小界的眼里并没有什么，任何事都会有成功或失败。现在小梧这种失败，仿佛是天下所有人都对不住他了。每日里很少与人讲话，深刻得不行。

小界用她那双还没有多少城府的眼睛在打量这个世界，打量着周围的人，也在体会着这个机关。

她在上大学时是那么盼望早点毕业，那时她对社会充满了渴望，她觉得自己只有走向社会才会证明自己真正长大了。那时她觉得学校的生活一点意思也没有，那时她对社会的渴望简直是望眼欲穿。直到走向了社会她才体会到一切都是她的幻想。她一时无法转过这个弯来，她经常幻想，也许换个单位会好一些。她在期盼着那一天早日来到。

老姜

年近五十的老姜，该经历过的都经历过了。高中还没有毕业便下乡了，下乡的结果是，他和了一位当地县城的女人结了婚，那时他并没有想得更远，他也不可能想得更远。当时在广阔天地大有作为的指示下，他是曾想在当地干上一辈子的。没想到的是，一夜之间广大知识青年说返城就返城了，最后留下了他们这些在当地结婚的人。如果政策不变，大家仍都在广阔天地里大有作为，他也就不会有什么不平衡的了，然而别人一夜之间说走就走了，他便不平衡起来。后来经过艰苦的努力终于回到了这座城市。回来后他才发现自己真的是一穷二白，别说其他的，光是房子就是一个大问题。没有办法，他只能住在母亲这里，在这之前父亲已经去世了。家里只剩下母亲，母亲是个知识分子，喜欢清静，这么多年都习惯了。其他子女也都相继出去另过了，母亲盼星星盼月亮地盼来了清静的日子，没想到老姜又带着一家子人回来了。那时老姜的孩子也已经上小学了。老姜没处可去，只能住在母亲这里。时间长了就发生了矛盾。矛盾来自于老姜的爱人和母亲，母亲不太喜欢这个外地的儿媳妇，再加上儿媳妇也不太会来事。她觉得吃住在这里是应该的，没有把自己当过外人，况且什么事媳妇都不想吃亏。这样一来，矛盾就发生了，一发生就不可收拾，母亲不高兴，爱人也不高兴。整天的都是母亲抱怨，爱人发火。爱人发火是有原因的。爱人并不想往回调，她在那个县城里有着自己一份可心的工作，最后还是听从了老姜的规劝，来到了这座人生地不熟的城市。没想到的是，回到这里竟一无所有，什么事都得从头开始，于是她就一肚子怨气。她知道婆婆看不惯她，经常给她脸子看，她也没有好脸子给婆婆看。那些日子闹得老姜鸡犬不宁，那时候他的最大愿望就是希望自己尽快分到房子。也就是从那时起，他和爱人埋下了仇恨的种子，他觉得爱人一点也不理解他，他不能和母亲去吵，他只能和爱人去吵。结果这种仇恨的种子越埋越深。几年以后，老姜终于分到了房子，离开了母亲的住处。可这种矛盾仍没有得到解决。

一晃几年之后，母亲的年纪大了，行动不太方便了。老姜总要抽空去看一看，爱人当然不高兴。为了这，她经常要和老姜吵嘴，老姜就感到这日子过得很灰暗，没有个出头之日。

老姜年近五十，终于熬上了处长的位子，他就特别的珍惜，当初他觉得这辈子混上一处属于自己的住房他就心满意足了，后来他有了房子，又当上了处长。处长的位子是他从老洪和老李的手里捡来的，如果老洪老李两人不闹矛盾这个处长怎么着也不会轮到他的头上。正因为这样，他才越发感到这处长的来之不易，于是他总觉得处长的位子坐得不稳，老是感到说不定哪一天就会被人抢去。因为有了这种想法，他就处处谨慎，不敢有半点差错。为了少一些是非，他不管遇到什么事，都要向领导请示，多年的工作经验告诉他，多请示汇报一定不会错。

这么多年来，他一直想离婚，当初他选择这个女人后，他就发现是一个错误。那时年轻一激动就没有管住自己，结果就酿成了大错。他现在想甩掉爱人，却不那么容易了。那时当地女人能找到下乡的知识青年，成为当地女青年的一种时尚。当年回城时，他就想过要离婚，自己带着孩子回城也不会有以后这么多烦恼。他还没有提出来，爱人似乎就看透了他的想法，于是老婆就斩钉截铁地说：想离婚门儿也没有，除非你不想回城了。那时老婆家在当地是有一些关系的，他怕自己回不来，才没敢提出离婚。回到了城市，在婆媳之间正闹得如火如荼时，他又想离婚，老婆又及时地看出了他这种不三不四的苗头，于是又说：想离婚可以，你给我十万元，我立马离开你，要不然你想也别想。老婆是说到做到的，他领教过老婆的厉害。老姜听老婆这么一说，就一点办法也没有了。

后来他们有了自己的房子，虽然三天两头的仍会和老婆因回家去看望母亲而吵架，但和以前天天吵相比，不知要好上多少倍。再后来他又当上了处长，这样一来他更不敢提离婚的事了，否则好不容易到手的处长，也会随老婆的又吵又闹而灰飞烟灭。这么一想，他也就忍了。这期间孩子就一点一点地大了，他把所有的希望和寄托都倾注到了儿子身上，儿子就要高中毕业了，等儿子考上大学，他一半的心愿也就了了。另一半他寄托在自己身上，这种寄托是他当上处长之后慢慢滋长出来的。在没当处长前他想也没敢想过，那就是他要当副局长。老冯就快要退了，老冯一退，就得有人接老冯的班，他暗自算了一下，机关十多个处，也就是说他会有十几分之一的希望。除去那些即将要退休的处长，也就是还有七八分之一的希望。这么一想，前途一下子就光明起来，他现在小心谨慎地工作就是为了那份未来光明的前景。他也说不清自己为什么要当副局长，也许这种仕途心是与生俱来的，他的血液里他的骨子里早就深深地埋下了这种愿望。或许这是祖先的基因，一代一代地传给了他，他无法摆脱，也不能摆脱。

老姜知道处里的人怎么看他，他觉得这一切无所谓，这些人影响不了他向副局长进军的步伐。只要和领导关系搞好了，不论办什么事只要让领导放心，处处都听领导的准没错。于是不论是大事小事，他都要积极地向领导汇报，领导说怎么办他就怎么办。别人怎么看他那是别人的事情，只要领导眼里还有他这么个小姜，他就知足了。

老冯

即将退休的老冯，一晃转业到地方也有近十年时间了，在这十年时间里他一直在这个副局的位置上。老婆自杀之后，他就没法在部队干下去了。老婆为什么自杀他自己都说不清到底为什么，以前他是和老婆闹过感情问题，可闹归闹，他提出过离婚什么的，可一直没离成。老婆是他当兵时从农村找的，后来就结了婚，后来他又提了干，再后来他才发现自己真的和老婆没有什么共同语言。他也动过离婚的心思，可老婆又哭又闹的，老婆就倒数自己的种种不幸。他想想也是，老婆在农村时，又当娘又当爹的，挺不容易的，结果就算了。后来他再也没提离婚这档子事，日子本来正过得一帆风顺，孩子也大了，自己当师长也有几年了，再这样发展下去自己当将军的日子也是指日可待了。没想到好端端的日子不过，老婆却自杀了。老婆自杀前一天曾和他说了一些话，他当时没在意，可那些话竟成了老婆的遗言。老婆对他说：俺知道这么多年你没满意过俺一天，你别以为俺舍不得你，俺是舍不得儿子，俺不知道他没娘的日子该咋过。老婆说这话时，儿子已经考上大学了。老婆还说：这些年你难受俺也难受，这下咱们都不用难受了，你舒舒服服当你的师长军长吧。

老婆经常这么唠唠叨叨，他已经习惯了。老婆说这些时，他正想着别的什么，他想，三团这次代表全师去演习，不知能不能拿个第一回来。他还想，一团的杨团长转业了，是让王副团长接班好还是让张副团长接班好。这些都是大事，他整日琢磨的都是全师的大事，老婆的话就像一阵风从他耳边吹走了。

谁也没有想到，第二天，他下班回家时，就看到了吊在门上的老婆。老婆穿得很整齐，她穿着刚进城时那件花褂子，还穿着自己做的千层底鞋。他看到眼前这一幕似乎什么都明白了，又似乎什么也不明白。后来他就转业了，来到这个机关当上了副局长，一晃就快十年了。

机关的人都知道，老冯是最好说话的领导，什么事到他那里，他都会努力地为你去办，他说不行你也别求他。没事的时候人们经常可以看到老冯望着窗外发呆，一望就是好久，没人知道他在想什么。平时他的话语也最少。儿子大学早就毕业了，已经结婚另过了，却很少回来看老冯，老冯也不说什么。家里平时只有老冯一个人。不久前老冯中了风，住了几天的院，出院后的老冯没留下什么明显的后遗症，就是说话时嘴有些歪，嘴角有时会有口水流出。

老冯平时从不串办公室，谁有事就到办公室去找他。有时在楼道里碰见他，他就会问你：小梧，来局里多久了？小梧就回答多久多久了。然后他还问：小梧家住在哪里呀？小梧又回答家住哪里。过不了多久，下次老冯碰到小梧时，老冯仍会问小梧，来局里多久了？小梧怔了一下，但还是答来了多久了。老冯又问：小梧家住哪里呀？小梧很快答完，头也不回地走了。小梧私下里就想，老冯这领导怎么这样。

当然别人碰到老冯时也会遇到这种情况。人们就想，老冯这领导也太官僚了，平时老冯给人们的感觉就有些那个。时间长了，都不太拿老冯当领导。见面时总是老冯老冯地叫，老冯也看不出什么变化，有时答应，有时冲你点点头。下次不管你有什么事求到他，只要他管得着的，能给你办的，他总是给你办。人们又说老冯这人行，是个老好人。

宇泓当年为上党校的事，往他办公室跑的次数多了些，宇泓那时很急，为了能上学，因为上了学就能转干。她曾想过，要是老冯真能帮忙，和老冯有些什么也没什么。她曾用话语暗示过老冯，不知老冯没听出来，还是老冯没动心，总之老冯一点行动也没有，哪怕是老冯有那么一点意思，宇泓也会有所表示的。

直到宇泓已转干许久了，老冯在楼道里碰到了宇泓，突然问：你来局里多久了？直到这时宇泓才真正意识到老冯这人真不知他在想些什么。

没有人知道老冯想的是什么，只有老冯自己清楚。他自从转业到地方，心思却留在了部队，那里是他战斗过大半辈子的地方，他的事业他的情感都已经留在了部队。他转业到了地方是一种无奈，虽然许多年过去了，他仍没有进入角色。他时常发呆，望着窗外的时候他会走神，仿佛他又看到了他的千军万马，正肃然地在他的眼前走过。这么想着时，他的眼睛就潮湿了。

他的年纪一年比一年大了，再有些日子他就该退休了，可这种幻觉越来越强烈地侵扰着他，让他一次次热血沸腾，又一次次幻灭失落。于是他便在现实与幻觉之间游走着。

背景

国务院总理在政府工作报告中一再强调机关改革是深化改革的一种必然，还说：改革要坚定不移地进行下去……

公元1997年年底1998年年初，国务院机关由原来的五千多名机关干部减到现在的三千多人。紧接着，国家各部委也相应做出了改革的举动，有的司局撤销，有的处室合并。原来的机关工作人员便下岗分流了。

国家机关改革是机关改革的前奏，接下来就该轮到各省市机关了。一时间有关机关的种种传闻就像三月的风刮到哪里便在哪里生根开花结果。

在机关的改革还没有到来之前，各种说法像流云一样笼在机关的上空。信息处也是一片风雨飘摇。有关信息处的传闻是最多的，因为信息处本来就是改革的产物，是机关几年前才成立的。也许当初成立之时对信息估计过高，没想到的是，信息处成立之后并没有实现预期的效果。一台上网的电脑，还有一些报刊，便成了信息处的全部。其实这几年来，不少处室也都上网了，信息的来源也是多种多样，于是，信息处便成了机关的一种摆设。在机关精简的关头，人们没有理由不议论信息处，其实信息处成立之初就已经成了人们的眼中钉、肉中刺。原因是，那时许多人都想到信息处里来，事情是明摆着的，信息处将是机关最清静的地方。也就是说，谁能到信息处来，谁就会有享不完的福。那时没能到信息处的人，直到现在仍耿耿于怀。

真是三十年河东三十年河西，此时的信息处成了人们的众矢之的，人们都巴不得机关的改革首先从信息处开始。也就是说，要是信息处消失了将是大快人心的一件好事，实事求是地讲，信息处真的是可有可无。信息处的人们比别人更清楚自己目前的处境。

就在这时，远在异国他乡的黄姗给信息处的党小组寄来了她的思想汇报。在这之前，她一直和宇泓通着消息，因特网成了她们联系的纽带。黄姗源源不断地把在英国的见闻通过因特网发回信息处，在因特网上她把英国描绘成人间天堂，她说：那里的风景美如画，那里的人民生活好得不得了。然后一次次感叹不已。

宇泓每次读着黄姗的信，都眼馋得不行，她恨不能从因特网上钻到万里之外的英国去，到那里开一开眼。当然那只是她的梦想，她于是只能一遍遍地感叹：呀，小黄真幸福，真好，我要是小黄就好了。然后她便把机关那些雷打不动一如既往的那些事，毫无新意地告诉黄姗，当然机关目前的形势她也没有忘了告诉黄姗。就在这时，黄姗给党小组寄来了思想汇报。

思想汇报

敬爱的党小组：

虽然人远在万里之外的异国他乡，但我的心是和党紧紧联结在一起的，我一时一刻也没有忘了党。下面把我近期的思想向党作一个全面的汇报。

我自从陪小王来到英国，从没间断过学习，思想要求进步，这里的条件虽比国内好一些，但我的思想却很苦闷，没有志同道合的同志交流，我只能和小王一起交流学习。小王的学习任务很重，他是为国家才来学习的，我一定当好他的后勤，让他学习好，将来回到国内为国家作出他应该作的贡献。我在这里很少和人交往，要是交往也只和来自社会主义国家的学生交往，因为我们的心是一样的。有联欢活动的时候，我们还和这些学生一起高唱《国际歌》，每当在异国他乡唱这首歌的时候，我们总是热血沸腾，情不自禁地流下泪水。敬爱的党组织，我是多么想念您呀。在这里我们就像没娘的孩子，日思夜想地盼望着早日回到祖国母亲的怀抱。但现在小王的学业还没有完成，我只能咬紧牙关坚持。资本主义社会的空气简直让人窒息，我多想早日能呼吸到祖国的空气呀。

这封思想汇报和以前黄姗从因特网上发回的信息大相径庭。这封思想汇报在信息处每个人的手里都传阅了一遍，人们就明白了一条道理，党是母亲，远在他乡的孩子是在向母亲诉苦。黄姗是在向母亲说她在国外遭受的苦难。远在他乡的孩子是多么的不容易呀。

信息处的人都明白黄姗为什么这时候要写这封思想汇报，她当然知道机关改革下一步意味着什么。小王是国家机关下岗才送出去学习的，谁知道以后回国会怎样呢？她当然不想失去这份工作，于是就有了这份思想汇报。

老洪和老李

现在心情最平静的就是老洪和老李了，他们就要到退休的年纪了，国家机关这次人员改革，像他们这样的，不在裁减之列，当然他们也不算在编人员，可以提前退休，不愿意退的，仍可以工作。这样一来，他们就有了许多回旋余地。

不管别人怎么心浮气躁，他们该干什么还干什么。在别人议论机关即将发生的大事时，他们仍在谈论气功和血压高低的关系。有时他们也说一些与现实有关的话。在黄姗寄回思想汇报之后，老洪和老李曾有这样一番对话：

老洪说：出去了又怎样，不是还得回来？

老李说：就是，也许等她回来说不定连位置也没有了。

老洪又说：好赖不就是一年么，又能怎样？

老李也说：还不如老老实实在机关干，说不定减员时还有希望。

老洪说：就是。

于是两人就什么也不说了。别人议论当前这些沉重话题时，两个人就都是一副事不关己高高挂起的样子，样子也就无比的优越。有时老洪还能哼出两句京戏，老李就笑。

日子就从两人身边轻轻缓缓地流过。

然后他们就一遍遍地说：这事能咋，那事又能咋？

还是宇泓这个女人

机关改革最心烦气躁的就是宇泓了，她知道自己目前的处境。要数多余的人她排在信息处的第一号。当初转干，是老冯帮的忙，老冯是个好人，她有意无意中借了一次好人的光。她知道这次好人老冯帮不了她的忙了，因为机关这次减员老冯也到了退休的年纪，就是不到，老冯也得退了，那么多人都盯着老冯的位子，再加上老冯目前这样子，他不退也得退了。那么谁还能帮她一次呢？

宇泓不能不急，爱人下岗了，到现在还没有找到工作。在这之前，不少人帮忙为她爱人联系了几家单位，但这些单位都不缺技术员，只是一般的工作，宇泓的爱人心比天高自然没有把这些“下九流”的工作放在眼里。他冲老婆宇泓说：是金子总是要发光的。宇泓也相信爱人小吴这种天才是百年不遇的，只要是天才迟早有一天就会展现耀眼的光辉。于是，小吴就很耐心地在家里等待天上掉下来的机遇。

在爱人小吴的机会还没有来到的时候，她不能不看到眼前自己的处境，宇泓就变成了热锅上的蚂蚁，她坐也不是站也不是，只能一次次走出去，希望从外面能打听到一丝半点对自己有利的消息。

她回到办公室就说：机关这次要减一半的人。

她还说：信息处要和社管处合在一起了。

她又说：咱们机关过了“十一”就动。

她这么忙活了一阵，然后就冷了下来。她知道这么忙活下去不会有什么好的结果，她要行动起来。经过和爱人小吴的商议，她决定在姜处长身上下功夫。他们一致认为，姜处长毕竟是处长，况且又是副局长的人选之一，还有姜处长就是当不上副局长，也还是处长，信息处要是不撤销，那么姜处长就有权决定谁去谁留，即使信息处撤销了，姜处长也会到别的处当他的处长，那么姜处长仍然有权要他想要的人。几种情况经过爱人小吴有理有据地分析后，宇泓又一次觉得小吴英明伟大，非同凡响。她同时也为丈夫小吴叫屈，觉得是用人单位瞎了眼，让这么伟大的人才就这么闲在家里。

经过这么一番从理论到实践的论证之后，宇泓就开始行动了，老姜离倒霉的日子也就越来越近了。

那些日子人们经常可以看到宇泓的身影出入于姜处长的办公室。姜处长的办公室在里间，她每次推开老姜的办公室的门都逃不过群众的眼睛。于是每次她总是说：我有事要和处长汇报。说完红着脸就走进了老姜的里间。

半晌，又是半晌，她又走了出来，脸仍旧是红的。人们不知道她在里面和老姜说了什么。人们都明白她的用意，但都不说什么，任她去“汇报”。

从那以后，她每天都要为老姜打开水，在这之前，每天都是老姜自己打开水，包括老姜办公室的卫生也让她包下了。每天老姜走进自己的办公室时，她已经为老姜泡好了一杯茶。老姜从前还没有遇到过下级如此的礼节，心里自然是很高兴，端起杯子，眯着眼闻着飘在面前的茶香。

刚开始他不明白宇泓这个女人为什么一次次往他的办公室跑，每次他都看见宇泓那张红彤彤的脸。然后她就向他说起了爱人小吴下岗了，孩子上学，父母身体不好，等等，总之，中心思想只有一个，那就是，她不能再下岗了，她要是下岗，这个家就没法过了。老姜就眯着眼睛听，他以前还从来没有体会到当处长的优越感，他在宇泓面前才真正感受到原来当处长还有这么多的好处。

他开始时很有兴趣地听，后来他觉得没有再听的必要了，就说：你的事我知道了，到时候一定考虑到你的困难，咱们是社会主义国家，怎么也不能让人没工作吧？

宇泓听了老姜的话，阴云密布的心头就裂开了一条缝。她就说：那我就先谢谢处长了。

她说完这话时，脸仍是红的，目光中还多了些水气，这时她正抬眼望着老姜，老姜也正在看她，目光到了一起，老姜的心里就有了一种久违的东西在一涌一涌，他当年谈恋爱时曾有过这种感觉。那是很久以前的事了，后来许多烦心的事使他早就忘了那种感觉，没想到的是，他在宇泓这里又一次感受到了这种让人心悸的眼神。后来，宇泓就红着脸走了。他怔怔地望着她的背影发了半晌呆，直到这时他才觉得宇泓长得还算有几分姿色。三十出头的年纪，在他眼里还算年轻。

那一次老姜的心里有些心猿意马。家庭生活中的种种不幸，以及现实生活中的种种沉重，似乎一下子就减轻了许多。

从那以后，老姜开始留意起宇泓的一言一行了，以前她在他的眼里只是一个女人，是一个有孩子有丈夫的女人，现在不一样了，她在他的眼里还多了一种成分，那就是宇泓这个女人是个有情有义，还有些情致的女人。

宇泓自然感受到了老姜对自己态度上的变化。她发现，老姜有事没事，一天总要从他办公室里走出来几次，来到她的面前，说一些无关紧要的话，每次目光都要在她脸上驻足一会儿。身为女人的她，当然明白老姜的心思，那时她就想：天不灭我。

她为自己的成功而感到高兴。她自己在心里鞭策自己，一定不要错过这次机会。

她要抓住这最后的机会和命运进行一次搏斗。

小梧和小界

关于机关如何减员的种种传闻，似乎对小梧和小界并没有太大的影响，因为他们都还年轻。机关这种死气沉沉的生活，使他们都有了一种厌倦感。

这种感觉在小梧身上体现得更加明显，他比小界早几年来到这所机关，他对这里的感受要比小界深刻得多。小梧有时看着老洪和老李就想，也许再过十几十年，自己的下场也不会比他们好到哪里去。这么一想他就感到很恐惧，一辈子就这么年复一年日复一日地过下去，毫无创造，只是机械地在重复一种简单的劳动。人的激情，以及生命，就在这种日复一日、毫无变化中流逝，今天和明天没什么不一样，明天和后天也是一样，也就是说，小梧从今天的生活中已经看到了几十年后的生活。静下心来细想的小梧，真的感到了害怕。他似乎已经看到了五十岁以后的自己，驼着背，头发已经花白了，走路的脚步软弱无力，不住地干咳着……那就是自己。小梧有时这么一想，他觉得现在自己已经就老了。

三十出头的小梧经常让这种奇怪的想法吓出一身冷汗来。于是他就开始对现实生活不满了，但他一直没有鼓起足够的勇气改变眼下的生存状态。他知道这是人的劣根性，明知道是这样，又拿自己一点办法也没有，这是人自身最大的悲哀。没有勇气的小梧就经常这么悲哀着。他有时都在生自己的气，生过气了他就又想，这个世界上大部分人不都是这么过来的么？这样一想之后，他就不那么生自己的气了。他清楚，自己都不生自己的气了，那这个人真的不可救药了。也许有一天，命运把自己推到绝路，到那时也许才是自己的新生。小梧就这么心情复杂地想着自己的未来，未来到底是什么，他自己也说不清。他隐隐地觉得这次机关变动对自己来说，或许是一件好事。有了这种想法之后，他的心里反而踏实了。

小界的想法和小梧有许多相同之处，她二十几岁就来到了机关，这完全是父母的意愿，父母有父母的考虑，他们总是觉得在机关怎么说也是国家干部，钱挣得不多，图的是一种稳定。小界无法改变父母的想法，况且她对机关也没有足够的认识，来了也就来了。来了之后她才发现这里并不太适合自己。每次和同学们聚会，她发现，同学们的精神状态每次都在发生着变化，他们有那么多的梦想，仿佛每天的生活都是新的。只有她，这次和上次一样，这次和下次也不会有太大的区别。她的那些同学，有的在公司，有的是在给自己打工，他们不断地在变来变去，今天在这里干，明天也许就到了那里，他们并没有把换个工作看成是一件大事，这里不好了人就去那里，找到自己最适合的才是最终目的。小界和这些同学们比起来要四平八稳得多。她不会为明天想，也不能想眼下这个工作适不适合自己，因为首先想到的是自己适不适合工作。

这就是她和别人不同的地方。小界也想过自己有一天也会和同学们一样，去到这个世界上闯一番真正属于自己的事业。因为有了眼前的四平八稳她才没有决心走出自我。对机关即将发生的变化，她说不清到底是好事还是坏事。她倒是很希望那一天早日来到。也许那一天，就是自己的未来。

小梧和小界在办公室里就坐对面，但是两个人一天里并没有什么话说。小界总是显得很忙碌，她每天里有许多电话，呼机也是响个不停。小梧曾经也经历过这种热闹，那时他刚大学毕业没多长时间，同学们都刚走向工作岗位，他们都很激动，看什么都是新的，于是就经常的聚会，同学们到了一起有许多话要说。后来随着时间的流逝，年纪一天比一天大了，那样的日子他们都觉得再也不适合自己了，于是，说不清是哪一天，他们再也不为那样的日子而激动了。他们似乎觉得没有什么好激动的了，于是日子就是另一番模样了。

今天的小界在小梧的眼里就是昨天的自己，他知道迟早有一天她也会像自己一样沉默下来，只有这时候才能仔细地去品味身边的生活，那时才会明白什么是自己真正需要的，什么是不需要的。

因此，小梧觉得这时的小界不会和自己有什么共同语言，他甚至觉得小界现在的样子有些可笑。他对自己的过去也曾经嘲笑过，他嘲笑小界的今天就是嘲笑自己的昨天。

相反，小界觉得小梧这人年纪不大，却已经老态了，一天到晚死气沉沉的，没有活动，也没有激情。她也不相信和这样的人会有什么共同语言。于是他们很少有交流，最多四目相对时，相互点一点头。日子就这么不紧不慢地在他们身边流过。

小梧仍然上网和那个叫小心的女孩聊天，他们虽然不曾谋面，但他们似乎已经很熟识了，就像已经认识了有几百年似的。后来她称他为老侃，他称她为老心。老侃和老心在网上就成为了一对老朋友。小梧有时就想：小心到底是个什么样的女孩呢？他想了有一百次。可每次想的又都不是一个样子，他越这么想就越想见一见现实中的小心。他们在网上曾经相互猜过对方的样子。

他说：你是一个内向的女孩，有着一头长长的头发，皮肤白净，还有一双会说话的眼睛；你爱笑，笑起来的时候是你最迷人的时候；你同时也是一个爱幻想的女孩，你幻想头上有一片蓝天，脚下有一片草地……

她说：你是一个平时不爱说话的男人，除非是你的知己否则只有沉默；你同时还是一个有思想的男人，和你在一起的女人会感到很踏实；我们虽不曾谋面，我想以后我们会成为好朋友的……

网上的小心终于同意和网上的小侃见面，他们约的地点是这个城市著名的阳光广场。阳光广场有一个音乐喷泉，他们就要在那个浪漫而又美好的地方见面了。那一刻小梧早早就来到了约会的地点，著名的地方总是有很多人。在这之前，他曾对网上的小心说：不管有多少人，我一定会在人群中一眼把你认出来。她也是这么说，于是他们便选择了这个人多的地方。这是他们在相互验证对方的感应，这是他们想找到一个浪漫故事的开始。

小梧满怀自信地来到了阳光广场的音乐喷泉旁，那里的确有很多人，小梧就站在人群中，他希望小心一眼认出他，他也希望一眼认出小心。约定的时间在一点点走近，小梧说不出来是紧张还是激动。他以前和别的女孩子约会时从没有过这种感觉。这次本来就和以前不一样，他想，这次一定会有一个美好的结果。

就在这时，突然他发现了人群中的小界，小界似乎也在等人。小梧下意识地离开了音乐广场。他倒不是怕小界什么，但他还是觉得不自然，他从来也没想到在这里会碰到熟人，尤其是小界这样的熟人。他在广场外面转了一会儿，他想小界也许等到了人已走了，可他回到了广场旁看到小界还站在那里。他只能站在人群外，他希望这时小心会向他走来。时间分分秒秒地过去了，结果小心没有出现。他再次走进人群时，小界已经不在了，可是那个叫小心的女孩仍没有出现。小梧想，都怪小界的出现，要是不碰到她，也许自己就等到小心了。最后他满怀遗憾地离开了约会的地方。

那次，小心抱怨他失约，他向小心解释自己遇到了熟人，而错过了和她见面的机会。于是他们又约定了下次见面时间。

老姜和宇泓

谨慎的老姜终于出事了。

老姜出事那天是一个星期六的晚上，那天晚上和别的晚上并没有什么不同。结果就是那么一个平常的晚上，老姜出事了。

那天晚上，老洪回机关去取一盘教学气功的录音带，这是周五老李帮他录的，下班时他忘记了，没有拿回去。他们说好了周日早晨要在一起学气功，所以那天晚上老洪回到办公室拿录音带。结果他就看见老姜和宇泓两人的身体都压在沙发上，那是老姜里间办公室的沙发，两人谁也没想到这时办公室会来人，所以里间的门并没有关。所以老洪就看到了那一幕。

老洪做梦也没想到自己会看到眼前这样的景象，他叫了一声。他叫的是什么，他自己也记不清。总之他叫了一声之后，也没顾得拿录音带，转身就跑出了办公室，连门也没来得及关上。

周一，人们刚一上班，机关里的人都知道老姜出事了。

那天早晨，老姜早早地就来到了机关，他把自己关在了里间。按理说，机关出了这事，也没什么大不了的。现在谁也不会为了男女的事而怎么着，顶多就是把当事人调开，以前机关也发生过这样的事，大家说一阵也就过去了。

这次却不同往常，周一刚上班，宇泓这个女人就跑到了局长那里，她一边哭一边说老姜强奸了她。

这样一来，事情就复杂了。通奸是一个愿打一个愿挨，强奸就不一样了。那就是说，老姜色胆包天，太不是个东西了。老姜就真的出事了。

老洪的出现，彻底粉碎了宇泓的梦想。她本想和老姜有了这种关系会加固她理想的实现的系数。人们都说吃了人家的嘴短，她和老姜都那个了，老姜还能不为自己办事吗？她是这么想的，也是这么做的。她知道自己活得很不轻松，作为一个女人没有什么可奉献的了，有的只是自己的身体。她也从老姜的目光中看到了这种渴望，于是她将计就计了。她委身于老姜并不是心甘情愿，她只想渡过眼前的难关。没想到的是，难关还没有过去，事情就变成了这样。

她想了一天，这件事情一定会传出去，到那时，她不说什么，老姜也不会说什么，那样的话，大家都会知道她是什么样一个女人了，到那时，机关一有风吹草动，第一个轮到的就会是她。老姜那时还敢为自己说话么？到那时，就怕老姜自己也自身难保了。想到这里，她只能做最后的一搏了，于是，周一刚上班，她就跑到了局长办公室，这样一来，事情就真的大发了。

宇泓要死要活的，在事情没有搞清楚前，领导只能安慰宇泓。那一天人们看见宇泓像一个真正的受害者，她脸色苍白，披头散发，又哭又闹。于是机关也就乱了。

那天下午，机关保卫处的人陪着派出所的人一起把老姜带走了。老姜这一走，老洪老李等人，真的觉得事情闹大了，于是老洪带着哭声冲被带出去的老姜说：小姜呀，我真的不是故意的呀！

老姜木着表情，谁也没看就被带出了办公室。

几天以后，老姜又被放了出来，原因是强奸的理由不成立。

出来之后的老姜，暂时被免去了处长职务，仍在信息处上班。

在这些天里，宇泓一直没有来上班。下岗的丈夫小吴来过一次，他为自己的女人收拾办公室里的东西。他也是谁也不看，收拾完就走了。老洪还想冲小吴说点什么，被老李用目光制止了，于是老洪就什么也没说，神情复杂地望着小吴走了出去。

老姜回来之后，他一句话也没说，人们一早看到他走进自己的办公室，直到下班了，还不见他走出来。每天差不多都这样。直到有一天，他不再走进自己的办公室了，而是一遍遍冲人们说：我老姜可是清白了一辈子了，你们说我怎么就犯了这事？

没人知道他为什么就犯了这事，大家就都不知说什么好，只是看着他。这一看就看出了问题，老姜已不是以前的老姜了，他的胡子已经很长了，一双眼睛也是直直地望人。说完这些，他先是大哭，然后又是大笑，笑过了就说自己如何一世清白。

又没过几天，老姜住院了，他是被人们送到了精神病医院。

小梧

小梧又和小心约了一次会，这次他们吸取了上次的经验教训，把约会的地点改在一个充满温馨的酒吧里，而且预订了座位，也就是说，这次约会万无一失了。

那天又是一个周末，小梧早早地就来到了那家酒吧。过了一会儿他看见小界向自己走来。当小界走到面前，他们四目相对时，几乎同时说了一句：是你？

走在酒吧的外面，阳光有些晃眼，两人都眯起了眼睛。两人走得有些若即若离。

小梧说：真有意思，这个世界这么小。

小界说：怎么也没想到会是你。

小梧：是没有想到，看平时你也不会是小心那种女孩呀？

小界：我也没看出你就是老侃。

小梧：真有意思。

小界：是挺有意思。

小梧立住脚说：还走么？

小界看着天，天空晴朗。然后才说：既然都出来了，那就走一走吧。

小梧说：也是，那就走一走吧，反正回去也没事干，小心已经没有了，再也不能和她聊天了。

小界笑着说：你还说呢，我还为失去老侃而感到难过呢。

两人一边说着就一边走下去了。

天是晴天，没有一丝云，有风一丝丝地吹。

已经是初秋了。

机关改革的日子一天比一天近了。

黄姗从国外回来了，她把爱人小王一个人留在了国外，她说她要为机关站好最后一班岗。

秋天以后，机关又有了新故事……

幸福的完美

上　篇

一

娴静、端庄、貌美的师医院护士李静爱上了师部警通连的警卫排长梁亮，似乎这一切顺理成章。

梁亮是住进师医院之后，才和李静发生爱情的。在这之前，梁亮并不认识李静，但李静却认识梁亮。梁亮差不多是师机关的名人，不仅因为梁亮长了一副挺拔的身板，更重要的是，梁亮当战士的时候，就有一副极好的身材，他是全师学雷锋标兵，还是学习毛泽东思想的积极分子。每年师里都会组织两次演讲比赛，梁亮就是那会儿脱颖而出的。很多人都认识他，不论是干部还是战士。

梁亮成为师里的名人是有基础的，他刚当新兵不久，中央的8341部队来师里选人，梁亮差点就被选中。8341部队是很著名的，那是中央的警卫部队，专门给国家和军委的领导站岗放哨。不仅要求这些人政治合格，而且还要相貌英俊，个头儿也得一米七六以上，那时候谁要是能进入8341部队，那是一种至高的荣耀。

那年8341部队来师里选人，选来选去，最初选了十几个人，那十几个新兵站在一起，简直是一个模子刻出来的，小伙子个个精神、挺拔，后来又选了两轮，最后只剩下三个人了，这当中仍有梁亮。8341的人已经首肯这三个人了，回去就能给他们发调令了。后来的情况就有了变化。这是8341部队致函给师里的一封信，信中说，警卫任务有变化，部队不需要那么多人了。最后梁亮他们谁也没有去成 8341 部队。过了一阵子，有小道消息说：8341 部队来选人，是给周恩来总理做贴身警卫，后因周总理住进了医院，警卫不需要了，梁亮他们才没有去成。不管这小道消息是真是假，在师里上上下下着实传说了一阵子。因此，梁亮也跟着著名起来。许多出入师部大院的人，都想找机会一睹梁亮的风采。那时的梁亮已经新兵连结束，在师机关的警通连负责在师部大院站门岗。人们很容易就能看到梁亮站在岗哨上的身姿，不论谁看到梁亮都会在心里赞叹：这小伙子不错，有英武之气。

这种认识只是对梁亮表面的一种认可。随着时间的流逝，人们才真正发现，原来梁亮不仅人长得英武俊美，他还是很有才气的。能写一手好字，还会画画，出口成章，古典诗词张口就来，尤其是朗读毛泽东的诗词，简直和电台播音员不分高下。这么样的一个人物，在小小的师机关里，很快就脱颖而出了。梁亮是个勤奋上进的小伙子，当满三年兵时入了党，提了干。那时他年轻，才二十三岁，人们在梁亮身上看到了无限的前途和光明。

梁亮很活跃，只要师里有出人头地的事都会和他有关。比方“八一”“十一”等众大场合的晚会，还有师部院里的各种标语、口号的书写，都有梁亮的参与。师医院许多女孩子都在暗恋着梁亮，她们把梁亮想象成白马王子、梦中情人。梁亮这是第一次住进师医院，他不像有些年轻干部有事没事总爱往师医院跑，为的就是能和师医院那些女兵套套磁，或者为得到一张笑脸、几句玩笑什么的。梁亮亮从来都不，他见到师医院这些女孩子时，从来都是目不斜视。他越是这样，就越是惹得那些女孩子心里痒痒的。

前不久，梁亮在一次越障训练中，不小心把小腿摔骨折了，没有办法，他住进了师医院，骨折的小腿重新接过了，打着厚厚的石膏，在医院里休养。梁亮住院，成了师里那些女孩子的节日，她们整天嘻嘻哈哈、有事没事地就来找梁亮。梁亮住院的确够闷的了，平时陪伴他的就是一只“红灯”牌半导体收音机，能有人来陪他说话，他是不会拒绝的。但他和这些护士，还有女兵一直保持着合适的界线和距离。那些日子，他换下来的衣服总有人抢着去洗，包括他的内衣。梁亮觉得这样很不好，就自己拄着拐，挪到水房里自己去洗。

李静是负责梁亮这间病房的护士，每天她都要出入病房几次，给病人分药、打针、测体温什么的。李静似乎对梁亮没有那些女孩子那么热乎，她和梁亮打交道从来都是严肃认真的。没事也从不多说什么，她对他说得最多的一句话就是：梁亮，这是你的药。说过了，盯一眼梁亮就出去了。李静不和他多说什么，也是因为李静的漂亮，李静被称为师里的第一美女，别人都这么说，这一点她心里也清楚，也有陈大虎的追求为证。

陈大虎是师机关训练科的参谋，这些都不能说明陈大虎的身份，说明陈大虎身份的最好办法就是提他的父亲，他的父亲不仅全军区的人都知道，差不多全国的人都知道，那就是军区的陈司令员。

陈司令的公子陈大虎有一阵子追求李静都到了走火入魔的程度，只要一下班，他几乎就泡在师医院里，不停地腆着脸冲李静微笑，千方百计要讨得李静的欢心。师医院里那么多女孩子，他不对别人动心，偏偏对李静动心，这足以说明李静不是一般的人物。李静不仅人漂亮，家庭出身也好，她父亲是省军区的政委。虽然省军区和大军区还差着一大截，但是那也算是高干了。李静的父亲和陈司令关系也不一般，传达室说李静的父亲曾给陈司令当过通讯员，那时陈司令还只是名营长。这子一辈父一辈的关系，谁看了都眼馋，就在人们以为陈大虎和李静这对金童玉女就要走到一起时，人们突然很少见到陈大虎在师医院里出入的身影了。不久就有消息说，陈大虎又爱上了军区文工团的独唱员马莉莎。所有的人都认识马莉莎，因为他们看过她的演出，她最拿手的曲目是《南泥湾》和《绣红旗》。她用嘹亮的嗓子唱歌时，让人们不由自主地想起了郭兰英。陈大虎爱上马莉莎，人们能够理解。很快人们就不再关注李静和陈大虎的关系了，但人们心里都清楚，是陈大虎把李静给甩了，人家看上更好的了。

也可能是经历了这样的一次挫折，李静变得与众不同起来。她用冷漠和尊严把自己遭受挫折的心灵包裹了起来。她不再相信男人的花言巧语，更不愿意随便把自己的初恋交给男人了。

李静对梁亮是有好感的，在那个审美单一的年代里，谁见了梁亮这么优秀的军官，谁都会动心的。李静在私下里也对梁亮动过心，只不过她不会像那些女孩子一样那么表现罢了。因为她漂亮，因为她和陈大虎有过那么一段，还因为自己的父亲是省军区的政委，诸如此类的优越条件，足以让李静卓尔不群起来。

梁亮对李静的看法也是与众不同的，她越是表现的不一样，他越觉得李静和那些热情似火的女兵不能等同。梁亮很少来师医院，因此，他对李静和这些女兵的情况几乎一无所知。但他一眼就能看出李静和其他女兵是不一样的。不仅因为李静的冷漠，也不是因为李静的漂亮，这些都不全是，重要的是李静身上有股与众不同的劲儿，这种劲儿让梁亮对李静充满了好奇和好感。他每次见到款款走进病房的李静，心里的什么东西就会动一动，然后他的目光就随着李静的身影动来动去的。

李静不和他多说什么，分完药，交代几句服药的注意事项就走了。有时不经意间，两人的目光快速地碰撞在一起，就又很快地躲开了。李静走后，梁亮躺在病床上望着天棚，呆呆地愣一会儿神。

二

处于朦胧恋情中的男女，他们之间有时就隔着纸那么薄的一层东西，一旦捅破了，就会进入一种崭新的天地。

拉近两个人距离的，还是梁亮那种追求完美的精神。因小腿骨折而在病床上躺了一个多月的梁亮，终于迎来了拆掉腿上石膏的日子。也就是说，他拆掉腿上的石膏，就可以自由地走路了。石膏拆掉了，医生和梁亮都怔住了，梁亮的小腿在接骨时并没有完全复位。也就是说，他的大腿和小腿没有在一条直线上。直接的后果就是，他的伤腿将永远不能像摔伤前那么行走了。梁亮傻了，医生因失误也哀叹连连。豆大的汗珠从梁亮的头上滚落下来，他变腔变调地说：医生，有没有办法让我的腿再重新接一次？

医生下意识地答：除非再断一次。

梁亮盯着自己接错位的腿看了一会儿，又看了眼医生，然后一拐一拐地向病房里走去。他走进病房后，就用被子蒙住了头，在床上躺了好久。在这期间李静来查了几次病房，她看见梁亮就那么一动不动地躺在那里。她看到他这个样子，想说点什么，但看见他一动不动的，安慰的话都到了嘴边，又咽回去了。梁亮这种样子一直持续到了中午。此时，正是医生和护士交班的时候，他们听到梁亮的病房传来石破天惊的一声巨响。当医生、护士拥进梁亮的病房时，他们被眼前的景象惊呆了，梁亮把那只伤腿插在床头的栏杆里，床头是铁的，刷了一层白漆。梁亮用铁床头再一次把自己的伤腿弄折了，此时已晕在了床上。

梁亮把自己接错位的腿再一次弄折的消息，被演绎成许多版本传开了。

不管是哪种说法都让人震惊，他们一律被梁亮追求完美的行为深深地折服。那种疼痛不是一般人能够忍受的，就是能够忍受，也不一定有勇气去那么尝试。梁亮这么做了，做得很彻底，他让自己那只不完美的腿，又从伤处齐齐地断裂了。

当李静闯进病房时，她看到昏死过去的梁亮的嘴里还死死地咬着床单，让她无法使梁亮的嘴与床单分开，最后她只能用剪刀把床单剪开。当场梁亮就被推进手术室里，又一次接骨了。

第二天，李静又一次走进病房见到梁亮时，梁亮早就清醒过来了。重新接过的伤腿被高高地悬吊起来，他正神色平静地望着自己的伤腿。李静走进来时，他的眼皮都没有眨一下。

李静就站在他的床旁，先是把药放在他的床头柜上，平时她交代几句就该走了，今天却没走，就那么望着他。他意识到了，望了她一眼。这一次，她没有躲避他的目光，就那么镇静地望着他。

她说：昨天那一声，太吓人了。

他咧了咧嘴。

她又说：其实，不再重接也没什么，恢复好的话，外人也看不出来。

他说：我心里接受不了，那样我自己会难受。

她不说话了，望着他的目光就多了些内容。

从那以后，两人经常在病房里交流，话题从最初的伤腿开始，后来就渐渐广泛起来。梁亮情绪好一些时，他会躺在床上抑扬顿挫地为她朗读一段毛主席的诗词，他最喜欢“数千古风流人物，还在今朝”的那一首。梁亮二十出头，正是血气方刚、年轻气盛，他向往那些风流人物，又何尝不把自己也当成一位风流人物呢?

李静被梁亮的神情打动了，以前在师里组织的联欢会上，她曾无数次地看过梁亮的朗诵，但没有一次是在这种距离下听过，这是他为自己一个人朗诵的，这么想过后，她心里就有了一种别样的滋味。

时间长了，两人的谈话就深入了一些，直到这时，李静才知道梁亮出身于知识分子家庭。梁亮的父亲是大学中文系的教授，他从小在父亲的影响下，读过很多书，能写能画也就不奇怪了。

有一次，梁亮冲李静说：能帮我找本书吗？我都躺了快两个月了，闷死了。

第二天，李静就悄悄地塞给梁亮一本书，书用画报包了书皮。梁亮伸手一翻，没看书皮就知道这是那本《钢铁是怎样炼成的》。上高中时，他就读过它了。但他没说什么，还是欣然收下了。他躺在床上又读了一遍，发现再读这本书时，感觉竟有些异样起来。他觉得自己越来越像书中的保尔了，这本书显然是李静读过的，书里还散发着女性的气息。他的手一触到那本书，神经便兴奋起来。

那天下午，太阳暖烘烘地从窗外照进病房，梁亮手捧着书躺在床上，望着天棚正在遐想，李静推门走了进来。她没有穿白大褂，只穿着军装，这说明她已经下班了，她神情闲散地坐在凳子上。自从那天的巨响之后，她的心里的什么地方也那么轰隆一响。之后，她对待梁亮就不那么矜持了，她的心被打动了。她对他的好感已明显地落实在了她的行动中，经过这一段的交往，她有些依赖梁亮了。在她的潜意识里，有事没事地总爱往他的病房里跑。这是四个人一间的病房，师医院很小，主要是接收师里的干部、战士，虽然每天出入医院的人很多，但真正有病住院的人并不多，所以，梁亮的这间病房就一直这么空着。

她坐在阳光里，笑吟吟地问：书看完了？

他望着阳光中的她，她的脸颊上有一层淡淡的茸毛，这让他的心里就有了一种甜蜜和痒痒的感觉。他没说什么，只是点点头。接下来，两人就说了许多，他说“保尔”，她说“冬妮娅”。在那个年代里，“保尔”和“冬妮娅”就是爱情的代名词。两人小心翼翼地触及这个话题时，他们的脸都有些发烧，但他们还是兴奋异常地把这样的话题说下去。

她突然问：如果你是保尔，你怎么面对那困难？

他沉吟了半晌答：我要完好地活着，要是真的像保尔那样，我宁可去死。

他这么说了，她的心头一震，仿佛那声巨响又一次响了起来，并且声音越来越大，越来越强，反复地在她的心里撞击着。

过了片刻，她说：我要是冬妮娅就不会离开保尔，因为他需要她。

他神情专注地望着她，因为太专注，他的眼皮跳了跳，他的呼吸开始有些粗重。她的脸红着，一副羞怯的样子。一股电击的感觉快速地从他的身体里流了过来，此时她在他的眼里是完美的。漂亮、贤淑的李静，就这样坚不可摧地走进了梁亮的情感世界。

感情这东西，有时是心照不宣的，势不可当的，不该来时，千呼万唤也没用；该来了，挡都挡不住。在病房里，两个同样优秀的青年男女，他们朦胧的爱情发出了嫩芽。

第二天，她又为他找了一本书，那本书叫《牛虻》。在这之前，他同样读过，可他又一次阅读，就读出了另一番滋味。他阅读这本书时，仿佛在阅读着李静和自己，是那么深邃和完美。他陶醉其中，不能自已。

因为有了梁亮，李静单调的护士生活一下子有了色彩，生活的意味也与众不同起来。就在两个人的感情蒸蒸日上的时候，梁亮的腿第二次拆掉了石膏。这一次很理想，他的腿已经严丝合缝地复位了。

梁亮怀着完美的心情出院了，他和李静的关系并没有画上句号，他们又掀开了一个新的篇章。梁亮有时候在暗中庆幸自己住院的经历，如果不住院，或者第一次接骨成功，他就不会和李静有什么了。

三

梁亮和李静的恋爱掀开了新的一页，人们经常可以看到如下的场景：

每天黄昏时分，李静和梁亮就会走在师部营院外的一条羊肠小路上，路很窄，两人几乎是挨在一起走，样子很亲密，他们在低声地交谈着。具体说的是什么，没人能够知晓，只有他们才知道说了些什么。

一有时间，梁亮就会迈着军人的标准步伐出现在师医院里，他成了师医院里的常客，许多医生和护士也都和他熟悉起来。也许要过许久，也许用不了多久，梁亮又会满面笑容地从师医院里走出来，仿佛他被李静注射了一针强心剂，样子鲜活无比。

警通连的宿舍里，也经常能见到李静的出入。警通连一半男兵一半女兵，按道理说，警通连是阴阳平衡的，他们不会为一个女兵的到来一惊一乍的，然而李静每次出现在警通连都会引起一阵不小的骚动。李静太漂亮了，让警通连的女兵自惭形秽，她们学着李静的样子装扮自己，或弯出一缕刘海儿，或翻出一角碎花衬衫的领边，但不管怎么收拾，始终出不了李静的那种效果。李静的美丽是骨子里流露出来的，学是学不像的。她们一面嫉妒着李静，一面又模仿着李静。虽然，梁亮就是她们的排长，天天生活在一起，但梁亮的女朋友却是李静，他只能是她们的梦中情人。

……

那些日子里，师部院内院外留下了梁亮和李静亲密的身影，也铭刻了他们发自内心的幸福。有许多人猛然意识到，他们走在一起竟是那么般配，那么和谐，他们是天生的一对，除此与谁都不相配。

正当梁亮沉浸在爱情的愉悦中时，他得到了一个消息——李静和陈大虎谈过恋爱，且时间长达半年之久。在这期间，李静利用休假曾随陈大虎去过省城的军区陈大虎家，一星期后两人才返回。

梁亮得到这一消息时，如同在炭盆里浇了一瓢冷水。在和李静的交往中，李静从来没有提过那一段经历。

对于陈大虎，梁亮当然认识，他们都在师部机关，可以说是低头不见抬头见。陈大虎要比梁亮早两年入伍。梁亮入伍的时候，陈大虎刚提干。他对陈大虎没什么好印象，在他得知陈大虎的父亲就是军区的陈司令员时，他在心里得出个结论，那就是狐假虎威。而他自己是优秀的，靠的是自己的本事走到今天，陈大虎肯定是靠他的老子。这是他对陈大虎的印象。两人年龄差不多，有了这种印象后，他开始从骨子里瞧不上陈大虎。他的先入为主注定了和陈大虎之间的距离。他不主动和陈大虎有什么关系，陈大虎肯定也不会主动和他有什么，两人经常在师部大院里走个对面，他们你看我一眼，我瞧你一眼，有时点个头，有时连个头都不点。两人可以说都是师机关的名人，梁亮是因为多才多艺，什么样的活动都少不了他；陈大虎则是因为出身，许多年轻干部对陈大虎又羡慕又奉迎，就是范师长也经常把陈大虎叫到家里去喝几杯。

范师长经常在全师大会上讲起当年那些战争岁月，每次一提到战争，就离不开陈司令员，他说：陈司令员呐，可是一员猛将，都当师长了，还和我们一样打冲锋，抱着一挺轻机枪，左冲右突，杀出一条血路，陈司令员当年可是了不起的人物……范师长每次这么说都是一脸神往的样子，渐渐地人们就知道范师长和陈司令员的关系不一般了。

有一次，陈司令员到师里检查工作。在范师长汇报工作时，别人并没看出陈司令员和范师长间有什么特别的。汇报结束后，两人在范师长办公室里喝了一次酒，酒是范师长从家里拿来的，也没什么菜，一盘油炸花生米，一盘鸡蛋，最后两人都喝多了，都说到了过去的战争岁月。他们越说越激动，恨不能再回到以前那种趴冰卧雪的日子里去。最后陈司令员提议，让范师长陪他到士兵的宿舍里住一个晚上。范师长回到家，抱着自己的铺盖卷真的和陈司令员来到了士兵的宿舍。他们把士兵赶到上铺去，两人睡到了下铺。据那天晚上有幸和司令员、师长一起睡过的士兵讲，他们一晚上都没睡着觉，刚开始是兴奋，后来司令员、师长都打起了呼噜，两人的呼噜都很有水平，比赛似的，弄得六个士兵天不亮就蹑手蹑脚地起床了。他们门里门外的自动给司令和师长当起了警卫。

陈大虎和范师长的关系也不一般，因此，陈大虎在师里也不会正眼看几个人，心高气傲得很。

关于和李静恋爱的事情的确是有过，当然是陈大虎主动的，凭他的条件，只要他主动，没有几个姑娘不动心。

陈大虎入伍、提干后，也到了男大当婚的年龄，他是陈大虎，他要选一选。李静是他选的第几个，他也记不清了。他曾带着李静回过一次家乡，但他没敢把李静领回家，他怕父亲把他踹出来。这一切都由母亲做主，母亲曾偷偷来到军区招待所见过李静，当然李静并不知情。母亲用挑剔的眼光左左右右地把李静打量了，观察了。最后，母亲总结地说：这孩子好看是好看，但不富态，老了就不行了。

这是母亲的原话，没了母亲的支持，陈大虎的心就凉了一半。但那时他和李静正在热恋中，他舍不得抛下李静，但又不好反对母亲，他仍偷偷跑到招待所和李静见面。母亲只能把文工团的马莉莎叫到家里和陈大虎见了一面，马莉莎是母亲在文工团为陈大虎看上的未来儿媳。马莉莎果然长得丰满异常，她又很会来事。见第二次面时，陈大虎就觉得已经离不开马莉莎了。马莉莎热情似火，还有那一双水汪汪的大眼睛，让陈大虎招架不住，从此他决心和李静断了那层关系。

那次恋爱的失败，让李静备受打击，她差不多有几个月没缓过劲儿来。那时她就发誓，以后自己再找男朋友，一定要比陈大虎强。结果梁亮出现了。梁亮只是背景没有陈大虎那么强，但各方面都要比陈大虎优秀。她和梁亮捅破了那层窗户纸后，便一心一意地和梁亮谈起了恋爱。就在这时，梁亮知道了她曾和陈大虎有过那么一段，于是两人的故事有了转折。

四

梁亮是从王参谋那里得知陈大虎和李静谈过恋爱的。王参谋和陈大虎在一个宿舍里住，他对陈大虎的私生活应该说是了如指掌。

那天，梁亮和李静约会刚刚回来，就看到了在操场上散步的王参谋。王参谋笑眯眯地望着梁亮，一副欲言又止的样子。那阵子，梁亮正处在巨大的幸福之中，他所见到事和人都是那么美好，当然在他的眼里，王参谋也不例外。他看到王参谋便停下来，掏出烟来递给王参谋一支，两人一边往前走，一边吸烟。王参谋就说：去约会了？

梁亮就笑一笑，他这是默认了。

王参谋就说：李静这姑娘真的不错，你们俩是天生的一对，在咱们师，你们俩能走到一起，是最合适不过了。

梁亮已经听了很多这样的话了，但今天王参谋这么说，他还是感到很受用，于是他就一边笑着一边往前走。

王参谋这时突然叹口气，然后又转折着说：陈大虎是没福气呀，李静对他那么痴情，他说不要人家就不要了，真是命呀！

梁亮听了王参谋的话，一下子站住了，他回过头冲王参谋说：你说谁不要谁了？

王参谋也睁大眼睛说：李静和陈大虎谈过恋爱，你不知道？

梁亮张大嘴巴道：李静和陈大虎谈过？

王参谋道：我以为你知道呢，他们俩谈了那么长时间，陈大虎还把李静领回家过，你真的就不知道？

梁亮的心跳陡然加速，感到血液都涌到了头上，他痴痴怔怔地望着王参谋。

王参谋说：李静是个好姑娘，她太善良了。她和陈大虎谈恋爱时，陈大虎的袜子她都洗，她对你也一定错不了。

梁亮的眼前忽然就黑了，他不知道自己是怎么走回连队的。通讯排长朱大菊正在往晾衣绳上搭水淋淋的衣服。通讯排都是女兵，朱大菊是女兵排的排长，她当然也是个女军人。朱大菊人生得很黑，力气也大，她经常和警卫排的男兵扳手腕，有许多男兵都扳不过她。她也曾主动要求和梁亮扳手腕，梁亮没有和她比试过，他不是怕比不过她，总觉得她是个女人，就是赢了脸上也光彩不到哪里去。于是，朱大菊就一直耿耿于怀。她看见梁亮神情不对，气色不好，就跑过来说：小梁子，咋了？是不是李静欺负你了？

梁亮不想和朱大菊多说什么。他和朱大菊同岁，但朱大菊比他早一年入伍，在他面前处处摆出一副老兵的架势，她一直称呼他为“小梁子”。

梁亮越是这样，朱大菊越是想了解其中的底细，她一冲动，就跟着梁亮回到了宿舍里。她走在后面，进门后用脚后跟把门踢上。他们都是警通连的干部，两人自然很熟，熟到朱大菊有事找梁亮从不敲门，推开就进。有一次梁亮曾含蓄地对她说：朱排长，这是男兵宿舍，你这样进来不怕看见不想看到的吗？

朱大菊大大咧咧地说：咳，有啥呀，你们男兵能有啥，不就是换个裤子啥的，那有啥，我见得多了。

梁亮这么说了，她依然我行我素，她和梁亮说话总是粗门大嗓，不分你我的样子。朱大菊在师里也算是个人物，她曾有着光辉的背景。她是从老区入伍的，她的养母可是全国拥军模范。解放战争那会儿，养母是拥军队长，什么做棉衣、鞋垫，还有家乡的红枣什么的，通过养母的手源源不断地送到前线子弟兵的手中。部队过长江时，养母曾推着小车一直随大军南下到了海南岛。养母的名气显赫得很。养母作出的最大的贡献是救过范师长。范师长在解放战争那会儿是排长，在孟良崮战役中被敌人的炮弹炸伤了。按范师长的话说，自己快被炸碎了。是朱大菊的养母，带着担架队把范师长抬了回来。范师长在野战医院住了几天，部队就转移了，范师长因伤势太重没能随部队一起走，只能安置在老乡家。朱大菊的养母主动请缨，把范师长背回家，然后用小米和红枣熬粥，一点点把范师长将养起来。半年后，范师长又是一个面色红润、活蹦乱跳的小伙子了。范师长临离开救命恩人时动了感情，他跪在救命恩人面前，声泪俱下地说：大姐，你是我的亲姐，要是我小范活着回来，我一定报答你的大恩大德。

养母也哭了，半后多的时间里，她已经和范师长处出感情来了，她早就把范师长当成自己的亲人了。她抱着范师长的头，哭着说：你去杀敌吧，要是伤着了就找大姐来，只要你还有一口气，大姐一定能用小米粥把你救活。

部队越走越远，后来范师长和救命恩人就断了往来，直到几年前，范师长在报纸上看到了朱大姐的事迹，那时朱大姐已经有名字了，就叫朱拥军，他越看越觉得朱拥军很像自己当年的救命恩人。于是他去了一趟老区，果然是当年的朱大姐。范师长和朱大姐又一次动了感情，他们拥在一起，百感交集就不用说了。临走时范师长对朱大姐说：大姐，你有啥事就说，我就是头拱地也为你办。

那会儿，朱大菊刚放学回来，朱拥军一见朱大菊果然就有了心事。朱大菊不是她亲生的，这辈子她没生养过，病根自己也知道，年轻那会儿她雨里水里的随大军南征北战落下了毛病。于是，在她年纪大时抱养了朱大菊。她没别的愿望，她就是想让朱大菊去当兵，她太爱人民子弟兵了。她的想法刚和范师长说了一半，范师长就摆摆手说：大姐，啥也别说了，你真的能舍得姑娘和我走？

朱拥军一拍腿说：当兵保祖国，有啥舍不得的。

当天，范师长就把朱大菊带走了。

朱大菊果然不负众望，老区的丫头吃苦受累不算啥，从小就受养母的影响，她的觉悟没啥说的，男兵干不了的她都能干。于是朱大菊很快入了党，又很快就提干当了排长。朱大菊深得范师长的喜爱。范师长经常在全师大会上表扬朱大菊，表扬她老区的本色没有丢。范师长一说到老区就眼泪汪汪的，范师长是个重感情的人，他的心里不仅装着部队，同时还盛着对老区人民的深情厚谊。

因为朱大菊的经历，梁亮对她也是崇敬有加。那时一个人的出身和背景是至关重要的。

朱大菊一进门，就一手叉腰，一手舞动着说：是不是那个李静把你甩了？你说，要是她甩了你，我去找她说理去。

梁亮现在没心思和朱大菊磨牙，便不冷不热地说：朱排长，让我一个人清静一会儿，你忙你的去吧。

朱大菊似乎没听出梁亮的弦外之音，仍叉着腰说：李静有啥呀，不就是长得漂亮嘛，当初陈大虎甩她时，她咋不牛哄哄的？

梁亮从朱大菊的嘴里再一次认证了李静和陈大虎谈过恋爱的事实，并且知道李静是让人家陈大虎给甩了。看来，许多人都知道李静和陈大虎的事，唯有自己不知道，这说明自己当初和李静谈恋爱就是一个错误。

按理说，李静和别人谈过恋爱与否，跟他应该没有什么关系。让梁亮无法接受的原因在于，他是一个追求完美的人。他从王参谋那里得知，李静连袜子都给陈大虎洗，况且还去过陈大虎家，看来两人的关系已经非同一般，但结果还是被陈大虎给甩了。这么说来，李静在陈大虎眼里已经是个破瓜了。这是其一，还有重要的一点，那就是梁亮在心底里从来没有瞧得起过陈大虎，陈大虎是什么人，除了他爸是军区司令员外，自己哪儿都比陈大虎优秀。好多人背地里都在议论陈大虎，说他是个花心大萝卜，仗着家里的背景不断地谈恋爱，以谈恋爱的名义玩弄女性。

那一刻，梁亮猛然意识到，李静是陈大虎丢掉的，别人用过的东西，自己凭什么捡起来。一时间，李静留给梁亮的那些美好的印象荡然无存。

梁亮恨自己有眼无珠，怎么就看上了一个别人甩掉的烂瓜，同时他也恨李静，恨她为什么要隐瞒自己。他躺在床上心绪难平，一会儿气愤，一会儿懊悔，一会儿又是悲伤；他的脸孔从热到凉，血液忽地涌到头上，又忽地涌到脚底。总之，心里一时半会儿说不清到底是个什么滋味。

他恨不能立刻见到李静，质问她为什么欺骗自己，然后告诉她，从此两人再也不会有什么关系，你走你的阳关道，我走我的独木桥。陈大虎能甩了她，他为什么不能。陈大虎算什么，他梁亮可是师里的才子，不仅人长得英俊，还能写会画，以后的前途无可限量，凭自己的条件什么样的女人找不到，何苦去啃人家咬过的烂瓜。在今天的约会中，他吻了李静，虽然她开始有些躲闪、羞怯，可后来就火热地迎合了他。那一刻，他以为自己很幸福，可现在他却觉得自己受到了前所未有的羞辱。李静和陈大虎谈了那么久的恋爱，连袜子都给人家洗，还去人家住了好几天，他们之间还有什么事不能发生。唉，这样的烂瓜怎么能配得上自己？

五

梁亮气冲冲地来到了师医院，他一路上心里只有一个念头，那就是：李静是个烂瓜，烂得不能再烂的破瓜。

梁亮来到师医院的时候，李静正在班上，她惊诧梁亮怎么挑这个时候来，而梁亮却冷着脸冲她说：你出来一下。

李静说：有事儿？

他说：有事儿。

李静看梁亮从来没有这么严肃过，她和别的值班护士交代了几句，就随梁亮出来了。在这过程中，因为梁亮的脚步过于匆忙，她还拉了他一下道：又不是着火了，看你急的。梁亮不说话，径直往前走去。

最后，他们在医院外的一棵树下停了脚步，李静有些气喘着问：怎么了？看你急的。

梁亮定定地望着李静单刀直入地问：你和陈大虎谈过恋爱？

李静没料到梁亮会问这个，她不解地说：怎么了？

梁亮没好气地喊：我问你和他谈过没有？

李静白了脸，她预感到他们之间要有什么事情发生了，小声地说：和他有过那么一段，这又怎么了？

梁亮：那你为什么不早说？

李静：他是他，你是你，过去的事都过去了，还提它干什么？

李静说这话时心里有些虚，目光也显得游移不定。

梁亮又提高了一些声音道：你们谈恋爱时都干了些什么，你以为我不知道哇？别把我梁亮当傻子耍？没门儿！

梁亮说完，一甩胳膊就走了，留下呆呆愣愣的李静。梁亮这一去情断义绝，以前两人所有美好的过去，被他甩得烟消云散。他来之前已经想好了，他和李静要当断则断，李静是个烂瓜，他怎么能和一个烂货谈恋爱呢。

李静站在那里呆怔了足有五分钟，她一时不知自己在哪儿，她不明白今天的梁亮是怎么了。她和陈大虎谈恋爱很多人都知道，她没想隐瞒什么，也没想把谁当傻瓜，这一切是怎么了？一下午，她都心不在焉，干什么都丢三落四的。科里那部电话，她从来没有这么关注过，她希望有人喊她去接电话，当然那电话一定是梁亮打来的。以前两人约会时，他就是打电话约她的，可今天那电话响了无数次，却没有一个电话是找她的。

李静煎熬了自己一个下午，下班后她都没有去吃饭。在宿舍里想了半天，她也没有想清楚，梁亮为什么在这件事情上发这么大的火。那一刻，她还没有意识到，自己和梁亮的缘分已经到此结束。她一直认为，这次只是他们之间的一个小误会，过去了也就过去了。

晚上，她主动来到梁亮的宿舍。梁亮的日子似乎也不好过，他正把自己关在房间里吸烟，满屋子乌烟瘴气的。梁亮似乎已经冷静下来。李静进来时，他看也没有看她一眼，一心一意地吸着手中的烟。

李静就那么静静地坐在他的床沿上，望着他的半张脸。以前两人在宿舍里聊天时，大都是这种姿势。李静一时没有说话，梁亮自然也没有说话。

李静沉默了一会儿，她心里忽然就多了几分柔情，在这一点上，女人比男人恋旧。她把手放在梁亮的手臂上，柔声道：还生气呢，你听我给你解释嘛。

梁亮把手臂抽出来，挥挥手道：不用解释了，咱们的关系到此结束了。

李静慢慢地站了起来，她的脸红一阵白一阵的。所有的困难她在来之前都想过了，但她从没想到梁亮会和她分手。她的脑子一时没有转过弯来，就那么怔怔地望着他。

梁亮把身子靠在椅背上，眼睛望着前方说：我不能和一个烂瓜谈恋爱。

李静一时间有了泪水，她语无伦次地说：你……你说我是烂瓜？

梁亮冷酷地闭上眼睛道：谁是谁知道，我梁亮不缺胳膊不少腿的，凭什么让我和一个烂瓜谈恋爱。

瞬间，李静什么都明白了。她认真地看了梁亮一眼，又看了一眼，然后抹一把脸上的泪水，一字一顿地说：梁亮，你是不是说咱们就此一刀两断了？

梁亮有气无力地说：对——

李静猛地转身，头也不回地跑了，她的脚步声很快就消失了。梁亮宿舍的门没有关，就那么敞开着。

朱大菊拿着值班日记走进来。她已经来了有一会儿了，刚开始看见李静走了进来，她就没有进来。

朱大菊把值班日记放在梁亮的面前，大大咧咧地说：下周该你值班了。

梁亮看也没看地说：放那儿吧。

朱大菊似乎并没有要走的意思，她背着手这儿看看，那儿瞧瞧，似乎看出了一些事情的苗头，声音透着兴奋地道：咋的，你和李静吹了？

梁亮没有说话，他又点了支烟。

朱大菊又说：李静出去的时候，我看见她哭了，你也不送一送？

梁亮说：她哭不哭跟我有什么关系？

朱大菊的判断得到了验证，这下她真的有些兴奋了，背着手一遍遍地在屋子里转来转去，她一边转一边说：说的是嘛，小梁子，你这么优秀，凭什么找她，她哪儿好了，就是脸蛋漂亮点，有啥用？好看的脸蛋又不能长出高粱来，你说是不是？

梁亮苦笑了一下，不置可否的样子。

朱大菊意犹未尽地说：再说了，她和陈大虎谈了那么长时间的恋爱，他们都到了啥程度，谁能说得清。怎么着，你小梁子也不能找个二手货，是不是？

梁亮心里一下子又乱了起来，他可以说李静是烂瓜，但别人这么说李静，他心里还是不舒服。他突然回过头，冲朱大菊说：朱排长，你别在我这屋转了，转得人头晕，我要休息了。

朱大菊忙说：好好，小梁子你休息吧，明天你要是起不来床，我替你带队出操。

梁亮不耐烦地冲朱大菊挥了挥手，朱大菊一走，他一头就躺在了床上，可却一点也没有睡意。他睁眼闭眼的，都是和李静来往这几个月的细节——李静的笑容和他们说过的悄悄话，还有甜蜜的热吻，这一切都在他的眼前挥之不去。但他意识到，这一切都将成为过去，不复存在。他和李静情断义绝后，并没有获得轻松，反而在痛苦不堪中一遍遍地煎熬着自己，他又陷入了新一轮的痛苦之中。他不能忍受李静的“不干净”，但又割舍不下和李静曾经拥有过的美好。他是爱她的，就这么一刀两断了，他心里也是不好受的。

这一晚，对李静来说也是一个不眠之夜，她蒙着被子流泪痛哭。她谈过的两次恋爱都以失败告终，而且都是人家把她甩了，这时她想起了一句老话：自古红颜多薄命。这句话的真理，此时，在她身上明白无误地得到了印证。两次恋爱，她都是全力以赴地投入。和陈大虎在一起时，她初次体会到了爱情的快乐，虽然陈大虎身上的优点不多，但她喜欢陈大虎身上的那股男人劲儿，什么问题在他眼里都是小事一桩。陈大虎和她之间的关系，也是勇猛无比，她喜欢他那种狂风暴雨似的表达方式。后来陈大虎退出了，是因为马莉莎那个女人。她曾见过马莉莎，人的确漂亮，她为陈大虎的退出找到了理由。她伤心、痛苦过，但很快就心如止水了。再后来，她遇到了梁亮。梁亮和陈大虎相比，简直是另外一道风景，不仅人帅，重要的是他身上有着那么多的优点。医院里那些小姐妹都羡慕她，说他们是郎才女貌，天生的一对。正当她沉浸在幸福甜蜜中，晴空一声炸雷，她和梁亮就此了断了。这给她的身心造成了毁灭性的打击。从小到大，她还没有受到过这样的重创，她的自尊心一时间灰飞烟灭。和陈大虎的分手，她用三个月的时间才走出了困境，因为那是她的初恋；而这次和梁亮的分手，更让她无法接受，也无法面对。

在那一晚，李静理智的底线已经走到了边缘，她没有退路了。经过一夜的斗争，李静已经看不到一点希望了。于是在黎明时分，她推开了宿舍的窗子，奋力往下一跃，她从三楼跳了下去。

李静并没有成功结束自己的生命，二楼的晾衣绳在她下落的过程中挂了她一下。楼下的花坛里正争奇斗妍地开满鲜花，李静在繁花丛中发出一声惨叫。事后经检查，她的左手骨折了。

事发的第二天，省军区的政委、李静的父亲用一辆上海牌轿车把她接走了。李静走了，就再也没有回来。她的调动手续是一个月后办走的，她调到了军区总院。从此，关于李静的消息就中断了。

六

梁亮没有料到事情会以这样一种结局收场，他不想给任何人造成伤害，他提出和李静分手，因为他觉得李静欺骗了他，他受到了一种无法言说的伤害。他是个追求完美的人，不允许自己所爱的人有丝毫的污点。况且，李静和陈大虎的恋爱，又是一件谁也说不清楚的“污点”。这种污点，自从他得知李静和陈大虎有过那么一段恋爱后，他的心理和生理都发生了明显的变化。他的脑海里一次次臆想着李静和陈大虎在一起的画面，这种想象缘于自己和李静在一起的感受。以前，他心里的李静是他的，她是完整的、纯洁的，而现在的李静已经不纯洁，更谈不上完美了。他无法忍受已经被人玷污的李静。

这一系列生理和心理上的变化，导致了他痛下决心，快刀斩乱麻地结束了和李静的恋爱关系。他以为，这件事情过去了就过去了，正如当初陈大虎甩了李静一样，风平浪静，水波不兴。没想到，李静竟会用跳楼的方式来结束自己的生命。梁亮着实被李静的这种举动震惊了，虽然没人找他的麻烦，但他的心里还是受到了空前的震撼。

那些日子，他不知自己是怎么过来的。他一次次地设想，如果自己不和李静分手，当然设想这种结局的前提是要容忍李静的过去，但这样的污点他能忍受得了吗？答案是否定的。

随着李静的调走，他的心理也渐渐地恢复了正常。直到这时他才发现，朱大菊此时已经频繁地出现在他的生活中。他和朱大菊是一个连队的两个排长，他们平时在工作上总是低头不见抬头见的，他们男兵宿舍在一层，女兵宿舍在二层，大家又都在一个食堂吃饭，就是两人不想见面都困难。

在梁亮刚刚失恋，情绪最低落的那一阵子，朱大菊表现出了对梁亮无微不至的关怀。梁亮的值班被朱大菊代劳了。梁亮经常不去食堂吃饭，朱大菊每次都关照炊事兵给梁排长做病号饭。其实病号饭也没什么特殊的，无非就是下一碗挂面，打两个鸡蛋，在汤里多放些油和葱花什么的。每次都是朱大菊亲自把病号饭端到梁亮的床前，然后坐在那里嘘寒问暖。

她说：小梁子，快趁热吃吧，人是铁，饭是钢，天大的事也要吃饭，不吃饭咋行？

她又说：梁子，失个恋算啥，那个李静跳楼又不是你推的，男子汉大丈夫，说出去的话泼出去的水，没有往回收的。

她还说：梁子，你是不是后悔了？可千万别这样，好姑娘多得是，凭你的条件还怕找不到好姑娘。

……

情绪低落中的梁亮把朱大菊的话当成了耳旁风，并没往心里去。那会儿，他正在一遍遍地回忆着自己和李静热恋中的每一个细节。不是为了怀念，而是为了遗忘。他想到自己和李静这些细节时，不自然地就会幻想出李静和陈大虎的种种情形，越这么想，他心里越是难受。

渐渐地，他在创伤中慢慢平复下来后，他才开始留心起朱大菊来。警通排负责师部的门岗，还有弹药库的岗哨，包括晚上师部大院的流动岗。作为警卫排长，他每天晚上都有查哨的任务。这段时间，梁亮每次出去查岗，都能看到朱大菊的身影。她提着手电，从这个哨位走到那个哨位，不辞辛劳的样子。她发现梁亮后便说：梁子，你回去歇着吧，这里有我呢。

这让梁亮心里很过意不去，他是警卫排长，这是他的职责，自己的工作让别人干了，他心里愧疚得很。朱大菊见梁亮执意不走，她也不走，在一旁陪着他，一边走还一边劝道：梁子，我知道你这些日子心里不得劲儿，你就多歇歇，我替你查岗就行了。

梁亮说：朱排长，你有你的工作，我的工作让你干了，我怎么忍心。

朱大菊轻描淡写地说：梁子，我和你不一样，我们农村人劳苦惯了，这点事算啥。

两人就并着肩往前走，查了一遍岗后就往宿舍走去。走到一楼梁亮的宿舍时，朱大菊就停在他的门口。这时已是夜深人静了，梁亮查岗前已经睡过一觉了，被子已经铺过了，他进宿舍时并没有开灯。朱大菊就打着手电为梁亮照亮，梁高感觉不太自然，便说：朱排长，你也回去休息吧。

朱大菊并没有理会梁亮的不自然，嘴里还说：你睡吧，等你躺下我再回去。

梁亮就躺下了，朱大菊这才熄灭手电，蹑手蹑脚地离去。当梁亮迷糊着要睡去时他发现一束手电光照了进来，还有人轻手轻脚地给他掖被子。待那人转身离去时，他才发现是朱大菊。清醒过来的梁亮，心里就有了股说不清的滋味。他朦胧地意识到，最近的朱大菊有些反常，究竟哪里反常，他一时又说不清楚。

其实朱大菊早就开始暗恋梁亮了。从梁亮来到警通连那天开始，她就对梁亮充满了好感。她最先看中的是梁亮一表人才的外表，这在他们老区要想见到这样的小伙子，打着灯笼都难，就是在部队，这样的小伙也并不多见。少女时期的朱大菊对梁亮就动了心思，那时的情感对她来说还很朦胧，也有些说不清，当然也很遥远，因为部队条例中明文规定，战士不能在驻军当地谈恋爱。后来，两个人双双提干，又都在一个连队里当排长，朱大菊觉得自己的暗恋有了些目标。在平日里的工作生活中，她暗暗地关心着梁亮。她们女兵通讯排，在朱大菊的倡导下，经常帮男兵们洗衣服，养母的拥军本色在部队里又被她发扬光大了。在女兵们抢男兵的衣服去洗时，梁亮的衣服差不多也被她一个人承包了。每次，她都把他的衣服叠得见棱见角地送回来。

那时，梁亮并没有意识到朱大菊对自己的这种特殊情感，他总是说：连里的好人好事都让你们女兵做了，我们男兵可就没地位了。

朱大菊就笑笑说：你们男兵辛苦，风吹日晒的，我们女兵做这些是应该的。

在梁亮的理解中，他们是一个连队的，相互取长补短地做些好事也都是应该的。有时通讯排外出查线路，他也会让自己排的战士去帮忙。总之，在警通连里，男兵和女兵的关系很融洽。

就在朱大菊以含蓄的方式表达自己对梁亮的爱慕时，她突然听说梁亮和李静恋爱了。那些日子，对朱大菊来说灰暗无比。她没想到自己离梁亮这么近，却被李静抢了先。当李静出现在警通连时，这是朱大菊第一次近距离观察李静，她也被李静的美丽打动了。同样是女人，看人家李静生得要身材有身材，要脸蛋有脸蛋；再看自己，又黑又瘦。她从那时也学会了照镜子，学会了往脸上涂抹擦脸油，她希望自己能一夜之间变得和李静一样的漂亮。在梁亮和李静恋爱的时间里，她自己都不知是怎么挺过来的，她尝到了失眠的滋味，有几次她甚至蒙着被子哭过。她的心里难受极了，有一种被人抛弃的滋味。眼见着自己没有希望了，她的眼里整日都是梁亮和李静成双入对的身影。就在她近乎绝望时，梁亮突然又和李静分手了，这是她没有预料到的，正如她当初没料到梁亮和李静会恋爱一样。机会又重新出现在她的面前，她不想失去这样的机会了，她要全力以赴向梁亮表白自己的爱意。

七

朱大菊不想失去梁亮了，朱大菊不是那种拐弯抹角的人，她要直来直去，明白无误地表达出自己喜欢梁亮。

她表达的方式纯朴而又厚道。星期天的时候，梁亮还没有起床。自从和李静分手后，他的情绪一直很低落，干什么事情都是无精打采的。虽然，是他主动提出和李静分手的，结果真分手了，他又无所适从，不知如何是好。朱大菊象征性地敲了敲门，便进来了。梁亮已经醒了，他正瞅着天棚发呆，他现在已经学会了发呆。朱大菊突然破门而入已经不是第一次了。他看着朱大菊，朱大菊就扎着两手说：今天天好，我把你的被子拆了吧。

梁亮说：朱排长，过几天我自己拆吧。

朱大菊不想听梁亮解释什么，她掀开梁亮的被子，卷巴卷巴就抱走了。梁亮被晾在床上，他下意识地蜷起身子，朱大菊却已经头也不回地走了。没多一会儿，他的被子已经旗帜似的悬挂在院里的空地上。梁亮站在门口，望着自己的已被拆洗过的被子就那么堂而皇之地晾在那儿，他似乎想了许多，又似乎什么也没想，只是呆怔地望着自己的被子。

朱大菊像一个麦田守望者一样，精心地望着梁亮的被子，一会儿抻一抻，一会儿掸一掸，似乎晾在那里的不是一件被套，而是一件价值连城的工艺品。心情麻木的梁亮恍然明白了朱大菊的司马昭之心。想起朱大菊他竟有了一点点感动。他和朱大菊的关系似乎一直有些说不清。他刚到警通连时，朱大菊已经当兵一年了，虽然两人同岁，但朱大菊处处摆出一副老兵的样子。有几次夜晚他站在哨位上，朱大菊那时还是话务兵，她们每天夜里也要交接班，下班后她总是绕几步来到哨位上，看见他便走过来，捏捏他的衣角道：梁子，冷不冷哇！

有一天夜里刮风，她就拿出自己的大衣，死活让他穿上。当时才入秋，还没有到穿大衣的时候。他就轻描淡写地说：朱老兵，谢谢你了。朱大菊挥挥手，没事人似的走了。

对于朱大菊，他真的没往深处想。他一到警通连便知道朱大菊是拥军模范的养女，她所做的一切，都被他和拥军联系在了一起。他穿着朱大菊温暖的大衣，心想：朱大菊这是拥军呢。

现在的一切，梁亮知道朱大菊已经不仅仅是拥军了。关于和朱大菊的关系，如同一团雾一样，让他看不清也摸不着，直想得他头痛，他干脆也不再去想了。

晚上，他盖着朱大菊为他拆洗过的被子，那上面还留着洗衣粉的清香和太阳的温暖，很舒服。冷静下来的梁亮真的要把他和李静以及朱大菊的关系想一想了。李静当然要比朱大菊漂亮，漂亮不止一倍，重要的是李静身上那股招人的劲儿，朱大菊身上是没有的。那股劲儿是什么呢，想了好半天，他只能用"女人味"来形容了。他和李静在一起，时时刻刻能感受到李静是个温柔的女人；而朱大菊是他的战友，他们是同事，有的只是一种友爱。他想起朱大菊有的不是冲动，只是冷静。他正胡思乱想的时候，突然门就开了，朱大菊出现在他的面前。她显然是梳洗过了，身上还散发着淡淡的雪花膏的气味。朱大菊以一个查夜者的身份来到梁亮的床前，她要为他掖一掖被角，当她伏下身的时候，看见梁亮正睁着一双眼睛望着她，她伸出去的手就停住了。

她问：被子还暖和吧？

他望着她，半晌才答：你以后就别查我的夜了，让干部战士看见不好。

朱大菊见他这么说，就一屁股坐在桌前的椅子上，她想敞开天窗说亮话了，她道：梁子，除了女兵宿舍，我可没查你的男兵宿舍，我是专门来看你的。

梁亮坐起来，披了件衣服，他点了支烟道：查我干什么？我一个大活人还能跑了不成？

朱大菊把椅子往床旁挪了挪，说：梁子，你是真不明白呀，还是装糊涂。

梁亮望着她，她也望着梁亮。

她索性一不做二不休了，又道：梁子，我朱大菊心里有你，这你没看出来？李静有啥好的，我也是个女人，比她少啥了。

梁亮把手电拧开，把外面的灯罩取掉，光线就那么散漫地照着两个人。他没有开灯，部队有纪律，熄灯号一吹就一律关灯了。

梁亮口干舌燥地说：这种事，是两个人的事，一个人怎么能行呢？

他这话的意思是，朱大菊喜欢他还不够，得让他也喜欢她才行。

朱大菊误解了，她马上道：咱们就是两个人，你和李静行，咱们也能行。

梁亮怔在那里，他没想到朱大菊这么大胆，这么火热，简直要让他窒息了。

朱大菊激动地站起来，说：梁子，我可是干净的，没和谁谈过恋爱，我的手还没让男人摸过呢，当然握手不算；梁子，我知道你就想找一个囫囵个儿的，李静和陈大虎谈过恋爱，她不干净了，你才不要她，我可是干净的，你就不喜欢我？

朱大菊的这番表白，着实让梁亮惊呆了。他坐在那里，望着光影里的朱大菊。此时的朱大菊神情激动，面孔红润，眼里还汪了一层泪水。那一刻，他真的有些感动，一个女人，一个干净的女人，如此真情地向一个男人表白自己的情感，对方就是块石头也被捂热了，何况梁亮是个有血有肉的人，他那颗失恋的心需要慰藉和关爱。梁亮哆嗦了一下，他觉得自己被朱大菊热烈的情感击中了。他呻吟着说：朱大菊同志，我理解你的情感，这事你让我再考虑考虑。

朱大菊一拍手道：这么说你同意咱们在一起了？

梁亮低下头有气无力地呢喃着：让我再想一想。

朱大菊什么也不想说了，她走上前来，像对待孩子似的扶着梁亮躺下，又把他的被角掖了，轻松地说：梁子，你明天只管多睡会儿，我带队出操。

她说完转过身子，异常温柔地走去，又轻轻地为他关上房门。

那一夜，梁亮几乎一夜没合眼，他眼前晃动的都是朱大菊的身影，朱大菊已经无声无息地走进他的生活，他想赶都赶不走。

这事很快就在连队中传开了，干部战士们望着他俩的眼神就不一样起来，冷不丁地会突然有人喊：梁排长、朱排长——那意味是深远的，所有听到的人都会发出会心的微笑。朱大菊听到了，脸就有些红，然后笑意慢慢在脸上漾开。刚开始，梁亮却并不觉得舒服。

直到有一天，指导员在办公室里对梁亮说：梁排长，我看你和朱大菊真是合适的一对，她那么能干，你小子就等着享福吧。说完还在他肩上拍了一巴掌。

梁亮想和指导员解释几句，想说那都是没影的事儿，指导员却又说了：不错，你们两个排长要是能结合在一起，咱们连队那还有啥说的。

连队所有的人都把这件事当真了，梁亮开始觉得有口难辩了，他只能摇摇头，苦笑了一下。

不久，他和朱大菊恋爱的消息像风似的在师机关传开了，许多机关干部一见了他就问：梁排长，什么时候请我们喝你们的喜酒呀？

他忙说：哪儿有的事。人家就说：你还不承认，朱大菊早就招了，你还不如女同志勇敢呢，真是的。

他听了这话怔在那里，他没想到朱大菊会这么大胆。

一天，师长一个电话把他叫到师长办公室。当兵这么多年，他还是第一次来到师长办公室。师长很热情，也很高兴的样子，让他坐，又给他递了支烟，然后笑着说：大菊把你们的事都向我汇报了，我看挺好；她是老区的后代，对部队有感情，她自己不说哇，我还想帮她张罗呢；看来大菊的眼光不错，看上了你；大菊这孩子挺好，也能干，不愧是咱们老区的后代。

范师长一直称朱大菊为孩子，师里盛传着范师长已经收朱大菊作了干女儿。有关范师长和朱大菊养母的关系，全师的人也都是清楚的，那是救命之恩，非同一般。范师长这么对朱大菊关爱有加，也是理所当然。

范师长又说：你们俩什么时候成亲啊？到时候我给你们作证婚人，没什么问题就早点办吧；我们当年打仗那会儿，部队休整三天，就有好几对结婚的，你们要发扬传统，拿出作战部队的速度来。

范师长已经板上钉钉了，他还能说什么呢，他不得不认真考虑和朱大菊的关系了。

八

梁亮在人前人后的议论声中选择了沉默，他无法辩解，也说不清自己和朱大菊之间的关系。此时，朱大菊这个人在他心里还很模糊，他说不清自己是否喜欢她。

朱大菊这些日子里一直处于幸福之中，她脸色红润，走起路来虎虎生风，见人也多了笑脸。她在爱情的滋润下，人一下子竟妩媚了许多。大庭广众之下，她也不避讳别人看她和梁亮的眼神，她望着梁亮的目光也多了许多内容。只要梁亮一出现在她的视线里，她的眼睛便开始水汪汪的，和梁亮走在一起时，会时不时地抻抻他的衣角，撣撣他的衣领什么的。梁亮在众人面前无法接受她的这种举动，就小声说：不用，这样不好。朱大菊则大声道：怕啥，我喜欢你帅气的样子，这样多好。

朱大菊这样无微不至地对待梁亮，梁亮不可能无动于衷，他开始想朱大菊的种种好处了。这么一想之后，他有些开始喜欢上她了。她除了长得不如李静那么娇媚，剩下的一点也不比李静差，起码她比李静能干，重要的是朱大菊是完美的，朱大菊是初恋。这么想过之后，他的心里竟涌动出许多甜美来。

朱大菊每天晚上查完女兵宿舍，她都忍不住走进梁亮的宿舍，给他掖掖被角，或者站在他的床前，凝视着她的心上人。自从两人的关系公开后，她再出入梁亮的宿舍似乎理直气壮、顺理成章起来。

这一天，她毫不例外地又一次走进了梁亮的宿舍。梁亮刚查完夜班岗回来，他还没有睡着，朱大菊打着手电就进来了。进门时，她把手电熄灭了，轻车熟路地来到梁亮的床前，她又习惯地伸出手去为他掖被角，做这些时她的心里洋溢着强烈的母爱，似乎她在对待一个幼儿。就在这时，梁亮攥住了她的手，她的嗓子里“哦”了一声，身体就顺势扑在了梁亮的怀里。她抱住梁亮，嘴里含混不清地说着：梁子，我喜欢你，真的喜欢你。

梁亮一时也无法克制自己的冲动，用胳膊死死地搂住她，后面的事情便可想而知了。当两人冷静下来，朱大菊翻身下地穿好衣服后，她做的第一件事就是把床上的单子扯了下来，然后打开手电，用光影照着上面的痕迹说：梁子，你看好了，我可是完整的。此时的朱大菊在梁亮看来，她的脸和床单上的某个地方的颜色一样鲜红。

再接下来的一切都发展得很快，两人很快到当地政府领取了结婚证。养母从老区也风尘仆仆地来了，六十多岁的养母身体很好，人也收拾得干净利索。她不是空手来的，而是带来了许多拥军用品，比如鞋垫、大红枣什么的。老人家把自己纳的一双双鞋垫分送给人民子弟，当然也有范师长和梁亮、朱大菊的。梁亮接过鞋垫时差点感动得流出了眼泪。自从他和朱大菊好上后，他从朱大菊嘴里知道不少养母的事迹，以及拉扯朱大菊的种种不易。在没有见朱大菊的养母时，他已经感受到了养母的情和义了。

婚礼的场面完全是一场革命化的婚礼，师部礼堂被张灯结彩地布置过了。这是个星期天，师机关的干部战士大都参加了梁亮和朱大菊的婚礼。婚礼果然是范师长主持的，他从解放战争说到了部队建设，然后又说到了眼前的这对新人。最后他把拥军模范请到台上，这时全场达到了高潮，所有人都在为拥军模范鼓掌，感谢她对部队的支持，同时也感谢她为部队培养出了朱大菊这样的优秀女儿。在一对新人郑重地向毛主席像敬礼，又给师长敬过礼后，他们把军礼又献给了拥军模范。此时新人的眼里已经有了点点的泪花，养母拉着两个孩子的手说：孩子，今天你们结婚了，明天要为部队再立新功。

婚礼后新人进入洞房，拥军大妈也被范师长接回家中重叙旧情。

梁亮和朱大菊婚后已经不住在警通连的宿舍了，他们住进了家属区的一排平房里，许多临时来队的家属都住在这里。婚后不久，因工作的需要，梁亮被调到师政治部宣传科，当了宣传干事。当排长对梁亮来说是大材小用了，他写写画画的专长到了宣传科后，才真正派上了用场。

婚后不久，师机关的参谋陈大虎找到了梁亮，两人在陈大虎的宿舍里喝了一次酒。陈大虎也已经结婚了，就是军区文工团的歌唱演员马莉莎。每个周末，陈大虎都要回军区和新婚妻子团聚。两人的相聚是陈大虎主动提出来的，他拉着梁亮来到了宿舍。这是梁亮第一次和陈大虎这么近距离地面对面说话。陈大虎用水杯为两人倒上酒，两人沉闷地喝了几口酒后，陈大虎才说：梁干事，新婚有什么感受？

梁亮就笑一笑，婚后的朱大菊比婚前对他更温柔，他正沉浸在新婚的幸福中，见陈大虎这么说，他就幸福地咧咧嘴。

陈大虎小声说：梁干事，你应该和李静结婚，她是个好姑娘。

梁亮有些错愕地望着陈大虎。

陈大虎不管梁亮的诧异，只管说道：我和李静谈过一段，许多人都知道，后来我和她吹了，她没啥，可你和她吹了，她就跳楼了，她受不了了，这足以证明，她更爱你。

陈大虎抬起头，红着眼睛说：你明白吗？

这一点在这之前，梁亮还真没仔细想过，此时陈大虎这么一说，他的头一下子就大了，酒劲儿似乎一下子就上了头。

陈大虎小声说：你甩了李静，却娶了朱大菊，你会后悔的。

梁亮放下杯子，怔怔地望着陈大虎。

陈大虎说：我知道你为什么和李静吹了，还不是因为我和李静谈过那么一阵子吗？告诉你，我和李静什么都没有，那都是别人胡说八道，我们是干净的。

梁亮又一次惊呆了，他不明白陈大虎为什么要对自己说这些。莫名的，他就有了火气，他也说不清这火气从何而来，他用手指着陈大虎说：陈参谋，你没有必要对我说这些，你认为李静那么好，你为什么不娶她？

陈大虎不慌不忙地又喝了口酒才道：我和马莉莎一结婚，我才发现自己错了。你现在和朱大菊结婚，你就没发现错了吗？

梁亮热血撞头，他不知如何回答陈大虎，在这之前他真的没有想过。

陈大虎似乎有些喝多了，他大着舌头说：李静是个好姑娘，咱们俩都他妈瞎了眼了。说完就大笑起来。

梁亮摇摇晃晃地站起来，他一把抓住陈大虎的脖领子道：那你这些为啥不早说？

陈大虎仍笑着说：怎么，你也后悔了？你以为师长给你们主持婚礼就了不起了，你也后悔了吧？

梁亮突然出拳打陈大虎，陈大虎挣扎着和他撕扯起来，过了一会儿俩人住了手，他们坐在地上醉眼蒙眬地盯视着对方。

陈大虎用手抹抹嘴角的血道：姓梁的，你狗咬吕洞宾——不识好人心。要是李静能为我跳楼，我他妈的保准不离开她。

梁亮站了起来，他拉开门，摇晃着走了出去。在漆黑的走廊时，他哭了。

下 篇

九

在朱大菊和梁亮婚后的几年时间里，朱大菊已经是警通连的指导员了，梁亮仍在宣传科当干事，职务由原来的排级变成了正连。他们一晃在部队也工作十几个年头了。生活让他们对一切都习以为常，包括他们的婚姻。母性十足的朱大菊，照旧关心着梁亮的生活起居。每天晚上，梁亮都要回家写稿子，朱大菊不时地披衣起来为梁亮端茶倒水。在梁亮伏案忙碌的时候，朱大菊就披着衣服，背着手在他的身前身后踱步，很有指导员的样子。梁亮就受了干扰，他回过头没好气地说：你能不能消停会儿，你这样我都没法集中精力。

朱大菊便蹑手蹑脚地回到了床前，慢慢躺下，可她又睡不着，过一会儿又悄悄地起来，坐在那里，很小心地往梁亮那边望。在梁亮抬头点烟的空当，她不失时机地小声说：梁子，要不我给你做碗面去，都半夜了，我怕你饿了。

梁亮心不在焉地挥挥手说：随便。

朱大菊如同得到了命令，她麻利地从床上下来，走到厨房，又小心地把门关上。不一会儿，一碗热腾腾的汤面就端到了梁亮的案头。梁亮一看到那碗冒着热气的面就写不下去了，他狼吞虎咽地把那碗面吃了。

在平时，朱大菊似乎有许多话要对他说，只要一进家门，看见梁亮她就有说话的欲望。她在连队是指导员，从连队战士的入党到复员，要不停地给战士们做思想教育工作，回到家里，她仍然是指导员的工作状态。梁亮对连队那些鸡零狗碎的事热情不起来，但他也不好打击朱大菊的热情，任由她喋喋不休地说着。猛不丁地，他就会想起李静，如果他和李静结婚了，她会像朱大菊这样吗？如果不是这样，又会是怎么样呢？

在婚后的几年时间里，他不时地想起李静，当然都是在他思维真空的时候。他一想起李静，心里就多了份内容，也多了番滋味。他说不清这到底是一种什么滋味，心里空空的，无着无落的样子。

梁亮潜意识里非常关注李静的消息，可他自从得知李静离开师医院，就再也没有听到她的消息。他只知道，李静调到军区总医院去工作了。在这期间，宣传科的刘干事因阑尾炎去军区医院手术了一次，住了十几天医院。刘干事出院后，他去看望刘干事时多希望能从刘干事的嘴里打听到李静的消息，可刘干事只字未提。

他就没话找话地说：你在那儿住院就没见到什么熟人？

刘干事不解地摇摇头，然后醒悟似的说：你是说李静吧，我没见过，总院太大了，全院的人有上千呢，我住的是内科。

他就有些失望地疲疲沓沓地往回走。

这阵子，朱大菊一直在他耳边说孩子的事。结婚几年了，他们一直没要孩子，是他不想要，怕有了孩子拖累自己的工作。自从结婚，朱大菊就希望生个孩子，可他一直没能让她得逞。最近一阵，朱大菊的中心话题一直在说孩子，她说的时候很策略，先是从别人的孩子说起。朱大菊真是喜欢孩子的女人，她一见别人的孩子就走不动路了，眼神都是直的，为了接触别人的孩子，她舍得给人家小孩买礼物，然后就用这样那样的借口把礼物送过去，借机和那小孩玩上一会儿，那时的她是幸福的。

朱大菊对孩子的问题有些迫不及待了，她开始和梁亮直截了当地探讨。

她说：梁子，你为啥不想要孩子？

梁亮对这个问题已经回答一百遍了，他已经懒得回答了，就那么疲疲沓沓地望着她。

她又说：我知道你为啥不敢要孩子，怕以后咱们离婚，孩子拖累你，是不是？

梁亮就把眼睛睁大了一些，他对朱大菊已经没了激情，但离婚他还真的没想过，况且孩子和离婚有什么关系呢？

朱大菊乘胜追击，她又说：梁子，你别占着茅坑不拉屎，你放心好了，生了孩子我不耽误你啥事，你跟现在一样，想干什么就干什么，行不？

梁亮道：你真的就那么喜欢孩子？

朱大菊说：只要让我有孩子，干什么都随你。

梁亮就不好说什么了，然后和朱大菊齐心协力地生孩子。终于，朱大菊怀孕了。当她挺着腰身走路时，部队裁军的消息传到了师里，在没有确切消息时，什么样的消息都有。有的说，这个师保不住了，要取消编制，有的说这个师要减编一半，和别的师合并，种种谣言像草一样疯长着。

朱大菊原本在一心一意地呵护着肚子里日渐长大的孩子，这样的消息对她来说并没让她意识到问题的严重性，按她的话说：哪儿的黄土不埋人。转业也好，留在部队也好，都不会耽误她生孩子。

梁亮却很急，他知道这时候部队裁军对朱大菊是不利的，要是离开部队就得换一个新环境，部队转业干部的工作本来就很难找，朱大菊拖着个刚出生的孩子，哪个单位愿意接收啊。他把自己的担忧说出来了，朱大菊也意识到了问题的严重性，但当她看到梁亮愁眉不展的样子，马上又说：你不用担心，大不了我不转业，还留在部队，就是咱们师没有了，部队不会没有吧，我要给范师长写信，让他帮帮我。

当年的范师长已经调到军区当部长去了，朱大菊说到做到，她热情洋溢地给范部长写了封信，但范部队一直没有回信。就在孩子出生两个月后，部队减编的命令终于下来了，这个师只保留了一个团，和其他单位合并。朱大菊因为情况特殊，她留在了部队，梁亮和大多数人一起被宣布转业了。

渡过难关的朱大菊这时才长吁口气道：我说得没错吧，这就是命，啥人有啥命，范部长不会不管我。

接下来，整个部队就大变样了，留下的皆大欢喜，转业的那些干部开始为自己的再就业东奔西走。梁亮也加入到了寻找工作的行列。他们这个师是军区直属单位，大部分转业干部都回了原籍工作，因为朱大菊没有转业，梁亮可以在本地找工作。

因为赶上裁军，转业的人很多，各接收单位为了能更好地和转业干部沟通，省里有关部门专门搞了一次部队转业人员的招聘会。所有有任务接收转业干部的单位都在招聘会上设了展台。梁亮一直认为自己还年轻，又有能写会画的特长，总觉得自己有着极强的竞争力。当他赶到招聘会上时，看到黑压压一片转业干部吵吵嚷嚷奔波于各用人单位的展台前，他的自信顿时一落千丈。他把手里准备好的十几份个人材料，无声无息地放到了招人单位的桌子上，头也没抬一下，很快就离开了招聘会场。

那一阵子，梁亮的情绪灰暗到了极点。现在师里只是一个留守处了，朱大菊和他仍住在原来的房子里，从这里到省城还有几十公里的路呢，来往一趟很不方便，他只能等待消息了。那段时间，梁亮真的有些走投无路的感觉。朱大菊一副饱汉不知饿汉饥的样子，她宽慰着梁亮道：别急，急啥啊。找不到工作有我呢，我能养活你和孩子。

一提起孩子，梁亮就气不打一处来，这孩子早不来晚不来，偏偏这时候来，这不是雪上加霜吗？朱大菊生完孩子后，让养母从老区赶了过来，养母虽然七十多岁了，但身体还硬朗，帮助带孩子绰绰有余。养母一来，梁亮彻底放松了，他整日在提心吊胆的等待中过着日子。

突然有一天，他接到了一个用人单位的来函，通知他于某日去用人单位面试。迷茫中的梁亮似乎又看到了希望。

十

梁亮做梦也没有想到，接收单位负责和他谈话的人不是别人，正是李静。那一刻，梁亮以为自己是在做梦。

李静似乎早有心理准备，她的样子镇定而从容，她就那么平静地面对着梁亮。梁亮不明白李静怎么会坐在这里。最后还是李静先开了口，她手里翻着他的个人资料，说：你也转业了？

他不看她，望着桌角说：是。

她似乎轻轻叹了口气，然后就又翻那几页纸，她不看他，继续问：你希望到我们单位工作？

他没有说话，目光就盯着她手里属于自己的那几页纸。

她站起来，一边收拾桌上的东西，一边说：如果你想来，过几天就来办手续吧。

李静说完，看也没看他一眼，便走进了里面那间办公室，把他一个人扔在了那里。事后，他才有思维的时间来品味李静。李静还是那么年轻，她胖了一些，不穿军装的李静更加动人了。当年她悲痛欲绝跳楼时的样子已经不存在了，她又是一个丰满美丽的女人。事后他才知道，当初李静调到军区总院没多久就转业了，她现在是这家单位的人事科长。

其实，这么多年他一直没有忘记李静。刚开始的时候，他一厢情愿地认为李静欺骗了他。自从那次和陈大虎打了一架后，他便开始有一种懊悔感，这种感觉很复杂，不仅仅是对李静，还有对自己的那份责难。他和朱大菊结婚之后，并没有体会到朱大菊带给他的那份幸福和快乐。朱大菊在婚前的确是完整的，这也是他追求和希望的。当朱大菊成为他生活中的一部分时，他并没有珍惜这份生活，他想高兴，可是又高兴不起来。朱大菊的确处处关心、体谅他，但他并不幸福。这种不快并不是因为有李静的存在，如果没有李静，他和朱大菊也并不快乐。在他的意识深处，他一天也没有忘记李静，不知什么时候，他的脑海里就会闪现出曾和李静相处时的片段，这些片段让他留恋和怀念。这是无法言说的，像一张张底片，在他心底里越来越清晰。

他到新单位报到后，被分到了机关的工会，仍发挥他在部队时的特长，写写画画，还负责机关的福利和一些业余活动，干这种工作是他的专长。机关工会和人事科在一层楼上办公，他经常可以看到李静的身影，那个身影还像当年那么美丽。当他得知李静还没结婚时，他的心里就“咚”地响了一声，这对他来说是一种巨大的震撼。从那一刻开始，他留意起李静的一举一动来，也就是说，此刻的李静又深深地吸引了他。

他到机关工作后就住在了机关提供的宿舍里，在地下一层，只有周末时才回一趟在部队的家。不是他不想回去，因为实在不方便，来往一趟足有几十公里呢。这样一来，他的时间就很富足，每天他都是差不多最后一个离开办公室。

有一天，当他离开办公室时，看见人事科办公室的门虚掩着，李静在屋里不知和什么人通电话。当他发现人事科就李静一个人时，他的心跳突然加快了节奏，这时他才清楚地意识到，他一直在寻找机会，单独和李静见见面。他停在人事科门口，等李静放下电话后，他及时地敲响了她的门，只听李静在里面问：谁呀？

他推门走了进去，李静看了他一眼，似乎一点也不意外。她一边忙着手里的事，一边道：是你呀，有事？

他坐在屋里的沙发上，一时不知道要对她说些什么，沉静了半晌，才道：谢谢你啊。

她抬起头，专注地望着他说：谢我什么？

谢谢你接收了我。他小声地说。

她笑一笑，才说：这事呀！谁让咱们曾经是战友呢，你条件那么好，这个单位不要你，别的单位也肯定要你。

他的心又抖了一下，她居然还认为他的条件是那么好，在部队时有阵子他也骄傲过自己的条件，那时他以为自己的前途一定不可限量；结婚后，这种优越感随着时间的淘洗一点点地消失了；这次转业到了地方，那种残留的骄傲感可以说是完全丧失了。在这种时候，她还说他条件好？他心里顿时涌出一股暖流。这句话似乎一下子又把两人的关系拉近了，起码他是这么认为的。

他又鼓足勇气道：当年，是我对不住你。说完很快地看了她一眼。

她听了这话，似乎是被一枪击中了，她的脸白了一下，眼圈顿时红了。半晌，她才说：那事早就过去了，还提它干吗？

他看着她的样子，心里更是内疚，觉得自己此时有千言万语要对她说，可就是一时不知从何说起。他用力地绞扭着双手，无助地说：我现在真后悔，后悔当初不该对你那样。

这时的李静已经平静了下来，她把桌上的一沓东西放到了包里，冷静地看着他。

他又说：听说你现在还没成家，我心里更加难受。

她笑了笑：这事和那件事没有因果关系，你和那个朱大菊还好吧？

他无言地点点头，又摇摇头。她似乎没看他，拿过包挎在肩上，站了起来。他明白她是要走了，他也忙站了起来，提前一步跨出人事科的办公室。她关门的时候才说：你和朱大菊当年在部队可是一对红人呢。

她似乎不想听他的回答，就向电梯口走去，电梯门一开，她头也不回地走了进去。在电梯门关上的那一刻，他看见她对着电梯里的镜子整理着自己的头发。他立在那里，看见电梯就停在一层。半天，他才按亮电梯的按钮。

那一晚，他躺在宿舍的床上怎么也睡不着。以前和李静曾经有过的一切又一幕幕地闪现出来，那时的李静对自己是满意的，甚至有些崇拜，那份感觉现在回忆起来仍让他感到满足。然而现在呢，他却成了朱大菊的丈夫，朱大菊对他是满足的，可两人在交流时，朱大菊对他的现状并不满意，原以为自己的丈夫在部队会前途无量，否则她当初也不会毅然决然地嫁给他。别说朱大菊对自己失望，连他自己都看不起自己了。青春年少的梦想永远是份理想，而现实永远是现实，这是他对生活的总结。他想到这些，又想到了眼前，他转业进入了机关，成了一名国家机关的公务员，每天上班就是为了领那一个月的薪水，时间就这么一天天地过去了，可自己的理想呢？这种生活将注定他和芸芸众生一样，平静而平淡地生活，一直到老。当年壮怀激烈的理想已经离他远去，三十出头的男人只能学会务实了。说到现实生活，他不能不考虑朱大菊和刚出生不久的孩子，他爱她吧？他自己也说不清楚。想到朱大菊，他又想到了李静，想起李静时，他又有了那种脸热心跳的感觉，正如他和李静的初恋。那时，他也是这种感觉。和朱大菊恋爱时，他几乎是被动的，在他还没有任何感觉时，就稀里糊涂地结婚了。

他躺在夜深人静的黑暗里，隐隐地预感到自己和李静的关系还没有结束，因为李静就在他的生活中。是她把自己留在了这家单位，这一切一定预示着什么。这么想过之后，他的身体开始变得燥热起来。

十一

李静如同灯塔一样在梁亮的眼前闪耀起来，这份感觉和当初已经发生了很大的变化。那时梁亮和李静在一起是天经地义的事，他是师里公认的最英武最有前途的青年军官，他和李静在一起是正常的。然而时过境迁，他的命运和百万军人一样，都纷纷地转业到了地方，开始了又一次艰难的创业。而李静依旧那么年轻貌美，三十出头就已经是人事科长了，一直未婚的李静还是那么清纯高雅，如同雪山上的白莲般地在他的眼前绽放。

直到这时，梁亮才深深地后悔他和朱大菊的关系，因为此时有了李静的存在，他猛然意识到，自己和朱大菊在一起并不幸福，从结婚到现在，他从没有真正地爱过她。在和朱大菊交往的整个过程中，他一直是被动的，朱大菊牵着他的鼻子走到了现在。他半推半就还没有醒过味来便和朱大菊结了婚，接下来，他又稀里糊涂地和朱大菊有了孩子。他现在转业了，和朱大菊拉开了距离，这种距离让他看清了他们之间的关系。同时他也清醒是意识到，这么多年来，他爱着的仍是李静。如果这次不碰上李静，也许他会把这份爱埋在心底，冷不丁地才会想起李静。现在李静就在自己的面前，那么惹人注目，他无法忍受自己的沉默了，他要行动。接着，他想到了和朱大菊的关系，一时间他浑身就出了层细汗。他努力地劝说自己，就是没有李静，自己和朱大菊的婚姻也维持不长，因为他根本就没有真正地爱过她。这样想过之后，他心安了一些。

他再关注李静的时候，眼神就异样起来，一天见不到李静，他的心里就空空落落。他们工会办公室和人事科只隔着几间房子，有时他站在门口就能听到人事科那边的动静，他在嘈杂的声响中很快就能辨出李静甜美圆润的声音。

经常地，他会不由自主地在人事科的门前走来走去，希望能看到李静的身影。按道理讲，他们都是同事，他推门进去也无妨，但他还没有这样的勇气。他只能远远地看上一眼李静，李静在这时偶尔也会抬起头来无意地往门口望上一眼，他们的目光碰在一起，只是短短的一瞬。他一接触到李静的目光便不能自已，浑身上下地抖动起来，如同青春年少的初恋。这份感觉，他只和李静才有，他和朱大菊从没有过这种感受，这么想过后，他又和朱大菊拉开了一些距离。没人的时候，他又一次想到了和李静的初恋，每一个眼神、每一个细微的动作，都让现在的他心驰神往。

一天晚上，快下班的时候，他突然接到了陈大虎的电话。陈大虎在裁军前就调到军区机关工作了，陈大虎约他晚上坐一坐。他下班后，来到了约好的那家饭店，陈大虎已经先到了，菜呀酒啊的都点好了。陈大虎一见他，离很远就冲他招手。陈大虎的样子很轻松，似乎比以前老练了一些。

陈大虎就说：你小子，到了新单位也不跟我联系，我查了一大圈才查到你的电话。

他就冲陈大虎笑一笑。

两人一边吃吃喝喝一边说着闲话。都在部队那会儿，他有些瞧不起陈大虎，总觉得他背后有陈司令在那儿撑着，他的进步并不是自己本事，而是陈司令员的影响，包括他被调到军区机关工作。这次裁军时，陈司令也离休了。此时，他在陈大虎身上并没有看到遗老遗少的味道，反而似乎比以前更滋润了。

突然陈大虎说：你小子跟我说实话，到底和朱大菊过得怎么样？

他一下子就怔住了，不明白陈大虎的用意，就那么望着他。

陈大虎爽快地喝了一口酒道：我跟你说，我和马莉莎离了。

梁亮就又把眼睛睁大了一些，马莉莎可是全军区最漂亮的女人。这次裁军，他听说军区文工团也裁了不少人，马莉莎也名列其中。

陈大虎又道：真的，不骗你，就是今天办的手续。说完，又抬胳膊看了一眼手表道：如果不发生意外，这会儿她已经到了南方了。

梁亮这才知道，离婚的事是马莉莎提出来的，她转业后并没有找工作，而是要去南方当歌手，她要去闯荡，去当明星，但走前她唯一的要求就是和陈大虎离婚。陈大虎说到这儿，梁亮就有些同情他了。

陈大虎却一丝一毫地也没有让人同情的意思，他一边喝酒，一边说：离就离呗，这算啥，咱们又不是找不到女人。

陈大虎冷不丁地又突然问：听说李静就在你们机关，都当科长了？

他点点头。

陈大虎沉默了，猛地吸了口烟，望着头顶上的吊灯道：李静是个好女人，我后悔当初的选择了。

陈大虎的目光移下来，盯在梁亮的脸上又问：你呢？

他这么问，让梁亮浑身激出了一层冷汗。他张口结舌地面对着陈大虎，不知作何回答。

陈大虎就笑了，他一边笑一边说：咱俩都是一对傻瓜蛋，要是回到从前，我一定会娶李静，而不是马莉莎。

看样子，陈大虎和马莉莎从结婚到现在也并不幸福。一时间，梁亮就找到了同感，他现在已经不再小瞧陈大虎了，他们现在是一对难兄难弟。在酒劲儿的驱使下，他突然说：大虎，我和朱大菊早晚也得离。

他这么说完后，就连自己都吓了一跳。

陈大虎怔了一下，然后就哈哈大笑起来，他伸出手拍着梁亮的肩膀道：好，好。顿了一会儿又说：听说李静还没结婚，你要是离婚了，咱们就又回到了从前，看咱们谁能把李静再追到手？

陈大虎半真半假的玩笑话，一下子让梁亮的酒醒了一半。他清楚自己深爱着李静，也不能再失去她了，他要把握住最后的机会向她表达爱意，但前提是得先离婚，如此看来陈大虎又一次抢先了。此时的梁亮热血冲顶，脑子里只剩下了一个念头，那就是离婚。后来的陈大虎又说了些什么，他一句也没听清。

第二天，他就回了一趟家。朱大菊对他的突然归来，有些手足无措，她正带着孩子在里屋的床上玩儿。朱大菊抱着孩子迎出来，依旧是问寒问暖的样子，她显然很高兴。梁亮望着朱大菊和孩子，突然就没有了勇气。一直到了晚上，孩子都睡下了，他还在外间不停地抽烟。朱大菊过来了，坐在他的身边问：梁子，怎么了，是不是有啥事？

他不看她，眼睛冲着地下，呻吟着说：大菊，咱们离婚吧。

她倒吸了一口气，足足有几分钟没有说话，身子就僵在那儿，不错眼珠地望着他。

他靠在沙发上，闭着眼睛说：离吧，我已经想好了，咱们在一起不合适。

朱大菊小声地问：你……你下决心了？

他点点头，看了她一眼，她的脸孔有些变形，这让他的脑子快速地闪现出李静那美丽而又青春的面庞。

朱大菊的泪水涌了出来，她用双手捂住脸道：我早就知道会有这一天，梁子，从结婚到现在，我知道我配不上你，我以为你看孩子的面能接受我，没想到，你这么快就不想和我过了。

这时，他才明白，她为什么那么强烈地想要孩子。他的心痛了一下，他有些可怜眼前的朱大菊了。这时又一个声音在他的耳边说：同情不等于爱情，梁亮你要挺住。果然，他就挺住了，为了自己完美的人生和爱情，他要和朱大菊离婚。

那天晚上，两人就那么坐了一宿，朱大菊不停地抹眼泪，他则不停地吸烟。该说的都已经说了，再说多了就没有必要了。

天亮的时候，他离开了家，坐上长途车的瞬间，他一下子轻松了起来。来到机关后，当他再看到李静的身影时，他的心里又是另外一种境界了。

十二

朱大菊是在一个月之后给梁亮打的电话，她在电话里说：我想通了，如果你方便就回来办手续吧。

梁亮在接到朱大菊这个电话时，他觉得朱大菊是个好人，但他知道这并不是爱情。在这期间，他再也没有回过部队那个家。他的决心已定，况且在这期间他和李静的关系也正朝着良好的方向发展。有一次，李静曾主动来到他的办公室，当然那是在大家都下班后。李静就坐在他桌前对面的位置上，李静就那么默默地望着他，半晌才说：这里你还适应吧？

他真诚地看着她说：谢谢你了。

她笑一笑，很含蓄的那种表情，他太熟悉她的笑容了，终于他鼓足勇气道：我……我要离婚了。

她认真地看了他一眼，眼里掠过一抹亮色，顿了一会儿问：这么说，你过得并不幸福？

他想和她倾心而谈，这对他来说是个绝好的机会。就在他摆出倾诉的架势时，李静挥手打断了他，背起小包道：我还有事，你是否离婚是你自己的事。说完，就走了出去。

他坐在那里，心凉了又热，热了又凉。李静虽然在关心他，关注他的感情和生活，但她并没有接受他的感情，这是令他心凉的原因。很快，他就理解了，自己毕竟还没有真正离婚，他现在还没有权利对李静示爱。他期待自己能快点离婚，然后就能一身轻松地向她表达自己的情感。李静这么多年一直没有结婚，这一切足以说明他还有机会，至少除他之外，她还没有遇到更合适的人选。这些自然是梁亮一厢情愿的猜测。从那以后，虽然他没再和李静单独谈过什么，但李静每次出现在他面前都是笑着的。他在她的笑容中，看到了她的那份情意，仿佛在笑容的背后她在问他：你怎么还没离呀？

他终于和朱大菊离了，他没想到事情发展得这么顺利。当他出现在朱大菊面前时，朱大菊早早就冷静了，她平静地说：梁亮，你要离咱们就离吧，你不爱我，在一起还有啥意思？我别的条件啥都没有，你也用不着为我担心，我是部队上的人，有困难部队不会不管我；我只求你一件事，你好好看看孩子，这是你的孩子，从他生下来到现在，你还没有认真地看过一眼你儿子呢。

他下意识地来到儿子的床前，儿子已经一岁多了，他正在梦中甜甜地睡着。说真的，要这个孩子时他很不情愿，孩子还没出生，部队就开始裁军，然后就是转业、找工作，这一年多的时间里，他真是没有心情抱抱儿子，哪怕仔细地看他一会儿。现在，他就要离开儿子了，突然间他觉得有些对不住儿子。当他抬起头来的时候，有泪水落在儿子的脸上，小家伙在梦中激灵了一下。

朱大菊在一旁长出了口气道：行了，只要你还认这个儿子，我就知足了。我不希望自己的孩子长大后，还不知道自己的爹是谁。

他听了朱大菊的话，一下子百感交集起来。结婚前和结婚后，他还从来没发现朱大菊有这样的优点——大度和宽容。

离婚三天后，他的情绪又恢复到了常态，他要寻找机会向李静表白。中午的时候，见办公室没人，就给李静打了个电话，在这之前他看见李静回到了办公室。李静拿起电话后，他说：是我，晚上我想请你吃饭。她没说话，接着他说了时间和地点。她那边仍没说什么，却先放了电话，他随后也放下电话。她没说话就意味着她答应了，只有恋人才会这样心照不宣。一下午，他的感觉都是美好的。

下班后，他早早地来到了那家餐厅，酒也点了，菜也点了，就等着李静赴约了。果然，在他约定的时间过了十分钟后，李静出现在他的眼前，她无声无息地坐在了他的对面。

他为她倒了一点酒，然后拿起自己的杯子，准备和她碰杯。

她没有动，只平静地说：梁亮，有什么事你就说吧。

他喝了口酒，笑一下道：李静，告诉你我离婚了。

她没动，仍然那么望着他。

他又说：李静，当年我对不起你，不该提出和你分手。

她仍望着他，眼圈却一下子红了。

他的心动了一下，道：李静，你知道吗，我这次离婚就是为了你，因为这么多年我一直爱的是你。

她用手擦了一下眼睛，哽着声音道：梁亮，你也终于有今天，当年你说甩就把我甩了，我当时就想死，可惜没有死成。你知道我这么多年是怎么过来的吗？陈大虎甩了我，你也甩了我，你们是当初师里公认的两位条件最好的军官，我却被你们甩了，这么多年我都没有勇气去谈恋爱。我看过心理医生，可是没用，我知道只有你和陈大虎才能治好我的心病，前几天陈大虎来找过我，他也说最爱的是我，今天你也这么说……

她说不下去了，掏出纸巾拭泪。

他一时语塞，不知说什么好。

她又说：现在好了，我终于看到你们的结局了，你们过得都不幸福，我的心病也就好了，我在你们身上丢失的自信总算又回来了。梁亮，你什么也别说了，对不起，我走了。

李静就那么走了，挺着美好的身姿消失在梁亮的视线里。有一会儿，他不知道自己在哪儿，就那么呆呆地坐着。结果，那天他就喝多了。回到宿舍后，他关上门蒙着被子号啕大哭。

不久，机关改革，人事上又做了一次新的调整，李静离开机关去公司任职去了。又是一个不久，李静结婚了，许多机关的人都去参加了她的婚礼，只有梁亮没去。

第二天上班的时候，不知谁在他的办公桌上放了一袋喜糖，那是李静的喜糖。他下意识地吃了一颗，又吃了一颗，结果一袋喜糖都让他吃光了。一个小时后，他大吐了一场，从此他再见到糖就有要吐的感受，梁亮对糖已经过敏了。

最后一个士兵

现在

现在只有那只狗伴着他了，狗是黑的，只有四只蹄子上方有一圈白，他一直称它为“草上飞”。狗已经老了，早就飞不起来了，毛色已不再光鲜，眼神也远不如年轻那会儿活泛了。它和他一样，总想找个地方卧一会儿，卧下了就犯呆，看看这儿，望望那儿，似乎什么都看到了，又似乎什么也没看见。两眼空洞茫然，春夏秋冬，暑热严寒，四季周而复始地在身边流过。在他的记忆里，狗差不多有二十岁了，对人来说这个年纪正是大小伙子，日子可着劲儿往前奔，但对狗来说能活到现在已经是奇迹了。他总是在想：它是舍不得他呐，努力着活，好给他做个伴儿。它的母亲、母亲的母亲，已经伴着他几十年了。

此时，一人、一狗，蹲坐在院子里，太阳西斜，半个山坡都暗了下来。一人、一狗往那山坡上望，山坡上还是那十四座坟，坟已经培了土，很新鲜的样子。十四座坟似乎在醒着，和一人、一狗遥遥相望着。

西斜的余晖染在他的眼睛里，眼睛早就浑浊了，脸也像树皮一样沟沟坎坎的，他凝在那儿不动，痴痴幻幻地，五十多年了，他就这么守望着。

夕阳在他眼前跳了一下，太阳隐到西边那个山尖后面去了。有风，是微风，飘飘扬扬地荡过来。五十年前那一幕又如梦如幻地走了过来，枪声、喊杀声，还有那支一直没有吹响的军号，一起淹没了现在，淹没了现在已经七十二岁的王青贵。他蹲在那儿，如一只木雕，有泪水，是两行浊泪，热热的、咸咸的，爬过他的脸颊和嘴角。

那狗仍那么卧着，眯了眼，望那十四座坟，他和它两道目光就网在一起，痴痴定定地看那坟，看那落日。落日只那么一抖，天就暗了。

1947年，初春

1947年初春，县独立团打了一场恶仗，他们的敌人是暂三军的一个师，那是一场遭遇战，打了一天一夜，双方伤亡过半。黎明时分，团长马林下达了突围的命令。王青贵那个排被任命为突击敢死排，那时他的排差不多还是满编的，他们一路冲杀出来。后面是独立团的主力，掩护着伤员和重型火炮。火炮是日本投降后，受降得来的，很珍贵。

那一场恶战，光伤员就有几十人了。野战医院在一个村子里，伤员被安排进了野战医院。四百多人的独立团，那一仗死伤过半，只剩下二百多人了，王青贵所在的三排，加上他只剩下十五个人了。他是排长，看着和他一道冲出来的十四个兄弟，他总有一种想哭的感觉，有个什么东西硬硬地在喉咙那儿堵着，却哭不出来。弟兄们烟熏火燎的脸上也有那种感觉。1947年华北平原，双方的主力部队都在东北战场上胶着地鏖战。县独立团是地方部队，和敌人的暂三军周旋着，他们要牵制敌人的兵力，以免敌人的主力北上，东北的第四野战军正准备全力反攻，不久之后，著名的辽沈战役就打响了。那是一次绝地反击，整个中华民族吹响了解放全中国的第一声号角。

此时，独立团肩负着牵制暂三军的全部任务，按着团长马林的话说：我们要死缠烂打，就是拖也要把暂三军拖住，决不能让暂三军出关。

暂三军也把独立团当成了真正的对手，他们一心想把独立团消灭，然后出关与主力会合。独立团如鲠在喉，摸不到、抓不着，就那么难受地卡在暂三军的喉咙里。

1947年初春，暂三军的一个团，发现了野战医院，他们的队伍分三面向暂住在小村里的野战医院摸来。独立团接到情报后，火速地组织医院转移。那一天，也是个傍晚，太阳西斜，把半边天都染红了。一个团的敌人，分三路追来。两辆牛车拉着医院的全部家当，伤员自然是在担架上，逶迤着向山里转移。

暂三军的一个团，离这里越来越近了，如同一只饿猫闻到腥气，样子是急不可耐的。王青贵所在的五连接到了阻击敌人的命令，五连在独立团是著名的，连长赵大发三十出头，满脸的胡子，打起仗来说一不二。五连是独立团的班底，是独立团的主心骨、王牌连。此时独立团和野战医院危在旦夕，阻击敌人的任务就落在了五连身上。

此时的五连人员早就不齐整了，四五十人，两挺机枪，弹药还算充足，独立团把弹药都给了他们。

赵大发咬着肋帮骨看着眼前的几十个人。王青贵熟悉连长的表情，每逢恶仗、大仗时，赵大发就是这种表情。看着连长这样，战士们自然神情肃穆，他们明白，一场你死我活的激战已近在眼前了。

赵大发嗡着声音说：暂三军那帮狗杂种又来了，医院和主力正在转移，我们在这里只要坚持两个时辰，就算胜利。

说到这儿，赵大发用眼睛和那几十双正望着他的目光交流了一下，然后又说：两个时辰，决不能让那帮杂种前进一步，就是我们都拼光了，也要用鬼魂把那些杂种缠上。

王青贵那个排被安排上了主阵地，另外两个排分别在主阵地的两侧山头上，赵大发最后又补充道：什么时候撤出阵地，听我的号声，三长两短，然后我们在后山会合。

赵大发的身边站着司号员小德子，小德子背着一把铜号，铜号在夕阳下一闪一闪地，炫人眼目。号把手上系着一块红绸子，此时那块红绸红得似乎有些不真实。独立团的人，太熟悉小德子的号声了，每当冲锋、撤退，或起床、休息，都听着这号声的指挥，有了号声，部队就一往无前了。

王青贵带着全排仅剩下的十四个战士冲上主阵地时，西斜的太阳似乎也是那么一跳，天就暗了下来，血红的太阳在西边的山顶上只剩下月牙那么一弯了。

接下来，他们就看见了暂三军的队伍，分三路向这里奔来，骑马的骑马，跑步的跑步，他们的样子激动而又焦灼。

战斗就打响了，枪声刚开始还能听出个数，后来就响成了一片，像一阵风，又像一片雷，总之天地间顿时混沌一片了。天黑了，敌人的迫击炮弹雨点似的落在了阵地上，他们刚开始没有掩体，树或者石头成了他们的工事，后来那些炮弹炸出的坑成了他们的掩体。王青贵从这个坑跳向那个坑，手里的枪冲敌人扫射着，他一边射击一边喊：打——给我狠狠地打。后来，他听不见机枪响了。他偏头去看时，机枪手胡大个子已经倒在那里不动了。他奔过去，推了胡大个子一下，结果就摸到一手黏糊糊的东西，他知道那是血。管不了许多了，他要让机枪响起来，把敌人压下去。机枪在他的怀里就响起来了。阵地上每寸土地都是热的，就连空气都烫喉咙，机枪的枪身烫掉了他手里的一层皮。他的耳朵嗡嗡一片，只有爆炸声和枪声。王青贵杀红了眼，火光中他模糊地看见了敌人，有的在退，有的在往前冲，他把枪口扫过去，在这期间，他不知换了多少弹匣。两侧的阵地刚开始他还顾得上看一眼，那两边也是火光冲天，现在他已经顾不上别处了，眼晨只有眼前的敌人。打呀，杀呀，不知过了多久，阵地一下子沉寂了，一点声音也没有了，只有他的机枪还在响着。他停了下来，侧耳静听。他的耳鼓仍嗡响成一团，那是大战一场之后的后遗症，他以前也遇到过，过一阵就会好的。

他喊：苗德水、小柳子……

没有人回答，死了一样的沉寂。

烧焦的树枝噼啪有声地响着。

三长两短的军号声他仍没有听到，在战斗过程中，他没有听到，现在他仍然没有听到。

他又大喊着：江麻子、小潘、刘文东……

他挨个儿地把全排十几个人都喊了一遍，没有一个人回答他，刚才还枪声炮声不断的阵地，一下子死寂了，他有些怕，也有些慌。机枪手胡大个子牺牲了，这他知道，可那些人呢？难道撤退的军号已经吹响，他没有听到，别人都撤了？不可能呀，要是战士们听到了，不能不告诉他呀。

王青贵不知道此时的时间，此时静得似乎时间都停止了。他又喊了一遍全排人的名字，包括躺在他身边的胡大个子，一个人也没有回答，就连山下的敌人也没有了动静，他在心里大叫一声：不好——

他抱过那挺机枪，借着夜色向后山跑去，那里是连长赵大发要求队伍集合的地方。独立团的人对这里的地形并不陌生，他们一直在这里和暂三军周旋，这里的每一条沟、每一道梁他们都熟悉，有许多战士的家就是附近村子里的。

他跑过一座山，又涉过一条河，在一片平地里，他发现了一个马队，他们吆五喝六地向前奔去。他明白这是暂三军的骑兵营，他们跑去的方向就是主力部队和野战医院撤走的方向。他心急如焚，他想把这一消息告诉连长赵大发，他们要抄近路把敌人截住。他一口气向后山跑去。黎明时分，他终于一口气跑到了后山。后山脚下的那几块石头还在，几天前他们在这里扎过营，烧过的灰烬还在，可连长他们的人呢？这里和阵地一样安静，他喊了一声：连长、小德子……空空的山谷只有他的回声。他想：坏了，连长他们可能仍在阵地上坚守呢，自己怎么就逃了呢？这么想过，他又向阵地奔去。

迷失

当王青贵又一次回到阵地上时，他被眼前的景象吓呆了，阵地上一片狼藉，满目疮痍。刚发芽的绿草已经焦煳了，那些树也枝枝杈杈的焦煳一片，有的被炮弹炸飞了，有的被炸得东倒西歪。在一棵树下，他看见了老兵苗德水，他入伍的时候，苗德水就是个老兵了。苗老兵很少说话，总习惯眯着眼睛看人，没事的时候就蹲在一角闷头吸烟。没人能说清苗老兵的年龄，有人说他二十多岁，也有人说他三十多岁，当人问起苗老兵的年龄时，苗老兵就淡然一笑道：当兵的没有年龄，要是有人能记住俺的祭日，这辈子也就知足了。

此时的苗老兵半躺半卧着，他的右手握着一枚还没拉弦的手榴弹，右手就那么举着，他生前的最后一刻，想把手里这枚手榴弹扔出去，结果就中弹了。子弹从右太阳穴飞进来，又在左后脑偏出去，这是一粒非常厉害的子弹，死前的苗老兵还没有尝到痛苦的滋味就已经牺牲了，他的眼睛仍那么眯着，很淡漠地望着前方。

小柳子在苗老兵的不远处，他靠在一棵树上，头低着，似乎困了，要睡过去了，他的枪仍那么举着。王青贵奔过去，叫了声：柳子——他去推他，他却仰身倒了下来。这时，王青贵才看清，小柳子胸上中了一排子弹，那血似乎还没有完全凝固，随着他的仰倒，血从胸口又一涌一涌地冒了出来。小柳子是排里最小的兵，今年刚满十七岁，一年零三个月前入伍，经历过六次战斗，负过一次伤。那一次他的腿肚子被子弹钻了一个洞，在野战医院休养了二十多天，刚回到排里不久。

他看见了江麻子。江麻子趴在一块石头上，仿佛累了，趴在那里睡觉，血却浸满了石头。枪还在他身下压着，刚射击出一发子弹，弹壳还没退出枪膛，他正准备把子弹上膛的瞬间被敌人的子弹击中了。

王青贵身上的鸡皮疙瘩起来了，昨晚阵地上还是那么生龙活虎的一群战士，转眼便远离他而去。阵地上静得出奇，只有被炮弹烧焦的树枝发出轻微的爆裂声。他茫然四顾，觉得这一切很不真实，恍如梦里。他继续轻唤战士的名字：刘文东、小潘……

全排加上他十五个人，有十四个人都已经牺牲了。他们或趴或蹲，战斗到生命的最后一刻。他们临死之前，都是一副无惧无畏的样子。十四个战士就这么安息了，他们还和生前一样，似乎在等待着排长的召唤。此刻的他没有恐惧，也来不及去恐惧，那一瞬，他的思维凝固不动了。他茫然地向山下望去，敌人的阵地已是人马皆空，他们是打扫过战场走的。天亮的时候，那里还有浓重的血迹，此时敌人已经把那些尸体收走了。天地间静极了，只有三两只麻雀惊惊吓吓地飞过来，又慌慌地飞走了。

王青贵想到了连长赵大发，连长就在左侧那个山头上，他想到连长便疯了似的往左侧的山头奔过去。他看到了那熟悉得不能再熟悉的那块红绸子，系在小德子那把军号上的红绸子。此时，那块红绸布有一半已经烧焦了，另一半挂在一根树枝上。不远处的地上，那把军号被炸成了几截，横陈在地上，一摊血深深地浸在泥土里。恍然之间，王青贵明白了，他等待的军号永远也不会吹响了，连长的队伍撤走了，连同伤员，还有那些牺牲的战士。他们在哪儿？他来到右翼阵地，右翼阵地也是一样，除留下了一堆堆弹壳，还有烧焦的土地以及那一摊摊的血迹，这里也是空无一人。他们都撤走了，在什么样的情况下撤走的，他不知道，这永远是个谜了。那把没有吹响的军号，把这一切画上了句号。王青贵立在那里，有些难过也有些伤心，他像一个被遗弃的孩子，孤零零地站在那里。他喊了，是突然喊出来的：连长，你们在哪儿呀——

空空的山谷回荡着他凄厉的嘶喊，没人回应，只有他自己的声音在一波又一波地回荡。

太阳已过中天，明晃晃地照耀着寂静的山谷和他。他回过神来，一摇一晃地向主阵地走去，那是他的战场，那里还有战友，他不能扔下他们。这是活着的人的责任，他要把他们掩埋了，这是一个士兵对牺牲战友的义务。他刚开始用手，后来就用炸断的枪托、刺刀，他一口气在山坡上挖出了十四个坑，把最后一个战友小潘放进去，又用沙土埋了后，天上的星星已经出来了。

他坐在十四个坟头前，大口地喘息着，一天中他滴水未进，心脏的跳动轰轰有声地从喉咙里撞击着耳鼓。刚开始他在喘息，待血液又重新回到大脑，他的意识恢复了，望着月影下那十四座新坟，一下子感到前所未有的孤单。从参军到现在，他早就习惯了和战友们在一起的日子，不论是行军还是打仗，就是睡觉他也闻惯了众人的汗臭味。现在这一切都不复存在了，只剩下孤零零的他。天空像锅底一样罩着他，他有些恐惧，昨天这时候他还和战友们在阵地上激战着。射击与呼喊，那证明着一个活蹦乱跳的生命的存在。现在一切都结束了，就剩下他一个人了，在这静寂的山上。他站了起来，然后他明白了，他要去寻找战友，只有和战友们在一起，他才是一个战士。第一次，他是那么渴望战友和组织，他抬起头看了一眼北斗星，向大部队撤退的方向走去。

寻找

又一个黎明到来时，他又回到了后山，连长赵大发让他们集合的地方，这时他有了新的发现，山脚下多了十几座新坟。显然，连长他们来过了，在他离开后，他们来过了。这十几座新坟可以证明，他们从战斗中撤出后带着这些烈士转移到这里，也有可能只是刚开始受的伤，走到这里后才牺牲了。他站在这十几座坟前，有些后悔，如果自己坚持等下去，说不定就能见到连长这些人，可是他回去了；但转念一想，他回去的也没错，他不能扔下那帮兄弟，想起长眠在主阵地的十四个兄弟，泪水又一次流了下来。他掩埋那些弟兄们时，他没有哭，和他们告别时他才哭出了声。两天前还有说有笑的那帮兄弟，永远地离开了他，阴阳相隔，从此就各走各的路了。王青贵是个老兵了，从当兵到现在大小仗打过无数次了，可从来没有经历过这么惨烈的战斗，一次战斗让他所有的弟兄都阵亡了。他不怕死，从当兵那一天起，他就做好了牺牲的准备，可自己死和别人死是两码事，一个人一分钟前还好好的，跟你有说有笑的，一发子弹飞来，这个人就没了，就在你的眼前，你的心灵不能不受到震撼，那是用钝刀子在割你的肉哇。他现在的心里不是怕，而是疼。

他站在那里，茫然四顾，他不知道这里埋着的是谁，他只能用目光在坟头上掠过，每掠过一个坟头，那些熟悉的面容都要在他眼前闪过一遍。突然，他的目光定格在最后一个坟头上，那里压着一张纸，纸在微风中抖动着。

他走过去，拿起那张纸，确切地说那是一个纸条。那上面写着一行字：

同志们，往北走。

任勤友

任勤友是一排长，这么说连长赵大发已经牺牲了，如果连长在的话，哪怕是他受伤了，这张纸条也应该是连长留下的。他握着那张纸条，这纸条果然是留给他的，他们三排在这之前一个人也没有撤出来。他把纸条揣在兜里，他不能把纸条上的秘密留给敌人，他要向北走，去追赶部队。

他站在那里，他要和弟兄们告别了。他举起了右手，泪水就涌了出来，哽着声音喃喃地说：弟兄们、连长，王青贵向你们告别了，等打完仗我再来看你们。说完，他转过头，甩掉一串眼泪，踩着初春的山岗，一步一步地向北走去。

途经一个村落时，他才想起已经两天没吃一口东西了，水是喝过的，是山里的泉水。看到了人间烟火，他才感到了饥饿。于是他向村子里走去，他进村子有两个意思，一是弄点吃的，二是问一问大部队的去向。王青贵在村子外观察了一会儿，没发现异常的情况，就向村子里走去。在一户院门虚掩的人家前，他停下了脚步。他冲里面喊：老乡，老乡。

过一会儿，一个拢着双手的汉子走出来，看了他一眼，显然汉子对他的装扮并不陌生，自然也没恐惧的意思，只是问：独立团的？

他点点头，汉子把门开大一些，让他进去。汉子不等他说什么，就再次进屋，这回出来时手里多了两个玉米饼子，塞到他手上说：早晨那会儿，暂三军的人马刚过去，独立团是不是吃了败仗？

他没点头也没摇头，他说不清楚两天前那场战斗是失败还是胜利。连长让他们坚守两个时辰，他们足足打了大半宿，不是不想撤，是没捞着机会撤，敌人一轮又一轮地进攻，他们怎么敢撤？如果说这也算胜利的话，那留在阵地上的那些战士呢？他无法作答，就问：听没听到独立团的消息？

汉子摇摇头：没看见，只听说和暂三军打了一仗，没见人影。你是和队伍走散了吧？

他谢过汉子，拿了两个饼子出来了。他又走到了山上，在山头上，他狼吞虎咽地把饼子吃光了。这会儿他才感到累和困，两天了，他不仅没吃东西，连眼皮也没合过一下。暂三军的人来过了，独立团的人却没来，那大部队撤到哪儿去了呢？他还没想清楚，就迷糊过去了。

夜半时分，他醒了，是被冻醒的。初春的夜晚还是寒冷的，他的上身仍穿着过冬的棉衣，为了行军打仗方便，他们都没有穿棉裤，而是穿着夹裤。清醒过来的王青贵脑子已经清醒了。

这次暂三军对他们不依不饶的，看来独立团的处境已经很危险了。独立团的任务就是拖住暂三军，不让蒋介石把部队调到关外去。这一年多来，他们一直和暂三军周旋着。以前也有困难的时候，那时候团长张乐天有把部队调到山西的打算，可后来还是坚持下来了。这次好像不同以往，前些天独立团和暂三军打了一场遭遇战，独立团死伤近半，野战医院一下子住满了人。野战医院归军分区管，原打算是想把野战医院调走的。军分区的大队人马已经开赴到山海关去了，这是上级的命令。独立团的人意识到，在东北要有一场大仗和恶仗了。那阵儿，正是辽沈战役打响的前夕，敌我双方都在调兵遣将。野战医院因为伤员过多，暂时没有走成，这回只能和独立团一起东躲西藏了。

王青贵坐在山头上，背靠着一棵树，他说不清独立团撤到哪儿去了。没有独立团的消息，他只能打听敌人的消息了，敌人在闻着风地追赶独立团，说不定追上敌人，离大部队也就不远了。事不宜迟，他说走就走。走之前，他检查了一下怀里的枪，枪是短枪，还有六发子弹。阻击战一战，他们不仅打光了人，还几乎拼光了所有的弹药。有六发子弹，让他心里多少踏实了一些。他望一眼北斗星的方向，又踏上了寻找队伍的征程。

他知道，要想寻找到部队，他不能一味地在安静的地方转悠。暂三军现在在穷追不舍地猛打损兵折将的独立团，只有战斗的地方，才会有大部队的身影。他追踪着部队，也在寻找着暂三军。

王青贵就这么走走停停，不时地打探着。第五天的时候，他来到了辛集村。刚开始他不知道这个村子叫辛集，知道辛集还是以后的事。那仍是一天的傍晚，太阳的大半个身子已经隐没到西边的山后了，他想找个老乡家休息一晚上，打听一下情况，明天天亮再走，这几天他都是这么过来的。他刚走进村口，看见一个老汉放羊回来，十几只羊和老汉一样精瘦。他看见了老汉，老汉也看见了他，老汉怔了一下，他走上前，还没开口，老汉先说话了：你们怎么又回来了？

他惊喜地问：独立团来过了？

老汉答：上午你们不是在我家里讨过水么？

他立在老汉眼前，焦急又渴望地说：我在寻找队伍，独立团现在在哪儿？

老汉看了他几眼，似乎在琢磨他的真实身份，半晌老汉才说：独立团是昨天半夜来的，就扎在南山沟里；早晨到村里讨水，还在南山沟里吃了顿早饭，后来又急急忙忙地往西边去了，抬着上百号伤员。他们前脚刚走，暂三军的人就追过来了，好悬哟。

王青贵不想进村了，看来独立团离这里没多远，抬着那么多伤员，还有医院、后勤的全部家当，想必也不会走得太远。他要去追赶队伍，也许明天他就会追上了。这么想过，他放弃了进村休整的打算，谢过老汉，向西快步追去，他几乎是在跑了。身后的老汉道：我估摸他们要进雁荡山了。他又一次转身冲老汉挥一下手。

一口气跑下去，前面黑乎乎的一片山影，那就是雁荡山了。雁荡山对他来说并不陌生，以前独立团休整时，曾来过雁荡山。这个夜晚，月明星稀，很适合赶路，因为队伍就在眼前，他的双腿就有了动力和方向。他正在走着，突然前方不远处，传来了一阵密集的枪声，这是他离开辛集村一个时辰后发生的事。星星还没布满天空，似圆非圆的月亮悬在东天的一角。他狂乱的心和那枪声一样突突地跳着。他知道，自己的队伍就在枪响的方向，从枪声中判断，在前方不到二里路的地方，就是战场。他从腰间拔出了短枪，迂回着向前跑去。这会儿，他看清了交火的阵势，一个山头上有人在向下射击，山两边暂三军的队伍在向上爬。他看清了地形，从左后山的坡地上摸过去，这样他可以和自己的人会合，又能避开敌人。

当他爬到半山腰时，他几乎都能看到战友们的身影了，他甚至还听到了战友们一边射击，一边发出的吼声：打，狠狠地打——

他想来个百米冲刺，一下子跃到阵地上去，但这时他发现有一队敌人悄悄地迂回到战友身后，向山头上摸了过来。伏击的战友们只一门心思射击正面的敌人，没想到他们的后面已经被敌人摸上来了。如果敌人得逞，只需一个冲锋，我方阵地就会被敌人冲击得七零八落。事不宜迟，他来不及细想，大喊了一声：敌人上来了——就连放了两枪，他看见一个敌人倒下了。敌人迅速向他射击，他靠着树的掩护向山下撤去。他的目的达到，战友们已经发现了身后的敌人，调转枪口向敌人射击。他们一定惊奇，在他们的身后怎么会出现援军。王青贵知道，他不能和敌人纠缠在一起，他和敌人一同处在山坡上，战友分不清敌我，那样是很危险的。他只能先撤下来，再寻找机会和战友们会合。

敌人被发现了，火力很快把他们压制下来，他们也在仓皇地后撤，这时敌人发现了王青贵。有几个敌人一边射击，一边追过来。子弹在他身前向后飞窜着。他又向后打了两枪，他数着自己射出的子弹，已经四发了，还有两发，枪里最后一定得留一粒给自己，他就是死也不能让敌人抓了俘虏。他正往前奔跑着，突然大腿一疼，他一头栽倒在地上。前面就是一条深沟，他顺势滚到了沟里。他负伤了，右大腿上有热热的血在往外流。

敌人并没有追过来，他就一个人，目标并不大，敌人也许以为他已经被打死了。身后的敌人又向独立团的阻击阵地摸去。王青贵抓住机会处理自己的伤口，他撕开衣服的一角，把伤口扎上。他躺在那里，听着不远处激烈的枪声，心里暗恨着自己，战友就在眼前，他现在却不能走到队伍中去。他懊悔万分，但是身不由已，因为失血，也因为疲累，那些枪声似乎变得遥远了。他失去了知觉。

不知过了多长时间，他被一阵密集的枪声惊醒了，枪声似乎就在他的头上。他睁开眼睛，看见有人越过沟在往前奔跑。突围了，这是他的战友们，他打了个激灵，喊了声：同志，我在这儿——

枪声，奔跑的脚步声响成一片。他的呼喊太微弱了，没有人能听见他的喊声。他恨自己受伤的腿，如果腿不受伤，他说什么也会追上去，和战友们一起突围，现在他不能拖累战友，战友们也没时间来救他。

他先是看到战友们一个个越过深沟，不一会儿，又看见敌人一窝蜂似的越过去。渐渐地，枪声远了，稀了。

他不能在这里再待下去了，他顺着沟底向前爬去。有几次他想试着站起来，结果都摔倒了下来，他只能往前爬。战友们远去了，他错失了和战友们重逢的机会。他要活下去，只有活着，他才有可能再去寻找战友。他艰难地向前爬着，月亮掠过他的头顶。又不知过了多久，他的眼前一黑，人再一次失去了知觉。

王青贵醒过来时，一老一少两个人站在他的面前，确切地说他是被一老一少的说话声惊醒的。他看那老汉似乎有些面熟，又一时想不起在哪里见过。那少的是个女孩，有十七八岁的样子，咬着下唇，眉目清秀的样子。

老汉见他睁开眼睛，就说：你伤了，流了不少的血。

他想说点什么，可喉咙里干得说不出话来。

老汉弯下身去，冲女孩说：快，把他扶起来。

女孩托着他的上半身，扶他坐了起来，双手却用不上劲儿。老汉和女孩合力把他扶到老汉的背上。老汉摇晃着站了起来，然后又冲女孩说：小兰，把羊赶回去，咱们走。

老汉驮着他，小兰赶着那十几只羊往回去，这时他才想起来，老汉就是昨晚见过的放羊老汉。

歇了几次，终于到了老汉家。他躺在炕上，腿上的血还在一点点地往外渗着。小兰在烧水，老汉在翻箱倒柜地找什么东西。老汉终于拿出一个纸包放在炕上，那是红药。打高桥的时候他也负伤了，他用过那种药。独立团解放高桥，那是一场大战，那时他是班长，全班的战士最后也拼光了，只剩下一挺机枪一个人，向水塔冲去。水塔是高桥的制高点，上面插着敌人的旗子。那上面守了很多敌人，一个班的人就是攻打那个水塔时牺牲的。最后他一人一枪地冲了上去，把敌人的旗子扯下来，挂上了一面红旗，最后他扶着旗杆，坚持了好一会儿，才一点点地倒下去。那次他身受好几处伤，好在都不要命。他在野战医院休养了一个多月。他抱着旗杆的瞬间被战地记者拍了下来后，发在了报纸上，题目就叫《英雄的旗帜》。高桥战斗中他荣立一等功，出院后被任命为独立团的尖刀排长。

老汉让他把红药吃了下去，又在他的伤口上涂了些药。老汉这才抬起头长吁口气道：幸亏枪子儿飞了，要是留在身上那可就麻烦了。

枪伤是在大腿的内侧，子弹穿腿而出，伤了肉和筋脉。小兰为他煮了一碗粥，是小米粥，他坐不起来，也趴不下去，最后就是小兰一勺一勺地喂给他。他心里一热，眼睛就红了，有泪一点一滴地顺着眼角流出来。

老汉在埋头吸烟，深一口浅一口的。老汉见了他的泪光就说：小伙子，咱爷们儿也是个缘分，没啥。我那大小子也去当兵了，走了三年了，说是出关了，到现在也没个信儿。

此刻，王青贵理解了老汉一家人的感情，事后他才知道，他所在的小村子叫辛集村。昨晚那场战斗，村里人都听到了枪炮声。老汉姓吴，吴老汉一大早是特地把羊赶到那儿去的，结果就发现了他。

在以后的日子里，老汉和小兰对他很好，白天老汉去放羊了，只有小兰侍候他，给他换药、做饭。他现在已经有力气坐起来了，没事的时候，小兰就和他说话。

小兰说：我哥也就是你这么大，他离开家那一年十九。

他看着小兰心里暖暖的，他想起了自己的家，很小的时候父亲就不在了，他和娘相依为命。娘是他参军那一年死的。娘得了一种病，总是喘，一口口地捯气儿。有天夜里，娘终于喘不动了，就那么离开了他。娘没了，他成了一个没有家的孩子，是小分队扩编让他当了兵。他从当兵到现在没回过老家，他的老家叫王家庄，一村子人大部分都姓王。家里没有牵挂，他回不回去也都是一样。

小兰这么对待他，让他想起了娘。他生病了，娘也是这么一口口地喂他。可娘还是去了，娘的喘病是爹死后得下的，他对爹没什么印象，只记得村后山上的那座坟头。每逢年节的，娘总是带他去给爹上坟，爹是在他两岁那年得一场急病去的。娘死后，他把娘埋在了爹的身边。

小兰和他说话，他也和小兰说话，他从小兰嘴里知道，小兰的娘也是几年前得病死了，家里只剩下她和爹，靠十几只羊和山边的薄地为生。哥哥当兵后，她一直在想念哥哥，她和爹经常站在村口的路上，向远处张望。她和爹觉得说不定什么时候，哥哥就会回来。

王青贵又想起，那天傍晚吴老汉在村口张望时的神情，他是在吴老汉的视线里一点点走近的。说不定最初的那一瞬，老汉错把他当成了自己的儿子。

几天之后，他的伤渐渐好了一些，但他还是不能下地，只能靠在墙上向窗外张望。

小兰就说：你放心，队伍会来找你的。

他心里清楚，队伍里没人知道他在这里，他只能自己去找队伍。

小兰有时坐在那儿和他一起望窗外，然后喃喃地说：我可想我哥了，不知他现在好不好？

小兰这么说时，眼睛里就有了泪水。

他想安慰小兰两句，又不知说什么，队伍上的事真是不好说。他想起阻击战，自己一个排，十四个兄弟都留在了那个山坡上。他现在又受伤，躺在这里，他能说什么呢？

晚上，吴老汉回来后，和他并躺在炕上，有一搭无一搭地说部队上的事，通过王青贵对部队的描述，想念着自己的儿子。这种心情，王青贵能够理解。

友谊或爱情

十几天以后，王青贵能拄着棍子走路了，他更多的时候是站在院子里向远方张望。这么多天，他在心里一直牵挂着部队，可部队的消息一点也没有。

每天，吴老汉放羊回来，他都向吴老汉打探部队的消息，然而独立团却是音讯皆无。辛集这个四面环山的小村庄，这些日子静得出奇。王青贵只能在心里牵挂着部队了。

经过这段时间的相处，王青贵已经融入吴老汉这个家了，小兰叫他哥哥。有天晚上，王青贵身边的吴老汉一直在炕上吸烟，王青贵知道老汉有话要说，就静静地等着。终于，吴老汉开口了，他说：小王，你觉得这个家好不好？

王青贵说：好，你就像我爹，小兰就像我亲妹妹。

王青贵自从来到这个家，他一直对父女俩充满了感激。他知道，要不是父女俩，他活不到现在。

吴老汉又说：我那儿一走三年多，连个信儿都没有。

王青贵听到这里，心就沉一沉，他知道打仗意味着什么。

吴老汉还说：我老了，小兰是个姑娘，我这家就缺个能顶事儿的男人。

他意识到吴老汉的用意了，但他沉默着，不知如何作答。

半晌，又是半晌，吴老汉又说：小王，你觉得我们小兰咋样？

他说：好。

他只能用“好”来回答了，这么多天小兰对他就跟亲哥哥似的，不仅照顾他吃喝，还给他端屎端尿，小兰做这些时脸都是红的。他替小兰心疼，也为小兰心动。在这之前，他还没有这么近距离地和一个姑娘打交道。

吴老汉似乎鼓足了勇气地说：我这个家你也了解，也就这样子，要是你不嫌弃，就留下别走了。

他半天没有说话，这些天来，他第一次感受到了家庭的温暖。这么多年东打西拼的，家的概念早就淡漠了，说实话，他真想停在这里就不走了，可独立团牵着他的心，团长，还有那些战友，独立团现在是最困难的时候，被暂三军追得到处跑，此时他不能离开部队，离开战友。以前他也想过，仗不能打一辈子，要是自己能活下来，不再打仗了，自己去干什么？答案是肯定的，那就是二亩地一头牛，回家过日子。现在仗还没有打完，那些战友不知身在何处，他怎么能留下来过日子呢？

他冲吴老汉说：不，我还要去找队伍。

吴老汉不再说什么，弄灭了烟，躺在那儿不动了。他知道吴老汉没睡着，他们各自想着心事，就那么静默着。

突然，吴老汉说：你是看不上俺家小兰？

他答：不。

吴老汉又说：那你看不上这个家？

他说：不，我是独立团的人，这时候我不能离开他们。

吴老汉不说什么，叹了口长气，翻转过身去。

辛集四周的山都绿了的时候，王青贵的伤彻底好了。那天他在院子里试着跳了两步，又蹦了两下，伤口处还隐隐有些疼，但已经没有大碍了，他觉得自己该走了。

在那次吴老汉和他谈过话后，他提出要走，但那时他还得拄着棍子。

吴老汉一听就急了，急吼吼地道：说啥？你这样就想走，你是怕留下担着情分是不？别忘了，我儿子也是队伍的人，这点觉悟我还有。

从那以后，他没再提走的事。

小兰还是那么细心地照料他。这些日子，小兰望着他的目光和眼神已经有了变化，小兰的目光水水地望着他，没说话先脸红了。他看到小兰这样，心里也一跳一跳的。

那天，他又站在院子里向远方张望。小兰在这之前，把他的军装拆洗了。他是穿着棉袄、夹裤来的，现在天暖了，这些已经穿不上了。小兰替他找出了哥哥的衣服，做完这些事的小兰，不知什么时候在他身边站下了。她也和他一同向远方张望着。

他能闻到小兰身上散发出的兰草一样的味道，半晌小兰说：那天晚上，你和爹说的话我都听到了。

他回过身望着小兰，小兰红了脸，低下头，揉着自己的衣角。

他说：对不起。

她说：不怪你，你是队伍的人。

他看见有两滴泪顺着她的脸颊爬了下来。

他的心疼了一下，一抽一抽的，眼睛也有些湿。他说：等不打仗了，我一定回来找你们。

小兰低着头回屋去了。那一刻，他的心七上八下的。

现在他的伤终于好了，他要上路了。

那天，小兰起了个大早，烙了一摞饼，用一个包袱皮仔细地包了，这是带给他路上吃的。

吴老汉一直蹲在门口吸烟，轻一口重一口的。像以往一样三个人吃完早饭，都明白他就要上路了。吴老汉说：我和小兰送送你，反正我也要去放羊。

三个人、十几只羊就离开了家，向山坡上走去。东西南北，他没有个目标，他说不清部队去哪儿了。一个月前，他亲眼看见部队向西走了，他决定首先选择向西走。三个人和羊默默地向前走，来到他受伤的那条沟旁时，吴老汉停住了，用手往前一指道：往前走是雁荡山了。

他也立住脚，小兰把那包袱递给他，他接过来，手里感到了饼的温热。他不知说什么好，三个人都望着别处。

他终于说：等我找到部队，不打仗了，我就回家。

他说完这话时，泪水已经涌出来了，他向吴老汉和小兰敬了个礼，转过身，大步向前走去。

走了很远，他回身去望时，吴老汉和小兰仍在那里伫立着，在他的视线里，只是一团模糊的影子了。他的泪水又一次涌出，心里暗自说道：只要我还活着，我会回来的。

留守处

王青贵又走了许多村庄和山梁，以前独立团经常活动的地方他都找遍了，没有一点关于独立团的消息。他也问过许多人，那些人也说好久没有见到独立团的人了，就连暂三军也消失得无影无踪。他从春天一直找到秋天，山上的树叶绿了又黄了。

在这期间，东北和华北战场上发生了许多变化。辽沈战役已经结束，平津战役也已接近尾声，天津解放后，北平也和平解放了。最后，王青贵找到了县委，以前他在县委开过会，也送过通知。暂三军在的时候，县委也一直在打游击，这个村子里住一阵，那个村子里停一下。最后，他想到了县委，在好心人的指点下，他在一个镇子里找到了县委，接见他的是位书记，姓周。当得知他在寻找独立团时，周书记吃惊地睁大眼睛，上上下下地把他打量了好半天，他就说出了自己的姓名和掉队的原因。周书记叹口气道：独立团半年前就被整编了。

这时他才知道，不仅独立团被整编了，许多地方军都被整编了。暂三军也被蒋介石的部队征调去参加了平津战役。独立团已经被正规军整编了，现在是什么编号，驻扎在哪里，县委也不清楚。最后周书记还是告诉他，地方军有个留守处在省城，到那里去问问，也许能打听到独立团的消息。

王青贵步行了十几天，终于来到了省城。省城早就解放了，到处都是自由的人们，墙上贴满了红色的标语。

他走走问问，终于在一个胡同里看见了留守处的牌子，全称是：地方军改编留守处。他推开留守处的大门时，发现里面并没有多少人，一个戴眼镜的清瘦男子用疑惑的目光把他迎了进来。那人问他有什么事，他说要找独立团。眼镜同志又上上下下地把他打量了一遍，他看出对方的怀疑，就又一次把自己掉队的经过讲了一遍。眼镜同志吁了口气，从抽屉里拿出一个本子，在上面找了半天才说：你们原来那个团被整编到一八二师了。

他似乎看到了一线曙光，迫不及待地问道：一八二师现在在哪儿呢？我要去找他们。

眼镜同志摇了摇头说：这是机密，部队上的事我们就不清楚了，听说部队又要南下了。

在留守处他还算有收获，他知道独立团现在在一八二师了。有了这样一个番号，他就有可能找到独立团了。

他又一次来到街上，这才发现大街上有许多军人，他们唱着歌，列着队，在向一个地方行进。也有一部分军人，在一块空地上练习刺杀、格斗，场面热火朝天。直到这时他才意识到，眼前这些军人的服装和自己的军装已经有了很大的不同。他在独立团时穿的是灰布衣服，现在的军人都是土黄色的，不少军人都很怪异地看着他。他在众人的注视下，脸感到有些红。在一列军人的队伍里，他看见一个首长模样的人，他立即上前，敬了个军礼道：首长同志，我想问一下一八二师在哪里？

那位首长就把他打量一下，说：不知道，我们这是七十三师。

那位首长又要走，他扯住首长的衣袖道：首长告诉我吧，我是独立团的人，独立团整编到一八二师了，我要找自己的队伍。

首长似乎认真了一些，又道：我真的不知道，部队布防是军事机密，一八二师可能在南面，我们不是一个军的，对不起。

那位首长说完，转身就走了。

他站在那里，看着远去的队伍，心里突然感到很孤独。以前在寻找队伍时，他一直有个念想，那就是早晚一定能找到自己的队伍，现在队伍就在眼前，可却不是自己的队伍，也没人能认识他。他不甘心，他要找这支队伍中官最大的首长，首长肯定知道一八二师在什么地方。

打听了好久，又走了好久，他终于找到了军部的办公地点。门口有卫兵，不停地给进出办事的首长敬礼。他走过去，卫兵拦住了他，客气地问：你是哪部分的，有什么事？

他说：我是独立团的，找你们军长。

卫兵说：独立团的？没听说过，你找我们军长干什么？我们军长很忙。

他说：我就问一下一八二师在什么地方，问完我就出来。

他说完就要往里走，卫兵拦他，他不听，他迫切地想知道一八二师目前在什么地方。卫兵就强行把他拉住了，他和卫兵撕扯在一起。这时，一位首长走出来，喝了一声：干什么呢？

卫兵住了手，忙向首长敬礼道：军长，这个人要找你，说是独立团的，我没听说过。

他也看见了这位军长，军长长得很黑，面目却和善。他跑过去，向军长敬礼道：报告首长，我是独立团五连三排排长王青贵。

军长就仔细地把他打量了一番，似乎军长也没有听过独立团这个称谓，于是他又简短地把自己掉队、找队伍的经过讲了一遍。军长似乎听明白了，然后皱了皱眉头说：你说的一八二师是南下先遣部队，他们已经出发十几天了。

他似乎又一次看到了希望，急切地追问道：那他们现在在哪儿？

军长摇摇头，说：只有他们的军长知道。

那他们的军部在哪儿？他不甘心地问下去。

军长又道：他们军都出发了，具体位置我也不清楚。

军长说完转身要往院子里走，走了两步又停下道：小同志，我劝你别找了，找也找不到，等解放全中国了，部队还会回来的，到那时你再找吧。现在正是打仗的时候，部队一天一个地方。

军长的话他记在了心上，军长说的是实话，别说一八二师，就是他们独立团在县里那么个地方他都找不到，何况部队又南下了。想到这儿，他也只能等待了，决定等待的瞬间他的眼泪流了下来。

等待

王青贵回来后去的地方，是埋着十四个战友的昔日战场。十四座坟静静地立在那里，坟上长满了青草。他在“战友”跟前坐下，望着那十四座坟，时光似乎又回到了阻击战前。十四位战友并排立在他的面前，等待着任务，苗德水、小柳子、江麻子、小潘、刘文东、胡大个子……一个个熟悉的面容，又依稀地在他眼前闪过。终于，他喑哑着声音冲他们说：我回来了，回来看你们来啦。

这时，他的心口一热，鼻子有些发酸，又哽着声音说：咱们独立团整编到一八二师了，队伍南下了，等队伍回来，我领他们来看你们。说完，泪就流了下来，点点滴滴地弄湿了他的衣襟。

他举起右手，给十四个战友长久地敬了个军礼。

秋天的太阳很好，静静地流泻下来，坟上的草泛着最后一抹绿意。他望着这十四个战友，一时有些恍惚，这么多年独立团就是他们的家，现在“家”没了，他一时不知往何处去。在这之前，他一直把寻找独立团作为目标，步伐坚定，义无反顾，可现在他的方向呢？他不知要到何处去。

告别十四位战友后，他的脚步飘忽游移，不知走了多久，当他驻足在一个村口时，他才发现，这就是他离别多年的家。曾经的两间小草屋已经不在了，那里长满了荒草，几只叫不上名的秋虫在荒草中，发出最后的鸣叫。他的出现引来许多村人的目光，他离家参军时，半大的娃娃已经长成大小伙子了，他们不认识他，他也不认识他们。他想在人群中寻找到熟悉的面容，于是他看到了于三爹。他参军走时，于三爹还从自家锅里给过他两个饼子。此时的于三爹老了，用昏花的双眼打量着他，他叫了一声：于三爹——便走过去。于三爹茫然地望着他，他说：于三爹，我是小贵呀。

于三爹的目光一惊，揉了揉眼睛说：你是小贵，那个参军的小贵？

于三爹握住了他的手，终于认出了他，就问：你咋回来了，独立团呢？

他就把说了无数遍的话又冲于三爹说了一遍。

于三爹就说：这么说，你现在没地方去了？你家的老房子早倒了，要是你不嫌弃，就住到我家去。

他住不下，走回到村子里他才明白，他就是回来看一看，自从参军他就没回过一次家。他现在的家在哪儿，他自己也说不清楚。当他出现在后山的爹娘坟前时，他才意识到，这里已经没有他的家了。他跪在爹娘的坟前，颤着声叫：爹，娘，小贵来看你们来了。

想到自己的处境，想到自己早逝的爹娘，他的泪水又一次涌了出来。

半晌，他抬起头又道：爹，娘，小贵不是个逃兵，我在等队伍，我还要跟着队伍走，那里才是我的家。

他冲爹娘磕了三个头。他站起身来的时候，夕阳正铺天迎面而来。这时他的心里很宁静，一个决心已下了。他要去看望那些牺牲了的战友的爹娘，把战友的消息告诉他们的家人和地方政府，他要为他们做些什么。组织上的程序他是知道的，在独立团时，每次有战友阵亡，上级都会做一个统计，然后部队出具一张证明，证明上写着：某某在何时何地的某某战斗中阵亡。然后由组织交给烈士家乡的政府，地方政府又会给死者家属送去一份烈士证书，那是证明一名士兵的最终结果。

那场阻击战，他们和大部队失去了联系，他是他们的排长，他是活着的人，他要为战友们把烈士的后事做好。王青贵有了目标，他的步伐又一次坚定起来。排里的战士们的家庭住址，他早就牢记在心了，记住每个战士的地址是他的工作。

他第一个来到的是苗德水的老家，他先到了区上，接待他的是位副区长，副区长听说他是部队上的同志，对他很热情，又是握手又是倒水的。他把苗德水的情况告诉了副区长，副区长低下头，半晌才道：这回我们区又多了一个烈士。

然后副区长就望着他，他明白了，抱歉地说：我和队伍也失去了联系，部队没法开证明，我是苗德水烈士生前的排长，我可以写证明。

副区长抓头，很为难的样子道：这种事第一次遇到，我不好做主，我请示请示。

说完副区长走了出去，不一会儿又回来了，这回来了好几位领导，他们没问苗德水的事，而是开始盘问他何时当兵，独立团的团长、政委是谁，经历过什么的战斗等等。

王青贵知道人家是在怀疑他呢，他就把自己的经历，还有那次最后的阻击战和寻找队伍的经过又说了一遍。

几位区领导对他很客气，但也说了自己工作上的难处，以前证明一个烈士都是先由部队组织来证明，然后才转到地方。苗德水是烈士，可王青贵却拿不出证明，他不仅无法证明苗德水，就连他自己也证明不了。他拿不出任何证明自己身份的证据，唯一能证明的就是在独立团时穿着的那身军装，此时那套军装就在他随身的包袱里，可这又能证明什么呢？很多人都可以弄到这身衣服。

离开队伍的他，如同一粒离开泥土的种子，不能生根，也不能发芽。几位区领导看出了他的失望，便安慰他：王同志，咱们一起等吧，等队伍回来了，开一张证明，我们一起敲锣打鼓地把烈士证给苗德水烈士的父母送回家去。

看来也只能如此，区领导留他住一日，他谢绝了。他要到苗德水家看一看，他知道苗德水爹娘身体不太好，爹有哮喘病。他打听着走进苗德水家时，发现家里很静，似乎没什么人。当他推开里屋门时，才发现床上有个声音在问：谁呀？

他立在那里，看见一个瞎眼婆婆在床上摸索着，这应该就是苗德水的娘了。瞎眼婆婆试探着问：是德水回来了吗？娘在这儿，是德水吗？

他心里一热，想奔过去叫一声“娘”，可他不能这样开口，他走上前轻声地说：大婶，我不是德水，我是德水的战友，我姓王，我替德水来看你了。

德水娘一把拉住他，似乎拉着的是自己的儿子，她用手摸他的脸，又摸他的肩，然后问：你不是德水，俺家的德水呢？

他想把真实情况说出来，可话到嘴边又停住了，他无法把苗德水牺牲的事说出来，他不忍心，也不能，半晌才说：大婶，德水随部队南下了。

德水娘：南下了，我说嘛，这一年多没有德水的消息了，原来他南下了；他还好吧，他是胖了还是瘦了，他受没受过伤……

德水娘一连串的询问，让王青贵无法作答，他只能说自己掉队挺长时间了，最近的情况他也不清楚。

德水娘又流泪了，刚刚才有的一点惊喜一下子又被担心替代了。正在这时，门“吱呀”响了一声，德水的爹回来了。他一进门就靠在墙上喘，半晌才说出话来：你是队伍上的人？

王青贵把刚才对德水娘说的话又讲了一遍，德水爹勾下头半晌才说：等队伍回来了，你告诉德水，让他无论如何回家一趟；德水一年多没有消息了，他娘天天念叨，眼睛都哭瞎了。

王青贵本想把战友牺牲的消息告诉他们的亲人，可他此时无论如何也张不了口。他不知道说什么，也不知道该怎么说，他只能在心里流泪，为战友、为战友的父母。他本想把自己那个排十四个战友的家都走一趟，到了苗德水的家后他改变了最初的想法。他不忍心欺骗他们的父母，但也不忍心把真情告诉他们。一切就等着部队回来再通知他们，也许一纸烈士证书会安慰他们。在这段时间，给烈士的父母一点美好的念想，让他们在想象中思念自己的儿子，等待奇迹的出现。他心情沉重地离开了苗德水的家。

王青贵感到前所未有的茫然和沉重。他不知往何处去，他只有等待，等待队伍回来的日子。

守望

当白雪又一次覆盖了十四座坟的时候，王青贵来了。这次来他就不准备走了。他在等待队伍的日子里，不论走到哪里都感到孤独，眼前总是闪现出以前在部队的日子，及排里那些战友熟悉的面孔，他觉得他们一直在活着，活在他的心里和记忆的深处。

他砍了一些树木，在山坡上搭了一个木屋。木屋离那十四座坟只有几十米，他本想把木屋离那十几座坟更近一些，可是坡度太陡了。以后，他就在木屋里住了下来。

白天的时候，他大部分时间在那坟冢间走来走去，这个坟前坐一会儿，那个坟前又坐一会儿。坐下了，他就说：小潘，跟排长唠唠，想家吗？现在咱们部队南下了，等部队回来，给你出份烈士证明，我亲自给你送家去。

他说这话时慢声细气，仿佛怕惊吓了战友。他又换了一座坟，冲那坟说：小柳子，咋样，还哭鼻子不？你那小样儿想起来就好笑。记得你刚来排里那会儿，参加第一次战斗，你吓得都尿了裤子，抱着枪冲天上射击，我踢了你，你还怪俺吗？

有时他把话说出声，有时也在心里说，不论怎么说，他觉得战友们都会听得到，然后他就一遍遍在心里说：等队伍回来了，我就带着团长和战友们来看你们。团长多好哇，把咱们当成亲兄弟，他知道你们都在这儿牺牲了，再也不能跟着他东打西杀了，他一准儿会哭出来。想到这儿，他的眼睛里也是热热的。

王青贵和团长张乐天的关系非同一般。刚当兵那会儿，他的个子还没有枪高，团长捏着他的耳朵看了半晌，就笑着说：这娃娃小了点，打仗都拿不动枪，就给我当通讯员吧。从那以后他就成了团长的影子，就是晚上睡觉，他也是和团长在一个被窝里滚。团长爱吃炒黄豆，那时行军打仗的也没啥好嚼咕，每个人的干粮袋里装的都是炒黄豆，炒黄豆吃多了，人就不停地放屁。那会儿，他比赛似的和团长一起放屁，团长一个，他也来一个，两人就你看我、我看你地哈哈大笑。团长后来不笑了，就说：小贵子，等革命胜利了，咱们天天吃猪肉，肥肉片让你吃个够，到时你放屁都是一股大油味儿。团长的话就让他的肚子一阵咕咕乱响。

还有一次打仗，那时他打仗一点经验也没有，就知道瞎跑瞎蹿。有一次，他跟团长去阵地检查，他听到炮弹声打着呼哨传来，越来越近，他还傻站在那儿，仰起头去找炮弹。团长一下子把他扑倒，把他压在身下。两人刚趴下，炸弹就在离他们不到五米远的地方爆炸了，是团长救了他一命。后来，他学会了打仗，他不仅学会了听炮弹，还能听枪子，听枪子的声音就知道子弹离他有多远。从那以后，他不仅当通讯员，还给团长当上了警卫员，很多时候，都是他提醒团长躲过了炮弹和子弹。不久，团长就拍着他的肩膀说：小贵子，你行了。后来他就下到连队当上了一名班长。又是个不久，著名的解放高桥的战斗打响了，他们和野战部队一起参加了战斗，最后是他把红旗插到了高桥的制高点——水塔上。那次他立了大功，团长高兴，全团的人都高兴，他成了解放高桥的英雄，后来他就当上了排长……

和战友们在一起的日子是快乐的，他思念战友，思念团长。

夜晚，他望着满天繁星就在心里一遍遍呼喊着：团长，你们在哪儿呀，小贵子想你们呀。

他每十天半月的，就要到区里去一趟，一是打听部队的消息，二是在那里领一些口粮。他来这里和战友们住在一起时，曾到区里去过一趟，他把对战友们的感情说了，也说了自己的打算。区长也是部队下来的，因为受伤后不适合在部队工作了，就回到区里工作。区长很理解他，握着他的手说：你去吧，有困难就来找我。

他每次去区里，区长都会给他解决十天半个月的口粮。区长也把部队的最新消息告诉他。区长陆续对他说，淮海战役打响了，部队胜利了，部队过了长江，部队还要往南挺进……

每次的消息都让他振奋，快了，全中国就要解放了，一八二师就该回来了。到那时他就会见到战友们和团长了，那也是他归队的日子，和那么多的战友们在一起，该是多么幸福啊。

他每次从区里回来，都不失时机地把部队的最新消息告诉他的那些战友。他站在坟前，仿佛面对着队列中的战士，这时他才惊奇地发现，十四个战友在他身边分成两排，很整齐。他掩埋战友时没顾上那么多，只是拼命地挖坑，然后把他们一一放进去。那时，他一心想着去追赶队伍。

他站在那里就说：同志们，全中国就要解放了，咱们的队伍就要回来了，到时候我让团长在你们坟前放鞭炮，咱们一起热闹热闹。

说这话时，他仿佛等来了那样的日子，他的眼角挂着泪花。

那些日子，他整夜整夜地睡不着，他站在山坡上，伸长脖子向南边张望，他的眼前是墨一般的夜空，视线的尽头是一层层的山。他的目光似乎穿过了夜空，穿过了山峦，一直通向南方——那里有热火朝天的激战中的战友。他盼着天明，盼望着时间快点过去，盼望着战友们早日归来。

一八二师

南下的部队陆续回来了，在这期间新中国发生了许多大事，毛泽东站在北京的天安门城楼上向世界宣布：中华人民共和国成立了。百万雄师打过了长江，后来又解放了海南岛，大陆内地已经全部解放了，周边地区还有零星的剿匪战斗，那只是时间早晚的问题。

王青贵找到一八二师驻地的时候，一八二师到处喜气洋洋，他们没有固定的营房，在山脚边搭了一座座帐篷。是卫兵把他带到师长面前的，师长姓唐，红脸膛，说话粗声大气的。他一见到师长，眼圈就红了，仿佛见到了久别的亲人。他说明了来意，师长就和他握手，又让人给他倒水，接着师长就命人拿出全师的花名册来。

他先说出团长张乐天的名字，唐师长摇摇头道：张乐天这人我听说过，他在整编到我们一八二师之前就牺牲了。

他怔在那里，团长牺牲了他却不知道，那么好的一个人再也见不到了，这时他又想到了那十四个兄弟。

接着他又提到赵大发，他的连长。唐师长摇摇头，看来赵大发连长也牺牲了。

他又想起了二连长孔虎，还有三连长刘庆，他们也都是独立团的“老人”了，他参军的时候他们还都是班长。

唐师长翻出阵亡人员名单，二连长孔虎在解放苏北战役中牺牲了，三连长刘庆渡江时被炮弹炸沉了船，人牺牲在了江里。

他一个个地回忆着，唐师长一个个地寻找着，唐师长的手一直没有离开那本阵亡人员名单。他把独立团的那些人都想了个遍，结果他们都没有回来。

他一脸的惊异和茫然，唐师长的表情也凝重起来，唐师长说：要革命就要有牺牲，现在一八二师的官兵已经换过几茬儿了。

也就是说，整编过去的独立团那些人，没有一个人能够回来的。王青贵又想到了那场阻击战，全排的人只有他一个人活着。这就是战争，胜利是靠鲜血换来的。

这一次，一八二师自然无法证明王青贵什么，他只能证明一八二师在这之前，独立团归地方的县委管。如果独立团还有人活着，那结果就另当别论了。

他呆呆地坐在那里，他本以为找到一八二师就找到了自己的家，没想到的是一八二师找到了，却已是物是人非。那些熟悉的战友再也不能回来。他为那些牺牲的战友难过，那些不能证明自己身份、又已经牺牲的战友，他更加感到悲哀。他们牺牲了，却没有人能够去证明他们。

王青贵又一次流泪了，唐师长的眼圈也红了，唐师长握住他的手真诚地说：你还是到县里找一找吧，也许他们能证明你们，我们这里确实没有整编前独立团任何情况。

还能说什么呢，一八二师有他们的组织，他们有自己的规定，他不认识唐师长，也没在一八二师待过一天，人家凭什么给你证明，又怎么证明呢？

当他告别一八二师时，他的心里很空，无着无落的。他满怀希望地来，这些年他一直在有念想的期待中，一天天地熬过来，现在念想没了。他不知道怎么走回去，回去了又怎么和战友们交代。

没有人能够证明他，他不能得到证明，他就无法证明那些牺牲在阻击战中的战友。这就像一个连环扣，扣子在他这里打了个死结，这里无法打开，后面的扣子便也成了死结。

在一八二师那里得到的消息，给王青贵带来了强烈的震撼——他熟悉的战友们都牺牲了，只有他一个人还活着。和这些牺牲的战友相比他是幸运的，可这种幸运让他生不如死。自己不能帮助那些牺牲的战友作出证明，那他活着还有什么意义。

一时间，他不知该往何处去。来一八二师之前，他是一腔热血和希望，想象着战友重逢的场面，他们一起回忆一起缅怀，不仅自己的身份给证明了，战友们也能安息了。他从此就有家了，他会成为一八二师的一员，有了归宿的生活是踏实的。

然而，现在的一切让他从终点又回到了起点，一切努力与等待都失败了，他的念想瞬间化为了泡影。

这时他想到了山坡上的那十四座坟，还有那间小木屋。他离开战友时，他已经和他们许了愿，他冲着战友们说：咱们的队伍回来了，我找咱们的亲人去，到时候我们一起回来看你们，你们也该安息了。

现在那些战友们还能安息吗？他又有何颜面去见那些无法安息的战友呢？

他自己这么活着，又有什么意义和价值呢？他不知自己何去何从，几天的路程他走得迷迷糊糊，分不清东西南北。当他清醒过来的时候，他惊讶地发现，自己不知为何走到了辛集村。走到这里，他才想起吴老汉和小兰。

小兰就站在自家门前看着村路上走来的他，她似乎不相信自己的眼睛了，就那么呆呆地望着他。

结婚

王青贵自己也不说清楚为什么会来到辛集村，他直到看见了小兰，才从恍惚中醒悟过来。他和小兰呆呆地对望着，他看到了小兰眼里的泪光。他张开嘴，想说句什么，却觉得自己一点气力也没有了，他看到小兰一时有想哭的感觉。小兰上前一步，一下子把他抱住了，他就软软地倒在了小兰的怀里。

那一次，他在吴老汉家里一连昏睡了三天，他发着高烧，不停地喊：苗德水、小柳子、刘文东……我对不住你们呀，咱们独立团的人一个也没有了……

当然，这都是他醒来后小兰告诉他的。他醒过来时，发现小兰家的墙上多了一张烈士证，那是小兰哥哥的。

他的眼前似乎又看到吴老汉和小兰望着村口的身影，他们痴痴地望，痴痴地等，没有等来亲人，却等来了那张烈士证。

小兰后来告诉他，哥哥等不回来了，她就开始等他，像等哥哥一样。吴老汉就劝她，不让她再等了，她坚信他会回来，因为走前他说过，等找到队伍就回来。现在全国都解放了，他也找到队伍了，也该来了，果然他就回来了。

一转眼，他已经离开这里三年了。三年来他一直在盼着部队回来，有时也会在心底里想起小兰一家，那只是一个闪念，那时他觉得自己还是部队上的人，等部队回来了，他又会回到部队上去。直到这时，他才意识到这么多年过去了，他心里已经把吴老汉一家当成自己的亲人了。这是他心里最后一道防线了。

他别无选择地和小兰结婚了，这一年他二十五岁，小兰二十岁。结婚后，他就和小兰一家过上了普通人的日子。

白天，他们下地种田，一边干着活，他一边会恍怔，他觉得眼前的一切太不真实了，如同在梦里。他望着山山梁梁，似乎又回到了队伍里，他们在山上打游击，那些日子是艰苦的，又是兴奋的。

晚上，和小兰回到家里，看到小兰在他眼前转来转去的身影，一时不知身在何处。夜半一觉醒来，看一眼身边的小兰，他又掐了一把自己的大腿，才相信这一切都是真的。然后，他就再也睡不着了，呆呆地望着窗外。他又想起那些死去的战友，他们并排躺在山坡上，孤苦无依。

有时睡梦里，他又梦见了苗德水、胡大个子、小潘……他们跟生前一样，站在他的面前，一遍遍地说：排长，我们想你呀。

他一抖，醒了，脸上凉凉的，全是泪。躺在他身边的小兰也醒了，伸手搂住他，发现他哭了。她不说什么，在暗夜里就那么幽幽地望着他。

有时，他就问道：我是掉队的，你信俺吗？

小兰就点点头：你受伤了，我亲眼看到的。

他又说：我找部队了，没有找到。

小兰又点点头。

他还说：我不是个逃兵。

小兰还是点头。

半晌，他又道：可我这么不明不白的，别人会以为我是逃兵。

小兰又一次搂紧他道：别人是别人，反正我知道你不是。

他为了小兰的理解，拥紧了她。

更多的时候，他会望着墙上小兰哥哥那张烈士证发呆。那是小兰哥哥身份的证明，不仅如此，他们家的大门上还挂着“烈士之家”的木牌。他真羡慕那张证明，他想到那次去苗德水家时的情景，儿子牺牲了，他们一家人却什么也没得到；他们天天盼望儿子回来，可儿子却永远也回不去了。没有人能够通知他们，他们一家人也就不明不白地等待着。想到这些，他心里就针扎一样地难受。他寝食不安，那么多战友都死了，就连团长都牺牲了，他却活了下来，因为那场阻击战，因为自己的掉队，他应该庆幸自己不仅活着，还和小兰结婚，有了家，他也认为自己够幸运的了，可他心里就是踏实不下来。睁眼闭眼的，都是以前的景象，要么和战友们行军，要么是打仗……总之，部队上的事情在他脑子里挥之不去。

那年秋天，他料理完农活儿后，他对小兰说想外出走走。小兰没拦他，又给他烙了一摞饼，让他热热地带在了身上。他没有到别处去，又来到了十四位战友长眠的那个山坡。

夕阳西斜，他坐在山坡上，望着坟头上长满的荒草，他流泪了，喃喃地说：胡大个子、苗德水、小潘……排长来看你们了。

说完这句话，他的心就静了下来，他挨着个儿地在每一座坟前坐一会儿，说上几句话，还和他们生前一样，望着说着，天就暗了下来。他点了支烟，坐在战友们中间，一口又一口地吸着。他已经把部队回来的消息告诉战友们了，也把团长和战友们相继牺牲的消息说了，说完了，他就那么静静地望着西天。那里有星星，三颗两颗远远地闪着。

他又说：独立团的人就我一个人还活着了，你们可以做证，我不是个逃兵。

那间小木屋还在，他又来到小木屋里躺下，不一会儿就睡着了，他睡得前所未有的踏实。第二天，是鸟鸣声让他醒了过来，他一睁眼就望到了山坡上的战友，他在心里说：伙计们，我在这儿呢。

那一刻，他想：以后就住这儿了，再也不走了，这就是我的家了。

这么想完，他心里一下子天高地阔了，眼前的世界一下子变得可爱起来。

踏实

他作出这一决定后，回了一趟辛集村。他把自己的想法对吴老汉和小兰说了，小兰似乎猜到了他的心思，一点也不觉得意外，就那么望着远方，就像当初她望着他一步步地走来。吴老汉没说什么，蹲在墙角一口口地吸烟，烟雾把吴老汉的身体都罩住了。

结婚这么长时间，你一天也没有踏实过。爹是不会去的，他都在这里生活一辈子了。你先走吧，等给爹送完终，我就去找你。

他听完小兰的话，默默地流泪，为了小兰这份理解。从认识小兰那天起，他就认定小兰是个好人。

他独自一人回到小木屋里。山脚下有一片荒地，他早就看好了那块地，他要开荒种地，自食其力，以后这里就是他的家。

不久，著名的抗美援朝战争又打响了，部队又开赴前线了。那些日子，他长时间地蹲在山头上，向远方凝望。他知道在他目力不及的某片天空下，部队正在进行着艰苦的战斗，有胜利也有失败，有流血也有牺牲。望着想着念着，他就对山坡上的战友说：咱们的部队又开走了，这次是去朝鲜，是和美国鬼子打仗去了，那是咱们的部队……

现在他一直把一八二师当成是自己的部队，独立团的人没了，可独立团的魂还在，那些阵亡士兵的名录上还记载着独立团的人。自从把一八二师当成自己的部队，一想起一八二师，那些熟悉的人便又活灵活现在他的面前，以前那些激情岁月就成了他美好的回忆。

秋天到了，他开荒的地有了收获，他又把那间小木屋翻盖一新。木屋还是木屋，比以前大了，也亮堂了许多，他等着小兰来过日子。后来，他又跑到八里外的小村里要了一只狗，黑色的皮毛溜光水滑，只有四个蹄子带一圈白。一个人，一只狗，他们在山坡上守望着。守着那十四座坟，望着远山近云。有时，他和战友说话，有时也和狗说话，说着唠着的就有了日子，有了念想。

又过了不久，地方组织来了一些人，他们是来看那十四座坟的，又问了他许多情况，他就把当年阻击战的前前后后又说了一遍，组织上的人认真地记录了下来。包括那些牺牲战士的名字，当然也问了一些他的情况。组织上的人留下话，让他找原部队上的人，把他的情况进行说明，组织好给他一个名分，也好对他进行一些照顾。

组织上的人走后，他就又想到了一八二师，还有长睡在那本烈士花名册里的名字，他自己肯定无法得到证明了。他觉得证明不证明自己无所谓，重要的是那些烈士们，他们在这里默默地躺了几年了，他们的亲人已经望眼欲穿了。

果然，又是没多久，组织上在这座山上立了块碑，是烈士纪念碑，碑上写着烈士的事迹和他们的名字。组织上的人对他说，这些烈士的家人都会得到名分和照顾，同时又催他到部队上去找人证明自己。

从此，在山坡上他的目光中就多了一块碑，他悬着的心终于落下了，他为烈士们感到欣慰。望着想着，又回到了那场阻击战打响的那个傍晚，太阳血红血红的，他和战友们列队站在山上，听着风声在耳旁吹过。此刻也是傍晚，那时站在他身边的是十四个活蹦乱跳的生命，现在他们却躺在他的眼前。一想起这些，他就感到惭愧，为着自己还活着。

日子

那天，他坐在木屋的门前，望着通往山下的那条小路。小路是他踩出来的，还有那只狗，他们上山下山，山下是他开垦过的庄稼地。每年的清明节，政府会有人来给烈士们献花，花儿摆在纪念碑前，很新鲜的样子。政府的领导每次都会和他说会儿话，来时握手，走时也握手，他向领导们敬礼，来了敬，走了也敬，然后目送着领导们下山。

这些日子，他开始思念小兰了。有小兰的日子是温暖的，小兰是个好女人，跟了他就一心一意的，无怨无悔。他去看望过几次小兰和吴老汉，吴老汉的身体一天不如一天。他每次见到吴老汉，心里都沉一沉。他在家里住上个三天两日的，心里就像长了草似的，他又惦记那些战友们了。他离开家时，小兰每次都给他烙上一摞饼，让他带着。他回来后，要吃上好些日子，他每次吃那些烙饼都会想起小兰，想起小兰的种种好处。

这一天，他在小路上看见了小兰，小兰正吃力地一步步向山上走来。刚开始他怀疑自己的眼睛看花了，他用手揉揉眼，待确信是小兰时，他向山下奔去。小兰变了，她挺着个身子，气喘吁吁地站在他的面前。他上下打量着小兰，不认识了似的。小兰用手指点着他的额头道：傻瓜，我有了。

他想起自上次回家到现在已经有半年了，他小心地拉着她的手，把她带到了木屋里，喘过气来的小兰说：爹一个月前就去了，他去时一直喊你的名字，可你就是不回去。

小兰眼圈红了，他也忍不住流下眼泪。

爹是个好人，救了他，又把闺女嫁给了他，他却是说来就来，说走就走，老人家从没有一句悔话。爹走时他应该陪在身边的，他捧起脸，泪水顺着指缝流了下来。他在心里发誓，以后要常去看爹，在他的坟前烧纸磕头。

他有了孩子了，孩子生在一个雨夜，那天晚上的雨很大，他给孩子取名叫大雨。一家三口人，从此就在木屋里站稳了脚跟。

那年的冬天，大雨半岁时，他突然想出去走一走。这阵子做梦，老是梦见团长张乐天，每次团长都在梦里冲他们说：小贵呀，我想你啊。他每次从梦中醒来后，都要冲着黑夜发呆。从一八二师那里知道，团长在整编之前就牺牲了，独立团有自己的活动范围，应该集中在本县。他要去看团长，可他又不知道团长在哪里，向政府打听过，政府的人也是不知道。

他只能像当年追赶队伍一样，满山遍野地找了。出发前，小兰又给他烙了一摞饼，他背个包袱，把那些饼带在身上出发了。

雪深深浅浅地在他的脚下，沟沟坎坎、山山岭岭都留下了他的脚印。他每到一个村子里，都要打听当年的独立团，询问独立团是否在这一带打过仗，他会依据这些信息，去寻找独立团当年的踪迹。

经人指点，他坐了一程汽车，来到了叫吴市的地方。别人告诉他，独立团在整编前曾在吴市和暂三军打了一仗，不久就整编了。他来到了吴市的烈士陵园，那里躺着许多烈士，这些烈士当然都和吴市有关。烈士坟前都有碑，碑上刻着烈士的名字和他们的事迹。

当他看到张乐天三个字时，他震住了，团长张乐天的坟靠近烈士陵园里面一些。他浑身颤抖，没想到真的见到了自己团长的坟墓，他举起了右手，给团长敬礼，然后在心里悲怆地喊着：团长，小贵来了——

他双腿一颤，跪在了团长的墓前。

后来，他坐在了团长的墓前，看到了团长的事迹——

张乐天：1917–1948　河北赵县人

1948 年 6 月 14 日，在吴市马家沟为掩护野战医院转移，被暂三军一个团包围，突围中不幸牺牲。

1948 年 6 月 14 日，那个日子，他正在小兰家养伤，那会儿他的伤还没有痊愈，但已经可以拄着棍子下地了。

他在团长的墓前，喃喃着：团长，小贵可找到你了。那次的阻击战中，我一直在等军号吹响，军号一直没有响，我们就一直打呀；后来我就去追你们，可就是没追上；现在独立团的人就剩下我一个了，只有我还活着，我的心里不好受啊；你们死了，我却还活着……

他一边哭着一边说着，他又抱住团长墓前冰冷的石碑，仿佛抱着的就是团长。

他又哭诉道：团长，我想你呀，这么多年了，我一直没有忘记你。我现在还和全排的人在一起，我们每天说话，唠嗑儿，和原来一样。你一个人躺在这里，离我们那么远，我们都很想你，团长啊……

那一次，他在团长的墓前坐了又坐，站了又站，从天明到天黑，又从天黑到天亮。他把想说的话都说了，最后要离开团长的墓时，他又给团长长久地敬了个军礼，然后一步三回头地走了。

走之前，他发誓般地说：团长，我以后会常来看你，你一个人待在这里太孤单了，我会常来陪你的。

他走了，走得依依不舍，难舍难离的样子。

回到山上木屋的第一件事，他没顾上吃饭，也没喝水，就来了墓地里。坐在战友们中间，仿佛在组织战士们开会，他把团长的消息通知给了大家，然后才完成任务似的回到小木屋里。

大雨一天天地大了，日子也就一天天地过去。

大雨

已经懂得一些事的大雨开始关注墓地了。会走路的大雨就经常出入墓地，他在墓地里跌倒了又爬起来，他问父亲：爸爸，土里埋的是什么？

王青贵说：是人。

大雨又问：是什么人啊？

他说：是爸爸的战友。

他们为什么埋在这里？儿子似乎有问不完的话。

他答：他们死了。

大雨还不明白什么是“死了”，他好奇地看着那一排排整齐的墓。

大雨又大了一些，王青贵就给大雨讲那场阻击战，大雨津津有味地听着。刚开始孩子似懂非懂，讲的次数多了，就慢慢听明白了。孩子已经知道，这些父亲的战友就是在阻击战中死的，他们死前和父亲一样，都是能说话、会走路的人。

从此，孩子心里和眼里就多了些疑问和内容。

八岁那年，大雨去上学了。他要去的学校需要翻过一座山，走上六七里路。

每天夕阳西下的时候，王青贵都会坐在山头上，向山下那条小路上张望，看着儿子幼小的身影一点点走近。大雨每次回来，都要在父亲身边坐一坐，陪着父亲，陪着父亲身边的战友。

父亲指着一个墓说：那是小潘，排里最小的战士，那年才十七岁，人长得机灵，也调皮……

父亲又说：那是胡大个子，个子高、力气大，是排里的机枪手，五公里急行军都不喘一口大气……

时间长了，大雨已经熟悉父亲那些战友了，什么苗德水、小柳子、江麻子、刘文东……大雨不仅记住了他们的名字，在父亲的描述下他甚至看到了他们的音容笑貌，仿佛大雨早就认识了他们。

晚上吃完饭，王青贵总要到墓地里坐一坐，这个坟前坐一会儿，那个坟前坐一会儿，絮絮叨叨地说一些话。大雨也会随着父亲来这里坐一坐，他已经习惯父亲这种絮叨了。

他听父亲说：江麻子，今天是你的生日，如果你还活着，今年你都有三十五岁了。

大雨看到江叔叔的墓前多了一只酒杯，还有一支点着的香烟。他望着这一切，心里就暖暖的，有一种东西在一漾一漾的。

有一天放学回来，大雨又来到父亲身边，坐在父亲的对面，望着父亲道：爸——

父亲抬起头望着儿子。

儿子盯着父亲的眼睛说：爸，你真的打过仗，不是个逃兵？

父亲的眼睛一跳，他不明白儿子为什么要这么问他。他盯着儿子，恨不能扇他两巴掌。

大雨说：爸，这不是我说的，是我那些同学说的，他们说你是逃兵，你才没有死。

父亲望着远方，那里的夕阳正一点点地变淡。父亲的眼里有一层东西在浮着，大雨知道那是泪。

大雨很难过，为自己也为父亲，他小心地走过去，伏在父亲的膝上，叫道：爸，他们不信，我信。你是独立团最后一个战士。

父亲的眼泪滴下来，落在儿子的头上，一颗又一颗。

许久，父亲抬起头，抚摸着儿子的头道：大雨，记住这就是你的家，你以后会长大，也许要离开这里，但爸爸不会走，爸死了也会埋在这儿。你别忘了爸爸和爸爸的这些战友。

大雨抬起头，冲父亲认真地点了点头。

以后，王青贵又开始给大雨讲张乐天团长的事了。后来大雨知道，父亲的团长张乐天的墓在吴市的烈士陵园里。大雨非常渴望见到父亲的团长张乐天，在父亲的描述里，张伯伯是个传奇式的人物，神勇善战，这对大雨来说充满了诱惑和神往。他认真地冲父亲说：爸，你啥时候去吴市，带我去看看团长伯伯吧。

父亲郑重答应了他。

在这之前，每逢团长的祭日，王青贵都要去看望团长，在团长身边坐一坐，说上一会儿话，临走的时候给团长敬个礼，三步两回头地走了。现在去吴市不用走路了，他们只要走出大山，到了公路上，就有直达吴市的汽车，方便得很。

那一年团长祭日的前一天，王青贵带着大雨出发了。小兰为他们烙了饼，这次是糖饼，还有几个煮熟的鸡蛋。

大雨终于如愿地见到英勇传奇的张乐天团长。父亲给团长敬礼，大雨在团长墓前摆放了一捧野花，那是从山里采来的，特意带给团长伯伯的。父亲抱着石碑在和团长说话，父亲说：团长，小贵来看你了，小贵想你呀，那年军号没有吹响，小贵掉队了，小贵悔呀——

父亲又流泪了，大雨也流泪了。

那次他和父亲从太阳初升，一直待到太阳到了正顶，他们才离开团长张乐天。父亲走得依旧是恋恋不舍，大雨也是一步三回头。

那回父亲还领他去了百货商店，为他买了新书包还有铅笔。这是他第一次进百货商店，看什么都新鲜。

后来，他就和父亲坐上了长途汽车。上车后，父亲问他：大雨，以后还来吗？

大雨点点头。

父亲又说：以后爸爸老了，走不动了，你就替爸爸来看望张伯伯。

大雨郑重地点点头，父亲似乎很满意，他坐在车上打起了盹。大雨看着车窗外，怀里抱着新书包，他看到外面的一切都是新鲜的。

就在这时，长途车出事了，过一个急转弯时，为避让路上的一头牛，车滚下山坡。

父亲下意识地去抓身边的大雨，大雨已经从车窗里飞了出去。当父亲从车里爬出去，找到大雨时，大雨已经被滚下去的车压扁了，他仍大睁着眼睛，怀里死死地抱着他的新书包。

大雨呀——

他趴在儿子被压扁的身体上。

那一年，大雨十二岁，上小学四年级。

从此，王青贵失去了儿子，失去了大雨。

证明

那座山上两个人、一条狗。

狗是一条母狗，每年都能生下一窝崽。那些狗崽长得很快，两个月后就能跑能跳了。两个月后，也是王青贵最心狠的时候，他明白自己没有能力养这一窝狗，山下那几亩荒地，只够他和小兰两张嘴的，他没有能力让狗和人争食。

两个月后，他就抱着小狗，站在山下的公路上，那里经常有人路过，他就把狗送给愿意养狗的人，如果还有送不出去的，他就硬下心肠把小狗轰走。母狗在失去儿女最初的几天里会焦灼不安，尤其是晚上就一阵阵地吠。那时他就会陪着狗，伸出手来让狗去舔，然后絮絮叨叨地说：你就认命吧，狗有狗命，人有人命。我的命里就该没有儿子，大雨都走了，你是条狗，这就是你的命，认了吧……

狗在他的絮絮叨叨中，渐渐地安静下来了，时间一长也就习惯了没儿没女的生活，忠诚地绕着王青贵的膝下跑来跑去。

小兰也认命了，刚来到山上那会儿，她才二十出头，水灵滋润，现在她已经老了。山风把她的皮肤吹得粗糙不堪，一双手也硬了。

一年四季在山下那片荒地里忙碌，春天播种，夏天侍弄，秋天收割，地是荒地，肥力不足的样子，长出的庄稼也是有气无力的，总是不能丰收。小兰还要不时地到山里采些野货，春天和夏天是野菜，秋天会有一些果子，这些野货自己是舍不得吃的，都背到二十里外的供销社卖了，换回一些油盐什么的，有了这些日子就有滋味。

大雨那天夏天跟父亲去了吴市，那次是儿子第一次出远门。她站在山上，望着一大一小两个身影在她的视线里消失。第二天，她仍站在山上等待着一大一小的两个身影回来，一直等到天黑。第三天，王青贵抱着儿子踉踉跄跄地出现在她的面前，她看到儿子就瘫倒了。

王青贵一遍遍地冲她叨叨着说：车为了躲头牛，就这了，你看就这了……

她那次在炕上一躺就是几个月，人都变形了，头发白了一层。

他们的儿子大雨被埋在山脚下，那块荒地的头上，这是小兰的意思，这样她每天到地里劳作就可以看到儿子。

小兰老了，他也老了。

每天，她去地里干活，累了歇了都会坐在儿子身边，轻声细气地说：大雨呀，妈在这儿呢。你热不热、冷不冷啊，想妈了，就睁开眼看看妈吧。

每逢儿子生日那天，小兰也会在儿子坟前坐一坐，他陪着。

小兰就说：大雨，今天是你的生日啊——说完，从怀里摸出一个煮熟的鸡蛋，放到坟头的草里。

小兰又说：大雨，你平时就爱吃妈煮的鸡蛋，今天你过生日，就再吃一个吧。

说完，小兰就呜呜地哭。他蹲在那里，眼泪也吧嗒吧嗒地落下来，砸在草地上。那条狗蹲在一边，似乎懂得人的悲哀，它也眼泪汪汪的，平时它是大雨的伴儿，大雨没了，它的伴儿也没了。

更多的时候，王青贵都会坐在山头上呆呆地往山下望，他也不知道自己在想什么。那天，他又坐在山头发呆时，看见小路上来了几个人，中间还有两个军人。他一见到军人心里就跳了一下，他缓缓地站起来，目光迎着来人。待那些人走近自己时，就有人介绍说：这就是王青贵。

两个军人向他敬礼，他也举起右手敬礼道：报告首长，我是县独立团五连三排排长王青贵。

两个军人上前就握住了他的手，很感动的样子。其中一个军人说：王青贵同志，这么多年让你受委屈了，我代表一八二师的官兵来看你了。

一提起一八二师，王青贵的眼泪就哗哗地流了下来。这么多年，他想着一八二师，念着一八二师，现在终于盼来了。他心里说不清是什么滋味。

原来一八二师所在的那个军，整理军史时发现了当年的一张军分区的报纸，那张报纸记录了独立团和野战军解放高桥的全部经过，那上面提到了王青贵，还有一张他把红旗挂在水塔上的照片。看到这张报纸的不是别人，正是当年一八二师的唐师长，他还记得王青贵找到一八二师的情景，那时没凭没据的，组织不好给他下结论。现在终于找到了证据，唐军长就派人到地方上来解决王青贵遗留的问题了。

民政局的人递给了王青贵复转军人证书，然后拉着他的手说：这么多年，让你受委屈了。

王青贵看重的不是那纸证书，他激动的是他终于找到了组织，组织终于承认了他，以后他就是有家可归的人了。

那次领导征求他的意见，想让他下山，给他找一份力所能及的工作，他想都没想就拒绝了。这么多年，他在山上已经习惯了，他离不开他的战友，也离不开山下躺着的儿子。

现在地方上的领导每逢年节，都会到山上来看望他，带来一些慰问品，还有补助金。每次有地方上的领导来，他都用敬礼的方式迎接这些领导，走的时候他用敬礼相送。他不会说什么，也说不出什么。他骄傲自己的身份，他现在有权利敬礼，因为人们承认他是一名军人，是一个士兵。

晚年

在以前，没有人相信他是个老兵，甚至怀疑他是个逃兵时，只有小兰一个人坚信他。当他站在墓地上向战友们敬礼时，小半站在他身后瘪着嘴说：谁说你不是老兵，你是最后一个老兵。

这么多年了，小兰一直让他感动，她和他一同在坚守着阵地。

大雨的突然离去，似乎伤了两个人的元气，尤其是小兰，她的身体和精气神儿真的是一年不如一年了。她恍恍惚惚地总觉得大雨还活着，每天起床时她都要喊一声：大雨起来了，太阳都晒屁股喽。然后就坐在那里发呆。

他们的儿子就埋在山下，大雨走了，小兰的魂儿也走了，她整个人如同梦游似的穿梭在山下和山上。

王青贵更多的时间里，停留在墓地里，这揪一把草，那铲一锹土，嘴里不停地叨叨着：看看吧，小潘，你屋前都长草了，我来帮你拔掉，这回敞亮了吧……

短篇小说

国旗手

前国旗手崔成又在那个时刻站在了自家门口的大树下，此时，东天那轮朝日正在缓缓升起。每逢这时，前国旗手崔成腰板挺得笔直，两眼发亮，他的耳畔似乎又回响起雄浑的国歌声，还有脑海中猎猎飘扬在晨风中的国旗。天安门广场万人攒动，闪光灯在眼前明明灭灭，那是一番怎样的景象呀。在太阳初升那一刻，前国旗手地久天长地立在自家门前的树下，终于随着朝阳的初升，崔成的眼角滚过两滴又大又圆的泪。所有的幻觉终于在眼前消失，他心里一下子变得空荡起来，像家乡这片初春的原野。

新婚妻子秀站在窗后充满理解地望着崔成。她和崔成恋爱时，那时崔成是名国旗手，她爱得死心塌地，海枯石烂。崔成复员回乡了，不再是国旗手了，她仍爱得坚贞不渝。崔成每天清晨总是要这么神思恍惚一回，秀为此刻的崔成感到骄傲。村里那么多男人，谁也没有崔成起得早，谁也没有崔成站得这么挺拔、伟岸。在秀的心里，唯有崔成才是一个真正的男人。秀有千万条理由这么骄傲，因为自己的男人在国旗下站过岗，是一名真正的国旗手。

太阳跳出东天以后，天就大亮了。崔成和秀扛着锄头向自家田地走去，在那片责任田里，他们要劳作一天，播种下春的希望。

前国旗手回到故乡已半年有余了，不知为什么，心里仍是别不过劲儿来。他总是觉得此时此刻不是在自家田地里，而是在天安门广场猎猎飘扬的国旗下，他两眼目视前方，把自己站成一道风景，那情那景，这一切怎么能让他忘记呢。四年国旗手生活，已经改变了他的一生，融入了他的血液中，那是怎样的四年呀！

崔成能成为一名国旗手是自己的幸运，他是从众多新兵中选出来的。一下子，他就住进了国旗中队。国旗中队住在世人皆知的天安门城楼下，仅凭这一点就足以让崔成幸福得几夜睡不好。崔成在成为一名国旗手之前，流了多少汗，流了多少泪，他自己也说不清了。

要想成为一名真正的国旗手，首先要学会走路。学会像一名真正国旗手那么走路并不是一件轻松的事情，抬腿落地都有着极严格的讲究，崔成的鞋一连磨破了几双，脚上打了一层又一层的血泡又变成了老皮，崔成才终于学会了国旗手的走路。

接下来，崔成不定期要学会站立，站立成真正国旗手的样子。那正是盛夏时节，太阳如火，崔成和所有的新兵一起，背靠着红墙，笔挺而立。汗水先是湿透了帽子，然后是领口，接下来全身都湿透了。汗水流进了眼里，热辣辣的难忍难挨，泪水也随着流了下来。

他们仍然笔直地立着。太阳偏西了，他们立着。太阳落山了，他们仍然立着。太阳又一次升起，他们为新的一天而立。

自从崔成走进国旗护卫中队，他还没有走出天安门城门口那扇红色的大门。每日里，除升旗、降旗外，那扇门永远是关着的。那扇红色的门隔开了两个世界。门外，走过金水桥，便是著名的长安街和同样著名的天安门广场，那里充满了忙碌和欢乐，看风景和放风筝的人们组成了人间景象，笑语喧哗之声被那扇门牢牢地隔开了。

那些日子，崔成每次给家人写信，话题总离不开天安门和国旗。家人来信时，自然也是这些话题，家里的亲人还没有来过北京，当然天安门对他们来说是那么的遥远和陌生。他们每天看电视时，都能看到天安门壮观的景象。自从崔成来到了国旗护卫队，亲人们觉得天安门不再遥远、也不再陌生了，他们一致希望崔成能照一张关于天安门的照片寄回家中。崔成在很长时间里也没能满足父母和亲人的愿望。终于有一天，崔成把自己的愿望对班长说了。班长看了他好半晌才说：等你成为一名真正的国旗手时再照吧。那一刻，他觉得班长有些不近人情。直到他成为一名真正的国旗手，他才明白了班长那句话的含意。

后来他们的头顶上又加了两块砖。刚开始并没觉得有什么，时间长了，平时不在眼里的两块砖，此时在头上竟变成了千斤重。他们的身体变成了摇晃的树，先是两块砖从头上掉下来，接着身子一歪，整个人也倒下了，天旋地转。他的耳畔响起了班长严厉的声音：站起来，站起来！他又摇摇晃晃地站了起来，两块重如泰山的砖又压在了他的头顶，此时他真想放声哭出来，或充满委屈地叫一声爹或娘。然而，这一切都没能够实现，他就把满腹委屈哽在胸中，咬紧牙关站立着，泪水却不可遏止地涌了出来。

那些日子，他们是多么羡慕那些老兵啊。每天清晨，国旗在老兵们的护卫下，走出那扇红色的门，走过金水桥，一直走到天安门广场。这时，崔成只能偷偷地顺着那扇暂时打开的门向外面望上几眼。此时此刻，他多么希望自己能走出城门，护卫着国旗，走向天安门广场，那一刻，是多么充满骄傲和激动人心呀！然而，这一切，他们这些新兵只能偷偷地、远远地望着了。

真正的国旗手和他们这些准国旗手最明显的区别体现在睡觉上。真正的国旗手就连睡觉时，身体也仍然保持着笔直。睡前，他们钻进被筒里，早晨醒来时，被筒仍如昨晚睡前一样。然而，他们这些新兵却不行，有的把被子睡到了地上，有的把被子横在了身上。崔成发现这一差别后，有许多个晚上，他用背包带悄悄地把自己的手脚捆在了一起，直到不用把自己捆上也能睡成老兵那样，他才长吁了口气。

崔成这些新兵，终于能站成国旗手那样了，他们头上的两块砖也可以一连几个小时纹丝不动了。班长望着他们笑了。班长说：行了，你们合格了。那天晚上，崔成他们这批新兵站在国旗下唱了一首歌，歌名叫《国旗理解我》。

回乡已半年有余的崔成耳畔仍时时回响起那首歌的旋律。每次这首歌的旋律回荡在崔成心尖的时候，他都充满了感动和力量——什么也不说，国旗理解我，站在国旗下，祖国装心头……就在他们即将复员那一天，他们这些老兵和新兵站在国旗下又唱起了这首歌，所有即将离队的老兵都哭了。他们一边泪流满面，一边一遍遍地唱着。

崔成成为一名真正国旗手不久，班长复员了。班长那批老兵复员时和他们这些新兵一起，也唱了那首歌。班长也是泪流满面，一直把自己的嗓子唱哑了。那天，班长蹲在中队门的地上，一直默默地待了许久。班长眼前青砖铺起的地面上，留下了一串又一串他们走步和站立时磨出的深坑。那些坑是一代又一代国旗手留下的足印，班长凝视那些足印许久。崔成复员的时候，也曾在班长蹲过的地方蹲了许久，当他那时以一个老兵向身份望着砖地留下的那些足印时，他理解了班长，理解了一个国旗手的含义。四年风霜雨雪，四年的春夏秋冬，历历在目，永生难忘。

崔成终于成了一名国旗手，他终于可以护卫着国旗走出天安门城门，走过金水桥。当他站在广场上，护卫着头顶那面猎猎飘扬的国旗时，他觉得自己已经换了一个人。长安街上，车流、人流，永远地川流不息，广场上前来一睹天安门风采的中外游客用新奇的目光打量着这里的一切。崔成知道，自己和国旗已经成了这里的一道风景，许多照相机对准了自己和国旗，连同身后的天安门城楼。那一刻，崔成有许多理由感到骄傲和自豪。这种感觉从脚底一点点升起，最后充满了全身。于是，崔成挺胸，抬头，目视前方，站出了国旗手的尊严和形象。

崔成上岗的第一天，班长就满足他早就梦想的愿望，就是照一张自己和国旗以及天安门城楼的照片。照片寄回家中不久，父亲就来信了，父亲说：爹这辈子怕是不能亲眼看见天安门了，你给国旗站岗时，就替你爹你娘还有所有亲人多看几眼吧……

四年中，崔成在国旗下站了究竟有多少回自己恐怕也无法说清了。但那两次他是无法忘记的。

当兵第二年的时候，他站了一班八点到十点的岗。上岗之前，肚子就有些隐隐的疼，他并没有把这疼当回事，他准时接了岗。当他站在哨位时，疼痛却愈来愈烈了。此时，正有外国一个军事代表团在中央领导的陪同下在天安门城楼上参观。

疼痛使他的脸色苍白起来，豆大的汗珠从他的帽檐下涌了出来，他咬紧牙关，一声不吭。时间一分分流逝着，外国军事代表团参观完了天安门城楼，又向广场走来。崔成的身体因疼痛哆嗦起来，就在这时，一个外军上将冲他举起了照相机，也就是在那一瞬，他使出了浑身的力气把自己站成了一个标准的国旗手。在外宾面前，他露出了中国军人的微笑，闪光灯闪过，外军上将冲他举起了大拇指，他礼貌地用目光向上将问候。接下来，所有外宾成员，都以他和国旗为背景纷纷留影。他忘记了时空，此时只觉得全中国十二亿人的目光都集中在他的身上，有父亲的目光，有母亲的目光，还有所有家乡亲人的目光，以及眼前这些外宾的目光。什么也不说，国旗知道我……他在心里反复吟唱着这首歌。一切都远去了，只剩下国旗在他的身旁飘扬，他的眼前一片国旗的色彩。不知外宾什么时候离开的，直到又一个哨兵来接岗，他刚走下哨位便一头栽倒了。

他被送到医院后，医生诊断为急性阑尾炎，那一次，他在医院里住了十几天。领导来看他，战友们来看他，还有一些少先队员为他送来了鲜花，和一封封的慰问信。他知道自己并没有做什么，一切都是因为头顶那面国旗。

有一段时间，父亲一连好些天也没有给他来信，他一封又一封地给家里写了许多信，父亲也没有回信。他不知道家里发生了什么，那一阵他显得心绪不宁，可一站在国旗下、哨位上，一切都平静了。

就在那一天，他正在哨位上，父亲的身影突然出现在他的视线里。父亲径直朝他走来，他以为自己的眼花了，眨了好几次，他才相信眼前就是自己的父亲。父亲远远地早就认出了他，颤颤地叫了一声：儿——那一刻，他差点喊出了声。

父亲终于在哨位不远处停了下来，父亲是名参加过抗美援朝的老战士，他懂得部队的规矩。父亲终不再往前走了，解下背在身上的包坐了下来。

父亲说：俺替你娘来看看你。

父亲说这话时，显得一脸平静。他凝视着父亲，两年没见，父亲似乎老了许多，花白的头发在风中飘着。他在心里热热地叫了一声：爹——

父亲又说：这辈子俺能亲眼看见俺儿在这儿站岗放哨就知足了。父亲说到这儿，声音哽咽了。他看见了父亲眼角的泪花。

他在心里又叫了一声：爹——

父亲说：你娘没这个福了。

他的心疼了一下，预感到了什么，但他此时只能用目光望着父亲。

父亲又说：你娘一定让俺来看看你，俺不来，你娘闭不了眼呐。

"轰"的一声，他的预感得到证实，眼泪夺眶而出，他在心里惊天动地叫了一声：娘——

父亲还说：这回你娘的眼睛该闭上了，她去时一直喊你的名字；你爹你娘就你这么一个娃，她放心不下哩；俺想过发封电报让你回去，可俺又想，国旗咋能没人站岗哩，俺还是硬下心没给你发电报。

娘呀——他在心里这么叫过，眼泪终于夺眶而出。

父亲在口袋时摸出了一张火车票：儿呀，俺知道你忙，下车时就买了回去的票，眼看差不多就该走了，你站岗吧，爹啥都看见了，回去时在你娘坟前说一声，你娘也该闭眼了。

父亲说完站起身，拿起了地上的小包说：这是你娘临去前给你做的一双鞋，她说北京冬天凉，莫让你冻着，爹就给你放在这儿了。

父亲说完认真地看了他一眼，然后道：儿呀，爹就走了。爹一步三回头地走了，走入匆匆的人流中，在他的泪眼里消失了。

下岗之后，他赶到火车站，父亲坐的那趟列车已经启动了，他只看见父亲从车窗里伸出的一只手。

他冲着火车大喊着：爹呀——他站在那里终于放声大哭起来。

娘的坟是在崔成当三年兵回家探亲时见到的，娘的坟上已经长满了荒草。他跪在娘的坟前，手里举着一张在天安门广场国旗下的照片，娘生前最大的愿望就是想亲眼看到他在国旗下的模样，可娘的愿望一直没有实现。他跪在娘的坟前把手里的照片点燃了，他在心里一声迭一声地叫着：娘，你看儿一眼吧！

秀就是在那次回家探亲时认识的，秀对他这位现役国旗手充满了深深的敬意。崔成知道自己再有一年就该复员了，铁打的营盘流水的兵，当满三年兵的崔成明白这一切。他不想隐瞒秀，他在认识秀不久就对秀说：明年，俺就该复员了。秀点着头说：嗯。他又说：复员了，俺就不是国旗手了，得回家种地。秀仍答：俺知道。秀这么答过了，令他心里充满了温情和感动，他一把捉住了秀的手。秀的手热热的，他就那么攥着。

后来，他就回到了国旗中队，再后来他就复员了，回乡后便和秀结了婚。当了四年兵，他只从部队带回一面缩小比例的国旗，那面小国旗是他们这些复员老兵的纪念。秀和他结婚那天，新房内的摆设没有一件值钱的东西，唯有那面小国旗格外醒目。那面小国旗就贴在他们新婚的床头。每天清晨，崔成一睁开眼睛便看见了那面国旗，于是就痴了目光，呆呆定定的。秀似乎很理解他，在这种时候从不打扰他，她的目光融入了崔成，也融入了那面国旗。她知道国旗在崔成心中的分量。

崔成当满三年兵之后，哨位上发生了一件事，那天在哨位上，一位中年妇女背着一个小女孩出现在他的视线里。那妇女一步步向他走来，在哨位前方的护栏处终于停下来，她放下了背上的小女孩。小女孩的样子很虚弱，脸色苍白。小女孩扶着护栏站起来，先是望他头上那面国旗，久久的。小女孩苍白的脸被国旗映红了，女孩激动无比地说：妈妈，我终于看到国旗，看到天安门了。

站在小女孩身后的母亲在用衣襟拭泪。

后来，小女孩的目光就定在了他的脸上。小女孩的目光在他的脸上驻足了很久，然后轻轻地说：叔叔，我要在这里照相，我家住在离这儿很远很远的地方，我有病，是来北京看病的。说到这儿，女孩儿似乎已经很累了。

小女孩的母亲接着说：我们是来北京看病的，刚下火车，孩子说什么也要到天安门国旗下看一看，还要让我帮她照相。母亲说到这儿，似乎也说不下去了，她掩饰地望着远处。

小女孩又说：叔叔，我们学校也升旗，等我的病好了，我也来这里看升国旗，行吗？

他听了小女孩的话，心里热了一下，他冲小女孩微微地点了点头。小女孩看到了，高兴起来，笑了，露出一排白白的牙齿。

小女孩身子倚着栏杆，让母亲为自己拍照。母亲背着小女孩走出很远了，女孩儿仍从母亲的背上回过头，冲他招手。他似乎听见小女孩在说：叔叔，等我的病好了，一定来这里看升旗。

他一遍遍地在心里为小女孩默默地祝福着。一连过了许多天，小女孩的样子他仍然无法忘记。他不知女孩儿的病好了没有，也不知道她有没有看到升国旗。

那一天，他刚上岗不久，他又一次看见了小女孩的母亲。那位母亲似乎在这里等了许久，他没有看见那位小女孩，他的心猛地沉了一下。那位母亲看到他，似乎也认出了他，长长地吁了口气，然后说：终于见到你了，你还记得我们娘儿俩吗？

他冲这位母亲点点头。

那位母亲又说：我女儿昨天离开了我，她得的是白血病。说到这儿，母亲轻轻地啜泣起来。

他的心疼了一下。

母亲接着说下去：我知道这病是治不好的，她最大的梦想就是想亲眼看一次升国旗，本来想等她的病好转一些带她来看看，没想到昨晚她就走了。

母亲再也说不下去。他的喉头也一阵发紧，眼前闪过小女孩那双又黑又亮、对这个世界无比留恋、憧憬的目光。他的眼睛模糊了。

后来，那位母亲从怀里掏出一张照片：我女儿托我捎给你的，她说这照片上也有你，让我一定送给你一张，她说也让你记住她，她叫英英。

母亲又向前走了两步，手从护栏下伸过来，把照片小心地放在了地下，想了想不放心，又捡起一颗小石子压在照片上，然后低着头走了。

直到现在，他还珍藏着那位小女孩的照片。女孩的一双眼睛满怀希望地望着前方。从那以后，在每次升国旗时，他都不由自主地用目光在围观的人群里寻找小女孩的那双眼睛，他觉得她的目光一直在望着自己，望着国旗。

一想到小女孩，他的心里就热热的。

他站在哨位上，仍觉得那位小女孩正在遥远的地方望着他，于是，他在心里大声地为她祝福着：英英，你走好啊——

一晃离开国旗中队已经半年有余了，每天清晨，不管阴晴雨雪，他都能准时醒来。每天醒来时都是当天的升旗时间。他睁开眼睛的第一件事，便是看床头贴着的那面小国旗，此时他觉得那面小国旗正在一点点变大，正在他的头顶迎风招展。于是，他就痴痴迷迷地那么望着。

有几次，他清晨起来，找出自己曾经穿过的军装，穿戴整齐地走出家门。直到太阳升起，这时他才醒悟过来，怅然地走回家，把军装脱下来，仔细地叠好，放到柜子里。他做这一切时，秀一直默默地望着他。秀什么也不说，秀理解他的心。

在许多个晚上，他找出那个叫英英的小女孩的照片，向秀讲述那个凄婉的故事。每一次，秀的眼里都盈满了泪水。

复员半年以后，前国旗手崔成已经适应了回乡后生活。每天太阳升起时，他和秀下田做农活，太阳落山时也是他们收工回家时分。日子一如每天的升旗、降旗。

那一天，他和秀坐在地头休息，秀突然说：等到秋天，卖了粮，俺陪你去天安门广场看升旗。

他望着秀好半晌没回过神来，后来，秀又把刚才的话重复了一遍，这一次他听清了。他一把抓住了秀的手，仿佛看见了田地里播下的种子，正在破土而出，先是长出了芽茎，最后就是一片金灿灿的庄稼……

他似乎又站在了国旗下，听着猎猎的国旗声在耳边响成一片。

雁

人们先是看见那只孤雁在村头的上空盘旋，雁发出的叫声凄冷而又孤单。秋天了，正是大雁迁徙的季节，一排排一列列的雁阵，在高远清澈的天空中，鸣唱着向南方飞去。这样的雁阵已经在人们的头顶过了好一阵子了，人们不解的是，为什么这只孤雁长久地不愿离去。

人们在孤雁盘旋的地方，先是发现了一群鹅，那群鹅迷惘地瞅着天空那只孤雁，接着人们在鹅群中看见了那只受伤的母雁。她的一只翅膀垂着，翅膀的根部仍在流血。她在受伤后，没有能力飞行了，于是落到了地面。她应和着那只孤雁的凄叫。在鹅群中，她是那么的显眼，她的神态以及那身漂亮的羽毛使周围的鹅群黯然失色。她高昂着头，冲着天空中那只盘旋的孤雁哀鸣着。她的目光充满了绝望和恐惧。

天空中的雁阵一排排一列列缓缓向南方的天际飞，唯有那只孤雁在天空中盘旋着，久久不愿离去。

天色近晚了，那只孤独的雁留下最后一声哀鸣，犹豫着向南飞去。受伤的雁目送着那只孤雁远去，凄凄凉凉地叫了几声，最后垂下了那颗高贵美丽的头。

这群鹅是张家的，雁无处可去，只能夹在这群呆鹅中，她的心中装满了屈辱和哀伤。那只孤雁是她的丈夫，他们随着家族在飞往南方的途中，她中了猎人的枪弹。于是，她无力飞行了，落在了鹅群中。丈夫在一声声呼唤着她，她也在与丈夫呼应，她抖了几次翅膀，想重返到雁阵的行列中，可每次都失败了。她只能目送丈夫孤单地离去。

张家白白捡了一只大雁，他们喜出望外，人们在张家的门里门外聚满了。大雁他们并不陌生，每年的春天和秋天，大雁就会排着队在他们头顶上飞过，然而这么近地打量着一只活着的大雁，他们还是第一次。

有人说：养起来吧，瞧她多漂亮。

又有人说：是只母大雁，她下蛋一定比鹅蛋大。

人们议论着，新奇而又兴奋。

张家的男人和女人已经商量过了，要把她留下来，当成鹅来养，让她下蛋。有多少人吃过大雁蛋呢？她下的蛋一定能卖个好价钱。

张家的男人和女人齐心协力，小心仔细地为她受伤的翅膀敷了药，又喂了她几次鱼的内脏。后来又换了一次药，她的伤就好了。张家的男人和女人在她的伤好前，为了防止她再一次飞起来，剪掉了她翅膀上漂亮而又坚硬的羽毛。

肩伤不再疼痛的时候，她便开始试着飞行了。这个季节并不寒冷。如果能飞走的话，她完全可以找到自己的家族，以及丈夫。她在鹅群中抖着翅膀，做出起飞的动作，刚刚飞出一段距离，便跌落下来。她悲伤地鸣叫着。

人们看到这一幕，都笑着说：瞧，她要飞呢。

她终于无法飞行了，只能裹挟在鹅群中去野地里寻找吃食，或接受主人的喂养。在鹅群中，她仰着头望着落雪的天空，心里空前绝后地悲凉。她遥想着天空，梦想着南方，她不知道此时此刻同伴们在干什么。她思念自己的丈夫，耳畔又依稀想起丈夫的哀鸣，她的眼里噙满了绝望的泪水。她在一天天地等，一日日地盼，盼望着自己重返天空，随着雁阵飞翔。

一天天，一日日，她在企盼和煎熬中度过。她终于等来了春天。一列列雁阵又一次掠过天空，向北方飞来。

她仰着头，凝望着天空掠过的雁阵，发出兴奋的鸣叫。她终于等来了自己的丈夫。丈夫没有忘记她，当听到她的呼唤时，毅然地飞向她的头顶。丈夫又一次盘旋在空中，倾诉着呼唤着。她试着做飞翔的动作，无论她如何挣扎，最后她都从半空中掉了下来。

她彻底绝望了，也不再做徒劳的努力，她美丽的双眼里蓄满泪水，她悲伤地冲着丈夫哀鸣着。

这样的景象又引来了人们的围观，人们议论着，嬉笑着，后来就散去了。

张家的男人说：这只大雁说不定会把天上的那只招下来呢。

女人说：那样的话，真是太好了，咱们不仅能吃到大雁蛋，还能吃大雁肉了。

这是天黑时分张家男女主人的对话。空中的那只大雁仍在盘旋着，声音凄厉绝望。

不知过了多久，这凄厉哀伤的鸣叫消失了。

第二天一早，当张家的男人和女人推开门时，他们被眼前的景象惊呆了：两只雁头颈相交，死死地缠在一起，他们用这种方式自杀了。

僵直的头仍冲着天空，那是他们的梦想。

小镇

这座围有灰色城墙的小镇，被日本人占领了。日本人来之前，镇里的青壮年男人都参加了八路军。现在小镇里只剩下老人、妇女和儿童。日本人占领这座小镇后，便在灰色城墙上建筑了炮楼，炮楼上日夜都有日本兵站岗。日本人就凭着这灰色的城墙，围住了这一方小镇。小镇里便发生了一些故事。

军法

日本人占领小镇那天，镇里异常地安静。鸡不叫，狗不咬，家家闭门关户，似死去了。

日本兵列着队，在官长的吆喝下，警惕地在街上走了一圈，并没发现什么异常。于是日本人才放下心来。日本兵很多，有几百人，散站在街上，一时竟无所适从。半晌过后，日本官长和兵们马上都想到了住宿，住宿因一时解决这么多人的住宿，实在是件很麻烦的事情。

日本官长们就聚在一起，叽哩哇啦研究这事。一会儿过后，日本官长就发布了命令。片刻，几百人的队伍分成若干个小队，走街串巷，挨家挨户去敲那一扇扇紧闭着的门。门一扇扇地被敲开了，日本兵就三三两两地走进去，查看每一户的住房，于是这些三三两两的日本兵们就住进了镇里的家家户户。

白脸日本兵和其他三个兵，敲开了一户门，来开门的是一个盲眼婆婆，婆婆什么也不说，睁着一双看不见的眼睛，不明真相地冲几个日本兵翻。白脸兵和其他几个兵，好奇地望一会儿这位瞎眼婆婆，就去看房子了。瞎眼婆婆家房子大小有三间，一间是灶房，另两间连在一起，一间堆放一些杂物，另一间住着瞎眼婆婆。瞎眼婆婆开了门，就走回去，躺在床上，听着几个日本兵的动静。

几个日本兵，在那间堆满杂物的房子里看了看，几个人相互看一看，又一起点点头，然后几个日本兵就一起动手，收拾了一下这间堆满杂物的房子住了下来。日本兵发现，这家就是瞎眼婆婆一个人。

住在这户的日本兵，和住在每家每户的日本兵一样，早晨一听到官长的哨声，便跑出去到街上集合。集合后的日本兵，就跺着脚绕着围在镇外的灰色城墙跑步，日本人管这个叫军操。军操完毕，开饭。吃饭时的日本兵，围着在街上架起的两口行军锅，站在地上，端着碗吸吸溜溜地吃。吃罢饭的日本兵，一部分排着队，扛着枪，到城墙上去换岗；另一部分没事了，三三两两地在街上转悠一会儿。日本人一来，街上就很冷清，没事的人从不到街上去。转悠一会儿的日本兵，发现没多大意思，就又三三两两地踱回到了自己的住处。

住在瞎眼婆婆家的几个日本兵，每次走回来，都发现瞎眼婆婆一个人一如既往地躺在床上，睁着一双看不见的眼睛向外望。有时，他们看见瞎眼婆婆的床上放着一碗冒着热气的粥，瞎眼婆婆不时地撑起身子，端起粥碗喝上一口。

每次这几个日本兵回来时，都发现灶房里的锅还是热的，灶房里收拾得也很干净。日本兵就都很惊诧，瞎眼婆婆会有这么利索的手脚。其他时间里，日本兵总是发现，瞎眼婆婆一动不动地躺在床上。

夜里，这几个兵不上岗时，夜晚会突然醒来，醒来后的日本兵会听到隔壁的瞎眼婆婆唠唠叨叨地不知在和什么人说话。几个日本兵都觉得蹊跷，日本兵望见隔壁仍只有瞎眼婆婆一个人。于是几个日本兵相互望一望，叽哩哇啦说一会儿话，就出军操去了。

那一天，刚吃罢饭，天气突然下起了雨。日本兵匆匆放下碗盆，往住户跑。几个住在瞎眼婆婆家的日本兵，刚推开门，就愣住了。他们发现，院子里站着一个姑娘，姑娘很年轻，白白的脸颊，大大的眼睛，正抱着一怀干柴往灶房里去。发现几个进来的日本兵，她惊呼一声，扔了怀里的干柴，一双大眼睛透出惊惧。几个日本兵也怔在那里好一会儿，首先恍过神来的白脸兵冲姑娘笑一笑，姑娘望见了那笑，也醒悟过来，一转身向瞎眼婆婆住着的房间跑去。那一天，日本兵才发现，瞎眼婆婆的房间里还有一个小房间。姑娘就藏在小房间里。

那天晚上，几个日本兵又听到了瞎眼婆婆唠唠叨叨地说话，这次，日本兵们都知道，瞎眼婆婆是在和那个姑娘说话。于是，几个日本兵叽叽咕咕地也说了会儿话。日本兵说话时，隔壁便没了声息。

再转天，住在瞎眼婆婆家的几个日本兵，吃罢饭，便不在街上转悠了，而是急匆匆地走回来。他们就又看见了那个姑娘在灶房里做饭，火光红红地映着姑娘白白净净的脸，映着姑娘忙碌的身影，几个日本兵就站在院子里痴痴怔怔地望着那影子。姑娘发现了，匆匆地端着做好的饭，回到了瞎眼婆婆的房间。很快，姑娘又回到了自己的小房间，这时，几个日本兵就怔一怔神。

夜晚的时候，几个日本兵经常醒来，醒来后的日本兵经常能听到瞎眼婆婆和姑娘说话的声音，说的是什么，他们听不懂，但觉得姑娘说话的声音很动听。于是，几个日本兵，便不停地翻动身子，用两只耳朵轮流听姑娘的说话声。

不几日，住在镇子里的日本兵，有了几起强奸妇女的事。一时间镇子里的人很恐慌。也就是从那一天开始，住在瞎眼婆婆家的几个日本兵，看不见了那个姑娘。每次，他们吃罢饭，匆匆走回来的时候，都看见忙碌在灶房里的是瞎眼婆婆。那几个兵望着瞎眼婆婆都愣一愣，又相互望一眼，便垂着头走回屋里。

不长时间，又接连发生了几起日本兵强奸妇女的事件。那一夜，住在瞎眼婆婆家的几个日本兵，突然被镇子东头一个女人的喊叫声惊醒，他们听着女人的喊叫，和几个日本兵的笑声，后来女人的喊叫变成了呻吟，断断续续地传来。一会儿之后，只剩下女人的呜咽声了。几个日本兵再也睡不着了，披上衣服坐起来，这时他们听到隔壁有轻微的响动，然后是压低声音的说话声。

几个日本兵仍那么坐着，渐渐呼吸有些急促，最后绞成一团。开始有人穿上鞋向外走，又一个跟上……那个白脸日本兵张大嘴巴在黑夜里张望着，他发现自己的嘴有些干。他见那几个如着了魔的日本兵走出门外，向隔壁摸去，他也随在了后面。

几个日本兵闯进瞎眼婆婆的房间时，瞎眼婆婆惊呼一声，摔下了床。几个日本兵一挑门帘走进了里屋，里屋亮着昏暗的油灯，姑娘惊惧地坐在床上，手里握着把剪刀，似早就有了准备，姑娘已把剪刀的刀尖放在了喉咙下。几个日本兵就怔一怔，有个日本兵舔舔嘴唇向前走了一步。姑娘那把剪刀就用了些力气，刀尖已陷在了肉里。那个日本兵又向前走了一步，这时姑娘的脖子上已有殷殷的血流下来，顺着白白净净的脖颈。几个日本兵惊骇得都大张了嘴巴，痴痴地呆望着姑娘。突然，站在几个人身后的日本兵吼了一声什么，那几个日本兵都一颤，一步步转回身，走回自己的房间。那一夜，几个日本兵都没睡，就那么呆呆地坐着。白脸日本兵吸了一夜的烟。

从那以后，他们再也没有进过瞎眼婆婆住的房间。姑娘脖子上的伤口渐渐好了。日本兵每次再回来，总是轻手轻脚地走回到自己的房间，呆坐着。街上强奸妇女的事件仍不断地发生。

姑娘又开始出现在灶房里。瞎眼婆婆自从那次摔下来后便不能下床走路了，只有姑娘忙前忙后地照料。有时姑娘走过日本兵住着的房间时，都发现白脸日本兵痴痴定定地望着自己。姑娘只瞥上那么一眼，就匆匆地走过去了。

日本兵们有时在夜间醒来时，经常发现白脸日本兵披着衣服坐在床上冲着窗外吸烟。每天早晨起床后，其他日本兵都发现白脸兵床前的地上扔了一堆烟头。于是几个人就一起去望白脸日本兵，他不望他们，而是望窗外的天空。

那一晚，几个住在瞎眼婆婆家的日本兵，下岗走回来，发现大门开着，并听见瞎眼婆婆高一声低一声地呼叫着什么。几个人不由得加快了脚步，他们走进院里时，发现住在邻户的一个军曹正和姑娘撕滚在一起，姑娘的头发披散下来，衣衫被撕破，露出白净的肌肤。瞎眼婆婆趴在地上，头一下下撞击着地上的石头，已有血从瞎眼婆婆的额头上流出。几个日本兵都僵在那儿，望着眼前的一切。军曹发现他们，嬉笑着说一句什么，便又去撕扯姑娘的衣服。

眼看姑娘渐渐没了力气，日本军曹把自己的嘴巴朝姑娘白白的脸颊凑去，姑娘绝望地闭上了眼睛。这时，白脸日本兵突然冲过去，一把拽起了军曹。站起来的军曹怔一下神，待看清是白脸日本兵，便叽哩哇啦地大叫几声，边叫边拳脚相加地踢打着白脸日本兵，白脸日本兵立在原地任凭军曹踢打。姑娘已从地上爬起来，去抱地上的母亲。军曹踢打一阵，白脸日本兵的脸上就流出了鲜血，白脸日本兵仍一动不动地站着。

军曹甩开白脸日本兵又向姑娘冲去，姑娘绝望地惨叫着，她的目光越过军曹的肩头，求救地望着白脸日本兵。白脸日本兵浑身一颤，温顺的双眼里陡然冒出了两缕凶光。突然，他抄起枪，用枪刺对着军曹的后背扎去。军曹大叫一声，从姑娘的身上翻下来，几个呆站着的日本兵也一起惊叫一声……

白脸日本兵触犯了日本军法，要枪决了。

白脸日本兵倒绑了双手被几个日本兵押着。他很沉静地走着，来到了刑场。白脸日本兵一双目光温柔地搜寻着，终于他望见了一方蓝天，那里正有一朵很美丽的云在游弋……

枪响了，白脸日本兵倒下了。

那天镇里听见这声枪响的人们，一起冲着枪响的方向垂下了头。

空坟

小镇的人那时还不讲究火葬，人死了占一方僻静地界，把人埋了，于是地面上隆了一个土丘叫坟。祭奠亲人的活人会在坟头烧上些纸钱，过年节时，还会摆上一些供品，以寄托对亲人的怀念。

老太太独自一家住在小镇东头的山坡下，山坡那一边就是那条灰色的城墙。有日本人不时地在城墙上走来走去。山坡上郁郁葱葱地生满了草，草地中央埋了一座新鲜的坟。那坟是老太太丈夫的，日本人占领小镇的前几天，丈夫去世了，坟便埋在了山坡上。

老太太家里就她一个人，日本人来了后，家里住了一个机枪手。日本兵上岗，扛着机枪到山坡的最高处，把机枪架在山顶上，俯视着整个小镇。

老太太刚失去亲人，很沉痛，隔三岔五地便去给丈夫上坟。老太太蹲在丈夫仍很新鲜的坟前，把一叠叠纸钱扔在火里，火光映着老太太一张皱皱的脸，浑浑浊浊的泪水不紧不慢地从脸上流下来。老太太便长时间地伫立在丈夫的坟前，凝视着那座坟。

机枪手上岗时，他趴在机枪身旁，会清晰地看见老太太这一切。望着望着他就入了迷，目光一飘一闪地望着那红红的纸钱燃着的火。火熄了，他仍会长时间地把目光凝在那堆纸灰上。老太太在坟前立久了，会入魔般地哼一首小调，没有人能听懂那小调的意思，只是个调调。小调凄婉动人，似哭似泣，哀哀咽咽。老太太哼这些小调时，那个趴在坡顶上的机枪手会坐起身，双手抱住屈起的腿，一动不动地向远方的天际望着，望着望着泪水就蒙眬了眼睛。

老太太还有一个儿子，参加八路军已经几年了。自从参加了八路军，儿子就从没有回来过。刚开始时，还不时地叫人带口信，后来那些口信也没有了。别人都说她儿子一定是不在了，刚开始老太太不相信，可后来一直等来等去，等得丈夫死了，等得日本人来了小镇，儿子还没有回来，她信了，信儿子一定是不在了。老太太独守着两间空房，和山坡上那座坟，似乎觉得仍少了些什么。一天她又去为丈夫上坟时，她找出了儿子参军前穿过的一身衣服和一双鞋，她抱着这些东西，来到了丈夫坟前，在丈夫坟的下方又挖了一个坑，把儿子的衣服和鞋一并放下去，又在上面埋起了一方小土丘。她做这些的时候，机枪手不错一丝眼珠地望着。那坟终于建好了，老太太望眼空坟，又望眼丈夫的坟，立在两个坟中间，就像丈夫和儿子活着的时候一样。老太太在两个坟中间燃着了纸，火红红地燃着。机枪手似乎明白了什么，更入情入境地望，望着望着，他又把目光移到很远的天际。

傍晚的时候，老太太回到了家里，坐在小院的石头上，望着山坡上两座坟，那里有她的丈夫和儿子。老太太就这么有滋有味地望着，望着这些，生活似有了寄托，也有了内容。每逢这时，机枪手也下岗回来了，站在老太太的小院里，望一会儿山坡上的那两座坟，又望一会儿远方的天际。有时，机枪手从怀里掏出一张照片，望上一会儿，机枪手望着那照片时，就有泪水一滴滴落下来。老太太望见过机枪手手中捧着的照片，那照片上是一位穿和服的老太太，很慈善地望着机枪手。她就想，照片上的老太太一定是他的母亲。这么想着，她的心就动了一下。

老太太习惯地立在小院里望山坡上那两座坟的时候，下岗的机枪手也常立在一旁呆望遥远的天际。望着望着，老太太会瞥一眼机枪手，机枪手也望一眼老太太。有时，老太太会突然想起自己的儿子就是被这些人杀死的，陡然目光里会升出两缕仇恨，这时，机枪手的目光就慌慌地避开老太太的目光，又去怅怅地望那遥远的天际。

一天夜里，老太太突然间被什么声音惊醒了。醒来后的老太太再也睡不着了，她就扒着窗子向山坡上张望，窗外，有星没月，一切都很朦胧。一个黑影就在这朦胧里摸进小院，又摸到老太太的小屋里。老太太惊惧地望着那个黑影，黑影就喊了一声：妈。老太太一哆嗦，伸手划燃了火柴，儿子的脸庞在老太太眼前一闪。老太太的手又一哆嗦，火柴熄灭了，她颤抖着声音喊了一声：儿——便和进来的黑影搂在一起。这时老太太才清醒地意识到，自己的儿子没有死，又回来了。这时，老太太突然想到了那边房间里的士兵。儿子警惕地摸出了枪，后来没见有什么动静，儿子这才又把枪收回去，和老太太相拥着坐了一会儿，就匆匆地走了。老太太一直望着儿子又走进黑夜里。

天刚一亮，日本人就集合了全镇子的人。全镇子的人就集合在山坡下的空地上，机枪手仍趴在山坡上，枪口就冲着全镇子的人。日本军官说，昨天夜里八路军来了一个侦察兵，杀死了几个日本兵，现在八路军的侦察兵就在镇子里，让人们交出这个八路军，如果不交，统统地死啦死啦的有。

老太太知道，日本军官说的那个侦察兵就是自己的儿子。她想儿子一定没被日本人抓住，已经安全地越过了灰色城墙。这么想着，老太太就觉得很踏实，她又望见了山坡上那两座坟，她想；明天一定要把儿子那座空坟平了，儿子还活着。这时，她又望见了趴在山坡上的机枪手，她心里就又沉了一下。山坡上黑洞洞的枪口冲着山下一群手无寸铁的男女老少。日本军官举起了战刀，人们知道那战刀一落，机枪手就要开枪了。这时仍没有人交出八路军，山坡下的男女老少仇视地望着那黑洞洞的枪口。

日本军官的战刀落下了，人们闭上了眼睛，机枪却没响。人们睁开了眼睛，人们看见机枪手站起了身子，从腰间拔出一把匕首，那匕首冲着自己的肚子扎去，机枪手呼叫了一声。老太太清楚地看见，机枪手又望了一眼遥远的天际，便慢慢地向地上倒去，机枪手的手里飘飘地落下了一张照片。老太太知道，那一定是机枪手的母亲。

一时间，山坡下的男女老少愕然，日本人也都愕然，都一起望着那位趴在地上的机枪手。在以后的日子里，人们发现，埋在老太太丈夫坟下的那座空坟不见了。坡顶上，又起了一座空坟，人们还发现，老太太仍然隔三岔五地到山坡上烧纸钱，还到那坡顶的空坟上烧，纸火红红地燃着，映着山坡上那些坟。

伤兵

八路军包围了灰色城墙，攻打被日本人占领的小镇。喊杀声枪炮声，镇内的人清晰可辨。日本人凭借着那条灰色城墙固守着小镇，但仍源源地有伤兵被抬下来，伤兵多了，日本医生照顾不过来，于是这些伤兵又被抬到镇内的人家，把药分散给每个伤兵，让镇内的人家伺候日本伤兵。

八路军攻城的第一天，翟二妈家就抬来一个伤兵。这个伤兵很年轻，十七八岁的年纪，唇上刚生出一层淡淡的茸毛。伤兵浑身上下被炮弹炸了足有六七处伤，被纱布缠裹着，血水浸出纱布。伤兵痛苦地呻吟着。伤兵被抬来时，还来了名日本军医，日本军医比画半天，意思是让翟二妈帮助照料。翟二妈望一眼伤兵，就想到了在外面攻城的八路军，那里面有她的丈夫和儿子。

日本伤兵躺在翟二妈家里，伤兵因流血过多脸色苍白，一双眼睛就显得又深又大。翟二妈在房间里进进出出，伤兵的一双眼睛也随着翟二妈转。翟二妈不看伤兵，似家里没有这么个人。

傍晚的时候，八路军开始攻城，枪炮声喊杀声隐约传来。这时，翟二妈就倚在门框上望着城外一闪一亮的炮火，盼着八路军快些打进来。这时，那个日本伤兵在敞开的门里望着翟二妈的背影，望着远方的炮火，浑身止不住一阵阵哆嗦，眼里涌出惊骇的目光。八路军攻打一阵就收兵了，喊杀声和枪炮声也隐去了，深夜的小镇便显得很安静。翟二妈从门外走回来，坐在床上仍望着窗外，窗外的夜色很好，这时又有丝丝缕缕的硝烟味从窗缝里浸来，翟二妈嗅着这味道就很兴奋，于是翟二妈就长时间地坐在床上思念城外的亲人。

白天时，八路军不攻城，日本医生就挨家挨户地给伤兵换药。医生每次来到翟二妈家里，换完药的日本医生总是要和日本伤兵说上几句日本话，然后日本医生给伤兵端来一碗水，伤兵接过去咕嘟嘟地喝下去，伤兵贪婪地喝水时，医生就望一眼坐在床上翟二妈的背影，皱一皱眉头。医生临走时，又为伤兵端了碗水，放在伤兵的床头，留下一些药和干粮一并放在伤兵的床头。

那一夜，八路军又在攻城，枪炮声喊杀声一浪高过一浪。日本人护城的枪炮声也一阵紧似一阵，黑影里翟二妈看见从城墙上抬下的日本伤兵源源不断，她就想到在城外攻打日本人的丈夫和儿子。想到了那些呼啸着的炮弹，想着想着她的心就不再踏实了。追根求源地她就又想到了一切都是因为这些日本人，她又想到了那些被强奸后的妇女令人不忍再看第二眼的惨状，想着想着，她就有了火气。一个念头便从心里生了出来，她浑身随着远处的枪炮声一起震颤着。她抓过了切菜的刀在手里握着，浑身就不再颤抖了。她这时出奇地竟希望窗外的枪炮声早些停下来。终于，枪炮声停歇了。翟二妈手握着菜刀躺下了，她在等待着那个伤兵早些睡熟。

夜深了，窗外很宁静，硝烟味也已散尽了。伤兵一点声响也没有，翟二妈轻轻下床，来到伤兵床前。这时窗外的月光依然很明亮，映到屋子里的一切都影影绰绰。翟二妈举起了菜刀，就在她举起菜刀的时候，望见了躺在床上的伤兵，望见了伤兵始终睁开的那双眼睛。伤兵的目光惊恐地望着翟二妈，那张消瘦的娃娃脸因惊惧在轻微地抽动着，伤兵仍一动不动地躺着。这是翟二妈第一次认真地望着这个伤兵，她第一次发现眼前的伤兵还是个孩子。翟二妈举起的菜刀就那么在半空悬着，伤兵的目光仍望着翟二妈，翟二妈在那目光里看到了惊惧……她倏然想到了自己的儿子，儿子那张娃娃脸。翟二妈一哆嗦，“咣当”一声，菜刀掉在了地上。翟二妈仍僵了般地立在伤兵的床头，这时她看见伤兵的眼里滚出一串泪珠。翟二妈摇晃了一下，碰倒了立在伤兵床头的枪。

翟二妈那一夜坐在床上一宿未睡，伤兵一动不动地躺在床上，也一夜未睡。天亮时，翟二妈拾起了地上那把菜刀，又把伤兵的枪立在了原处。翟二妈做这些时，伤兵很温柔地望着翟二妈。

中午的时候，医生来了，翟二妈立在院子里等待着事情的结果。医生来时，伤兵闭上双眼，医生不动声色地检查完伤兵的伤口，放下几粒药走了。她走进屋时，发现伤兵两眼仍紧紧地闭着，里边盈满了泪光。这时，翟二妈就在心里叹息了一声。

吃饭的时候，翟二妈把一碗滚热的粥放在了伤兵的床头。伤兵感激地望了望翟二妈。

那一夜，八路军攻城的喊杀声很热烈，而且那声音愈来愈近。倚在门旁的翟二妈清晰地看见有三三两两的日本兵溃退下来。八路军的枪炮声愈来愈近了，喊杀声也愈来愈真切了。翟二妈突然想起应该烧一锅开水，让进城来的丈夫和儿子先烫一烫脚。于是翟二妈就燃着了红红的灶火，翟二妈烧一会儿火，就走到门旁望一会儿愈来愈近的炮弹爆炸时的火光。这时，翟二妈看见伤兵挣扎着起来了，一跛一拐地下床走出门去，他走到翟二妈的身旁时，停了一下，望了一眼翟二妈，然后一跛一拐地走进了黑暗里。翟二妈望了一会儿又走回到灶膛旁，发现伤兵那支枪正熊熊地在灶里燃着。

翟二妈立起了身子向黑夜里望去。

八路军的喊杀声愈来愈近了。

锅里水正在咕嘟嘟地滚开着。

幸福的肾

李木根真是时来运转了，这些日子左眼皮一直跳个不停，老婆小香说：左眼跳财，右眼跳祸，你怕是要发财了。狗屁呢！他当时在心里就把老婆小香骂了。李木根知道自己的斤两，他来A城三年多了，在城北附近一个菜市场里租了个摊位，和老婆小香两人合伙卖菜，每日里风雪无阻，起早贪黑，费尽巴力的，一个月也就挣个千儿八百的，去掉一家三口租房的钱，再去掉吃喝，一个月下来也就剩个二三百元，一年呢，也就只是剩下两三千元。在这过程中，孩子、大人还不敢有病。大人还好说，李木根和小香才二十多岁，借着年轻也得不了大病，头疼脑热，感冒发烧的，咬咬牙，说挺过来也就挺过来了。可孩子小毛就不行，前一阵A城来了一场寒流，三岁的小毛感冒了，后来又发烧，最后又咳嗽，凭着他们以前的经验给孩子买了几元钱的“小儿感冒冲剂”，一连吃了几天也不见好，孩子的身体时冷时热的，咳嗽总是不好。最后小香急了，带着孩子到医院去检查，结果儿子小毛得了肺炎，又是输液又是吃药的，花去了好几百元。几个月就算白干了。

李木根知道自己就是受穷的命，这辈子能有个温饱就算不错了。现在卖菜的日子比起老家的生活，已经是天上人间了。老家是什么日子呀，两间风雨飘摇的破草房，漏风漏雨，比马棚也强不到哪里去。以前他和小香在家种地，一年牛哇马呀地下来，去掉这个去掉那个，一分钱不挣，有时还得亏掉几百元，剩下的就是一家人的口粮，那样的日子也就是个活。一年到头，连件新衣服都穿不上。那时，李木根觉得自己的日子并没有什么，老少爷们儿，乡里乡亲的都是这么个活法，别人能这么活，自己为什么就不能活呢？

李木根改变自己的想法那还是来A城以后发生改变的。他刚开始来A城时并不是卖菜，而是跟一帮老乡在建筑工地上搞建筑，老婆小香那时还怀着儿子小毛，干不了重活，给工地上做饭。当时讲好了，干一天五十元，小香三十元，这一年下来对李木根来说已经不是一个小数了，比在老家种地强多了。苦点累点李木根不怕，他认为自己年轻，浑身上下有的是力气，力气没了，睡上一觉，第二天力气又回来了。夜晚，在露着星星的工棚里，李木根无数次地计算过自己的工钱，一天五十元，一个月三十天，去掉阴天下雨，再减去 A 城冬天不能施工，怎么说他也能干满八个月，还有老婆小香那笔收入，也就是说两人齐心合力，一年就能挣个两万块钱，老天爷呀，我啥时候见过这么多钱呢？李木根在心里惊呼了。

那时的李木根对自己的未来有着一个美好的打算，那就是，他用挣的钱，在老家翻盖一栋新房，明年老婆就要生孩子了，没法出来打工了，他自己出来，一年扣掉路费，去掉平时的花销，怎么说也能剩个一万元，他还年轻，牛呀马呀的干上个十年八年的没问题，十年下来那就是十万元。我的妈呀，那我就是富翁了！李木根又一次惊呼了。在单调沉寂的生活中，李木根看到了自己美好的未来，苦哇累呀，啥都没啥了。在他的梦想里，老家的土地上有他的一栋新房，刷着雪白的墙，屋里面住着老娘和小香，以及孩子娃。年底了，过年了，他揣着一沓崭新的钱，硬着腰板回家过年，迎接他的是亲情和幸福。李木根是个知足的人，这样的日子他感到已经幸福无边了。李木根也是个善良的人，他孝敬母亲，母亲这辈子不容易，三十多岁才生下他，五岁的时候，父亲得了一场莫名其妙的病就去世了，孤儿寡母的不容易。小香跟他结婚两年多了，现在还挺着个肚子在给大家伙儿做饭，真的是不容易。母亲、老婆跟他一天福也没有享受过。李木根要让自己的亲人过上好日子。

结果，李木根只做了一场黄粱美梦，年底结算的时候，包工头卷起铺盖一走了之了，那些日子，附近的建筑工地上哭声一片。李木根这些人都是跟一个姓梁的本乡人出来的。那个姓梁的人算是他们的领路人了，平时有大事小情的，都是那个姓梁的关照着他们。姓梁的四十多岁了，和他们一样一天到晚地也在工地上和他们拼死拼活地干。姓梁的和他们一样也被包工头给耍弄了，他也是上天无梯，入地无门。可他们来时，姓梁的乡亲是拍着胸打了保票的，乡亲们哭着喊着只能冲姓梁的讨说法。那几日姓梁的乡亲一直在奔走着，寻找着那个包工头，结果却没有结果。最后的结果是，他们有一天早晨醒来，发现姓梁的乡亲自己吊死在工棚门口的一个树桩上。人们在姓梁的口袋里发现了八百元钱，还有一张血站出具的卖血证明。最后是李木根用这卖血的钱买了两张回乡的车票。

到家后不久，小香就生了小毛。李木根虽然做了一场黄粱梦，但他却无法满足在老家的生活。孩子刚满百天，他带着儿子和小香又进城了，车票钱都是借的。李木根要实现自己的梦想，他朝着自己设定的幸福目标又一头扎进了A城。他不敢在建筑工地干了，而是改行开始卖菜了。卖菜这一行，实实在在，没人坑他没人骗他，可一年到头挣的这点辛苦钱，离他的梦想太遥远了。

李木根终于时来运转了，他以前做梦都没有想过，天上掉下来这么大个馅饼会落在他的嘴里。李木根开始了他的幸福生活。

事情的起因缘于一个月前的一天中午。那是A城初春一个普通的中午，这时整个菜市场显得比较冷清，老婆小香带着孩子回到他们租住的平房里烧饭去了，李木根一个人盯着菜摊。因为没有买菜人光顾，李木根就显得无事可干的样子，他顺手从地上拣起半张纸，那是买菜人用来包菜的，剩下的半张随手扔在地上的。李木根小学毕业，确切地说他还上过一年的初中，后来母亲身体不好，种地已经有些吃力了，上学他也看不到出路，在他的家乡一带，考大学只是听说过，他没见过。念书到最后也是种地，还不如早点种地。李木根对纸上的一些字是认识的，最后他被一行字吸引住了，确切地说那是一则广告。广告是这么写的：本人患病急需换肾，如与本人配型成功，即付十万元人民币，有意者请速打电话××……

那一瞬间，李木根的心脏快速地跳了起来，十万元，天呐，一只肾值十万元，以前他听都没听过，别说一只肾，就是一条人命能值十万元吗？李木根下意识地摸了摸自己的腰，他知道，肾就是平常人说的“腰子”，腰子自然长在腰上。这么多年李木根几乎忽略了自己肾的存在。平时自己的肾不痛不痒的，他怎么会去关心它，他关心的是怎么进菜，然后又怎么把这些进来的菜快速地卖掉。夜晚的灯下，他和小香一起，齐心协力地把那些一角一分钱数出来，刨去进菜花的钱，剩下的就是他们一天的进项了。李木根看了这则广告才正视自己腰的存在。老婆小香给他送饭的时候，他已经把那半张纸叠好，严严实实仔仔细细地揣在了怀里。那时他还没有意识到，自己会和卖肾联系起来。那天中午一直到下午，他都恍恍惚惚的，心里有什么事，总放不下来的样子。

晚上回到家里，他和小香在灯下数完了钱，他又掏出那半张纸。那则广告无须再看了，他已经能背诵出来了，他喃喃着，一只肾十万元，十万元一只肾。

躺在床上的小香诧异地望着他。平时这会儿，他已经差不多躺在床上打起呼噜了，他每天晚上睡得都很早，因为每天早晨三点就要起床，骑上三轮车，到城南一家批发菜市场去进菜，来回得几十公里，八点一过，他就要把进来的菜在自己的菜摊上摆出来。今天却不同往常，他没有一点睡意，满脑子都是一只肾和十万元。

最后小香把那张纸夺了过去，小香终于看到了那则广告，睁大眼睛望着他说：你要去卖肾？

他听了小香的话笑了，摇着头用手指着那张纸说：你想卖人家还不一定要呢，看清楚了，人家说的是得配型成功才付钱。

小香不说话了，伸手关了灯。李木根想睡却睡不着，他知道小香也没睡着，两人就那么沉默着。半晌，又是半晌，他说：咱要是有十万元，这辈子，唉！

小香翻了个身，把脸冲着他，幽幽地望着他。

他平躺在那里，望着黑暗，望着摸不着看不见、悬在半空的幸福。

他说：咱要真有十万，先盖一栋新房，把妈接过来咱一起过，妈这辈子没享过一天福，她最大的念想就是她死前看到咱们住上新房。

他自顾自说下去：咱要是有十万元，就不受这个罪了，我一定要让咱家的小毛读书，一直念完大学，让他过城里人过的日子。

小香叹了口气，她看到那则广告时，也动心了，只不过她觉得那十万元是别人的事，离她太遥远了，她从来不曾想过自己会拥有十万元，做梦都不曾做过。她只想在A城苦挣苦熬上几年，攒够能盖一个新房的钱，等她老了住在不漏风不漏雨的屋子里，她就知足了。

李木根仍幸福无比地畅想着：要是真有十万元，盖完房，剩下的钱咱在家里开一个小商店，再也不用卖菜了。

他伸出手，摸到了小香的手，这哪里是女人的手哇，干硬、粗糙。记得小香刚跟他结婚时，那双小手又细又软，三年的卖菜生活让小香的手完全变了。他握着小香的手用了些力气。

后来他不知什么时候睡着的，还做了个梦，梦见自己真的盖了一个新房。早晨三点的时候，他被小香叫醒了，他别无选择地离开了温暖的被窝，骑着三轮车，向城南那个批发菜市场争分夺秒地赶去。

接下来的两天时间里，李木根的生活完全被那则征肾的广告占据了，确切地说是被那十万元打动了。十万元可以实现他所有的梦想，就用自己一只看不见摸不到的肾。那两天的时间里，李木根生活得混混沌沌，不知自己在干什么，卖菜的时候，老是出错，不是多找人钱了，就是少找了。弄得小香不停地和买菜的人解释。

下定决心前，那天晚上他和小香有了如下对话。

他说：一只肾就能换十万元，值，真是太值了。

小香说：听说一个男人要是少了只肾，会影响他以后的生活的。

小香的话说得很隐晦，其实她想说会影响夫妻生活，可话到嘴边又把话题改了。

他爬起来，看了眼睡在一旁的儿子小毛，用劲地咽了口唾液道：咱儿子都有了，啥都有了，还怕个球，咱缺的就是钱。

小香沉默了，他光着身子躺在那儿，一点也没放松，很难受的样子。最后小香嗫嚅着说：要不你去试试，不行的话也就死心了。

他听了小香的话，浑身一下子就放松了。这几天来，他等的就是小香这句话，那一瞬间，他觉得天底下最理解自己的人就是小香。他一把拥过小香，用劲地往自己怀里揉，小香被他这么一弄，也有些激动。那天晚上两人又做了一回夫妻的事，因为他们已下了决心去卖肾，就有了一些做一次少一次的味道，他有些凶狠，她也多了些激情，折腾得小毛都醒了两次，最后才在高处停歇下来。

他气喘着说：咱们要是有了十万元，再也不让你卖菜了，天天让你在家待着，风吹不着雨淋不着。

不知为什么，这句话让小香很感动，她的眼泪一下子就流了下来。

他又说：咱要是有十万元，让儿子上大学，以后过城里人的生活。

他还说：咱要真有了十万元，马上就回家。

最后小香才"嗯"了一声，他在她的嗯声里听出她哭了，伸出手摸到了她一脸的泪水。

李木根第二天打电话联系时，人家让他去一家医院接受检查。他赶到那家著名的医院时，一个姓姜的男人面前已经聚集了十几个想卖肾的人，他们头发蓬乱，脸色菜黄，穿着廉价的西服和皮鞋，李木根一眼就认出这些人和自己是同类。

姓姜的男人四十开外的样子，衣服光鲜，满面红光，他态度说不上好，也说不上坏，分头让他们填了一张医院的体检表，然后领着他们从这个屋子进来，又去了那间屋子，折腾了一上午，才算完成。李木根在这一上午的时间里算是长了见识，他以前对医院的认识就是打针、吃药的地方，没想到一间又一间屋子里还装着那么多神秘的机器。他在机器前或站或躺地折腾了一上午，他不知道自己的肾行不行。临离开医院时，他凑到姓姜的男人面前不放心地问了一句：我的肾到底行不行？

姓姜的男人，认真地看了他一眼，才说：一个星期后出结果，行不行医生说了算。

然后姓姜的男人每人给他们手里塞了十元钱，他们这些人就散了。

在没去医院前，李木根认为自己是唯一那个想卖肾的，去了才知道他们今天这一拨就有十几个人，他在一个黑屋子里检查时，听两个医生聊天，他才知道，这种检查工作已经持续十多天了，每天都有十几个人接受检查，也就是说，已经有一百多人接受这种检查了，可人家只要一只肾。百分之一的比例，李木根的情绪低落下来，从小到大，好运气从没光顾过李木根，他不相信自己会在这一百多人中脱颖而出。

一离开医院，他又回到了从前。他直接去了菜市场，小香还在打孩子，小毛不听话，把一杯水倒在了菜上，害得小香用衣襟去擦那些菜，城里人精得很，发现菜上有一星半点的水就认为卖菜的往菜里注水了。小香看见他便住了手，探询地望着他。他没说什么，蹲在菜摊前看着小香和儿子。

小香是个善良的女人，她没说什么，只是问：中午的饭吃了么？

他说：不吃了。

接下来两人就沉默下来，四只眼睛望着菜摊。半晌，又是半晌，他才小声地说：想卖肾的人真多，一百多口子。

她说：以后发财的事咱不想了，咱好好地卖菜，十年，二十年怎么着也能盖得起房子。

他苦笑了笑。

那些日子，李木根的日子又回到了从前，一大早就出去进菜，然后和小香两人轮换着守着菜摊，表面上看没有什么，可他的心里还是非常的失望。十万元在他的心里已经计划过了，有钱的日子他也想过十遍八遍了，可突然间，希望没了，他还是感到了失落。仿佛本应该属于自己的钱，突然失去了。

就在李木根几乎对那十万元不抱任何幻想时，突然在那一天下午，他看见姓姜的男人四处搜寻着来到了菜市场，来菜市场的人不多，他一眼就认出了那个姓姜的男人。最后那姓姜的男人把目光定格在他的脸上，笑眯眯地走过来。李木根一时没有反应过来，就那么木木地望着他。

姓姜的男人这次态度很好，冲他点了头，又问：你就是李木根吧？

他点了点头。

姓姜的又说：经过初步检查，你和我们董事长配上了，明天上午，你再去一趟医院去复查。

李木根听了这话，不知眼前的一切是真是假，他怀疑自己是在做梦，愣怔了半天，他伸出手狠劲地在自己的腿上掐了一把，疼痛让他差点叫出声来。

姓姜的男人走的时候递给他五十元钱，又吩咐道：明天早晨不要吃东西，打车来，别晚了，我在医院等你。

直到姓姜的男人的身影消失，李木根才反应过来，心脏快速地跳着，浑身的血液在体内呼啸地奔腾着。

他离开菜摊向他们租住的房屋跑去。小香在家里正在准备晚上的饭，看见他红头涨脸地跑回来，不知发生了什么事，他举着那张五十元钱，语无伦次地喊：我配上了，配上了，他们明天让我去。

说完他一把拥住了小香和儿子，此时，李木根觉得自己离那十万元已经很近了。

那天晚上，小香给李木根炖了排骨，又用鸡蛋炒了菜，他们从来没有这么奢侈过，小香就像送一个出征的勇士似的要为李木根送行。李木根决定，明天的菜就不卖了，让老婆儿子在家里等着他的好消息。那天晚上，一家人兴奋到了很晚才睡去，似乎那十万元已揣在了他们的怀里。

他说：回老家先把房子盖好了，再开一个杂货店，剩下的钱存起来，供儿子上大学。

她说：那以后，咱们一家真的就享福了。

他说：那是自然。

她说：你少了个肾，以后重活累活我干，你别管。

他说：没那么严重，不就是一个肾吗，少一个也不耽误吃不耽误喝的。

她无限体贴地说：别说那样的话，肾也是长在身上的肉，那个董事长要是不缺肾，干吗买咱们的。

两人就不说什么了，有一缕淡淡的苦涩，但很快就被即将到手的十万元钱的喜悦冲淡了。

第二天，李木根一大早就出发了，他没舍得花钱打车，而是去挤公共汽车，他走在路上觉得浑身上下都是力气。

到了医院他才冷静下来，原来今天复查的不是他一个人，而是五个人。有两个年龄稍大一些，另外两个的年龄就和他差不多了。李木根为自己不是那个唯一又忐忑了一阵子，既然来了，只有五个人，也就是还有五分之一的希望。李木根还是精神饱满地接受了又一轮的检查，这次检查比上次严格、仔细多了，晕头转向地在医院转悠了一上午，才终于完事。

姓姜的男人已经在那里等着他们了，这次没有急于让他们走，而是把他们带到了一间比较豪华的饭店里，又订了一个单间。饭菜很丰盛，有许多菜李木根是叫不上名字的，他认为另外几个人也和他一样，别说没吃过，看都没看过。

吃饭的过程中，姓姜的男人冲他们很客套地说了几句话：我代表我们董事长感谢各位了，你们五个人，肯定有一个人为我们董事长换肾，以后这个人就是我们董事长的大恩人，我们是不会忘的。

这几句话说得李木根的心里忽悠忽悠的，他偷眼去看那四个人时，看见他们的心情和自己差不了多少。他们都一律地冲姓姜的男人挤出讨好的笑。

一个男人说：姜总呀，我的身体好，没得过病，我的肾是健康的。

另一个也说：我爷都八十五了，还活着呢，我们家遗传是长寿。

还有人说：我的肾还没用过呢。

众人就看说话的人，那人就红了脸说：我说的是真心话，我还没结婚呢。

姓姜的男人就笑，众人明白过来也跟着笑。李木根在此时此刻，也想说点什么，但他没想好说什么。最后姜总的一句话，让他失去了表白机会，姜总说：你们和我们董事长有缘，最后谁行，谁不行，还得听医生的。十天以后出结果，到时候我会亲自去找你们的。

这十天的时间里，李木根恍然活在梦里，从一百多人到五个人，无疑他离自己的梦想又迈进了一大步，这一大步是迈出来了，可最后的结果还只是五分之一的希望，人家董事长只要一个肾，也就是说，希望说有就有，说没有就没有。这十天时间里，李木根一会儿满怀信心，又一会儿情绪低落。弄得茶不思饭不想的，他经常站在菜摊前发呆。

小香就劝他：好运气是你的就是你的，不是你的想也没用。

理是这么个理，李木根心里明白，可他劝说不了自己，小香也劝不了自己。仅十天，他仿佛过了十年那么漫长。有钱的愿望在他心头里疯长，又一会儿荒芜得一片狼藉。在第十天那个上午，李木根的脖子都伸酸了，他在期待命运的光顾，也就是说他的命运在这一天就要水落石出了，如果今天没有人找他，他的心也就踏实了，以后该干啥就干啥。但今天是他希望的始点，也是终点。

当姜总出现在菜市场时，他几乎不敢相信自己的眼睛了，他下意识地迎着姜总走过去。姜总要比他冷静得多，停在他面前，先掏出了支烟，慢条斯理地吸了两口，才说：你真的愿意卖肾？

他点了点头，眼泪都快下来了。

姜总又问：你不后悔？

他摇了摇头，看来他的愿望真的要实现了。

姜总又问：你做好准备了？

他终于说：我早就等着这一天了。

他说完这话，眼泪终于流了出来，那是激动的泪水。他当即和小香商量，菜不卖了，立马收摊。他都有十万元了，还卖菜干什么？小香从来没有这么听话过，说收摊就收摊了。姜总告诉他，如果他想好了，决定了，立马就跟他走，车就在外面等着呢。

他似乎觉得慢一点就失去了这次发财的机会，头也不回地跟着姜总走了。想好的和小香告别的话一句也没有说，坐到“大奔”里，他还在云里雾里着。

车一直把他拉到医院。下车的时候，他下意识地用手捂了捂自己的腰，他知道那里有一只活蹦乱跳的肾，现在还属于他的年轻健康的肾。

李木根来到医院，医生并没有让他马上给董事长换肾的打算，在姜总的安排下他住进了一间宽敞明亮的病房，这间病房是李木根有生以来住过的最好的房间。上厕所都不用走出去，有沙发，还有电视，如果他不亲自住进来，甚至不相信这里会有这么好的病房。

在接下来的时间里，李木根并没有什么事可干，只需他在病房里待着，吃饭的时候，有人给他送进来。晚上躺在宽大的床上，他却睡不着了，他想起了老家的母亲，还有那两间风雨飘摇的小屋，以及身在城里，住在又脏又乱小平房里的老婆和儿子。他此时身在这间高档的病房里，时时刻刻有想哭的感觉，他不是因为悲伤，而是兴奋。天大的好事说落就落在他的头上了，那个急需换肾的董事长真的是他的恩人。想到那个董事长，他就有了想见一见那个恩人的愿望，自己的肾就要装在那人的身体里了，自己至今还没有见过那个人呢。那天晚上他胡思乱想了大半夜，最后还是睡去了。三点的时候，他又醒了，一时不知在哪儿，半晌他才清醒地意识到这是在医院里，他是来给董事长换肾的，一想到这里，他又激动得想哭。做个有钱人真好，以后再也不用半夜三点起床了，他有钱了，就不用卖菜了。后来他又睡着了，睡得很踏实。

他住进医院之后，又接受了一系列的检查，这次检查比前两次更细、更严格。然后护士给他送来一些白的、绿的、黄的药片，他说：我没病，我的肾是好的。

护士说：没病也得吃。

他就只能吃，吃了几次，他对那些药就有了感情，不花钱就能吃这么贵重的药，他感到无比的幸福。药也吃了，检查也做了，医生仍没有开刀拿他肾的意思，他只能在医院里吃了睡、睡了吃地等待着。

一天下午，姜总走进了他的病房，姜总坐在沙发上，如释重负地吁口气道：过两天咱们就手术。

进医院这么多天了，他终于等来了手术的消息，他的心脏如鼓地跳动起来。姜总说：本来呢，你们五个人有三个都合适，后来征求董事长的意见，董事长亲自选中了你，因为你比那两个合适的人都年轻，董事长喜欢年轻的肾。

姜总说到这里，还笑了笑。

他庆幸自己的年轻，眼里盈满了幸福的泪水。

姜总又从公文包里拿出两份合同，冲他说：你签一下字，咱们的交易就算成了。

一份合同是关于肾和钱的，那上面清楚地写着关于肾和钱的问题，也就是他手术之后，立即就可以拿到十万元钱。还有一份合同是他跟医院签的，是志愿者献肾的有关条款，他连看都没看就签上了自己的名字。

姜总又说一些客套话，诸如合作成功之类的话。姜总要走时，他突然提出要见见董事长，即将用他肾的那个人。

姜总挥挥手说：你见他不合适，钱不会少你的，你放心。

姜总说完拍了拍他的肩膀，走到门口又说：董事长就住在你隔壁，手术时，你们俩同时上手术台。

姜总走了之后，他试图走进隔壁，可走廊被一扇门挡上了，他透过窗子看见隔壁是一间更大的房间，走廊里摆满了各式各样的花篮，他听不见动静，也见不到人。

手术前的头天晚上，老婆小香带着孩子被姜总接来了，他们在病房里见了一面。

小香问：明天就手术？

他答：明天！

小香望着他，眼圈突然红了。

他的心里也有了一种别样的感觉，说不清是什么滋味。

小香说：我是来签字的，医生说这种手术还是有风险的。

他咧开嘴笑了笑。

小香的眼泪流出来了。

突然他就有了一种生离死别的感受，他凝视着老婆孩子，以前他似乎从没这么认真地看过他们。就在这时，他有了一种强烈想念老婆的愿望，虽然他们此时就在他的眼前，可是他仍然想念他们。这种想念异常强烈，他冲姜总说：能不能让他们晚上住在这儿。

他多么希望手术前和老婆孩子共同住一个晚上呀。

姜总摇了头：为了让你有更好的体力应付明天的手术，他们不能住这儿。

他的脸灰了一些，小香的脸也灰了。

姜总又说：手术后可以让你爱人陪你，那没问题。

小香和孩子在姜总的护送下还是走了，儿子招着手跟他再见，他此时真想冲出去，拥抱一下他娘俩，结果他没有动。他看见小香挂在眼角的泪水。

第二天一早，他被护士推进了一间手术室，隔壁也是一间手术室，董事长在那一间。他刚开始还能听见医生护士准备手术器械的声音，他下意识地又摸了摸自己的腰，麻药已经起作用了，他没有了感觉。

二十天后，他出院了。A 城的春天到了，已经有了些热度，小香和孩子陪在他的身边。十万元钱在手术的第二天就让小香存进银行了，换成了一个小小的折子揣在怀里。银行的人说，拿着存折在全国各地哪儿都能取出他们的十万元钱来。

听姜总说，董事长的手术也很成功，已经过了排斥期，董事长的身体正在一点点适应他年轻健康的肾，用不了多久，董事长也会活蹦乱跳地出院。

他一直到出院也没有见到那个用他肾的董事长，无所谓了。他用自己的肾换回了十万元钱，这已经足够了。

走出医院大门，用手扶了一下腰，左腰那儿有些空，以后他就是用一只肾生活的人了。以前有两只肾的时候，他并没觉得有什么，现在少了一只肾，才发现腰下有些空。

他很气派地挥手拦了一辆出租车，然后大声地冲司机说：去火车站。

在出租车里，他拥抱了老婆和儿子，最后他说：咱们回家！咱有钱了。

泪水从他眼角溢了出来。

血红血黑

逃兵

1934年11月，湘江。

这是红军离开于都根据地后，最惨烈的一战。一军团的阵地上狼烟四起，哀鸣声，喊杀声，扯地连天。天空中，数架敌机在狂轰滥炸，敌人的炮弹如蝗虫般飞来。

一军团的阵地上沸腾了。

红军战士张广文伏在战壕里，不知杀退敌人多少次进攻了。士兵们都杀红了眼，烟熏火燎的，都让人分不出本来的面目了。身边的战友一批批躺倒了，有的受了伤，蜷缩在那里，一声接一声地哀叫着。

湘江，是红军长征通过的第四道封锁线，而前三道封锁线，红军并没有经历到更多的抵抗，一路喊着就过来了。湘江是湖南的地界，湘军唯恐红军占领湖南，他们拼死抵抗，誓死要把红军源源消灭在湘江两岸。

一军团、三军团担负起阻击湘军的任务，掩护大部队过湘江。十万红军，肩挑背扛着整个国家在迁徙。

已经一个星期了，部队还在源源不断地过着江。

在这一个星期的时间里，张广文见到了太多的死亡。好端端的一个人，刚才还和他喝着一壶水，转脸间，一颗炮弹落下来，人就随着一声巨响、一缕硝烟，消失了。眼前的敌人，也是成片地倒下去，敌军官舞着枪在后面督战。他眼睁睁地看见，敌军官一连射杀了好几名溃退的士兵。士兵们被军官的威慑镇住了，又一窝蜂地拥了上来。红军长枪短炮的，只有拼了命地打，否则阵地难保。双方的拉锯战，使红一团的阵地成了一片焦土。

张广文是第四次反围剿之前参加的红军。那天，他正在山上放牛。村苏维埃妇救会主任于英来了。于英是附近十里八村最漂亮的姑娘，一条粗黑的辫子在腰间一甩一甩的。她见人就笑，说话的声音就像在唱歌儿。她见到张广文就笑了，唱歌似的说：广文，放牛呢。

张广文一见于英的一双眼睛就定在那里，呼吸都不正常了。他还是第一次这么近距离地看着于英。于英迎面站在他前面，高挺的胸脯一耸一耸的。他干干涩涩地说：啊——

于英笑眯眯地说：广文，参加红军吧，建立苏维埃，过好日子。

张广文的哥哥张广开是去年参加的红军，此时正在前线打着仗。他记得那天晚上，于英去了他家一趟，把哥哥叫出去。很久，哥哥才回来。第二天，哥哥就参加了红军，戴着红花，敲锣打鼓地上了前线。

想到这儿，他有些口吃地说：俺哥都当兵了，俺要去，俺爹娘就没人照顾了。

于英又笑了一下。她伸出手，拉过张广文的手，瞬间，他似触了电，浑身颤抖着。然后，于英看着他说：你爹娘有我们苏维埃政府呢，你放心走吧，以后你爹娘就是我爹娘，有我一口干的，就不让二老喝稀的。

她的眼睛像一道闪电，说话间击中了张广文。他似呻似唤地说：俺还没有讨上媳妇哩。

于英又说：等革命胜利了，人人都会成家的，女子们都喜欢革命郎呐。

张广文听得口干舌燥，什么都说不出来了。美丽的于英在刹那间定格了，永远地印刻在张广文的脑海里。

不久，他当了红军，和哥哥在同一个连队里。第五次反围剿的战斗中，敌人的一个机枪手的子弹射穿了哥哥的胸膛。哥哥牺牲在他的怀里。他抱着哥哥，哥哥咽气前，脸上没有一丝的痛苦，他气喘着说了一句话：告诉于英……后面的话还没有说完，哥哥头一歪，永远地闭上了眼睛。哥哥要告诉于英什么，张广文猜不出，这成了哥哥留下的一个谜。

不久，根据地越打越小，红军时刻被动着。

又是个不久，长征开始了。刚开始，他们管这次行动叫转移，到别的地方开辟新的根据地。但究竟去哪儿，没有人能说得清楚。关于长征的叫法，那是后人总结出来的。

队伍踏上了征程，越往前走离根据地越远了。红色根据地，那是红军士兵的家啊。张广文和所有的红军战士一样，越往前走，心里越空，越觉得没有底。不分昼夜地行军，让他们身体疲惫，可他的神经却灵醒着。他想到了爹娘，想到了战死的哥哥，爹娘现在只剩下他这棵独苗了，自己这一走，他们往后的日子该怎么过呀？想起爹娘，他就想起了半山坡上的那两间茅草房，心就火烧火燎的。

在这期间，连队有士兵开始溜号了。夜晚的部队就宿营在山野里，第二天集合时就少了几个兵。越往前走，这种情况就越严重。干部就开始做工作，讲革命和革命成功后的美好。张广文想到了于英说过的话。部队出发时，于英代表村苏维埃政府来看他们，一年多没见，于英瘦了，但还是那么精神。于英说：这次部队转移是胜利的转移，等红军回来了，我要站在村口接你们。说完，扑闪着两只大眼睛，话里有话的样子。他参军前就盼着革命胜利的那一天，到那时，于英就会来接他。那该是一种怎样的情景呢。

别的士兵开小差了，他也动过溜掉的念头，可想到于英的那双眼睛，仿佛那双眼睛正在望着他。自己真要是溜了，回到村里，他如何面对于英的眼睛呢。于是，他忍住了，一走就走到了湘江。

湘江两岸的阵地依旧苦战着。红军刚出发时，连队里有七十几号人，兵强马壮的，此时只剩下不足二十人了，样子是人不人、鬼不鬼了。战事还在继续，张广文不知这场战斗何时才能停止。敌人的进攻一波强于一波，没完没了。

他终于意识到，这样下去迟早有一天，他会被敌人的子弹射死，或者被炸弹炸死。他又想到了年迈的爹娘，此时二老一定站在家门口，眼巴巴地望着队伍开拔的方向。想到这儿，他在心里嚎叫一声：爹，娘——眼泪就流下来了。

那一夜，敌人暂时停止了进攻。他被排长派去搬运弹药。离开阵地的一刻，他做好了逃跑的准备。他对自己说，这是最后的机会了，如果失去这个机会，明天一早敌人发动新一轮进攻后，自己说不定就死在这里了。

他走在搬运队伍的最后，借着小便的机会，躲进了林子里。

等了一会儿，见没人找他，就疯了似的跑起来了。他一边跑，一边在心里说：俺不能死，死了就见不到爹娘了。这时他又一次想到了于英。

他一路疯跑着，跌倒了，再爬起来，心里只有一个念头：回家。

天亮的时候，他的身后隐约传来枪炮声。他知道，新一轮战斗又打响了，他却活着，走在一片树林里。他估摸着跑了十几公里后，终于放松下来，一摇一晃地向前走去。

突然，他发现不远处有动静，那是人发出的声音。他下意识地躲在一棵树后。那人近了，也是摇摇晃晃地走着。待他发现那人时，那人也发现了他。俩人相隔不远，对望着。那是敌人的一个逃兵，身上什么都没有带，赤手空拳地立在那儿，但那身军装却掩不住他的身份。

俩人经过最初的慌乱后，很快都沉稳下来，也同时意识到了对方逃兵的身份。

那个逃兵笑了，露出一口白牙，见多识广地说：兄弟，现在咱们都一样，你不是红军，我也不是湘军，咱们的目的只有一个，就是活命。

他长吁了口气，靠在一棵树上。逃兵走过来，在离他很近的地方，一边掏出烟来吸，一边眯着眼看他：兄弟，哪儿人啊？是回家还是另谋出路哇？

他指了指前面，那是江西的方向，嘴上说着：回家。他逃出来就是想回家，照顾年迈的爹娘。

逃兵甩了烟屁股道：还是你好啊，有家能回。我不能回去，回去还得被他们抓回来。得，我跟你走，走哪儿算哪儿，有口吃的，能活命就行。

张广文在前面走，那人在后边跟着。一路上，他说得少，那人说得多。从理性上讲，他不戒备那人；可在心里却无法接受，昨天他们还面对面地厮杀着，现在却走到了一起，共同的命运就是逃亡。他怎么也想不到，会在这里，遇到这样一个人。

那个逃兵天生就是个碎嘴子，仿佛不让说话，就是不让他呼吸一样。他一刻不停地说着。他说他的家在湖南，当兵三年中，跑了三次，被抓回来三次。他是机枪手，在这之前就和红军打过仗，是围剿红军。这次也是围剿红军，却和前几次不一样，这次打得太凶了，死的人也太多了。他害怕了，所以跑了出来。

逃兵机枪手的身份一下子触动了张广文，哥哥就是死在敌人的机枪下，衣服被穿了一个大洞，哥哥在死前，连句完整的话都没有说完。哥哥是在五岭峰的战斗中牺牲的。

他立住脚，盯着逃兵问：你在五岭峰打过仗吗？

逃兵怔了怔，似乎在回忆，但很快说：我打的仗多了去了，五岭峰肯定打过。我的机枪一扫，人一片一片地往下倒。我晚上做梦，都有那些死鬼来缠我，净做噩梦了。

他望着他，相信眼前的人就是杀死哥哥的仇人。

他继续在前面走，脚下用了力。逃兵呼哧带喘地说：兄弟，那么急干啥，咱现在安全得很；你怕我跟着你，是不？别怕，等我走出林子，你就走你的阳关道，我过我的独木桥，咱井水不犯河水。

他不理那人，急急地在前面走。虽然脚下的步子加快了，回家的心情却淡了，身后那人是他不共戴天的敌人，用机枪杀死了那么多红军，也包括他的哥哥。

后来，他累了，不想往前迈一步了，于是停下来，靠在一棵树上喘着。后面那人也立住脚，先是坐着喘了一会儿，就仰躺在草地上，一会儿就打起了鼾。湘江一战，就是七天七夜，人的眼皮就没有歇过。张广文的眼皮子开始有些发黏，可脑子还很灵醒——眼前躺着的是红军的仇人，他从队伍里逃了三次，又被抓回去三次，谁知道这次他会不会再给抓回去。抓回去的他，就又是一名机枪手了。张广文的耳畔又响起了机枪的鸣叫，眼前一排排的红军战士割麦子似的倒下了，还有哥哥临闭眼时的痛苦表情……

他站了起来，一步步向那个逃兵走去。他望着毫无戒备的逃兵，恶狠狠地扑过去。此时，他觉得自己又是一个红军战士了，他的双手掐在逃兵的脖子上，下死劲儿地用着力。

不知过了多久，他摇晃着站了起来。一瞬间，他的眼前闪过一双眼睛，那是于英的眼睛，饱含着赞许。他浑身一紧，望着眼前这片陌生的林子，人彻底清醒过来。他在心里说：我是红军战士。

想到这儿，他踉跄着向枪炮声传来的方向走去。他感到自己的背后，一直有一双眼睛在看着自己。

扩红女

苏维埃根据地的红军在广昌失守后，仗就越打越困难了。出发时，队伍是长长的几列纵队，很有声势。从战场上回来，队伍就短了一大截，士兵们低头耷脑的，很没有精神。

红军队伍在经历五次反围剿的几次失利后，严重缺员，各级苏维埃就把扩充红军队伍当成了首要任务。一时间涌现出许多的扩红妇女，后来，她们中的许多人就成了苏区的扩红模范。苏维埃政府把这项光荣又艰巨的任务交给女娃去做，也有着一定的便利条件。

苏维埃妇救会主任于英，那一年二十出头，长着一双会说话的眼睛，一条粗黑的辫子甩在腰间。那些日子，她脚不停歇地专找那些男娃说话。

村里村外，已经历了几次扩红高潮，年轻力壮的男人们在几次扩红中，都义无反顾地参加了红军。他们的目标只有一个，保卫苏维埃，保卫到手的胜利果实。他们参加红军是死心塌地的。

此时的青壮年能参军的都走了，有的牺牲在保卫苏维埃的战场上，有的仍在队伍中战斗着。村里还剩下一些十六七岁的半大小子，革命到了紧要关头，扩红工作就发展到了这些准男人身上。当时村子里的大街小巷贴满了鲜亮的标语：保卫苏维埃，人人有责。村头村尾，一派热火朝天的革命氛围。

于英的两个哥都参加了红军，家里只剩下她一个女娃了。红军队伍不招女兵，要是招女兵，她早就报名参加了。革命的激情在于英的心里燃烧着，为了革命，她什么事都能做得出来，她日夜盼望着革命胜利的那一天。她现在是村妇救会的干部，她的工作是扩红，只要一拨接一拨的青年，经她的手送到红军队伍上，革命才有胜利的希望。

刘二娃正在山上放牛。刘二娃家里就他这一棵独苗，今年十七岁了。于英找到刘二娃时，刘二娃有些吃惊。他认识于英，这个妇女干部经常到他们村里搞扩红工作，一个又一个青年在她的动员后，参军走了。刘二娃看着那些青年，胸前戴着大红花，在漂亮的妇女干部于英的陪伴下，走出家门，走到队伍里，看得刘二娃的心里也痒痒的。他也希望自己能参军，在于英的陪伴下，兴高采烈地走出家门。可爹娘不同意他参军，还给他订了亲，那个女娃他一点也不喜欢，他心里喜欢的是于英。

二娃做梦也没有想到于英会来找他。

那天的确是个好天，天上一丝云彩也没有，几头牛悠闲地在山坡上吃草。刘二娃坐在一棵树下，于英也坐了下来。二娃的心里痒痒的，他听于英说话，就像听一支歌。

于英说：二娃，参军吧，参军光荣哩。

于英还说：二娃，当红军，保卫苏维埃。

……

二娃听了于英的话，顿觉天旋地转。他语无伦次地说：可……可俺放牛哩。

于英说：你参军了，你家就是军属了，村里会有人帮你家放牛的。

俺爹俺娘不同意哩。二娃仍喘着气说。

你爹你娘的工作会做通的。于英仍像唱歌似的说。

俺爹俺娘让俺成亲，接香火哩。

等建立了新社会，再成亲也不迟，那时候的女娃任你挑呢。

二娃的目光一飘一飘地落到了于英的脸上，于英真诚火热地望着眼前的二娃。二娃似乎受到了某种鼓励，梦呓般地说：俺想……想娶你这样的女娃。

二娃说完，觉得自己快成了一条干死的鱼了。

于英用那双会说话的眼睛水汪汪地望着二娃，她红了脸道：二娃，等你参了军，革命胜利了，你成了功臣，俺就嫁你。

真的？二娃睁大眼睛站起来。

真的，我不骗你。于英也站了起来，目光真诚地望着二娃。

于英姐——二娃叫了一声，就死死地把于英抱住了。于英任凭二娃下死力气地抱住自己，她的心里充满了母性的柔情。她伸出手，摸着二娃的头。她知道，二娃这一走，说不定什么时候才能回来，也许是牺牲了，也许成了功臣，一切都是未知的。不管怎样，他们是为保卫苏维埃参的军，他们不容易呢。想到这儿，于英的眼睛湿润了。

几天之后，二娃参军了。他穿着于英为他打的草鞋，戴着于英为他扎的红花，在于英的陪伴下走出了家门，来到队伍上。他和于英分手时，用湿润的声音说：姐，我终于当兵了，你等着俺。

于英坚定地点点头。

二娃走了，他带着梦想和希望。

于英背过身，有两滴泪水滚了出来。她知道，自己的任务还很艰巨，于是又向另外一个山坡走去。那个山坡上还有马家的老三，今年也十六岁。她又一次向马三走去……

红军踏上长征路的那一天，于英亲手送走了十六个男娃参军。她被苏维埃政府评为扩红女模范。

几天之后，红军的队伍从瑞金和于都出发了。红军出发的那天早晨，于英在家里呆愣了好半晌，她不知道红军这一走，何时才能回来。一个又一个男娃的音容笑貌，清晰又深刻地出现在她的眼前。

马三说：姐，等革命胜利那一天，俺就娶你。

王小五说：姐，等俺回来啊。

……

想到这儿，她已经泪流满面了。

那些弟弟们就要走了，她要让他们记住她，记住革命胜利那一天回来找她。她没有什么东西可以作为信物，她在镜子里看到了自己的一头乌发。她找来剪刀，整齐地把头发剪下来，又仔细地分成十六份，然后揣在怀里，匆匆地走到红军集合的地方。

那里已经是人山人海了。送行的人和即将出发的人，相互喊着对方的名字。这个送过去两个鸡蛋，那个递过去一双草鞋。男娃们一边流着泪，一边说：俺们还打回来的。乡亲们也哽咽着：我们等你们回来啊。

于英在队伍里找到了李柱，李柱也看见了她，亲热地叫一声：姐——

于英从怀里掏出一缕头发，塞给李柱道：拿着，这是姐的。

李柱望着剪短了头发的于英，含着泪说：姐，你等着，俺一定打回来。

她咬着嘴唇道：姐等你。

说完，她冲李柱挥挥手，又向前跑去。终于在另外一支队伍里看到了马三……

队伍一步三回头地走了，带着眷恋和不舍，踏上了征程。

雨飘着，伴着送行亲人的眼泪，一起洒在这片赤色的土地上。

那以后，人们经常会看到于英站在村口的土路上，向远方张望。那会儿，有许多的人都这么日日夜夜地盼着、望着，盼望着自己的队伍早点回来。

后来队伍到了陕北，红军改成了八路军，又改成了解放军。全中国解放了，那些走出去的子弟兵们，该回来的也都回来了。唯有于英亲手送出去的那十六个红军，一个也没有回来。

于英一直也没有结婚，每天她都会走到村头的土路上，站在那里望上一阵子。这么多年了，村头的张望和等待，成了她生命中的一部分，不管风霜雨雪，从没间断过。村人们都说，于英是个怪人。

于英的头发早就长长了，先是乌亮水滑的一头，后来，一头乌发现白了，再后来就完全白了。现在的于英，仍每天站在村口张望。她的一双眼睛早就成了风泪眼，望一会儿，眼泪就不由自主地流出来了。她一边用衣襟擦眼，一边在心里说：姐等你们回来呢，咋就一个都不回来了？

再后来，七老八十的于英就活不动了。她死后，村里根据她的遗愿，把她葬在了村口的山坡上，坟前立了块碑，上面写着：扩红模范于英。

现在，她每天都立在村口的山坡上，地老天荒地望着远方，想着，念着，盼着。

西路女兵

红西路军在甘肃羊泉峪一战，妇女团的医生王茜被马匪活捉了。同时被捉的还有几十名妇女团的士兵。

王茜被捉前，做好了与敌人同归于尽的准备。马匪把妇女团的一个营包围了，那会儿她们已经把自己装扮成了男兵，长发塞到帽子里，又抓了土在脸上擦了。

马匪包围她们的时候是在一个晚上，地点是羊泉峪。她们在夜半曾组织过一次突围，队伍也算是突围出去了，费了半天的力气，跑了有几里路，可马匪们的骑兵一眨眼的工夫又把她们围住了。

天亮之后，敌人发起了进攻。从被敌人包围之后，她们就没有想活着出去的打算。她们把最后一颗子弹或手榴弹留给了自己。

敌人进攻了，一排骑兵刮风似的向她们袭来。她们伏在石头或凹地里，向敌人打了一排又一排子弹后，敌人有的落马，有的继续向前冲着，举在敌人手里的马刀，在太阳下闪着冷光。最后，她们的子弹射完了，敌人的骑兵轻而易举地冲进了她们的阵地。

王茜腰里还有最后一枚手榴弹，她想等敌人到了近前，再和敌人同归于尽。她看见两个敌人狞笑着朝自己策马冲来时，她掏出手榴弹，拉开了保险。敌人怔住了，勒马立住，可她手里的手榴弹却并没有炸响，又是一枚哑弹！

敌人的马刀在她眼前一挥，便挑落了她头上的帽子。她的长发披散下来，另一个马匪惊呼一声：是个女毛贼。

她还没有从地上站起来，便被马匪提拎起来。她的身子一腾空，便不由她做主了。强悍的马匪提一只小鸡似的，活捉了她。同时被捉住的还有几十个妇女团的干部战士。

她们被集中地关在一个羊圈里。

马匪们为俘获这么多女俘，着实欢欣鼓舞了一阵子。他们架起篝火，吃肉、喝酒，然后把女俘们拉出去过堂。

他们并不想从女俘的嘴里得到什么秘密，而她们也没有什么秘密可言。甚至，马匪们都不想关心她们的身份，在他们的眼里，她们只是些高矮不同的女人。他们的过堂，实际上就是相看。

生活在戈壁滩多年的马匪们，不论职务高低，大都没有成亲，茫茫戈壁，最缺的就是女人了。他们这一战，俘获了这么多女人，他们要享用，要生活。马匪们依据职务的高低，挑肥拣瘦地选择着这些女俘。

王茜被马匪中的一个团长选中了。这个团长姓马。马团长让人看不出实际年龄，脸上的刀疤斧刻刀凿似的，穿着羊皮袄，手里提着二十响的盒子枪。他像头饿狼一样，围着王茜前前后后、左左右右地看了，就一挥手道：老子就要她了。

说完，两个卫兵架起王茜就走，任你挣扎喊叫都没有用。团部有几排土房子，东倒西歪着，一股羊圈味儿。在这戈壁滩上，能有这几间土房子就不错了。

马匪们早就为王茜准备好了衣服，和一些吃的东西。衣服是西北女人常穿的土布衣服，吃的也就是奶茶和馕，这是马匪们最好的嚼咕了。

王茜不换衣服，也不吃。她从被俘的那一刻起，脑子里只有两个念头，那就是逃或者死。逃跑，她没有机会。她们集体被关在羊圈时，周围有许多的马匪把守，就是跑出去了，这茫茫戈壁，跑不多远就会被马匪抓回来。有人试过，结果以失败告终。她被马团长带出来时，以为会有机会，没想到房子前后总有几个站岗的兵，影子似的转来晃去。看来逃跑是没希望了，那就只有一死了。

屋子里除了土墙就是土炕，想死，却连个抓挠的东西都没有。此时，她恨死了那枚哑了的手榴弹。如果那枚手榴弹炸响了，就用不着她这么煎熬了。马匪把她带到这里，她知道等待她的后果是什么。

她被关在土房子里，急红了眼睛，她真正体会到了求生不成、求死不能的痛苦。

一阵马蹄声响过后，马团长提着马鞭，醉醺醺地出现在她眼前时，屋里的光线一下子就暗了一半。马团长一双醉眼把她看了又看，然后道：咦，你不吃不喝，这是想甚哩？你从今儿起就是俺婆姨了，以后就跟俺过日子，生孩子。

说完，他红着眼睛扑过来，三两下就把王茜的衣服撕扯了。那是她的军服，虽然褴褛了，但毕竟是一种身份象征。马团长扯完衣服，又把它们揉成一团，随手扔在门外，冲外面的马匪说：烧了，看她还穿甚！

接下来的事情就不可避免地发生了。马团长强暴了她。此时，她脑海里只有一个念头了：死，去死——

想死，却没有寻死的办法，她只能绝食，不吃不喝。两天后，就有了效果。此时的她虚弱得已经没有力气从炕上爬起来了。这一点，早就在马匪的掌控之中。几个士兵过来，掰开她的嘴，一碗奶茶强行灌进去。她想吐，却吐不出，就那么干呕着。她终于明白，想死也并不是她想得那么简单。

事情的转机是在被马匪抓住的两个月后，她发现自己怀孕了，孩子已经在她瘦弱的身体中显形了。这孩子，正是她和张团长的骨肉。红军长征前，她就和张团长结了婚。长征开始时，他们一直在一起，他是团长，她是医生。两个月前，她随妇女团过了草地，刚开始张团长他们也过了草地，后来又一次过草地时，走了回头路，随另一路主力去了陕北。直到那时，她才和自己的丈夫分开。

这会儿，她才想起自从与丈夫分手后，她的月经就再也没有来过。前一阵疲于行军打仗，她根本就没有想起这事。现在她才意识到，肚子里的孩子是她和丈夫留下的。按时间推算，孩子已经有四个多月了。自己是医生，对这一点她坚信不疑。

自从发现自己怀了孩子，她暂时不想死，也不想跑了。她唯一的信念就是把孩子平安地生下来，这是丈夫留给她的，更是红军的种子。她要把孩子生下来，并把他抚养大。决心一下，她就完全换了一个人似的，该吃就吃，该喝就喝。几日之后，她的脸色就红润了，身上也有了力气。一双目光不再那么茫然，而是坚定如铁了。

马匪团长先是发现了她的这一变化，接着又发现了她肚子里的孩子。马匪团长以为是自己的功劳，高兴地拍着自己的大腿说：俺马老幺也有后了，有后了。

那些日子，马团长对她关心备至，百依百顺。

王茜被俘八个月后的一天，产下一子，是个男婴，很健康，模样很像母亲。马团长的样子比她还要高兴，又是宰羊又是杀马的，庆贺了三天，逢人就咧着大嘴说：俺婆姨给俺生了个小马崽。

孩子出生，让王茜的心稳定了下来。随着孩子的一天天长大，她又想到了跑。此时，马匪们对她已经很放心了，早就撤掉了卫兵的监视，她也能在军营里自由地出入了。看似平静的她，一直在寻找着逃跑的机会。

在一次马团长带着队伍劫杀一伙叛军时，只留下一个排看家护院。此时，她终于等来了机会。出发前，她偷了一匹马，然后又把四岁的孩子绑在了马背上，风一样地冲出了军营。卫兵发现了，想拦，她丢下一句：找俺丈夫去。

哨兵还没弄清楚团长太太到哪里找丈夫时，人和马就在眼皮底下风一样地刮过去了。她的马技就是这几年跟着马匪的骑兵练就的，为了这次的逃离，她做好了一切准备。

半年之后，她找到了西安的八路军办事处。办事处的人热情地接待了她，安排她吃住，并把她的情况一级级地上报到了延安总部。不久，总部就来了指示，鉴于王茜复杂的经历，又带着四岁的孩子，回部队有诸多困难，建议遣返。在这期间，张团长在陕北又一次结婚了。在战争年代，一个失踪四五年的女人，又没有任何音讯，后果可想而知。当然，这一切，王茜并不知道，她只是接到了遣返的命令。在她之前、和她之后的许多与她同样命运的西路女兵，都面临了这一结果。

王茜别无选择，她怀揣着八路军办事处送给她的五块银元，辗转着回到了老家湖南。那时，她一直坚信，她的丈夫张团长有一天会来找她的，因为她是他的妻子，况且他们还有了共同的孩子。

她在等待和守望中一天天地过着。儿子细芽仔也在一天天中长大。

先是日本人投降，然后内战全面爆发。她比别人更加关注战争的动向，因为队伍上有她的丈夫。

全国解放了。不久，抗美援朝又打响了。

细芽仔已经长成十几岁的小伙子了。王茜在等待和守望中，一头青丝隐约地现出了白发。这时的她仍坚信，丈夫会来找她的。

1953 年的一天，她意外地听到了丈夫的名字，这是她从政府人的口里听到的。那人说她的丈夫已经是首长了，过几天就带着全家人，回来省亲。丈夫的老家也在湖南。

直到这时，她才知道自己的丈夫已经有了家室。那一年，细芽仔已经满十八岁了。她听到这里时，人就变了，不说话，只是流泪，细芽喊她，她也是一动不动。

又过了几日，从北京来的首长，终于回来了。他回到老家，为父母上了坟，看望了乡亲。有人就说到了她，丈夫也没有想到，她还活着，还有一个十八岁的孩子。

首长在城里安顿好家人，只身来到村里，要看看她。当人们前呼后拥地把首长带到她家里时，人们惊奇地发现，她把自己悬在了屋梁上。

众人大骇，不知道这一切是怎么了。

首长流泪了，临走时，给她敬了个军礼。

没多久，细芽仔参军了。

一唱三叹

家

谁也没料到日本人会来到沿河村。日本来了，便捉了青壮男人，日日夜夜在村西的河上建了一座桥，从远方伸过来一条铁路穿过河西村，伸向远方。

有了铁路，日本人又让青壮男人在桥头高高地修了一座能住人的塔，日本人管这塔叫炮楼。大队日本人便撤了，留下十余个日本兵，领头的是个曹长。曹长生得很黑，村人们便叫黑曹长。

十几个日本人，住在炮楼里，看那桥，看那铁路。十天半月的，会有一辆喘着粗气的火车通过，碾着那两个铁轨，轧轧地响。起初村人们新鲜，都聚到桥头去看，日子久了，也就习惯了，便没人再去看了。

黑曹长带着十几个兵，没事可干，便从炮楼里走出来，排着队，扛着枪，顺着铁路跑步，枪筒上挑着刀，太阳下一晃一晃地闪。日本管这跑步叫军操。

出完军操的日本人，累了，便复又钻进炮楼里歇了。傍晚，日本人便咿咿呀呀地唱歌，唱的什么，村人听不懂，听了那调，陡然心里多了份空寞。村人听了那歌就交头接耳地说：日本人发慌哩。

日本人果然就耐不住寂寞了。

村人洗衣、做饭都要到河边去提水，来往都要经过炮楼。那一日，王二媳妇端了木盆，坐河边洗衣服。正是春天，阳光暖洋洋的，照得她很舒服，她甚至哼了几声小调。炮楼里走出两个日本兵，背着枪，枪筒上挑了刺刀，阳光下一闪一闪的。日本人在王二媳妇眼前站定，目光里流露着渴望和兴奋。王二媳妇见了，就白了脸。日本人就嬉笑着说：花姑娘……一边说，一边往前凑。王二媳妇就叫：你们这是干啥，这是干啥？

日本人不听她叫，猛地抱住她，往炮楼里拖。王二媳妇终于明白日本人要干什么了，便杀猪似的叫喊，舞弄双手抓日本人的脸。日本人就急了，把王二媳妇绑在一棵树上。王二媳妇仍喊仍骂：王八犊子，挨千刀的。日本人不恼，十几个人把王二媳妇围了，笑着摸着就把王二媳妇的衣服扯了，露出白花花的身子。王二媳妇闭了眼，仍不屈不挠地骂。

先发现媳妇受辱的自然是王二，王二嗷叫一声，便去疯跑着找族长。一村人都姓王，是一个族上的。平时村里大事小情都是族长说了算。族长五十多岁，生得短小精悍，听了王二媳妇受辱的消息，一声令下，带着全村百十余男人，手执木棒斧头冲出来。族人个个义愤填膺，族人受辱，就是自己受辱。

黑曹长见汹汹涌来的村人，一点也不慌张，他甚至笑骂了一声：八格——便一挥手，十几个日本兵的枪口，一律对准了村人，枪筒上的刺刀一晃一晃。村人顿觉一股寒气涌来，但仍没止住脚，有声有色地叫骂着涌过来，黑曹长又骂了声：八格——又一挥手，日本兵就齐齐地射了一排子枪。子弹贴着村人的头嗖嗖飞过，打落了走在最前面的族长和王二的帽子。村人便软了腿脚，呆痴痴地立住。

黑曹长大笑一阵，端着枪，转回身，冲树上赤条条的王二媳妇刺去。王二媳妇一声惨叫，鲜血在胸前像开了盏花儿。王二媳妇便伸了伸腿，不动了。

黑曹长笑眯眯地举着枪，走向村人，村人仍呆痴痴地傻望着。黑曹长先是把枪刺上的血在族长的衣服上擦了擦，族长闻到了一股腥气。族长闭上了眼睛，等黑曹长的刀扎进自己的身体。黑曹长却收了枪，冲族长说：皇君要听话的花姑娘，给皇军做饭、洗衣，没有花姑娘，你们男人统统的杀死……说完，他又挥起枪，在族长的脑袋上挥了一下。

王二媳妇被葬在了族人的墓地里。村东的坡上，葬着仙逝的族人，依照老幼长尊，井然有序。全村男女老少，哀声雷动，为贞洁的王二媳妇送葬。族墓里又新添了一冢坟。

日本人站在炮楼上，冷冷地望着这一幕。

第二日，黑曹长身后跟了两个兵，肩着枪，枪上的刺刀一晃一晃地走进了族长家。族长木然地望着走进来的日本兵。黑曹长说：花姑娘在哪里，皇军要花姑娘。

族长看见闪晃在眼前的刺刀，便粗粗急急地喘息。

黑曹长就笑一笑，带着日本兵走出去，到了村东头，抓了个男人，依旧绑在树上，只见刺刀一闪，男人就惨叫一声……

全村哀声雷动，为男人送行，族墓里又新添了一座坟。

第三日，黑曹长身后跟了两个兵，肩着枪，枪上的刺刀一晃一晃地走进了族长家……

族墓里又添了座新坟。

那一晚，族长家门前齐齐地跪了全村男女老少，他们瑟缩着身子，在黑暗中哭泣着。族长仰天长叹：天灭我族人——说完老泪纵横。

族长悲怆道：谁能救我族人？

村人低垂着头，泣声一片。

我——这时一个女人的声音，在人群后响起。众人惊愕地抬起头，却见是窑姐儿“一品红”。一品红走到族长面前，族长望着众人，众人抬起的头，又低垂了下去。

一品红也是王家的族人，三岁那年发大水，一品红的父亲就是那年饿死的。母亲带着一品红进了城里，当起了窑姐儿，用卖身的钱拉扯着一品红。一品红为了治母亲的病，也把自己卖了，进了窑子。母亲一急一气，死了。母亲死时留下一句话，死后要进族人的墓地，和父亲团圆。

族人已早不认她们了，族人中开天辟地没人做过这种下贱的营生，饿死不卖身。族人不许把这样的脏女人入族人的墓地，怕脏了先人。一品红跪拜着求族人，族人不依。母亲的尸骨只能遗弃在荒山野岭。

一品红含泪带恨离开族人，回到城里，过着她卖身的生活。每逢年节，一品红仍回到村中，祭奠父母。族人不让她走进墓地，她只能在村头的十字路口，烧一沓纸钱，冲着墓地，冲着荒山野岭磕几个响头，喊一声爹娘，又含泪带恨地走了。

日本人是先到的城里，后到的沿河村。日本人到了城里，一把火烧了妓院，一品红从火海里逃出来，她无路可去，只能回到沿河村，这里葬着爹娘。

族长又惊又喜，他盯着一品红问：你说的可是真的？

一品红点点头。

族人有救了。族长长叹一声，他“扑通”一声跪在一品红面前，族人也随在族长身后齐齐跪下了。

族人说：族人凑钱给你。

一品红摇头。

族长又说：族人割地给你。

一品红又摇头。

族长便疑惑，颤了声道：那你要啥？

一品红此时也含了泪，腿一软给族人跪下了，她哽着声说：我求族人答应我一件事。

族人便一起齐齐地望了一品红，看见她脸颊上的泪，点点滴滴地落。

一品红就说：给我娘修一座坟。

族长吃惊地望着她，众人也吃惊地望着她，最后族长望众人，众人也一同望族长。

一品红又说：大叔大伯求你们了。

族长的目光越过众人的头顶，望见了月光下那片族人的墓地，那几座新坟像颗颗钉子刺进族长的眼里，族人也把头望向那片墓地。半晌，又是半晌，族长终于说：依你。

那夜，族人走进墓地，在一品红父亲的墓旁挖了个新坟，一品红找来件母亲昔日的衣服，葬在里面。父亲的坟旁，多了一座空坟。一品红跪在爹娘面前，叫了声：爹，娘——眼泪便流了下来。

第二天一早，还没等黑曹长领兵出来，一品红便向炮楼走去。晨光照在一品红的背上，一晃一晃的。

从此，沿河村平静了，墓地里没有再添新坟。

一品红白天给日本人洗衣做饭，村人看见一品红走出炮楼，给日本人提水，洗衣，见了村人却不言不语。

夜晚，村人听见炮楼里传出日本人的嬉笑声，一品红的叫声，那笑声和叫声一直持续很晚。村人直到那声音在夜空中消失，才踏实地睡去。

每天，村人都看见一品红从炮楼里走出来，到河边给日本人洗衣、洗菜。日子平淡，无声无息，似乎什么也没有发生过。

忽一日，人们再看见一品红时，陡然发现她憔悴了，痴了。人变得没有以前那么水灵了，一双目光也痴痴呆呆。那一日，洗完衣，淘完米，一品红在河边坐了许久，目光一直望着那片墓地，人们还看见她脸上的一片泪光。

那一夜，炮楼里依旧有笑声和叫声在夜空里流传。后半夜，又一如既往地安静，安静得无声无息。人们在这安静中沉沉地睡去。

不知过了多久，人们猛然听到一声巨响，人们在巨响中睁开眼睛时，就看见了一片火光。那是炮楼里燃出的火光。人们惊骇地聚到村头，看着炮楼在火光中坍塌。那大火一直燃到天亮，炮楼已成了一片废墟。

人们久久凝视着这片废墟，族长先跪了下去，接着族人也跪了下去……族长踉跄地走向那片废墟，他在废墟里寻找着，终于找到一缕头发。那是一品红的长发，族长双手托着这缕长发，一步步向墓地走去。从此，墓地里又多了座新坟，是个空坟。

族人在夜晚的睡梦中会突然醒来，醒来之后，便望见了东山坡那片墓地，那座空坟。望见了那空坟，便想起族人中曾有个窑姐儿"一品红"。

中国爱情

扣子在日本人来小镇前做豆腐，日本人来了之后，他依然做豆腐。扣子在小镇里很有名气，因为小镇上每户人家都吃过扣子做的豆腐。

扣子有个媳妇叫菊。扣子和菊刚结婚还不到一年，菊还没有孩子，没有生养过的菊，仍然和当姑娘时一样，细皮嫩肉的。做姑娘时的菊是镇里有名的美人，后来嫁给了扣子，天天有白嫩的豆腐吃，人就更加水灵白嫩了。人们都说，是扣子的豆腐让菊更水灵了。菊听到了不说什么，只是笑一笑。

日本人没来时，扣子和菊半夜便起床了。两人在影影绰绰的暗夜里忙碌着。天亮的时候，豆腐便做好了。扣子就推上一辆独轮车，车上放着做好的豆腐。豆腐袅袅地冒着热气。菊随在扣子身后，两条辫子在身后一甩一甩的，很好看。

扣子推着车往街巷里一路走下去，边走边喊，声音清清亮亮地在小镇上飘荡。想买豆腐的，只要在家里喊一声：扣子。扣子听到了，便把车停下，菊走过去称豆腐。买豆腐的人一边等菊称豆腐，一边和扣子开着玩笑地说：你们白天晚上忙得不累？扣子不说话，只是憨憨地笑。一旁称豆腐的菊听出了玩笑的另一层含意，脸就红了。买豆腐的人就响亮地笑一笑，付了豆腐钱后说一声：明天再来呀。便高兴地走了。

扣子看见红了脸的菊心里美滋滋的，他再推车上路时浑身就多了些力气，吆喝声也愈发地洪亮了。扣子一路把幸福甜美的吆喝声洒满小镇的大街小巷。听到扣子吆喝的人们，便想到了随在扣子身后的菊，心里就感叹一声：这小两口，真美气哩。

日上三竿的时候，小镇就安静了下来。扣子和菊已经卖完了所有的豆腐，两人并排走在一起，说说笑笑地往家走。路过屠户摊前，扣子便立住脚，冲菊说：割半斤肉吃。屠户一边割肉一边说：扣子，你有这么漂亮的媳妇，不好好补补咋行？菊又听出了那话里有话，仍旧红了脸，朝地上“呸”一口道：疯屠户，不得好死。说着话，接过屠户的肉，付了钱，走出挺远了，脸依旧热着。她抬头看见扣子正美滋滋地望自己，浑身上下便都热了。

日本人一来，人们便再也听不到扣子那甜美的吆喝声了。扣子依旧做豆腐，那豆腐却让日本人包了。日本人也爱吃扣子做的豆腐。扣子不想把自己做的豆腐给日本人吃，可他惧怕日本少佐手里那把黑亮亮的枪。那天就是少佐挥着手里的枪，操着半生不熟的中国话冲扣子说：豆腐，统统的给皇军送去。扣子梗着脖子不想动，少佐就把那枪抵在了扣子的脑门上，扣子就没有了脾气。

从那以后，扣子总把做好的豆腐，一大早就推进日本兵营。刚开始，菊随着扣子去过两次日本兵营，把门的日本兵，在扣子和菊进出时，总是很深刻地盯着菊看，然后冲菊笑一笑说：花姑娘，大大的好。菊的脸就白了，急急地从哨兵眼皮下走过去。走了很远，她仍觉得那两个日本哨兵的目光在追随着她，一副流连忘返的样子。扣子也看见了日本人的目光，下次再送豆腐时，扣子就冲菊说：我自己去。菊就把扣子送出家门，在家门口立住脚。扣子走了两步，菊又叫住扣子。扣子不知咋了，停下脚，回身望菊，菊走过来，抻了抻扣子不太整齐的衣襟，扣子就笑一笑，心里也热热的。在菊的注视下，一步步向日本兵营走去。

日本兵爱吃扣子的豆腐，日本女人更爱吃扣子的豆腐。那个日本女人叫山口代子，是少佐的妻子，住在兵营后边的一排房子里。每次送豆腐时，扣子总是捎带一碗水豆腐，这碗水豆腐就是留给山口代子的，这是少佐命令他这么做的。

每次扣子给山口代子送豆腐时，山口代子似乎已经等了许久了。她倚门而立，看见走来的扣子，便眯眯地笑，腮上有两个浅浅的酒窝。扣子不说什么，把车子立住，端下那碗水豆腐，递到日本女人手中，水豆腐上淋了麻油，黄灿灿的。山口代子接过碗，很香很美地去喝那碗水豆腐。扣子立在一旁等着。不一会儿，山口代子的鼻翼上就沁出了细密的汗。这女人便噘起嘴，更细致地吃。扣子看她一眼，又看她一眼，心想：这日本女人长得不赖呢。女人吃完了，把碗和勺一起递给他，娇滴滴地冲扣子说一句日本话。扣子听不懂日本话，但扣子明白，那是女人谢他呢。扣子接过碗，碗上就多了份温热，是女人的体温，扣子的心里很乱地跳几下，便推车走了。这时，他就看见迎面走过来的少佐，少佐刚出完军操回来。少佐冲扣子笑一笑，扣子不笑，低着头走过去。

事情的变故是发生在扣子又一次送豆腐回来。他远远地看见两个日本哨兵，慌慌地从自家出来，扣子觉得事情不妙，便加紧步子往家赶。那两个日本兵和他擦肩而过时，怪怪地看了他一眼。他离家挺远就喊菊的名字，屋里没有菊的声音，扣子便预感到了什么，扔下车，几步走进屋去。只看了一眼，他就骇住了，屋子里一片狼藉，菊赤身躺在狼藉中，血水正顺着菊的前胸汩汩地流着。菊手里握着一把剪刀，剪刀上沾着血。

扣子大喊了声菊，就扑了过去。菊只剩下一丝微弱的呼吸。菊艰难地最后睁开眼睛，用细若游丝的声音冲他说：扣子，俺对不住你。菊说完闭上了眼。扣子傻在那里。扣子傻了好久，后来清醒了，清醒的扣子什么都明白了，他守着菊，不知自已该干些什么。他就那么呆想着，后来扣子突然抱住头，放声大哭，一边哭，一边嚎似的叫：日你日本祖宗啊——

后来扣子不哭了，他烧了锅温水，很仔细地给菊洗净了身子，从里到外扣子洗得很认真，然后又找出菊出嫁时穿的衣服，帮菊穿上。他很小心地把菊放平在炕上，喃喃地冲菊说：你现在干净了哩。

接下来，扣子又开始一如既往地磨豆腐。天亮的时候，豆腐做好了。扣子从家门走出来，像什么也没发生似的向日本兵营走去。

他看见了山口代子，山口代子立在门口，似乎早就等着他的到来，她笑眯眯地看着他。扣子看见了那笑，似乎也冲山口代子笑了一次。他来到山口代子近前时，没有给山口代子端水豆腐，而是一头就把山口代子扑倒了。山口代子不知发生了什么，惊叫一声。扣子恶狠狠地说：你这日本女人。便把山口代子拖进了里间……

扣子再次从屋里出来时，脸上带着笑，他似自言自语地仍在说：你这日本女人。扣子看见了迎面走来的少佐，他梗着脖子从少佐身旁走过去。少佐很怪异地看了他一眼。

扣子大步向前走去，这时他听见少佐在屋里号叫了一声什么，接着他就听见了一声枪响，扣子向前扑了一下，扑在那辆独轮车上。独轮车翻了，他摔在地上。扣子脸上仍挂着笑，他看见清晨的天空湛蓝无比。

扣子在心里说：日本人，咱们两清了。

殉情

几场大雪一落，大兴安岭这方世界就都白了。

日本人围住了大兴安岭，大雪封了兴安岭。大兴安岭成了驶在汪洋中的一条船，沉重地泊在那里。

大雪封山后，抗联游击队就化整为零，以二三十人的小队为一级，分布于莽莽苍苍的雪岭间。日本人和大雪成了抗联最大的敌人。

第十八小队的三十几个人，住在野葱岭山坳间的几间窝棚里，已经三天没有吃东西了。抬眼望去，周围是白茫茫的一片山岭，没有一丝活物。入冬以来，第一场雪落下后，树皮草根、蘑菇……能吃的都已经吃光了。偶尔会遇到一只同样饿晕了头的山鸡，撞到他们的窝棚里，那三十几个人就会比过一次大年还幸福。可惜，这种山鸡并不多。十八小队的抗联战士，因饥饿和大雪，不敢大范围地活动，一是没有游击的力气，也没有游击的热情；二是怕留下踪迹让日本人发现。日本人正虎视眈眈地驻扎在山外的屯子里。

三天没有吃到东西的十八小队的战士们，无力地坐在窝棚里，肚子发出无聊的响声。

王老疙蹲在窝棚里，用身下的树叶卷了支烟，刚吸了两口，鼻涕眼泪就流了出来。他用袖子擦了一下嘴脸，摘下头上的狗皮帽子，冲十八小队长龇牙咧嘴地说：饿死了，饿死了吧——

号丧个屁，你不怕日本人杀了你，你就下屯子，吃个饱。十八小队长把手袖在一起，头一点一点地正在打瞌睡。

王嫂一闪身进了窝棚。王嫂在腰间系了一条日本人的皮带，皮带上吊着一支盒子枪。王嫂一走动，枪就一下下地敲着她的屁股。

王老疙看见王嫂眼睛就一亮，他的目光落在王嫂的屁股上，他就有些不解，人都饿成这样了，唯独王嫂的屁股和胸前的奶子不见瘦。这让他大惑不解，他狠狠地咽了一口口水。

王老疙又记起，秋天落叶时，那个有月光的晚上。十八小队露宿在鸡公岭上的一片林子里，那时人还没有这么饿。王老疙在林子外站哨，正碰上王嫂在落叶上小便。王老疙就鬼迷了心窍，上去就抱住了王嫂。只一下，他的双手就触到了她的奶子，那奶子肉肉的，他的浑身就软了。王嫂回身抽了他一个响亮的嘴巴。他立马就清醒了，又咽了回口水，冲她笑一笑道：俺就摸一下怕啥？

王嫂的男人姓王，人们都叫她王嫂。日本人进屯子时，烧了一屯子的房子，杀了她的男人。要奸她时，她跑出了屯子，后来就参加了抗联。

王老疙是见了王嫂后才加入抗联的。王老疙是光棍一条，游荡在屯子里，吃了上顿没下顿。那一次，他就看见了王嫂的奶子和屁股，在男人中间一站非同凡响。十八小队开走时，他就参加了十八小队。

他随十八小队走了半年，就到了冬天，他没想到王嫂的奶子和屁股也不顶饿。更没想到一入冬，大雪和日本人一封山，让他快要饿死了。

十八小队长见到王嫂时，眼睛也一亮，没等说话，王嫂就说：这样饿下去可不行，得想个办法才行。

十八小队长也咽了一回口水，瞅着王嫂的胸：下屯子？

逼急了就得下。王嫂一边让十八小队长看胸，一边说。

王老疙又咽了回口水，肚子里就空洞地响了一气，又响了一气。他知道十八小队长和王嫂之间的关系有些说不清。那一次，他亲眼看见十八小队长和王嫂在一棵大树后，王嫂让十八小队长摸自己的奶子。那一次对他的打击很大，后来仍影响他看王嫂的屁股。

下屯子，一定要下屯子，要不非得饿死。他吸溜着嘴说。

王嫂白了他一眼，解下腰间的枪，递给十八小队长：我一个女人家，兴许不会引人眼。

王老疙就站起来，瞅着王嫂的胸坚定地说：我也去，和王嫂搭个伴儿，有人问就说我们是两口子。

王嫂又白他一眼，转过身不让他看胸。

十八小队长挺深地看一眼王嫂说：路上小心，弄点啥吃的都行。

王老疙袖着手走在王嫂的身后，瞅着没有了枪遮拦屁股，心里也随之开阔了一些。他吸了一下鼻子，似乎嗅到了猪肉炖粉条的香味，他又狠狠地咽了回口水。

两人还没有走进屯子，就被日本人的游动哨发现了。两人拔脚就跑，日本人放了两枪，两人就跌倒了。不是日本人打中了他们，而是几天没有吃东西了，刚跑几步就跌倒了。

两人被带到矢村大队长面前，不用两人招，矢村就一眼认出了两人是抗联的人。矢村就笑了，矢村一笑，王老疙的腿就软了，他想完了。矢村就笑着说：抗联在哪里？

王老疙就想，死就死了，可死也得整点吃的才好。这么一想就说：太君，给点吃的吧，吃完了就说。

矢村又笑了，挥了一次手，就有日本兵端着吃食放在他面前。王老疙已顾不了许多，端过就吃。吃了一气，他又想到了王嫂，就分了一半给她说：吃吧，不吃白不吃。

王嫂没接，给了他一个冷脸。王老疙被食物哽得拼命地哆嗦，额上的汗也流了下来。他把吃食一扫而空后，便梗起脖子站在一旁。矢村就用一个小手指把他勾到眼前：抗联在哪里？他就哆嗦，不语。矢村冷笑一声，又一挥手，就有两个兵走过来，在炉火里烧铁条，他这才看见那铁条是早就准备好的。

红红的铁条在他眼前一晃，他似乎又嗅到了猪肉炖粉条的香味。他不哆嗦了，看了一眼身旁的王嫂：就招了吧，不招他们也得饿死。说完身子一软，就跪在了日本人的铁条前。

没想到王嫂会照准他的后背踹他一脚，骂了声：没用的东西。这一踹让他趴在了矢村的脚下。王嫂就让两个日本人拉走了。日本人拉着他去了野葱岭。

那一次，日本人大获全胜，全歼十八小队。回来后，日本人大大地欢庆了胜利。席间有酒有肉，王老疙就坐在矢村一旁，不住地吃，不停地喝。后来他和日本人一起醉了。他又想起留在野葱岭山坳里的那十几具尸体，他就哭了，用劲地哭。矢村就冲他蒙眬地笑。

那一晚，日本人狂欢到深夜。酒醒过来的王老疙就想起被关押的王嫂，他冲矢村说：那女人可是俺的。

矢村就大度地说：三天后就还你。

×你日本的妈！王老疙就在心里骂一声。他想王嫂被日本人羞辱一定是无法避免了。

他从炕上坐起来，又喝，后来他就更醉了。日本人也醉了。他低头吐酒时，看见了矢村掉在地上的枪。后来王老疙就出去了。日本人听到他在窗外狼嚎一样地吐酒，日本人也开始吐酒。

一醉方休的日本人，在后半夜停止了狂欢。他们想到了押起来的王嫂。矢村就让人带王嫂来。去押王嫂的日本兵刚到偏房就嚎叫一声蹦了出来。

偏房里，王嫂躺在地上，头上中了一枪，血水正汩汩地流着。王老疙也躺在王嫂身旁，一只手抱着王嫂，一只手举着枪，枪口冲着自己的头。他冲日本人骂一声：这女人是我的，我×你们日本人的妈！骂完他手里的枪就响了，血水欢畅地从他的头里流出来。

军妓

我×死日本人的娘。张大炮逢人就说。

张大炮的老婆被日本人奸了，奸完又用刺刀挑破肚皮，红红白白的东西流了一地。张大炮当时被绑在一棵榆树上，亲眼目睹了事情的整个经过。当然当时被奸的还有其他女人，也有其他男人在场。

不是所有的女人奸完后都被杀死，唯独张大炮的女人被杀了。张大炮不解，难道是自己女人的肚子大吗?

没了女人的张大炮逢人就说：我×死日本人的娘。

那几日，男人们带着被奸过的女人，逃离了这个屯子。张大炮没了老婆，便不再怕那些日本人了。张大炮孤独地在屯子里游荡。他每见到一个人，不管是日本人还是中国人，他都说：我×死日本人的娘。屯子里的人听到了，立马灰白了脸，左瞅右看地说：张大炮，你可小心，日本人要杀你呢。张大炮瞪圆了眼睛。你骂日本人，日本人迟早要杀了你。屯人说。张大炮就说：我就要×他们妈，他们杀了我老婆。

张大炮再骂日本人，他终于看见日本的眼神有些不对劲，他有些害怕了，连夜跑出屯子，跑到山里，参加了抗联大队。

抗联大队打了一次伏击，截获了一辆日本人带篷的军车，车里一个军官和一个兵射击顽抗，被当场打死。抗联满心欢喜地以为车里拉满了枪支弹药，张大炮钻进了卡车里，刚钻进去，他又一骨碌翻出来，直着眼睛说：×他妈，是两个女人。

刘大队长命人把两个女人押下车。这是两个穿和服、挽发髻，涂脂抹粉的女人。抗联的人轮流地冲两个女人训话，两个女人勾着头，低眉顺眼地拥在一起，一声不吭。抗联的人终于明白，她们不懂中国话，便不再训话了。

刘大队长很内行地说：这是日本妓女。抗联的人听完刘大队长这么说，便用劲地朝妓女身上看。

抗联的人一时不知如何发落这两个女人，刘大队长看了眼西斜的太阳就命令：带上她们。抗联押着两个日本女人往山里走。

张大炮眼瞅着走在人群里两个哆哆嗦嗦的女人，就骂：我 × 死日本人的娘。

刘大队长声音洪亮地批评张大炮：你注意点纪律。张大炮狠劲地望一眼两个日本女人，咽口唾液。

那季节正是深秋，山里已有了寒意，满山遍野都落满了枝叶，秋风吹过，飒飒地响。

两个女人被关在一个窝棚里，有抗联战士看着。

那一晚，有月光照在整个山里。

抗联大队的人睡不着，坐在窝棚里说话。他们的中心话题是那两个日本女人。日本人清剿抗联，说不准什么时候就得跑，带着两个日本女人显然不方便，影响队伍的速度。有人提议要杀了她们。说到杀死她们时，好半晌都没有人说话了。抗联的人大部分都是这一带的农民，日本人占领了这里，他们起来抗日了。他们想到了日本人烧杀奸抢的种种罪行。于是，就又有人说：杀。没有人有异议。刘大队长思索了片刻，摇了摇头，说：这不符合政策。众人都不解地望着刘大队长。

那一晚，抗联的人很晚才躺下，躺下后，望着月光下关着两个日本女人的窝棚久久都没有睡着。

抗联吃饭时，也给两个军妓留出一份，抗联人吃的是草煮面糊糊，两个低眉顺眼的日本女人望着那两勺糊糊不动，抗联人唏哩呼噜地吃。糊糊凉了，那两个女人仍不动那糊糊。张大炮跳过去，冲着两个女人骂：× 死你们妈，你们以为自己是娘娘，恁金贵。两个女人哆嗦着。× 你个妈。张大炮摔了眼前的碗，跳过去抡女人的耳光，他想到日本人打他耳光时的情形。女人一侧头，张大炮抡空的巴掌在女人发髻上扫了一下。张大炮嚎叫一声，女人发髻里藏着一枚尖利的针，刺了张大炮的手。众人望着张大炮就笑。刘大队长说：你住手，这不符合政策。

张大炮梗着脖子：我不管政策，日本人杀了我老婆。

刘大队长派人把两个女人押回窝棚，刘大队长仍在思索处理两个女人的方法，他有些后悔带回这两个女人。

又一夜，抗联的人被女人的叫声和撕打声惊醒。惊醒后的人向着关女人的窝棚跑去。哨兵去扒女人的衣服，女人呼叫了。哨兵被刘大队长从窝棚里拎出来。刘大队长很气，打了哨兵一个耳光，哨兵说：日本人杀我们。刘大队长又抡了这个哨兵一个耳光，哨兵不再说话。哨兵换了人。

张大炮又想起自己女人惨死的场面，他浑身哆嗦着望着月光下关着女人的窝棚。

两个军妓在山里被关了十几天后，刘大队长终于想出一个办法，决定派人把两个女人送出山，然后大队转移。他不想让两个女人影响军心。

刘大队长不管女人能不能听懂中国话，把准备送她们下山的意思说了。没想到那两个女人竟听懂了刘大队长的话，她们瞅着刘大队长一个劲儿地哭。刘大队长不管她们哭不哭，仍决定送她们走。

那一夜，轮到张大炮为两个日本女人站岗。张大炮踩着干枯的树叶，哗啦哗啦地围着窝棚走。他的眼前不时闪现出老婆惨死的场面。他倾听着窝棚里两个日本女人的哭泣声，他不知道她们为什么要哭，血一点点地往头上撞，怒气聚遍了全身。

两个女人死了，是自己用发髻上的针挑破了血脉。

两个女人被埋在了雪里。

两个女人死后的转天早晨，山里下了第一场雪。

抗联的人，远远地望着两个雪坟。

张大炮在以后的日子里，两眼恍惚地冲雪坟自言自语地说：怎么就死了呢，我日你们日本人的祖宗。

抗联大队的人在没事的时候，也经常痴怔地望着那两个雪坟。

附录

石钟山主要作品出版年表

1994 →《男人没有故乡》（长篇小说），作家出版社。

1995 →《红土黑血》（长篇小说），解放军出版社。

1996 →《白雪家园》（长篇小说），北京文艺出版社。

1999 →《飞向天球》（长篇小说），百花洲文艺出版社。

《向北向北》（长篇小说），百花洲文艺出版社。

《父亲进城》（小说集），群众出版社。

2000 →《丛林生死情》（长篇小说），百花洲文艺出版社。

2001 →《影视场》（长篇小说），人民文学出版社。

《快枪手》（小说集），群众出版社。

2002 →《机关》（小说集），中国电影出版社。

《官道》（小说集），北京文艺出版社。

2003 →《角儿》（小说集），蓝天出版社。

《军歌嘹亮》（小说集），蓝天出版社。

《母亲活着真好》（小说集），蓝天出版社。

《幸福像花样灿烂》（小说集），蓝天出版社。

《母亲》（小说集），时代文艺出版社。

2004 →《我的连队》（小说集），中国工人出版社。

《遍地鬼子》（长篇小说），春风文艺出版社。

《大院子女》（长篇小说），时代文艺出版社。

《天下兄弟》（长篇小说），河南文艺出版社。

2005 →《男人的天堂》（长篇小说），中国广播电视出版社。

《旧辙》（小说集），云南人民出版社。

《男左女右》（小说集），群众出版社。

《二十年前的一宗强奸案》（小说集），时代文艺出版社。

《幸福像花一样》（小说集），时代文艺出版社。

2006 →《中国血》(长篇小说)，时代文艺出版社。

《军礼》(长篇小说)，人民文学出版社。

《你要光荣还是梦想》(小说集)，时代文艺出版社。

2007 →《地下地上》(长篇小说)，作家出版社。

《最后的军礼》(长篇小说)，人民文学出版社。

《锄奸》(长篇小说)，上海文艺出版社。

《线人》(小说集)，群众出版社。

《岁月红颜》(小说集)，作家出版社。

《玫瑰绽放的年代》(自选集)，城市出版社。

《大院子女》(自选集)，城市出版社。

《男人的天堂》(自选集)，城市出版社。

2008 →《天下父母》(长篇小说)，华艺出版社。

《玫瑰绽放的年代》(长篇小说)，北京十月出版社。

2009 →《天下姐妹》(长篇小说)，东方出版社。

《幸福的完美》(小说集)，时代文艺出版社。

《中东街》(小说集)，时代文艺出版社。

《横赌》(长篇小说)，百花洲文艺出版社。

《追逃》(长篇小说)，人民文学出版社。

2010 →《特务 037》(小说集)，上海文艺出版社。

《残枪》(长篇小说)，江苏文艺出版社。

《大陆小岛》(长篇小说)，中国青年出版社。

2013 →《石光荣和他的儿女们》(长篇小说)，时代文艺出版社。

2014 →《天下一号》(长篇小说)，时代文艺出版社。

《五个兄弟五颗星》(长篇小说)，时代文艺出版社。

《军歌嘹亮》(长篇小说)，北京联合出版公司

《幸福像花一样》(小说集)，安徽文艺出版社。

2015 →《重逢》(长篇小说)，江西人民出版社。

2016 →《牺牲 1937》(长篇小说)，江苏凤凰文艺出版社。

《北京故事》(小说集)，作家出版社。